Stephen Marlowe · Ritter des Zufalls

STEPHEN MARLOWE

Ritter des Zufalls

Tod und Leben des Miguel de Cervantes

Roman

Aus dem Amerikanischen
von Michael Hofmann

verlegt bei Kindler

Für Ann und für Marlowe und Adam Zachary

Für die freundliche Genehmigung des Abdrucks von Passagen aus urheberrechtlich geschützten Werken danken wir dem Hanser Verlag, München (Torquato Tasso, »Amyntas. Ein Schäferspiel«, München 1966) und dem Verlag Artemis und Winkler, München (Miguel de Cervantes Saveedra, »Der sinnreiche Junker Don Quijote von der Mancha«, München 1956).

Titel der Originalausgabe: The Death and Life of Miguel de Cervantes
Originalverlag: Bloomsbury. London

Die Deutsche Bibliothek – CIP-Einheitsaufnahme

Marlowe, Stephen:
Ritter des Zufalls: Tod und Leben des Miguel de Cervantes;
Roman / Stephen Marlowe.
Aus dem Amerikan. von Michael Hofmann.–
München: Kindler, 1992
Einheitssacht.: The death and life of Miguel de Cervantes <dt.>
ISBN 3–463–40177–0

Dieses Buch wurde auf chlor- und säurefreiem Papier gedruckt.
Die Folie des Schutzumschlags sowie die Einschweißfolie sind
PE-Folien und biologisch abbaubar.

Umschlaggestaltung: Graupner + Partner, München
Umschlagabbildung: »Seeschlacht bei Lepanto 1571«,
Gemälde von Andrea Micheli, gen. Vicentino. Venedig, Dogenpalast.
Foto: Archiv für Kunst und Geschichte, Berlin.
Satzarbeiten: Ludwig Auer GmbH, Donauwörth
Druck und Bindearbeiten: Ebner Ulm
Printed in Germany
ISBN 3-463-40177-0

5 4 3 2 1

»Die Enttäuschungen der Geschichte und die Illusionen der Kunst bedürfen beide einer Aufhebung des Zweifels.«
Arthur Koestler

»Die Kunst erweckt das zum Leben, was die Geschichte getötet hat.«
Carlos Fuentes

Inhaltsverzeichnis

Zweiter Teil
Das Leben des Miguel de Cervantes

Prolog

Es ist Mittag, und der Galgen, der zu meiner Hinrichtung aufgebaut worden ist, wirft nur einen kurzen Schatten in den Sand. Vielleicht, denke ich, hat der Henker bereits seinen feierlichen Gang die Sukstraße hinab begonnen, doch selbst wenn das der Fall ist, kann man die traurige Pfeifen- und Trommelmusik, die ihn begleitet, nicht hören, so laut brüllt die Menge meinen Namen: »Zher*ban*tay! Zher*ban*tay! Zher*ban*tay!« Das klingt dermaßen wuterfüllt, daß ich zunächst glaube, die Menge würde dem Henker gerne seine Arbeit abnehmen. Doch dann entdecke ich mitten unter den kapuzentragenden Mauren kleine Gruppen von besorgt dreinblickenden, turbanbewehrten Türken und knüppelbewaffneten Janitscharen, und ich sehe, wie die Pikeniere des Deys von Algier persönlich das Gerüst umstellen, auf dem ich stehe, die Hände auf den Rücken gebunden und je einen Janitscharen zu meiner Rechten und meiner Linken; die beiden blicken nicht zu mir, sondern in die Richtung, in die die Pikeniere blicken, das heißt auf die Menge hinab – denn bin ich nicht ein Zeichen, ein Omen, ein Wunder, bei dessen Tod die leidgeprüfte Stadt untergehen wird? Und wenn dem so ist, sollte die Wut der Menge sich dann nicht anstatt gegen mich gegen diejenigen richten, die mich umbringen wollen?

»Hast du Geld?« fragt mich der Janitschar zu meiner Linken.

Ich schüttele den Kopf.

»Schade«, sagt er. »Für ein paar Zianís könnte ich dir helfen.«

»Wie?«

»Ziehen«, sagt er. »Begreif doch, wenn einer an der Schlinge baumelt, erstickt er langsam. Das dauert eine halbe Stunde oder noch länger. Aber wenn jemand, der seinen Mitmenschen nicht gerne leiden sieht, ihn an den Beinen zieht, dann bricht ihm dies das Genick und macht seinem Elend ein Ende. Hast du bestimmt kein Kleingeld?«

Ich schüttele wieder den Kopf, der bald in einer Schlinge stecken wird.
Zum erstenmal seit Jahren denke ich an meinen Großvater Juan den Patriarchen, daran, wie er so plötzlich starb, an den ersten Tod in meinem Leben, und ärgerlich verdränge ich die Erinnerung daran aus meinen Gedanken. Kann ich denn unter dem Galgenbaum nur an den Tod denken?
Ich beschließe, statt dessen an Zoilos zu denken.
Zoilos war der erste überlieferte Literaturkritiker der Geschichte, boshaft, aber gewitzt und von vernichtendem Scharfsinn. Er lebte im vierten Jahrhundert vor Christus und wurde die Geißel Homers genannt, denn sein Lebenswerk bestand darin, die *Ilias* und die *Odyssee* Vers um Vers zu verreißen, und wer hätte den blinden Homer, der damals schon vierhundert Jahre tot war, da noch verteidigen sollen?
Dennoch hätte ich lieber Zoilos als überhaupt niemanden. Was habe ich in meinem kurzen Leben geschrieben, für das ich es verdient hätte, von den Kritikern in die Mangel genommen zu werden? Ich werde nicht einmal einen Zoilos finden.
Ich grüble darüber nach, bis mir die Frage kommt: Was würde ich schreiben, wenn ich nicht stürbe? Ich werde es nie erfahren.
Das führt mich zu einer Vermutung, die anscheinend gar nichts damit zu tun hat. Wenn das Universum aus unzähligen Atomen besteht, die zufällig im endlosen Raum und der unendlichen Zeit umherschweben – wie der Lachende Philosoph (was gibt es da zu lachen?) und andere glauben –, ist dann diese Welt, in der wir leben (und sterben), die einzige Welt? Warum sollte es anderswo nicht eine andere Welt geben …
(Ich höre schwach Musik, lauter nun, ein Pfeifen und ein Trommelschlagen, das das Gebrüll der Menge jetzt übertönt.)
… die fast genauso aussieht, aber in der ein paar Milliarden Atome anders aufeinandergetroffen sind, so daß es kleinere Veränderungen gibt …
(Ein unscheinbarer Mann mit einem grünen Turban steigt auf das Gerüst und zieht sachkundig an der Hanfschlinge.)
… von denen eine die ist, daß ich heute nicht sterbe, da zufällig der 23. April 1580 ist?

(Der unscheinbare Mann mit dem grünen Turban schiebt eine Kiste unmittelbar unter das baumelnde Seil. »Es ist Zeit«, sagt er.)
Ich höre, wie die Menge meinen Namen brüllt, und das gibt mir die Kraft, auf die Kiste zu steigen. Meine Wange stößt gegen die Schlinge und bringt sie zum Schwingen. Ich schrecke vor ihr zurück, wie manche Menschen vor Schlangen und Schnecken zurückschrecken. Der unscheinbare Mann streift mir die Schlinge über den Kopf.
Obwohl der Himmel wolkenlos ist, von der unerbittlichen Sonne zu einem blechernen Weiß ausgebleicht, erschallt Donner, zweizakkige Blitze durchzucken den Hafen – das einzige unglaubwürdige Detail in einem ansonsten nüchternen Bericht über meinen Tod – und bringen die abergläubischen, wunderversessenen Mauren dazu, sich genau in dem Augenblick zu Boden zu werfen, als zwei beleibte Männer aus dem Gefolge des Henkers die Kiste unter mir wegstoßen, so daß ich achtzehn Finger breit über dem Gerüst baumele.
Und dann? Ja, dann geschieht etwas Außergewöhnliches.
Oder ist es überhaupt so außergewöhnlich, alles in allem?

Erster Teil

Der Tod des Miguel de Cervantes

Erstes Kapitel
Welches von den Verbindungen zu Kolumbus und anderen Familienangelegenheiten mit Folgen handelt

Mein Urgroßvater lernte Christoph Kolumbus kennen, bevor dieser die Neue Welt entdeckte. Ruy Díaz de Cervantes war stolz auf seine Bekanntschaft mit dem legendären Entdecker, aber sein Sohn und mein Großvater, der Anwalt Juan de Cervantes Saavedra, leugnete bis zu seinem Todestag, daß sein Vater und Kolumbus sich je begegnet seien. Dazu gibt es eine Geschichte, aber das ist nicht die meine. Nicht ganz jedenfalls. In den meisten Dingen steckt eine Geschichte; man muß sie nur zu finden wissen.

Mein Urgroßvater Ruy Díaz de Cervantes lebte in Córdoba, wo er zu einer Trinkrunde gehörte, die sich im Apothekerladen zweier Genueser Brüder traf, um so ernsthafte Dinge zu diskutieren wie Physik, Astrologie, Aristoteles' *Poetik* und die damals streitwürdige – für einige verabscheuungswürdige – Rundheit der Erde. An einem Tage des Jahres 1486 nahmen die Genueser Apotheker einen entwaffnend monomanen Steuermann in ihre Runde auf, der in Genua von vermutlich spanischen, möglicherweise neuchristlichen Eltern aufgezogen worden war. Das war, um ihn bei dem Namen zu nennen, den er bei seiner Ankunft in Córdoba führte, Cristoforo Colombo.

Einige aus der Trinkrunde segelten mit Kolumbus auf seine erste große Entdeckungsreise und ließen ihre geblichenen Gebeine auf den Westindischen Inseln, doch die meisten, so auch die Männer aus der Familie meiner Großmutter Leonor de Torreblanca, tranken und stritten bloß mit Kolumbus, bevor sie wieder in achtbare Namenlosigkeit versanken. Die Andalusier bedauern Menschen, die Unerwartetes leisten, es sei denn, es geschieht von selbst.

Meine Mutter, noch eine Leonor, Doña Leonor Cortinas aus dem

Dorf Barajas bei Madrid, pflegte zu meiner Schwester Andrea und mir zu sagen: »Oh, eines hatten sie gemeinsam, die aus dieser Bande – es war kein einziger eingerosteter Altchrist unter ihnen.« Das war eine Übertreibung. Doña Leonor lebte in einer Welt der Übertreibungen, zweifellos, um die Unterdurchschnittlichkeit ihres Mannes, des Baders und Wundarztes Rodrigo de Cervantes, auszugleichen.

»Euer Großvater der Patriarch« – sie nannte ihn immer so – »heiratete eine Torreblanca, das heißt eine Neuchristin, das heißt eine *conversa*, das heißt jemanden mit jüdischen Vorfahren, so daß die Reinheit seines Blutes, wenn vorhanden, nicht auf euch Kinder überging.«

Doña Leonors alttestamentarisch erbarmungslose Verachtung für ihren Schwiegervater beruhte derart auf Gegenseitigkeit, daß, wenn mein Vater Rodrigo die Familie in Armut stürzte, wie es regelmäßig vorkam, Juan der Patriarch niemals seine Börse öffnete, um auch nur eine Handvoll Maravedís in unsere Richtung tröpfeln zu lassen.

Eine Erinnerung aus frühen Kindertagen, welche auch Andrea, die fast drei Jahre älter ist, bestätigt:

»Na bitte, wir ziehen um! Wieder einmal unterwegs«, schrie mein Vater mit vorgetäuschter Fröhlichkeit.

»Wen hast du diesmal umgebracht?« fragte meine Mutter.

»Niemand. Ich habe nie niemand umgebracht.«

Die doppelte Verneinung, das sollte ich erwähnen, ist kein Zeichen für mangelhafte Bildung – mein Vater sprach eben Spanisch. »Lazarillo de Tormes hatte uns nichts voraus!« schrie er und bezog sich dabei auf den Helden eines pikaresken Romans, der damals in Spanien ein Bestseller war. »Nein, Señora! Wir reisen, wir sehen die Welt und lernen, wie die Psychologie die Geographie hervorbringt – oder ist es umgekehrt?«

»Nachdem Lazarillo de Tormes die Welt gesehen hatte«, sagte Doña Leonor, »ließ er sich in Valencia oder so als städtischer Ausrufer nieder – eine anständige, feste Arbeit, die, wenn einer, dann du ausüben könntest.«

Meines Vaters Schwerhörigkeit wurde jedes Jahr schlimmer. Deswegen schrie er.

»Toledo. Lazarillo war städtischer Ausrufer in Toledo«, schrie er.
Nach dieser unbedeutenden literarischen Belehrung – mein Vater war ein Fachmann für die eher unbrauchbaren Genres der Schriftstellerei wie Gedichte und pikareske Romane – verfiel Doña Leonor in Schweigen, aber in ein beredtes Schweigen. Verachtete sie ihren Schwiegervater den Patriarchen, so hatte sie für ihren Mann nichts als bloße Geringschätzung übrig, eine zwar feine Unterscheidung, aber eine, die Doña Leonor zu treffen verstand.
Rodrigo de Cervantes war so dünn und kantig, daß er, obgleich kaum von mittlerer Größe, bei flüchtigem Hinsehen recht groß schien. Sein fahles Gesicht mit dem spärlichen Bart trug den wehmütigen Ausdruck eines Menschen, der sich wünscht, an einem anderen Ort oder zu einer anderen Zeit geboren zu sein.
Andrea fragte: »Warum müssen wir wieder weiterziehen, Papá?«
»Du bist zu jung, um das zu verstehen.«
»Versuch's mit *mir*«, forderte meine Mutter drohend.
Mein Vater seufzte. Dann schrie er: »Ich habe es halt nicht geschafft, eine ausgerenkte Schulter wieder einzurenken. Das ist gar nicht so einfach. Eine Tür – normalerweise verwendet man eine Tür und ein starkes Seil – und selber braucht man Schultern wie der Glöckner der Kathedrale von Sevilla.« Mein Vater hatte keine solchen Schultern. »Also, was geschehen ist: Anstatt die linke, ausgerenkte Schulter wieder einzurenken, habe ich es irgendwie geschafft, die rechte auszurenken.«
»Wem haben diese Schultern gehört?« fragte Doña Leonor.
»Einem hochmögenden Grafen. Einem unvermögenden Hochmögenden«, schrie mein Vater. »Sozusagen heruntergekommen. Eigentlich gar kein Grande, meine Liebe. Trotzdem wäre es klug, auf der Stelle abzureisen.«
Das war oft klug und nie ein Problem. Unser Hausstand war kaum der Rede wert, und Doña Leonor hatte immer irgendwo genug Geld versteckt, um in den unausweichlichen Notfällen einen der langen Maultierkarren mit Verdeck zu mieten, die Galeeren genannt wurden. Andrea, meine zweitälteste Schwester Luisa und ich waren bereits alle in dem Alter, in dem uns die Landstraßen und Wirtshäuser Spaniens unendlich verführerisch vorkamen; mein jüngerer

Bruder Rodrigo konnte gerade laufen, und meine dritte Schwester Magdalena war noch nicht geboren, genausowenig wie der Jüngste von uns, der kleine Juan der Düstere.
Unser Umzug hielt den Grafen mit den beiden ausgerenkten Schultern nicht von der vorhersehbaren gerichtlichen Verfolgung ab. Prozessierwut war in Spaniens Goldenem Zeitalter nicht weniger an der Tagesordnung als im Elisabethanischen England oder anderen geistigen Zentren der Zeit, eine unglückliche Begleiterscheinung des Humanismus der Renaissance, über die man nicht zu hart urteilen sollte. Wie Cide Hamete – nachweislich der Welt tiefgründigster Philosoph – mir viele Jahre später sagen sollte: »Gehe allen Ismen aus dem Weg – außer dem einen guten.« Ach, aber welcher war das? Der weise Araber verriet es nie.
Eine andere Erinnerung aus frühen Kindertagen, wiederum bestätigt von meiner Schwester Andrea:
Für den Besuch im Gefängnis zog Doña Leonor mir meinen besten – eigentlich meinen einzigen – grauen Serge-Anzug an. Die selbstgesponnenen Gewänder von Mutter und Töchtern öffneten sich zu umgekehrten Vs, so daß in der Mitte ihre Unterkleider zu sehen waren. Diese bescheidenen Wirkwaren waren dem Wüten des Gerichtsdieners entgangen, der, zwei Tage nachdem mein Vater wegen Schulden verhaftet worden war, zu dem Häuschen außerhalb Valladolids kam, wohin uns die umsichtige Reiseplanung meines Vaters verschlagen hatte, und vor den Augen einer verzweifelten Doña Leonor meines Vaters Gitarre und Schwert, meiner Mutter leeres Schmuckkästchen, einen Tisch und drei kaputte Stühle, Dekken, die aus ebensoviel Mottenlöchern wie Merinowolle bestanden, strohbedürftige Matratzen und ein angeschlagenes Christkind in einem Holzkistchen ohne Deckel beschlagnahmte. Nur die armselige Bibliothek meines Vaters, bestehend aus einem halben Dutzend Bücher (mehr davon später), blieb verschont.
»Wenn du«, sagte Doña Leonor verächtlich, »beweisen könntest, daß du von Adel bist, wärest du in fünf Minuten frei. Es verstößt gegen das Gesetz, einen Hidalgo wegen Schulden einzukerkern.«
Mit einem Hidalgo – *hijo de algo*, Sohn von etwas, also einem Mann von Bedeutung – verheiratet zu sein: Die Sehnsucht danach stand in Doña Leonors Augen geschrieben.

»Ich könnte es beweisen«, sagte Don Rodrigo, »wenn sie mich hier herauslassen würden.«
»Sie lassen dich aber nicht heraus, bis du es bewiesen hast.«
»Das nennt man ein Paradox, denke ich«, zwitscherte meine Schwester Andrea fröhlich.
Mit ihren acht Jahren war die unersättlich neugierige Andrea von allem im Gefängnis von Valladolid hingerissen. »Sie stecken auch Damen ins Gefängnis«, staunte sie.
»Das sind keine Damen«, sagte Doña Leonor.
Meine Schwester Luisa hielt den Kopf gesenkt. Ihre Lippen bewegten sich in stummem Gebet.
Mein Vater drückte Andrea an seine Brust, vielleicht, weil er verhindern wollte, daß sie zuviel sah.
»Nun gut, Sohn von etwas«, verhöhnte ihn Doña Leonor, »wenn du ein Hidalgo bist, dann ist es jetzt an der Zeit, es zu beweisen.«
Die Reinheit des Blutes, *limpieza de sangre*, zu beweisen war unmöglich, aber ein Adelspatent, ja ein Wappen, das ließ sich machen. Doch in all seinen Ehejahren war es Rodrigo de Cervantes nicht gelungen, sich eines zu beschaffen.
»Was tun der Mann und die Dame da?« fragte Andrea meine Mutter.
»Sie ist keine Dame. Schau nicht hin. Und hör auf, mit dem Finger zu deuten.«
Aber in dem trüben Licht des Besucherzimmers schaute meine Schwester Andrea mit ihren riesengroßen blaßblauen Augen unverwandt zu.
»Was *tun* sie denn?« fragte ich sie.
»Warum habe ich sie nur hierhergebracht?« jammerte Doña Leonor.
»Bitte den Wärter, mich für dreißig Tage freizulassen. In dreißig Tagen beweise ich, daß ich adelig bin.«
Der Wärter lehnte ab, doch schickte er Doña Leonor zu einem Anwalt, einem jungen Basken namens Iñaki Satrústegui Zumalacárregui.
Doña Leonor übte diese dreizehn zungenbrecherischen Silben, aber ohne Erfolg. Das Baskische hat keine Ähnlichkeit mit dem Kastilischen. Oder irgendeiner anderen Sprache.

»Nennen Sie mich Picapleitos«, meinte der junge Anwalt. »Meine Mitstudenten in Salamanca haben mich immer so genannt.«
Picapleitos war ein kleiner, ernsthafter Mann mit einem schwarzen Wams und engen schwarzen Strümpfen. Er saß, die dürren Beine gekreuzt, da und wippte mit einem messingbeschnallten Schuh. Sein zu klein geratener Kopf ruhte auf einer riesigen gestärkten Halskrause aus Kambriktuch wie ein Apfel auf einem Stapel Teller, und er hatte eine ungewöhnlich lange Nase, die Gott zu einer scharfen Spitze zusammengezwickt hatte.
»Ein echtes Adelspatent«, sagte er, »würde natürlich ein Vermögen kosten. Aber Adel kann in etwa der gleichen Weise erworben werden wie seine göttliche Entsprechung, der Zustand der Gnade. Meine Kollegen von der Kirche sprechen von Ablaß. Ein janusköpfiger Ausdruck. Hier in unserem Gewerbe bevorzugen wir ganz offen das Wort Bestechung.« Picapleitos strich sich die lange Nase entlang, von der Wurzel bis zur Spitze, wobei seine saubere Hand es irgendwie fertigbrachte, sie mit Tinte zu verschmieren. »Also denn: Wieviel sind Sie bereit auszugeben?«
»Na ja«, wich Doña Leonor aus.
Picapleitos strich sich die Nase in der Gegenrichtung entlang, von der Spitze zur Wurzel. Der Tintenfleck verschwand. »Was für ein Zufall«, klagte er. »Ich hätte es wissen müssen. Meine liebe Frau, adeliges An- oder Aussehen kommt nicht billig. Wovon lebt Ihr Mann?«
»Er ist Bader und Wundarzt.«
»Kein festes Einkommen«, seufzte Picapleitos. Die Spitze seiner wieder unverschmierten Nase bebte. »Könnte zu diesem Zeitpunkt ein Geldverleiher von Nutzen sein? Zufällig ist mein Vetter –«
»Nein. Nein, wir wollen keine Geldverleiher.«
»Dann sagen wir ein Jahr lang zehn Prozent seines Bruttoeinkommens von dem Tag an, an dem ich das Dokument aushändige?«
»Sagen wir fünf Prozent ab dem Tag, an dem er aus dem Gefängnis entlassen wird?«
Picapleitos brauchte sechs Wochen. In der Zwischenzeit verhungerten wir.
Nicht so weit, daß wir gestorben wären. Irgend etwas zu essen gab es

fast jeden Tag, für gewöhnlich ein paar überreife Fischköpfe in einer Pfanne *migas*, Brotkrumen mit Knoblauch in ranzigem Olivenöl. Aber diese Schonkost war nicht viel mehr als ein Rückzugsgefecht gegen den Hunger.

»Genug, um Leib und Seele zusammenzuhalten, wenn Gott will«, formulierte es meine fromme, teiggesichtige Schwester Luisa.

Außer der pummeligen Luisa waren wir eine Familie von schlanken Menschen, ohne Fett, von dem wir im Notfall hätten zehren können. Luisa war auch in anderer Hinsicht der Außenseiter. Sie hatte dunkles Haar, ein olivbraunes Gesicht, während die übrigen von uns eine helle Gesichtsfarbe und helles Haar hatten, das zwischen meinem leuchtend kastanienbraunen und Andreas strahlend weizenblonder Mähne rangierte. Mein Winzlingsbruder Rodrigo hatte sogar ein paar Sommersprossen, als hätte man ihn mit Zimt bepudert.

In einer leeren Küche träumten wir vom Essen.

Die teiggesichtige Luisa: »Heiße Milch mit viel Honig, bitte, lieber Gott.«

Ich: »*Benengeli con queso.*« Mit Käse überbackene Auberginen, mein Leibgericht.

Andrea: »Nicht *benengeli* – es heißt *berengena.* Versuch's.«

Aber seit ich zwei war, sagte ich für Aubergine immer *benengeli.* Es war fast das erste Wort, das ich sagen konnte. (Und wäre beinahe das letzte gewesen.)

»Be-, Be-«, versuchte ich. »Benengeli!«

»Ach, mach dir nichts draus«, seufzte Andrea. Und voller Eifer: »Wenn schon, vergeude deine Wünsche nicht, Miguelito. Fleisch! Ein großer Topf geschmorter Kaninchenbraten mit einer goldbraunen Kruste, im Safrandampf. Oder Lammzunge, in süßem Malagawein gekocht. Oder ein fetter Kapitän, ich meine Kaplan, ich meine Kapaun – in Milch gedünstet, mit Ingwer und Mandeln!« Enttäuscht schlug sie ihre kleinen Fäuste gegen das leere Vorratsregal und verdrehte ihre Hüften auf eine seltsame neue Art, die mir so im Gedächtnis haftenblieb, daß ich mich viele Jahre später, bei meiner Gefangenschaft in Algier, das erste Mal, als ich den überladenen Tisch für die exotische Tänzerin Zoraida bereitet sah, an meine Schwester Andrea erinnert fühlen sollte.

Auch Doña Leonor bereitete mich, auf ihre Weise, auf Algier vor. Denn selbst wenn die Familie genug zu essen hatte, selbst wenn die Fischköpfe an Fischleibern hingen und das Öl nicht ranzig war, waren *migas* immer noch Krumen, die Krumen der Armut. Aber: »Iß deine *migas*«, pflegte mich meine Mutter zu warnen, »oder die Barbarenpiraten kommen des Nachts und holen dich.«
Das war die bei weitem beliebteste Drohung der Mütter entlang der Küsten Andalusiens, wo Barbarenpiraten ihr Unwesen trieben und wo *migas* wie eine Art kulinarische Seuche verbreitet waren. In Andalusien verbrachte ich den größten Teil meiner frühen Jugendjahre; dort nämlich, im weniger unerbittlichen Süden, suchte Rodrigo de Cervantes Zuflucht vor Unfähigkeit und Verfolgung.
»Iß deine *migas*, oder die Barbarenpiraten kommen des Nachts und holen dich.«
Ich aß meine *migas* – und die Piraten warteten ihre Stunde ab.
Eines Tages tauchte mein Vater mit einem Stück Papier auf, das ihm seine adelige Herkunft bescheinigte, und wir zogen selbstverständlich weiter. Rodrigo de Cervantes übte sein Gewerbe in einem Dutzend Städten und Dörfern des Südens aus, und er wurde mit jeder Jahreszeit schwerhöriger. Kaum je hatten wir genug zu essen, aber Andrea erblühte, acht, neun, zehn Jahre alt, jedes Jahr eine größere Schönheit, und meine teiggesichtige Schwester Luisa dachte ihre reinen Gedanken von Gott, und mein Bruder Rodrigo war der vollkommene kleine Soldat mit seinen zimtfarbenen Sommersprossen und den Lücken zwischen den Milchzähnen. Meine Eltern stritten sich (so daß ich mit der Zeit dachte, alle Eltern täten dies immerzu), mein Vater verbrachte trotz Picapleitos' Urkunde noch mehr Zeit im Schuldgefängnis, meine Schwester Magdalena kam mit einem Büschel roter Haare zur Welt. Wir blieben nie lange genug an einem Ort, um in die Schule gehen zu können, nicht, bis wir uns eine Zeitlang in Córdoba niederließen, aber immerhin lehrte unser Vater uns – sogar meine Schwestern – lesen. Doña Leonor störte das nicht, obwohl Bildung ein deutlicher Hinweis auf einen versteckten *converso* in unserem Stammbaum war. Es störte sie auch nicht, daß unser Nomadentum Freundschaften für uns Kinder unmöglich machte: die Kinder in den Städten, in denen

Rodrigo de Cervantes eine flüchtige Arbeit fand, waren natürlich nie gut genug für uns.

Einsam, ohne Freunde, las ich. Ich las alles, was ich in die Finger bekam. Ich las die Bücher, die für meines Vaters Gewerbe wichtig waren, Lobreras *Die vier Krankheiten*, Vigos *Die Praxis der Wundbehandlung* und eine nützliche lateinische Grammatik von einem gewissen Nebrija. Ich las meines Vaters eselsohriges und *miga*befleckte Exemplar des *Lazarillo de Tormes*, das er als Bezahlung für die Heilung einer der vier Krankheiten erhalten hatte. In einem Band, Entgelt für das Schienen eines gebrochenen Beines, las ich von Orlando, der *furioso* und noch weiteres mehr war. Ich las die Gedichte von Petrarca, dieses Vaters des Humanismus – vielleicht war das der eine gute Ismus? –, die der Lohn für das rechtzeitige Ansetzen von Blutegeln waren. (Da ich keine anderen unvergleichlichen Mädchen kannte, stellte ich mir als Petrarcas unvergleichliche Laura meine Schwester vor.) Ich las sogar die Haftbefehle für meinen Vater.

Aber das Lesen war, wie die *migas*, nur ein Rückzugsgefecht. So ging ich die staubige, ungepflasterte Straße unseres neuesten Zufluchtsortes entlang und beobachtete, wie die Knaben meines Alters hintereinander her jagten oder Mädchen neckten oder rauften. Die Einsamkeit machte einen so schlimmen Hunger wie ein leerer Bauch.

Andrea, die auch einsam war, studierte sich selbst. Ich meine dies in keinem delphischen oder sokratischen Sinne; aber ihr Körper mit den unübersehbaren Zeichen ihrer Geschlechtsreife faszinierte sie. Und darin war sie nicht die einzige. Heimlich beobachtete ich sie, wie sie die Finger die Kurve einer Hüfte entlanggleiten ließ, mit beiden Händen die schlanke Länge eines nackten Beines untersuchte oder ungeduldig ihre nicht mehr ganz flachen Brüste umfaßte. Spanische Mädchen reifen früh, besonders im Süden.

Manchmal nahm Andrea den kleinen Rodrigo auf den Schoß und summte ihm ein Zigeunerlied vor. Ich fühlte mich ausgeschlossen. Aber jedesmal entwand Rodrigo sich ihr, um mit einem verkrüppelten, einhändigen Spielzeugsoldaten zu spielen, den er irgendwo gefunden hatte.

Unsere Großmutter, die andere Doña Leonor, Leonor de Torreblanca, kam zu uns, als ihr Mann, Juan der Patriarch, sich entschloß, seine zur Neige gehenden Jahre in ihrer Heimatstadt Córdoba zu verbringen, und die achtzehnjährige Haushälterin mitnahm. Die zwei Leonoren verbrachten Stunden damit, abwechselnd auf den Patriarchen zu schimpfen und über Rodrigo de Cervantes herzuziehen.

Aus Córdoba kam das Gerücht, daß der Patriarch, der sich dort als Justizbeamter eingerichtet hatte, das Familienvermögen an seine Haushälterin und in der Spielhölle eines Franzosen verschwende. Dieses Gerücht stammte von dem zwanzigjährigen schwarzen Sklaven des Patriarchen – eigentlich war er nur ein wenig dunkler als ein Zigeuner –, der Luis hieß und eines Tages mit einem Brief in das namenlose Dorf kam, wo wir nahe der (für uns) großen Stadt Cabra auf halbem Wege zwischen Córdoba und Granada lebten.

»Die Dinge, die in jenem Haus vor sich gehen!« sagte Luis mit einem möglicherweise neidischen Kopfschütteln. »Das Geld, das dieser Mann bei Pierre Papin verpraßt!«

Juan der Patriarch hatte den Brief an Rodrigo de Cervantes gerichtet, so daß beide Leonoren auf die Rückkehr meines Vaters warten mußten, obgleich sie beide lesen konnten. Er kam kurz vor Sonnenuntergang nach Hause und brachte einen Schub kalter Gebirgsluft mit herein; seine Finger waren, bis auf die Blutflecken, blau.

»Hallo, Luis, was tust du denn hier?«

»Ein Brief von deinem Alten.« In den Jahren, seitdem der Patriarch ihn dem Spieler Pierre Papin abgewonnen hatte, hatte Luis keinen von ihnen je mit Señor oder Señora angesprochen. Er behauptete, als Sohn eines mächtigen Fürsten auf irgendeiner der Westindischen Inseln geboren worden zu sein.

Rodrigo de Cervantes erbrach das Siegel und las. Auf einmal schien dieser arme, gutmütige Versager von einem Ehemann und Vater auf das Doppelte seiner üblichen Größe anzuwachsen.

»Man bietet mir eine feste Arbeit an«, verkündete er.

Alle scharten sich um ihn.

»Wundarzt des Tribunals von Córdoba des Hohen und Heiligen Rats der Inquisition«, schrie mein Vater.

Es folgte eine Art ohrenbetäubendes Schweigen.
»Die Suprema«, sagte Leonor de Cortinas endlich, »zerrt *conversos* vor Gericht.«
»Und macht Jagd auf diejenigen, die vor Gericht zu zerren sie zu beschäftigt ist«, sagte Leonor de Torreblanca. »So oder so stellt jeder in diesem Haus eine Zielscheibe für sie dar.«
»Außer mir«, sagte Luis süffisant.
»Und außerdem kannst du sowieso nur für die Suprema arbeiten, wenn du die *limpieza de sangre* nachweist«, klärte Leonor de Cortinas ihren Mann auf.
»Was du nicht kannst, wie ich von allen wohl am besten weiß«, erklärte Leonor de Torreblanca ihrem Sohn. »Die Reinheit des Blutes muß sich über drei Generationen erstrecken. Keiner in dieser Familie kann sie für sich in Anspruch nehmen.«
Das stimmte nicht. Meine Mutter, aus einer ungebildeten und inzüchtigen Bauernfamilie der Mancha stammend, konnte es.
»Nur die reinen Blutes«, schrie mein Vater, »können für die Suprema arbeiten. Da sie mich angestellt haben, folgt daraus, daß ich über diese Reinheit verfüge. Und wenn ich es tue, dann tut ihr es alle.«
Ich erinnere mich, wie ich mein Handgelenk in das Licht der Öllampe hielt, um zu überprüfen, ob das Netz aus Venen und Arterien irgendwie anders aussah, und dabei bemerkte, daß Andrea in die Untersuchung ihres eigenen schlanken Handgelenks vertieft war.
»Bring jemand Wasser«, schrie mein Vater.
Und er wusch seine blutbefleckten Hände. Er wusch sie noch einmal. Er wusch sie ein drittes Mal.
Bei Tagesanbruch kramte meine Mutter die Notgroschen aus ihrem Versteck hervor, und um neun Uhr zogen wir dann quietschend, schwankend und polternd die Straße nach Córdoba entlang mitten in die gefletschten Zähne eines kalten Windes.

Zweites Kapitel
In welchem mein Großvater einen Streit verliert und meine Schwester und ich einen gemeinsamen Traum haben

Bis dahin hatten die eingerosteten Altchristen um uns herum meinen Vater größtenteils von der Intoleranz ausgenommen, mit der sie den durchschnittlichen *converso* bedachten, dem sie seinen vermeintlichen Reichtum und seine Macht übelnahmen. Rodrigo de Cervantes war schließlich ganz eindeutig sogar noch ärmer und machtloser als sie selbst. Er hatte nicht in den Adel eingeheiratet, um das Blut ihrer Rasse zu beflecken, wie dies andere Neuchristen taten, noch konnte man ihn in den (für uns) großen Städten wie Cabra, wo er seinem unsicheren Gewerbe nachgegangen war, beschuldigen, die lutherische Ketzerei verbreitet zu haben. Das taten konvertierte Juden nämlich der landläufigen Meinung nach, ebenso wie konvertierte Moslems (*moriscos* genannt) für die Barbarenpiraten spionierten, die die Meeresküsten Andalusiens heimsuchten und des Nachts kleine Jungen holten, die ihre *migas* nicht essen wollten. Meinen Vater konnte man dagegen deshalb nicht beschuldigen, weil in den (für uns) großen Städten wie Cabra noch nie jemand von der lutherischen Ketzerei gehört hatte.
In Córdoba lagen die Dinge anders.
»Was mache ich nur falsch?« fragte Doña Leonor meine Großmutter, die es kaum hatte erwarten können, in ihre Geburtsstadt zurückzukehren, sich jetzt aber fast nicht mehr vor die Tür wagte, außer um ein- oder zweimal die Woche ehrfürchtig – beinahe wie auf einem Pilgergang – an dem Apothekerladen vorbeizugehen, wo ihre Torreblanca-Onkel vor siebzig Jahren gemeinsam mit Christoph Kolumbus Wein getrunken hatten. »Was mache ich nur falsch? Das erste Mal, seitdem ich verheiratet bin, klimpern Münzen in meiner Börse, aber die Nachbarn schneiden mich, und ich

habe Glück, wenn der Fischhändler bereit ist, mir die *Abfälle* seines Fangs zu verkaufen, wo ich mir doch bereits in Salz eingelegten Kabeljau leisten kann. Jetzt finde ich nicht einmal eine Hebamme, und meine Zeit ist bald gekommen.«

Mein Vater gelobte: »Ich kriege für dich die beste Hebamme, die für Geld zu bekommen ist, oder sie und ihre Familie tragen den *sambenito* zum Verbrennungsplatz.«

Mein ehemals hagerer Vater hatte in wenigen Monaten so stark zugenommen, daß sein Mehrfachkinn eine Halskrause überflüssig machte. Aber in seinen Augen lag ein gequälter Blick. Als Wundarzt im Dienste der Inquisition bestand seine Aufgabe darin, die Opfer der Folter so zusammenzuflicken, daß sie noch länger durchhalten konnten.

»Ich heile sie«, verteidigte er sich. »Das ist das Gegenteil von ihnen weh tun, oder nicht? Ich sorge dafür, daß es ihnen bessergeht, nicht schlechter.«

Keiner entgegnete etwas, und mein Vater saß breit da und stopfte sich mit den üppigen Speisen voll, die er selbst auf dem Heimweg von den Verliesen der Inquisition kaufte.

Eine verängstigte Hebamme half Juan den Düsteren im September 1555 zu entbinden, oder war es im Oktober? Über mein jüngstes Geschwisterchen weiß man nur sehr wenig.

»Ich nenne ihn Juan, nach dem Patriarchen«, überraschte meine Mutter alle. »Weswegen? Endlich einmal kann ich mir diese Geste leisten. Endlich einmal wird der alte Wüstling nicht denken, daß ich auf irgend etwas aus bin, deswegen.« Fast ohne innezuhalten, gab sie Juan dem Düsteren die Brust und sagte zu mir: »Du bist jetzt acht Jahre alt, Miguel – höchste Zeit, daß du in die Schule gehst.«

Ich holte tief Luft. Andrea drückte mir mitleidig die Hand.

»Ich weiß, daß du mit den Kindern aus dem Barrio hier nicht auskommst«, sagte meine Mutter, »aber es hat gerade eine Jesuitenschule aufgemacht, und dort kennt dich keiner.«

Die Jesuiten waren fast so neu wie die lutherische Ketzerei. Manche Leute behaupten, sie seien aufgekommen, um letztere zu bekämpfen.

»Amadís von Gallien«, sagte ich ohne erkennbaren logischen Zusammenhang, »wurde vom König von Schottland erzogen.«

Mein Vater hatte mir zum Geburtstag ein Exemplar des Ritterromans *Amadís von Gallien* gekauft – und tatsächlich bares Geld dafür bezahlt. Bald schon erfüllten Ideen von Ritterlichkeit, Tapferkeit, Treue und Reinheit mein Herz, aber ich hatte niemanden, zu oder mit dem ich hätte ritterlich, tapfer, treu oder rein sein können.
»Weiter als in die Jesuitenschule können wir dich nicht schicken.«
»Bei seiner Geburt«, teilte ich meiner Mutter mit, »wurde Amadís ausgesetzt, und man ließ seine Wiege auf dem Meer treiben.«
»Wenn du ausgesetzt werden willst, ist dafür immer noch Zeit.« Die Geburt Juans des Düsteren hatte Doña Leonor verändert. Oder vielleicht die Münzen, die in ihrer Börse klimperten. Sie legte einen Humor an den Tag, der so trocken war wie die Ebenen ihrer Heimat, der Mancha. »Im übrigen gehst du in die Schule.«
»Und ich habe dann niemand zum Spielen«, protestierte Andrea – was sonderbar wirkte, denn bis dahin hatten wir nur selten miteinander gespielt.
Ich schaute Rodrigo an, der auf dem Boden eifrig seinen einhändigen Spielzeugsoldaten auf und ab marschieren ließ. Ich schaute Juan den Düsteren an, der saugte. Bedrückt mußte ich mir eingestehen, daß ich nie einen Bruder wie Amadís' Bruder Galaor haben würde. Galaor hätte sich etwas einfallen lassen.
Man hat behauptet, daß die Sage von Amadís von Gallien, die schon im frühen 14. Jahrhundert bekannt war und 1508 vermutlich von einem gewissen Rodríguez Montalvo aufgezeichnet wurde, Spanien einen wichtigen Teil seiner einzigartigen Seele geschenkt habe, der ich, nicht ganz hundert Jahre später, den Dolchstoß versetzte. Ich plädiere auf nicht schuldig, oder zumindest auf mildernde Umstände, wozu auch die lange Regentschaft eines Königs zu rechnen ist, der in den Tod verliebt war. Aber das kommt alles später.
Jetzt sollte ich lieber etwas über die spanische Kunst des *piropo* sagen. Ein müßiggängerischer Zeitvertreib in Verbindung mit dem *paseo* oder rituellen Spaziergang, ist der *piropo* ein aufs Flirten ausgelegtes Kompliment, das an jede beliebige Frau auf jeder beliebigen Straße des Reiches gerichtet werden kann. Ein noch unerfahrener *piropeador* murmelt, wenn das Objekt seiner Bewunderung

vorbeistolziert, vielleicht nur: »Ah, um wie viel lieblicher als der Vollmond« (oder der Frühling oder ein Garten oder was immer seine spärliche Phantasie hervorbringt). Theoretisch wahren *piropos* immer den guten Geschmack, aber ein talentierter *piropeador* kann bis an den Rand des Unerhörten gehen, und das sogar in Versen, so z. B.:

Wenn die Inquisition erführe,
Wie ich von Herzen bin dir gut,
Und wie du mir weist die Türe,
Sie verbrennten dich als Jud.

Der *piropo* kann Andeutungen enthalten, darf aber nie sexuell eindeutig werden. Eines *piropeadors*, der die Grenzen überschreitet, muß sich der Bruder oder die Brüder des Mädchens annehmen, und zwar mit aller Strenge – wie ich auf dem Heimweg von meinem ersten Tag in der Jesuitenschule erfuhr.

Ein Mädchen kam auf mich zugehüpft.

»Was tust du denn hier?« fragte ich, als ich Andrea erkannte. Sie trug einen bezaubernden Schulterumhang mit einer geschwungenen Haube.

»Du hast mir gefehlt.«

Wir machten uns auf den langen Heimweg, vorbei an der römischen Brücke und den honigfarbenen Steingebäuden, welche die große Moschee verdeckten, die damals gerade eine Kathedrale gebar.

Als wir an zwei herumlungernden Jungen vorübergingen, die ungefähr ein Jahr älter als Andrea waren, kam vom Fluß ein Windstoß, der ihren Umhang lüpfte und Leibchen und Röcke gegen ihren Körper preßte.

»Wäre der Windgott Äolus kein Heide, würde ich heute nacht eine Kerze anzünden, um ihm zu danken«, improvisierte der größere Junge anerkennend und zog sein Barett. Andreas blaßblaue Augen blinzelten, als sie vorbeirauschte.

Der zweite Junge sagte etwas, gerade, als wieder ein Windstoß kam. Andrea erstarrte. Mit einem gequälten Blick stöhnte der größere Junge: »Tomás, nein! Mann! Wie oft muß ich es dir sagen? Ein *piropo* ist keine stumpfe Waffe.«

»Mein Schwert«, sagte der Junge namens Tomás, »ich habe gesagt, mein Schwert. Das ist keine stumpfe Waffe, oder?«
»Sein Schwert zu schmecken bekommen?« sagte Andrea. »Ich? Was hat er gegen mich?«
»Nichts«, sagte der Junge Tomás. »Aber ich wünschte, es wäre so.«
Der größere Junge stöhnte wieder.
»Außerdem«, grübelte Andrea, »trägt er gar kein Schwert. Oder irgendeine Waffe, soweit ich sehen kann. Also warum sagt er dann, ich solle sein...« Ihre Stimme brach ab. Ihre Augen verengten sich.
»Ich versichere Ihnen, Señorita«, sagte der größere Junge mit einem Seufzer, »Tomás bellt zwar, beißt aber nicht.«
»Aber ich würde sie mit Freuden auch beißen«, sagte Tomás unverdrossen.
Plötzlich riß Andrea die Augen weit auf. »Schwert«, rief sie, und lauter »*Schwert!*« Blaß und mit zitternden Lippen forderte sie mich auf: »Schlag ihn, Miguel.«
Der Junge war vier oder fünf Jahre älter als ich und um die Hälfte schwerer.
»Ich?« versuchte ich Zeit zu gewinnen. »Ihn wohin schlagen?«
»Du könntest ihn«, regte Andrea an, »auf sein kostbares ›Schwert‹ schlagen.«
Ich war mir nicht sicher, was sie genau meinte, aber da ich wußte, daß Andrea von mir die Verteidigung ihrer Ehre erwartete, senkte ich den Kopf und stürmte widerstrebend los.
Ich glaube, er ließ sich von mir den Kopf in den Bauch rammen, weil er zerknirscht war. Jedenfalls fiel er nach hinten. Möglicherweise hätte er sich bei Andrea entschuldigt, aber mein Kopfstoß hatte ihm den Atem verschlagen. Als ich versuchte, mein Gleichgewicht wiederzugewinnen, stieß ich ihm versehentlich das Knie ins Gesicht. Ihm begann die Nase zu bluten.
»Oh«, sagte Andrea mit sichtlichem Wohlgefallen.
Ich hätte noch weitergemacht, denn ich begann, Gefallen an meiner Pflicht zu finden, aber der größere Junge hob mich hoch und stellte mich zur Seite. »Genug«, lachte er. »Wer möchte auf seinem Grabstein stehen haben, daß ihn ein Siebenjähriger zu Tode geprügelt hat?«

»Acht«, schnaubte ich.
Der untersetzte Junge schniefte Blut. Er stand auf.
»Dieser Rüpel, der es nicht böse gemeint hat«, sagte der größere Junge, »heißt Tomás Gutiérrez, und ich heiße Juan Rufo. Du bist ein tapferes Kerlchen«, fügte er, an mich gewandt, hinzu und schenkte Andrea ein strahlendes Lächeln. »Sie müssen sehr stolz auf Ihren kleinen Vetter sein, Doña...«
»Andrea de Cervantes Saavedra y Cortinas«, entgegnete sie. »Und das ist mein jüngerer Bruder Miguel, der heute seinen ersten Tag in der Jesuitenschule hatte, weshalb ich zufällig auf der Straße bin. Um ihn nach Hause zu bringen. Ich meine, man weiß nie, an was für Gesindel so ein Kind vielleicht gerät.«
Andrea hatte in ihre Worte viel hineingepackt: daß sie reif genug sei, um die Verantwortung für mich zu übernehmen, obwohl sich genau das Gegenteil herausgestellt hatte; daß ich als Schüler der Jesuitenschule aus einer anständigen Familie kam; und daß sie Tomás Gutiérrez den kläglichen *piropo* zwar noch nicht vergeben hatte, daß sie aber, da sie uns bekannt machte, ihm vielleicht vergeben könne.
»Schule?« sagte Tomás Gutiérrez entsetzt. »Na, Juan hat sie jedenfalls nicht geschadet.« Er schüttelte mir die Hand mit einem Griff wie eine schmiedeeiserne Zange. »Eines Tages«, sagte er wehmütig, »lerne ich noch, meine große Klappe zu halten, anstatt ins Fettnäpfchen zu treten.« Er quetschte mir zum Abschluß noch einmal die Hand.
Juan Rufo sagte: »Mann, mach dir nichts draus. Die besten Freundschaften fangen oft mit einer kleinen Auseinandersetzung an, die die Luft bereinigt. Romanzen auch. Stimmt's nicht, Doña Andrea?«
Unsere beiden neuen Freunde begleiteten uns, bis wir in die Nähe unseres baufälligen Hauses gelangten. Als dann der Wind aus der Richtung der nahegelegenen Gerbereien blies, zogen sie ihr Barett und machten sich schleunigst davon.
»Auf keinen Fall«, sagte Doña Leonor zu Andrea.
»Aber Miguel braucht Freunde.«
»Erstens sind sie Jungen. Brave Mädchen haben keine Jungen zu Freunden.«

»Miguel, Mamá. Ich habe nur gefragt, ob *Miguel* manchmal mit Juan und Tomás spielen darf, wenn ich auf ihn aufpasse. Weil sie größer sind.«

»Was ist mit deiner Hand passiert, Miguel?«

»Meiner was? Nichts ist mit ihr passiert.«

»Zweitens ist dieser Tomás Gutiérrez, habe ich entdeckt«, fuhr Doña Leonor am folgenden Tag fort, »der Sohn eines Strumpfwirkers. Und der Vater dieses Juan Rufo ist Färber, ein genauso verdächtiger Beruf.«

»Du meinst, das sind Judenarbeiten?« fragte Andrea.

»Sag nicht Judenarbeiten.«

»Dann stimmt's also nicht?«

»Du solltest sagen: für *conversos* geeignete Beschäftigungen.«

Beim Thema Neuchristen war die Haltung meiner Mutter oft zwiespältig.

»Aber, Mamá, sind wir keine *conversos*?«

»Die Wahrscheinlichkeit dafür«, sagte Doña Leonor, »ist nicht gering. Von seiten deines *Vaters*. Aber das zählt nicht. Sie sind einfach nicht gut genug für euch Kinder. Miguel wird in der Schule die passenden Freunde finden.«

Aber in der Jesuitenschule fand ich keine Freunde. Anfangs dachte ich, die anderen Jungen würden mich wegen des Gerbergestanks meiden, der in meinen Kleidern und meinem Haar hing. Aber dann belauschte ich sie zufällig.

»Und nachdem sie ihre armen Opfer bis an den Abgrund des Todes gefoltert haben, flickt sein Vater sie wieder zurecht, so daß sie noch weiter gefoltert werden können.«

»Ich habe gehört, daß er bei seinem Vater in die Lehre geht.«

Auf meinem Heimweg traf ich manchmal Tomás Gutiérrez und Juan Rufo.

»Wo ist deine Schwester, Mann?«

»Daheim. Sie ist daheim. Ihr würdet staunen, wieviel sie zu tun hat.«

Keine Freunde zu haben, ohne die Möglichkeit, welche zu besitzen, ist schlimm genug. Aber die Möglichkeit vor Augen zu haben und sie verweigert zu bekommen ist schlimmer. Andrea saß Trübsal blasend zu Hause. Sie nahm Rodrigo nicht mehr auf den Schoß, und sie hatte keinen Umgang mit Magdalena, die ihr rotes Haar Lügen strafte und ein fast eisiges, selbstbeherrschtes Kind war. »Danke nein, lieber nicht« war ihre häufigste Erwiderung auf alles mögliche. Wie bei allen von uns Cervantes-Kindern mit Ausnahme der plumpen, teiggesichtigen Luisa war Magdalenas Ausdrucksfähigkeit frühreif, doch hielt sie mit ihrer Meinung zurück.

Mit Andreas Melancholie wuchs ihre Schönheit. Ihr Haar war von der Farbe eines Weizenfeldes, ihre Augen leuchtend blaßblau. Obschon ihre langbeinige Gestalt für den landläufigen Geschmack zu schlank war, bewegte sie sich mit numinoser Anmut. Ihre Schönheit war wie die Liebkosung der Sonne an einem windstillen Wintertag im Hochland von Kastilien oder wie die rätselhafte Silhouette eines Schiffes mit fremdartigen Segeln im Silberpfad des Vollmondes auf See oder wie ein Quell klaren Wassers in der ganzen menschenvernichtenden Weite aus glühendem Sand und Fels zwischen Algier und Spanisch-Oran, genau in dem Augenblick, da der entflohene Sträfling entdeckt, daß er keine Fata Morgana vor sich hat.

Eines Tages Anfang 1556, als die Orangen reif an den Bäumen hingen, sagte Doña Leonor: »Kinder, ihr seid eingeladen worden, euren Großvater Juan den Patriarchen zu besuchen.«

Alles, was ich über meinen Großvater wußte, war das, was ich von den beiden Leonoren gehört hatte. Meine Hände begannen zu zittern. Ich sah Gog und Magog, riesenhafte vierzehn Fuß groß, über Landschaften und Dingen aufragen.

»Ich ziehe mein satinbesetztes Übergewand an«, sagte Andrea.

»Du ziehst einfaches Cuenca-Tuch an, das älteste, das du hast.«

Juan der Patriarch rief uns zu der Stunde zu sich, die gewöhnlich der Siesta vorbehalten ist, damit wir keine Gastlichkeit erwarteten. Um die Vordertüre seines Hauses zu erreichen, das auf der anderen Seite des Flusses lag, gegenüber der Moschee, die gerade eine Kathedrale gebar, mußten wir im Gänsemarsch und durch Binsen, die bis über unsere Köpfe ragten, einen schmalen Pfad entlanggehen. Im Haus führte uns der schwarze Sklave Luis einen hell-dunklen, nur ab und an durch zufällige Löcher in der Wand erleuchteten Korridor entlang in ein großes, kahles und eiskaltes Zimmer. Un-

sichtbar tropfte Wasser. Große meergrüne Schimmelflecken bedeckten die Wände, und in den alten Binsenmatten unter unseren Füßen wimmelte es von Krabbeltieren. Wir saßen Seite an Seite steif auf einer wackeligen Bank, Doña Leonor mit Juan dem Düsteren auf dem Arm, dann Andrea, Luisa, die nervös an ihrem Rosenkranz fingerte, ich, Rodrigo, der mit einer Hand seinen verkrüppelten Spielzeugsoldaten umklammerte, und die rothaarige Magdalena. Luis brachte jedem von uns eine kleine, winzigkleine Schale Wasser, das eiskalt war und leicht brackig schmeckte. »Danke nein, lieber nicht«, piepste Magdalena gerade in dem Moment, als unser Großvater hereinschritt, an unserer wackeligen Bank vorbei, die Augen geradeaus, mit einem Gang, der so beeindruckend kriegerisch aussah, daß Rodrigo seinen verkrüppelten Spielzeugsoldaten hochhielt, um ihn vergleichsweise anzuschauen. Juan der Patriarch setzte sich uns gegenüber auf einen Stuhl ohne Lehne und bedeutete Luis hinauszugehen. An seiner Stelle erschien eine appetitliche junge Frau – das mußte die Haushälterin María sein –, die ein üppiges Kleid mit tiefem Dekolleté und einem gebauschten Rock mit einer Krinoline darunter trug (wie mir Andrea später erklärte). »Walfischspeck und -knochen«, brummelte meine Mutter aus Loyalität zu der anderen, abwesenden Leonor. »Sie ist nur Walfischspeck und -knochen.« Die appetitliche junge Frau machte einen Knicks in unsere Richtung, murmelte das übliche Mein-Haus-dein-Haus, auf das Doña Leonor, wie ein Drachen, mit mehrmaligem Zischen und Schnauben ihres in der Kälte sichtbaren Atems antwortete und »Wer sagt, daß es ihres ist?« knurrte. Die Haushälterin María folgte daraufhin Luis wieder nach draußen, wie es vielleicht im vorhinein abgemacht gewesen war.
Mein Großvater Juan war kein Riese Gog oder Magog. Er war im Sitzen und Stehen unterdurchschnittlich groß, ein sich steif und gerade haltender Greis von kriegerischem Äußeren, trotz einer zu wenig gestärkten Halskrause, die wie eine verwelkte Chrysantheme aussah. Sein Gesicht, das verschrumpelt war wie das eines Affen, starrte uns aus schrecklichen, tief eingesunkenen Basiliskenaugen entgegen.
»Das ist also die junge Generation.« Seine Stentorstimme – das von

der Schwerhörigkeit herrührende Geschrei seines Sohnes war davon bloß ein schwacher Abklatsch – ließ die wimmelnden Lebewesen unter den Binsenmatten davonhuschen. Ich spürte die kleine Wasserschale in meiner Hand erzittern. »Warum hast du sie vor mir versteckt?«

»Du hast nie zuvor Wert darauf gelegt, sie zu sehen«, erinnerte ihn Doña Leonor.

Der Greis brütete eine Weile vor sich hin; dann sprach er: »Als Gerichtsbeamter von Córdoba habe ich gewisse... Gunstbeweise gesammelt.« Er rieb sich die Hände; sie sahen aus wie altes Pergament und klangen auch so. »Ein Lizenziat namens Iñaki Satrústegui Zumalacárregui« – mein Großvater war der einzige mir bekannte Mensch, der diesen Namen aussprechen konnte – »wird bald aus verschiedenen Quellen Beweise zusammentragen, die die Reinheit des Blutes meiner Familie bis ins Jahr 1486 bestätigen, als gewisse Leute, von denen viele keine makellose Herkunft hatten, sich ein- oder zweimal im Hinterzimmer eines Apothekerladens versammelt haben sollen. Mein Vater Ruy Díaz de Cervantes, das braucht wohl kaum gesagt zu werden, hat nie einen von diesen Leuten getroffen.«

»Sich ein- oder zweimal versammelt haben sollen!« wiederholte Doña Leonor ungläubig und stieß ein paar deutlich sichtbare Schnaufer aus. »Er hat sie nie getroffen!«

»Nie. Weder mein Vater noch ein Mitglied der Familie Torreblanca, die wegen der Reinheit ihres Blutes so geschätzt wird. Wovon du diese Närrin, meine Frau Leonor de Torreblanca de Cervantes, erst noch überzeugen mußt.«

»Aber alle Welt sieht die Dinge anders. Die Torreblancas gehörten zu den ersten Anhängern des Christoph Kolumbus. Ihre Trinkrunde traf sich jahrelang jede Woche in dem Laden jener Genueser Apotheke, die, wie Kolumbus und die übrigen, wahrscheinlich *conversos* waren. Und«, schnaub, schnaub, »deine verstoßene Frau Leonor de Torreblanca de Cervantes ist stolz auf diese Verbindung.«

»Ich bin bereit, dieser alten Närrin die Eigentumsrechte an dem Sklaven Luis urkundlich zu übertragen, der, wie ihr wißt, der Sproß eines mächtigen Fürsten einer strategisch wichtigen Insel jenseits des Ozeans ist, wenn sie meinem Anwalt Satrústegui Zumalacárregui unter Eid die Dinge so bestätigt, wie ich sie erklärt habe.«

»Nie würde sie das. Der einstürzende alte Apothekerladen ist ein Heiligtum für sie.«
»Bring sie dazu, Doña Leonor – zum Besten deiner eigenen Kinder, die hier auf dieser wackeligen Bank sitzen, besonders meines Namensvetters Juan, der, nehme ich an, dieses düstere Bündel auf deinem Arm ist.«
»Aha. So ist das also.«
»Wie du sagst, so ist das. Obschon es sich um ein äußerst hypothetisches Ereignis handelt, das noch in weiter Ferne liegt – zwanzig oder dreißig Jahre –, beabsichtige ich alles meinem Namensvetter Juan zu hinterlassen – unter deiner Treuhandschaft, Doña Leonor, für den unwahrscheinlichen Fall, daß er seine Volljährigkeit noch nicht erreicht haben sollte. Alles einschließlich eines makellosen Namens. Verstehst du jetzt?«
»Ich verstehe, daß du ein alter Narr bist, wenn du glaubst, du kannst –«
»Du, die du mit meinem Sohn verheiratet bist, nennst *mich* einen Narren? Ich habe mir in der Justiz eine Karriere zurechtgezimmert, eine Karriere, auf die jeder Mann stolz sein würde, während mein unzurechnungsfähiger Sohn nicht einmal –«
»– ein Ehemann, der nicht so schamlos wie mancher andere ist, den ich beim Namen nennen könnte, und er tut sein Bestes, uns zu–«
»– wächlich für diesen Posten, einen Posten, den *ich* ihm –«
»– Familie. Er würde eher sterben, als einer Fliege etwas –«
»– wohl andeuten, daß ich –«
»– zu versteckten Andeutungen herabzulassen. Die Wahrheit –«
»– bedeutet nichts, nicht mehr, als die Ehre für einen ungebildeten Bau-«
»– eben immer verletzend für einen Heuch-«
»– wo mein Sohn eine Fr-«
»– werde nicht hinnehmen –«
»– hätte heiraten kön-«
»– sein eigenes Erbe.«
Und so ging es munter weiter; zuerst hatte seine Stentorstimme die Oberhand über ihr sichtbares Drachenschnauben, dann war es umgekehrt, in immer kürzeren Abständen, so daß wir Kinder dem

Streit kaum folgen konnten, den, so spürte ich, sie beide, obwohl ihre Gesichter die Farbe von Arterienblut annahmen, auf eine perverse Weise genossen.
»– bloß eine herrische –«
»– inzüchtig –«
»– geizige –«
»– ich scheiß –«
»– lasterhafte –«
»– in die –«
»– ehebrecherische –«
»– Milch –«
»– Ausrede für einen –«
»– deiner –«
»– Patriarchen.«
»– Mutter.«
Schweigen.
Denn da war sie schließlich: die äußerste Beleidigung in einem Land, wo die Verehrung der Jungfrau Maria zu einem Mutterschaftskult führte.
»Was ... hast du ... ge ... sagt?« fragte Doña Leonor mit viermaligem eisigen Schnauben, das für einen Augenblick ihren Schwiegervater einhüllte.
»Ich glaube«, sagte der Patriarch in einem versöhnlichen Ton, »ich habe von Milch gesprochen.«
»Du hast von meiner Mutter gesprochen«, schnaubte Doña Leonor. »Einer Heiligen, die du nicht einmal kennengelernt hast.«
»Ich habe vielleicht von *einer* Mutter gesprochen«, lenkte der Patriarch ein.
Luisa zählte wie wild ihre Perlen. Rodrigo tröstete verzweifelt seinen verkrüppelten Soldaten.
Mein Großvater hätte sich vielleicht herauszureden vermocht, doch ich war jung und naiv und hatte, im Unterschied zu meinem Vater, ein scharfes Gehör.
»Großvater«, sagte ich, »du hast gesagt, ›ich spei in die Milch deiner Mutter‹.« Naiv oder nicht, ich hatte das Verb verändert.
»Meine Frau Mutter«, sagte Doña Leonor, mit einem seltsamen Triumphgefühl, fand ich.

»Nein, nein. Ich habe nicht sie gemeint«, versuchte mein Großvater der Patriarch sich herauszureden. »Meine Worte, wenn ich tatsächlich solche Worte ausgesprochen haben sollte, waren unpersönlicher gemeint, sogar metaphysisch. Eine Art universeller Milch, eine Milchheit. Milch in Großbuchstaben, wenn du so willst. Platonisch. Wenn ich wirklich gesagt haben sollte: ›Ich ... spei in die Milch ... von wem auch immer‹, sollte das nicht persönlich genommen werden. Verstehst du?«

Mein Großvater der Patriarch, dessen Gesicht die Farbe eines mit Blut vollgesogenen Egels meines Vaters angenommen hatte, stemmte sich von seinem Hocker hoch und kam auf mich zu.

»Mein lieber Junge, als ich sagte, ich würde alles diesem düsteren kleinen Bündel auf dem Arm deiner Mutter hinterlassen, meinte ich natürlich, ihm und allen seinen werten Geschwistern – dich eingeschlossen. Willst du jetzt bitte deiner guten Mutter erklären, daß das, was du gehört zu haben scheinst, nicht das bedeutet, was sie gedacht zu haben scheint?«

»Noch mit meinem letzten Atemzug«, gelobte Doña Leonor, »will ich Leonor de Torreblanca drängen, die Wahrheit über diesen Apothekerladen zu sagen. Und jetzt laß den Jungen in Ruhe!«

Er fuhr zu ihr herum. »Ich habe meine Mittel und Wege! Morgen um diese Zeit wird es keinen Apothekerladen mehr geben, nicht einmal die ausgebrannte Hülse davon. Auf dem Altar welchen lächerlichen Heiligtums wird diese Närrin dann die Zukunft ihrer Kinder und Kindeskinder opfern – ganz zu schweigen von den Generationen meines Blutes, die noch gar nicht geboren sind?«

Er drehte seinen Basiliskenblick gerade rechtzeitig von mir weg, denn meine Knie waren zu Wasser geworden. Oder zu Milch. Sein blutunterlaufenes Gesicht über der verwelkten Halskrausenchrysantheme stürzte auf Doña Leonor zu, und er öffnete den Mund, um von neuem zu sprechen, aber er sprach nichts mehr. Er umklammerte seine linke Schulter – was an die vielen Verrenkungen erinnerte, die sein Sohn, mein Vater, mit wechselndem Erfolg behandelt hatte – und taumelte zurück, zurück auf seinen Stuhl ohne Lehne, und als er dort halbwegs angekommen war, warf er mir einen letzten schiefen Blick aus diesen Basiliskenaugen zu, stürzte und schlug, nicht gerade sanft, auf dem Boden auf.

Ich war als erster bei ihm, Luis, der schwarze Sklave, und die Haushälterin gleich hinterher. Sie knieten nieder. Luis machte sich an den Augen des Patriarchen zu schaffen. Sie hielt dem Patriarchen einen Spiegel vor die Lippen. Meine Mutter drängte inzwischen meine Geschwister aus dem Zimmer. Ich hörte sie meinen Namen rufen. Zur Antwort gab ich etwas, das wie »t-t-t-t« klang; darüber gleich mehr. Dann hörte ich die Haushälterin María sagen: »Er atmet nicht mehr«, und Luis, der schwarze Sklave, meinte mit seiner üblichen Kaltblütigkeit: »Er atmet nicht mehr, weil er tot ist.«

Und das war er. Ach, er war tot. Er hatte nicht erwartet zu sterben, er hatte nicht sterben wollen, aber tot war er trotzdem, und sein Tod kam mir unglaublich, fürchterlich vor. Das sollte immer so bleiben. Während ich damals, mit neun Jahren, zu Boden starrte und zum erstenmal den Tod, den Tod eines Menschen, erblickte, fragte ich mich: Hatte ich meinen Großvater gemocht? Hatte ich ihn gehaßt? Spielte das überhaupt eine Rolle? Hatte der Streit ihn umgebracht? Oder ich? Oder wäre er sowieso genau damals gestorben? War sein Lebensfaden gesponnen, abgemessen und abgeschnitten worden – alles unvermeidlich wie die Gezeiten? Aber es gab doch die Ebbe und dann wieder die Flut. Und die Toten? Sie kamen nicht wieder mit der Flut zurück. Nein, aber sie gingen anderswohin. Aber wenn es das falsche Anderswo war? Oder was, fragte ich mich, was war, wenn es kein Anderswo *gab*? Meines Großvaters Basiliskenaugen starrten und starrten und sahen nichts. Ach, er war tot, wie jedermann, der lebte, eines Tages tot sein würde, ohne sterben zu wollen, und doch das ganze Leben lang wußte, was ich nun wußte, nämlich daß man es eben muß. Als ich über zwanzig Jahre später in Algier auf dem Schafott stand und die düstere Abschiedsweise, gespielt von Trommeln und Pfeifen, hörte, während der Scharfrichter hinter mir aufs Podest stieg, sollte ich mich mit dem Wissen zu trösten versuchen, daß jeder von uns seine Zeit hatte und daß dies eben die meine war, doch als ich den dicken Hanfstrick überraschend kühl an meiner Kehle spürte, klagte ich insgeheim immer noch: Noch einen Augenblick, und du bist auf so fürchterliche Weise tot wie dein Großvater an jenem Nachmittag in dem riesigen, eiskalten

Zimmer auf der anderen Seite des Flusses, gegenüber der Moschee, die gerade eine Kathedrale gebar. Es war absurd.
Und war das Leben weniger absurd? Wir mußten meinen Großvater tagelang auf Eis legen, weil die Behörden, genau die Behörden, zu denen er gehört hatte, sich weigerten, seine unstreitige Verstorbenheit zu bestätigen, bis seine Papiere gefunden waren, und seine Papiere konnten nicht gefunden werden, weil Picapleitos sie verlegt hatte, als er zu beweisen versuchte, daß in den Adern meines Großvaters makelloses Blut geflossen war: ein Beweis, den dieser sich so ersehnt hatte, daß er zu seinem Tod und wiederum seiner Nichtbeerdigung führte.
An dem Tag, als wir ihn schließlich beerdigen durften, gab mein Vater seine Stellung beim Hohen und Heiligen Rat der Inquisition auf. Seine Arbeitgeber wurden vom Glauben und nicht von Taten angetrieben, doch während er allen Glauben der Welt besaß, machten seine Taten seiner Seele schwer zu schaffen. (Ist das nicht die lutherische Ketzerei? Aber mein Vater war sein ganzes Leben lang ein guter katholischer Christ.) Am selben Tag kam meine Großmutter Leonor de Torreblanca, in Tränen aufgelöst, ins Haus und erzählte uns, daß der bereits baufällige Apothekerladen abgerissen worden war, um einer Schmiede Platz zu machen. Auch für meine Großmutter begann danach der Verfall.
Den Fleck auf seine Nase schmierend und ihn wieder wegwischend, las Picapleitos der Familie, Luis, dem schwarzen Sklaven, und María, der Haushälterin, das Testament meines Großvaters vor. Außerdem war noch ein gediegener Herr anwesend, der die Straußenfeder an seinem Samthut auf der rechten Seite trug, also auf französische Art, und nicht über dem Herzen, wie es einem spanischen Herrn geziemte; dies war der Spieler Pierre Papin. Mein Großvater hinterließ kein Erbe. Null. Eigentlich weniger als Null. Er hatte bei dem gediegenen Pierre Papin Schulden, aber es ließ sich alles regeln, weil mein Großvater den schwarzen Sklaven Luis seiner verstoßenen Frau vererbt hatte, und sie verkaufte Luis für genau den Schuldenbetrag an Pierre Papin weiter. Luis kannte sich mit Karten aus. Was mit der Haushälterin María geschah, habe ich nie erfahren.

Als wir zu einem neuen namenlosen Dorf in der Nähe der (für uns) nicht länger großen Stadt Cabra zogen, mußte Andrea sich in Anbetracht von Doña Leonors manchahafter Prüderie mit den Geheimnissen der Geschlechtsreife auseinandersetzen, während ich mich mit meinem Gebrechen auseinanderzusetzen hatte.
»Denkst du, sie tun's je?«
»Wer? Wer t-t-tut w-was?«
»Mamá und Papá. Du weißt schon.«
Ich zuckte die Achseln. Achseln zucken war einfacher als reden.
»Ich denke nicht. Daß sie's tun. Sonst würden wir sie hören.«
Ich dachte einen Moment nach und deutete mit dem Kopf auf Rodrigo, der in einer Ecke der Küche mit seinem verkrüppelten Soldaten spielte, und auf Magdalena, die in einer anderen Ecke anscheinend gerade einer großen Pferdebremse die Flügel ausriß. Dann machte ich das Schaukeln einer Wiege nach, um Andrea auf Juan den Düsteren hinzuweisen.
»Das ist alles vor langer Zeit passiert.« Andrea berührte meine Hand. »Du brauchst keine Angst vor dem Sprechen zu haben, Miguel. Es ist wirklich nur ein schwaches Stottern, ehrlich.«
Doch ich zuckte die Achseln. Nicht, daß die Familie mit mir keine Geduld gehabt hätte – am allermeisten mein Vater, der selbst ein Gebrechen hatte.
»Versuch's noch mal, Miguel«, pflegte er zu sagen. »Wenn ich manchmal nicht so gut höre, dann hilfst du mir doch auch, oder?«
Mein Vater war wieder so schlank geworden, wie wir ihn gekannt hatten, und sah die Welt mit eher verwirrten als mit gequälten Augen an.
»Ich habe gesagt, ich d-d-denke n-n-.« Mein Gesicht lief rot an, blutrot eigentlich. Das muß ich näher erklären.
Seitdem mein Großvater unmittelbar vor meinen Augen gestorben war, stotterte ich nämlich. Es war nicht die Art Stottern, bei der der Speichel nur so fliegt, wenn man Explosivlaute ausspricht wie in – eben wie in »explosiv«. Aber als Mangel war es mehr als genug (so wie die fehlende Hand bei Rodrigos Spielzeugsoldaten, wäre er lebendig gewesen), um mich auszugrenzen. Ja, sogar die alten Griechen, die es hätten besser wissen müssen, benutzten dasselbe Wort, »Barbaren«, um sowohl Stotterer als auch Fremde zu bezeichnen.

Ich versuchte es noch einmal. »Ich denke, Mamá sollte Andrea nicht wie eine Gefangene einsperren, nur weil sie –«
Meine Mutter mischte sich ein, als ob sie sagen wollte: Ja, ja, wir wissen, was du zu sagen versuchst, und die Antwort lautet: »Du bist zu jung, um davon etwas zu verstehen, also kümmere dich um deine eigenen Dinge.« Dann entschuldigte sie sich für die Unterbrechung.
In den wenigen Worten, die ich gesagt hatte, wiederholten sich die meisten Explosivlaute, einige mehrmals. Einsp-p-perren zum Beispiel. Doch ich will diese Seiten nicht mit Beispielen meiner bejammernswerten Unfähigkeit, mich mitzuteilen, vollstopfen, von einer gelegentlichen Erinnerung daran abgesehen.
»Weil, wenn sie es nicht tun«, fragte Andrea ein andermal, »wie kann sie dann verstehen, was ich fühle?«
Andrea grübelte nach und zog sich in ihren sich verändernden Körper zurück, wenn sie nicht gerade unsere inzwischen bettlägrige Großmutter pflegte.
Dürre folgte dem Tod unseres Großvaters des Patriarchen, und Hunger, und Dürre und Hunger dicht auf den Fersen kam die Pest. Bald füllten sich die Dörfer in der Umgebung der nicht länger großen Stadt Cabra mit Flüchtlingen aus Córdoba, und es standen mehr Kräfte als notwendig zur Verfügung, um die Ernte von den Olivenbäumen des Herzogs von Sessa einzubringen, die meilenweit in allen Richtungen grün und silbern die rötlich-braunen Hügel bestanden. Doch die Dürre war so schlimm, daß selbst die robusten Oliven litten.
Im nächsten Jahr regnete es, und die Ernte fiel reichlich aus.
»Darf ich, Mamá?« fragte Andrea.
Doña Leonors Nein war knapp und endgültig, aber Andrea blieb hartnäckig: »Alle sind bei der Olivenernte des Herzogs von Sessa.«
»Die Pest ist noch nicht vorbei.«
Das stimmte – zugegeben.
»Aber praktisch alle, ob Mann, Frau oder Kind, in all den namenlosen Dörfern im Umkreis von Meilen –«
»Wie oft muß ich es dir noch sagen?«
Jeden Sonntag, nachdem der Priester aus Cabra gekommen war,

um die Messe zu feiern, machten die Dörfler ihre gemächlichen Runden um die staubige Plaza vor der Kirche. Man brauchte kaum Adleraugen, wie Doña Leonor sie hatte, um zu sehen, daß, wenn Andrea vorüber-, im Kreis und wieder vorüberging, jeder Mann in dem namenlosen kleinen Dorf das Interesse an allem verlor außer dem numinosen Gang meiner Schwester und dem liebreizenden Gesicht, das von ihrer Stola halb verdeckt wurde.

Jeden Wochentag gingen die Dörfler bei Morgengrauen in die Olivenhaine und schlugen mit Stöcken auf die Äste, und die reifen Früchte regneten in die Tücher und Netze, die unten ausgebreitet waren. Den ganzen Tag lang trotteten die Maultiere mühselig voran, und die großen Pressen drehten sich, und das goldene Öl spritzte in riesige irdene Krüge. Und die halbe Nacht floß bei den Pressen und in den Hainen der Wein, und es brutzelte das Ziegenfleisch über Holzfeuern, und es erklangen die Gitarren, und mit einem nachdenklichen, weit abschweifenden, fast gelangweilten Blick in das Licht des Feuers hob ein Mann den Kopf zur abrupten Eröffnungsklage des *cante jondo*, dieses tiefsinnigen Gesangs, dieses einzigartigen und doch überall verständlichen Ausdrucks von Schmerz und von, letzten Endes, Verachtung für all das in der Welt, was einen Menschen schließlich niederwerfen muß.

In einem solchen Augenblick, als die Musik in unserem Haus in dem namenlosen Dorf nur gedämpft zu hören war, verschwand Andrea.

Doña Leonor wickelte sich schnell ihre Stola um die eckigen, männlichen Schultern, und wir gingen hinaus in die mondhelle Nacht – meine Mutter, Rodrigo und ich –, um sie zu suchen. Mein Vater hatte es irgendwie fertiggebracht, sich das eigene Knie zu verrenken, als er versuchte, eine ausgekugelte Hüfte einzurenken; daher blieb er mit Luisa, die ihre Perlen zählte, Magdalena und Juan dem Düsteren zu Hause.

Als wir zu den großen Ölpressen des Herzogs von Sessa kamen, hörten wir über der Gitarrenmusik ein großes Geschrei und rhythmisches Klatschen, und dann sahen wir im Mondlicht Andrea. Sie zu übersehen wäre schwierig gewesen, denn sie tanzte allein unter dem Strom des goldenen Öls am Ende des Ausgusses – ihr Haar klebte an ihrem nach hinten geworfenen Kopf und glänzte vor goldenem Öl, ihr Mieder war in Öl getränkt, so daß sich ihre Brustwarzen abzeichneten, und unter ihren hochgehobenen Röcken lief das Öl die langen Beine hinab, während sie mit den Füßen zur Musik aufstampfte. In ihrem ölgesalbten Gesicht lag ein Blick, der mich verfolgen sollte, so deutlich vereinten sich in ihm kindliche Freude und neu entdeckte, ja übersprudelnde Sexualität.

»Verprügle sie«, sagte Doña Leonor zu meinem Vater, als sie Andrea nach Hause geschleift hatte. Aber Rodrigo de Cervantes nahm davon Abstand, indem er den Zustand seines Knies geltend machte. Also verprügelte Doña Leonor selbst Andrea mit einem Lederriemen, der sonst als Ersatz für die ausgeleierten Angeln unserer alten Tür diente.

Wurde meine Schwester vorher wie eine Gefangene behandelt, kann man sich das nun Folgende leicht vorstellen. Monatelang erlaubte ihr meine Mutter nicht, den Fuß vor die Tür zu setzen, außer um den Abtritt zu benützen oder zur Messe zu gehen. Selbst als wir meine Großmutter beerdigten, blieb Andrea mit Juan dem Düsteren daheim.

»Ich hab doch nur getanzt«, sagte Andrea. »Was war so schlimm dabei?«

»Wer ist auf die Idee mit dem Öl gekommen?« fragte ich.

»Na gut, wenn du versprichst, es nicht zu verraten: Juan Rufo und Tomás Gutiérrez sind zur Ernte aus Córdoba heraufgekommen. Juan war es.« Dann ein heiseres Flüstern: »Und – er hat mich auf den Mund geküßt.«

Ich sagte nichts, konnte nichts sagen. Ich fühlte ein unerklärliches Bedürfnis, meine Schwester Andrea zu schlagen – und gleichzeitig ein noch unerklärlicheres, sie selbst auf den Mund zu küssen.

Einmal kam ich in die Küche, als Andrea gerade fegte. Über ihren kurzstieligen Besen gebeugt, kam sie rückwärts auf mich zu. Ich hätt ihr aus dem Weg gehen können. Ich tat es nicht. Als sie mit mir zusammenstieß, richtete sie sich auf und drehte sich halb um, um über ihre Schulter zu blicken. In diesem Jahr waren wir gleich groß. Sie gab keinen Laut von sich, doch die leuchtenden blaßblauen Augen lachten.

Ich suchte nach anderen Möglichkeiten, meine Schwester Andrea zu berühren, und ließ es nach Zufall aussehen. Selbstgefällig – oder gefällig – ließ sie es zu. Bald aß ich wenig und schlief noch weniger.
»Der Junge sieht spitzig aus«, schrie mein Vater eines Tages.
»Er sollte eigentlich wieder in die Schule gehen«, sagte Doña Leonor.
Mein Herz machte einen Satz. Das namenlose Dorf hatte keine Schule. Die Schule bedeutete Cabra. Cabra bedeutete, ich würde nachts nicht nach Hause kommen. Und das bedeutete, ich würde meine Schwester Andrea nicht sehen.
»Weiß nicht«, schrie mein Vater. »Er hat seine Bücher. Ich kann noch mehr davon kriegen. Vermutlich sogar aus der Bibliothek des Herzogs.«
»Ist nicht dasselbe wie die Schule.«
»Ich brauche ihn bei meinen Runden«, schrie mein Vater, »damit er als mein Gehör fungiert. Es ist von Nutzen, wenn ein Wundarzt die Beschwerden seiner Patienten vernehmen kann.«
Sie stritten und einigten sich auf gar nichts. Ich schaute meine Schwester Andrea an. Sie wandte die blaßblauen Augen ab. Fast spröde sah sie in diesem Moment aus.
Die Verteilung der Schlafmöglichkeiten in unserem heruntergekommenen, gemieteten Häuschen in dem namenlosen Dorf in der Nähe der nicht länger großen Stadt Cabra sah folgendermaßen aus: Die Strohpritsche unserer Eltern paßte zusammen mit der Wiege Juans des Düsteren gerade in eine stallähnliche Erweiterung an der Nordseite der Küche. Diese Zelle wurde nachts durch einen Vorhang abgeschlossen. Wir übrigen Kinder schliefen in der Küche.
Diese Nacht beobachtete ich, wie sich die Silhouette von Andreas Körper in ihrem abgetragenen Nachthemd abzeichnete, bevor sie ihre Lippen schürzte und die Kerze ausblies. Dann hörte ich ihre Pritsche rascheln. Ich starrte in die Dunkelheit und sah Andrea tanzen, ihre blaßblauen Augen mir über ihre Schulter zulachen, und dann lachten diese blaßblauen Augen anstatt mir Juan Rufo zu, und dann sah ich sie wieder die Kerze ausblasen, und dieses Bild löste sich in einen Kuß auf, den sie Juan Rufo gab, und ich schrie auf und hörte von der anderen Seite des dunklen Raums ein plötzli-

ches Einatmen, und ich schmeckte Salz auf den Lippen und fühlte die Tränen auf meinem Gesicht, und ich schlief ein.
Und im Schlaf träumte ich, daß ich diese Nacht mit Andrea zu der Ölpresse gegangen sei und daß Andrea, die mit nach hinten geworfenem Kopf tanzte, sich umdrehte, um nicht Juan Rufo, sondern mich auf den Mund zu küssen, und ich erwachte mit etwas Weichem an meiner Wange und einem Duft in der Nase und dem Bewußtsein, daß Andrea bei mir auf der Pritsche lag und mich in ihren Armen hielt. Das Weiche war ihre Brust, und mit einer kaum gesteuerten Bewegung streckte ich die Hand aus, um sie zu berühren. Ich konnte nicht lange geschlafen haben, denn Andrea strich mit den Fingerspitzen leicht über die noch feuchten Tränen auf meinem Gesicht, und dann küßte sie sie von meinen Wangen und dann von meinen Lippen, während mir etwas Seltsames und Erregendes passierte. Meine Schwester Andrea lachte sanft, fast überhaupt kein Lachen, und untersuchte mit einer einzigen zarten, brennenden Berührung das, was passierte. Dann rückte sie weg und reckte sich im Schein des Mondes, der nun draußen vor dem Fenster stand, als ob sie gerade aufgewacht wäre, und sagte mit schläfriger Stimme, sie sei besorgt gewesen, weil ich so geweint habe. Ich entgegnete, mit mir sei alles in Ordnung, und sie erzählte, sie habe einen Traum von jener Nacht bei der Ernte gehabt, aber es sei ein schlimmer Traum gewesen und sie wisse nicht, ob sie ihn mir erzählen solle. Ich bestand darauf. In ihrem Traum habe sie bei der Mühle getanzt, sagte sie, aber nicht Juan Rufo habe sie auf den Mund geküßt, sondern mich. Ich wollte ihr erzählen, daß ich denselben Traum geträumt hätte, aber meine stotternde Zunge war plötzlich gelähmt, als ich über Andreas Schultern im Mondlicht meines Großvaters Basiliskenaugen erblickte. Dann merkte ich, daß es nur unsere Schwester Magdalena war, die uns beobachtete.

Drittes Kapitel
In welchem der Kronprinz treppabwärts fällt

Wer von uns hätte noch nie über den Unterschied zwischen historischer und dichterischer Zeit nachgedacht?

Am Anfang des Jahres 1562, historischer Zeit, kamen drei *jóvenes dorados*, drei vermögende Jugendliche, zum Studium an die Universität von Alcalá de Henares, das nur zwanzig Meilen von Madrid entfernt und noch näher bei Barajas liegt, wo meine Mutter Doña Leonor geboren wurde. Das Trio hätte eigentlich zu Fortunas Lieblingen gehören müssen. Einer war der siebzehnjährige Prinz Don Carlos, Thronerbe von Spanien. Der andere war Don Carlos' Halbonkel, der illegitime Prinz Don Juan d'Austria, der, damals fünfzehnjährig (also genau in meinem Alter), innerhalb eines Jahrzehnts der erste unter den Helden der christlichen Welt werden sollte. Der dritte war, wie Don Carlos siebzehn Jahre alt, sein italienischer Vetter Alessandro Farnese, späterer Herzog von Parma, der als Mittvierziger ruhmbedeckt bei einem Kuraufenthalt in Spa sterben sollte.

Da er somit noch sein fünftes Jahrzehnt erlebte, hatte Alessandro Farnese mehr Glück als die anderen. Der schmucke Held Don Juan fand sein Ende bereits ein Dutzend Jahre früher, ebenfalls in den Niederlanden. Und was den unglückseligen Don Carlos anbelangt, so starb dieser, schon in jungen Jahren verdreht in Geist und Körper und buckelig – war er das denn? Der rätselhafte englische Spion und Teilzeit-Stückeschreiber Marlowe sollte mir von einer ähnlichen düsteren Legende erzählen, die sich um Richard III. von England rankte –, mit dreiundzwanzig unter zweifelhaften Umständen.

Die Geschichte berichtet folgendes:

Seine Hoheit Don Carlos hatte, bis er siebzehn Jahre alt wurde, nach Zählung seines Leibwächters und Kupplers Pedro de Isunza, der zwanghaft über alles Buch führte, zweihundertachtundzwanzig Jungfrauen die Unschuld genommen. Die zweihundertneunundzwanzigste hatte in dieser Nacht vom 19. April 1562 nunmehr fast eine Stunde in den kronprinzlichen Gemächern im dritten Stock eines bescheidenen Palais verbracht, das in bequemer Nähe zum Kollegium von San Ildefonso lag, wo der Kronprinz Student mit Sonderrechten war.

Ob sie die Nacht über bliebe, würde davon abhängen, wie eifrig sie ihre Jungfräulichkeit hingab. Vorausgesetzt natürlich, Don Carlos gelang der Vollzug. Falls nicht, war mit einem prinzlichen Zornesausbruch zu rechnen, und die Schuld würde, wegen der mangelhaften Güte seiner Ware, Pedro de Isunza treffen.

In dieser Nacht brauchte sich Isunza kaum Sorgen zu machen; er kannte des Kronprinzen Geschmack. Von teils österreichischem Geblüt, vielleicht voller Heimweh nach einem Land, das er nie erblicken würde, stand Don Carlos der Sinn nach ranken, langgliedrigen, blauäugigen Blondinen, die auf direktem Wege Tacitus' *Germania* hätten entsprungen sein können.

Die Jungfrau dieser Nacht war die Vollkommenheit selbst.

Pedro de Isunza hatte das Mädchen in der Spielhölle des Franzosen Pierre Papin am Santiago-Tor aufgetrieben. Sie hatte ohne Sinn und Verstand Backgammon gespielt und haushoch verloren; ihre Einsätze wurden von einem Studenten gestellt, der sichtlich in sie verschossen war. Isunza hatte sich eingemengt und die Rechnung des Studenten mit Pierre Papin beglichen, obwohl er bei dem Scher-dich-zum-Teufel-Blick in den blaßblauen Augen des Mädchens fast gewettet hätte, daß sie keine Jungfrau mehr war.

Doch als er fragte, sagte das Mädchen: »Natürlich bin ich das.«

»Nun gut, das werden wir noch früh genug herausbekommen.«

»Wir«, sagte das Mädchen hochmütig, »werden vielleicht eher merken, daß wir nichts dergleichen herausbekommen.«

»Mein Herr«, sagte Pedro de Isunza, »ist in diesem Punkt sehr eigen.«

»Heilige Muttergottes! Sie sind ein Schlepper?«

Die Beschimpfung kümmerte Isunza nicht. Aber das Mädchen machte ihren Arm los und wandte sich ab.

»Sagen wir, einhundert Golddukaten für die Nacht, wenn ... es stimmt?«
Einhundert Golddukaten waren mehr als die Jahreseinkünfte eines tüchtigen Taglöhners.
Das Mädchen wandte sich ihm wieder zu; die Mähne ihres weizenblonden Haares wogte im Licht der Lampe. »Sehen wir uns Ihren Krösus einmal an«, sagte sie nachdenklich.
Isunza fand sie so anziehend, daß er sich wünschte, sie würde auf dem Weg zu den kronprinzlichen Gemächern doch zugeben, daß ihr ihre Jungfräulichkeit abhanden gekommen sei. Dann würde er sie in einer Art Leibwächter-Herrenrecht für sich haben.
Aber sie gab nichts zu, und so kam es, daß Pedro de Isunza jetzt im Vorzimmer wartete.
Drinnen sagte das Mädchen. »Nein, ich glaube nicht.«
»Warum nicht, um des Himmels willen?« jammerte der Kronprinz.
»Ich bin einfach nicht in der Stimmung.«
»Du hast, nehme ich an, erraten, wer ich bin.«
»Nun ja, Ihr Kinn.«
Schon das arrogante, bugförmige Kinn, die Habsburger Lippe, verriet ihn mit fast tödlicher Sicherheit. Und jeder hier in Alcalá de Henares, zwanzig Meilen von Madrid entfernt, wußte, daß der Kronprinz die Universität besuchte. Das Mädchen hatte gar davon geträumt, ihm zu begegnen.
Aus Fleisch und Blut war der Mann ein Alptraum.
Daß er sich ihrer völlig sicher war, kam nicht unerwartet. Aber mußte er seinen Wein mit diesen gar nicht stubenreinen kleinen Gurgelgeräuschen schlürfen? Und so nach Knoblauch und Kleidermief riechen? Und so wiehern, wenn er lachte?
»Ich«, sagte er, »werde eines Tages ein Reich regieren, das größer ist als das römische auf seinem Höhepunkt, oder als das des Islam. Das erste Reich, in dem die Sonne niemals untergeht.«
»Und?«
Er stopfte sie mit Geographie voll, als wäre dies ein Aphrodisiakum: »Spanien, Neuspanien einschließlich Südamerika, Mittelamerika, ein Teil Nordamerikas, die Westindischen Inseln und so weiter; der größte Teil Italiens einschließlich der Toskana, Parmas, Savoyens,

des Königreichs Neapel mit Sizilien und Sardinien; Inseln vor der Küste Asiens, die vielleicht bald nach mir benannt werden; Teile Afrikas; die Niederlande und ein größerer Teil Frankreichs, als man denkt; und, ach ja, fast hätte ich das Herzogtum Mailand vergessen. Alle diese Länder werden mir einmal gehören. Und ich will, daß heute nacht *du* mir gehörst.«
Sie leerte ihren vierten – oder war es ihr fünfter? – Becher Wein.
»Ich bin keine Halbinsel, ich bin ein Mensch.«
»Und eine Schönheit – eine Loreley. Du kannst mich nicht abweisen. Eines Tages werde ich eine Armee von fünfzigtausend Mann befehligen.«
»Warum suchen Sie sich dann keinen davon aus«, flötete sie und erstickte ein beschwipstes Kichern, »und besteigen ihn?«
Die Habsburger Lippe fiel ihm herunter. Er schlug das Mädchen. Wie in einem Reflex schlug sie ihn zurück, fester.
Von Natur aus ein Miederzerreißer, langte er nach dem ihren. Sie wich seinem Griff aus und rannte zur Tür.
Ein paar Zoll von ihrem Gesicht entfernt, bohrte sich ein Messer ins Eichenholz. Sie riß die Tür auf und stürzte hinaus.
Pedro de Isunza hätte sie fast erreicht, doch sie entwischte ihm, rannte durch das Vorzimmer zur nächsten Tür und stieß sie auf. Nur einen Augenblick hielt sie am Geländer inne und raste die Treppe hinunter.
Isunza und Kronprinz Carlos polterten hinter ihr her.
Was in dem dunklen Treppenhaus geschah, ist nicht bekannt. Möglicherweise versuchte Don Carlos in seiner Wut, an Isunza vorbeizustürmen. Möglicherweise brachte Isunza den Kronprinzen versehentlich zum Stolpern. Wie auch immer, beide verloren das Gleichgewicht, kugelten hinunter und stießen sich dort an einer offenstehenden Tür die Köpfe an.
Das Mädchen verschwand in der Nacht.
Man beachte, daß die Geschichte – aus Gründen, die wir noch sehen werden – die Verursacherin des Sturzes von Don Carlos nicht beim Namen nennt; sie ist einfach »das Mädchen«, eine kleine Nebenfigur in den Annalen der Habsburgerdynastie, für immer namenlos.

Und man beachte noch einmal das Datum – 19. April 1562. Jedenfalls war es erst im Oktober 1564, als ich meinen Vater, der damals schon fast stocktaub war, nach Alcalá begleitete, wo ich geboren worden war und wo meine Schwestern Luisa und Andrea den Schleier nehmen sollten. Daher konnte Andrea gemäß historischer Zeit nicht in Alcalá gewesen sein, als Don Carlos treppabwärts fiel. Aber gemäß dichterischer Zeit *war* sie da. Das weiß ich ganz genau, denn ich war auch da, ich war derjenige, zu dem sie anschließend kam, derjenige, der sie zusammen mit Juan Rufo versteckte und ... Wie läßt sich dieses zeitliche Rätsel erklären?

Als ich lange danach Cide Hamete fragte, sollte der weise Araber – nachweislich der Welt strengster Kritiker des Aristoteles – über einen Umweg antworten. »Ohne Aristoteles hätte euer finsteres Zeitalter nicht so finster sein können, oder? Als sich seine Ideen einmal verbreitet hatten, sollte es Generationen dauern, bis die Leute erkannten, daß Unglaube, und nicht Glaube, aller Weisheit Anfang ist. Trotzdem hat sich dieser philosophische Scharlatan in einer Sache nicht getäuscht: Die Dichtung – zu der er auch Drama und Erzählung rechnet – ist wahrhaftiger als die Geschichte.«

»Aber«, versuchte ich einzuwenden, »aber die Geschichte ist –«

»Wahrheit?« ergänzte Cide Hamete. »Weil sie dokumentiert ist? Aber warum sollte das Hauptbuch wahrhaftiger sein als die Legende? Das bloß Meßbare wahrer als das wahrhaft Erinnerungswerte?«

»Aber Geschichte ist, was wirklich –«

»Geschehen ist?« Cide Hamete lächelte nachsichtig. »Tatsächlich? Muß der Geschichtsschreiber nicht ebenso wie der Dichter auswählen? Täte er dies nicht, würde er vom Strom der Zeit hinweggeschwemmt. Aber der Geschichtsschreiber taucht in diesen Strom ein, rettet hier ein Faktum, läßt dort eines ertrinken, überläßt ein drittes einem anderen Geschichtsschreiber zur Rettung – mit einem Wort, eine Auslese. Aus der Faktenflut muß der Geschichtsschreiber *aussieben.* Durch das Aussieben verleiht er den ausgewählten Fakten eine Art von Bedeutung, die häufig mit der Wahrheit verwechselt wird. Tut der Dichter nicht das gleiche? Sage mir also, wessen ist die wahrhaftigere Wahrheit?«

Als ich nichts entgegnete, sprach Cide Hamete, dem Vergangenheit und Gegenwart und Zukunft eines sind, dieses: »Jede Zeit, ob die des Dichters oder des Geschichtsschreibers, ist flüchtig, biegsam, proteisch – und wie Proteus ist sie kaum zu fassen. Aber wenn du sie zu fassen bekommst, so kann man die Gabe der Vorsehung erlangen, wie diejenigen, die Proteus zu fassen bekamen.«
»Alles, worum ich bitte«, sagte ich, »ist, daß du mir hilfst, die Gegenwart in den Griff zu bekommen.«
»Und doch liegt das Beispiel, das ich wählen möchte, in der Zukunft. Ich spreche von dem seltsamen Zufall, daß dein Tod auf dasselbe Datum wie der Shakespeares fällt.«
Damals hatte ich noch nie von Marlowe gehört, geschweige denn von Shakespeare. Ich sagte, der Name klinge erdichtet.
»Er wird ebenso berühmt werden wie du«, sagte Cide Hamete.
»Ich werde b-berühmt?«
Cide Hamete seufzte. »Könntest du versuchen, beim Thema zu bleiben? Ich habe gerade gesagt, daß du und Shakespeare am selben Tag sterben werdet, dem dreiundzwanzigsten April – oje, was tue ich?« Cide Hametes Gesicht verzog sich gequält. Seine gottgleiche Allwissenheit war ihm noch neu, und er ertastete sich seinen Weg wie ein Kleinkind. Oder etwa nicht? Vielleicht wollte er nur, daß ich das dachte, vielleicht verfolgte er damit, daß er mir mein Todesdatum nannte, eine Absicht. Wie auch immer, seit damals tat ich am 23. April fast immer etwas Leichtsinniges, etwas, von dem ich wußte, daß es dringend getan werden mußte, bevor ich starb, und der Teufel – oder Cide Hamete – sollte einen anderen holen.
»Wenigstens«, fuhr der weise Araber, sich entschuldigend, fort, »habe ich dir das Jahr nicht genannt.« Ich wußte nicht recht, ob das besser oder schlimmer war. »Nun zum Wesen der Zeit. Es wird, wie ich sagte, dasselbe Datum sein – aber ein anderer Tag.«
»Das ist lächerlich«, erwiderte ich.
»Ich versichere dir, mein Freund, ich gebe mich nicht mit Lächerlichkeiten ab. Schon bald wird Papst Gregor den Kalender reformieren, und Spanien wird die Änderung zu Recht sofort übernehmen. Aber das träge England wird bezeichnenderweise noch über

ein Jahrhundert am alten julianischen Durcheinander festhalten, währenddessen die zwei Kalender erst um zehn, dann um elf Tage auseinanderklaffen. Sterbt ihr, du und Shakespeare, also wirklich zur selben Zeit? Den abweichenden Kalendern – diesen zeitlichen Rahmen, an denen Geschichtsschreiber Fakten aufhängen wie nasse Wäsche – nach ja. Aber gemäß der Logik nein. Ist die Geschichte demnach also glaubwürdiger als die Dichtung?«

Er leitete mich natürlich auf einen bestimmten Weg, aber ich folgte ihm willig. Hat denn ein Märchenerzähler, wenn Geschichte und Dichtung in Widerspruch zueinander stehen, eine Wahl?

Also: Es war entweder 1562 oder 1564, entweder April oder Oktober, und mein Vater und ich waren gerade am Haus des Paten meiner Schwester Luisa angelangt, eines frommen Rechtsanwalts namens Cristóbal Bermúdez, bei dem meine Schwestern einige Monate lang gelebt hatten, bevor sie den Schleier nahmen.

»Sie ist weg!« rief der Anwalt. »Vor ein paar Nächten war von draußen schwach der Klang von Gitarren und *cante jondo* zu hören, und sie verschwand einfach.«

Ich stand vor meinem Vater und übertrug Bermúdez' Neuigkeiten in unsere persönliche Zeichensprache, die Lösung für mein Stottern und seine Schwerhörigkeit. Denn ich war, nur wenige Tage nachdem Andrea und ich denselben Traum in dem namenlosen Dorf außerhalb der nicht länger großen Stadt Cabra geträumt hatten, auf obige Weise Rodrigo de Cervantes' Dolmetscher geworden. Pferde- und Viehmessen, die Feste der Schutzheiligen, Hochzeitsfeiern – zu all diesen Gelegenheiten zog es uns in zahlreiche andere namenlose Dörfer in jenem Teil Andalusiens, denn sie bedeuteten stets übermäßiges Trinken, was wiederum hieß, daß gebrochene Knochen, verrenkte Gelenke, blaue Augen, gesplitterte Fingerknöchel und Schußwunden zu behandeln waren. Bei letzteren Wunden könne, so glaubten die Leute, siedendes Öl dem Gift entgegenwirken, aber mein Vater war zu weichherzig, um den Schmerz noch zu vergrößern, so daß er statt dessen eine einfache Salbe auf der Grundlage von viel Bienenwachs auftrug, und seine angeschossenen Opfer schienen sich besser zu erholen als die meisten anderen. Mein Vater pflegte zuerst seine rituellen Gebete an die Heiligen

Cosmas und Damian zu richten und dann die Ärmel hochzukrempeln, um Gutes zu tun. Aber er war ein linkischer Mensch, der einen ebenso unfähigen Maurer oder Zimmermann abgegeben hätte, und schon bald ließ er die Verrichtungen, die mehr Geschick erforderten, mich übernehmen. Auch war mein Vater geistesabwesend. Wenn er seine Lanzette bereitmachte, um mit einem Aderlaß das Fieber eines Patienten zu senken, mußte ich ihm oft klarmachen: »Papá, du suchst vermutlich nach der Vene, der *Vene*, Papá, die gleich neben der Arterie dort verläuft.« Dazu mußte ich entweder heftig herumfuchteln oder schreien, doch keines von beiden flößte dem Patienten Vertrauen ein, bis ich lernte, die verirrten Finger meines Vaters mit einer leichten Berührung zu leiten. Auf diese Weise zogen wir ständig umher, und die Wirtshäuser Andalusiens waren meine Heimstatt, die freie Landstraße meine Nachbarschaft und Bücher, die aus der Bibliothek des Herzogs von Sessa entliehen waren, meine Schule. Und wenn ich so manche Nacht, in einen Viehstall gebettet, glühende Träume von Andrea träumte – nun ja, dann war das sicher nur die Phantasie eines Jugendlichen, gepaart mit Heimweh.
Ich versuchte jedesmal, mich auf unsere Heimkehr vorzubereiten, schwor mir jedesmal, daß alles anders würde. Aber das wurde es nie. Andreas Anwesenheit, oder Abwesenheit, war so beunruhigend, daß ich kaum bemerkte, daß mein Bruder Rodrigo seinen verkrüppelten Spielzeugsoldaten jetzt an einer Schnur um den Hals trug, daß meine Schwester Luisa ein seliges und meine Schwester Magdalena ein mit sich selbst beschäftigtes Lächeln angenommen hatte oder daß mein Bruder Juan der Düstere sich seit einiger Zeit am liebsten in dunklen Ecken versteckte.
Doña Leonor machte sich zu viele Sorgen um Andrea. »... keine Zeit für irgend etwas anderes, solange du weg bist«, beklagte sie sich, »wenn ich sie immer wie ein Adler beobachten muß.«
»... Nest ...«, erwiderte mein Vater. Seine regelmäßig wiederkehrenden Versuche, nicht zu schreien, endeten unweigerlich in einem Gemurmel, bei dem nur ab und zu ein Wort zu verstehen war.
Einmal hatte Andrea gerade angefangen, mir etwas zuteil werden zu lassen, was zunächst als eine spontane geschwisterliche Umar-

mung hätte durchgehen können, als meine Eltern in das Zimmer kamen.
»Na«, strahlte Doña Leonor, »das ist die gesunde Art Zuneigung, die das Mädchen braucht.«
»... aber ...«, sagte mein Vater und betrachtete uns genau. Das Gemurmel meines Vaters verbarg manchmal eine Einsicht.
Selbst wenn ich das Gewebe, das Andrea um uns beide spann, hätte zerreißen wollen, wie konnte ich? Was konnte ich ihr sagen, ich, der jüngere Bruder, der arg stotterte, vor allem, wenn er nervös war? Wenn ich das Unerwähnbare erwähnte, würde sie sagen, sie treibe nur ein Spiel. Half es, zu wissen, daß die Verweigerung, wie das Begehren, durch Schuldgefühle nur stärker wird?
Sie musterte mich von oben bis unten, wenn sie sagte: »Juan Rufo findet immer neue Ausreden, um das Dorf zu besuchen. Letzte Woche kam er mit Tomás Gutiérrez, und weißt du was? Der Herzog von Sessa zahlt ihm sein Studium an der Universität Alcalá.«
»Gutiérrez?« fragte ich.
»Natürlich nicht. Sieht Tomás aus, als hätte er das Zeug zum Gelehrten? Er geht als Juans Diener mit. Er sieht gut aus. Er hat einen Zwillingsspitzbart. Dunkelbraun.«
»Tomás?«
»Juan! Er läßt ihn mich streicheln. Er ist ganz seidig.«
Ich hatte nichts zu erwidern. Mein Bart lag noch in der Zukunft.
Meine Mutter, die Andrea kaum aus den Augen ließ, glaubte sie bei mir sicher. Wir fanden Orte, an denen wir allein sein konnten – einen Kuhstall am Rande des Dorfes, einen Schuppen hinter dem Friedhof, die Ruine eines ausgebrannten Hauses.
Eines Abends saßen wir auf einem herabgestürzten Balken und beobachteten, wie der Mond über den geschwärzten Mauern der Ruine aufging und sie mit Licht überflutete. Auf dem Boden waren die Reste einer Feuerstelle zu sehen.
»Zigeuner«, sagte ich.
»Zigeuner«, kam Andreas Echo, und ihr weizenblondes Haar strich über meine Wange, als sie sich mir zuwandte. »Manchmal träume ich von ihnen. In der Ferne kann ich eine Gitarre hören, so weit weg, daß sie wie ein Traum in einem Traum klingt, und ein Mann

singt mit tiefer Stimme ein Lied, und ich steige aus dem Bett, und du wartest, Miguel, und ich nehme deine Hand« – jetzt nahm sie meine Hand in den Ruinen des ausgebrannten Hauses –, »und wir laufen einfach mit den Zigeunern davon. Gehen einfach mit ihnen, wir zwei, und du richtest ihre gebrochenen Knochen, und ich nähe für sie schöne Kleider, für die ganze Sippe, und ... und keiner braucht zu wissen, ob unser Blut rein ist oder ... oder irgend etwas anderes über uns. Und wir liegen jede Nacht gemeinsam unter den Sternen, frei. Siehst du das alles nicht?«
Ich versuchte, es nicht zu sehen. Ich versuchte, die siedendheiße Spur, die Andreas Fingernagel mein Handgelenk entlang zog, nicht zu spüren.
»Z-Z-Zigeuner sind seltsame Leute«, sagte ich, verzweifelt bemüht, die lastende Stille auszufüllen. »Sie kamen aus Ägypten, hast du das gewußt? *Gitano* bedeutet ›Ägypter‹. Ich habe in einem Buch des Herzogs von Sessa alles über sie gelesen. Über die Ägypter, meine ich. Sie sind auch s-seltsame Leute. Ph-Pharaonen – in Ägypten hatten sie Könige, die hießen Pharaonen, und sie bauten riesige Grabmäler für die Zeit, wenn sie tot waren, die hießen Pyramiden, und die Leute glaubten, daß die Pharaonen nicht bloß Könige waren, sie waren Götter, und weil sonst niemand gut genug für sie war, hielten die Pharaonen ihr Blut Generationen für Generationen rein.« So redete und redete ich, stolperte über meine Zunge, sprudelte halbvergessene Überlieferungen aus dem Buch des Herzogs von Sessa hervor, um meine Gedanken von dem abzulenken, was Andrea tat und ich tun wollte. »Als sie noch lebten, meine ich. Sie hielten ihr Blut rein, indem sie ihre Schwestern heirateten.«
Von den eigenen Worten zum Verstummen gebracht, starrte ich Andrea an, ihre Lippen, feucht wie reife Granatäpfel, und wenn es je die richtige Zeit gab, dann jetzt, denn ich ertappte mich dabei, wie ich ihr Gesicht zwischen beiden Händen hielt und es näher heranzog, um diese Lippen, die jetzt sanft MiguelMiguelMiguel sagten, mit den eigenen Lippen zu berühren.
Später würde ich mich daran erinnern, wie wenig wir vorgewarnt worden waren – ein schwaches Knacken über uns, eine Bewegung, die wir mehr spürten als sahen, ein Schatten im Mondschein, wo

kein Schatten hätte sein dürfen – und als der verkohlte Sparren mit einem splitternden Krachen nachgab, stürzte ich mich auf Andrea und rollte sie in den Armen, von der Feuerstelle der Zigeuner weg, während der schwere Dachbalken auf den blanken Erdboden donnerte.

Wir hielten einander fest, ohne uns zu bewegen oder zu atmen, bis der Staub sich gelegt hatte. Dann zogen wir schweigend nach Hause, Seite an Seite, vorsichtig bemüht, uns nicht zu berühren. Und wir sprachen nie über das, was dort beinahe geschehen wäre. Und wir gingen nie wieder dorthin zurück.

Und das nächste Mal, als mein Vater und ich von der Landstraße nach Hause zurückkehrten, sagte Doña Leonor: »Cristóbal Bermúdez war in Córdoba, und er hat Luisa mit zu sich nach Alcalá genommen, um sie auf ihr Noviziat vorzubereiten.«

»Ich dachte, das Noviziat *sei* die Vorbereitung«, sagte mein Vater.

»Er hat auch Andrea mitgenommen«, erklärte Doña Leonor.

Und jetzt waren wir also in Alcalá, mein Vater und ich, und mein Vater rief: »Wir finden sie.« Aber seiner Stimme mangelte es an Überzeugung, und einmal wenigstens dachte er praktisch. »Da wir gerade dabei sind«, schlug er seinem Freund Cristóbal Bermúdez vor, »fragst du vielleicht besser die Karmeliterschwestern, welche Vorkehrungen es für die Rückgabe der Mitgift eines Mädchens gibt, falls die Vermählung unausweichlich abgesagt werden sollte.«

Mein Vater hatte sich vierhundert Golddukaten – in etwa das Einkommen von vier Jahren – als Mitgift für seine Töchter geliehen, und diese atemberaubende Summe war schon übergeben worden. Während der fromme Anwalt in Erfahrung brachte, ob es solche Vorkehrungen gab (es gab sie nicht), und während mein Vater die Stadt durchkämmte, um in Erfahrung zu bringen, wo Andrea war (es gelang ihm nicht), ging ich zur Universität und machte Juan Rufos Unterkunft ausfindig.

Ein großer Mann mit einem seidigen Zwillingsspitzbart öffnete auf mein Klopfen; sein hoffnungsvolles Lächeln verschwand, als er mich erblickte.

Hinter ihm sagte eine Stimme: »... keine Zeit für deinesgleichen, jetzt, wo sie königlich gevögelt worden ist.«

»Aber wir *wissen* nicht«, entgegnete der Mann an der Tür, »daß dieser Kerl Isunza –«
»Schau der Wirklichkeit ins Gesicht.« Die Stimme wurde lauter, und ein kleiner, kräftig gebauter Mann gesellte sich zu uns. »Wer zum Teufel bist du?« fragte er.
»Miguel de Cervantes«, antwortete ich. »Wir sind uns in Córdoba begegnet.«
»Richtig, der Bruder. Du bist nicht bewaffnet?«
»Bewaffnet?«
Der große Mann, der natürlich Juan Rufo war, seufzte.
»Hast du kein Schwert? Oder einen Dolch? Messer? Hirschfänger? Stilett? Gnadgott?« fuhr Tomás Gutiérrez fort.
»Wozu?«
»Mann! Die Ehre! Ein Mädchen wird entjungfert, egal, ob vom König oder sonst einem, und der Ruf ihrer Familie ist erledigt – außer es wird ein bißchen Blut vergossen. Und ich meine nicht das Blut auf den Bettlaken.«
»Tomás«, sagte Juan Rufo, »muß das sein? Ich hoffe noch immer, daß die liebliche Andrea, deren Schönheit wie die Liebkosung der Sonne an einem windstillen Wintertag im Hochland von Kastilien ist, dieses Gerede von Ehre und Rache überflüssig machen wird.«
»Nicht um ein Gebet im Fegefeuer«, sagte Gutiérrez mit der Unverblümtheit, die ihn bei der Erlangung seiner gesellschaftlichen Ziele immer beeinträchtigen sollte, und wandte sich mir zu. »Der Kodex der Ehre schwankt niemals, Freund. Der Verführer muß sterben. Im Normalfall. Wenn er nun aber königlichen Geblüts ist?« fuhr Tomás fort. »Einen von königlichem Geblüt kannst du nicht töten. Rate mal, wer dann übrigbleibt.«
Ich begriff und weigerte mich, zu begreifen. Meine Schwester und jemand aus der königlichen Familie? Ehre und Rache? Dolch, Messer, Hirschfänger, Stilett, Gnadgott? Mein ganzes Wesen wehrte sich gegen die Scheußlichkeit, die die althergebrachte Sitte von mir forderte.
»Miguel!« rief eine atemlose Stimme.
Ich wirbelte herum. Meine Knie wurden zu *cuajada*.
»Ich hab gewußt, daß du kommst – oh, ich hab es gewußt!«

Wir umarmten uns. Ihr Gesicht war gerötet, ihr weizenblondes Haar zerzaust. Ihr Herz klopfte gegen meines.
»Hast du –«, fragte ich.
»Selbstverständlich nicht.«
»Gott sei Dank«, sagte Juan Rufo.
»Warum nicht?« fragte Tomás Gutiérrez mißtrauisch.
Inzwischen waren wir alle hineingegangen und ganz Ohr.
»Ich hab ihn nicht ausstehen können, er war so ein Rüpel. Ich bin weggelaufen.«
»Sie haben dich gelassen?« fragte Gutiérrez skeptisch.
»Ich sehe nicht, wie sie mich hätten aufhalten können – nicht nachdem sie die Treppe hinuntergefallen waren.«
Gleichzeitig sagte Juan Rufo: »Wissen sie, wo sie dich finden?«, und Gutiérrez: »Schaff sie hier raus, Cervantes«, und ich: »Wir müssen dich verstecken, bis –«
Bis was?
Gutiérrez war unerbittlich. »Wir wollen hier nichts von ihr wissen. Schaff sie raus, Freund. Gleich.«
Juan Rufo warf ihm einen vernichtenden Blick zu, der dennoch auch Angst ausdrückte. Das war so hart, wie es klingt.
»Die Pförtnerloge in San Ilde«, sagte er zu mir. »Dort ist sie bis Sonnenuntergang sicher.«
Schnell legten Juan Rufo und ich uns unseren Plan zurecht. Dann öffnete Gutiérrez widerwillig die Tür, lugte im Mondschein nach rechts und links, und ich eilte hinaus.

Mein Vater stand, von zwei Männern flankiert, im *cercle privé* von Pierre Papins Spielhölle.
Der schwarze Sklave Luis trug einen Turban nach türkischer Art und ein riesiges schimmerndes Krummschwert. Beim Lächeln zeigte er zwei heimtückische Goldzähne. Er sah wohlhabend und bedrohlich aus.
»Gefunden?« fragte mein Vater.
Ich begnügte mich vorläufig mit einem unverbindlichen Brummen.
Pierre Papin war nicht nur wie ein Franzose gekleidet, auch mit Worten ging er wie ein Franzose um. »Ihre Schönheit«, extempo-

rierte er, »ist wie die rätselhafte Silhouette eines Schiffes mit fremdartigen Segeln im Silberpfad des Vollmondes auf See.«
Ich fragte mich, ob außer Tomás Gutiérrez irgendein Mann in Alcalá nicht dem Zauber meiner Schwester verfallen war. Luis, vielleicht.
»Hat sie's mit dem Märchenprinzen getrieben?« fragte der schwarze Sklave mit seiner üblichen Kaltblütigkeit.
»Der Kronprinz scheint einen Unfall erlitten zu haben.«
»Was?« rief mein Vater.
»Bei diesem Mädchen war das nicht anders zu erwarten«, meinte Luis und setzte nachdenklich seinen Turban ab. Seine Rübe war kahlgeschoren. Er sinnierte: »Ihre Schönheit ist wie ein Quell klaren Wassers in der ganzen menschenvernichtenden Weite aus glühendem Sand und Fels zwischen Algier und Spanisch-Oran, genau in dem Augenblick, da der entflohene Sträfling entdeckt, daß er keine Fata Morgana vor sich hat.«
Soviel zu Luis' Kaltblütigkeit, dachte ich; soviel zu seiner Unzugänglichkeit für den Zauber meiner Schwester.
Doch er setzte seinen Turban wieder auf und sagte dabei: »Sie werden sie suchen, ganz bestimmt. Und sie foltern die Leute. Wenn sie mit ihren Fragen hierherkommen, schulde ich euch Cervantes nichts. Eure Großmutter hätte mir meine Freiheit geben können. Statt dessen hat sie mich verkauft.«
»Na und? Du bist praktisch mein Partner«, sagte Pierre Papin. »Du bist nur dem Namen nach ein Sklave.«
»Ich fühl mich so, Mann«, entgegnete Luis. »Ich fühl mich so. Geboren ward ich als Sohn eines mächtigen Fürsten über eine große Insel vor Spanisch-Amerika, mit mehr Goldreserven als Mexiko und Peru zusammen. Jetzt bin ich ein Sklave. Erwartet keine Hilfe von mir.«
»... kaufen ...«, sagte mein Vater.
»Wir würden Luis gern von dir zurückkaufen«, führte ich zum besseren Verständnis Pierre Papins aus.
»... Schulden ...«, fuhr mein Vater fort.
»Wieviel«, fragte ich Pierre Papin, »hat mein seliger Großvater Ihnen geschuldet?«

»Vierhundert Golddukaten.«
»Wir kaufen Luis für das Doppelte von Ihnen zurück.«
»Mir«, warf Luis ein, »ist es egal, wer mich besitzt. Ich wurde nicht dazu geboren, von jemandem besessen zu werden. Ich habe kein Verlangen danach, von jemandem besessen zu werden.«
»Profit«, meinte Pierre Papin, »ist für mich von geringem Interesse. Aber eine Wette ... Sind Sie eine Spielernatur?« fragte er meinen Vater. »Ich schlage einen einzigen Wurf mit den Würfeln vor. Wenn Sie gewinnen, bekommen Sie Luis und zahlen mir eintausend Golddukaten, runde Zahlen sind mir nämlich lieber. Wenn Sie verlieren, gibt's kein Geschäft.«
»Mir«, wiederholte Luis, »ist es egal, wer mich besitzt.« Das sagte er fast mißmutig.
Pierre Papin holte die Elfenbeinklötzchen hervor. Luis streckte die Hand aus, wog die Würfel, betrachtete einen davon mit zusammengekniffenem Auge. »Also wirklich, Pierre«, schalt er.
Pierre Papin holte ein zweites Paar Würfel hervor, die der Prüfung seines Sklaven standhielten.
Mein Vater würfelte eine blutleere Zwei und eine Drei. Pierre Papin setzte ein berufsmäßiges Grinsen auf, spuckte auf die Würfel, ließ sie in seiner Hand klappern, spuckte nochmals darauf, würfelte. Eine Eins und eine Zwei.
»Geben Sie mir eintausend Golddukaten«, sagte er mit der Schicksalsergebenheit eines Spielers, »und Luis gehört Ihnen.«
Mein Vater schrieb den Schuldschein aus.
»Du bist ein freier Mann«, sprach er zu Luis.
Luis zog eine Augenbraue hoch.
»Wie würde es dir gefallen, mein Partner zu werden?« fragte ihn Pierre Papin.
Luis zog die andere Augenbraue hoch. »Geradeheraus – wieviel?« Er machte damit nicht etwa den Vorschlag, sich einzukaufen. Pierre Papin würde der einzige sein, der zahlte, denn Luis kannte seinen Wert. Ein Spieler war abhängig von seinen Beziehungen zur *hampa*, der Unterwelt aus Zigeunern und anderen pikaresken Elementen, die sich damals von Sevilla aus über ganz Spanien ausbreiteten, um Franzosen und sogar Italiener aus dem Metier, das diese

lange beherrscht hatten, zu vertreiben. Und Luis kannte sich in der *hampa* besser aus als Pierre Papin.
Der Franzose sagte: »Eintausend Golddukaten« und reichte Luis den Schuldschein meines Vaters.
»Vierteljährliche Zahlung von einhundert Dukaten, plus vierzig Prozent Zinsen p. a.«, warnte uns Luis. »Und daß euch bloß nicht einfällt, euch zu drücken. Weil, wenn ihr's doch tut, ratet mal, wer dann die Identität einer gewissen schönen Dame erfährt?«
Ich fand Andrea wohlauf in der Pförtnerloge von San Ildefonso vor und vertraute sie am Morgen für den Weg in die nicht länger große Stadt Cabra einer Gruppe uralter Dominikanerbrüder an, die nach Córdoba und zu dessen Beinahe-Wunder einer eine Kathedrale gebärenden Moschee unterwegs waren. Nach der Verlobung meiner Schwester Luisa mit Christus kehrten mein Vater und ich eilends nach Cabra zurück, wo wir die übliche Galeere mieteten und um Mitternacht (mit der Miete für das Häuschen in dem namenlosen kleinen Dorf waren wir mehrere Monate im Rückstand) mitsamt der Familie nach Sevilla aufbrachen, dem Tor zur Neuen Welt.

Etwa um den Zeitpunkt, als wir Luis kauften und ihm seine Freiheit schenkten, erlangte der Kronprinz Don Carlos in den Armen seiner Domestiken wieder das Bewußtsein. Als am späteren Morgen sein Leibwächter und Kuppler Pedro de Isunza zu sich kam, stellte sich heraus, daß dieser an Gedächtnisschwund litt; die Stunden, die seinem Treppensturz unmittelbar vorausgingen, waren aus seiner Erinnerung gelöscht, so daß er sich nicht entsinnen konnte, Don Carlos' zweihundertneunundzwanzigste mutmaßliche Jungfrau beschafft zu haben, geschweige denn wo. Er wurde in Ungnade entlassen und lebte einige Jahre lang im verborgenen.
Don Carlos schien sich zu erholen. Dann brach er eines Tages ohne Vorwarnung zusammen. Ein Team aus neun königlichen Ärzten diagnostizierte Druck auf das Gehirn, war sich aber uneins über die Behandlungsmethode. Man hätte sich wohl auf ein gütiges Vergessen geeinigt, wäre da nicht im nahegelegenen Madrid der größte Arzt dieser Zeit, Andreas Vesalius aus den Niederlanden, gewesen

(der später von der Inquisition wegen des Sezierens von Leichen verurteilt, aber nicht hingerichtet wurde). Als Vesalius den Kronprinzen in tiefem Koma liegend vorfand, bohrte er mit einem Drillbohrer sofort ein großes Loch in seinen Schädel, um den Druck auf sein Gehirn zu lindern, und rettete ihm – möglicherweise – das Leben.

Eine alternative Behandlung widerfuhr dem Prinzen in derselben Nacht in Gestalt des seligen Fray Diego, eines Franziskanermönchs, der seit fast genau hundert Jahren tot, aber unverwest war. Mit diesem grausigen Heilmittel (denn der Leiche wurden erstaunliche stärkende Kräfte nachgesagt) beladen, trafen mehrere lebende Franziskaner und ein Gefolge aus wahrhaft gläubigen Bauern am prinzlichen Krankenlager ein. Fray Diegos Überreste wurden dem Patienten ins Bett gelegt, während die lebenden Franziskaner die wahrhaft Gläubigen bei lautem Gebet anführten.

Als Don Carlos überlebte, machte sein todliebender Vater Philipp II. für die Heilung nicht Dr. Vesalius, sondern Fray Diegos Überreste verantwortlich und setzte vier aufeinanderfolgenden Päpsten zu, den toten Mönch heiligzusprechen. Im Jahre 1588, als die unbesiegbare Armada lossegelte, um England zu erobern, stimmte Papst Sixtus V. schließlich der Kanonisierung zu. Später benannten Siedler in Südkalifornien eine kleine Mission zu Ehren des neuen Heiligen.

Was den ehemaligen Leibwächter und Kuppler Pedro de Isunza angeht, so erlangte er nach einigen Jahren der Zurückgezogenheit eine Stelle in der Anlageberatung des Hohen und Heiligen Rates der Inquisition. Bis dahin wachte er regelmäßig aus Alpträumen schweißgebadet auf, in denen eine märchenhaft schöne Jungfrau ihn mit ihrer langen Mähne weizenblonden Haares erbarmungslos auspeitschte.

Viertes Kapitel
In welchem das schöne Zweitausendzweihundert-Golddukaten-Baby die Neue Welt verschmäht

Jeden Abend ging die Familie den Guadalquivir entlang von der Triana-Brücke in Richtung Süden zum Goldturm, um den Traum zu träumen, in dem der Hafen von Sevilla eine so große Rolle spielte.

Wenn überhaupt, gesellte mein Vater sich erst spät zu uns. Nach seinem ausgefüllten Arbeitstag im Armenviertel La Macerena, wo wir ein baufälliges Haus im Schatten des alten Maurenwalls gemietet hatten, stand er nämlich noch stundenlang vor der Börse Schlange, und jeden Abend schlug das Gatter vor ihm zu, gerade wenn er zur Spitze der Schlange vorrückte. Aber er blieb beharrlich, wie Tausende anderer Arbeitssuchender, die die Börse um einer Chance in der Neuen Welt willen belagerten, denn diese barg in ihren Augen eine unwiderstehliche Verheißung: ein neues Leben.

»Warum sollten sie in Neuspanien einen tauben Bader und Wundarzt brauchen?« pflegte Doña Leonor zweifelnd zu fragen.

»Du wirst schon sehen«, schrie Rodrigo de Cervantes dann mit ausweichender Zuversicht.

Wir spazierten die Kais entlang, auf denen sich eiserne Gerätschaften, gewaltige Weinfässer, Tonnen mit baltischem Salzhering, Ballen von italienischem Brokat, englischem Kersey- und holländischem Wollstoff türmten, und waren so hoffnungsvoll wie viele andere in den Menschenmassen, die sich durch Sevilla drängten.

»Die Sache ist die, daß ein Kerl drüben in der Neuen Welt nicht jemand zu *sein* braucht, sondern nur etwas *tun* muß«, sagte jeder.

»*Tu* etwas«, sagte Doña Leonor oft zu mir und sah dabei Andrea bedeutungsvoll an.

Auf dieselbe Weise schauten sie auch großmütterliche Frauen mit

ihrem gütigen, zahnlosen Lächeln an. »Es wird ein schönes Kind«, sagten sie.
»Krieg wenigstens heraus, wer es ist«, flehte meine Mutter.
Aber Andrea war sogar mir gegenüber zurückhaltend und unnahbar geworden.
»Wie kann sie mit uns nach Neuspanien«, jammerte Doña Leonor, »unter einer solchen Wolke der Schande?«
»In Neuspanien«, bemerkte Magdalena kühl, »kommen zwanzig Männer auf jede Frau. Sie wird's schon schaffen.«
»Wir kämpfen gegen heidnische Wilde in Mexiko«, versprach mein Bruder Rodrigo dem verkrüppelten Spielzeugsoldaten, den er noch immer an einer Schnur um seinen Hals trug. Rodrigo verbrachte immer mehr Zeit im Labyrinth von Sevillas maurischen Straßen und stellte bei komplizierten und endlosen Kriegsspielen seine eigene Kompanie jugendlicher Soldaten auf, die sich aus Familien auf dem Weg in die Neue Welt rekrutierten.
Juan der Düstere verschwand des öfteren auf diesem oder jenem Kai, bis wir uns auf den Rückweg zu unserem baufälligen Haus im Schatten des alten Maurenwalls machten.
Täglich nahm mich meine Mutter beiseite und drängte mich: »Du stehst ihr am nächsten. Krieg heraus, wer es ist.«
Aber wie hätte ich sie auch nur darauf ansprechen können – geschweige denn es ertragen können, mir meine Schwester Andrea in den Armen eines Fremden vorzustellen, ihre weizenblonde Mähne auf seinem Kissen ausgebreitet, ihre Lippen in Ekstase aufgerissen?
Das Baby wurde im Juli erwartet. Daher hätte dem Kalender nach Kronprinz Carlos der Vater sein können. Aber ich glaubte, daß meine Schwester über ihre Nichtverführung in Alcalá die Wahrheit gesagt hatte, und außerdem waren wir sowieso so kurze Zeit darauf nach Sevilla umgezogen, daß ebensogut jemand von hier der Vater des Kindes sein konnte. Eine Zeitlang nahm ich an, daß es Juan Rufo war, denn er war uns zusammen mit Tomás Gutiérrez nach Sevilla gefolgt, und wir begegneten uns häufig auf unseren *paseos* entlang des Wassers.
»Sieht mir wie ein klarer Fall von Zwillingen aus«, flachste Gutiérrez (denn Andreas *embarazo* – wörtlich Verlegenheit oder Schwan-

gerschaft – war in der Tat außergewöhnlich), während Juan Rufo betreten schweigend dabeistand.

Aber schließlich brachte er es fertig, mich beiseite zu nehmen, und nach einigem Herumdrucksen meinte er: »Sag ihr, ich heirate sie, wenn sie mich haben will. Das Kind braucht einen Namen.«

Ich sagte es ihr.

»Sag ihm, daß ich dankbar bin, aber jemanden, den ich nicht liebe, nicht heiraten kann.« Und jene leuchtenden blaßblauen Augen begegneten den meinen, dann schauten sie geschwind weg.

Etwa eine Woche später fragte mich Andrea: »Wie finde ich einen guten Rechtsanwalt?«

»Der einzige Rechtsanwalt, den ich kenne, ist ein Bursche namens Picapleitos, den ich ein- oder zweimal in dieser Gegend hier gesehen habe.«

Andrea und ich gingen damals gerade an den Marktständen vorbei auf das neue königliche Gefängnis von Sevilla zu.

»Der, der Papá in Valladolid aus dem Gefängnis geholt hat?«

»Na ja, er hat ihm das Adelspatent besorgt«, sagte ich. »Was ihn nicht immer vor dem Schuldgefängnis bewahrt hat. Wie damals in ...«

Der Arm meiner Schwester zerrte an meinem. Ich drehte mich um und merkte, daß sie nicht ein Wort gehört hatte.

»Andrea?« fragte ich beunruhigt.

Sie stand bewegungslos da und starrte eine Gruppe aneinandergebundener Gefangener an, die schwer bewacht und mit klirrenden Ketten langsam die Sierpes-Straße herunterkam. Riesig und doch auf seltsame Weise ohne Tiefe, wie die Augen auf einem ägyptischen Fries, folgten Andreas Augen dem Weg der Sträflinge durch die johlende Menge bis in das Gefängnis. Die eisenbeschlagenen Tore fielen donnernd zu. Andrea blieb stocksteif stehen, wie in Stein gemeißelt. Ich ergriff ihren Arm und schüttelte sie. Ihre Augen rollten nach hinten, so daß nur noch das Weiße sichtbar war. Ich rief sie noch einmal, dringender, bei ihrem Namen. Sie erschauerte, und ich blickte wieder in das Blaßblau ihrer Iris. »Miguel? Miguel?« fragte sie mit einer Stimme wie das Echo eines fernen Windes, der uns aus einem Morgen bar jeder Hoffnung entgegenbläst. »Lieber Gott ... Miguel ... so viele Gefängniszellen ...«

Konnte es sein, daß meiner Schwester an diesem Tag das Zweite Gesicht gewährt worden war? Konnte es sein, daß sie in die Zukunft geschaut hatte – meine Zukunft? Ich kann es nicht sagen; ich schreibe dies nur auf, wie es geschah.
Ihre Finger gruben sich schmerzhaft in meinen Arm, und mit wieder fast normaler Stimme sagte sie: »Verschaff mir einen Termin bei diesem Anwalt. Du mußt Spanien verlassen.«
»Ich? Oder meinst du etwa uns alle?«
»Ich weiß nicht, was ich meine. Bitte, Miguel. Tu es einfach.«

Es war die eine Nacht in der Woche, in der die Arbeitsvermittlung der Börse bis Mitternacht geöffnet hatte, und ich war gerade von daheim weggegangen, um meinen Vater in der Schlange abzulösen.
»Cervantes?«
Als ich mich umdrehte, wurde ich von starken Armen ergriffen, und man warf mir eine Decke über den Kopf. Ich spürte, wie ich unsanft auf einer harten Fläche abgelegt wurde, die zu schaukeln und zu wackeln begann: ein Wagen. Eine halbe Stunde später zog jemand die muffige Decke weg, und ich sah im Mondschein eine schmale Gasse und die blinden, fensterlosen Mauern von Häusern, die den Blick auf ihr Inneres freigaben und dennoch verschlossen wirkten, geheimnisumwoben. Nicht weit entfernt hörte man das gedämpfte, langgezogene Klagen eines Flamencos. Ich konnte den Fluß riechen. Wir waran in Triana, dem Zigeunerviertel.
Meine beiden Häscher drängten mich schnell durch einen Patio, einen dunklen Gang entlang, über ein Stück offenes Gelände, das nach Urin roch und mit den Abfällen von Menschen übersät war, die ein hartes Leben mit Härte auslebten, bis zu einer Hütte am Rand des Flusses. Einer der Zigeuner stieß mit dem Fuß die windschiefe Tür auf. Ich blickte auf einen kleinen Jungen auf einem verwurmten Haufen Stroh hinab.
»Bist du gekommen, um mich zu retten, Miguel?« fragte er.
Bei näherem Hinsehen erkannte ich in ihm meinen jüngsten Bruder, Juan den Düsteren.
»Wie lang bist du schon hier?«
»Drei Tage, denke ich«, entgegnete er.

Die Familie hatte nicht bemerkt, daß er fehlte, wenn man es überhaupt so nennen wollte.
»Vier. Vier Tage«, verbesserte der erste Zigeuner, der auffällig *bizco* war, also schielte.
Als sie Anstalten machten, die Tür wieder vor ihm zu schließen, rief Juan der Düstere mit löblicher Beherrschtheit aus: »Du *wirst* mich doch retten, oder?«
Auf dem stinkenden, müllübersäten Gelände zwischen der Hütte und der blinden Rückseite des Hauses fingerte der zweite Zigeuner an seinen dunklen, herabhängenden *bigotes* – seinem Schnurrbart – herum und sagte: »Er will wissen, ob du gekommen bist, um ihn zu retten.«
»Vier Tage lang haben wir das Knäblein hier festgehalten, wir können es noch vierzig Tage länger festhalten«, sagte Bizco zu mir. »Jedenfalls bis ihr einer gewissen Person gebt, was ihr zusteht. Was heißt, zwei vierteljährliche Raten von einer Schuld von tausend Golddukaten.«
»Zuzüglich Zinsen«, sagte Bigotes und machte mit den Händen eine ungeduldige Drehbewegung.
»Oder«, sagte Bizco und nahm den Wink auf, »das Genick eines Knäbleins bricht leicht.«
»*Zuzüglich* Zinsen«, wiederholte Bigotes. »Und ein bißchen schneller als bald.« Er schlug mit seinen Armen wild um sich, um einen Ertrinkenden nachzumachen.
»Oder«, sagte Bizco, »der Fluß ist tief.«
Ich schlug ihn.
Das war erst mein zweiter Versuch, jemandem körperlichen Schaden zuzufügen; der erste war der Zwischenfall mit Tomás Gutiérrez' *piropo* gewesen. Ich war von Natur aus nicht gewalttätig, aber was blieb mir übrig angesichts ihrer theatralischen Drohungen gegen meinen Bruder?
Wenn ich sage, ich schlug ihn, meine ich, daß ich mit meiner rechten Faust unbeholfen, aber mit all meiner Kraft ausholte und es irgendwie schaffte, ihn auf die Spitze des Kinns zu schlagen. Das bezahlte ich mit einem schrecklichen stechenden Schmerz meinen Arm hinauf bis zur Schulter. Der schielende Zigeuner fiel, sehr zu

meiner Überraschung, zu Boden. Ich griff nach unten, riß den Hirschfänger (oder war es ein Gnadgott?) aus seiner Schärpe und wirbelte herum, um mich seinem schnauzbärtigen Kumpan zu stellen.

Auf dem müllübersäten Boden wischte sich Bizco ein paar Tropfen vom Kinn und sagte: »Schneid seinem Brüderchen das Ohr ab.«

»Welches?« fragte Bigotes, und im selben Augenblick versetzte ich seiner Hand einen solchen Tritt, daß der Gnadgott (oder war es ein Stilett?) durch die Luft flog.

Ich dachte daran, daß Juan der Düstere seit vier Tagen auf einem verwurmten Haufen Stroh gefangengehalten wurde. Ich wollte ihnen die Gesichter eintreten.

Statt dessen stieß ich mit dem Fuß die Tür zur Hütte auf. »Komm heraus, Juanito.«

Was er, voller Verehrung für seinen Helden, tat.

Bizco war inzwischen auf Hände und Knie hochgekommen. Ich stieß mit dem Fuß alle viere unter ihm weg. Als mir wieder einfiel, wie er Bigotes gesagt hatte, er solle Juan dem Düsteren das Ohr abschneiden, stellte ich mir vor, ihre Köpfe unter Wasser zu halten, bis keine Blasen mehr aufstiegen.

So ist es, mein Temperament, wenn es erst einmal entflammt ist – trotz meiner sanften Natur.

»In die Hütte mit euch, alle beide«, rief ich und ergriff Bizcos Stilett (oder war es ein Messer?) statt mit meiner tauben, geschwollenen rechten Hand mit meiner Linken.

Ich machte die windschiefe Tür hinter ihnen zu. Juan der Düstere fand einen flachen Stein, und ich keilte ihn unter der Tür ein. Das verschaffte uns ein paar Sekunden Vorsprung.

»... wenn du mir bloß gesagt hättest, welches ...«, hörte ich Bigotes drinnen jammern.

Dann rannten wir, Juan der Düstere an meine schmerzende rechte Hand geklammert, in Richtung Triana-Brücke – so hoffte ich zumindest. Zu dieser Stunde lag das Flußufer verlassen da, von den Aasgeiern abgesehen, die hie und da in zerbrochenen Planken, rostigen Faßreifen, wurmstichigen Seekisten herumstocherten. »Schneller!« – schon hörte ich die Fußtritte der Verfolger, doch entdeckte ich nun auch, geradeaus vor uns, den willkommenen Anblick der Brücke. Gerade als ich schon dachte, daß wir es tatsächlich schaffen könnten, stolperte Juan der Düstere, fiel hin und fing an zu heulen. Als ich ihn aufklaubte, sah ich Bizco und Bigotes keine fünfzig Schritt hinter uns den Kieselstrand entlang stampfen. Ich rannte weiter, Juan den Düsteren in meinen Armen, das Messer oder den Dolch zwischen meinen zusammengebissenen Zähnen. Als wir uns der Brücke näherten, verließ mich der Mut. Von dort kam eine regelrechte Armee auf uns zu, deren Waffen absonderlich klapperten. Auf ein Zeichen ihres Führers rannten die Soldaten, eindrucksvoll geordnet, mit Gebrüll und Geschrei los. Ich stellte Juan den Düsteren auf die Beine und kauerte mich vor ihm hin, mit gezückter Klinge und entschlossen, mein Leben teuer zu verkaufen. Da bemerkte ich etwas Seltsames. Sogar in der kauernden Haltung eines Messerstechers war ich so groß wie die lärmenden Soldaten, die auf uns zuhielten und sich auf eine Bewegung der langen hölzernen Lanze, die ihr Führer als Standarte benutzte, wie die Brandung an einem Felsen teilten. Ich trieb Juan den Düsteren auf die Brücke und zwischen den Zwillingskolonnen der kindergroßen Soldaten durch, und als ich mich einmal umdrehte, sah ich, daß diese seltsame Armee sich auf der Triana-Seite des Flusses zusammenballte und mit den hölzernen Waffen klapperte. Die Zigeuner waren nirgends in Sicht. Wir gingen langsamer weiter; Juan der Düstere drückte meine geschwollene Hand den ganzen Weg heim zu unserem baufälligen Haus im Schatten des alten Maurenwalls, wo die gesamte Familie außer meinem Bruder Rodrigo wartete. Alle Räume waren hell erleuchtet.

In einem Anfall reiner Freude schrie mein Vater: »Na, wieder einmal unterwegs!« und machte dabei sogar einen oder zwei Luftsprünge, während meine Mutter fragte: »Was ist mit deiner Hand los, Miguel?«

»Meiner was? Nichts. Nichts ist mir ihr los.«

»Er hat mich gerettet«, erklärte Juan der Düstere.

»Wo warst du den ganzen Nachmittag?« fragte Magdalena ihn.

Dann redeten sie alle auf einmal, übertönt von meinem Vater: »Wieder einmal unterwegs, nur ist der Weg diesmal ein Schiff!

María de la Esperanza heißt es, eine Zweihundertdreißig-Tonnen-Karavelle, und kommenden Oktober segeln wir nach Neuspanien.«
»Irgendein Simpel beim Einstellungsamt hat deinen Vater als Bader und Wundarzt für einen Unort namens Veracruz in Amerika angeheuert«, sagte Doña Leonor, aber sie glühte dabei vor Freude.
Genau in dem Augenblick kam Rodrigo in seinem buntscheckigen Soldatenaufzug herein, den er sich aus bei Andrea geschnorrten Stoffetzen genäht hatte. Er stellte seine lange hölzerne Lanze in eine Ecke und setzte sich neben Magdalena.
»Wieder draußen Soldaten gespielt?«
»Sie sind nicht gut genug für dich, deine ›Truppen‹«, rümpfte Doña Leonor die Nase.
Inzwischen hob mein ausgelassener Vater Juan den Düsteren in die Luft und bis zur Decke; beide lachten. Plötzlich sagte mein Vater mißmutig: »Du riechst, als ob du vier Tage auf einem verwurmten Haufen Stroh gelegen hättest.«
»Miguel hat mich gerettet«, erklärte Juan der Düstere.
Als mein Vater zum zehntenmal »Wieder einmal unterwegs, unterwegs, unterwegs!« sang, fand ich die Gelegenheit, mich einen Augenblick neben meinen Bruder Rodrigo zu kauern.
»Was ist passiert?«
»Sie konnten nicht schwimmen.«

Ein paar Tage später fragte mich Andrea: »Wie macht er es? Diesen Trick mit dem Tintenfleck auf seiner Nase.«
Als ich zugab, daß es mich auch verwirrte, erzählte sie mir von ihrem ersten Treffen mit Picapleitos.
Er saß, die dürren Beine übereinandergeschlagen, da und wippte mit einem silberbeschnallten Schuh. Sein Kopf ruhte auf einer riesigen gestärkten Halskrause aus Kambriktuch wie ein Apfel auf einem Stapel Teller, und die Spitze seiner ungewöhnlich langen Nase, die Gott oder der Teufel zu einer langen Spitze zusammengezwickt hatte, war feuerrot von einer Erkältung.
Ein Niesen unterdrückend, strich sich Picapleitos die Nase entlang, wobei seine saubere Hand es irgendwie fertigbrachte, sie mit Tinte zu verschmieren. »Señorita Cervantes, natürlich! Ich habe Ihren Vater in Valladolid aus dem Gefängnis herausgeholt.«

»Eigentlich haben Sie ihm das Adelspatent verschafft«, sagte Andrea.
»Nun erinnere ich mich. Für mich wenig dabei herausgesprungen.« Picapleitos strich sich in der anderen Richtung die Nase entlang, von der Spitze zur Wurzel. Der Tintenfleck verschwand. »Na schön. Die Familie gedeiht, hoffe ich?«
»Wir segeln im Oktober nach Neuspanien.«
»Aha, dann haben Sie Aussichten!« Er strich den Fleck wieder auf seine Nase.
»Mein Vater hat dringliche Schulden in Höhe von eintausendzweihundert Golddukaten.«
Weg war der Fleck. »Dann ist eine Flucht nach Neuspanien tatsächlich der klügste Weg. Aber warum begehren Sie meine Dienste?« Seine Augen wanderten zu Andreas deutlich sichtbarer »Verlegenheit«. »Sie brauchen nicht vielleicht eine Hebamme? Meine Base –«
»Ich habe mir bereits eine genommen.« Andrea lehnte sich etwas unbeholfen nach vorne. »Ich möchte jemanden verklagen – wegen der Nichteinhaltung eines Versprechens über eintausendzweihundert Golddukaten.«
»Aha! Genau der Betrag der Schulden ihres Vaters. Aber mein liebes Mädchen!«
»Es ist zuviel?«
»Es ist zuwenig. Waren Sie verlobt?«
»Nein. Ich habe ihn nur einmal getroffen.«
Picapleitos' rote Nasenspitze erbebte. »Gut, was *hat* der Kerl versprochen?«
Die leuchtenden blaßblauen Augen niedergeschlagen, sagte Andrea: »Sie wissen. Das Übliche. Nehme ich an.«
»Verlegenheit, damit meine ich Zurückhaltung, hat in dieser Kanzlei nichts zu suchen. Wir sagen, daß er versprochen hat, sich um Sie und um das Kind bis zu seinem zwanzigsten Lebensjahr zu kümmern.«
»Aber – aber eintausendzweihundert Golddukaten sind zwar ein Vermögen, würden einer Mutter mit Kind jedoch höchstens zehn Jahre reichen.«

»Genau, mein liebes Mädchen. Weshalb wir den Kerl auf *zwei*tausendzweihundert Golddukaten verklagen. Meine Gebühr ist die Hälfte von allem, was ich, wenn ich geschickt genug bin, eintreiben kann.«
»Aber dann bekomme ich, selbst wenn Sie alles bekommen, nur *ein*tausend*ein*hundert Golddukaten.«
»Was, so bin ich sicher, Ihnen zeigt, wieviel schlechter Ihre schlimme Lage ausgesehen hätte, hätten Sie auf den Betrag geklagt, den Sie vorgeschlagen haben. Wer ist der Vater?«
Andrea sagte es ihm.
»Der Neffe«, freute sich Picapleitos hämisch, »einer bedeutenden, sehr bedeutenden Persönlichkeit. Überlassen Sie alles mir.«
Von ihrem zweiten Treffen hatte Andrea folgendes zu berichten: »Picapleitos war begeistert. Das Gericht hat viel früher entschieden, als er zu hoffen wagte, und sie haben mir die gesamten zweitausendzweihundert Golddukaten zugesprochen. Der Vater muß dem Gericht nächsten Monat unter Eid mitteilen, wie er zu bezahlen gedenkt.«
Von ihrem dritten Treffen, kurz vor Pfingsten, hatte Andrea folgendes zu berichten: »Picapleitos war sogar noch begeisterter. Es scheint, daß sein Onkel plötzlich gestorben ist.«
Picapleitos war mit einer sauberen Hand über seine Nase gefahren, von der scharfen Spitze bis zur Wurzel, hatte den üblichen Fleck hinterlassen und gejubelt: »Erinnern Sie sich, daß ich Ihnen sagte, Ihr Verführer sei der Neffe einer bedeutenden, sehr bedeutenden Persönlichkeit. Wie ich erfahre, war er auch der einzige Erbe dieses Onkels, der zufälligerweise Generalvikar von Sevilla war und somit, mein liebes Mädchen, ungeheuer wohlhabend. Wir brauchen bloß zu warten, bis das Testament beglaubigt ist, und das Geld gehört uns – das heißt Ihnen.«
Andrea fragte mich: »Ist das nicht wunderbar?« und fing an zu heulen.
»Ich weiß«, meinte ich. »Ich weiß. Du brauchst mir nicht zu sagen, wie schrecklich es gewesen sein muß.« Ich wollte die Arme um ihren aufgeblähten Körper legen und sie an mich ziehen, aber sie drehte sich weg. »Zu glauben, daß ihm etwas an dir liegt, und dann zu merken –«

»Aber es war überhaupt nicht so, Miguel. Du denkst, ich habe ihn geliebt? Es hat nichts mit Liebe zu tun oder ... oder auch nur mit Verlangen.« Sie sah mich wieder an, mit tränenglänzenden Wangen. »Ich hab einfach gedacht, es gibt keinen anderen Weg, an das Geld zu kommen. Er war reich, also ließ ich ihn ... ließ ich ihn glauben, er verführe mich, während es in Wirklichkeit die ganze Zeit umgekehrt war, und ich daran dachte, daß es ihn ... daß es ihn eintausendzweihundert Golddukaten ...«
Da zog ich sie an mich, und sie weinte, und ich küßte ihr die salzigen Tränen von den Wangen, wie sie einst vor langer Zeit, in der Nacht, als wir gemeinsam einen Traum hatten, die meinen weggeküßt hatte.
»Weil ich wußte, es würde etwas Schreckliches passieren, es sei denn, Papá könnte bei Luis, dem schwarzen Sklaven, seine Schulden bezahlen. Und wie hätte Papá je dieses Geld kriegen können? O Gott, hätte ich nur gewußt, daß man ihn zum Dienst in Neuspanien annehmen würde, dann hätte ich nicht zu ...«
Ich küßte noch mehr salzige Tränen weg. Ihr weizenblondes Haar schmiegte sich an meine Kehle; es kitzelte. Plötzlich zuckte ihr Kopf nach oben, so daß ich mir auf die Zunge biß. »Siehst du's denn nicht, ich tauge nichts! Werde nie was taugen. Denn während er ... während er dalag und ...«
»Du brauchst es nicht z-zu erz-zählen. Ich weiß, daß es für dich abscheulich gewesen sein muß.«
Und ich streichelte jene strahlend weizenblonde Mähne, und eine Weile lang lag sie ganz ruhig in meinen Armen. Aber dann sagte sie so leise, daß ich es kaum hörte: »Abscheulich? Ich hätte nichts dagegen gehabt, es abscheulich zu finden, das hatte ich schließlich erwartet – es abscheulich zu finden. Oder vielleicht sogar, es zu genießen. Wenn ich es genossen hätte – schockiert dich das? –, hätte ich mir immer noch sagen können, daß ich normal bin.«
Sie lachte, ein unangenehmes kleines Geräusch. »Die ganzen Jahre, in denen ich die Männer bis hin zum Kronprinzen abgewehrt habe, weil ich keinen wollte, den ... ich hätte haben können. Genausogut hätte ich mit Luisa ins Kloster gehen können. Dann hätte ich wenigstens nie erfahren, wie tief ich sinken kann. Weil ich es

nämlich nicht abscheulich gefunden und auch nicht genossen habe. Ich bin nur dagelegen, in seinem Bett, sein Gewicht auf mir ...«
»Hör auf. Hör auf, Andrea.«
»... und ich habe getan, was jedes gewöhnliche Straßenmädchen tut, und ich habe nichts gefühlt, nicht einmal Schuld. Ich konnte bloß denken, wie *einfach* alles war.«
Nach diesem peinvollen Eingeständnis stellte ich mir meine schwangere Schwester Andrea jedesmal, wenn ich sie sah, in allen möglichen undenkbaren Stellungen mit ihrem gesichtslosen, namenlosen Liebhaber vor. Und ich sagte mir, diesen kleinen Bastard werde ich hassen.

Der Juli ging ins Land, aber Andreas Baby kam nicht. Anfangs war die Familie zu beschäftigt, um es zu merken.
Mein Vater war damit beschäftigt, auf den Kredit, der den nach Neuspanien Aufbrechenden gewährt wurde, verschiedene unentbehrliche Dinge zu kaufen, darunter fünf Paar feste Wanderschuhe. Seine Augen funkelten, sein Schritt war unbeschwert. Er schien sogar besser zu hören.
Meine Mutter war damit beschäftigt, mit Adleraugen über Magdalena zu wachen, die für ihre elf Jahre schon recht weit entwickelt war. Was Tomás Gutiérrez nicht daran hinderte, ihr nachzusteigen. Doch: »Danke, nein. Lieber nicht«, sagte Magdalena.
Mein Bruder Rodrigo war damit beschäftigt, die Schlacht von Las Salinas nachzuzeichnen, in der 1538 Francisco Pizarro seinen ehemaligen Kameraden Diego de Almagro getötet hatte. »Nur um dafür drei Jahre später von Almagro-Anhängern getötet zu werden«, sagte Rodrigo und versuchte das Interesse Juans des Düsteren zu wecken – vergebens, da Juan wie üblich damit beschäftigt war, sich unsichtbar zu machen.
Anfang August schickte Picapleitos nach meiner Schwester Andrea. »Ich habe schlechte Nachrichten.« Auf seiner langen, spitzigen Nase befand sich bereits ein Fleck. Er strich ihn wieder weg. »Das Testament des Generalvikars von Sevilla ist beglaubigt worden.«
»Aber das hört sich nach guten Nachrichten an.«
»Ich fürchte, nein. Der Nachlaß wird von Unmengen angeblicher

Gläubiger belagert. Es kann Monate oder sogar Jahre dauern, bis die Restmasse dem Neffen übertragen wird.«
»Also kriegen wir das Geld erst nach langer Zeit?«
»Schlimmer. Ihr Verführer hat behauptet, er könne nicht bezahlen, was das Gericht Ihnen zugesprochen hat, und hat sofort Bankrott erklärt.«
Eine alte Hebamme namens Zárate besuchte Andrea regelmäßig.
»Eine Spätgeburt ist soviel seltener als eine Frühgeburt. Wie viele Wochen ist es her, Andrea, Liebes?«
»Fünfundvierzig.«
»Das ist ein Rekord, wenigstens hier in Sevilla.«
»Aber wodurch kommt es zu einer Spätgeburt?« fragte Andrea.
»Durch nichts, wenn sich die Mutter verzählt hat.«
Andrea wurde rot. »Das ist eben nicht möglich. Sehen Sie, ich habe ... ihn nur ... einmal getroffen.«
»Sag mir«, meinte die alte Zárate, »ist dieses alte, baufällige Haus im Schatten des alten Maurenwalls schon seit langem das Heim der Familie? Denn wenn es so ist, verstehe ich, warum das Ding vielleicht nicht scharf ist –«
»Nein. Wir ziehen ziemlich viel herum. Eigentlich, würde ich sagen, sehr viel. In Wirklichkeit ziehen wir mehr herum als nicht.«
»Tatsächlich«, sagte die alte Zárate. »Siehst du, gegen Ende der normalen neununddreißig Wochen weiß das Kind auf seine Weise Bescheid. Und wenn sie Bescheid weiß, daß –«
»Sie?«
»Ich nenne Ungeborene immer ›sie‹. Wie ich gesagt habe. Es ist nur natürlich für das winzige Ding, sich vor dem Unbekannten zu fürchten. Die meisten *Erwachsenen* fürchten sich vor dem Unbekannten. Und bei einer Familie wie deiner – immer auf Achse, wie du sagst – könnte sie sich vielleicht noch mehr davor fürchten. Sie hat es nicht eilig mit der Geburt.«
Das stimmte. Und die Flotte nach Neuspanien würde kaum auf die Geburt des unehelichen Enkels eines verschuldeten Baders und Wundarztes warten. Den August hindurch und in den September hinein schwoll diese Flotte an, bis sie ganze hundert Karavellen und Galeonen und Naos zählte, jedes Schiff mit mindestens hundert-

dreißig Tonnen, wie das Gesetz es erforderte. Jeden Tag wuchs das übliche Chaos auf dem Fluß noch an, wenn Kaufleute mit Vorräten aus Hamburg und Rotterdam, Ragusa und Venedig kamen. Bald verstopften so viele ausländische Seeleute das Straßengewirr, daß es schwierig war, in Sevilla überhaupt irgendeinen Spanier zu treffen. Wir wußten, wo wir die alte Zárate, nur ein paar Straßen von unserem baufälligen Haus entfernt, finden konnten. Rodrigo und Juan der Düstere liefen los, um sie zu holen, als Andreas Wehen eines frühen Septembermorgens einsetzten, nachdem mein Vater und ich zum Hafen gegangen waren, um nach Arbeit Ausschau zu halten. Mein Vater verbrachte den ganzen Tag damit, sich um den Steuermann der *María de la Esperanza* zu kümmern, der wegen einer halbindianischen Hure mit dem, wie ich meinte, ziemlich unangemessenen Namen Constanza in eine Auseinandersetzung mit zwei Isländern geraten war. Während mein Vater sich mit dem offenbar sterbenden Patienten abmühte, wich die halbindianische Hure Constanza dem Steuermann nie von der Seite. »Er hat bezahlt. Ich bin die Schuldnerin, verstehen Sie?« sagte sie. »Bringen Sie ihn in Ordnung, Doktor.« Mein Vater verstand sie zwar mit seinem neuerdings besseren Gehör, aber er war kein Arzt. Kein Arzt hätte nach einer Untersuchung des Steuermanns die Verantwortung auf sich genommen, ihn wieder zu den Lebenden zurückzuholen. Aber mein Vater mühte sich weiter, und gegen Sonnenuntergang öffnete der Steuermann die Augen, und die Hure Constanza sagte ihm flüsternd die Dinge, die sie ihm tun wollte, sobald er stark genug für ihre Arznei sei – solche Verheißungen irdischer Wonnen, daß dem sterbenden Steuermann gar keine andere Wahl blieb, als am Leben zu bleiben, um sie auszukosten. »Reden Sie weiter«, sagte mein Vater, und das tat sie auch; ihre fruchtbare Phantasie und ihre wunderbaren Fähigkeiten der Schilderung waren so fesselnd, daß es einige Zeit dauerte, bis ich merkte, daß mein Bruder Rodrigo an meiner Schulter rüttelte, während mein Bruder Juan der Düstere mit seinen kleinen Fäusten auf meinen Vater eintrommelte.

Es brannten Kerzen rund um das einzige brauchbare Bett der Familie, auf das man meine Schwester Andrea gebettet hatte, und da lag

sie auf den beiden einzigen brauchbaren Kissen, die linke Brust von einem schönen Köpfchen mit dichten goldenen Ringellöckchen verdeckt, und lächelte ein klassisches Madonnenlächeln. Ich schaute das Kind an und ertappte mich bei dem Gedanken: Sie hat also schöne goldene Ringellöckchen, na und, hassen werde ich diesen kleinen spätgeborenen Bastard.
»Sechsundvierzig Wochen«, sagte die alte Zárate. »Das hätte ich nie geglaubt, Andrea, Liebes, aber du mußt es ja wissen.«
»Schau dir ihre Fingernägel an«, sagte meine Schwester Magdalena.
Ich schaute hin. Die Fingernägel des Babys – das mit einer Hand versuchte, nach Andreas Brust zu grapschen – waren vollkommen ausgeformt und lang, unwahrscheinlich lang für ein Neugeborenes. Sie waren außerdem – unwahrscheinlich – grün.
»Vorübergehende Flecken von Flüssigkeiten im Mutterleib«, erklärte Zárate.
»Sie sehen aus, als seien sie smaragdfarben angemalt worden«, staunte Magdalena.
»Sie hat auch lange grüne Zehennägel«, sagte Zárate. »Ja, wenn man zufällig grüne Nägel mag, sind die äußeren Anzeichen der Spätgeburt gar nicht unangenehm.«
»Nennen wir sie Esmeralda«, sagte Magdalena, »wegen der smaragdfarbenen Fingernägel.«
Doña Leonor sagte: »Wir nennen sie Esperanza, nach der Karavelle, die uns nach Neuspanien bringen wird.«
Das Kind hörte zu saugen auf und hob den Kopf.
»Was gibt es für einen besseren Namen als ›Hoffnung‹«, fuhr meine Mutter fort, »für ein Kind, das sich bald in die Neue Welt einschifft?«
Der Säugling begann zu wimmern. Das winzige Händchen mit seinen grünen Fingernägeln schlug kläglich gegen die Brust meiner Schwester Andrea.
»Constanza«, sagte mein Vater plötzlich.
Meine Mutter fuhr zu ihm herum. »Con*stan*za? Was ist denn das für ein Name? Wir *kennen* nicht einmal jemand, der Constanza heißt.«

»Es ist ein schöner Name«, sagte mein Vater. Ohne zu schreien, aber bestimmter, als ich ihn je gehört hatte. »Ein tugendhafter Name. Ein Name mit Lebenskraft darin.«
»Ein abstruser Name«, rümpfte Doña Leonor die Nase. »Ich will nichts davon hören.«
Ich lächelte über die Ironie meines Vaters, des unentwegten Optimisten, der gegen ›Hoffnung‹ Partei ergriff, während meine leidenserprobte Mutter ›Beständigkeit‹ zurückwies.
Auch Andrea lächelte. Sie sagte: »Mir gefällt der Name Constanza recht gut.«
Dies war, mit Andreas Hilfe, der letzte Streit, den mein Vater je gegen jemanden gewinnen sollte.
Während der Disput noch im Gange war, redete die alte Zárate vor sich hin, aber niemand achtete sonderlich auf sie. »Nein, die äußeren Anzeichen der Spätgeburt sind nicht unangenehm«, sagte sie. »Aber bei den Anfällen wird das ganz anders sein.«

Magdalena war diejenige, die das erste Stadium bemerkte. »Die kleine Constanza kaut«, berichtete sie.
Andrea, die eingedöst war, wachte auf und versuchte, ihre Tochter zu stillen, aber da sie, anstatt zu saugen, kaute, bekam Constanza keine Milch. Sie fing an zu heulen.
Es wurde nach der alten Zárate geschickt. Sie sagte: »Laß sie auf einem Stück in Zuckerwasser getauchtes Tuch kauen. Warte, bis sie schläfrig ist, bevor du ihr die Brust gibst.«
Ein paar Tage darauf bemerkte Magdalena, die inzwischen krank vor Neugier war, das zweite Stadium. Das linke Bein des Säuglings begann zu zucken. Als auch die beiden Arme zu zucken begannen, rief Magdalena verzweifelt nach Andrea.
»Sie hüpft so herum, ich kann sie nicht halten!«
Als Andrea nach dem armen, wie von einer Tarantel gestochenen Kind griff, ließ Magdalena es beinahe fallen.
Mit einem nunmehr zuckenden rechten Bein begann Constanza zu kauen.
Wieder wurde die alte Zárate um Rat gefragt. »Wochen«, sagte sie. »Sogar Monate. Wer kann das bei einer solchen Spätgeburt sagen?«

Am nächsten Morgen wurde ich durch die Stimme meiner Schwester Andrea geweckt. »... wenn du sie nimmst, solange ich draußen bin, bitte.«
Und die Stimme meiner Schwester Magdalena – stotternd wie ich: »N-nein, d-danke, lieber n-nicht.«
»Nur zwei Minuten lang.« Andrea hielt ihr das Baby hin.
Magdalena wich zurück. »Nein! Das Kind ist vom Teufel besessen!«
»Was zum Teufel weißt *du* vom Teufel?« fragte ich.
»Was jeder weiß – Anfälle und Krämpfe und so weiter sind Zeichen für den Teufel in jemandem.« Magdalena bekreuzigte sich.
»Ich nehme sie«, sagte ich.
Während Andrea nach hinten hinausging, versuchte ich, die zappeligen Glieder des kleinen Bastards festzuhalten, aber das Gesicht des Mädchens verzog sich, es lief rot an, und das Kind brüllte los.
»Der Teufel selber«, meinte Magdalena stur von der anderen Seite des Zimmers.
Bald fingen die Nachbarn an zu reden:
»Anfälle – das Kind besteht nur aus gottlosen Anfällen.«
»Sie ist besessen.«
»Die Mächte der Finsternis wirken in ihr.«
Als nächstes begann die kleine Constanza gleichzeitig in alle Richtungen zu schauen. (Für eine Spätgeburt benutzte sie ihre Augen schon viel.) Während sie mich mit ihrem linken Auge, das braun war, anstarrte, wanderte ihr rechtes Auge, das blau war, durch das Zimmer zu Doña Leonor. Dann schaute sie mit einem Auge zur Decke und mit dem anderen auf den Boden. Aber wenigstens hörte sie dabei auf, sich zu verdrehen.
Dann hörte sie auf zu atmen.
Glücklicherweise war mein Vater, der an jenem Tag im Hafen keine Beschäftigung gefunden hatte, nach Hause gekommen, um bei seiner schwergeprüften Enkelin zu sein. Er hob sie sofort auf, drückte ihr die kleinen Nasenlöcher zu, öffnete ihr mit Gewalt das Mündchen und blies seinen eigenen Atem hinein. Constanzas Gesicht, das blau zu werden begonnen hatte, gewann seine normale rosa Farbe zurück. Sie seufzte zitternd, und ihr winziger Brustkasten fing wieder an, sich zu heben und zu senken.

Das war der erfolgreichste Ausflug meines Vaters in die Medizin und kostete uns unser neues Leben in der Neuen Welt.

»Die Flotte sticht in drei Tagen in See«, teilte uns mein Vater mit. Und wieder wurde nach der alten Zárate geschickt.

»Wenn ihr eine Ozeanreise machen wollt«, meinte sie, »dann bedeutet das bestimmt das Ende all eurer Sorgen. Denn die kleine Constanza würde sie nie überstehen.«

Bei diesen Worten versammelten sich meine Brüder und sogar Magdalena um das Bett, wo die kleine Constanza, in die Armbeuge ihrer Mutter gekuschelt, gerade einmal ruhig schlief.

»In der Neuen Welt«, hub Doña Leonor an, »hätten wir alles sein können. Name, Stammbaum, nichts davon zählt dort. Ja, nach dem, was die Leute dort überhaupt wissen, hätte Andrea die Witwe eines Höflings sein können, der starb, als er dem Kö-«

»Oder eines Soldaten«, schlug mein Bruder Rodrigo vor.

»-nig diente.«

»Und keiner würde Fragen stellen«, sagte Magdalena.

»Euer Vater hätte ein Arzt mit dem Diplom irgendeiner kleinen italienischen Universität sein können.«

»Was?« rief mein Vater. Zum erstenmal seit Monaten hatte er nicht gehört. Er sah kleiner aus. Affenfalten wie die Juans des Patriarchen durchzogen sein Gesicht. Von diesem Moment an, so kann man sagen, begann mein Vater zu *schrumpfen*, und er sollte schrumpfen, bis man ihn für tot erklärte, in einem betrügerischen Versuch, zu – aber alles zu seiner Zeit.

»Fahrt ohne mich!« bettelte Andrea.

Jeder – zuletzt Magdalena – sagte, daß daran nicht zu denken sei. Am Tag des Aufbruchs gingen wir alle zum Hafen hinunter und standen in der Menschenmenge am Goldturm, um zu sehen, wie die Flotte die Anker lichtete und sich mit der Strömung flußabwärts bewegte; lange Schaumspuren tanzten auf dem Wasser, und die Segel blähten sich mit einem Geräusch wie Gewehrfeuer. Wir beobachteten, wie die *Esperanza*, das dritte Schiff in der Reihe nächst dem Ufer, den Wind in ihren Segeln fing. Ich fragte mich, ob der Steuermann, dessen Leben von der Hure Constanza gerettet worden war (etwas anderes zu denken war unvorstellbar), sich an Bord

befand. Ich fragte mich, ob die *Esperanza* eine gute Überfahrt haben würde. Ich fragte mich, ob mein Vater sein Gehör ein zweites Mal wiedergewonnen hätte, ob mein Bruder Rodrigo gegen Indianer gekämpft hätte, ob mein Bruder Juan der Düstere das gefunden hätte, was immer er in dunklen Winkeln suchte, oder meine Schwester Magdalena das, was immer sie von der Bevölkerung Neuspaniens erwartete. Ich fragte mich, ob meine Eltern in einem neuen, möglicherweise besseren Leben einander nähergekommen wären. Ich fragte mich, ob ich im Kielwasser von Cortés ein Entdecker geworden wäre und mir durch den düsteren, undurchdringlichen Dschungel einen Weg nach Süden zu den sagenhaften Quellen des Orinoko gebahnt hätte oder nach Norden quer durch die Wüste marschiert wäre, um die Sieben Städte von Cibola zu finden und reicher als Krösus zu werden.
An meiner Seite stand meine Schwester Andrea und wiegte die sich windende kleine Constanza schützend in ihren Armen.
»Besessen«, hörte ich jemanden sagen. »Besessen vom Teufel, das ist sie.« In die Menge kam Bewegung, und der Familie Cervantes öffnete sich eine breite Gasse.
Ostrazismus und die Alte Welt – anstelle von Optimismus und der Neuen. Wie ich den spätgeborenen kleinen Bastard haßte!
Als wir zu dem baufälligen Haus im Schatten des alten Maurenwalls zurückkehrten, hatte sich eine große Menge Leute davor versammelt.
»Fort mit dem Teufelssproß!« riefen sie.
An die Vorder- und Hintertür hatte man schwere Bretter genagelt. Die Fensteröffnung war verbarrikadiert.
Wir machten nicht einmal den Versuch, an unsere Habe zu gelangen; wir hatten doch so wenig und fühlten uns so niedergeschlagen. Aber ach, wie ich diesen kleinen Bastard haßte, der es ausgerechnet in diesem Augenblick, keine zwei Stunden nachdem die Flotte abgesegelt war und unsere Hoffnung mit ihr, vorzog, für immer von allen spätgeburtlichen Zuckungen, Verrenkungen, Krämpfen, Kaubewegungen, Augenverdrehungen und Atemschwierigkeiten zu genesen. Constanza gluckste und girrte und saugte hungrig, während mein Vater und ich die übliche Galeere mieteten. »Wieder einmal

unterwegs«, hub mein Vater an, aber es klang wie ein Klagelied. Noch vor Mitternacht zogen wir los, und der Vollmond zeigte uns den Weg.

Die erste Etappe der Reise saß ich neben Andrea, und in den frühen Morgenstunden streckte ich einmal die Hand aus, um ihre strahlend weizenblonde Mähne zu streicheln, damit sie wußte, daß ich sie auf eine gesunde brüderliche Art liebte (wie ich mir selbst immer dann ins Gedächtnis rief, wenn durch das Holpern der Galeere unsere Körper aneinanderstießen). Aber gerade als ich die Hand nach dem Haar meiner Schwester ausstreckte, ergriff das Baby mit einer anmutigen Bewegung seines Händchens, keineswegs einer Zuckung, meinen Finger. Was als nächstes passierte, so nehme ich heute an, war nur eines jener Bäuerchen, bei denen sich das Gesicht eines Babys verzieht, aber im Licht des Vollmonds sah es, während Constanza sich immer fester an meinen Finger klammerte, aus wie ein Lächeln voll Liebe und Vertrauen, das, man frage mich nicht warum, meine Augen brennen machte, während ich der kleinen Grimasse oder dem Liebeslächeln, oder was immer es war, mit einem Lächeln antwortete und wußte, ich würde mir nie wieder einreden, daß ich diesen kleinen spätgeborenen Bastard haßte.

Fünftes Kapitel
In welchem ich den Palast mit hohen Erwartungen betrete und mit einem Preisgeld auf meinen Kopf wieder verlasse

Oft stutzte mein Vater seinen Kunden Haar und Bart in der offenen Tür seines Barbierladens unmittelbar am Eingang durch das Maurentor und verschaffte ihnen dadurch jenen herrlichen – durch hastig errichtete neue Holzhäuser teilweise verdeckten – Ausblick auf den steilen Hügel, der von Spaniens allererstem ständigen Königspalast bekrönt wurde, hier in Madrid, Spaniens allererster ständiger Hauptstadt, zu der es König Philipp II. der Todliebende zu Beginn des Jahrzehnts erklärt hatte.

Aber die Tür des Barbierladens war an diesem Septembertag sicher geschlossen, denn ein heißer, scharfer Wind wirbelte Staub über der Stadt auf, Staub von den umgebenden Hügeln, die erst kürzlich ihrer Pappeln und Walnußbäume, Pinien und Eichen entblößt worden waren, um jene wackeligen Häuser zu bauen, die zwar die Aussicht verdarben, doch Madrids rasant anwachsender Bevölkerung Unterkunft boten: fünfzehntausend Menschen, als wir vor vier Jahren ankamen, und jetzt, im Jahre 1569, sechzigtausend Menschen in einer Stadt, die aussah wie eine Grenzstadt, welche man paradoxerweise in den Mittelpunkt des jahrhundertealten Landes versetzt hatte.

Mein Vater stutzte gerade sorgfältig den Schnurrbart eines Italieners namens Lomellino oder Lomelín, ein Freund des *hombre de negocios* Rizio Rizione, der das Leben meiner Familie spürbar verändert hatte. Es war dieser Geschäftsmann Rizione gewesen, der meinem Vater den Barbierladen eingerichtet hatte, und obgleich er schon seit zwei Jahren wieder in Italien war, gehörte der Laden noch immer Rizio Rizione, und die Miete war noch immer symbolisch. Rizione gehörte auch das große Steinhaus am Sonnentor, wo

Andrea und meine Nichte Constanza jetzt mietfrei wohnten. Und Rizione hatte die Schulden meines Vaters bei Luis dem schwarzen Sklaven beglichen. All dies hatte Rizio Rizione aus Liebe zu meiner Schwester Andrea getan. Daher grollte ich ihm, sogar noch lange nach seiner Rückkehr nach Genua. Ich hoffte, daß die Gattin, zu der er heimgekehrt war, ein richtiger Drache sei.
Ein paar Italiener saßen da, warteten, daß sie an die Reihe kamen, und sprachen über die neuesten Unbilden, die das spanische Reich heimsuchten – Aufruhr der Niederlande, Aufruhr unter den Morisken sogar hier in Spanien, in den Bergen südlich von Granada.
Mein affengesichtiger Vater schaute auf und verschuldete dadurch einen rubinroten Blutstropfen an Signor Lomellinos oder Lomelíns Oberlippe.
»Bartstutzen? Haareschneiden? Dauert keine Stunde – ah, Miguel.«
Ich besuchte ihn gelegentlich. Es verwirrte mich zu sehen, wie mein Vater vor den reichen italienischen Geschäftsleuten kuschte und vorgab, sich keines ihrer Worte entgehen zu lassen, während er doch schwerhöriger war denn je und ihren spanisch-italienischen *dialetto* sowieso nicht verstand. Sein Barbierladen war dank Rizione praktisch zum Club für die italienische Kolonie von Madrid geworden, meistenteils Genueser Geschäftsleute – womit die Geschichte in gewisser Weise den Apothekerladen am Eisernen Tor von Córdoba wieder auferstehen ließ, wo mein Urgroßvater Ruy Díaz de Cervantes Christoph Kolumbus kennengelernt hatte, bevor dieser die Neue Welt entdeckte.
»Wie geht's dem Jungen denn?« sagte Signor Lomellino oder Lomelín, während mein Vater das Blut von seiner Lippe tupfte.
Wenn sie sich den »Jungen« – die Clubmitglieder nannten mich immer so, wie Rizione es getan hatte – anschauten, was sahen sie dann? Nun ja, zunächst einmal nicht einen Jungen, sondern einen Mann von zweiundzwanzig Jahren, breitschultrig, doch schlank, groß wirkend, obschon nur von durchschnittlicher Statur. Eine breite Stirn über einem langen, fast hageren Gesicht mit einer kriegerischen Nase. Einen nußbraunen, noch weichen Jünglingsschnurrbart und einen sauber (von mir) gestutzten Bart. Augen, die

noch keine weit entfernten Orte gesehen hatten, sich aber danach sehnten, ehrgeizige Augen von vorwiegend haselnußbrauner Farbe. Juan Rufo kam herein, jeder Zoll der junge Höfling, mit einem Papier, das er in günstiger Reichweite seiner rechten Hand umhängen hatte, und einer Rose hinter dem rechten Ohr. Juan Rufo, der Lebemann, dachte ich, würde nie begreifen, warum ich es haßte, daß sie mich »Junge« nannten. Vor vier Jahren hatte mir die Zukunft eine Neue Welt dargeboten und sie dann zurückgenommen; und seitdem spürte ich, wie mir die Hoffnung, mein Leben selbst zu gestalten, von Tag zu Tag mehr entglitt. Juan Rufo verlor die Hoffnung nie, wenigstens nicht bei meiner Schwester. Er machte ihr jedes Jahr am Tag der Wiederkehr ihrer ersten Begegnung einen Antrag. Und Juan Rufo arbeitete an der von ihm gewählten Karriere als Höfling ausgerechnet in der Stadt, in der ich mir wie ausgestoßen vorkam.

Nachdem mein Vater meinen Bart und Juan Rufos Zwillingsspitzbart gestutzt hatte, überraschte er mich damit, daß er mir zur Begutachtung ein Rapier mit der edelsten Toledaner Klinge hinhielt. »Gefällt's dir?«

Es war wunderschön, und das sagte ich auch, und ohne weiteres Aufheben gürtete es mir mein Vater um.

»Sehr passend. Jeder Höfling hat eine Kränkung seiner Ehre schnell zu vergelten«, sagte Juan Rufo und fügte dann hinzu: »Aber sie erst spät zu bemerken. Los, komm, es ist höchste Zeit.«

Ich dankte meinem Vater. Tatsächlich küßte ich ihn – das erste Mal seit ich weiß nicht wie langer Zeit, und er schneuzte sich kräftig. Wir gingen.

Auf unserem Weg zum Palast fragte ich Juan Rufo: »Was tut ein Höfling eigentlich?«

Die Frage stimmte ihn nachdenklich. »Ja, äh, er hofiert. Was heißen soll, er sucht. Das ist es, er sucht. Freunde, Verbindungen, Einfluß – kurz: die Zutaten der Macht.«

»Macht? Ich will keine Macht!«

»Jeder will Macht.«

»Wenn ich welche hätte, wüßte ich nicht, was ich damit tun sollte.«

Das einzige, was mir einfiel, war, die Schulden der Familie zu begleichen. Aber Rizio Rizione hatte das erledigt. Oder den Barbierladen zu kaufen, damit mein Vater nicht einmal eine symbolische Miete zu bezahlen brauchte. Oder das große Steinhaus am Sonnentor zu erwerben, damit meine Schwester Andrea Rizio Rizione nicht länger verpflichtet wäre.

War Geld Macht? konnte ich nicht umhin, mich zu fragen.

»Hör zu, mein junger Freund. Ich hatte Vorteile. Den Herzog von Sessa als Gönner, die Universität. Aber du« – hier löste sich der geschliffene Höfling mit einem bescheidenen Lächeln in den Juan Rufo auf, der hoffnungslos in meine Schwester verliebt war –, »du hast nur mich als Gönner. Und ich verstehe dieses Höflingsgewerbe selbst noch nicht so ganz.«

»Warum förderst du mich dann?«

Wieder hielt Juan Rufo inne. »Das ist ganz einfach, eigentlich –«

»Andrea?«

»Sie vermutet, daß du nicht gerade wild darauf bist, den Rest deines Lebens als Schulmeister zu verbringen.«

Das war ich nicht. Aber ich war auch nicht überzeugt, daß die Möglichkeit, dem zu entgehen, die Lügnerpromenade war. Während wir die steilen Wege durch die Palastgärten hinauf- und hinabstiegen, fragte ich: »Warum heißt es eigentlich Lügnerpromenade?«

»Weil sich dort alle versammeln, um zu reden, reden, reden – die Hälfte davon ist Falschheit und alles zusammen Berechnung. Die höfische Konversation ist eine Kunst. Tabus zu respektieren gehört dazu.«

»Welche zum Beispiel? Außer dem, den König nicht zu kritisieren.«

»Damit ist schon viel abgedeckt.« Juan Rufo grinste. »Nenn ein Thema, etwas, das unverfänglich klingt.«

»Das Wetter«, sagte ich sofort.

»Gut. Oder nicht so gut, wenn du wie jeder andere Madrileño über die neun Monate Winter und drei Monate Hölle schimpfst. Der König selber hat diesen Ort zu seiner Hauptstadt bestimmt.«

»Der König hat sich aber doch nicht für das Klima entschieden, sondern für die Lage. Madrid liegt, wenn du auf eine Karte schaust, absolut zentral; daher ist es von allen Seiten gleich schwer anzugreifen.«

»Aber genau darüber spricht man nicht. Wenn der König Todesängste wegen einer Invasion der Türken oder der Franzosen oder sogar der Engländer aussteht, ist dieses Thema verboten. Ebenso wie, das sollte ich dir sagen, jede Erwähnung des unbetrauert verstorbenen Thronfolgers.«
»Don Carlos? Ab-ber niemand weiß, daß es Andrea war, die –«
»Ich meine *jedwede* Erwähnung dieses verdrehten Sonderexemplars von einem Kronprinzen. Soweit du hier hören kannst, hat er seinen Vater nie verabscheut und sich nie verschworen, um sich in die Niederlande abzusetzen – ein Komplott, das von seinem Bastard-Onkel Don Juan d'Austria aufgedeckt wurde, der selbstverständlich nie Bastard genannt wird. Noch hat sich der Kronprinz, nachdem der König ihn eingesperrt hatte, zu Tode gehungert, und ebensowenig ließ ihn der König erdrosseln. Don Carlos starb eines natürlichen Todes. Und obwohl er vielleicht zweihundertachtundzwanzig nachweisliche Jungfrauen entjungfert hat, bevor er auf den Kopf fiel, hinterließ er keinen anerkannten Nachkommen. Daher hat die Krone keinen männlichen Erben. Und dieses Thema –«
»Red nicht weiter. Ist tabu.«
»Heikel, sagen wir einmal. Ein König heiratet, um Söhne zu bekommen. Nach drei Ehefrauen hat unser Herr Philipp immer noch keinen. Daher sollte man besser nicht über seine Ehefrauen reden – besonders nicht über Maria Tudor. Die Ehe mit ihr schien ein geniales Vorgehen zu sein: die englische Königin zu heiraten, mit ihr einen katholischen Sohn zu zeugen und ihr Land für die Kirche einzufordern. Aber unser armer König verbrachte Monate über Monate auf dieser triefnassen Insel, deckte die königliche Spinatwachtel wie ein spanischer Hengst, und anstatt aufzugehen, siechte Mariechen-Mariechen-kann-keine-kriegen dahin und starb. Und jetzt sitzt Elisabeth Tudor auf dem englischen Thron und schmiedet ihre protestantischen Komplotte gegen Philipp. Worüber wir nicht sprechen.«
»Und unsere letzte Königin, Elisabeth von Valois? Was hat sie getan, daß wir nicht über sie sprechen können?«
Juan Rufo zuckte die Achseln. »Sie ist gestorben. Alle Ehefrauen unseres todliebenden Königs (eine *äußerst* unaussprechliche Eigenschaft) scheinen unter ihm wegzusterben. Arme liebliche Elisabeth,

nur ein paar Monate nach Don Carlos verstorben – für den sie eigentlich bestimmt war, bis König Philipp ein dauerhaftes Herrenrecht geltend machte. Aber sogar *du*, Miguel, würdest das nicht erwähnen – zumindest tatest du das nicht in deinem Beitrag zum Nachruf auf die arme Elisabeth.«

Auf Vermittlung des Direktors der Schule, an der ich Rhetorik und Dichtkunst lehrte, hatte man mich beauftragt, ein Sonett nebst Widmung zu verfassen. Das eine war kümmerlich, das andere schwülstig geraten. Gott hatte mich offensichtlich nicht in diese Welt gesetzt, um Dichter zu werden – das bedeutete die einzig würdige Art literarischen Genies, denn alle Welt wußte, daß Stükkeschreiber und Verfasser von Romanen, genau wie Schreiner und Schuster, einfache Handwerker waren.

»Aber was bleibt dann«, fragte ich, »zum Reden noch übrig?«

»Du wirst schon sehen. Es heißt nicht umsonst Lügnerpromenade. Aber vergiß nicht«, fand Juan Rufo noch die Zeit, mir zu raten, bevor ich meine kurze Karriere bei Hofe, die fast mein Ende bedeutet hätte, begann, »ein geschickter Höfling weiß, daß aus einer klugen Mischung von Falschem und Wahrem etwas unendlich Wirkungsvolleres entsteht als aus einer einfachen Lüge – eine neuere, höhere Art Wahrheit als die bloße, auf Tatsachen beruhende Wahrheit.«

Ehe ich dies verdauen konnte, hatten wir die Lügnerpromenade erreicht.

Die ziegelüberdachten Arkaden, die umfriedeten, was einst der Vorhof der arabischen Festung Madschrit gewesen und nun der Palasthof war, waren ebenso vor der Sonne wie dem vom Wind aufgewirbelten Staub geschützt. Durch sein gartenähnliches Inneres und die tiefen Schatten unter den Bogengängen wirkte der Innenhof klösterlich, was durch die Anwesenheit zahlreicher Geistlicher noch betont wurde. Doch der Gesprächslärm in diesem umfriedeten Raum, das Hinundherjagen trist gekleideter Bürgersleute, die den richtigen Unterpriester beziehungsweise seine Börse suchten, um zur Abwehr von Inquisition oder Krone die Ersparnisse ihres Lebens hineinfallen zu lassen, die eher lässigen Bewegungen der prachtvoll herausgeputzten Höflinge, die sich um das eine oder andere Glanz-

licht scharten wie die Planeten, die sich gemäß der kopernikanischen Irrlehre um die Sonne drehen – all dies vertrieb auch den letzten Hauch von Klösterlichkeit. Im übrigen bestand die Hälfte der berockten Höflinge nicht aus Geistlichen, sondern aus Frauen.
Juan Rufo bahnte sich einen Weg durch die Menge und blieb hier und da zum Lauschen stehen.
Das Glanzlicht der einen Gruppe, ein Militär in eindrucksvoller Uniform, behauptete, der Herzog von Alba sei immer noch die Nummer eins, obgleich (oder vielleicht weil) er gerade nicht da sei, sondern gegen die Aufständischen in den Niederlanden kämpfe. Aber nur wenige hörten ihm zu. Sie spekulierten lautstark darüber, daß der eigentliche Favorit des Königs Ruy Gómez sei – und da bei Ruy Gómez seine junge Frau, die unanständig schöne Prinzessin Eboli, den Daumen darauf habe, sei die eigentliche Frage, wer bei der Prinzessin den Daumen (und nicht nur den Daumen) darauf habe.
Das Glanzlicht einer anderen Gruppe, einer von der Marine in eindrucksvoller Uniform, bestand darauf, daß der Bastard Don Juan d'Austria nicht in den Süden gesandt worden sei, weil der Moriskenaufstand wirklich beunruhigend gewesen wäre, sondern einfach weil der Bastard neben dem König eine zu glänzende Figur machte. Aber nur wenige hörten ihm zu. Sie spekulierten lautstark darüber, ob der König seinen neuen Palast in den Bergen nördlich von Madrid baue, um dort eine neue Braut als Zuchtstute unterzubringen (und wenn ja, wen), oder ob er sich nur ein Mausoleum errichten wolle.
Als wir weitergingen, konnte ich mir die Bemerkung nicht verkneifen: »Ich dachte, über einiges könne man hier nicht sprechen.«
»Das kommt darauf an«, erklärte Juan Rufo, »wer spricht und wie. Also, hier ist die wahre Meisterin der Kunst.«
Juan Rufo steuerte auf eine Gruppe zu, die sich um die schönste Frau scharte, die ich außer meiner Schwester Andrea je gesehen hatte. Sogar ohne ihr gutes Aussehen wäre sie unvergeßlich gewesen, da sie über ihrem linken Auge eine verwegene schwarze Augenklappe aus Seide trug. Das war die Prinzessin Eboli.
Ich, *sotto voce*, zu Juan Rufo: »Was ist mit ihrem Auge los?«
Juan Rufo, *sotto voce*, zu mir: »Keiner weiß es.«
Noch fand es meiner Kenntnis nach je einer heraus. Zweifellos

wollte die Prinzessin Eboli es so. Vielleicht war das Auge vollkommen gesund, wie manche spekulierten.
Ähnlich ihrem Gesicht war die Stimme der Prinzessin Eboli unanständig schön – und schön unanständig.
»... sieht verdammt toll aus im Sattel, aber im Heu ist er keinen Pferdedreck wert«, hörte ich.
»... und diese Herren hier«, beendete Juan Rufo gerade seine Vorstellung, »sind Don Antonio Sigura und Don Nicolás de Ovando.«
Sigura, ein Kerl von etwa dreißig Jahren, schaute seinen Kameraden an. Ovando fragte: »Miguel de Cervantes, hast du gesagt?« Als ich lächelte und mich verbeugte, nickte Ovando flüchtig und wandte sich ab.
Ich schaute Juan Rufo verwirrt an, doch seine Aufmerksamkeit wurde von der Prinzessin in Anspruch genommen. Ihren Unterarm auf seiner Schulter, zupfte sie mit einer koketten Bewegung an seinem Zwillingsspitzbart und sagte: »*Süß*er, wie köstlich dein Bart sich lockt. Ich schwöre, er ist so vollkommen wie mein Schamhaar.«
Ihr eines Auge zeigte mehr Liebreiz, als die meisten Frauen mit zweien aufzubringen vermocht hätten; ihre Lippen schienen feuchter als die meisten Lippen.
»Aber der Prinzessin, äh, Unterhaar verdankt seine Vollkommenheit der Natur«, sagte Nicolás de Ovando mit laut schallender Stimme, »während der Bart unseres Freundes Rufo seinem Barbier Ehre macht.«
Juan Rufos Barbier schien kaum der richtige Gesprächsstoff für die Lügnerpromenade zu sein, gleichgültig, wie Falsches und Wahres gemischt waren, aber Antonio Sigura griff das Thema auf: »Das ist wohl, glaube ich, der Vater dieses jungen Caballero, der am Maurentor einen kleinen Barbierladen für Italiener führt. Stimmt's, Cervantes?«
Ich hatte kaum Zeit zu nicken, als der riesige Sigura schon fortfuhr: »Es ist nur natürlich, daß Cervantes hauptsächlich Italiener frisiert. Sein Laden gehört dem Genueser Geschäftsmann Rizio Rizione.«
Und Ovando setzte hinzu: »Ihm gehört auch sein Haus, oder?«
Und Sigura fügte an: »Nein, das Haus der Cervantes, sagt man mir,

ist eine mickerige Behausung hinter Unserer Jungfrau zur Kornkammer. Nur Cervantes' älteste Tochter wohnt in Riziones großem Steinhaus am Sonnentor.«
In diesem Moment schaltete sich ein Justizbeamter vom Rande der Gruppe ein: »Dieser Bader Cervantes ist, wenn ich mich nicht irre, ein Hidalgo bona fide, ein Hidalgo nur dem Ruf nach. Ich habe die Papiere vor ein paar Jahren selbst in Valladolid ausgestellt.«
Die Höflinge kicherten. Wie lustig, ein Bader, der bona fide eine *hidalguía* dem Ruf nach erwarb! Aber vielen war bei dem Lachen bestimmt nicht wohl zumute. Die Hälfte der spanischen Hidalgos waren nämlich nur aufgrund des Gesetzeskonstrukts von Ansehen oder Anschein »bona fide«.
Nicolás de Ovando: »Man sagt, daß sein Sohn, der zweite Sohn dieses Baders Cervantes, der Name fällt mir nicht ein –«
Sigura warf ein: »Rodrigo, wie sein Vater.«
Ovando: »Sein Sohn Rodrigo also versuchte, sich zu der Armee zu melden, die Don Juan d'Austria nach dem Moriskenaufruhr letzte Weihnachten für Granada aushob. Ein frecher, bartloser, sommersprossiger Drecksbengel – doch da er nicht im entfernten wie zwanzig aussah, sagten ihm die Werber, er solle in drei oder vier Jahren wiederkommen.«
Seinen verkrüppelten Soldaten als Talisman bei sich, *hatte* mein Bruder Rodrigo Anfang des Frühjahrs versucht, sich für Don Juans Armee zu melden. Aber woher wußten diese Männer so viel über meine Familie? Und warum gaben sie es auf der Lügnerpromenade von sich?
Ich spürte Juan Rufos Hand auf meinem Ellbogen. Er zupfte leicht, aber merklich daran.
Ovando: »Du hast gesagt, mein Freund Antonio, Rizione gehöre sowohl der Barbierladen als auch das große Steinhaus der Tochter?«
Zum erstenmal sah ich mir diesen Ovando richtig an. Er war ein stattlicher Kerl von gesunder Gesichtsfarbe und mit dem typischen arroganten Gehabe des Aristokraten.
Sigura: »In der Tat, es ist so, mein Freund Nicolás.«
Ovando: »Aber wozu braucht die Tochter so ein großes Haus? Drei Stockwerke, nicht wahr?«

Sigura: »Vier. Und was noch dazu kommt, bei dieser Wohnungsknappheit kann die Regierung alles bis auf das Erdgeschoß requirieren, um Staatsbeamte und ähnliche einzuquartieren.«
Ovando: »Aber es sind keine Staatsbeamten einquartiert worden?«
Sigura: »Bei der Tochter von Cervantes dem Barbier? Nein.«
Ovando: »Aber wie hat die Tochter das fertiggebracht?«
Sigura (mit lüsternem Kichern): »Lehrlinge in Logis. Sie behauptet, eine Näherei zu betreiben. Steht im Ruf, eine Näherei zu betreiben!«
Sigura: »Aber Ruf und Wirklichkeit sind nicht immer dasselbe, nicht wahr? Näherinnen!«
Später, als es nicht mehr darauf ankam, sollte ich erfahren, daß Antonio Sigura der Sohn eines Maurers war und im Ruf eines Schlägers stand.
Ovando (unaufrichtig aufrichtig): »Du meinst –«
»Ich meine«, sagte Antonio Sigura so laut, daß die ganze Lügnerpromenade und die Palastgärten davon widerhallten, »daß genauso, wie jedermann mit einem gewöhnlichen Paar Augen erkennen kann, ob er einen echten Hidalgo oder einen zwanzigjährigen –«
Juan Rufos Hand an meinem Ellbogen wurde deutlicher.
»– so kann jedermann mit einem gewöhnlichen Paar Augen eine echte Hure erkennen.«
Mehrere Dinge passierten mehr oder weniger gleichzeitig.
Die Prinzessin Eboli kniff das Auge vor Ärger zusammen – möglicherweise über Siguras taktlose Bemerkung, daß Augen paarweise auftreten.
Höflinge und Bürgersleute strömten auf das Erschallen von Siguras Stimme und das darauffolgende betroffene Schweigen hin zusammen.
Gewiß, meine Lippen bewegten sich, als ich verzweifelt versuchte, etwas zur Verteidigung meiner Schwester Andrea zu sagen. Doch alles, was ich herausbrachte war »Ab-b-b-b« und dann »d-d-d«.
Nicht daß ich, wenn ich die Ereignisse jenes Nachmittags an mir vorüberziehen lasse, etwa glaubte, bloße Worte hätten, wie beredt auch immer, irgend etwas genützt. Der spanische Stolz verschafft sich, wenn er gepeinigt wird, auf irgendeine Weise gewaltsam Luft, und der meinige war aufs schändlichste geschmäht worden.

Mit einem wortlosen Schrei – der einzigen Äußerung, die mein Mund tat – zog ich mein nagelneues Rapier aus der Scheide.
Juan Rufo rief etwas, mit Verzweiflung in der Stimme.
Mindestens eine Frau schrie auf.
Nicolás Ovando lächelte, trat zurück und überließ das Feld Antonio Sigura, der zweimal so groß war wie er – und wie ich.
Hätten wir richtige Schwerter benützt, wäre der Ausgang nie in Zweifel gestanden, so viel stärker war Sigura. Ein paar Streiche hätten meiner Geschichte genau hier ein Ende gesetzt oder, vielmehr, sie im Schlund der Geschichtslosigkeit verschwinden lassen wie die allermeisten menschlichen Schicksale.
So wie die Dinge jedoch lagen, waren wegen der Rapiere geringfügige Zweifel am Ausgang möglich. Eine geschickte Hand, und nicht ein starker Arm, vermag es, mit jenen geschmeidigen, biegsam gehärteten, leichten Klingen den Sieg davonzutragen. Aber ich hatte keine Ahnung vom Rapierfechten und, wie sich bald herausstellte, Antonio Sigura dagegen sehr viel.
»Er bringt den Jungen um!«
»Der Junge ist so gut wie tot!«
Sah ich zur Linken einen Priester, der ein Fläschchen mit geweihtem Öl entstöpselte?
Stahl schlug auf Stahl, als ich linkisch um mein Leben kämpfte. Gewährte mir ein dunkles Wissen um alles, was ich noch zu vollbringen hatte, eine Art übernatürliches Geschick mit einer Waffe, die ich nie zuvor gebraucht hatte? Cide Hamete, der es eigentlich wissen muß, glaubt, daß es solche Dinge gibt.
»Die Ausfälle des Jungen werden besser«, bemerkte einer.
»Die Schläge, die der Junge mit beiden Händen führt, sind eigenartig wirksam«, gestand ein anderer zu.
Der Junge – mich so zu nennen, mich zur machtlosen Anonymität der Jugend zu verurteilen, sogar als mein Tod schon so nahe war! Diese Schmach verlieh meinem Arm herkulische Stärke, als ich mit einer entschlossenen Kombination aus Rückziehern, Ausfällen und Hieben zuschlug und mit allen mein Ziel nur knapp verfehlte. Auch stürzte ich ungeschickt auf ein Knie, und Antonio Sigura schlug mir, mit einem riesigen Schwung seines Rapiers, durch den er

herumgewirbelt wurde, ehe er seinen Angriff wiederaufnahm, den Kopf ab – oder hätte ihn mir abgeschlagen, hätte ich mich nicht flach hinfallen lassen.
»Der Junge läßt nach!«
»Die Rapierspitze des Jungen zeigt nach unten.«
Sah ich hinter Sigura die Prinzessin Eboli, die überirdisch feuchten Lippen geöffnet, als ob sie ihn anfeuerte, doch das Auge wegen seiner unglücklichen Worte noch immer zusammengekniffen?
Die Geschichte würdigt die Tatsache, daß die unanständig schöne Prinzessin mit dem verärgerten Blick ihres einen Auges dem Fechtkampf zusah, der mein Leben so veränderte, mit keiner Silbe. Zu einem bestimmten Zeitpunkt (für die Historiker ist es immer ein Zeitpunkt, nie ein Raummoment; wir kommen auf dieses seltsame Vorurteil zurück), um genau zu sein, am Nachmittag des 15. September 1569, so meinen die Historiker übereinstimmend, fochten Sigura und ich. Es gibt darüber Dokumente. Aber über die Prinzessin Eboli schweigen sie sich aus. War die Prinzessin dabei? Natürlich war sie das. Ich sah sie. Was die Dokumente angeht, so bestätigt ein Steckbrief, daß ein gewisser »Antonio Sigura« mein Gegner »bei einem Waffengang« gewesen sei und bescheinigt ihm schwere Verletzungen. Rapiere werden nicht erwähnt. Offensichtlich sind für Historiker Waffen Waffen (Schwert, Rapier, Entermesser – hat man eines davon benutzt, hat man sie alle benutzt), während in Wirklichkeit die charakteristische Leichtigkeit unserer Rapiere mir das Leben rettete. In dem Steckbrief war weiterhin ausgeführt, daß der flüchtige Cervantes bei seiner Ergreifung seine rechte Hand an die Axt des Henkers verwirkt habe und zehn Jahre lang aus den weltumspannenden Reichen des Königs verbannt sei. Und all dies dafür, daß ich den Mann verwundete, der meine Schwester eine Hure geheißen hatte!
Kaum hatte ich das eine verärgerte Auge der Prinzessin Eboli erblickt, bemerkte ich, daß sie keinen Hut trug: Sie hatte das schwarze Samtbarett, das von einer langen juwelenbesetzten Hutnadel gehalten worden war, abgenommen. Und kaum hatte ich ihren hut- und hutnadellosen Zustand bemerkt, sprang Antonio Sigura unbeholfen auf mich zu, als ob er von einer unsichtbaren Kraft angetrieben

würde. Dies hatte zwei Folgen: 1. Siguras Rapier verfing sich mit der Spitze im filigranverzierten Handschutz meines eigenen. 2. Ich fühlte a) einen gräßlichen Schmerz in meinem kurzfristig ausgerenkten Handgelenk und b) einen kurzen Widerstand gegen meine Waffe, wonach c) diese in die rechte Seite von Siguras Brust eindrang, was dazu führte, daß d) mir das Rapier aus den gefühllosen Händen fiel und Sigura, der blutigen Schaum spuckte, zu meinen Füßen niederstürzte, woraufhin ich gerade lang genug bewegungslos dastand, um Nicolás de Ovando rufen zu hören: »Mörder!«
Dem Drang zur Selbsterhaltung nachgebend, rannte ich durch die sich öffnende Menge, einen ziegelüberdachten Fußweg entlang, durch einen Garten (ein Buchsbaumlabyrinth mit seinem typischen Geruch nach Kater) und eine schwach erleuchtete Passage, die eine scharfe Biegung nach links machte (wo eine Palastwache ausgiebig in die Ecke pißte), bevor sie ins Freie ging, wo ich die Steinstufen zu einer zinnenbekrönten Mauer hinaufkletterte, die entlang ich zu noch mehr Stufen hastete, welche zu einem Patio mit Orangenbäumen hinunterführten (wo ein selig lächelnder Franziskanermönch mit einer Schleuder Vögel abschoß) und zu einer weiteren Mauer, die ich unter normalen Umständen nicht hätte erklimmen können, die ich aber unter diesen herausfordernden Umständen mit einem einzigen Satz nahm, und ich entschwand.

Es war schon fast dunkel, als mich, nicht weit von der Familienbehausung hinter Unserer lieben Frau zur Kornkammer, Rodrigo abfing.
»Schergen des Königs«, sagte er, ohne ein weiteres Wort zu verlieren, und rannte davon, ich hinterher zu dem großen Steinhaus meiner Schwester Andrea am Sonnentor. Bei jedem Schritt schoß ein außergewöhnlich heftiger Schmerz durch meine rechte Hand, und als wir zum Luftholen stehenblieben, merkte ich, daß sie geschwollen war und blau anlief. Zwei Straßen vor unserem Ziel fing uns eine von Andreas jungen Näherinnen ab.
»Schergen des Königs«, sagte sie, ohne ein weiteres Wort zu verlieren, und rannte davon, wir hinterher zum Ufer des Manzanares, wo ich im Dämmerlicht meinen Bruder Juan den Düsteren erblickte.

Rodrigo und das Mädchen ließen uns allein. Juan der Düstere fühlte sich, was keine Überraschung war, in der Dunkelheit vollkommen zu Hause und führte mich sicheren Schritts durch die Barrios, die schon lange existierten, als Madrid noch nichts weiter war als eine arabische Festung, ehe König Alfons VI. es Ende des 11. Jahrhunderts eroberte – wie mir Juan der Düstere, um uns die Zeit zu vertreiben, erläuterte, während wir uns in einer verlassenen Nisthöhle versteckten, die vom Guano längst vergangener Vögel weißgetüncht war. Dann: »Pssst! Junge!«

Juan der Düstere war verschwunden. An seiner Stelle sah ich einen livrierten Lakaien stehen, der mich zu einer mit vier gleichen Wallachen bespannten Kutsche führte, welche mich sogleich vor einem Portal im plateresken Stil von Bustamante oder Herrera absetzte. Dessen beschlagene Eichentore öffneten sich, als ich näher kam, auf einen ziegelvermauerten Korridor mit einer herrlichen eingelegten Decke und einem Boden mit vorwiegend in tiefstem Azurblau gehaltenen, handbemalten Fliesen, der wiederum zu einer fackelerleuchteten Galerie führte – mit einer blinden Marmorarkade am einen Ende und am anderen meiner Familie, aus deren Mitte Signor Lomellino oder Lomelín heraustrat, um mich in seinem übertrieben eklektischen Herrenhaus willkommen zu heißen: »Ich habe Rizione versprochen, allzeit jedem Mitglied von Andreas Familie in der Not zu helfen, und dazu gehörst auch du, mein Junge.«

Sie drängten sich alle um uns, Andrea ließ die Hand der schläfrigen kleinen Constanza fahren und warf sich, mehr oder weniger schwesterlich, in meine Arme, wie auch immer es für einen unvoreingenommenen Beobachter ausgesehen haben mag.

»Sigura hätte dich umbringen können!« rief sie an meinem Hals. »Warum haßt er uns so?«

»Sigura? Der tut nur, was immer Nicolás de Ovando will. Und Ovando will Vergeltung. Unvernünftigerweise macht er meine Klage wegen Wortbruchs dafür verantwortlich, daß ihm das Erbe seines Onkels, des Generalvikars, verweigert wird.«

Jetzt wußte ich es also endlich. Ovando war es, Nicolás de Ovando, der ein einziges Mal bei meiner fruchtbaren Schwester Andrea gelegen hatte, Nicolás de Ovando, der sich weigerte, die schläfrige kleine Constanza als seine Tochter anzuerkennen, Nicolás de Ovando, der –

Doña Leonor unterbrach mich in meinen finsteren Gedanken. »Was ist mit deiner Hand los, Miguel?«

»Meiner was? Nichts. Nichts ist mit ihr los.«

»In schwierigen Zeiten«, setzte mein Vater behutsam schreiend an, »würde der mittelalterliche Arzt und Diplomat Hisdai Ibn Schaprut –«

»Du bist weder Arzt noch Diplomat«, höhnte meine Mutter, und ich sah meinen Vater vor meinen Augen ein Stück kleiner werden. War Doña Leonor schon immer so viel größer gewesen?

»Warum meldest du dich nicht bei der Armee?« schlug mein Bruder Rodrigo vor, und Magdalena war wohl entweder dafür oder dagegen, als sie meinte: »Soldaten sind nicht so freigebig, wie man die Mädchen glauben macht.«

»Ein Rapier«, sagte Doña Leonor vorwurfsvoll zu ihrem immer kleiner werdenden Gatten. »Du mußtest einem lieben Jungen wie Miguel ein Rapier kaufen.«

»Bitte, meine Freunde«, sagte Signor Lomellino oder Lomelín. »Jetzt ist nicht die Zeit für Schuldzuweisungen. Ein schnelles Pferd wird dich nach Barcelona bringen, mein Junge, wo –«

Constanzchen, die mich mit jener Heldenverehrung, die unter vier Jahre alten Nichten so verbreitet ist und die bei mir so fehl am Platze war, umklammerte, unterbrach ihn: »Ist Barcelona am Ende der Welt?«

Ich strich ihr übers Haar, das wie gesponnenes Gold war.

»Fast«, sagte Doña Leonor, die meinen Vater noch immer anstarrte, als sie das weinende Kind sanft von meinen Knien wegdrängte.

Signor Lomellino oder Lomelín fuhr fort: »Von Barcelona aus schiffst du dich nach Italien ein, und bis du dort ankommst, hat unser Freund Rizione das Weitere in die Wege geleitet.«

Hier ein paar unter tränenreichen Umarmungen gesprochene Abschiedsworte:

Meine Schwester Magdalena mit glänzenden grünen Augen: »Bring mir etwas phantastisch Italienisches mit, wenn du zurückkommst.«

Mein Bruder Rodrigo nahm die Schnur, an der der Spielzeugsoldat mit der fehlenden linken Hand hing, von seinem Hals und legte sie mir um: »Das wird dir Glück bringen, bis wir wieder beisammen sind.« (Eine zweiteilige Aussage, wie man bemerken wird, und in beiden Teilen prophetisch.)

Mein Bruder Juan (düster): »Für Flüchtlinge gibt es Möglichkeiten, von der Bildfläche zu verschwinden, als hätten sie nie existiert.«

Doña Leonor: »Vergiß nie, daß dein Urgroßvater Christoph Kolumbus kannte.«

Mein Vater: »Wieder einmal unterwegs ... unterwegs ...«

Doch dann bedeckte er schluchzend sein Gesicht und konnte nicht weitersprechen.

Andrea begleitete mich zu den Ställen, wo ein Bursche gerade einen großen Schimmelhengst herausführte. »Schnell, aber feurig«, teilte er mir überflüssigerweise mit, als der Hengst scheute.

Als ich aufgestiegen war, begriff ich plötzlich mit einer großen Leere in meiner Seele, daß es Monate würde dauern können, bis ich Andrea wiedersehen würde, oder sogar Jahre. Ich beugte mich vom Sattel herunter, um jene strahlende Mähne weizenblonden Haares zu berühren, die golden im Fackelschein schimmerte. Sie lächelte tapfer, aber schmelzende Silbertränen rannen ihr die Wangen hinab. Schnell drückte sie mir eine schwere Börse in die Hand und erklärte mir, als ich Einspruch erhob, daß das Geld von Signor Lomellino oder Lomelín komme (was hieß, so wußte ich zu meinem wohlbekannten Ärger, von Rizione).

Die Leere in meiner Seele dehnte sich aus. Monate oder Jahre – wie man sich mit dem Endlichen tröstet! Es war ganz und gar nicht unwahrscheinlich, daß Andrea und ich uns niemals wieder begegnen würden. Niemals wieder, dachte ich verzweifelt, niemals, niemals ... und der große Schimmelhengst setzte über das Koppeltor und verfiel in einen wilden Galopp, während ich mich angstvoll mit meiner unverletzten linken Hand an seine Mähne klammerte.

Sechstes Kapitel
Die Freunde des Rizio Rizione

Die Geschichte! Welche Unterlassungssünden werden nicht in ihrem Namen begangen, welche bedeutsamen Ereignisse nicht als unbewiesen ausgemustert – als ob Menschenleben den Regeln eines Gerichtshofs folgten, anstatt wie Lukrez' Atome zwischen den Permutationen des Möglichen zu treiben.

Wie es die Geschichte will, kam ich Anfang 1570 nach Rom, erwarb irgendwie die Bescheinigung über die Reinheit des Blutes, die ein Spanier für eine Beschäftigung dort brauchte, und wurde, über einen entfernten Verwandten, Kammerherr eines Kardinals, ehe ich in den Süden nach Neapel ging (die Geschichte gibt keinen Grund dafür an), wo ich mich der spanischen Italienarmee rechtzeitig genug anschloß, um in der welterschütternden Schlacht von Lepanto gegen die Türken zu kämpfen und meine linke Hand – oder zumindest ihren Gebrauch – zum größeren Ruhm meiner Rechten einzubüßen. Beachten Sie den Symbolgehalt. Sogar die Geschichte erkennt an, daß ich, der ich lediglich ein kümmerliches Sonettchen und eine schwülstige Widmung hervorgebracht hatte, bereits von einer Schriftstellerkarriere träumte.

Doch wenn dies stimmt, hätte ich dann beinahe zwei Jahre in Italien, der Wiege der Renaissance, zugebracht, ohne dem größten Dichter unserer Zeit, Torquato Tasso, zu begegnen? Oder, weil wir gerade dabei sind, beinahe zwei Jahre in Italien, der Wiege der Liebesromanze, nur um es wieder zu verlassen, wie ich gekommen war: als *virgo intactus?*

Aber für Sie ist das Geschichte. Kein Wunder also, daß die Erzählkunst, als sie das Feld brachliegen sieht, die Ärmel hochkrempelt und ihre eigene, bisweilen auf Finderglück vertrauende Wahrheit gestaltet.

Mein entfernter Verwandter Gaspar de Cervantes, ein vatikanischer

Diplomat, obschon noch kein Priester, holte mich mit einer Kutsche in Civitavecchia, dem Hafen von Rom, ab, und bald rumpelten wir die Via Aurelia entlang.
»Du bist also Andrea Cervantes' Bruder«, sagte er.
»Du kennst meine Schwester?« fragte ich argwöhnisch.
»Jetzt, da du es erwähnst, nein. Aber es genügt wohl, zu sagen, daß ein gewisser gemeinsamer Bekannter...« Damit schenkte er mir ein weltmännisches Lächeln, das zu seinem plumpen, rosigen Jungengesicht nicht zu passen schien.
Rizione natürlich; was sonst hätte ich erwarten können? Der Genueser Magnat schien so allgegenwärtig wie Gott.
Als ob er meine Gedanken lesen könnte, fragte Vetter Gaspar ohne Umschweife: »Glaubst du an Gott und all diesen Kram?«
Das aus dem Munde eines Diplomaten des Vatikan zu hören schokkierte mich. »N-Natürlich.«
»Warum stotterst du dann? Ich spreche von der Dreieinigkeit, der von Gott eingehauchten jungfräulichen Empfängnis, Jesus als Gottes leiblichem Sohn, und so weiter und so fort.«
Ich sagte mit jugendlichem Hochmut: »Im spanischen Zweig der Familie gibt es keine Ketzer.«
»Aber praktisch alle Spanier sind doch unreine Sprößlinge von *conversos.* Na schön, tut nichts – wir besorgen dir bald eine Bescheinigung über die Reinheit des Blutes.«
»Die«, machte ich ihn aufmerksam, »wachsen nicht auf den Bäumen, Vetter Gaspar.«
»Jetzt, da du es erwähnst, nein. Aber es genügt wohl, zu sagen, daß ein gewisser gemeinsamer Bekannter...« Damit schenkte er mir einen schlauen Blick, der zu seinem plumpen, rosigen Jungengesicht ebensowenig zu passen schien.
Wieder Rizione.
»Und da dieser gewisse gemeinsame Bekannte das mit der Bescheinigung regeln kann, hält dich nichts davon ab, sofort mit der Arbeit anzufangen. Selbstverständlich kennst du Giulio Acquaviva?«
»Wen?«
»Giulio Kardinal-in-spe Acquaviva. Natürlich kennst du ihn. Er vertrat Seine Heiligkeit bei den Trauerfeierlichkeiten für den un-

glücklichen Kronprinzen in Madrid, für die du, glaube ich, ein kümmerliches Sonettchen und eine schwülstige Widmung geschrieben hast?«
»Nein, Vetter Gaspar. Das war etwas später anläßlich der Trauerfeierlichkeiten für die ebenso unglückliche junge Königin.«
»Jedenfalls war Acquaviva bei Don Carlos' Begräbnis. Da deine Schwester Andrea ihn kannte...«
Ich glaubte, mein Verwandter beziehe sich auf Don Carlos, und leugnete heftig. »Sie k-kannte ihn nicht! Sie sind sich nie begegnet!«
»Aber mein lieber Vetter. Als Giulio Kardinal-in-spe Acquaviva aus Spanien abreiste, benötigte er eine Ausfuhrgenehmigung für die mit von ihm erworbenen Andenken gefüllten Truhen, und derselbe gemeinsame Bekannte, der das mit deiner Bescheinigung regeln wird, regelte die Genehmigung für ihn. Und da deine Schwester ... ich meine, in Anbetracht ihrer Beziehung ... das heißt, ich nahm an...«
»Ach«, sagte ich erleichtert, »du m-meinst Ac-cqua-v-viva.«
Je weniger er die Sätze zu Ende führte, desto mehr stotterte ich, und keiner von uns sah es ungern, daß wir Rom erreichten und uns am Eingang zu Giulio Kardinal-in-spe Acquavivas Gemächern in der Nähe des ruchlosen Appartamento Borgia auf dem Hügel des Vatikan trennten. Leider nicht zum letztenmal.
Giulio Acquaviva war ein beinahe zum Skelett abgemagerter junger Bischof in dem asketischen Stil, welcher Papst Pius V., der von gekochten Kräutern lebte, in Mode gebracht hatte.
»Und der«, unterrichtete mich Acquaviva süffisant, »alle Juden aus dem Kirchenstaat hinausgeworfen hat, wie du gehört haben wirst.«
Hatte ich nicht, aber ich hielt es für klüger zu nicken. Dann begann Acquaviva, mich zu befragen: »Kannst du singen? Polyphone Liebesmadrigale? Motetten? Kantaten?«
»Ich fürchte, nein, Ihre Eminenz-in-spe.«
»Spielst du dann irgendein Musikinstrument? Die Laute? Orgel? Harfe? Theorbe?«
»Tut mir leid, Ihre Eminenz-in-spe.«
»Du könntest es mit diesem neuen Ding probieren, mit dem da Salò

herumspielt – eine Abart der Laute, Violine genannt. Ein bißchen schrill und kratzig, sieht aber verheißungsvoll aus.«
Aber ich mußte gestehen, daß ich keine Noten lesen konnte.
»Vielleicht spielst du in Stücken mit? Italien setzt die Maßstäbe fürs Theater, mußt du wissen. Schickt Schauspieler durch ganz Europa. Schauspielerinnen auch«, sagte Giulio Acquaviva und preßte seinen Mund zu einem Lächeln zusammen, das sein hageres Pius-V.-Gesicht wie einen Totenkopf aussehen ließ. »Außer natürlich nach England, wo Knaben die Frauenrollen übernehmen. Kannst du das?«
»Kann ich was, Ihre Eminenz-in-spe?«
»Eine Frauenrolle übernehmen.«
Erschrocken erkannte ich, daß Vetter Gaspar mir nicht bedeutet hatte, welche Art von Beschäftigung mich vielleicht erwarten würde. Ich sagte Giulio Kardinal-in-spe mit Festigkeit, daß ich weder thespisches Talent noch homosexuelle Tendenzen hätte, und er entgegnete: »Dann scheint nur eine Tätigkeit im Haushalt zu bleiben.«
Dieser Teil meines Lebens fuchst jene Cervantes-Spezialisten, die stets mein Macho-Image aufrechterhalten wollen – und wenn nur das schwach ausgeprägte eines harmlosen Machismo, den sie hauptsächlich auf meine Abenteuer als Sklave in Algier gründen. An einem Kammerherrn ist nichts Machohaftes. Ich deckte Giulio Kardinal-in-spe Acquavivas Bett für die Nacht auf und brachte ihm am Morgen Frühstück und Kleidung. Ich kümmerte mich um die Unterwäsche; ich führte den Terminplan meines Herrn (denn das war er), tags und nachts; ich ließ im Morgengrauen seine jugendlichen männlichen Besucher am Hintereingang hinaus, und auch die weiblichen, die er gelegentlich mitbrachte, um den Schein zu wahren.
In jenem Herbst befand ich mich, kurz nachdem Giulio Acquaviva seinen roten Hut bekommen hatte, an einem meiner freien Vormittage, die mir alle paar Donnerstage gewährt wurden, in der Vatikanischen Bibliothek, um mich über die neuesten Verse des neapolitanischen Dichters Giovanni Battista Colombina auf dem laufenden zu halten. Da setzte Vetter Gaspar sich mir gegenüber an den Tisch.
»Wie ich sehe, gefällt dir die Dichtkunst.«

Ich platzte fast heraus: »Heilige Muttergottes, sie soll mein Leben werden!« Vor meinen Diensten im Haushalt des Giulio Kardinal-in-praxi Acquaviva hätte ich so reagiert. Indes hatte ich dort Takt und Verschwiegenheit lernen müssen, *savoir faire* und *savoir quand ne rien faire*, ohne welche kein Diplomat auch nur seinen Namen wert wäre. Daher sagte ich: »Ein Zeitvertreib für den freien Vormittag.«

»Die Dichtung, zum Beispiel, des Torquato Tasso?«

»Heilige Muttergottes!« platzte ich heraus. »Er ist der Größte.«

»Hmm. Wußtest du, daß dieser Schreiberling Tasso letztes Jahr als Sekretär des Kardinals d'Este nach Paris ging und so schreckliche Dinge über den französischen König und seinen Hof sagte, daß d'Este ihn seine Sachen zusammenpacken ließ? Seitdem ist Tasso hier in Rom, als Patient des Ospedale Sant' I-.«

»Was ist los mit ihm?«

»Gar nichts. Sant' I- ist ein Hospiz für Geisteskranke. Wie die meisten Dichter, ist Torquato Tasso ... geistig anfällig.«

»Du sprichst«, sagte ich, »von dem Genie, das *Amyntas* schreibt?«

»Nun ja, ich denke doch.« Vetter Gaspar schaute verblüfft drein. Und dazu hatte er auch allen Grund. Geschichtlicherseits sollte Tasso sein Schäferdrama nicht vor 1573 schaffen. Aber erzählerischerseits sollte mir ein Teil des Manuskripts bald vorgelesen werden, und zwar jetzt im Jahre 1570, im Ospedale Sant' I-. Das läßt sich aus dem erklären, was wir über den großen Tasso wissen. Was wir wissen, ist, daß er später, als er gegenüber Kritikern außergewöhnlich mißtrauisch war, fünf Jahre lang auf seinem zweiten Meisterwerk, *Das befreite Jerusalem*, sitzen blieb, bevor er es veröffentlichte. Konnte sein *Amyntas* nicht das nämliche Schicksal ereilt haben?

»Tasso«, sagte Vetter Gaspar, »wird zu seiner Familie nach Sorrent fahren. Für die beschwerliche Reise braucht er einen Gefährten. Ein gewisser gemeinsamer Bekannter glaubt, daß du zu einer Mission bereit bist.«

Ursprünglich ein Palais des niederen Adels, verbarg das Ospedale Sant' I- in der Via S- den üblichen Luxus hinter der üblichen

düsteren Stuckfassade mit ihren endlosen Reihen von (jetzt unglücklicherweise vergitterten) Fenstern, die wie blinde Augen unter den Brauen ihrer gekrümmten Giebeldreiecke hervorstarrten. Innen befand sich der übliche Hof, durch die übliche Marmortreppe zweigeteilt, die zu dem üblichen *piano nobile* mit seinen Empfangsräumen und Galerien hinaufführte. Deren Wände waren mit den üblichen heidnischen Fresken bedeckt, welche Säulen voneinander trennten (fast ebenso wie die Patienten des Sant' I- in ihren Zellen), so daß zum Beispiel Jupiter die Verlegenheit erspart blieb, Leda zu vergewaltigen, während Mars und Venus vom nächsten Bild aus lauschten, wo sie es im verschlungenen Netz des eifersüchtigen Vulkan trieben, und die Fleischeslust Fresko auf Fresko bis in die dämmerige Weite fortgeführt wurde.
Ich wurde in das Stockwerk über dem *piano nobile* geführt, wo ich an einem erfrischend unauffälligen Tisch die Pflegeschwester Suor Donatella in einem formlosen braunen Gewand sitzen und, Erregung in ihrem bleichen hübschen Gesicht, das Manuskript von *Amyntas* lesen fand. Sie blickte auf und sagte in melodischem Latein: »Dieses Zeug ist wunderbar, denn Tasso ist zu schlau, die Spanier geradeheraus anzugreifen, aber jeder wird Bescheid wissen. Oder etwa nicht? Hören Sie – aus dem Teil, der anfängt:

> Schön warst du, Goldenes Zeitalter
> Der Welt!«

Und weiter zitierte sie:

> »Nein, nur weil jener eitle
> Bedeutungsleere Name,
> Dies Götzenbild des Irrtums und des Truges,
> Das dann vom blöden Haufen
> Als Ehre ward benannt,
> Und der Natur gesetzt ward zum Tyrannen,
> Noch nicht sich quälend drängte
> Ins heitre holde Treiben
> Der liebbeseelten Scharen...«

»Spanier?« unterbrach ich sie. »Die Spanier weswegen angreifen?«
»Na, der Ehre wegen!« Die Stimme melodisch, doch vorwurfsvoll. »Von Spaniern erfunden – wenn nicht gar vom Teufel. Bevor ihr Spanier mit eurem schwerfälligen Protokoll dahergekommen seid, eurer Etikette, eurer Ehrenrührigkeit –« Sie nahm das Manuskript wieder auf.

»Und weil sein hart' Gesetz noch
Den freigewöhnten Seelen nicht bekannt war,
Und nur Natur ihr goldnes
Gesetz erließ: Erlaubt ist, was gefällt.«

Mit gerötetem Gesicht wiederholte sie das abschließende *»s'ei piace, ei lice«* und sagte dann atemlos: »Es ist so schön! Ich weiß, ich sollte ein solch heidnisches Gedicht eigentlich gar nicht lesen. Aber da er ja mein Patient ist, muß ich seine Kunst doch verstehen?«
Ehe ich antworten konnte, bellte eine Stimme von der Tür her: »Wie oft habe ich dir schon gesagt, du blöde Jesusfotze, daß du mein Manuskript nicht laut vorlesen sollst?«
Er war ein Mann um die Dreißig, mit schmutzigen bloßen Füßen, weit ausladenden türkischen Hosen und einem schwarzen Lederwams, das offenstand und den Blick auf eine dürre, haarüberwucherte Brust und einen vorspringenden Nabel, der ringsherum von einer Narbe umrahmt wurde, freigab.
»Gefällt's dir?« fragte er sie dann, fast schüchtern.
Dieser Wechsel in seinem Benehmen schien Suor Donatella nicht zu überraschen. »Es ist absolut großartig, Torquato – obwohl ich mich manchmal frage, wie ein Schäferstück gerade die Bauern verherrlichen kann, die sich in Wirklichkeit doch zu Tode schuften, um uns unseren alltäglichen Luxus zu erhalten.«
»Die Sache ist die«, sagte Torquato unwirsch, »daß jedes Zeitalter ohne die Spanier golden war.«
»Ser Tasso«, sagte ich, »die Schwester war so freundlich, mir die Stelle vorzulesen, als –«
Er brüllte ohne ein Wort los und schlug Suor Donatella ins Gesicht. Sie torkelte gegen den Tisch zurück und verstreute dadurch die Seiten seines Manuskripts über den Marmorboden.

»Wie oft habe ich dir gesagt, du Hure des Menschensohns, daß ›nur für vier Augen‹ ›nur für vier Augen‹ heißt?« fragte er sie. Mich fragte er: »Welche Stelle?«

Ich sagte es ihm.

»Gefällt's dir? Feine Spitze gegen die Spanier, was?«

Er hatte wilde, blutunterlaufene Augen und einen breiten Mund, dem der ungepflegte Vollbart ein schiefes Aussehen verlieh. Oder vielleicht *war* er schief.

Ich versicherte ihm, daß es mir gefalle. Dann sagte ich zaghaft: »Ich denke daran, meinen Weg als Schriftsteller zu machen.«

»Hast du irgendwas von deinem Geschreibsel bei dir?«

Wie der Zufall wollte, hatte ich Abschriften meines kümmerlichen Sonettchens und meiner schwülstigen Widmung dabei.

»Du bist nicht«, sagte er nach einem flüchtigem Blick darauf, »auf diese Erde gekommen, um Dichter zu werden. Womit die Prosa übrigbleibt. Obwohl ich keine Ahnung habe, warum irgend jemand so etwas schreiben wollen sollte, da jeder ungehobelte Flegel so spricht. Was ist denn das da?«

Tassos schmutzige Finger rissen an der Schnur um meinen Hals, an der der Spielzeugsoldat meines Bruders Rodrigo baumelte.

»Soll das ein Bildnis von dir sein? Symbolismus ist nicht schlecht. Soldat. In irgendeiner entscheidenden Schlacht verwundet. Rappelt sich mit nur einer Hand hoch. Eigentlich genug zum Schreiben – Prosa sowieso. Und du stotterst auch, merke ich. Also, ich kann verstehen, warum du Schriftsteller werden willst. Kompensation. Na schön, laß mich dir drei Ratschläge geben.

Erstens: Versuch nie, lustig zu sein. Humor zieht nicht mehr. Die Leser denken, daß Lesen etwas Ernstes ist. Nimm Rabelais – er war derb und witzig, auch Boccaccio war es größtenteils –, aber wer wird *sie* in zwei-, dreihundert Jahren noch lesen? Oder Ariost – dachte, er käme damit durch, daß er vollkommene, edle Ritter und Fräulein in Not verhöhnte. Ha! Der sichere Weg ins Beinhaus.

Zweitens: Schreib nicht in der Sprache des Volkes. Das war Petrarcas Fehler, und Boccaccios, von Dante ganz zu schweigen. Und auch ich bin der Volkssprache auf den Leim gegangen. Literarischer Selbstmord. Volkssprachen kommen und gehen, aber die gebildeten Leute werden immer Latein lesen.«

»Sie werden *dich* immer lesen, Torquato. In welcher Sprache auch immer«, sagte Suor Donatella ergeben.
»Wo ist dein Liebhaber?« fragte er sie plötzlich.
Liebhaber? Sie war eine Pflegeschwester, eine Braut Christi, wie konnte sie da...?
»Auf einer heiklen diplomatischen Mission bei der Signoria.«
»Er kehrt nicht lebend zurück.«
»Oje«, sagte die Suora. »Wie unangenehm. Wir wollten den Sommer auf Capri verbringen.«
»Reiß dich zusammen«, sagte er schroff.
Aber sie schien kaum auseinander zu sein.
Wenn ich an diese Unterhaltung nun, da ich Berufserfahrung habe, zurückdenke, bin ich sicher, daß sie verschlüsselt war. Man beachte ihre Sorglosigkeit bei Tassos Voraussage (die sich seltsamerweise als zutreffend erwies), daß ihr Liebhaber sterben werde. Wie der englische Sondergeheimagent und Teilzeitstückeschreiber Marlowe immer sagte: »Kratz an einem Schriftsteller, und du findest einen Spion darunter.«
Man sehe sich Tasso an. Er war fast bar jeden Humors. War das nicht die Folge des Ich-bin-alt-und-müde-und-hab-alles-satt-Syndroms, das wie die Pest in der zynischen Halbwelt des Spionagegeschäfts wütete? Und er reiste natürlich. Wie praktisch. Er reiste rastlos, unaufhörlich, unermüdlich. Einem Schriftsteller ließ man das durchgehen. Ein Schriftsteller ist immer auf der Flucht vor etwas oder jemandem – Gläubigern oder einer Ehefrau oder vielleicht dem schlimmsten Feind, sich selbst. Tassos willkürliche Reiseroute sollte am Ende durch alle sich kleinlich befehdenden Feudalstaaten Italiens geführt haben. Und wenn er Schutz vor der erbarmungslosen Mittagshitze der Dichtung oder der unendlichen Mitternachtskälte der Spionage brauchte, gab es dann einen besseren Zufluchtsort als ein Irrenhaus wie das Ospedale Sant' I-? Doch – *war* er verrückt? Oder war seine immer wiederkehrende Verrücktheit nur eine Art Deckmantel? Wußte er es denn selbst?
Tasso fragte Suor Donatella: »Es hat dir wirklich gefallen?«
»Sehr.«
»Du sagst das nicht nur so?«

»Sie meint es auch«, sagte ich. »Bevor Sie kamen, hat sie –«
»Halt dich da raus, Junge«, sagte er drohend, während Suor Donatella sich ihr gespitztes Mündchen mit einem parfümierten Taschentuch betupfte und mir zuraunte: »Das passiert immer, wenn er über sein Schreiben spricht. Jedesmal.«
»Über was kann man denn sonst sprechen?« knurrte er.
»Er fühlt sich großartig, wenn er über *andere* Schriftsteller spricht«, sagte sie.
»Ich mach sie zu Kleinholz«, strahlte er.
»Das Problem liegt«, erklärte Suor Donatella, »wie bei allen großen Schriftstellern in seinem januskköpfigen Tun. Sein Werk ist für ihn sowohl einziger Trost als auch immerwährende Verzweiflung.«
Diese Einschätzung machte ihn ein wenig selbstgefällig, dachte ich.
Er sagte: »Hier ist der dritte. Versuch's erst gar nicht.«
Bei dem seltsamen Benehmen der beiden und meinen Grübeleien über Spionage und Verrücktheit brauchte ich ein paar Sekunden, um zu begreifen, daß dies der dritte Ratschlag für mich Möchtegernschreiber war.
Er schloß die Augen und hing bitteren Gedanken nach. »Mein Vater Bernardo war ein Dichter. Ein echter Dichter. Kannte das ganze Für und Wider. Schickte *mich* zum Jurastudium. Aber ich ließ mich von der Muse verführen, genau wie er. Als er starb, mußte ich mir Geld borgen, um ihn unter die Erde zu bringen. *Das* heißt Dichter sein. War dein Vater einer?«
»Nein, mein Herr. Mein Vater«, sagte ich und vergaß vor lauter Begeisterung, meine Herkunft hervorzuheben, Tassos Abscheu den Spaniern gegenüber, »ist Wundarzt der italienischen Gemeinde von Madrid.«
»*Madrid*? Dann bist du Spanier?«
Da, sagte ich mir bedrückt, geht sie hin, meine Gelegenheit, von dem großen Torquato Tasso zu lernen, was immer er mich lehren konnte.
»Spanier«, wiederholte er, und warf aus seinen rotgeränderten Augen Blicke auf die Tür hinter sich. »Ihr denkt, ihr habt in Spanien eine Inquisition? Hier in Italien maskieren sich die Inquisitoren als Kritiker.« Er schlich zu Suor Donatellas Tisch und lugte zum Fen-

ster hinaus. »Es ist alles ein Teil des meisterlichen Plans, nach dem Gott der Herr den Erzengel Raphael sandte, um dem Teufel bis zum Jüngsten Tag in der Wüste gefangenzuhalten. Er gab dem Teufel die Zeit, die er brauchte, um Verleumder, schlimme Feinde, Kobolde, Geister, Bösewichter, einen oder zwei Erzbösewichter, Schlangen, Bocksfüßige, Dämonen, Satane, ja sogar den Demogorgon auszuspeien, der die Männer lehrte, Waffen herzustellen, und die Frauen, Salben und Schminken zu gebrauchen. Mit der eindeutigen Absicht, *mich zu vernichten*. Donatella weiß das. Stimmt's nicht, Schätzchen?« Plötzlich weinte er; sie nahm ihn in die Arme. »Da, es wird ja wieder gut, Lieber«, säuselte sie, wohlklingend wie eine Nachtigall in schwindelnden Höhen, aber er riß sich aus ihrer Umarmung los und schrie: »Was bringt dich dazu, zu glauben, ich *wolle*, daß es wieder gut wird? Wenn alles gut ist, wie kann ich dann je wieder schreiben?« Und er hätte sie ein zweites Mal geschlagen, doch ich packte ihn am Handgelenk.

»Spanier, was?« sagte er. In geheimnisvollem Ton.

Suor Donatella setzte sich wieder an ihrem Tisch nieder. »Sie müssen ihn heimbringen«, sagte sie zu mir. »Heim nach Sorrent. Er vertraut Ihnen. Das weiß ich.«

»Tatsächlich?«

»Aber der einzige Mensch, der den Bann seines Wahnsinns brechen kann, ist –«

»– Cornelia«, stöhnte Torquato Tasso sanft. »Ich will zu meiner Cornelia.«

»Bringen Sie ihn zu ihr. Keine Angst – er neigt viel eher zum Selbstmord als zum Mord, auch wenn es nicht den Anschein hat. Fragen Sie in Sorrent bloß nach Cornelia Tasso; jeder dort kennt sie.«

Der einzige erwähnenswerte Ort, an dem wir unsere Reise unterbrachen, war das Kloster Monte Cassino, die große Abtei, die der heilige Benedikt auf einem Berggipfel anstelle eines heidnischen Tempels gründete (529 n. Chr.). Seine frühe Jugend hatte Benedikt, wie es hieß, als Klausner in der Wildnis verbracht, weil irgendeine römische Maid oder Matrone ihn verschmäht und mit einer Lust

allein gelassen hatte, deren er nur Herr werden konnte, indem er sich auszog und sich in dem dichten Brennessel- und Dornengestrüpp wälzte, das praktischerweise vor seiner Höhle wuchs.
Ich ertappte Tasso in jener Nacht dabei, wie er, den schiefen Mund von einer einsamen Kerze hell erleuchtet, mit einem Dolch (oder war es ein Messer?) einen Stein aus dem Boden des Altarraums brach und eine Urne hervorholte, die seinen Worten nach die sterblichen Überreste des heiligen Benedikt und seiner Schwester, der heiligen Scholastika, enthielt, die ihrem brennessel- und dornenvernarbten Bruder in dieses Kloster gefolgt war. »Denn Benedikt konnte ohne seine Schwester nicht leben«, hob Tasso an, während er, wie ich zunächst dachte, in frommer Beugung vor der Urne kniete. Als er sie jedoch über seinen Kopf stemmte, wurde mir klar, daß er sie auf dem Boden des Altarraums zu zertrümmern beabsichtigte. Ich entwand sie seinem Griff und sah den Kerzenschein auf seinem Dolch aufblinken. Wir begannen einen ungleichen Kampf, er mit beiden Händen und dem Dolch, ich durch die Urne behindert. Doch wenigstens konnte ich sie als Schild gebrauchen und damit seine Hiebe und Streiche abwehren. Bald schon spürte ich die kalten Steine der Wand des Altarraums an meinem Rücken. Die Spitze des Dolchs berührte meine Kehle, schrammte den Stein entlang, suchte wieder nach meiner Kehle –
Und es tauchten zwei in Kapuzen gehüllte Mönche aus der Dunkelheit auf. Tasso wandte seinen wahnsinnigen Zorn gegen sie, aber sie hatten ganz eindeutig schon Erfahrung mit ihm gehabt, und er war bald gebändigt. Als sein Zorn verflogen war, rezitierte er:

»Wilde Lust, ruchlose Gier
All das Verbotene auf Erden hier,
Verführen uns zu Schicksalstanz
Und verworrenem Chaos ganz,
Da Jokaste und Oedipus verschlungen –

Nein, das heißt besser ›Oedipus Rex‹, das reimt sich auf ›Sex‹.« Und weiter:

»... dah dah dah ... Trieb
Tochter und Vater, Sohn und Mutter,
Ja, die verehrte Schwester und der Bruder,
Haben in Sünde sich erkannt und schrecklich lieb.«

Ich schob die Urne mit unsicherer Hand in ihr Loch im Boden des Altarraums zurück und begab mich in meine kalte Zelle. Aber in jener Nacht fand ich weder Schlaf noch Frieden.

Nachdem wir das benediktinische Heiligenleben hinter uns gelassen hatten, gerieten wir ein paar Tage später in die Mythenwelt Homers. Grellweiß lag Sorrent vor dem Blau des Golfs von Neapel in der Sommersonne des Mezzogiorno, das Dorf, in dem die Überlieferung des blinden Homer die Sirenen ansiedelt, jene Vogelfrauen, deren unwiderstehlicher Gesang von den Felsen des zerklüfteten Vorgebirges aus die Seeleute in den Tod lockte.
Fragen Sie nach Cornelia Tasso; jeder dort kennt sie.
Ich fragte einen jungen Fischer mit einer roten phrygischen Mütze, und er lächelte und rief, auf einen Punkt zeigend, von dem aus sich ein Ziegenpfad steil durch einen Zitronenhain hochwand: »Cornelia! *È bella, bella!*«
Ich fragte braungebrannte, halbnackte Knaben, die Zitronen stahlen, und auch sie lächelten, zeigten da hinauf, wo außer der Jahreszeit ein Myrtenbusch blühte, und riefen: »Cornelia! *È bella, bella!*«
Und ich fragte einen zahnlosen alten Ziegenhirten, und er lächelte, zeigte auf einen entfernt gelegenen Felsen, auf dem sich ein winziger weißer Würfel duckte, der vielleicht eine Hütte war, und schrie: »Cornelia! *È bella, bella!*«
Bald befanden wir uns in einem vor Blüten strotzenden Garten, der in einem lang entschwundenen Goldenen Zeitalter Aphrodites duftige Laube hätte sein können, während Vögel auf rubinroten Schwingen vorbeischossen und von heiliger und weltlicher Liebe sangen, auf Waldlichtungen, die schon alt waren, als die Erde zum erstenmal ihre unendliche Reise um die Sonne begann. Sorrent! Ward je solche Pracht auf so engem Raum gesehen – zwischen einem Himmel, der blauer war als die Grotte des nahen Capri, und

einer spiegelnden See, die so schimmerte wie die schillernde Luft selbst? Sorrent! Heimstatt jener Liebe, die wie der Blitz einschlägt, und wie hätte es auch anders sein können? Sorrent! Doch die rubingeflügelten Vögel verschwanden, als ich den armen erschöpften Tasso die letzten Stufen zu einer offenen Tür (es gab hier keine Schlösser; bis ich kam, brauchte man keine) und in die Hütte trug. Ich setzte Tasso auf einem Bett neben dem sommerkalten Herd ab und ging durch eine zweite Tür an der Hinterseite des einfachen Raumes wieder hinaus; und hörte von neuem (wenigstens dachte ich das) die rubingeflügelten Vögel.
Aber ich täuschte mich. Eine Frauenstimme war es, die ich hörte, eine Stimme, die mit Homers Sirenen hätte wetteifern können. Wie einer, der in einem Traum wandelt, folgte ich dem Pfad hinunter zu einem hurtig fließenden Bach, und der Sirenengesang wurde reicher und strahlender – als seien Musik, weiche Luft und das Sonnenlicht des Mezzogiorno alles eins. Am Rande des Baches sah ich ein nacktes Kind mit einer Flickenpuppe spielen, vom Alter meiner Nichte, das Haar auch ganz goldene Löckchen, kaum weniger schön von Gesicht und ebenso rein von Gestalt wie die liebe spätgeborene Constanza. Hinter ihr bückte sich eine Frau über einen Felsen und walkte ihre Wäsche – als hätte der blinde Homer in Sorrent auch seine Nausikaa gefunden –, Kleider von tiefstem Magentarot und Himmelblau, die keineswegs farbecht waren, denn als die Frau sie walkte, verschönten sie den Bach mit fließenden farbigen Bändern. Und diese unbekannte Wäscherin war es, die, noch ohne es zu wissen, für mich sang.
»Mamma«, sagte das Kind, und die Frau erhob sich mit schwanengleicher Anmut, ihre Augen wurden vor Staunen größer, während meine eigenen Augen eine Schönheit, ihrer Stimme ebenbürtig, aufsogen, nackt oberhalb des Gürtels, wie sie war, der vom Bach feuchte Rock an ihren Beinen klebend, die beinahe so lang und schlank waren wie die meiner Schwester Andrea.
Keiner von uns vermochte für einen atemlosen Augenblick zu sprechen, in welchem die Zeit sich zum Raum weitete, riesige Entfernungen sich zu Bögen rundeten wie der vollkommene Schwung ihrer Hüfte oder ihres Busens. Dann brachte ich schließlich mit

belegter Stimme heraus: »Cornelia«, und sie: »Costanza, geh hinein!«
Costanza! Ohne ein ›n‹ im Italienischen, aber immerhin...
Die kleine Costanza nahm ihre Flickenpuppe und kletterte gehorsam zur Hütte hinauf.
Ich tat den ersten Schritt, Cornelia den zweiten. Wir berührten uns – ich ihren weichen, gebräunten Arm, sie mein bärtiges Gesicht. Bei dieser ersten Berührung kam ich sofort zum Höhepunkt und, ich bin sicher, sie auch. Dann trafen sich unsere Lippen – eine vorsichtige Liebkosung, nicht mehr –, und es geschah wieder. Und ich schwöre, in jenem im All verlorenen Augenblick, in jenen riesigen, zu Bögen gerundeten Entfernungen verdunkelte sich der Himmel einen erstaunlichen Moment lang, ein natürlicher *coup de théâtre*, um dann von einem ehrfurchtgebietenden Blitz durchzuckt zu werden.
Bald kehrte die Sonne wieder und sah uns gemeinsam durch den Bach zu einem bunt funkelnden Tümpel waten, wo eine schillernde Forelle sprang, beinahe wie jene rubingeflügelten Vögel durch die Luft schwebte, und ich führte Cornelia hoch über diesen Tümpel hinaus, als hätte ich diesen unbekannten Platz, dieses neue Eden schon vor meiner Geburt oder der irgendeines anderen Sterblichen gekannt, und zu einer moosbewachsenen Uferbank, wo wir geschmeidig und feucht beieinander lagen.
»Wer bist du?« fragte sie, als die Sonne schon tief stand.
Als ich es ihr sagte (doch was gab es da zu sagen – Miguel de Cervantes? ein Spanier? ein Möchtegernschriftsteller?), wurde ihr von der Liebe gerötetes Gesicht bleich.
»Du mußt gehen.«
Noch ein Spanierfeind, dachte ich und seufzte.
»Das ist es nicht«, sagte sie. Hatte ich gesprochen?
»Warum dann?« fragte ich. »Dein Ehemann da drinnen, Tasso?«
»Torquato? Er ist nicht mein Mann.«
Ich lächelte. Wie ein Dummkopf wohl. »Nein?«
Doch sie sagte nur: »Ich muß zu ihm« und ging.
Nach einer Weile kam das goldgelockte Kind zu mir auf die Uferbank. »Bist du ein Freund von Signor Rizione?«

Ich wäre fast in den Bach gefallen. »Warum denkst du das?«
»Praktisch jeder auf der ganzen Welt ist... hier kommt Mamma.«
»Geh hinein«, sagte Cornelia, und die kleine goldgelockte Costanza nahm wiederum gehorsam ihre Flickenpuppe und verschwand.
Cornelias Wangen waren tränenüberströmt. »Ich muß dich fortschicken«, sagte sie. »Aber wie kann ich das, wenn ich es nicht kann?«
Bei diesen widersprüchlichen Worten faßte ich mir ein Herz und fragte: »Wer ist Rizio Rizione?«
Und sie sagte: »Ein Freund deiner Schwester Andrea.«
Und ich sagte: »Woher weißt du das?«
Und sie sagte: »Ich werde es dir sagen, wenn Torquato von der Insel des Tiberius zurückkommt.«
»Capri? Er geht nach Capri?«
»Bald. Der Kaiser Tiberius wurde wahnsinnig, sagen einige, und Capri heilte ihn von seinem Wahnsinn. Ich habe alles vorbereitet, um Torquato dorthin zu schicken.«
»Das kleine Mädchen?«
»Geht mit ihm.«

Wenn der Blitz eingeschlagen hat, was haben Tage dann für eine Bedeutung? Nächte? Herbstregen? Was sind die Finger eines kalten Windes, der die Ritzen in den Wänden unserer Hütte durchforscht, wenn wir uns in unseren Armen Wärme spenden? Die Zeit verrinnt, wir bleiben. Cornelia trägt Mandelblüten im Haar, wenn die Bäume winterkahl sind. Wir kennen keinen Winter, den Winter verbannen wir. Ich schlürfe Nektar aus ihrem Nabel, sie bestreicht mich mit Honig und schleckt mich wie eine Katze ab. An den meisten Tagen können wir von unserer hochgelegenen Hütte aus Capri sehen, die Insel des Tiberius, der Kaiser in Rom war, als Christus gekreuzigt wurde, doch sie spricht nie von Torquato, und ich frage nie.
Oh, hätte ich den Sirenengesang nie gehört!
Eines Tages, als wir nach Sorrent hinuntergingen, um im verbannten Winter den Wein von der Farbe der Sommersonne zu trinken, kam von Westen ein Sturm auf, und die Fischerboote versuchten

eilends Land zu gewinnen, als die See sich hob. Ich nahm meinen Platz an der ächzenden Winde ein, als die Boote an den Strand gezogen wurden, so daß ich den alten Mann zuerst nicht hörte, der, ein kleines Kind auf den Schultern, durch die Gischt gestrampelt kam und mit zittriger Stimme nach seiner Cornelia rief. Aber ich sah sie über den Strand auf ihn zurennen, und ich hörte sie schreien. Als auch ich zu rennen anfing, sah ich sie etwas Seltsames und Erschreckendes tun – das triefnasse, zerfetzte Hemd hochheben, um ihn an der Narbe, die seinen Nabel ringsherum umrahmte, zu erkennen.

Denn es war Torquato Tasso, aber er war alt, das Gesicht zerfurcht, die rotgeränderten Augen tief in den Höhlen liegend, der Rücken gekrümmt, sogar das Gewicht der kleinen Costanza genügte, um ihn zu beugen. Cornelia nahm ihm das Kind ab, dessen gewöhnlich lebhaftes Gesicht aus Holz geschnitzt zu sein schien, und Costanza klammerte sich an ihre Mutter, die Arme um den Nacken geschlungen und die Hände fromm gefaltet. »Gott«, sagte sie. »Gott, willst du Timberio nicht bitte vergeben?« – Timberio nannten die Inselbewohner den Tiberius. »Es ist schon so lange her. Und er war sicher vom Teufel besessen, Onkel Torquato sagt das. Ein großer schwarzer Hund hat versucht, mich zu beißen.«

»Sie glüht vor Fieber«, sagte Cornelia und trug das Kind in das Dorf zum Haus des blinden alten Arztes, der den Leuten von Sorrent diente. Drei Tage und Nächte lang wachten wir am Bett der kleinen Costanza, und die ganze Zeit prasselte ein harter, kalter Regen hernieder.

Sobald Tasso sprach, wirkte er trotz seiner zittrigen Stimme ruhig und bei klarem Verstand. »Wovon der Teufel uns immer überzeugen wollte, müßt ihr wissen, ist nicht, daß es ihn gibt, sondern daß es ihn *nicht gibt.* Denn außer wenn ein Mensch an die Kräfte der Finsternis glaubt, ist es schwer, ihn davon zu überzeugen, daß man Gott braucht.«

»Schäm dich, Tasso«, ermahnte ihn der blinde alte Arzt. »Das Kind stirbt vielleicht, diesen Augenblick ist Pater Nestore bei ihm, und du äußerst eine solche Gotteslästerung.«

»Gotteslästerung!« rief Pater Nestore von der Tür her. Er war jung und hatte die weltfremden Augen eines Kindes.

Tasso erwiderte rasch: »Ich bin sicher, daß es eine ist, Vater. Nehmen Sie mir die Beichte ab, ich muß beichten.«
»Wer ist dieser alte Mann?« fragte Pater Nestore.
Cornelia sagte: »Erkennen Sie meinen Bruder Torquato nicht, Vater?«
Drinnen schrie die kleine Costanza auf, und der blinde Arzt eilte, Cornelia an seiner Seite, zu ihr. Weshalb keiner von beiden mit ansah, was als nächstes geschah.
»Nehmen Sie mir die Beichte ab, Vater«, wiederholte der Greis, der Torquato Tasso war.
Hier sollte ich darauf hinweisen, daß die Geschichte dies eine Mal mit der Erzählkunst und ihrer größeren Wahrhaftigkeit völlig übereinstimmt. Sein ganzes Leben lang wurde Torquato Tasso von Glaubenszweifeln gepeinigt; selbst wenn sein Glaube am stärksten war, wartete er doch schreckensvoll auf die Zeit, von der er wußte, daß sie kommen würde, wenn er Gott, Gnade, Erlösung – alles, was die Menschen vor ewiger Verdammnis bewahrte – verwerfen und nur einen Kosmos sehen würde, der seinen eigenen verwirrten Geist widerspiegelte. Zu solchen Zeiten beichtete er zwanghaft bei jedwedem Priester, der ihm die Beichte abzunehmen bereit war.
Pater Nestore hob Tassos zerfetztes Hemd hoch. In der Hand des Priesters erspähte ich ein Skalpell und beobachtete gebannt, wie er die Narbe aufschlitzte, die ringsherum seinen Nabel umrahmte, als wolle er die Wunde wieder öffnen.
Tasso jubelte: »Ich fühle nichts, keinen Schmerz!«, und der Priester sprang zurück und schrie, die weltfremden Augen vor Schrecken weit aufgerissen: »Es blutet nicht, das Messer ist in das Fleisch eingedrungen, und doch blutet es nicht – wer bist du?«
Tasso lachte wie ein Verrückter.
Genau in diesem Moment kam der blinde alte Arzt aus dem Krankenzimmer und sagte zu uns: »Die Krise ist vorbei, das Kind wird am Leben bleiben.«
Pater Nestore rannte voller Schrecken aus dem Haus.
Am nächsten Morgen ging ich mit Tasso zur Kirche San Francesco, doch ihre Türen waren verriegelt. Auf der anderen Seite der überfluteten Piazza fanden wir die Haushälterin. »Pater Nestore wurde

abberufen«, sagte sie zu uns. »Sie schicken jemand anders an seiner Stelle.«
Am vierten Morgen nach Pater Nestores Flucht, einem dunklen, aber regenlosen Tag, ging ich mit Tasso wieder zu San Francesco. Als er die noch immer versperrten Türen sah, wurde er blasser und mußte sich an mich lehnen. Doch da bemerkte ich, daß die Tür zum Kirchhof offenstand. Als wir eintraten, erschien am anderen Ende ein Mann und hob die Arme zur Begrüßung. »Ich bin«, rief er mit vertrauter Stimme zu uns herüber, »der neue Priester.«
»Vater, nehmen Sie mir die Beichte ab!« bettelte Tasso.
»Zuerst«, sagte der neue Priester, »muß ich dir den Teufel austreiben.«
Es war mein Vetter Gaspar.
Die Riten des Exorzismus sind zahlreich und mannigfaltig, und man braucht kein Priester zu sein, um böse Geister auszutreiben, wenn es dergleichen Dinge gibt – und noch weniger, nehme ich an, wenn es sie nicht gibt. Aber dennoch konnte ich nicht umhin, mich zu fragen, warum mein noch-nicht-geweihter Vetter Gaspar geschickt worden war, um Torquato Tasso zu exorzieren.
Ich bekam die Gelegenheit, ihn zu fragen, als wir auf Maultieren das Vorgebirge hinauf zu einer Stelle mit verkümmerten Sträuchern und starken Winden ritten, wo, wie die Einheimischen sagten, der Eingang zum Königreich der Hölle versteckt war und man Schwefel finden konnte.
»Bist du geweiht worden, Vetter Gaspar?«
»Jetzt, da du es erwähnst, nein. Aber es genügt wohl, zu sagen, daß ein gewisser gemeinsamer Bekannter...« Mit diesem unfertigen Satz schenkte er mir einen Blick, der entweder zu seinem plumpen, rosigen Jungengesicht passen wollte oder nicht.
»Nein, Vetter Gaspar. Es genügt nicht.«
»Mein lieber Vetter! Du hast dich verändert! Wie erfreut ein gewisser gemeinsamer Bekannter sein wird – denn der Zweck des Unterfangens war selbstverständlich ein zweifacher.«
»Welches ›Unterfangen‹ wäre es denn, Vetter Gaspar?«
»Na, die Erleichterung von Torquato Tassos Seele natürlich.« Die Augen meines Vetters funkelten. Er drängte sein Maultier zu einer schwefelhaltigen Felsnase.

Genau in jener Nacht wurde Torquato Tasso, den man am Rande einer Grube, in der der Schwefel schwelte, an einen Stuhl gebunden hatte, ein Sud aus geweihtem Öl, Salbei, Raute und anderen Ingredienzien verabreicht. Noch während er trank, verkrampfte sich Tasso und erbrach. Vetter Gaspar, dessen Augen geschlossen waren und dessen Lippen sich in stummem Gesang bewegten, drückte den Kopf des Dichters unmittelbar über dem beißenden Rauch nach unten. Das ganze Dorf war gekommen, um zuzusehen, und die Leute murrten vor Enttäuschung über die mangelnde Theatralik meines Vetters, denn nach einer Weile sagte er, das Gesicht vom rötlichen Licht aus der Grube erleuchtet, bloß: »Schneidet ihn los, der Mann ist nicht länger besessen.«
Am Morgen stellte sich Tasso begierig zur Beichte und zur Kommunion ein (doch mein noch-nicht-eingekutteter Vetter hütete sich davor, Wein und Hostie zu verabreichen). Cornelia und ich warteten auf dem sonnenbeschienenen Platz vor San Francesco; hinter uns drängten sich die Dörfler. Als Tasso auftauchte, drang ein Schrei aus allen Kehlen, und Cornelia rannte mit freudeüberströmtem Gesicht zu ihrem Bruder. Denn Torquato Tasso, der von der Insel des Tiberius als ein vom Dämon besessener Greis zurückgekommen war, war jetzt wieder jung, nicht mehr als drei oder vier Jahre älter als ich.
Ich weiß, das klingt unmöglich. Aber es ist, was ich sah.
Cornelia bekam ich erst mehrere Stunden nach der wundersamen Verwandlung zu Gesicht, als Bruder und Schwester Hand in Hand am Strand spazierengingen. Und als ich von dem Belvedere hoch droben aus zuschaute, sah das Paar, so schwöre ich, meiner Schwester Andrea und mir so ähnlich, daß wir es wirklich hätten sein können. Von Gefühlen überwältigt, wandte ich mich ab – und erblickte meinen Vetter Gaspar.
»Auf dem Kirchhof können wir sprechen«, sagte er.
»Wie hast du ihn wieder verjüngt?«
Ein gleichgültiges Wegwischen mit der Hand. »War er denn je wirklich alt?«
Wir gingen eine Weile schweigend dahin. Schließlich sagte er: »Mein lieber Vetter, dir steht eine glänzende Zukunft bevor.«

»Aber – aber ich habe noch kaum etwas geschrieben, um danach zu urteilen«, entgegnete ich. »Und überhaupt, nicht einmal in meinen kühnsten Träumen vermöchte ich ein zweiter Torquato Tasso zu sein.«
»Was das angeht, so weiß ich nicht recht«, erwiderte mein Vetter Gaspar. »Es genügt wohl zu sagen, daß ein gewisser gemeinsamer Bekannter…« Mit diesem unfertigen Satz schenkte er mir ein Lächeln (teils Herablassung, teils Beifälligkeit), das vollkommen zu seinem plumpen, rosigen Jungengesicht paßte.
»Hör auf, ihn so zu nennen. Wir kennen beide seinen Namen. Und es genügt wohl nie zu sagen, denn du sagst nie genug.«
»Jetzt, da du es erwähnst, nein. Aber du *hast* dich verändert. Was einem gewissen gemeinsamen Bekannten gefallen… schon gut, schon gut, schau mich nicht so an. Es genügt wohl zu sagen… eine gewisse Person… äußerst dankbar für das, was du getan hast.«
»Aber ich habe nichts… zumindest nicht mit irgendeiner Absicht, zu…«
Aber dann ließ *ich* den Satz unvollendet stehen. Mein verwirrter Blick muß, leider, gerade richtig zu meinem breitbrauigen, stolznasigen, nußbraun behaarten Gesicht gepaßt haben.
»Dadurch, daß du seine Schwester Cornelia verführt hast, hast du Torquato Tasso in einen Zustand teufelsbesessenen Wahnsinns getrieben, an dem er in diesem Umfang nie zuvor gelitten hatte.«
»Verführt? Aber ich… wir beide…«
»Einem so teufelsbesessenen Wahnsinn in der Tat, daß seine Beichte gründlicher war als jede vorhergehende. Ein gewisser gemeinsamer Bekannter wird bald *alles* wissen, was Torquato Tasso ausgeschnüffelt hat – in all den Jahren als Agent für unter anderem die Heilige Liga, das heißt die Allianz gegen die Hohe Pforte, bestehend aus dem Kirchenstaat, der Signoria von Venedig und deinem eigenen König Philipp dem Todliebenden.«
»Die Hohe Pforte? Aber ist unser Bekannter denn…«
»Spion für die Türken? Mein lieber Vetter! Überlege doch – wo er sich der Tatsache so bewußt ist, daß jedes Jahrzehnt seit den Entdeckungen von Kolumbus, Vasco da Gama und anderen die kümmerlichen kleinen Stadtstaaten des Mare Nostrum immer, äh, un-

bedeutender werden sah, da die Macht sich nach Norden und Westen verlagert, vom Mittelmeer an den Rand des Atlantiks, und gleichzeitig der Tatsachen, daß der Heiligen Liga jegliche Ermunterung zukommen muß, die schrecklichen Türken davon abzuhalten, weiter nach Westen vorzudringen, wobei eine solche Ermunterung in keiner Weise die unausweichliche Abrechnung verhindert, die kommt, wenn die dreisten neuen Nationen des Nordens und die müden alten Stadtstaaten des Südens ... wo war ich?«

Bei meinem Vetter Gaspar, dämmerte mir allmählich, hatte das Es-genügt-wohl entschiedene Vorteile.

»Du hast mir, glaube ich, gerade erzählt«, entgegnete ich, »daß ein gewisser gemeinsamer Bekannter kein türkischer Spion ist.«

»Nenn ihn bei seinem Namen, warum denn nicht?« rief schrill eine Frauenstimme, und ich erblickte am Ende des Kirchhofs Cornelia. »Wir wissen alle, wer er ist, dieser *Rizione*« – ihre Worte troffen vor dem Gift ohnmächtigen Hasses –, »wie wir auch alle von ihm verleumdet worden sind, und immer mit derselben Waffe: Sex. Wie eine Närrin habe ich dieses Kind ausgetragen, und wie eine Närrin bin ich seinen Geboten seitdem gefolgt, Kleinigkeiten, so schien es, aber genug, um einen Künstler, der so empfindsam und begabt wie mein Bruder ist, zu demoralisieren, denn wie gut weiß ich, daß keine Frau einen Schriftsteller je glücklich machen kann, sondern daß nur sie selbst bitter an der Illusion leidet, es zu können, nicht daß sie dies je davon abhalten würde, es zu versuchen, Närrin, die sie ist, wie keine, wenn nicht ich ...«

Fauchend vor Zorn, der ihre Satzgefüge vernichtete, kam sie über den Kirchhof auf mich zu und schlug mir mit einer Pergamentrolle, so fest sie konnte, ins Gesicht.

»Du! Spanier! Kommst mit deinem Blitz hierher, um mich zu verführen und den armen Tasso an den Abgrund zu treiben, und wirst dann in den Händen deines falschen Priester-Vetters wachsweich.«

»*Mein* Blitz? Aber –«

»Sprich mir nicht von deinem Blitz! Der schlimmste Tag meines Lebens war der, als der Himmel sich verdunkelte und dein Blitz in einem atemlosen Augenblick einschlug, in welchem die Zeit sich zum Raum weitete, riesige Entfernungen sich zu Bögen rundeten wie der vollkommene Schwung oder so, während rubingeflügelte Vögel... Vergiß es! Ich hasse dich! Ich will dich nie wieder sehen!« Und noch einmal schlug sie mir mit der Pergamentrolle ins Gesicht. Mein Kopf fiel nach hinten, meine Augen füllten sich mit Tränen, mir klangen die Ohren, aber ich hörte sie sagen: »Nimm das.« Sie meinte es wörtlich, denn sie gab mir das Pergament.

Ich entrollte es, und meine Augen fielen auf folgende Worte: ... *keiner in seiner Familie bis drei Generationen zurück ein Moslem, Jude,* converso *gewesen noch von dem Hohen und Heiligen Rat der Inquisition den weltlichen Behörden zur Bestrafung übergeben*..., und ich wußte, daß es die Bescheinigung über die Reinheit meines Blutes war.

»Was willst du tun, nachdem du endlich rein bist?« erkundigte sich mein Vetter Gaspar.

Aber ich hatte nur für Cornelia Augen, die den Kirchhof durchquerte und verschwand.

War Sex Macht? konnte ich nicht umhin, mich zu fragen.

Und ich suchte, nach altehrwürdiger Tradition, die Wasser des Lethe auf.

Siebentes Kapitel
Wie ich zum Papagei werde und zahlreiche andere Wunder einschließlich der Erzählung des greisen Zyprioten

Ich rollte mein Pergament auf und sagte zu dem Werber: »Und hier ist meine Bescheinigung über die Reinheit des Blutes.«

»Deine Bescheinigung über *was*?«

»Reinheit. Reinheit des Blutes. Darin steht, daß ich ein reiner Spanier aus einer reinen spanischen Familie bin, oder eigentlich aus acht Familien, bis drei Generationen zurück.«

Der Werber, ein Feldwebel, der unter einem herrlichen königspurpurnen Umhang eine abgewetzte Uniform trug, warf mir das Pergament zurück. »Und wen, scheiß noch mal, schert das? In dieser Armee hier haben wir Fußsoldaten aus den beschissenen irischen Torfmooren und Schweizer Pikeniere, die sich bei der päpstlichen Garde verpißt haben, wir haben Zigeuner und skandinavesische Berserker und ein paar Deutsche, die, das schwör ich bei Jesus Christus, gerade von den Bäumen geklettert sind, und du glaubst, irgendeiner schert sich darum, ob du reines spanisches Blut in deinen Adern hast oder reine Scheißpisse? Das ist die Armee der Heiligen Liga, Bürschchen, und jeder, der gegen die schrecklichen Türken kämpfen will, ist willkommen. Weißt du, wie man mit einer Arkebuse umgeht?«

»Einer was?«

»Wie ich mir, scheiß noch mal, gedacht hab.« Er erhob sich schwerfällig und rief: »Cervantes!«

»Jawohl?« erwiderte ich.

Aber er schaute an mir vorbei zur Tür, durch die, groß und schlank, in einem Lederwams mit kurzem Überwurf, karmesinrotem Hemd

und Strümpfen und geschlitzten Kniehosen in den spanischen Königsfarben Karmesinrot und Gold, ein junger Soldat schritt. Seine schnallenbesetzten schwarzen Schuhe waren spuckeblank und wetteiferten mit dem Glanz seines Stahlhelms, den er nach der verwegenen Art eines alten Kämpen über einem sommersprossenübersäten Gesicht trug. »Noch ein grüner Junge? Nie was von einer Arkebuse gehört?« fragte er den Feldwebel seufzend.
»Scheiß drauf! Du hast's erfaßt, Cervantes. Viel Glück.«
Der junge Soldat blickte mich an und wurde so blaß, daß seine Sommersprossen frech hervortraten.
»Miguel!«
»Rodrigo!«
»Unterschreib hier«, sagte der Feldwebel, ich unterschrieb – auf dem Kopf, soviel ich weiß –, und dann fielen mein Bruder und ich in eine männliche Umarmung.
Wir begaben uns in eine Taverne am Gestade des Golfs von Neapel.
»Also, Brüderchen«, fragte ich, »wie ist es beim Militär?«
»Ich liebe die Armee«, sagte Rodrigo einfach. »Seit über einem Jahr dabei, und es ist in allem, wie ich's mir erträumt hab.«
»Ich dachte, Rekruten müßten zwanzig sein.«
Rodrigo lachte. »Ich bin für zwanzig durchgegangen, als ich mich gemeldet hab, und in diesem Leben ist der Schein alles, was für einen zählt.«
Ich fragte: »Wie geht's Papá? Hat er immer noch seine Klinik am Maurentor?«
»Klinik? Was für eine Klinik? Er hat diesen kleinen Barbierladen.«
»Ja, gewiß. Barbierladen wollte ich sagen. Wie geht's ihm?«
»Er ist geschrumpft. Du wärst überrascht, wie klein er ist – und schwerhöriger denn je. Aber gesundheitlich geht's ihm gut.«
»Und Doña Leonor?«
»Bissig. Ganz klar bissig. Besonders, wenn's um Papá geht.«
»Und es gibt immer noch niemand, der gut genug wäre, mit ihren Kindern zu spielen, stimmt's?« Ich lächelte bei der Erinnerung daran.
»Ihrer Enkelin, meinst du. Constanza – wir haben vielleicht eine schöne Nichte!«

»Und Magdalena. Ich nehme an, sie rupft den Fliegen nicht mehr die Flügel aus, jetzt, da sie siebzehn ist und so?«
»Und so«, sagte mein Bruder Rodrigo trocken und erinnerte mich damit einen Moment an Doña Leonor. Er schob nachdenklich seinen Bierkug auf dem Tisch hin und her, wo er Ränder hinterließ. »Du erinnerst dich vermutlich noch daran, wie Magdalena immer zu sagen pflegte: ›Danke, nein. Lieber nicht.‹ Das letzte Mal, als ich sie sah, war sie eher geneigt, zu sagen: ›Ja bitte. Ich wäre entzückt.‹ Besonders wenn der Kerl locker mit dem Geld umging, wenn du verstehst, was ich sagen will.«
Ich verstand, was er sagen wollte, und fragte eilends: »Wie geht's dem kleinen Juan?«
»Wem?«
»Juan dem Düsteren.«
»Oh. Er steckt irgendwo, nehme ich an. In Madrid. Ich weiß nicht.«
Ich wartete einen Pulsschlag lang ab. Hielt den Atem an. Konnte mein Herz gegen meine Rippen schlagen spüren. Dann fragte ich, so lässig ich konnte: »Wie geht's Andrea?«
Nachdem er seinen eigenen, längeren Pulsschlag abgewartet hatte, sagte mein Bruder: »Sie vermißt dich auch.« Er rutschte ungemütlich auf der Bank hin und her. »Das letzte, was ich weiß, ist, daß sie mitten in einem Prozeß steckt. Sie hat diesen Picapleitos beauftragt, die Pacheco-Portocarrero-Brüder zu belangen, weil sie irgendwelchen Familienschmuck – Perlen und Smaragde und Rubine und so weiter – nicht zurückgeben, den sie sich ausgeliehen haben.«
»Woher hat Andrea denn ›Familienschmuck‹? Und wer sind die Pacheco-Portocarrero-Brüder?«
»Schlechte Neuigkeiten. Der ältere, Pedro, ist ein Killer.«
»Er bringt Leute um?«
»Ich habe nicht gemeint, daß er ein *matador de toros* ist«, sagte Rodrigo. »Was die angeblichen Perlen und Smaragde und Rubine und so weiter angeht, so war das Picapleitos' Idee. Auf ihre Rückgabe zu klagen ist, vorausgesetzt, sie gewinnt, eine Möglichkeit, für... geleistete Dienste entlohnt zu werden. Nicht«, sagte Rodrigo nach einem Blick in mein Gesicht schnell, »daß ich damit andeuten wollte, Andrea hätte welche geleistet. Ich glaube, es war Magda-

lena. Vermutlich.« Er schaute sich mein Gesicht genauer an. »Ich gehe jede Wette darauf ein. Ganz bestimmt. Andrea beschützt nur ihre kleine Schwester.« Rodrigo rutschte wieder auf der Bank hin und her. Es war offensichtlich, daß er das Thema wechseln wollte. »Ich hatte einen kurzen Urlaub und bin nach Rom raufgefahren, um nach dir zu sehen. Aber unser Vetter Gaspar hat mir gesagt, du wärst nie dort angekommen.«

»Aber –«

»Also, wo bist du gewesen?«

Ich machte den Mund auf und schloß ihn wieder. Hatte Vetter Gaspar bereits begonnen, alle Spuren meiner Rolle bei der Tasso-Beichte zu verwischen, meines ersten Ausflugs in die Welt der Spionage? Da ich nicht scharf darauf war, die Sprache auf meine Hausdienertätigkeit in Rom zu bringen, zuckte ich nur die Achseln und sagte: »In Sorrent.«

»Sorrent? Was zum Teufel hat dich denn dahin verschlagen – sapperlot, etwa die Liebe?«

»Sie hieß Cornelia.«

Rodrigo strahlte. Sogar seine Sommersprossen schienen sich zu lächelnden Grüppchen anzuordnen. »Also erzähl, Bruderherz! Wie hat sie ausgesehen? Klasse, könnt ich wetten.«

Ich saß da und versuchte, mir eine Schönheit auszumalen, die ihrer Stimme gleichkam, oder wie sie dastand, nackt oberhalb des Gürtels, der vom Bach feuchte Rock an ihren Beinen klebend, die beinahe so lang und schlank waren wie die meiner Schwester Andrea. Aber *wie* sah sie aus? Ich wußte es kaum. Spielte mir mein Gedächtnis einen Streich? War es etwa die barmherzige Verdrängung eines Bildes, an das die Erinnerung zu schmerzlich war? Oder hatte Vetter Gaspar mehr als nur Tassos Wahnsinn exorziert?

Wie auch immer, das Bild wollte sich nicht einstellen. Verwirrenderweise sah ich, je mehr ich versuchte, mir Cornelia auszumalen, meine Schwester Andrea.

»Nun?« fragte Rodrigo nach meinem langen Schweigen.

»Was? Ach, entschuldige – ich habe, äh, nachgedacht. Eine Arkebuse. Ist es schwer, sie zu bedienen?«

»Für manche schon. Aber du lernst es besser schnell. Wir stechen

bald in See. Das weiß man immer schon vorher. Zuerst werden die Marketender rausgeschmissen. Dann brechen die Jesuiten und Kapuziner wie die Heuschrecken herein. Und man hört dieselben Türkengreuelgeschichten in jeder Taverne der Stadt.«
»Du meinst, sie sind bloß Propaganda.«
»Ich meine, daß sie stimmen. Sehr dumm von den Türken. Genug echte Greueltaten, und die sogenannten Verbündeten in unserer sogenannten Heiligen Liga vergessen, wie sehr sie sich hassen. Los, komm, holen wir dir eine Uniform.«
Im Versorgungslager sagte Rodrigo zu dem diensthabenden Soldaten: »Er ist mein Bruder. Also sorg dafür, daß sie paßt und daß sie neu ist. Und komm bloß nicht mit einer, die ihr einer von der Franzosenkrankheit zerfressenen Leiche heruntergezogen habt.«
Der Soldat warf verschiedene Teile in meine Richtung – karmesinrote Strümpfe und Hemd, ein steifes neues Lederwams, einen goldenen Überwurf und elegant geschlitzte Kniehosen wie die von Rodrigo. Die schnallenbesetzten schwarzen Schuhe drückten. Der Stahlhelm sah, so war ich sicher, unkriegerisch aus, gleichgültig, wie ich ihn aufsetzte.
Rodrigo begutachtete mich. »Wie fühlst du dich?«
»Bunt«, sagte ich.
»So soll es in etwa sein. Würde eine ganz in Mönchsbraun uniformierte Armee die Herzen der Feinde in Schrecken versetzen? Nicht so wie eine Armee schillernder Papageien. So werden wir, ganz nebenbei, nämlich genannt – Papageien, des Königs Papageien. Los, komm, ich zeig dir unsere Koje.«
Hoch unter dem Dach eines alten Steingebäudes in der Nähe des Castelnuovo befand sich das Zimmer, das so groß wie zwei Särge war.
»Es ist so groß wie zwei Särge«, sagte ich.
»Soviel Platz, wie du an Bord eines Schiffes hast, wenn du Glück hast – auf einer Planke im Laderaum.«
»An Bord eines Schiffes? Ich dachte, ich wäre bei der Armee?«
»Seeschlachten werden von Infanteristen ausgefochten, von Schiff zu Schiff«, erläuterte Rodrigo. »Du mußt noch viel lernen.«

Am nächsten Morgen führte Rodrigo mich und ein Dutzend verschlafener Rekruten mit geschulterten Arkebusen den Hügel von Vomero hinauf, dem Morgengrauen entgegen. Eine Arkebuse wiegt etwa zwölf Pfund und mißt vom Kolben bis zur Mündung fünf Fuß, so daß es im Halbdunkel ein beträchtliches Stolpern und Fluchen und Fallenlassen von Waffen gab, während Rodrigo Variationen des folgenden Themas brüllte: »Ihr nennt euch Krieger? Bewaffnete Wickelkinder trifft's eher. Bewegt eure fetten Ärsche!«

Das Morgengrauen überraschte uns auf einem unkrautüberwucherten Dreschboden. Der Golf von Neapel und die Stadt unter uns lagen noch im Dunkel, das nur von winzigen Lichtern durchbrochen war, als ob Himmel und Erde die Plätze getauscht hätten.

Hier ist mein Bruder Rodrigo, ein Knie auf den Dreschboden gesetzt, und feuert seine Arkebuse ab:

Schaut auf Ziel – mannshohe Figur von eindeutig türkischem Aussehen, mit zwiebelförmigem Turban und Pumphosen, auf hundert Schritt Entfernung an den knorrigen Stamm eines Olivenbaums genagelt. Schlägt Feuerstein an Stahl, entzündet Lunte. Lädt Waffe und macht sie mit rechter Hand schußbereit, während linke Hand schwelende Lunte hält und irgendwie auch Zündpulver abschirmt. Drückt auf Abzug und führt Luntenende in Pulverpfanne. Bleibt bei Blitz aus Pulverpfanne felsenfest knien, Knall von Hauptpulverladung in Lauf, Strahl des Mündungsfeuers. Steht dann lässig da, während Rekruten über Loch genau in Mitte von Ziel staunen.

Und hier bin ich, ein Knie auf den Dreschboden gesetzt, und feuere meine Arkebuse ab:

Wünschte, die würden nicht alle zusehen. Macht mich nervös. Wie kann Arkebuse jetzt mehr wiegen als beim Herauftragen über den steilsten Abschnitt von Hügel? Hose zerrissen, muß später flicken. Denk dran: Papageien versetzen Feind in Schrecken... *Konzentration! Jetzt!* Zieh Lunte zurück, so. Halte sie mit linker Hand in Position, so... Heilige Muttergottes! Brauche drei Hände. Mindestens. Wo ist Pulverhorn hingekommen? Stopfrohr, Kugelzieher – ach, hier. Schütte Pulver in Mündung... Laß Lunte nicht los! Stopfe Pulver nach, drücke Kugel hinein, so. Schütte Pulver in Pulverpfanne, *nicht* auf Boden. Finger an Abzug. Sachte. Luntenende zischt an Wange vorbei. Kann Hitze spüren. Bart in Flammen? Luntenende schlägt auf Pfanne, Blitz aus Zündpulver... *Ziel, Trottel! Du vergißt zu zielen!* Bumm! Verlegen, weil flach auf dem Boden liegend. Arkebuse schlägt aus wie gemeinstes Maultier von Mancha. Schulter ausgerenkt? Alle untersuchen Zielscheibe. Unbeschädigt außer dem einen Loch von Rodrigo.

Und hier bin ich, auf ein Knie gestützt, in meinem Ausguck hoch über dem Deck der Galeere *Marquesa* und lade meine Arkebuse, als mich dieser für einen Augenblick die Angst verscheuchende Gedanke trifft: Die See ist hier draußen *wirklich* weinrot, aber woher wußte Homer das, wenn er blind war? Hier bin ich, ein einladendes, unwiderstehliches Ziel in diesem Korb, unauffällig wie eine Lockente (nein, wie ein kniender Papagei), und stecke Pulver in den Lauf (oder den Lauf in das Pulver, schwer zu sagen bei diesem Schwindelgefühl, dieser *mal aria*, diesem Fieber, das nicht mit der Hitze des Kampfgetümmels zu verwechseln ist). Hier bin ich...

Aber wo ist, den Hinweis auf Homer außer acht gelassen, *hier?*

Ich dachte mir, Sie würden danach fragen.

Nun, wenn ich Lope de Vega wäre – und manchmal wünschte ich beinahe, ich wäre es, aber verraten Sie es ihm bitte nicht! –, wie ordentlich würden die Ereignisse dann erscheinen. Von einer Seite zur nächsten kein Durcheinander von Zeitpunkten und Raummomenten, kein Springen von hierher nach dorthin, vom Hügel von Vomero zum Hafen von Lepanto (einer befestigten Stadt am Golf von Korinth, griechisch Náfpaktos).

Lope würde es nicht so machen. Zu ungeordnet. Nicht, daß er es überhaupt irgendwie hätte machen können, denn er war ja als neunjähriger Balg in Madrid, als wir bei Lepanto kämpften (7. Oktober 1571 für die Datensammler). Er sollte anno 1588 mit der (sogenannten) Unbesiegbaren Armada an die Reihe kommen, und merken Sie sich das wohl: Von *mal aria* befallen, dreimal verwundet, kostete ich dennoch (oder um so mehr) vom Siegesruhm, dem Gral, den mein Bruder Rodrigo suchen würde, bis er ihn umbrachte, während Lope nur die bittere Galle der schmachvollen Niederlage zu schmecken bekommen sollte. Vielleicht erklärt dies eine gewisse... Leere in seinem Werk, die er geschickt hinter einer

Rezeptur versteckte. Ja, eine *Rezeptur*, aufgestellt in seiner *Neuen Kunst der Komödiendichtung*, die er, wie üblich hastig, als Erwiderung auf Bemerkungen verfaßte, die ich im ersten Teil des *Don Quijote* fallenließ – ganz klar eine Abschweifung meinerseits, aber, wie Ihnen vielleicht aufgefallen ist, Abschweifungen sind Muttermilch für mich.

Lope, der peinlichst alle Abschweifungen mied, hätte seine Szenen auf jener seiner wohlbewährten Rezeptur aufgebaut. Zwei Stücke, vermute ich, eines als Vorspiel zur Schlacht, eines mit der Schlacht selbst. Was für eine Verschwendung! Aber immerhin hat Lope auf seiner langen Laufbahn 1600, 1800, Gott weiß wieviel hundert Stücke ausgeschwitzt, jeweils mit drei Akten. (War die Drei eine magische Zahl für ihn, oder nur ein willkürlicher Teil seiner Rezeptur? Siehe unten.) Vielleicht legte er seine Kunst so streng zum Ausgleich für ein Leben an, das so offen, so leichtsinnig, so (ich gestehe es zu) romantisch-chaotisch war, mit all dem häufigen Durchbrennen, den Heiraten, den Stelldicheins und sogar ein paar Entführungen. Ich dagegen steckte, und zwar *zusätzlich zu meiner Schriftstellertätigkeit*, in der Arbeit, die, obgleich auf ihre eigene heimliche, gefährliche Weise chaotisch, ihrem Wesen nach vor dem spähenden Auge der Geschichte verborgen bleiben muß. Bin ich neidisch? Eine vernünftige Frage. Lope Félix de Vega Carpio sollte es mit seinem Federkiel und seinem aufwendigen Leben vergönnt sein, daß ganz Madrid ihm aus der hohlen Hand fraß, während ich, der ich fünfzehn Jahre älter war als er, noch immer ein praktisch Unbekannter war. Aber eine *Rezeptur!*

Im folgenden die Grundzüge von Lopes Rezeptur.

Gliedere alle Stücke in drei Akte. Drei – ich bin dieser für die Mystik so entscheidenden Zahl gegenüber mißtrauisch. Hing Lope dem Zahlenglauben an, dem gemäß jeder Zahl ein Wert auf einer neunteiligen Skala zukommt (A = 1, B = 2, ... I = 9, J = 1 usw.) und ein Name sich zu einer einzigen Ziffer aufaddieren läßt? Versuchen Sie es mit L-O-P-E, das 3 + 6 + 7 + 5 oder 21 ergibt, was sich zu 2 + 1 = 3 zusammenzählen läßt. Und wenn ein Mensch eine 3 ist wie Lope? Zahlengläubige sagen uns, daß Dreien schöpferisch, vielseitig, energiegeladen sind. Dreien haben aller Wahrscheinlichkeit nach Erfolg bei allen Unternehmungen. Sie verfügen über Talent, Glück und Sorglosigkeit. Oft sind sie reich. Ist das der Grund, weshalb Lope seine Stücke unbedingt in drei Akte gliedert? Ich selbst bin eine 4, das heißt, ich bin argwöhnisch, neidisch, habe einen Hang zum Mißerfolg, bin unvorhersehbaren Wutanfällen unterworfen, im allgemeinen ein Hungerleider... aber all das ist natürlich kindischer Aberglaube.

Beschränke die Handlung eines jeden Stückes auf einen Tag. Ist nur ein Hinweis darauf, daß Lope die *Poetik* des Aristoteles gelesen hat, dessen dramatische Einheiten ich beengend finde – für Prosa sowieso.

Zeige das Leben nicht, wie es wirklich ist, sondern so, wie es der Bodensatz, der das Parkett bevölkert, es sich gerne vorstellt. Anbiedernd, nicht? Aber Lope brauchte für sein aufwendiges Leben Geld, und er wäre nicht der erste Schriftsteller, der es sich durch Kuppelei verdient.

Ordne die Figur immer der Handlung unter, und die Handlung der Aussage. Aussage? Markige Redensarten in Dreiaktern ausgewalzt! Die Art von Wegwerfsprüchen, die ich vielleicht einem Sancho Pansa in den Mund legen würde, um seine derbe Herkunft, oder einem Don Quijote, um seinen Widerstand gegen die Wirklichkeit zu belegen und ihnen den Vorrang vor wirklichen, eindeutigen Figuren einzuräumen! Dennoch kann ich Lope dies und den ganzen ausgeleierten, knirschenden Apparat seiner Rezeptur verzeihen (ich meine, wenn er eine Krücke brauchte, dann brauchte er sie eben) – außer in einem Punkt. Ich werde ihm nie den Teil seiner Rezeptur verzeihen können, wo es heißt: *Hüte dich vor dem Unmöglichen.*

Denn: Allein angesichts was für astronomischer Widrigkeiten in einem unendlichen Universum sich zufällig vereinigender Atome geboren worden zu sein und gelebt zu haben – ist das nicht das am wunderbarsten Unmögliche aller Unmöglichkeiten? Sich vor dem Unmöglichen hüten? Man könnte sich ebensogut vor dem Atmen hüten.

Aber Sie merken schon, wo das Problem liegt. Sie wissen immer noch nicht, wie ich zur Schlacht bei Lepanto kam. »Die Seeschlacht«, wie wir Veteranen sie danach stets zu nennen pflegten, um mit diesem einen Wort die Erinnerung daran wachzurufen, wie zwei mächtige Flotten auf einer weinroten, bald blutroten See aufeinanderstießen und das Schicksal Europas dabei auf der Kippe stand.

Zeitpunkte, Raummomente, von einer Seite zur nächsten das Springen von hierher nach dorthin, von der Kuppe eines neapolitanischen Hügels zu einem ägäischen Golf, warum nicht? Auf »Los!« Feuer.

So sieht der Krieg aus.

Aber Lope, die Rezeptur fest zwischen den Zähnen, während er von Stück zu Stück galoppiert, würde unbedingt am Anfang anfangen wollen.

Versuchen wir es auf seine Weise.

Warten auf Lepanto

ERSTER AKT

Im Golf von Neapel, an Bord der genuesischen Galeere Marquesa. *Eines Morgens Ende August 1571.*

(Trommeln und Trompeten. An Deck drängen sich PAPAGEIEN *in grellen karmesinrot-goldenen Uniformen an der Reling. Zwei von ihnen,* RODRIGO *und* MIGUEL DE CERVANTES, *klettern wegen der besseren Sicht in das Beiboot der Galeere, das mittschiffs aufgehängt ist.)*

RODRIGO (*ein kampfbereites Grinsen auf dem sommersprossigen Gesicht*): Das ist es, wofür ein Mann lebt! Das ruhmreiche Leben! Die mächtigste Flotte, die je aufgeboten wurde! Zur Verteidigung der Christenheit! Siehst du, wie die Sonne Regenbögen auf das Wasser wirft, das von unseren Ruderblättern spritzt? Heute lacht uns der Himmel selbst!

MIGUEL (*mit einem Blick in den Bauch der Galeere*): Ich sehe das Wasser von den Sklaven spritzen, die an unseren Rudern sitzen. Indes keine Regenbögen. Nur Schweiß und ein wenig Blut von den Peitschenhieben.

RODRIGO (*mit weitausholenden Gesten*): Schau dir den Wald aus Masten an, und von jedem flattern Banner! Dort der venezianische Löwe und das Malteserkreuz und unser eigenes Rotgold, und da drüben im Flaggschiff *Real* die blaugoldene Standarte der Heiligen Liga! Allerheiligste Muttergottes, hast du je zuvor ein Schiff aus Gold gesehen! Die *Real* ist ganz und gar aus Gold! Und dort am Bug steht unser ruhmreicher Kommandant Don Juan...

MIGUEL: Don Juan d'Austria der Bastard. (*Grüblerisch*) Weißt du, was man sagt – »Bastarde und *conversos* sind niemals tapfer«. Was er jetzt wohl denkt, frage ich mich?

RODRIGO: Mein Gott, schau ihn an – wie er groß auf dem Vorkastell steht, die Sonne auf seiner goldenen Rüstung blitzt und über seinem Kopf ein goldener Schein schwebt! Jetzt winkt er – bei Christus, ich schwöre, er winkt *uns!* Oh, der Ruhm!

MIGUEL (*schlägt sanft im Takt des rhythmischen, sklaventreiberischen Schlagstocks des Bootsmanns auf die Reling*): Ruhm... (*Die Segel der* Marquesa *fangen Wind, und sie fährt geschwind an einer päpstlichen Brigantine vorbei, die vor Anker liegt und auf deren Deck die Gestalt*

Halt! Hier könnte es schwierig werden, die Sache auf die Bühne zu bringen. Eigentlich trifft das für die ganze Schlacht von Lepanto zu: die ganze Zeit Spezialeffekte. Na schön, soll Lope sich den Kopf darüber zerbrechen.

eines Nuntius, der endlos, wie ein mechanisches Spielzeug, das Zeichen des Kreuzes wiederholt. RODRIGO *macht die Geste nach.* MIGUEL *scheint so zu tun, kratzt sich aber schließlich.*)

MIGUEL (*pickt eine Laus von seiner fleckigen und muffigen Uniform und betrachtet sie eingehend*): Ich frage mich, ob da draußen, wo die Flotte des Sultans liegt, irgendein Imam seinen Segen erteilt? Wenn es nur einen Gott gibt...

RODRIGO: Ruhm!

Schnitt! Falscher Ansatz. Das besteht alles aus Figurencharakterisierung und Beschreibung, und nichts könnte Lope weniger interessieren. Kommen wir zur Aussage oder wenigstens zu irgendeiner

Triebfeder der Handlung. Ein paar Figuren werden ein wenig von Schiff zu Schiff springen müssen, aber im übrigen werden die Einzelheiten beachtet.

Warten auf Lepanto

ZWEITER AKT

Im Golf von Neapel, an Bord der Real, *des Flaggschiffs der Heiligen Liga. Eines Morgens Ende August 1571.*

(*Trommeln und Trompeten. Auf dem Vorderdeck steht* DON JUAN D'AUSTRIA *zusammen mit dem barschen venezianischen Flügelkommandeur,* ADMIRAL VENIERO, *dem spanischen Infanteriehauptmann* DIEGO DE URBINA *und einem* KAPUZINERMÖNCH.)

KAPUZINERMÖNCH: Ruhm! Ruhm unserem Gott, der unsere Rettung sein wird, wenn wir Selims heidnischen Horden gegenüberstehen! Ruhm unserem Gott, der es nicht dulden wird, daß unsere Kirchen für Moscheen geschleift werden! Ruhm unserem Gott, der unsere Mütter und Schwestern davor bewahren wird, daß die Janitscharen sie –

HAUPTMANN URBINA (wegwerfend): Die Janitscharen ficken sich lieber gegenseitig, anstatt Frauen. Was den Schutz Europas angeht, so bekommt Gott ein wenig Hilfe von Kerlen wie meinen Papageien drüben auf der *Marquesa.*

ADMIRAL VENIERO: Schutz Europas, Hauptmann? Sie sind hier, um das spanische Reich zu schützen, und wir alle wissen das. Oder sie wären früher gekommen.

DON JUAN: Admiral, Sie vergessen sich! Heute stehen wir zusammen, bereit, unser Leben unter dem Banner der Heiligen Liga zu opfern, und Sie wagen es, von Kirchturmpolitik zu sprechen! Das Osmanische *Reich,* dem wir gegenüberstehen, erstreckt sich vom Indischen Ozean bis zum Atlantik, und wir müssen es aus dem reinsten aller ideologischen Gründe zerschmettern –

CIDE HAMETE (*unterbricht ihn*): Ideologie! Wieder dieses Wort! *Ráwi,* reiche mir meine –

AUTOR: Wie bist du in diese Szene geraten? Du bist nicht hier, du bist nicht einmal jetzt.

DON JUAN: – der Verteidigung des Heiligen Glaubens.

KAPUZINER: Amen!

VENIERO: Verzeihung, Exzellenz (*betont den Titel* DON JUANS *süßlich giftig, denn alle wissen, daß König Philipp der Todliebende seinem Halbbruder die Verwendung des erhabeneren ›Hoheit‹ verweigert hat*). Wer auch gewinnt, wir Venezianer sind dann reif. Laßt es den Sultan mit König Philipp ausfechten, und betet zu Gott, daß keiner gewinnt – so reden die Leute auf dem Rialto.

DON JUAN: Sie hören sich wie ein Franzose an, Admiral, der froh wäre, ein Auge zu verlieren, wenn wir Spanier dafür zwei verlören.

VENIERO: Die Spanier, Exzellenz? Wo waren sie, als sich die Türken unsere ägäischen Vorposten einen nach dem anderen schnappten? Wo waren sie, als Korfu und Zypern fielen, als Marcantonio Bragadino die Haut ab-

AUTOR: Admiral, bitte! Noch nicht! Das will ich für später aufheben.

DON JUAN: Jetzt klingen Sie wie ein Engländer, Admiral.

VENIERO (*die Hand auf dem Schwertknauf*): Ein Engländer! Das, bei Gott, ist zuviel!

DON JUAN: Ein Engländer, der vor Spanien soviel Angst hat, daß er lieber in ganz Kent Minarette sprießen sehen möchte, als dem Papst die Macht über Canterbury einzuräumen.

VENIERO: Aber Sie selbst, Exzellenz, haben ideologische Untersch-

CIDE HAMETE (*unterbricht wieder*): Ideologie! Diese Hure von einem Wort! Kein Bezug zu Idee, nur zu Ismen (meistens zu Opportunismus), und du weißt, was ich von Ismen halte. Wann immer ich das Wort Ideologie höre, greife ich zu meinem Krummsäbel.

AUTOR: Ich dachte, du seiest Pazifist.

CIDE HAMETE: Vorsicht. Das ist ein Ismus.

Schnitt! Die Einheiten stecken hier eine Schlappe ein. Und wir werden mit mehr Aussagen überschwemmt, als irgendein Stückeschreiber bewältigen kann. Kommen wir auf etwas zurück, das sogar Lope als grundlegend ansehen würde.

Erzählen wir eine Geschichte.

Warten auf Lepanto

Erster Akt

Auf dem Deck der Marquesa *im Hafen von Messina, wo sich die Flotte der Heiligen Liga getroffen hat. Nacht.*

(*Der Papagei* Miguel de Cervantes *steht, schlaflos und im ersten Schüttelanfall von* mal aria, *an der Reling.*)

Ausguck (*aus dem Mastkorb*): Segel voraus!

(*Auf dem Silberpfad des Vollmondes taucht die rätselhafte Silhouette eines Schiffes mit fremdartigen Segeln auf. Eine kleine Dau legt bei. Ihr einsamer Insasse, ein zum Skelett verkommener* Alter Zypriot *in Lumpen, wird mehr tot als lebendig an Bord gehievt. Seine eingefallenen Augen starren die wacheschiebenden* Matrosen *herausfordernd an, als sie und* Papageien, *die an Deck geschlafen haben, langsam auf ihn zugehen.*)

Alter Zypriot (*mit einem heiseren Krächzen*): Nehmt die Pfotn von mir wech!

(Miguel de Cervantes *hält ihm eine Weinschale hin; der* Alte Zypriot *schlägt sie weg und stellt sich an der Achterkastelluke auf, knurrend und spuckend.*)

Erster Papagei: Laßt den alten Bastard doch verrecken, wenn er will.

Schiffsarzt: Seine Wünsche sind, versichere ich euch, ziemlich nebensächlich. Der Mann ist dem Tod geweiht.

Alter Zypriot: Korfu...

Zweiter Papagei: Was sagt er?

Erster Papagei: Du Arsch du, denk ich.

Alter Zypriot: Selber Arsch, ihr Pack. Ich hab gesagt, *Pfotn* wech von mir. Weiß nich wie lang, in 'nem offenen Boot getrieben, und ich laß mich von niemand verarschn... auch nich von dir in der braunen Kutte, Bruder, *nehmt* die Pfotn wech... Zypern retten wollt ihr? Zu spät, nur ein Quentchen zu spät. (*Spuckt den Papagei* Cervantes *an, der ihm wieder eine Weinschale anzubieten versucht.*) Ich hab gesagt, nehmt die *Pfotn wech*... Famagusta hat zwei Monate standgehalten. Das is meine Heimatstadt, Famagusta. War's. Schön zu leben, da. War's. Wenn irgend 'ne Frau überlebt hat, trägt se 'n Rest von ihrm Leben Schwarz. (*Schlägt dem hartnäckigen Papagei* CERVANTES *Schale aus der Hand.*) Dreißigtausend Türken umgelegt, und anders als welche, die wo ich nennen könnt, lügen wir Zyprioten nich. Nehmt die *Pfotn*... dreißigtausend. Aber dann warn da noch dreißigtausend. Und nach *denen* wieder dreißigtausend. Und schließlich ergibt sich unsere Garnison am traurigsten Tag seit Anfang der Welt. Der Landwech abgeschnitten, der Seewech abgeschnitten, halbtot vor Hunger. Was hatten wir für 'ne Wahl? Der türkische Kommandeur, einer von den, wieheißense, Paschas, Achmed, Abdul, Ali, einer von denen, bietet freies Geleit nach Kreta, für die Offiziers und die Mannschaft von der Garnison. Hört sich gut an. Zu gut, jetzt im Rückblick. Also, dieser Marcantonio Bragadino, der, wo der Garnisonskommandeur is, 'n Venezianer, aber 'n echter Herr, na ja, also, der geht zum Zelt von dem Abdul Pascha, um die, wieheißense, Übergabebedingungen zu unterzeichnen. Marschiert da mit allen militärischen Ehren rein, samt seine Stabsoffiziers. Da fängt dieser Achmed Pascha gleich mit Schaum vorm Mund damit an, daß der Marcantonio Bragadino 'n paar Moslemgefangene umgebracht ham soll. Lügen. Alles Lügen. Und dann läßt dieser Ali Pascha dem Bragadino alle seine Offiziers vor seine Augen umbringn. Enthauptet. Inzwischen hat sich die ganze Garnison schon fürs freie Geleit nach Kreta eingeschifft. Aber wo der türkische Kommandeur seine versiegelten Befehle aufmacht, heißt's da: Kurs auf Konstantinopel mit vier-, fünftausend Christensklaven. Aber ich wollt ja erzählen, was mit Marcantonio Bragadino passiert is. Erst mal, noch in dem Zelt bei den Leichen von seine enthauptete Offiziers, schneiden se ihm die Ohren ab. Dann schneiden se ihm die Nase ab. Dann, so nach und nach, brechen se ihm die Zähne, und wenn se das gemacht ham, reißen se ihm die Stümpfe aus'm Mund, auch einen nach 'm andern. Inzwischen is schon Mitte August. Achmed Pascha läßt die ganze Bevölkerung von Famagusta, die noch lebt, also alte Männer mein ich und die Frauen, die 'n Rest von ihrm Leben

Schwarz tragen werden, auf der Plaza zusammentreiben, damit se sehn, wie Marcantonio Bragadino bei lebendigem Leib die Haut abgezogen wird. Habt *ihr* je gesehn, wie 'nem Mann bei lebendigem Leib die Haut abgezogen wird? Was se dazu hernehmen, is 'n echtes Berufsschlachtermesser, ja, das nehmen se, und es is 'n echter Berufsschlachter, der 's hernimmt. Schneidste zu tief, schau, dann blut' der Kerl zuviel, und wenn er zuviel blut', dann stirbt er zu schnell, und nix is mit seinem ganzen Geschrei. Die Moslems, die ham gute Schlachter – nich für Schweine, wohlgemerkt, die fressen keine Schweine, aber für Schafe und Lämmer, sie fressen viel Schafe und Lämmer, tauchen einfach die rechte Hand in 'n Gemeinschaftseintopf, nie die linke, weil die nehmen sie, um sich damit ihrn A-... nehm deine *linke Pfote* wech von mir!... sie fressen mächtich viel Schafe, die Augen und die Eier sind für sie 's Beste. Seine Eier. So weit ham se Marcantonio Bragadino die Haut abgezogen, bevor er seinen Geist aufgegeben hat, ham die Haut in einem ganzen Stück abgeschält, und er is nich grade ruhich bei dem, was se mit ihm machen, bis das Messer seinen Unterleib erreicht, und da stirbt er dann, und danach isses nich desselbe, sie enthäuten einfach 'n Stück Fleisch. Nehmt die *Pfotn* wech von mir! Ich bin fast fertich, kapiert ihr venezianischen Quallen nich, wenn einer fast fertich is? Also, sie stopfen ihn aus, seine Haut mein ich, weil *ihn* gibt's ja nich mehr, genau genommen, stopfen seine Haut mit Stroh aus, und wenn se fertich sin, sieht die Strohpuppe wieder ganz genauso wie der arme Marcantonio Bragadino aus, ohne die Ohren und die Nase natürlich. Also, sie hängen den Stroh-Marcantonio Bragadino an dem Topmast von diesem Ali Pascha seinem Flaggschiff, und ich hab's von meinem kleinen Boot aus die Küste lang segeln sehen, die ganze Zeit mit Trommeln- und Beckenschlagen und Pfeifentröten und Klappernrasseln wie Gewehrfeuer, und dieser Stroh-Marcantonio Bragadino baumelt vom Topmast, schaukelt im Wind... Und um das zu erzählen, bin ich hergekommen. 's gab 'ne Zeit, da hätt ich vielleicht gesagt, Gott hat mich direkt zu 'nem venezianischen Kriegsschiff gesandt, aber was ich gesehen hab, da is kein Gott mehr in mir,

und deshalb kann ich nich sagen, wer dran schuld is, daß ihr mich aus ’m Wasser gefischt habt, aber jetzt wißt ihr wenigstens, was ihr zu tun habt, wenn ihr nich wollt, daß Venedich als nächstes drankommt oder womöglich der Papst in Rom, nich daß ich mich um ’nen Furz von ’nem fliegenden Fisch um den Papst scheren würd, nee, nich mehr... Du in der braunen Kutte! Ich hab gesagt, *nehm die Pfotn wech von mir!*
(Er stirbt.)

Achtes Kapitel
Lepanto!

Ich liege regungslos auf meiner Planke und hege die närrische Vorstellung, daß, wenn ich mich nicht bewege, der Schüttelfrost mich nicht packt. Was er doch tut, jeden zweiten Tag seit – wie lange? Zehn Tagen? Der Schüttelfrost mit anschließendem Fieber und Schweißausbrüchen. *Mal aria*, schlechte Luft – heilige Muttergottes, denke ich, und warte, ohne mich zu rühren; wenn schlechte Luft der Grund für diese Krankheit ist, was gibt es für einen besseren Ort, sie zu erwischen, als den übelriechenden, überfüllten Laderaum einer Kriegsgaleere? Aber vielleicht packt mich der Schüttelfrost nicht. Wenn ich mich nicht bewege.

Er ist fällig. Woher ich das weiß? Ich habe die Wachwechsel auf der Galeere gezählt – der genuesischen Galeere *Marquesa*, Teil des venezianischen Flottenflügels unter dem Kommando von Kapitän Sancto Pietro, mit spanischer Infanterie unter Hauptmann Diego de Urbina. Rodrigo kommt jeden Morgen ungefähr um diese Zeit. Bringt Salzfleisch, Kichererbsen, manchmal eine Schnitte guten Manchego-Käse vorbei. Aber heute morgen gibt es keinen Rodrigo. *Mal aria.* Heilige Muttergottes! Der Gestank von Körpern, Schmutzwasserkübeln. Der Gestank von Erbrochenem, Urin, Fäkalien. Verwurmte Decken. Verfaulendes Fleisch. Riecht, frage ich mich, so die Hölle?

Der erste Schauer packt mich und schüttelt mich fest durch, so wie ein Terrier eine Ratte schüttelt, um ihr das Genick zu brechen. Noch bebend sehe ich im Dunkeln die Augen einer Ratte, einer von zahlreichen frechen Ratten, die den Laderaum mit uns teilen, und als mich der nächste Schauer packt, sehe ich im Geist einen Terrier, der (schwarzweiß gefleckt) eine fette Ratte am Genick gepackt hält und sie schüttelt, wie der Schauer mich schüttelt, und die Ratte quietscht auf, und mit einem letzten Schüttler (wieder ein Schauer) läßt der Terrier den Kadaver los und bellt aufgeregt, und das Bellen in meinen Gedanken wird zur Stimme meines Bruders, der mit strahlenden Augen *Oh, der Ruhm* sagt... und ich sehe ein Schiff aus Gold und auf dem Vorkastell in seiner goldenen Rüstung den Bastard Don Juan d'Austria.

Bastarde und conversos *sind niemals tapfer.*

Jetzt ist kein Schlagstock des Bootsmannes zu hören, kein Wasserrauschen am Schiffsrumpf vorbei. Außer dem Stöhnen in der Dunkelheit um mich herum Stille. Dann ein dumpfer Schlag, als hätte ein kleines Boot beigelegt. Ein plötzliches Pfeifenschrillen und ein gewaltiger Jubelruf *Lang lebe der Prinz!*, dabei Stiefelschritte auf Deck. Größere Stille, und das Fieber überfällt mich, und ich bin sofort schweißgebadet. Wieder das Pfeifen und die Stiefel und wieder *¡Viva el Príncipe!* Dann das rhythmische Tock-tock-tock des Schlagstocks des Bootsmannes, und die Ruderer auf den Bänken der *Marquesa* tauchen ein und ziehen durch, und bald zieht sie bebend dahin, von Menschenkraft, nicht von Segeln bewegt, immer schneller.

Oh, der Ruhm...

Ich finde mein gepolstertes Lederwams, krieche hinein, schnalle es zu. Schwankend schlage ich den Weg zur Vorderdeckluke ein. Sprosse um Sprosse klettere ich langsam hoch. Licht sticht mir in die Augen. Die *Marquesa* wogt bei ruhiger See voran, die Ruderer halten ihren schrecklichen, mühseligen Gleichklang, der Schlagstock des Bootsmannes hallt in meinem Kopf wider.

»Wo ist mein Gewehr? Ich will ein Gewehr!«

Die Stimme, die da schreit, scheint meine zu sein.

Neben dem Vorkastell finde ich Arkebusen aufgereiht. Ich nehme eine. Sie wiegt eine Tonne.

Ein *gromete* – ein einfacher Matrose – eilt vorbei und streut aus einem Eimer Sand auf das Deck. »Platz da!«

Ich schlurfe ein paar Schritt achtern – direkt einem Papagei in den Weg, der ein Pulverfaß zur Reling steuerbords rollt, die jetzt mit einem schweren ledernen Schanzkleid versehen ist.

Überall sind Männer, die rufen, gestikulieren, Dinge von achtern nach vorn und von vorn nach achtern bewegen. Nichts scheint dort

zu sein, wo es sein soll. Ich mache dabei keine Ausnahme. Ich meine, ich bin *hier*, aber wo ist meine Schar? Wo ist mein Scharführer Rodrigo? Etwas fällt mir auf den Kopf und erinnert mich daran, daß ich unbehelmt bin. Ich schaue nach unten und sehe zu meinen Füßen einen Pinienzapfen, schaue nach oben und sehe einen Papagei, der sich mit einem Netz voll anscheinend irdener Krüge eine Spier entlang nach außen vorarbeitet. Es sieht wie Krüge aus, sage ich mir – das Fieber kommt jetzt in Wellen –, weil es Krüge sind, *piñatas*, Krüge voller Pinienzapfen, die angezündet und auf die aufgetakelten Türkenschiffe geschleudert werden.
Ich setze meinen Weg mit unsicheren, knochenlosen Schritten fort, denn oben am Bug scheint etwas los zu sein.
Der Takt des Schlagstocks beschleunigt sich. Ein Bootsmann auf der Laufplanke läßt seine Peitsche auf eine ganze Bank turbantragender Ruderer niedersausen, eine virtuose Leistung. Ich schaue schnell seewärts. Die große Schlachtflotte, die seit der Abfahrt aus dem Hafen von Messina in einer Reihe hintereinander gesegelt ist, fächert sich nun zu einer Reihe nebeneinander auf, mit weißschäumenden Bugwellen, schaumspritzenden Ruderblättern. Durch den Fächer aus Schiffen sehe ich, von Galeeren wie von Ochsengespannen geradeaus gezogen, zwei unserer venezianischen Galeassen, jener schwimmenden Festungen mit ihren mächtigen Achtzigpfünderkanonen, kommen. Voraus liegen, noch ein ganzes Stück entfernt, graue Hügel und ein höher aufragender Fleck aus im Dunst verschwommenen Bergen. Zwischen dem Festland und unserer sich formierenden Schlachtreihe fächert sich eine andere Flotte auf, mit weißschäumenden Bugwellen, schaumspritzenden Ruderblättern, ein Spiegelbild der unseren und mit ihrer schnittigen und zweckmäßigen Tödlichkeit wirklich recht schön.
Eine Schar Papageien am Bug backbords starrt eine Schar *grometes* steuerbords an, die zurückstarren; es herrscht keinerlei Zuneigung zwischen Armee und Marine. Zwischen den feindlichen Gruppen stehen der genuesische Kapitän zur See Francesco Sancto Pietro und der spanische Infanteriehauptmann Diego de Urbina. Die Szene läßt an ein mittelalterliches Schlachtfeld im kleinen denken, bei dem die Papageien und die *grometes* die widerstreitenden Ar-

meen sind und Sancto Pietro und Urbina ihre Vorkämpfer, die den Streit, worum es dabei auch gehen mag, im Einzelkampf austragen. Sancto Pietro schwenkt die Arme wie Signalflaggen und schreit mit einer Stimme fast in Falsetthöhe: »Niemand sägt *meinen* Rammsporn ab!«

»Es war ein Befehl, Kapitän. Vom Prinzen persönlich.« Urbina braucht bei seiner tönenden Baßstimme nicht zu schreien.

»Er ist Spanier, der Prinz, und ein Bastard, der Prinz, und sie ist ein genuesisches Schiff, die *Marquesa,* und ich bin ein genuesischer Kapitän, ich«, schreit Sancto Pietro schrill.

»Der Prinz hat Ihnen einen direkten Befehl gegeben, Kapitän.«

»Ich scheiße auf spanische Befehle! Mein Schiff! Ohne Rammsporn! Entmannung! Schneidet mir doch gleich die Eier ab, warum nicht, was? Ohne Rammsporn – was soll denn dann eine türkische Galeere davon abhalten, uns zu Kleinholz zu machen? Zu Treibgut? Strandgut?«

»Die Artillerie«, sagt Urbina mit seiner tönenden Stimme. »Ohne Rammsporn – und Sie kennen die Art dieser Schiffe so gut wie ich – haben wir vorne weniger Auftrieb. Und wenn der Bug tiefer liegt, kann unsere Sturmartillerie aus kürzester Entfernung eine flachere Bahn in den Rumpf jedes Heidenschiffes feuern, das unsern Bug kreuzt.«

»Niemand«, schreit Sancto Pietro, »sägt *meinen* Rammsporn ab!«

Erst jetzt sehe ich an der Bugspitze der *Marquesa* zwei Schiffszimmerleute, die angeseilt darauf warten, mit einer jener doppelgriffigen Sägen außenbords zu gehen.

Urbina zeigt seewärts. Es tanzen bereits mehrere von Christengaleeren abgesägte Rammböcke auf den Wogen.

»Spanische Galeeren«, höhnt Sancto Pietro. »Zeigen Sie mir einen genuesischen Rammsporn.«

»Wie können Sie die unterscheiden?«

»Ich, ich kann sie unterscheiden, so. Zeigen Sie mir einen venezianischen Rammsporn. Zeigen Sie mir einen päpstlichen Rammsporn. Meine *Marquesa,* die werden Sie nicht entmannen.«

Urbina nickt der Papageienschar kurz zu, diese tritt auseinander, und zum Vorschein kommt mein Bruder Rodrigo, ein Knie aufgesetzt, seine Arkebuse auf Sancto Pietro gerichtet.

»Sie haben zehn Sekunden, Kapitän«, sagt Urbina gelassen. »Wenn in dieser Zeit Ihre Zimmerleute nicht angefangen haben, den Rammsporn zu entfernen, werden Sie erschossen.«
Jedes Augenpaar außer dem Urbinas ist auf die schwelende Lunte in der Linken meines Bruders geheftet. Der Schlagstock des Bootsmannes klopft, rhythmisch, Wasser gurgelt in den Speigatten, der Bug wird von einer Woge hochgetragen. Eine Flamme schießt durch Rauchschwaden am Bug der am nächsten segelnden Galeasse, und einen Moment später ist das Donnern eines Achtzigpfünders zu hören, der erste Schuß der Schlacht, die wir Veteranen immer die Seeschlacht nennen werden.
»Sieben«, zählt Urbina. »Acht.«
Und Sancto Pietro kreischt: »Sägt ihn ab, schneidet unsere Eier ab, entmannt Italien, entmannt den Papst!«
Und die Zimmerleute machen sich an die Arbeit.
»Was zum Teufel machst du denn hier?« Das ist Rodrigo.
»Ich?« sage ich.
Aber inzwischen bin ich nicht mehr allein. Mehrere unbeschreiblich verdreckte, unglaublich stinkende, nur halb angezogene, fiebergerötete Gespenster ohne Knochen in den Beinen schleppen Arkebusen und marschieren unsicher voran, dorthin, wo die meisten von uns Papageien die Entfernung des Rammsporns der *Marquesa* bejubeln. Ob das gut ist, davon haben wir keine Ahnung, aber es steht für einen Sieg unseres Hauptmanns.
Als diese *inválidos* näher kommen, fühle ich mich schuldig. Folgen sie meinem eigenen närrischen Beispiel? Doch welchen Nutzen werden sie in der Schlacht bringen?
»Sieh zu, daß du wieder nach unten kommst«, sagt Rodrigo zu mir.
Aber ich kann beinahe den alten Zyprioten erzählen hören, was er uns zu erzählen hatte, um sich erst danach den Luxus des Sterbens zu leisten. Und wenn er eine Geschichte zu erzählen hatte, habe ich dann nicht eine Schlacht zu kämpfen?
Und, Niederlage oder Sieg, an ihrem Ende einen Tod zu sterben?
Bastarde und conversos *sind niemals tapfer.*
»Du gehst nach unten, und wenn ich dich schleppen muß«, sagt Rodrigo und packt mich an der Schulter.

»Nimm die Pfoten weg von mir«, rufe ich. Mehr ein Knurren.
Rodrigo weicht zurück.
Ich versuche, das Thema zu wechseln. »Hättest du ihn umgebracht?«
Mein Bruder reißt die Augen auf. »Was für eine blöde Frage ist das denn? Natürlich hätte ich ihn umgebracht. Na los, ich habe nicht den ganzen Tag Zeit.«
Ich schüttele den Kopf. Schweiß rinnt mir das Gesicht hinab, sammelt sich unter meinem gepolsterten Lederwams.
»Nimm die Pfoten weg von mir!« Noch mehr ein Knurren. Rodrigo versucht es jetzt mit beiden Händen: Er will mich regelrecht wegtragen.
Genau in diesem Augenblick brüllt Urbina: »Cervantes!«, und wir drehen uns beide um.
Er meint mich. »Bring diese anderen Invaliden zum Beiboot. Ihr seid alle verrückt, aber wenn ihr kämpfen wollt, dann kämpft ihr von dort aus.«
»Entmannt!« schreit Sancto Pietro, als die triefnassen Zimmerleute wieder auf Deck erscheinen und der abgetrennte Rammsporn der *Marquesa* achtern auf den Wellen hüpft und den Schiffsrumpf entlangschrammt.
Jetzt, da Urbina mir einen Befehl gegeben hat, ist mein Bruder Rodrigo wie ausgewechselt. »Ich sorge dafür, daß du soviel Kugeln hast, wie du brauchst, und ein Extrafäßchen Pulver.«
Er hilft meiner Schar aus zehn Invaliden in das Beiboot hinauf. Als ich ihnen folgen will, sagt er: »Nicht gerade die sicherste Stellung an Bord. Ist sogar noch höher als die Kastelle, dem Feuer ausgesetzt. Und ihr werdet euch dort befinden, wo die feindlichen Schiffe, wenn möglich, rammen – mittschiffs.«
»Wo stehst du?« frage ich und beobachte mit krankhafter Faszination die Linie der auf uns zurasenden türkischen Galeeren.
Aus der Sicht meines Bruders war das wieder einmal eine blöde Frage. »Bei den Entertruppen auf dem Bug natürlich.«
Er streckt seine Hand aus, und dann fühle ich ein Ziehen im Nacken. Einen Augenblick lang hält er den einhändigen Spielzeugsoldaten, den er mir in der Nacht gab, als ich Madrid verließ.

»Trägst ihn immer noch, was?« fragt er, barsch-liebevoll, bevor er weggeht und mich meinem ersten und einzigen Militärkommando überläßt.

Meine *inválidos* schauen mich erwartungsvoll an. Was sie erwarten, sind Befehle. Aber ich habe ihnen keine zu geben. Also klopfe ich auf ein paar Schultern und lasse Plattheiten über Spanien, Santiago, Christus und Gott vom Stapel, von der Sorte, wie sie Stoff für einen Dreiakter von Lope de Vega abgeben würden und die jetzt, da der Feind schnell näher kommt, in meinen Ohren weniger wie Plattheiten klingen, sondern mehr wie zeitlose, zeitweilig wahre moralische Wahrheiten.

Da der Feind schnell näher kommt, klingt noch etwas anderes in meinen Ohren, ein heulendes *Lelilii! Le-li-liiii! LE-LI-LIIII!* – der das Blut stocken lassende Schlachtruf der Moslems.

Ein Blitz und eine Rauchwolke aus der Galeasse, die der Küste am nächsten ist, gefolgt von einem Donnerschlag, als sie aus ihren Vordergeschützen, jenen mächtigen Achtzigpfündern, eine Salve losfeuert – und eine türkische Galeere aus der vorrückenden Reihe ausfällt und im Handumdrehen achtern untergeht. Bedauerlich verfrühtes Siegesgeschrei übertönt den heulenden Schlachtruf der Türken. Meine *inválidos* schwenken ihre Arkebusen triumphierend in der Luft, daher lasse ich von meinem eigenen Geschrei ab, um sie unsanft mit seewärts gerichteten Gewehren wieder in Stellung zu bringen. Inzwischen lösen sich beide Formationen auf, weil jedes Schiff für den Einzelkampf ein anderes sucht. Ich habe gerade noch Zeit zu brüllen: »Zündet eure verdammten Lunten an, ihr blöden Arschgesichter!« und höre mich dabei zu meiner Überraschung an wie mein Bruder Rodrigo auf dem Hügel von Vomero, als ein Schatten auf uns zugerast kommt, und, ja, sage ich mir einigermaßen überzeugt, das scheint der Bug einer Galeere zu sein, die uns gleich hier mittschiffs rammen wird. Auf ihrem Bug drängen sich Entertruppen mit Turbanen auf dem Kopf, Spieße und Krummsäbel blitzen in der Sonne. Ich spüre den Rückschlag meiner Arkebuse im selben Moment, als einer meiner Männer fällt, weil sein Kopf vom schweren Eisenarm eines Enterhakens zerschmettert wird, der das Beiboot zum Schaukeln bringt, bevor seine Leine schlaff herunterfällt und der Mann, den ich kurz zuvor abgeschossen habe, aus dem vorbeifahrenden türkischen Bug ins Meer stürzt. Weiter achtern splittert irgendwo Holz, es knicken Ruder ab, Schiffsrümpfe prallen aufeinander. Jenes zischende Geräusch sind Pfeile, wahrscheinlich mit vergifteten Spitzen, und jener Feuerschweif ist eine *piñata*, die über meinem Kopf vorbeirast, während ich Pulver, Ladepfropf und Kugel lade und die Arkebuse mir wieder einen Schlag versetzt, und jetzt liegen wir Rumpf an Rumpf, Enterhaken fliegen in beide Richtungen, und wir sind so nah beieinander, daß ich ein Türkengesicht explodieren und mich mit Blut vollspritzen sehe, das Blut des zweiten Menschen, den ich getötet habe, und als ich beim nochmaligen Nachladen aufblicke, sehe ich die Mündung einer Arkebuse mich wie ein Auge anstarren, ein einzelnes Auge, Prinzessin Eboli, denke ich leichtfertig, und das Auge blinzelt rot, als mich etwas flach auf eine Ruderbank schleudert, und ich springe gleich auf und merke, daß mein gepolstertes Wams von einer Kugel durchschlagen wurde, die eine oder zwei Rippen angeprellt oder durchschlagen hat, was erklärt, warum es plötzlich auf so seltsame und erschreckende Weise schwierig ist zu atmen, was vielleicht, oder auch nicht, so wichtig ist wie die Flammen in den Segeln über uns oder der *inválido*, der mir mit einem Krummsäbel einen Schlag versetzt, welchen ich mit meiner Arkebuse pariere, ehe mir dämmert, daß der Mann neben mir im Beiboot gar nicht einer meiner Invaliden ist, sondern ein Türke mit Turban und wildem Schnurrbart, dessen Kopf ich mit dem Kolben meines Gewehrs zertrümmere, während einer von uns, möglicherweise ich, schreit... vor Angst? Begeisterung?

Bordkanten fallen ab, Decks reißen auf, unsere Vordergeschütze donnern, eine Galeere, die direkt auf uns zutreibt, wird zur lodernden Fackel und fährt hart steuerbords vorbei. Drei meiner *inválidos* sind tot, drei weitere einschließlich mir verwundet. Behutsam betaste ich meine Brust. Jemand schreit auf, als ich meine Hand zurückziehe und gegen einen Schandeckel stürze, alles dreht sich dreht sich dreht sich, bis ein weiterer Rumpf mit noch mehr Enterhaken und noch einem turbanbewehrten Enterkommando aufragt und ich wieder getroffen werde, in dieselbe linke Brusthälfte, und wieder gehe ich zu Boden. Weste in Fetzen, Hemd blutgetränkt. Verblute

ich? Wo ist die Arkebuse? Lunte brennt noch, gut? Pulver in Pfanne, in Mündung, Ladepfropf, Kugel, gut. Enterkommando klettert über Schanzkleid. Leinen von Enterhaken wieder gekappt. Türkengaleere treibt wieder ab, mit schwerer Schlagseite. Also hat dieses neue Enterkommando – johlend, mit Turbanen und Krummsäbeln, seinem Schicksal überlassen – keine andere Wahl: entweder die *Marquesa* einnehmen oder auf ihrem vor Blut glitschigen Deck umkommen. Kämpfe vorn und achtern, Kämpfe unten zwischen mit den Beinen an Bänke geketteten Ruderern, von denen viele leblos über Ruderschäften hängen, während Heiden und Christen unter Hauen und Stechen über ihre vernarbten, sonnengeschwärzten Rücken rennen. Dort ein großer Türke, sein Krummsäbel ein wirbelnder Fleck über seinem kahlen, turbanlosen Kopf, als er sich zum Dach des Vorderkastells beugt, wo Hauptmann de Urbina und ein paar Papageien zweimal so viele Türken wie sie selbst abwehren ... Eine Flamme schießt aus der Pfanne. Die Arkebuse explodiert, noch während ich sie wie wild heftig von mir schleudere.
Ist dieses *Ding* da meine linke Hand?
Ich breche zusammen. Quer über der Ruderbank. Habe keine Ahnung, wie lange ich daliege. Öffne die Augen. Sehe ein Türkengesicht, das mich, ohne zu sehen, anstarrt. Sehe eine Türkenhand, die Krummsäbelknauf krampfhaft umklammert. Reiße ihn los. Fühle Blut aus meiner Linken herausschießen. Ganze Brusthälfte taub. Kann ich stehen? Absolut. Halte sogar Krummsäbel. *Nehmt die Pfotn wech!* Türkenhände unter Türkenkopf mit Turban, dieser Kerl recht lebendig. Versuchsweiser Schlag mit Krummsäbel. Türkenhände springen ab von Türkengelenken. Ich springe aus Beiboot. Kurze Zeit unten zwischen Ruderern. Gestürzt? Muß sein. Schlagstock macht tock-tock-tock. Ein paar Ruderer rudern wundersamerweise noch. Klettere hinaus. Sehe Männer zwischen Kastellen hin und her hasten. Sehe verzweifelten Versuch, Feuer in der Takelage von Pulverfässern fernzuhalten. Sehe Rodrigo und Urbina am Fuß der Strickleiter des Achterkastells. Türken zwischen ihnen und mir, noch mehr Türken auf Kastelldach. Renne jetzt. Aus linker Hand schießt immer noch Blut, rechte Hand schwingt blind Krummsäbel. Heule wie ein Türke: *Lelilii!* Schnappe mir jetzt

Langschwert, weiß Gott woher. Rodrigo näher, Helm verloren, Braue blutig, Augenschlitze, Zähneblinken. Oben auf Dach lehnt sich Türke herunter, Krummsäbel beginnt wie Pendel zu schwingen, um meinen Bruder zu enthaupten. Pariere, ein fester Stoß nach oben... *Lelilü!*

Und plötzlich, hier zu diesem Zeitpunkt, jetzt in diesem Raummoment, ereignet sich ein bemerkenswertes Ereignis:

Als ich auf dem Körper des toten Türken herumhacke, der bald kein Körper mehr ist, verkrümmt sich tief in mir etwas, windet sich, dreht sich wie ein Schlüssel in einem rostigen Schloß, und in der Dunkelheit hinter dem Tor zu meiner Seele kommt ein Blutrausch zum Vorschein, eine Freude, eine obszöne und erschreckende Freude am Töten, ein Blick in das niedere Selbst der im Käfig gehaltenen Bestie, des Höllenhundes, des Dämons, des in uns allen lauernden urtümlichen *Etwas* – das fürchterlich beschönigend Enthusiasmus genannt wird (die Griechen haben wie für alle Dinge ein Wort dafür), nicht Teufel, sondern Gott, »der Gott darin« –, und dieser Vision, diesem Wissen um das Selbst in der unterirdischen Welt hinter dem aufgesperrten Tor meiner Seele muß ich entkommen, selbst als ich ein weiteres Opfer finde, das diesmal genauso begierig ist, mich zu töten, wie ich es, und anfange, mit meinem Bootshaken (einer brauchbaren Waffe, wirklich) loszudreschen, während ich gleichzeitig das Tor zu dieser Dunkelheit zuschlage und mich ganz ohne jedes Wunder (zumindest kommt es mir so vor) aus meinem Körper erhebe und von ein paar Fuß Höhe aus mir selbst zuschaue, wie ich den Bootshaken ähnlich einer Streitaxt schwinge, wie sich die Leichen um mich stapeln, während ich höher schwebe, um von der Höhe des Ausgucks aus mein winziges, bootshakenschwingendes Ich zu sehen, und dann noch höher und alles aus der Vogelperspektive sehe, Schiffe, viele Schiffe, Hunderte von Schiffen, sich kreuzende Kielwasser, von Spielzeugsoldaten ausgefochtene Schlachten, kenternde und brennende und sinkende Schiffe, und ist das dort unten nicht das türkische Flaggschiff *Sultana*, auf dessen Deck unter der windgepeitschten Flagge mit dem Namen Allahs, die Schatten auf das Achterkastell wirft, acht-, neunhundert Spielzeugkrieger hin- und herkämpfen, und ist das nicht Achmed oder

Abdul oder Ali Pascha, ist das nicht sein auf einen Spieß gepflanzter Kopf, den der Spielzeugspießträger dem Spielzeugoffizier in einer goldenen Rüstung darbietet, der schnell wegsieht (ich kann die Galle in seiner Kehle schmecken) und dem Spießträger befiehlt, das gräßliche Ding über Bord zu werfen, während ich dorthin zurückschwebe, wo die *Marquesa* mit diesem anderen gräßlichen Ding wartet, das einmal meine linke Hand war und aus dem jetzt Blut tropft, da ich mich durch *Sieg!* johlende *grometes* und Papageien schiebe, um zur Backbordreling zu gelangen und hinauszustarren auf Sparren, Masten, verkohlte Balken, ein oder zwei triefnasse Lederwämser, einen Köcher, aus dem gefiederte Pfeile herausschauen, und mit den Gesichtern nach unten treibende Leichen, Tausende davon, und die Sonne lodert darüber, *ist es immer noch heute?*

Das nächste, woran ich mich erinnere, ist, daß ich in das Gesicht des Wundarztes der *Marquesa* aufblicke, dem ein verwundertes Stirnrunzeln zwischen den Augen geschrieben steht, als er erst auf den Spielzeugsoldaten mit der abgebrochenen Hand an der Schnur um meinen Hals schaut und dann auf das, was einmal meine linke Hand war.

Neuntes Kapitel
In welchem mein Bruder und ich für unsere Heldentaten belohnt werden

Eines Morgens Ende November wachte ich an der mir zugewiesenen Stelle – als der zweite von rechts – in einem überbelegten Bett im Lazarett Unserer Lieben Frau von Charybdis in Messina, Sizilien, auf; links neben mir versuchte der Kieferlose die Schwangere-mit-dem-von-einem-Wagen-zerquetschten-Bein zu besteigen. Die Stelle zu meiner Rechten war leer, denn der Verbrannte-ohne-Augen war herausgeklettert, um den bereits überlaufenden Nachttopf zwischen unserem und dem Nachbarbett zu benutzen. Die Schwangere-mit-dem-von-einem-Wagen-zerquetschten-Bein wimmerte unter dem Kieferlosen, als ich kraftlos versuchte, ihn von ihr herunterzurollen. Daraufhin fing das, was einmal meine linke Hand gewesen war, sofort vor Schmerz zu pochen an. Patienten in anderen Betten feuerten den Kieferlosen an, bis eine viel lautere Stimme losdonnerte:
»Schafft den Toten aus diesem Bett!«
Die Stimme gehörte meinem Bruder Rodrigo. An seiner neuen Papageienuniform trug er den Silberorden eines *soldado aventajado*, eines Soldaten mit Auszeichnung. Der Tote, den er meinte, war der arme Kieferlose, der mehr auf die Schwangere-usw. daraufgerollt sein mußte, als daß er sie hätte vergewaltigen wollen. Trotz Rodrigos Feldwebelstimme gehorchte dennoch keiner, so daß dieser schließlich die Leiche selbst schulterte und aus dem Sterbesaal stapfte. Dann kehrte er zurück; an einem Arm zog er einen dicken kleinen Wundarzt hinter sich her, der weder mitkommen zu wollen noch nüchtern zu sein schien.
»Wo wir gerade dabei sind«, donnerte mein Bruder, »dieser Soldat ist ein *soldado aventajado*, genauso wie ich« – während Rodrigo redete, heftete er mir einen Orden an das Nachthemd –, »und wenn

Sie ihm nicht ein eigenes Bett verschaffen, gehe ich geradewegs zum Prinzen, und der hat für einen betrunkenen Arzt nicht mehr Sympathien übrig als ich.«
Mit einem gewissen Schuldgefühl verabschiedete ich mich von der Schwangeren-usw. und dem Verbrannten-ohne-Augen (keiner von beiden sollte die Woche überleben) und wurde nach oben in einen Saal mit nur dreißig Einzelbetten gebracht.
Das Charybdis-Lazarett nahm damals noch Zivilpatienten auf und wurde von – zu vielen – ortsansässigen Badern und Wundärzten versorgt, von denen allerdings keiner aufzutreiben war, wenn man ihn brauchte. Nur einer von ihnen meinte wie der Arzt der *Marquesa*, daß mein Fieber von der *mal aria* komme. Ein anderer behauptete, es sei Lazarettfieber; er wollte damit lediglich sagen, daß Patienten, die fieberfrei eingeliefert wurden, dort normalerweise welches bekamen. Ein dritter machte dafür das, was einmal meine linke Hand gewesen war, verantwortlich. Diese war unförmig angeschwollen und hellrot und sonderte Blut und Eiter und ab und zu kleine Bleistückchen ab. Die tiefen Verletzungen in meiner linken Brusthälfte schienen zu heilen. Aus ihnen kam nur guter, gesunder Eiter.
Rodrigo organisierte sich bei Hauptmann Urbina täglich einen Passierschein, damit er mich besuchen konnte. Er brachte Essen – frisches Obst, frisch gekochten Fisch, frischen Ziegenkäse – und starken Rotwein.
Eines Morgens sagte er: »Der Prinz ist heute eingetroffen.«
»Ich habe gedacht, er war hier, als du mich hier heraufschaffen ließest.«
Mein Bruder schaute wie ein Unschuldslamm. »Ach nein. Aber heute ist er hier – und mit ihm ein Oberarzt, der diesen Ort in ein Militärlazarett umwandeln soll. Hoffen wir also, daß du eine anständige Behandlung bekommst. Besonders, weil ich jetzt bald fort bin.«
Das erschreckte mich. »Warum?«
»Befehle. Ich frage nie, warum. Hier, das hilft dir vielleicht.« Er gab mir eine prallgefüllte Börse.
Ich fing an zu protestieren.

»Sie gehören dir, monatlich drei Escudos Extrasold als *aventajado*. Und dein ganzer rückständiger Sold. Kauf dir Essen, Miguel. Das, was sie dir hier geben, sind Abfälle, und es wird schlimmer, wenn das Militär das Kommando übernimmt. Und versuch nicht weiter, den ganzen Saal durchzufüttern.«
»Sie würden für mich dasselbe tun.«
»Den Teufel würden sie. Keiner außer dir will sich hier einen Heiligenschein verdienen. Schleppst dich herum und verbindest Wunden und alles. Hast wohl gedacht, ich würd nichts davon mitkriegen?«
»Ich war Papás Gehilfe«, sagte ich. »Es ist das mindeste, was ich tun kann.«
»Papá. Komisch, ich stell ihn mir nie als Wundarzt vor. Für mich bleibt er immer ein Bader.«
»Schau dir die Ärzte hier an, und du merkst, daß er gar kein so schlechter Wundarzt war.«
»Kann sein«, sagte mein Bruder, weit davon entfernt, überzeugt zu sein. »Aber wenn du so weitermachst, wie willst *du* dann gesund werden? Du bist nämlich noch nicht aus dem Gröbsten raus.«
Ein paar Tage später machte der neue Stabsarzt seine ersten Visiten. Mit einem breiten, dreckigen Daumen drückte er an dem, was einmal meine linke Hand gewesen war, herum. Ich verbiß mir einen Schrei, aber er sagte trotzdem: »Amputieren. Als erstes morgen früh. Ab dem Ellbogen. Oder vielleicht ab der Schulter.«
Selbst wenn er nur die Hand abnehmen würde, bedeutete dies vermutlich meinen Tod. Amputationen trieben die Sterberate in den Militärlazaretten in die Höhe.
»...aber...«, sagte ich und hörte mich wie mein Vater an, wenn er einen seiner Momente scharfsinniger Knappheit hatte.
»Als erstes morgen früh«, sagte der Oberarzt. »Ich mache die Amputationen immer als erstes am Morgen.«
Am nächsten Tag fand ich mich noch vor Morgengrauen vor der Lazarettapotheke ein, einem dunklen Kabuff im Erdgeschoß, das nach Terpentin roch und vor Schnarchen widerhallte. Als ich klopfte, schaute ein breites, blutunterlaufenes Gesicht heraus. »Nich geöffnet«, grummelte es.

Ich klimperte mit einem Beutel voll Münzen. »Sauberes Tuch«, sagte ich, »Bienenwachs, Rosenwasser und Johanniskrautöl.«
Finger ergriffen das, was einmal meine linke Hand gewesen war. Diesmal bemühte ich mich nicht, meinen Aufschrei zu unterdrükken.
»Hab ich mir's doch gedacht«, sagte der neue Militärapotheker des neuen Militärlazaretts. »Sie haben mir von dir erzählt. Die Krüppelhand. Glaubt, daß er Wundarzt ist.«
»Ich bezahle das Bienenwachs und alles.«
»Klar doch, mein Freund. Aber wir haben kein Bienenwachs. Wir haben Eier. Eigelb oder Eiweiß, such dir's aus.«
»Dann Eiweiß. Ich brauche Nachschub als erstes jeden Morgen.«
Ich bezahlte – doppelt soviel, wie der Zivilapotheker verlangt hatte – und begann mit meinen inoffiziellen Visiten.
Als ich an diesem Morgen von Bett zu Bett ging, erzählte ich die Geschichte, wie Luis der schwarze Sklave seine Freiheit erhielt. Augen wandten sich mir zu, Seufzer verebbten. Ich versuchte, jeden Tag eine andere Geschichte zu erzählen, etwas, womit ich meine Patienten zum Lachen brachte. Lachen, pflegte mein Vater zu sagen, ist die beste Medizin. Nachdem ich am nächsten Morgen die Geschichte erzählt hatte, wie meiner Großmutter Lieblingsziege ihr Hochzeitskleid auffraß (erinnern Sie mich daran, daß ich Ihnen die einmal erzähle), stieß ich in einem der oberen Flure auf den Stabsarzt; seine Arme waren bis über die Ellbogen blutig, und in seinem Schlepptau ging ein Gehilfe mit einer übel aussehenden Sammlung von Hämmern, Sägen und Messern. Ich eilte an ihm vorbei. An einem anderen Morgen erzählte ich, wie Rodrigo und seine Jungenarmee mich in der Nacht gerettet hatten, als ich Juan den Düsteren rettete. (Den Teil mit den Zigeunern, die nicht schwimmen konnten, ließ ich aus.) Ich gab soviel Geld für Verbandsmaterial, Eiweiß, Rosenwasser und Johanniskrautöl aus, daß mir kein Geld für das Essen übrigblieb. Daher aß ich die Lazarettrationen, die, wie Rodrigo vorausgesagt hatte, schlechter geworden waren.
Am fünften Morgen begegnete ich dem Stabsarzt wieder; seine Arme waren bis unter die Achseln blutig. Unsere Augen trafen sich. Er kniff die seinen zusammen, aber er ging weiter den Flur entlang.

Ein paar Tage später nickte er mir blutspritzend zu und lächelte fast. Zwei Wochen nachdem er gesagt hatte, er würde meinen Arm amputieren, stießen wir vor der Lazarettapotheke zusammen. »Morgen, Kollege«, sagte er, »wie üblich früh auf, was?«, und wir lächelten jeder sein Lächeln und gingen jeder seines Wegs. Er hinterließ blutige Fußspuren.

Das nächste Mal, als ich ihn sah, war er in fleckenloses Weiß gekleidet und kam mittags in unseren Saal – in Begleitung des Bastards Don Juan d'Austria.

Don Juan – der, Sie erinnern sich, Seine Exzellenz genannt wurde, nicht Seine Hoheit; er hatte mit König Philipp dem Todliebenden einen königlichen Ahnen gemeinsam (Karl V. und I.), sich aber unverzeihlicherweise ein Wiener Tanzmädel als Mutter ausgesucht. Er war ein stattlicher Mann in meinem Alter, mit blaßblauen Augen und Haar, das fast die gleiche Farbe hatte wie die weizenblonde Mähne meiner Schwester Andrea.

Der unblutige Stabsarzt, ein Kapuzinerkaplan und nur ein Adjutant bildeten Don Juans bescheidenes Gefolge.

»Wo kommst du her, Soldat?« – seit Urzeiten die die Unterschiede überbrückende Frage des Vorgesetzten an den gemeinen Soldaten.

»D-das läßt sich schwer s-sagen, Hoheit.«

»Kein Grund zur Nervosität.« Ein lockeres Lächeln. Don Juan war damals auf dem Höhepunkt seiner Laufbahn, obwohl wir das beide nicht wußten.

Inzwischen betrachtete der Stabsarzt eingehend mein Gesicht.

»I-ich b-bin n-nicht -n-nervös. Ich sp-spreche b-bloß so. Ich meine, ich bin aus ganz Spanien. Meine Familie ist viel umgezogen.«

»Aventajado, sehe ich.«

Dann erblickte er das, was einmal meine linke Hand gewesen war und was ich vor dem Stabsarzt dadurch zu verstecken versucht hatte, daß ich meine rechte Hand darüber legte.

»Sollte das nicht herunter?« fragte er den Stabsarzt, in dessen Augen ich die Erinnerung dämmern sah.

Mir stockte der Atem.

»Während meiner kurzen Zeit hier, Exzellenz, habe ich bereits jeden lebensbedrohenden Arm, Bein, Hand oder Fuß abgenommen, den das Zivilpersonal aus Nachlässigkeit drangelassen hatte«, sagte der Stabsarzt mit gekränkter Berufsehre. »Und es freut mich, melden zu dürfen, daß nur sieben von zehn der drei von zehn, die bisher die Amputationen überlebt haben, noch in einer kritischen Verfassung sind.«

»Aber dieser *soldado aventajado*?«

»Unversehrt, soweit er es sein kann; er ist als eine Art Lehrling des Lehrlings des Arztgehilfen ganz gut zu gebrauchen.«

Ich atmete auf.

»Wir Veteranen der Seeschlacht«, sagte der Prinz zu mir, »werden immer zusammenhalten. Willst du die Militärlaufbahn einschlagen?«

Stumm hob ich das, was einmal meine linke Hand gewesen war, hoch, damit er es genauer betrachten konnte.

»Ja, nun gut«, sagte er. »Vorläufig beziehst du Sold als Hilfsarzt. Aber später? Würde dir vielleicht eine Stelle bei Hofe gefallen? Ich bin nicht ganz ohne Einfluß.«

Aber wie hätte ich meine ersten – und letzten – katastrophalen Minuten auf der Lügnerpromenade vergessen können? »Ich wäre kein besonders guter Höfling, Hoheit.«

»Was willst du dann mit deinem Leben anfangen, Soldat?«

Hier folgte eine Pause, während ich mir einen Saal im Morgengrauen ins Gedächtnis rief, in dem die kräftigeren Patienten auf den Kanten der umliegenden Betten saßen und die übrigen mir von dort aus, wo sie lagen, zuhörten, als ich sagte: »... und dann sagte meine Schwester zu mir – ihr müßt bedenken, daß wir damals sehr jung waren –: ›Schlag ihn, Miguel‹, und ich schaute diesen Riesenlümmel an, der zweimal so groß war wie ich, diese Katastrophe von einem *piropeador*, der Andrea beleidigt hatte, die zufällig das schönste Mädchen in ganz Andalusien ist, mit ihren leuchtenden blauen Augen und ihrem numinosen Gang und ...« Ich erinnerte mich an die hingerissene Stille, als ich die Schönheit meiner Schwester Andrea beschrieb und dann, von einem ganzen Chor von Stimmen angefeuert, die Geschichte wieder aufnahm, wie ich mehr oder weniger zufällig das Ungetüm Tomás Gutiérrez verprügelt hatte – eine Geschichte, die, wenn ich sie gelegentlich durch Abschweifungen unterbrach, Zwischenrufe auslöste wie »Aber was ist dann passiert?« oder »Erzähl die Geschichte weiter!«, und die ich mit Juan Rufos Bemerkung schloß, daß die besten Freundschaften, ganz zu schweigen von Romanzen, oft mit einer kleinen Auseinandersetzung anfangen, die die Atmosphäre bereinigen. (Eine Aussage, möchte ich meinen, die sogar Lope de Vegas Billigung gefunden hätte.)

Was willst du dann mit deinem Leben anfangen, Soldat?

»Geschichten erzählen, Hoheit«, hätte ich vielleicht erwidern können. Aber konnte ein erwachsener Mann so ein Leben verbringen? »Literatur«, hätte ich vielleicht erwidern können. Aber konnte ich mir anmaßen, mein Schicksal in die gleiche Waagschale zu werfen wie Vergil, Dante, Boccaccio?

Und wenn, hätte Don Juan d'Austria vielleicht entgegnet:

»Literaten sind notorisch schlecht bezahlt. Ich sollte doch etwas für dich tun.«

Aber nichts dergleichen geschah. Statt dessen gab ich zu: »Ich weiß es nicht, Hoheit.«

»Na schön, du bist noch jung«, sagte er, worauf ich denken mußte: Wir sind gleichaltrig, und *er* ist Generalissimus. Und selbst wenn er auch ein Bastard ist, so war sein Vater König von Spanien, ja sogar Kaiser des Heiligen Römischen Reiches.

Er ließ den Adjutanten meinen Namen aufschreiben.

»Und mein Bruder heißt Rodrigo«, sagte ich schnell. »Er ist auch *aventajado* und ein viel besserer Soldat.«

Im April wurde ich aus dem Lazarett entlassen. Ich war unterernährt, fühlte mich aber in relativ guter Verfassung, abgesehen von dem, was einmal meine linke Hand gewesen war. Es war verschrumpelt und reagierte auf nichts, was ich mit ihm möglicherweise vorhatte, zeigte dafür aber manchmal einen eigenen Lebenswillen und bebte oder hüpfte dann ohne Vorwarnung.

Wieder in Uniform, diente ich eine Zeitlang in einer Garnison auf der primitiven Insel Sardinien und als Hilfsarzt auf See bei der Expedition Don Juans zu den Dragonière-Inseln. (Dort stießen wir mit einer Moslemflotte aus grün angestrichenen Galeeren zusammen, deren verschreckte Infanterie, so hörten wir, hatte an Bord gepeitscht werden müssen.) Mit der Zeit lernte ich so dazustehen, daß das, was einmal meine linke Hand gewesen war, hinter meinem Rücken war; das verlieh mir ein nachdenkliches, fast lehrerhaftes Aussehen. Als ich in einer Taverne in Neapel Karten spielte, erwischte mich eine Pechsträhne, und alles wurde noch schlimmer, als das, was einmal meine linke Hand gewesen war, plötzlich ausschlug und dadurch die Karten, die ich ausgeteilt bekommen hatte, mit der Vorderseite nach oben hochschleuderte. *Sinistra! Sinistra!* riefen die Italiener um den Tisch, als sie merkten, daß die Hand ihren eigenen Willen hatte. Ohne einen Heller mußte ich mich zu den verblaßten Papageien gesellen, die auf der Calle Toledo bettelten *(no-aventajados* bekamen in Friedenszeiten keinen regelmäßigen Sold). Rodrigo, der einem anderen Regiment zugeteilt worden war, war immer auf See, wenn ich an Land war, und umgekehrt. Ich fing an, Gedichte zu schreiben wie:

Liebe, hast mich erhoben zu schwindelnden Höhen,
Stürz nun mich nicht in dunkle, unbarmherzge Tiefen.

Heilige Muttergottes! Ich mute Ihnen nicht noch mehr davon zu – aber es zeigt, warum ich, sobald ich Urlaub hatte, über den Golf fuhr und nach Sorrent zurückkehrte:
...fragen Sie bloß nach Cornelia Tasso; jeder dort kennt sie.
Ich fragte einen jungen Fischer mit einer roten phrygischen Mütze, aber anstatt auf einen Punkt zu zeigen, von dem aus sich ein Ziegenpfad steil durch einen Zitronenhain hochwand, ließ er sein Netz fallen und lief den Strand entlang weg.
Ich fragte braungebrannte, halbnackte Knaben, die Zitronen stahlen, aber anstatt da hinauf zu zeigen, wo einst ein Myrtenbusch geblüht hatte, rasten sie den Ziegenpfad hinunter und schrien: *»Diavolo! Diavolo!«*
Überrascht zwar, doch unverdrossen, fragte ich einen zahnlosen alten Ziegenhirten, aber anstatt auf einen entfernt gelegenen Felsen zu zeigen, wo sich ein winziger kleiner Würfel duckte, der vielleicht eine Hütte war, machte er ein Zeichen zur Abwehr des bösen Blicks und trieb seine Ziegen so eilig den Hügel hinab, daß ihre schweren Euter beim Rennen hin und her schwangen.
Ich bahnte mir einen Weg durch einen verkommenen Garten, wo

fremdartige Blüten welk dahinstarben und die Luft vom Geruch nach Fäulnis und vergeblichen Träumen verpestet war. War je eine Landschaft so trostlos – fast dantesk? Während über mir höhnisch die Möwen lärmten, trat ich die Tür zur Hütte ein, denn sie war verschlossen. Durch die Hintertür hinaus folgte ich einem alptraumhaften, mit dichtem Unkraut überwucherten Pfad bis zu einem stehenden, übelriechenden Strom. Dort fand ich am Rand des brackigen Wassers eine Flickenpuppe, die ich einen Augenblick lang streichelte, während ich mich auf das zurückbesann, was nie wieder sein konnte und vielleicht – so dachte ich in der fatalistischen Erkenntnis, daß das Leben ungewiß sei – nie gewesen war. Mit der Flickenpuppe in der Hand kehrte ich zu der Hütte zurück, die kein Dach mehr hatte, sank auf dem Bett neben dem kalten Herd nieder und schlief den Schlaf der Verzweiflung. Als ich aufwachte, sagte eine vertraute Stimme: »Ich habe mich gefragt, wie lange du brauchen würdest, um wiederzukommen.«
Ich blickte in das plumpe, rosige Jungengesicht meines Vetters Gaspar. Er drehte auf einem Finger einen roten Kardinalshut.
»Weißt du, wo sie ist?« rief ich.
»Jetzt, da du es erwähnst, nein. Ein gewisser gemeinsamer Bekannter hielt es für angebracht, sie verschwinden zu lassen.«
»Wo habt ihr sie hingeschafft?«
»Nirgendwohin. Sie existiert nicht. Hat nie existiert.«
Ich hielt die Flickenpuppe hoch. »Erzähl bloß nicht, sie hatte keine Tochter namens Constanza. Ich meine Costanza.«
»Nun, aber da es die Mutter nie gegeben hat...« Mit diesem unfertigen Satz schenkte er mir einen süffisanten Blick, der genau zu seinem plumpen, rosigen Jungengesicht paßte. »Schau, mein lieber Vetter, wenn du alle Einwohner von Sorrent ansprechen würdest, nicht einer, kein Fischer mit einer roten phrygischen Mütze, kein braungebrannter Knabe und kein zahnloser Ziegenhirte hätte von ihr gehört. Nicht einer.«
»Aber wenn... warum sollte...«
Mit diesem unfertigen Satz handelte ich mir einen Blick grollenden Mitleids ein. »Es genügt wohl zu sagen, daß Cornelia zu viel über deine Rolle bei Torquato Tassos Beichte wußte.«

»*Meine* Rolle? Aber ich... wir waren bloß...«
»Laß die unfertigen Sätze, das macht mich nervös. Das ist einer der Gründe, warum ich mich aus dem Gewerbe zurückgezogen habe. Jetzt erzähle mir von der Schlacht bei den Dragonière-Inseln.«
Überrascht sagte ich: »Es *gab* keine Schlacht bei den Dragonière-Inseln. Im übrigen dachte ich, du hättest dich zurückgezogen.«
»Ich ziehe mich allmählich zurück, immer ein Stückchen mehr«, erwiderte er und drehte wieder seinen Hut.
»Ist der echt? Bist du Kardinal?«
»Es scheint so.« Ein Lächeln erhellte sein plumpes, rosiges Jungengesicht. »Weil wir gerade von Kardinälen sprechen – es interessiert dich vielleicht zu erfahren, daß Giulio Kardinal Acquaviva aus dieser Welt geschieden ist.«
»Man hat ihn verschwinden lassen?«
»Kaum. Man kann einen Kirchenfürsten nicht einfach ›verschwinden lassen‹. Wie in solchen Fällen üblich, starb er im Schlaf. Armer Kerl. So ein junger Mann.« Das Lächeln verblaßte. »Also, zu den Dragonière-Inseln. Was ist passiert?«
Ich schaute mir sein plumpes, rosiges, nun erwartungsvolles Gesicht an und überlegte, was dahinter vorging. Vetter Gaspar verfügte über unendliche Machtmittel – er hatte Gewalt über das kollektive Gedächtnis einer ganzen Stadt, Gewalt über die Ernennung und Entlassung von Kardinälen – doch dieser Hunger nach Details schien unersättlich, selbst wenn sie nur ein kleineres Seegefecht betrafen. War Wissen Macht? konnte ich nicht umhin, mich zu fragen.
Ich sagte: »Wir waren den Türken nach Zahl der Waffen und der Leute überlegen. Aber als sich der Wind drehte, verhedderten sich unsere rudergetriebenen Galeeren und segelbestückten Galeonen miteinander. Daher sind die Türken davongekommen.«
Mit Freude sah ich, daß Vetter Gaspar sich Notizen machte, während ich sprach.
»Lepanto bedeutete das Ende des rudergetriebenen Seekriegs. Die nächste große Schlacht«, prophezeite ich, »wird von Segelschiffen ausgetragen, die sich von der Breitseite her angreifen.«
»... Galeonen... Breitseite... Ein gewisser gemeinsamer Bekannter wird dank dir viel zu verdauen haben.«

Ermutigt wartete ich auf ein Zeichen, das mich vielleicht in die geheime Welt der Macht einladen würde, in die ich bisher nur einen flüchtigen Blick getan hatte. Aber Vetter Gaspar sagte bloß: »Wir hören voneinander. Irgendwann.«

Er blickte mir nach, wie ich durch den verkommenen Garten, in dem einst rubingeflügelte Vögel gesungen hatten, davonging. Ich hatte das Gefühl, daß er mir noch nachblickte, als ich an Bord des Schiffes nach Neapel ging.

Mein Bruder Rodrigo schritt am Dock auf und ab, als ich dort ankam.

»Hombre«, rief er, »du hättest das Schiff beinahe verpaßt.«

»Ich habe Glück gehabt«, meinte ich, als wir uns gegenseitig auf den Rücken klopften. »Es hat in Sorrent spät losgemacht.«

»Nicht diese Nußschale«, entgegnete er. »Ich meine die Galeere *Sol.*«

»Nein! Wir tun endlich zusammen Dienst auf See?«

Wir standen da und grinsten uns an. Seitdem Rodrigo mich verlassen und ich im Lazarett allein für mich zu sorgen gehabt hatte, waren drei Jahre vergangen.

»Haben sie dir die Hand abgehackt?« fragte er.

Hinter meinem Rücken zog ich hervor, was früher einmal meine linke Hand gewesen war. »N-Nein«, sagte ich.

»Laß mal schauen.« Und danach: »Schon Schlimmeres gesehen. Aber damit ist deine Militärlaufbahn beendet, sobald wir zu Hause sind.«

»Zu Hause? Wir fahren nach Spanien zurück?«

Was früher einmal meine linke Hand gewesen war, zuckte. Mein erster Gedanke war, wie häßlich Andrea es finden würde.

»Mensch«, sagte Rodrigo, »warum hast du mir nicht erzählt, daß du beim Prinzen gut angeschrieben bist? Ich habe im Palast in Salerno vorbeigeschaut, um mir das übliche Empfehlungsschreiben des Adjutanten zu holen, aber als ich meinen Namen genannt habe, hat mich Don Juan persönlich empfangen. Hat sich gut an dich erinnert – ›dieser halbtote junge Held, der sich auf den Stationen herumgeschleppt, um anderen zu helfen‹. Unverbesserlich!« sagte Rodrigo mit seinem alten Grinsen, bei dem sogar die Sommersprossen mitlachten, und schwenkte zwei versiegelte Briefe. »Empfehlungen des Prinzen an seinen königlichen Bruder. Das heißt ein Auftrag für mich und Gott weiß was für dich. Holen wir dein Zeug.«

Das Hauptdeck der *Sol* war voll murrender Veteranen, darunter vielen Krüppeln, die man wie die Heringe in einem Faß zusammengepfercht hatte. Als wir uns einen Weg nach achtern bahnten, um Anspruch auf eine Quadratelle Schiffsplanke zu erheben, erschallte eine Stimme:

»Miguel! *Dios mío*, Miguel de Cervantes!«

Großgewachsen, gerade wie ein Stock, eine Papageienuniform am Leib, die unwesentlich weniger bunt in allen Regenbogenfarben schillerte als die meines Bruders, die Rechte auf seinem Rapier ruhend und einen (vermutlich angelernten) Adlerblick in den Augen, die vom jahrelangen Aufs-offene-Meer-Starren zusammengekniffen waren –

»Juan Rufo!« rief ich.

»Was gibt's Neues von Andrea?« rief er zurück, als wir uns durch die Menge drängten und am Achterkastell zusammentrafen.

»Das letzte Mal, daß ich Andrea gesehen habe«, sagte ich, »war ein paar Stunden, nachdem du mich mit auf die Lügnerpromenade genommen hast.«

Geknickt: »Ich habe gedacht, du hättest vielleicht etwas Neueres gehört als das, was Tomás Gutiérrez mir vor einem halben Jahr geschrieben hat.«

Rodrigo fragte dazwischen: »Seit wann bist du denn hier in Italien?«

»Seit vor Lepanto. Ich habe in der Seeschlacht gekämpft.«

»Aber wir auch!«

»Es war eine große Schlacht«, sagte Juan Rufo ungeduldig und wandte sich wieder dem Thema zu, das seinem, und nicht nur seinem, Herzen am nächsten lag. »Dann habt ihr also nichts gehört? Nicht einmal hier draußen. Von diesem Figueroa, der als Held in der Seeschlacht fiel?«

Verdutzte Blicke von Rodrigo und mir.

»Vielleicht fange ich mit dem Einfachsten an«, beschloß Juan Rufo. »Es sieht so aus, als hätte eure jüngste Schwester Magdalena – die sich, laut Tomás Gutiérrez, als Señora Magdalena Pimentel de Sotomayor ausgibt –«

»Sie ist verheiratet?« fragten Rodrigo und ich im Chor.

»Nein. Das ist nur der Name, den sie sich zugelegt hat. Es sieht so aus, als läge sie immer noch im Streit mit den Pacheco-Portocarrero-Brüdern, von denen einer ein bekannter Killer ist. Offen gestanden bin ich besorgt, weil Andrea, treue Schwester, die sie ist, dieser Pimentel-de-Sotomayor-Schlampe – ich meine, eurer Schwester Magdalena – hilft, sooft sie Zeit hat.« Ein kurzes Räuspern. »Was nicht häufig der Fall ist. Außerdem ist eure Familie dank der unverschämten Gebühren von diesem Picapleitos in einer schlimmen finanziellen Lage.«

»Deswegen habe ich nach diesem Figueroa gefragt. Es sieht so aus, als hätte letztes Jahr Nicolás de Ovando, mit dem Andrea, äh, na ja, das heißt –«

»Er ist der Vater der spätgeborenen kleinen Constanza«, bellte ich los. »Was ist mit ihm?«

»Er hat jemand zu dem großen Steinhaus am Sonnentor geschickt – vermutlich Pedro Pacheco Portocarrero (den Killer) –, um das Kind entführen zu lassen. Ovando hält es seitdem gefangen. Andrea ist gleich zu diesem Picapleitos gegangen, und die Ausgaben eurer Familie für Gerichtskosten haben sich verdoppelt.«

»Du meinst«, schrie ich, »es gibt Aussichten, daß Ovando das Sorgerecht für die spätgeborene kleine Constanza bekommt?«

»Wenn er vor Gericht beweisen kann, daß er, äh, na ja, das heißt –«

»Der Vater ist«, half Rodrigo nach.

»Und ab da spielt dann der gefallene Held Figueroa eine Rolle. Andrea behauptet, daß *er*, äh, na ja, das heißt –«

»Der Vater ist«, half Rodrigo wieder nach.

»So steht die Sache also. Und dieser Picapleitos ist, was den Ausgang angeht, nicht besonders zuversichtlich.«

Die *Sol* segelte im Geleitzug mit den Galeeren *Mendoza*, *Higuera* und einer dritten, deren Name in den Geschichtsbüchern nicht verzeichnet ist und den ich vergessen habe. Im Unterschied zur *Sol* waren die anderen Schiffe nicht überladen. Unser Kapitän setzte Ruder, Segel und Gebete ein, um in Sichtweite der übrigen zu bleiben, aber um die Mitternacht des 26. September – des Jahres 1575, für diejenigen, die Wert auf Daten legen – waren ihre Achterlichter verschwunden. Bei Sonnenaufgang kämpfte sich die *Sol* mühsam die französische Küste entlang, und wir ließen uns unbehaglich zu einer Mahlzeit aus *mazamorra* nieder. Beachten Sie dies wohl: Die Winde waren uns so ungünstig gesonnen und unser Schiff so überfüllt, daß uns Käse, Fisch, Kichererbsen und ähnliches ausgegangen waren und wir mit diesem Zeug mit dem seltsamen Namen vorliebnehmen mußten. Und was war *mazamorra* anderes als zerstoßener Schiffszwieback, der mit Knoblauch in ranzigem Olivenöl gebacken wurde – die verhaßten *migas* meiner Kindheit, die Krümel, die man mich zu essen gezwungen hatte, wollte ich nicht Gefahr laufen, von Barbarenpiraten entführt zu werden. Und aß ich meine *mazamorra* am Morgen des 27. September? Nein. Ich lehnte mich gegen ein leeres Salzfischfaß, sah den übrigen beim Essen zu und zupfte grüblerisch an einem Stückchen Blei, das aus dem, was einmal meine linke Hand gewesen war, hervorkam.

Vom Ausguck ertönte ein Schrei: »Segel voraus!«

Ein paar Optimisten meinten: »Ich wußte, sie würden zu uns zurückkommen.«

Doch als uns die drei Schiffe, schlank, klein und schnell, einholten, feuerte eines einen Warnschuß ab.

Da wurden Enterhaken und *piñatas* geschleudert, der Rumpf der *Sol* erzitterte, ihre Segel fingen Feuer, Piraten stürmten an Bord. In ein paar Minuten war die Schlacht zu Ende, und die *aventajados* rissen sich wie wild ihre Silberorden ab – außer Rodrigo und ich. »Sollen sie nur wissen, was für Soldaten wir sind«, sagte mein Bruder, und die Sommersprossen leuchteten frech in seinem blassen Gesicht. »Du bist verrückt«, sagte Juan Rufo, »sie erhöhen das Lösegeld auf dich. Schmeißt auch die Briefe des Prinzen weg, die sind noch gefährlicher als eure Orden.« Doch Rodrigo wollte davon nichts wissen. »Die kommen uns noch zustatten«, beharrte er.

Mittschiffs wurde ein orientalischer Teppich ausgerollt und ein beleibter Mensch an Bord gebracht. Er trug einen aquamarinblauen Turban und eine Tunika, einen gelben Schal, der hinter ihm im Wind flatterte, und einen reich gepunzten Schulterriemen aus Le-

der, in dem sein Krummsäbel steckte. Er hatte einen dunklen, lockigen Bart und hinkte.
»Das ist Hinkebein der Grieche«, flüsterte ein Soldat neben uns.
Die meisten Barbarenpiraten oder »Rais« waren Renegaten, Leute, die zum Islam übergetreten waren und sich jetzt zurückwandten und ihre Grausamkeit an ihren früheren Glaubensbrüdern ausließen, um jeden Verdacht eines Abfalls von ihrem neuen Glauben auszuschließen, denn dieser wurde nach islamischem Recht mit dem Tode bestraft. Hinkebein der Grieche hatte, noch in Saloniki, einen der Ministranten des Metropoliten vergewaltigt und erwürgt und sich dann aus der Christenwelt geflüchtet.
Jetzt hinkte er auf uns zu und schlug dem Soldaten, der seinen Spitznamen geflüstert hatte, mit ausdruckslosem Gesicht und einem Hieb seines Krummsäbels den Kopf ab.
»Ich heiße Dalí Mamí«, sagte er ruhig, als der kopflose Leichnam auf Deck und der Kopf ins Meer fiel. »Ihr nennt mich ›Kapitän‹ oder ›Herr‹, bis wir in Algier an Land gehen, und wenn ihr dann mein Eigentum bleibt, nennt ihr mich ›Meister‹ oder... was ist mit deiner Hand los?«
Ich starrte noch immer düster auf das Blut, das aus dem kopflosen Leichnam strömte, und merkte daher nicht, daß Hinkebein der Grieche mich angesprochen hatte, bis er einen Schritt auf mich zumachte und sein Krummsäbel in einem zweiten Ausholen blitzte. Rodrigos Gesicht war so bleich, daß man nur noch Augen und Sommersprossen sah.
»Eine K-Kampfverletzung«, sagte ich. »Lepanto. Herr.«
Hinkebein der Grieche zog unter Zuhilfenahme der flachen Seite seines Krummsäbels behende das, was einmal meine linke Hand gewesen war, zur näheren Betrachtung an sein Gesicht heran. »Verstümmelt bist du niemandem von Nutzen«, sagte er. »Hat deine Familie Geld?«
Was hätte ich sagen sollen? Ja? Nein? Vielleicht? Hing mein Leben von meiner Antwort ab?
»Sie sind arm, Herr, aber ich bin Wundarzt.«
Ich sprach Spanisch; Hinkebein der Grieche die Lingua franca, die ich in ganz Algier hören sollte, ein Gemisch aus meiner eigenen Sprache, Italienisch und arabischen Einsprengseln.

Ob meine Antwort klug gewesen war, erfuhr ich damals noch nicht, denn Hinkebein der Grieche wandte sich um und sprach mit einem schlanken, dunklen Mann mit einer Prinzessin-Eboli-Augenklappe; dieser rief:
»Alle Gefangenen, Reihen bilden! Alle Gefangenen, ausziehen!«
Was wir, im kalten Morgenwind, taten. Unsere Kleider wurden eingehend untersucht, die Größe und Zahl von Christenläusen kommentiert, Befehle und andere Papiere gelesen.
»Mund auf! Zunge raus! Umdrehen! Bücken! Backen auseinander! Weiter! Bei Allah, ihr Christen stinkt wie Schweinescheiße! Ja, was haben wir denn da? Einen Orden. Der nächste!«
Bevor auch wir diese Schande ertragen mußten, rief Hinkebein der Grieche Rodrigos und meinen Namen auf.
»Du mit der Hand! Welcher bist du?«
»Miguel. Herr.«
»›An Seine königliche Hoheit Don Philipp II., König von Kastilien, León, Aragonien, Flandern, Neapel, Sizilien 1 und 2, usw. usw.... von seinem demütigsten Diener und liebenden Bruder... mir eine Ehre, mit besten Empfehlungen Don Miguel de Cervantes... Tapferkeit... geschickter Wundarzt... außerordentlicher Beweis von‹ – Was? Was zum Teufel heißt ›wohltätiger Machismo‹?«
»Ich weiß nicht. Herr.«
Ich wußte es nicht. Aber die Worten hatten einen schönen heldischen Klang, wie etwas aus dem *Amadís von Gallien.*
»Jesus Christus – ich meine, bei Allah! Verstümmelte Hand oder nicht, du bist wertvoll.«
Und Hinkebein der Grieche kritzelte die Ziffer 1 mit vielen Nullen dahinter auf das Schreiben.
»Dazu noch ein *aventajado*«, machte ihn der Mann mit der Prinzessin-Eboli-Augenklappe aufmerksam.
Da kamen noch zwei oder drei Nullen hinzu.
Ich schaute Rodrigo vorwurfsvoll an; ich konnte nicht anders. Fast ohne die Lippen zu bewegen, murmelte er ein stures »Du wirst schon sehen«.
Als das Schiff eine Stunde später nach Süden eilte, lagen wir Gefangenen bereits in Beineisen.

Zehntes Kapitel
In welchem ich in Algier versklavt werde und Cide Hamete Benengeli auf seiner Totenmatte begegne

Obwohl ich es zuerst nicht bemerkte, begann der Prozeß des Weichwerdens in dem Augenblick, als wir Algier erreichten.

Als wir, nackt bis auf unsere Beineisen, an Land klirrten, verhöhnten uns zu Tausenden verschleierte, schwarzverhüllte Frauen, schmähten uns, schüttelten die Fäuste, brüllten Verwünschungen, schimpften auf die Niedertracht von uns unbeschnittenen, christlichen Schweinehunden. Wenn sie an den Janitscharen vorbeigekommen wären, die uns flankierten, als wir die Sukstraße hinauf zu den Verliesen schlurften, hätten sie uns gewiß in Stücke gerissen. Kleine Straßenbengel schossen hinter den Janitscharen hervor, um Steine auf uns zu schleudern, uns mit Scheiße aus offenen Kloaken zu bewerfen, mit spitzen Stöcken auf unsere angeketteten Beine einzustechen. Kam ein vom Glück verlassener Gefangener ins Stolpern, stürzten sich die Janitscharen sofort mit ihren Knüppeln auf ihn, und die Frauen und Kinder kreischten Beifall.

Aus schattigen Gassen blickte manchmal ein mitleidiges Gesicht – das lippenlose, nasenlose oder ohrenlose Schreckensbild eines Gesichts. Leprakranke, sagte ich mir, denn ich wollte nicht glauben, daß es Christensklaven waren, die wegen einer vermutlich unwissentlichen Gesetzesübertretung entstellt worden waren, von der wir neuen Sklaven noch keine Ahnung hatten.

Je höher wir uns hügelan schleppten, desto flauer wurde uns in Körper und Geist. Hätte es da nicht einen Mann gegeben, wir wären alle zusammengebrochen – unter dem Gewicht der Ketten, dem unversöhnlichen Haß der Frauen, dem Steinehagel der Kinder, den lippenlosen-nasenlosen-ohrenlosen Verweisen auf unsere Zukunft. Doch dieser eine Mann war überall, er munterte uns mit klirrenden

Ketten zu größeren Anstrengungen auf und rief, was man unter diesen Umständen für Spott genauso wie für eine Anfeuerung hätte halten können – Dinge wie: »Bleibt aufrecht, ihr Helden von Kastilien und León! Ihr Papageien Don Juans!« Keiner der Janitscharen erhob seinen Knüppel gegen diesen Mann, denn er erleichterte ihnen ihre Aufgabe durch seine donquichottischen Bemühungen (wenn ich dieses Wort gebrauchen darf, bevor ich überhaupt die Figur erfunden habe). Es war, Sie werden es erraten haben, mein Bruder Rodrigo.

Wir wurden bald getrennt und Rodrigo in das königliche *bagnio* oder Gefängnis zu denjenigen Sklaven abgeführt, die wegen der Aussicht auf ein hohes Lösegeld von den Schätzern des Dey eingefordert wurden. Wie es Hinkebein dem Griechen gelang, mich trotz meines noch eindrucksvolleren Empfehlungsschreibens zu behalten, erfuhr ich nie. Vielleicht überzeugte er die Schätzer des Dey davon, daß das, was einmal meine linke Hand gewesen war, meinen ansonsten beträchtlichen Wert zunichte machte; vielleicht bestach er sie.

Eine Zelle. Sechs Quadratfuß tief unter der kalten Erde des alten Al-Dschaïr. Gefangene, die mit vierzig oder fünfzig Pfund ungeliebter Ketten beschwert waren und im Feuchten, im Dreck, bald in ihrem eigenen Schmutz lagen. Ratten, Läuse, Spinnen, ungekannte Dinge, die ungesehen und unsichtbar in absoluter Dunkelheit herumkrochen.

Warum, fragte ich mich, warum Einzelhaft? Was habe ich verbrochen, außer als Christ geboren zu sein (und das war noch zweifelhaft)?

Warum, fragte ich mich, warum warum warum?

Warum wurde ich geboren?

Warum kann ich nicht wie Rodrigo sein, der nie nach dem Warum fragt?

Warum quäle ich mich mit diesem endlosen Warum?

Warum! Als wer wurde ich geboren – interessiert das irgend jemanden? Wozu, wo, wann, wie wurde ich geboren – bringt einen dies um den Schlaf? Aber *warum*! Diese Frage ist selbstmörderisch.

Ich stellte sie, und keiner hörte mich.

Die Zeit verging. Ich griff nicht länger gierig nach der täglichen Schüssel ranziger Krümel, die durch das Tor geschoben wurde, sondern überließ sie den Ratten. Noch mehr Zeit verging, bis endlich der Wärter mit einer Fackel in der Hand in meine Zelle trat und sagte:

»Dein Glückstag, Sklave. Du kannst raus.«

Ein gefliester Raum, in dem mich schweigende Gehilfen mit Eimern voll Wasser übergossen. Ein zweiter Raum; dort gab mir ein Gehilfe ein Paar Schuhe mit geflochtener Sohle, Unterwäsche (mit leichten Blutflecken), einen schwarzweißgestreiften Häftlingsburnus und eine blaue Kopfbedeckung, die fast wie eine Schlafmütze aussah – alles in verschiedenen Größen, bloß nicht meiner. Dann eine Treppe, die sich zu einer Wachstube emporwand, welche mit zwei Janitscharen besetzt war. Einer legte mir Beineisen an. Nach der Einzelhaft bedeutete ihr Klirren Freiheit. Der andere Janitschar stimmte an: »Cervantes Saavedra, Miguel de, Christ, Eigentum von Kapitän Dalí Mamí – möge Allah seine Tapferkeit belohnen –, Bewegungsfreiheit in der Stadt bis zur Ausgangssperre«, und warf mir ein Papier zu. Ich ging klirrend hinaus.

Wenn ein Mann endlos in keine Zukunft gestarrt hat, wie genießt er dann die einfachsten Dinge (und läßt sich von ihnen blenden)! Das warme Licht der Herbstsonne. Weißgetünchte Mauern. Eine Tür, die sich auf einen Patio voller Blumen öffnet. Verkäufer, die Fruchtsäfte feilbieten. Das (trotz der Turbane und Burnusse) eindeutig *normale* Aussehen der Leute auf den arkadenüberdachten Straßen. Eine Stadt wie jede andere, sagte ich mir, aber zehn-, zwanzigmal so groß wie das unfertige, emporgekommene Madrid. Es herrschte sogar Festtagsstimmung, denn einheimische Mauren mit Kapuzen und türkische Herren mit Turbanen strömten lärmend zum Hafen.

Rasierten sich Hadschis, die gerade von Mekka zurückkamen, die Köpfe, und stachen sich Zeloten die Augen aus, nachdem sie den *hadschar-al-aswad*, den schwarzen Stein der Kaaba, erblickt hatten? Nun, das Christentum hat dafür seine tonsurierten Mönche und seine Flagellanten, die ihre bloßen Oberkörper geißeln, damit ihre Liebchen in Ohnmacht fallen. Die Bräuche sind verschieden,

sagte ich mir, in fernen Ländern gibt es zahllose Wunderlichkeiten. Herodot schrieb davon; ebenso Sir John Mandeville, der auch von kopflosen Menschen hier in Afrika (oder war es im Orient?) berichtete, die ihre Augen auf den Schultern tragen. Reisen bildet.
Hob da ein Janitschar, der zufällig von einem Greis in einem schwarzweißen Burnus wie meinem angerempelt wurde, seinen Knüppel in die Höhe, ohne auch nur innezuhalten, und schlug den unglücklichen Sklaven, so daß diesem das Blut aus den Ohren schoß, während der Janitschar Hand in Hand mit seinem Freund weiterspazierte? Brutale Polizisten, sagte ich mir, gibt es überall. Es wäre provinzlerisch, es irgendwie auf die Gleichgeschlechtlichkeit des Paares zu schieben. Was in unserer Welt abscheulich sein mag, ist in ihrer normal. Man denke nur, was Sir John Mandevilles Kopflose, die die Augen auf den Schultern trugen, von Köpfen halten würden.
Und war der Sklavenmarkt an dieser Straßenecke unmenschlich, auf dem Bauern, die Helfer fürs Feld einkauften, nackte Männer und Frauen, die kein Lösegeld wert waren, zwickten und knufften, sie mit Stöcken schlugen, um die Reflexe zu überprüfen, sie mit Spucke und Eselpisse abrieben, damit ihre Narben unter dem Dreck zum Vorschein kamen? Aber auch Lissabon, sagte ich mir, betrieb einen riesigen Sklavenhandel.
Und was war mit diesem Mann in Beineisen, der vor dem winzigen Laden einem Kunden die Haare schnitt und sich dabei die Seele aus dem Leib redete – war dieser Christensklave kein Bader und Wundarzt wie mein Vater und wie beinahe ich selbst? Bei diesem Anblick tat mein Herz einen Freudensprung. So kräftigend ist der trügerische Lohn von nur ein paar Stunden Freiheit, daß ich mich selbst sehen konnte, wie ich meinen Platz im Leben dieser Stadt einnahm, wie ich meinem Gewerbe nachging, bis man mich freikaufte. (Dabei dachte ich bequemlichkeitshalber nicht daran, daß meine auf ewig mittellose Familie kein Lösegeld, und sei es auch noch so gering, würde aufbringen können.)
Die festliche Menge trug mich bis zu einem großen Platz, der sich an einer Seite zum Hafen öffnete; dort fand ich mich neben einem Graukopf wieder, der ebenfalls Eisen und schwarzweiße Streifen trug.

»Was ist denn hier los?« fragte ich.
Auf der Hafenseite des Platzes stand ein Gerüst, und darauf lag ein verkrüppelter Sklave flach ausgestreckt da, wobei die noch vorhandene Hand und die beiden Füße an Pfosten gefesselt waren. Über ihm standen ein Maure in einem blutroten Burnus und eine schwarzverhüllte Frau mit einem langen Messer in der Hand.
»Das sind Mahmuds Bruder und Schwester«, sagte der Graukopf. »Bist du ein Einfaltspinsel, daß du das nicht weißt?« Aber dann nahm er mein ungepflegtes Kopf- und Barthaar und meine Blässe wahr. »Aus welchem Verlies kommst du denn gerade?«
»Aus dem von Hinkebein dem Gr-, ich meine, von Dalí Mamí.«
»Diese beiden«, erklärte der Graukopf, »hatten einen Bruder namens Mahmud, der vor Jahren gefangengenommen und zum Galeerensklaven auf dem – ich glaube genuesischen – Kriegsschiff *Marquesa* wurde. Der Galeerensklave Mahmud brach über seinem Ruder zusammen und wurde von einem Bootsmann zu Tode geprügelt. Mahmuds Geschwister sparten, um einen Christensklaven zu kaufen, an dem sie Vergeltung üben konnten – ein einarmiger Unglücksvogel, der kein Lösegeld bringt und selbst für die Galeeren nicht taugt, so daß er billig war. Das ist der, den du dort angepflockt siehst.«
Ich sah auch, wie der Graukopf einen Blick auf das, was einmal meine linke Hand gewesen war, warf, bevor er seine Aufmerksamkeit wieder dem Gerüst zuwandte.
Als der Bruder einen Wetzstein aus den Falten seines Burnus zog, brach die Menge in ein Gebrüll aus, und von diesem Augenblick an wurde bis zum Ende des Vergeltungsakts jedes andere Geräusch davon übertönt.
Die Schwester schärfte das Messer mit sanften Streichen, fast wie Liebkosungen, und reichte es ihrem Bruder. Der Bruder schlug mit einem geschickten Hieb dem Sklaven das rechte Ohr ab. Er warf es in die Menge und gab seiner Schwester das Messer zurück. Mit einem genauso geschickten Hieb schlug sie dem Sklaven das linke Ohr ab. Sie warf es in die Menge. Der Sklave zuckte krampfartig, aber die Seile, die ihn an seinen drei Gliedmaßen ausgestreckt hielten, waren stark. Der Stumpf seines linken Armes zappelte wie ein gefangener Fisch auf dem Gerüst herum.

Der Bruder schnitt dem Sklaven die Nase ab; er warf sie in die Menge.
Mit einem Stock riß er dem Sklaven den Mund auseinander, und die Schwester schnitt ihm die Zunge heraus; sie warf sie in die Menge.
Der Bruder beugte sich über den Sklaven und spießte mit der Messerspitze das linke Auge des Sklaven auf; er warf es in die Menge.
Die Schwester beugte sich über den Sklaven und spießte mit der Messerspitze das rechte Auge des Sklaven auf; sie warf es in die Menge.
Der Bruder riß dem Sklaven die paar Kleiderfetzen vom Leib.
Die Schwester entmannte ihn.
Ungerührt sah sie sich einen Augenblick an, was sie abgeschnitten hatte; sie warf es in die Menge.
Der Bruder schlitzte dem Sklaven die Kehle auf und stieg mit seiner Schwester vom Gerüst.
Und dann?
Und wenn dann diese mörderische Vergeltung mit Johlen und Klatschen und Stampfen und Pfeifen gefeiert worden wäre, so hätte man sie in all ihrem Schrecken beinahe hinnehmen können – Tod für Tod, und obgleich scheußlich genug, war es dies gewiß weniger als das rituelle Gemetzel bei jenen von der Kirche und der Krone unterstützten Autodafés, wie sie in Portugal noch gang und gäbe und in Spanien kaum wirklich abgeschafft waren. Aber es gab kein Johlen. Wie der Zufall es wollte, riefen statt dessen von den hundert Minaretten Algiers die Muezzins zum Gebet, woraufhin die ganze Menge außer uns Christensklaven und den paar Juden sich zu Boden warf, so daß es aussah, als sei der greuliche Tod nicht aus Vergeltung, sondern aus Verehrung vollzogen worden, wie von einem Aztekenpriester, der auf einer Pyramide das noch schlagende Herz eines …
Aber lassen Sie mich hier ein paar Worte zu meiner Verteidigung sagen.
Die Kritiker haben mich gewisser Vorurteile angeklagt, darunter dem, ich hätte eine Abneigung gegen Türken und Mauren und ihre

Religion. Wollen Sie mir vorwerfen, daß ich für das Volk nichts übrig habe, das mich fünf Jahre als Sklaven hielt und mich immer wieder einsperrte?
Beachten Sie, daß ich ihren schwarzen Stein nicht geschmälert habe. Habe ich etwa darauf hingewiesen, daß Maximus Tyrius noch um 200 n. Chr. behauptete, es seien götzendienerische Araber, die den Stein anbeteten? Das wäre auch nicht rechtschaffen; wir verehren ebenfalls fragwürdige Gegenstände. Oder gibt es in der ganzen Christenheit eine Stadt, die sich nicht ihres Splitters von dem einen wahren Kreuze rühmt?
Ich bin, was das betrifft, auch des Antisemitismus angeklagt worden. »Verweichlichte Leute, niederträchtig und wertlos« – sagte eine der Figuren in meinem (unaufgeführten) Stück *Die Gefängnisse von Algier*. Aber das war eine Figur, die ich nicht besonders mochte und die, glaube ich, auch das Publikum nicht mögen würde.
Die Anschuldigung des Antiklerikalismus machte mir mehr zu schaffen. Was, fragten einige, ist der *Don Quijote* anderes als ein kaum verschleierter Angriff auf die heilige Mutter Kirche? Heilige Muttergottes, warum sollte ich so etwas tun? Gehöre ich zu dem Menschenschlag, der Rachegefühle hegt, nur weil ihn eine blinde Bürokratie exkommunizierte? Und das mehr als einmal?
Was die Anschuldigung, ich hätte mich über das spanische Imperium in den Tagen seines Ruhmes lustig gemacht, betrifft (wiederum im *Don Quijote*), so betrachte ich das, was einmal meine linke Hand gewesen ist, und frage mich, welchen Beweis für Vaterlandsliebe ich noch erbringen muß.
Nein, wenn die Moslems sagen, daß Adam die Kaaba zum Dank dafür errichtete, daß Allah ihm zweihundert Jahre nach der Vertreibung aus dem Garten Eden verzieh, und daß Abraham sie nach der Sintflut wiederaufbaute, wer bin dann ich, darüber zu streiten? Sie wissen weit mehr davon als ich.
Trotzdem war es ein Unglück, daß der Ruf zum Gebet unmittelbar auf die Vergeltung durch Abschneiden der Gliedmaßen folgte.
Daß ich lange vor der Ausgangssperre in den Palast Hinkebeins des Griechen zurückkehrte, überraschte die Janitscharen in der Wach-

stube nicht. Sie sagten bloß: »Kapitän Dalí Mamí erwartet dich, Sklave.«

Mehrere männliche Sklaven im Knabenalter waren um ihn, während er sich auf einer diamantbesetzten Alabasterbank zur Ruhe gelegt hatte. Einer polierte ihm die Zehennägel, ein anderer knetete das teigige Fleisch seiner bloßen Schenkel, ein dritter sagte eines der Märchen von Sindbad dem Seefahrer auf, ein vierter hielt ihm einen Teller mit Süßigkeiten hin. Hinkebein der Grieche machte den Mund auf, damit der Knabe ihn füttern konnte. Er schleckte dem Knaben die Finger ab. Dann sagte er: »Komm herein, komm herein, Miguel de Cervantes Saavedra. Es ist immer ein Vergnügen, mit einem reichen und gebildeten Mann zu plaudern, auch wenn er ein christlicher Schweinehund ist.«

Man winkte mich zu einer mit rot gefärbtem Kamelfell verkleideten Bank. Hinkebein der Grieche klatschte in die Hände, und es traten vier weitere Knaben ein, die einen niedrigen goldenen Tisch trugen. Ich versuchte, nicht darauf zu starren. Aber mein leerer Magen knurrte, als das Aroma des Lammbratens den Raum füllte. Ein Haufen Kuskus (eine verfeinerte Version von *migas*) dampfte in einer goldenen Schüssel. Auf anderen goldenen Platten lagen geschmorte Täubchen, ein Pilaw mit vielen getrockneten Früchten, gefüllter und gebratener Aal, in die Nase stechende, süßsaure Saucen, vor Honig triefendes Gebäck.

»Iß! Iß!« drängte Hinkebein der Grieche und tauchte seine Rechte in den Teller mit dem Lammbraten.

Zu meinem Glück ist in der islamischen Welt die Rechte die Eßhand; Menschen werden allein dadurch, daß man sie abhackt, zu Ausgestoßenen.

Ich aß. Wie ein Schwein, fürchte ich. Sogar wie ein Schweinehund.

Als die goldenen Teller abgetragen waren, servierte ein Knabe Dattelsorbett in goldenen Kelchen. Dann klatschte Hinkebein der Grieche in seine fettigen Hände, es wurden feuchte, heiße Handtücher gebracht, und alle Sklaven außer mir gingen hinaus.

»Reich und gebildet, ja«, sagte Hinkebein der Grieche und rülpste eindrucksvoll. »Gar nicht zu reden davon, daß du ein Vertrauter des Bastards Don Juan d'Austria bist (möge Allah ihm die Plagen des

Hiob senden, und dann die Franzosenkrankheit). Sagen wir, wenn wir der Einfachheit halber alle diese Nullen fallenlassen und von Golddukaten sprechen: zweitausend?«
Mein eigenes Rülpsen, das durch meine Bestürzung verstärkt wurde, war noch eindrucksvoller. »Zweitausend Golddukaten?«
»Du darfst mich Meister nennen«, erinnerte er mich.
»Zweitausend Golddukaten wofür?« fragte ich. »Meister.« Das Wort steckte mir wie eine Fischgräte im Halse.
»Für einen reichen und gebildeten Herrn, einen Vertrauten des Bastards von Österreich (möge Allah seinen Penis einschrumpfen und alle seine Frauen unfruchtbar werden lassen) und Sohn eines berühmten Arztes scheinen zweitausend Dukaten ein keineswegs übertriebenes Lösegeld.«
Hinkebein der Grieche breitete einen Bogen Papier auf dem niedrigen Tisch aus. »Unterschreibe das und erkläre damit dein Einverständnis mit den großzügigen Bedingungen, und du darfst dich frei in der Stadt bewegen – unglücklicherweise in Beineisen, aber ich stelle hier nicht die Regeln auf –, bis das Lösegeld bezahlt ist.«
»Das einzige Mal, daß ich Don Juan d'Austria begegnet bin«, erwiderte ich, »lag ich niedergestreckt in einem Lazarettbett. Mein Vater ist kein Arzt, sondern ein einfacher Bader und Wundarzt, der sein Leben lang immer in Schulden gesteckt hat.«
»Also, wenn zweitausend Golddukaten ein bißchen zuviel sind, welchen Wert *mißt* du deiner Freiheit bei?«
Ich fragte mich plötzlich, ob in diesem Augenblick mein Bruder Rodrigo von *seinem* Meister, dem Dey, zum Militärberater König Philipps II. des Todliebenden befördert wurde. Versuchte auch er gerade zu feilschen?
»Fünfzig Dukaten«, schlug ich vor und hoffte, daß die Familie für jeden von uns etwa soviel würde aufbringen können.
Ausdruckslos sagte Hinkebein der Grieche: »Stelle meine Geduld nicht auf die Probe. Du wärest überrascht, wieviel die Leute für einen verkrüppelten Christensklaven zahlen, an dem sie Vergeltung üben können. Außerdem ist allgemein bekannt, daß du Kammerdiener seiner Unheiligkeit Fra Michele dell'Inquisizione warst, der auch als Pius V. namhaft ist (möge sein angeblich unbenutztes Geschlechtsorgan ihm in die Hölle vorausgehen).«

Ich entgegnete, daß ich kurze Zeit der zweite Hilfskammerdiener eines untergeordneten Kardinals-in-spe gewesen war, der inzwischen verstorben sei.
Aber mit seinem Gerede hatte er mich zu einem Mann des Papstes gemacht, und ein Mann des Papstes hatte ich zu bleiben. »Jesus Christus!« rief er, »ich meine, bei Allah! Ein Mann mit so viel weltlicher *und* kirchlicher Erfahrung sollte doch in der Lage sein, zu einer einfachen Geschäftsvereinbarung mit dem Meister zu gelangen, dessen einziger Wunsch es ist, ihn freizulassen! Sagen wir, eintausendfünfhundert Golddukaten?«
Als ich die Achseln zuckte und fünfundsiebzig vorschlug, rief er nach den Janitscharen.
So begann meine zweite Einzelhaft, bei der ich von noch schwereren Ketten niedergedrückt wurde. Aber wie beim erstenmal kam wieder ein Tag, an dem ich klirrend und in einem schwarzweißen Burnus ins Freie ging. Und wie beim erstenmal trug mich eine festliche Menge zu dem Platz am Hafen, wo ein Ding, das wie ein übertrieben hoher Galgen aussah, aufgestellt worden war. Daran war unmittelbar über einem riesigen, glänzenden Haken ein Mann in einem Geschirr aufgehängt.
»Was ist denn hier los?« fragte ich denselben Graubart.
»Dieser Sklave schreckte so sehr vor dem Lösegeld zurück, das der albanische Renegat und Rais Arnaute Mamí verlangte, daß er seinen Meister im Verlauf ihrer Verhandlungen dummerweise schlug. Zur Strafe wird er an den Haken gespießt.«
Während der Graukopf sprach, schlug ein Mann in Grün das Seil, das das Geschirr hielt, mit einer Axt durch. Da fiel der Sklave herunter und war mit einer Achselhöhle an den Haken gespießt. Er hing da und schrie.
»Pech gehabt«, sagte der Graubart, aber ich konnte ihn wegen des Gebrülls der Menge kaum hören. »Hätte es ihn an der Kehle oder am Unterleib erwischt, wäre er innerhalb einer Stunde gestorben. So baumelt der arme Mann wahrscheinlich noch tagelang im Todeskampf.«
Ich kehrte schnell zum Palast Dalí Mamís alias Hinkebeins des Griechen zurück.

»Also, Don Miguel«, fragte er, nachdem er sich vollgestopft hatte, während ich nur in dem Essen herumstocherte, »hast du dir mein Angebot überlegt?«

»Wie könnte ich? Meine Familie ist arm.«

»Dein Vater ist der Arzt König Philipps des Todliebenden, und deine Schwester ist Direktorin einer Schule in einem großen Steingebäude am Sonnentor – das nennst du arm?«

»Einer Schule? Was für einer Schule?«

»Für eines der ältesten und lohnendsten aller Gewerbe«, sagte Hinkebein der Grieche und rülpste.

Was einmal meine linke Hand gewesen war, zuckte zweimal.

»So ein Vater und so eine Schwester, Don Miguel, hätten kaum Schwierigkeiten, sagen wir, eintausenddreihundert Golddukaten aufzubringen.«

»... ab-b-b ...«

»Ohne ausgelöst zu werden, bist du mit dem, was einmal deine linke Hand gewesen ist, für niemanden von Nutzen außer –«

»Ich b-bin Wundarzt.«

»Ein Wundarzt mit einer gebrauchsunfähigen Hand? Also bitte.«

Er stand von seinem Diwan auf, hinkte auf mich zu und legte seinen Arm schwer um meine Schulter. »Zwinge mich nicht, dich zu verkaufen, Miguel. Es würde mir weh tun. Um die Wahrheit zu sagen, na ja, ich mag dich sehr gern.«

Ich fühlte mich unbehaglich und versuchte, mich von ihm zu lösen, aber er zog mich näher zu sich.

»Ein Mann hat einmal genug von gerade erwachenden Knaben«, flüsterte er heiser. »Laß mich ... anständig für dich sorgen. Ich gebe dir schöne Ketten aus Silber und Gold.«

Was einmal meine linke Hand gewesen war, zuckte dreimal. Er nahm es in seine eigene Hand. »Das ist überhaupt nicht abstoßend, weißt du. Eigentlich wirkst du damit auf anziehende Weise hilflos.«

Ich war wirklich hilflos. Sofort entwickelte ich Mitgefühl für jede Frau, die je einem lüsternen Mann ausgeliefert war.

»Wie eine verletzte Taube. Laß mich ... für dich sorgen, bis du für, sagen wir, eintausend Dukaten ausgelöst wirst?«

Irgendwo schlug ein unsichtbarer Lautenspieler eine Liebesweise

an, und die Luft füllte sich mit dem Duft von Sandelholz und Myrrhe.
Das Gesicht meines Meisters, das jetzt gerötet und schweißglänzend war, schwebte nahe vor dem meinen. Seine Lippen, fettig von dem gebratenen Zicklein, das er verschlungen hatte, kamen auf die meinen zu.
Ich riß mich los und wich zurück. »Fünfhundert Dukaten«, hörte ich mich sagen.
»Gemacht!« rief er mit entzücktem Getue.
»Und niemand... außer mir selbst sorgt für mich.«
Er mißverstand mich. »Onanie im Kerker, das kann ich verstehen. Aber hier in meinem Palast, wo ich dich mit nie erträumten Freuden überhäufen kann – haßt du mich so sehr?«
Der Lautenspieler zupfte eine äußerst verführerische Melodie. Weihrauch und Jasmin vermischten sich mit Sandelholz und Myrrhe – ein vierfacher Angriff auf mein Geruchsempfinden, den ich widerlich süß fand.
Hinkebein der Grieche grapschte linkisch nach meinem Geschlecht.
Aufgrund reiner Willensanstrengung hörte ich nicht die Laute, sondern die Worte des Graukopfs: »Dieser Sklave schlug dummerweise seinen Meister im Verlauf ihrer Verhandlungen.« Und ich sah nicht meinen Möchtegern-Schänder, sondern den Sklaven, wie er auf den Haken herunterfiel.
Und ich sagte mir: Gib nach, haben Frauen nicht immer im Nachgeben Kraft gefunden, die Kraft zu überleben? Die Alternative ist die äußerste Übeltat, von der keiner wiederkehrt.
Während ich bewegungslos dastand und mich damit abgefunden hatte, ihm seinen Willen zu lassen, regte sich das, was einmal meine linke Hand gewesen war, zu falschem Leben.
Es hob sich und riß den Arm mit sich.
Dann schlug es Hinkebein den Griechen ins Gesicht und schleuderte ihn der Länge nach auf den Diwan; aus dieser Stellung rief er nach seinen Janitscharen.
Von Ketten (aus Eisen, nicht aus Silber und Gold) niedergedrückt, schmachtete ich wieder im Verlies. Aber wie zuvor kam der Augen-

blick, an dem ich mich in meinem schwarzweißen Burnus wieder auf der Sukstraße befand und der festlichen Menge zu dem Platz am Hafen folgte, wo auf einer hölzernen Plattform ein nackter Jüngling auf einem kleinen Sockel saß.
»Was ist denn hier los?« fragte ich denselben Graubart. »Warum sitzt er auf dem Sockel?«
Der Graukopf schenkte mir die Art Blick, die den geistig Minderbemittelten vorbehalten ist. »Sockel?«
Ich schaute wieder hin. Der Sockel wurde kürzer.
Ich fühlte, wie mir das Blut aus dem Gesicht wich.
»Dieser Sklave«, erklärte der Graukopf schreiend, um sich bei dem Gebrüll der Menge verständlich zu machen, »widersetzte sich seinem Meister, schlug ihn und versuchte zu fliehen. Die Strafe für dieses Verbrechen heißt Pfählung. Dein Sockel ist ein Pfosten, auf den der Kerl schon seit dem Morgengrauen gepfählt ist.«
Das Opfer schien inzwischen auf der Plattform selbst zu sitzen.
Ich wandte mich ab; etwas würgte trocken in meiner Kehle.
Der Graukopf faßte mich am Arm und überraschte mich mit den Worten: »Fasse Mut, schinde Zeit. Juan Rufo ist ausgelöst worden und segelt im Monat Ramadan nach Spanien.« Dann entschwand er in der Menge.
Etwas leichteren Herzens kehrte ich in den Palast Hinkebeins des Griechen zurück; denn ich wußte, daß die Welt mich nicht aus den Augen verloren hatte.
Wir saßen schweigend da, während unser Festmahl aufgetragen wurde; der glaubensabtrünnige Rais sah mich düster an. Zum erstenmal standen große Janitscharen zu jeder Seite des goldenen Tisches, während ich meinem Meister beim Essen zusah.
»Unterschreibe hier«, sagte Hinkebein der Grieche, ohne zu rülpsen.
Ich blickte auf den Lösegeldvertrag. Vor dem Wort *Golddukaten* war die Zahl *500* eingetragen worden.
»Wie du siehst, Miguelito, akzeptiere ich deinen Preis.« Trotz der Koseform meines Namens sagte er dies mürrisch.
Fünfhundert? Statt der fünfhundert hätten ebensogut alle Golddukaten, die je geprägt worden waren, dastehen können. Aber da ich

selbst diesen Preis genannt hatte, konnte ich da anders als unterschreiben?
Dieses Mal bemerkte ich das Zeichen Hinkebeins des Griechen, eine kleine Bewegung mit dem beringten Finger seiner rechten Hand, woraufhin die Luft sich mit verführerischer Lautenmusik und grellen Düften erfüllte.
»Inzwischen müssen wir noch Monate warten, Miguelito. Vielleicht Jahre, wer kann das sagen? Manche Männer genießen es, wenn ... ihre Lustknaben ein wenig abweisend sind. Zu denen gehöre ich nicht. Bei mir heißt es Hingabe – oder Vergewaltigung. Also? Was soll es sein?«
Ich schob mich von dem niedrigen Tisch weg und stand verlegen da. Was einmal meine linke Hand gewesen war, zuckte, kribbelte, war (so nahm ich an) bereit zu tun, was es, und nicht ich, für angebracht hielt. Aber die beiden Janitscharen packten mich an den Armen. Im Schatten an der Tür glaubte ich einen schlanken, dunklen Mann mit einer Prinzessin-Eboli-Augenklappe zu sehen.
»Auf den Diwan mit ihm!« rief Hinkebein der Grieche, und sie schleppten mich im Laufschritt dorthin, so daß meine Füße über den Boden schleiften.
Ich landete mit dem Gesicht nach unten auf einer muffigen Decke aus Goldbrokat, dazu gab es einen hellen Trompetenstoß – wahrhaftig, das hatte etwas Billiges, mußte ich trotz meines Elends denken. Die Türen flogen auf, die Trompete schmetterte noch drei oder vier gebieterische Töne, und eine Schar Janitscharen im königlich osmanischen Grün des Ramadan Pascha Dey stürmte in den Raum. Ihr Anführer las in abgehackten Worten eine Rolle vor:
»›Kapitäne des Dey, möge Allah eure Segel heftig blähen, seid gegrüßt! Wir tun kund und zu wissen, daß des Deys geschätzter Eunuch und Astrologe schwer erkrankt ist und, wenn Allah kein Wunder geschehen läßt, noch vor Einbruch der Nacht dem Tode erliegen wird. Alle Rais sind dringend aufgefordert, unverzüglich ärztliche Hilfe aufzubieten.‹«
»Aber mein Arzt ist mit einer Tänzerin nach Rabat durchgebrannt«, wandte Hinkebein der Grieche ein.
»Nichtbefolgung zieht die übliche Pfählung nach sich, wie sie für

Abtrünnige vorgeschrieben ist«, sagte der Offizier des Dey gleichgültig.
»Aber Jesus Chr-, ich meine, bei Allah! Ich bin kein Abtrünniger.«
»Du bist ein Renegat, was für mich dasselbe ist. Entweder du schickst einen Heiler, oder du läßt es. Aber stiehl mir nicht länger meine Zeit, Dalí Mamí.« Kein Titel, nur der Renegatenname des Griechen, verächtlich ausgespuckt wie zwei obszöne Worte.
Die Augen Hinkebeins des Griechen fielen, vielleicht aus Verzweiflung, auf mich. »Es stimmt zwar, daß mein Arzt in Rabat Urlaub macht«, sagte er sanft zu dem Offizier, »doch kann ich immer noch meinen Wundarzt Don Miguel de Cervantes Saavedra schicken, der sich in der Christenwelt großer Berühmtheit erfreut und ehemals der erste Wundarzt für die Duellanten auf der Lügnerpromenade in Madrid war.«
Und auf diese Weise kam es, daß königliche Janitscharen mich in den Palast des Ramadan Pascha Dey brachten.

Zwei Eunuchen führten mich durch Flure und Höfe aus Terrakotta, Porphyr und Lapislazuli bis zum Harem mit seinen jungfräulichen Wänden aus weißem Marmor, seinen über und über mit Teppichen ausgelegten Böden, seinen Sälen voller Frauen – alle jung, alle hübsch, alle fett, alle leicht bekleidet –, wobei auf die übliche Trennung zwischen bloßen Eunuchen und einem nur halb menschlichen Christensklaven in Beineisen verzichtet worden war.
Schließlich erreichten wir den letzten Innenhof, wo auf den Rücken von vier roten Elefanten aus Stein ein Springbrunnen plätscherte; sein Strahl leuchtete golden im Sonnenlicht, das durch ein Netz aus feinen Goldfäden floß, welches als Käfig für Tauben, Schwalben und Kolibris über den Hof gespannt war. Die Horde kummergesichtiger Bader und Wundärzte, die sich im Hof drängte, brachte nicht das geringste Interesse für all dies auf.
Jenseits des Springbrunnens ging ein Vorhang auf, und ein graubärtiger Bader, wie die übrigen von uns in einem schwarzweißgestreiften Burnus und Beineisen, tauchte mit einem Gefäß mit Urin aus einem dunklen Alkoven auf. Er schüttete die paar Tropfen, die darin waren, in den Brunnen, murmelte »Hoffnungslos!« und nahm seinen Platz unter den verzweifelnden anderen Ärzten ein.

»Ihr seid alle Christensklaven«, sagte ich überrascht. »Gibt es denn keine maurischen Bader und Wundärzte?«
Sich die Kleidung zerreißend und das Haar raufend, erklärte ein Wundarzt: »Für einen Moslem ist es schlimm, Moslemblut zu vergießen. Daher kümmern wir Christensklaven uns um ihre Gesundheit.«
»Aber warum seid ihr alle so niedergeschlagen? Wird dieser Astrologe so geliebt?«
»Ge*lieb*t?« sagte ein Bader. »Was hat Liebe damit zu tun? Wenn er stirbt – und das geschieht noch vor Einbruch der Nacht –, wird ein Halbdutzend von uns ausgelost und gepfählt.«
»Was«, machte der Wundarzt aufmerksam, »vielleicht auch erklärt, warum hier keine Mauren als Ärzte praktizieren.« Dann sagte er: »Doch wer bist du denn, daß du dies alles nicht weißt?«
Ein weiterer Wundarzt machte sich auf den schweren Weg zu dem vorhangverhängten Alkoven. Man warnte ihn von allen Seiten. »Keine weiteren Egel! Nicht einmal der fetteste Mann von Algier hat unerschöpfliche Blutreserven.«
»Aber das sind Albino-Egel, die man nur in einer unterirdischen Quelle des Weißen Nils findet.« Und der Wundarzt ging hinein, während ich ein paar zweideutige Worte über meine Zeit als Hilfsmediziner in Messina von mir gab.
Einer nach dem anderen gingen meine neuen Kollegen in den vorhangverhängten Alkoven und kamen mit dem einen Wort »Hoffnungslos!« wieder heraus; dann nahmen sie ihre Plätze bei der Totenwache wieder ein.
»Was fehlt ihm?« fragte ich.
»Er ist des Lebens unendlich überdrüssig«, sagte ein Bader.
»Und unendlich neugierig auf den Tod«, sagte ein Wundarzt.
Ich wartete, daß sich der nächste Bader oder Wundarzt zum Alkoven bemühte, aber keiner bewegte sich. Bald merkte ich, daß alle Augen auf mich gerichtet waren. Ich sprach ein stummes Gebet zu den heiligen Cosmas und Damian, den Schutzheiligen der Wundärzte, und stand auf.
Sofort stürzten sich Zweifler von allen Seiten auf mich.
»Wo ist dein Uringefäß?«

»Wo sind deine Messingschüssel und deine Skalpelle?«
»Deine Zange, deine Hohlnadel und deine Kanüle, dein Dilator?«
»Dein Gefäß mit Blutegeln?«
»Betrüger!« riefen sie alle, was ich natürlich war, und beinahe mehr, um von ihren Beschuldigungen wegzukommen, als aus irgendeinem anderen Grund, eilte ich zu dem schweren Vorhang, schlug ihn beiseite und trat in das Halbdunkel des Krankenalkovens ein.
Beim schwachen Licht einer rauchenden Öllampe sah ich einen Sterbenden auf einer Matte ausgestreckt liegen. Es war ein Fleischberg, der ein zeltgroßes Seidengewand ausfüllte. Als ich mich über ihn beugte, roch ich den beißenden Katzengestank des ungewaschenen Siechen und hörte ein flaches, unbeteiligtes Atmen. Ich fühlte nach seinem Herzschlag, aber entweder war er durch das Fett dazwischen nicht zu vernehmen, oder er hatte keinen mehr. Seine Augen standen offen, starrten jedoch blind aus dem totenbleichen Vollmondgesicht. Er war kahlköpfig wie jeder Hadschi und hatte, so bemerkte ich zu meinem Schrecken, wie meine spätgeborene Nichte Constanza ein braunes linkes und ein blaues rechtes Auge.
Er ist des Lebens unendlich überdrüssig. Und unendlich neugierig auf den Tod.
Was wußte ich sonst noch über ihn? Ich dachte verzweifelt nach und erinnerte mich daran, daß sechs von uns zur Pfählung geschleppt werden würden, wenn er starb. Was würde ihn *fesseln*? Was würde ihn dazu bringen, wie jene verwundeten Soldaten in den Krankensälen von Messina zu sagen: »Was ist dann passiert?, und: »Fahre mit der Geschichte fort!«?
Nun gut, er war Astrologe und Eunuch. Von Astrologie verstand ich so gut wie nichts. Aber so viel konnte ich über Eunuchen mutmaßen: Sie sind für immer der Freuden körperlicher Liebe beraubt, und sie haben vermutlich nie gehört, wie vor Zorn ein Schuß abgefeuert wurde. Liebe also, und Krieg. Liebe und Krieg ... *denk nach*! Du brauchst einen Helden, der nicht an unendlichem Überdruß leidet, sondern eher ein reiner Tor ist, einen, der, den Wechselfällen des Lebens ausgeliefert, weder ein kunstvoller Liebhaber noch ein mächtiger Krieger ist und dessen Neugier auf den Tod, vor allem seinen eigenen, unendlich weit von der Unendlichkeit entfernt ist.

Und ich stellte mir Cornelia Tasso vor, wie sie den Kirchhof überquerte, um mir mit der Pergamentrolle ins Gesicht zu schlagen, und das Bild wurde zu einer Erzählung, die nach klassisch griechischer Weise *medias in res* einsetzte; denn bei einem Sterbenden blieb keine Zeit, um wie die Römer mit dem Anfang anzufangen, bis zum Schluß weiterzuerzählen und dann aufzuhören.
»Sie kam über den Kirchhof auf mich zu und schlug mir mit einer Pergamentrolle, so fest sie konnte, ins Gesicht.
›Du! Spanier! Kommst mit deinem Blitz hierher, um mich zu verführen...‹
›Mein *Blitz? Aber –‹*
›Sprich mir nicht von deinem Blitz! Der schlimmste Tag meines Lebens war der, als der Himmel sich verdunkelte und dein Blitz in einem atemlosen Augenblick einschlug, in welchem die Zeit sich zum Raum weitete, riesige Entfernungen sich zu Bögen rundeten wie der vollkommene Schwung oder so, während rubingeflügelte Vögel... Vergiß es! Ich hasse dich! Ich will dich nie wieder sehen!‹ Und noch einmal schlug sie mir mit der Pergamentrolle ins Gesicht. Mein Kopf fiel nach hinten, meine Augen füllten sich mit Tränen, mir klangen die Ohren, aber ich hörte sie sagen: ›Nimm das.‹ Sie meinte es wörtlich, denn sie gab mir das Pergament.
Ich entrollte es, und meine Augen fielen auf folgende Worte: ... keiner in seiner Familie bis drei Generationen zurück ein Moslem, Jude, *converso* gewesen ..., *und ich wußte, daß es die Bescheinigung über die Reinheit meines Blutes war.*
›Was wirst du tun, nachdem du endlich rein bist?‹ erkundigte sich mein Vetter Gaspar.«
Hier machte ich eine Pause und blickte aufmerksam in das Mondgesicht des Sterbenden. Würde er »Fahre fort!« sagen? Oder wenigstens fragen: »Wer ist dein Vetter Gaspar?«
Aber seine Augen blickten bloß starr zu der niedrigen Decke hoch, als ob ich nicht da wäre, und das einzige Geräusch, das er von sich gab, war sein flaches, unbeteiligtes Atmen.
Ohne große Hoffnung nahm ich meine Erzählung wieder auf.
»Aber ich hatte nur für Cornelia Augen, die den Kirchhof durchquerte und verschwand.

War Sex Macht? konnte ich nicht umhin, mich zu fragen.«
Und würde diese Frage, konnte ich nun nicht umhin, mich zu fragen, einen Eunuchen verärgern, auch wenn er ein sterbender Eunuch war? Wenn ja, könnte der Ärger ihm vielleicht nicht den Willen zu streiten, und daher auch zu leben, verleihen?
Offenbar nicht.
Ich fuhr mit noch geringerer Hoffnung fort:
»Und ich suchte, nach altehrwürdiger Tradition, die Wasser des Lethe auf.
Neues Kapitel:
Ich rollte mein Pergament auf und sagte zu dem Werber: ›Und hier ist meine Bescheinigung über die Reinheit des Blutes.‹
›Deine Bescheinigung über was?‹
›Reinheit. Reinheit des Blutes. Darin steht, daß ich ein reiner Spanier aus einer reinen spanischen Familie bin, oder eigentlich aus acht Familien...‹
Der Werber, ein Feldwebel... warf mir das Pergament zurück. ›Und wen, scheiß noch mal, schert das? In dieser Armee hier haben wir Fußsoldaten aus den beschissenen irischen Torfmooren und...‹«
Und so ging es weiter. Ich führte Rodrigo und seine Papageien vor, segelte mit Don Juan nach Lepanto usw. usw. Allmählich war ich in meine eigene Erzählung so vertieft, daß ich erst nach einer Weile bei dem Sterbenden eine starke Veränderung bemerkte, zweifellos zum Schlechteren. Denn als ich an der Stelle eine Pause zum Atemholen machte, wo ich im Fieberbrand in das Beiboot der *Marquesa* hinaufkletterte, sah ich, daß sein vorher leichenblasses Gesicht jetzt rot und verschwitzt war und seine Atmung laut und unregelmäßig pfeifend kam.
Kann ich es wagen fortzufahren? fragte ich mich. Würde man mich, wenn er starb, während ich redete, als Sündenbock für alle Bader und Wundärzte, die draußen warteten, zur Verantwortung ziehen? Kann ich es wagen aufzuhören? Wäre es nicht genauso schlimm, wenn er stürbe, während ich nur dastand und nichts tat?
Ich nahm meine Geschichte wieder auf, und zwar so laut, daß er sie trotz seines Pfeifens hören konnte – wenn er überhaupt zuhörte. Bald schrie ich.

»Und plötzlich, hier zu diesem Zeitpunkt, jetzt in diesem Raummoment, ereignet sich ein bemerkenswertes Ereignis:
Als ich auf dem Körper des toten Türken herumhacke, der bald kein Körper mehr ist, verkrümmt sich tief in mir etwas, windet sich, dreht sich wie ein Schlüssel in einem rostigen Schloß, und in der Dunkelheit hinter dem Tor zu meiner Seele kommt ein Blutrausch zum Vorschein, eine Freude, eine obszöne und erschreckende Freude am Töten, ein Blick in das niedere Selbst… muß ich entkommen, selbst als ich ein weiteres Opfer finde… und ich anfange… loszudreschen, während ich gleichzeitig das Tor zu dieser Dunkelheit zuschlage und mich ganz ohne jedes Wunder (zumindest kommt es mir so vor) aus meinem Körper erhebe und von ein paar Fuß Höhe aus mir selbst zuschaue, wie ich den Bootshaken ähnlich einer Streitaxt schwinge, wie sich die Leichen um mich stapeln, während ich höher schwebe, um von der Höhe des Ausgucks aus mein winziges, bootshakenschwingendes Ich zu sehen…«
Und der Atem des Sterbenden kam fauchend aus seinen Lungen, sein Gesicht wurde dunkel wie Korduanleder, seine Augen traten aus ihren Höhlen, während ich, ganz in meine Geschichte versunken, einem Mann, der kein Interesse mehr am Leben hatte, von einer obszönen und erschreckenden Freude am Töten erzählte.
Plötzlich füllte sich der Alkoven mit Badern und Ärzten. Hände griffen nach mir.
»Scharlatan!«
»Hochstapler!«
»Fabulist!« Fabulist? Ich?
Hände hoben mich empor; der Vorhang ging auf und gab den Blick frei auf den Innenhof, den Springbrunnen, die Schwalben und Tauben und Kolibris, die unter dem Netz aus Goldfäden umherflatterten, wo mich noch mehr Bader und Wundärzte ergriffen. Da erschallte eine glockenhelle Tenorstimme:
»*Ráwi!* Woher weißt du das mit der Zeit, die sich zum Raum weitet und den riesigen Entfernungen, die sich zu Bögen runden? He?«
Das führte dazu, daß ich auf Schulterhöhe herumgedreht und eilends in den Krankenalkoven zurückgetragen wurde, wo der beleibte Patient jetzt aufrecht, aber leicht nach vorne gebeugt dasaß,

als wolle er, wie ein Dschinn auf einem fliegenden Teppich, abheben. Seine Gesichtsfarbe war normal, sein braunes und sein blaues Auge klar.
Ich wurde neben ihm abgesetzt, und die Bader und Wundärzte warfen sich zu Boden, als wären sie Moslems und er Mekka, und sangen:

»Deys, die kommen, und Deys, die gehen,
Sind manchmal sogar klug,
Doch ach, der königliche Astrolog,
Ja, der, der bleibt bestehen.«

»Von Cornelia«, antwortete ich auf die Frage meines Patienten, »aber sie existiert nicht mehr.«
»Warum es beschönigen? Wenn sie gestorben ist, dann sage es.«
»Sie ist nicht gestorben, sie existiert nicht mehr. Man hat sie verschwinden lassen.«
»Verschwinden lassen? Was für ein entzückendes *concetto*! Eigentlich die ganze Idee mit dem *ráwi* als Heiler... Nun gut! *Ich* argwöhnte eine Zeitlang, sie würden Trancetänzerinnen einsetzen, in meinem Fall das letzte...« Er schaute an mir vorbei. »Da wir gerade von ihr sprechen, schickt sie weg, um der Barmherzigkeit willen.«
Langgliedrig und gelenkig in einer Welt, die fette Frauen bevorzugte, stand eine junge Frau in eine Unmenge von Schleiern gehüllt, die alle durchsichtig waren, keuchend am Eingang des Alkovens.
»Ich bin spät dran«, sagte sie.
»Und ziemlich überflüssig, meine liebe Zoraida«, erwiderte mein Patient. »Wie du sehen kannst.«
Die Bader und Wundärzte lachten boshaft.
Zoraida die Trancetänzerin entgegnete: »Erzähle mir nicht, daß dich einer von *diesen* Schwachköpfen geheilt hat?«
»Nein, das tat der *ráwi* hier«, gab mein Patient zurück.
Zoraida lüftete ihren obersten Schleier, um mich zu begutachten. »Du bist einer von den Kerlen, die um den Marktplatz herumsitzen und den ganzen Tag lang Geschichten erzählen? *Was* für ein leichtes Leben!«

Ich fragte sie: »Was genau tut eine Trancetänzerin?«
»Sie tanzt sich natürlich in Trance – und entzieht dadurch dem Sterbenden das Gift, das ihn tötet.«
»Primitiver Aberglaube«, spottete ein Bader.
»Genausogut könnte man ihm die Knochen eines Heiligen ins Bett legen«, höhnte ein Wundarzt.
Während Bader und Wundärzte mit der Trancetänzerin um die Verdienste ihrer jeweiligen Berufung stritten, wandte sich mein Patient wieder mir zu. »Nun also zur Zeit, die sich zum Raum weitet und –«
»Ich bin nur ein Geschichtenerzähler«, entschuldigte ich mich. »Ich verstehe wirklich nicht viel von solchen Dingen.«
»Und ob. Daß du deinem Blutrausch entkommst, indem du deinen Körper verläßt – Astralprojektion wird das manchmal genannt –, wäre nicht möglich, wenn die Zeit sich *nicht* zum Raum weiten könnte, und riesige Entfernungen sich *nicht* zu Bögen –« Doch an dieser Stelle knurrte sein Dickhäuterbauch sehr vernehmlich, und er unterbrach sich selbst mit seiner schallenden Tenorstimme: »JEMAND SOLL ESSEN BRINGEN! ICH BIN AM VERHUNGERN!«
Mehrere Bader und Wundärzte gaben ihren Streit mit Zoraida der Trancetänzerin auf und kehrten nach erstaunlich kurzer Zeit mit einer Schüssel Kuskus zurück, die so groß war wie ein Taufbecken, und einer zweiten mit geschmortem Hammelbraten, der nur so in Fett schwamm.
Wie besorgte Mütter standen sie um meinen Patienten herum, der sich über das Essen hermachte. In seiner Gier vergaß er sich und nahm beide Hände zu Hilfe.
Dieser Patzer lieferte mir einen Vorwand, ihm auf die vollen Hände zu schlagen. Kuskus und ein Hammelnacken flogen in hohem Bogen durch die Luft.
»Wenn du das ißt, bringst du dich um«, sagte ich tonlos.
»Aber ich habe seit Tagen nichts angerührt.«
»Genau. Deswegen kannst du dich jetzt nicht vollstopfen«, sagte ich. Und zu meinen neuen Kollegen: »Bringt diesen Fraß weg.«
Nach ein paar Augenblicken nickte mein Patient, und die Bader und Wundärzte entfernten die zwei riesigen Schüsseln.

»Minztee, einen Teller *cuajada ohne* Honig, ein paar Orangenstückchen und einen Kanten ungesäuertes Brot«, sagte ich gnadenlos.
Er schnitt mit seinem Mondgesicht ein Gesicht, nickte jedoch wieder.
Als diese dürftige Kost gebracht wurde, ermahnte ich meinen Patienten: »Iß langsam«, und fügte hinzu: »Vorausgesetzt, du kannst es.«
Eine Wolke verletzter Selbstachtung verfinsterte sein Mondgesicht.
»Was ist überhaupt mit dir los? Wie hast du nur so fett werden können? Beleibtheit wie die deine kann tödlich sein.«
»Ich bin Eunuch«, verteidigte er sich. »Eunuchen nehmen zu, wenn sie Essen nur sehen.«
»Du Glücklicher«, sagte Zoraida. »Ich kann essen und essen und werde doch nur immer dünner.«
»Und im übrigen, was bleibt mir denn, außer zu essen?« Mein Patient seufzte, schlürfte seinen Minztee und knabberte an einer Ecke ungesäuerten Brotes. »Ist es so seltsam, daß ich meinen Lebenswillen verlor, als ich zu argwöhnen begann, daß die Astrologie bloß ein Haufen Hokuspokus ist? Ich, der geschätzte Astrologe und Eunuch des Deys, war dabei, den Glauben an die Weissagekraft der Sterne und Planeten zu verlieren!«
»Vielleicht«, warf ich ein, »hast du entschieden, daß die Astrologie ein Haufen Hokuspokus ist, weil es ein Haufen Hokuspokus *ist*.«
»Ach? Und was stimmt denn nicht mit ihr?« fragte er trotzig.
»Ich verstehe eigentlich nicht viel davon«, erwiderte ich.
»Dann laß *mich* es dir sagen«, entgegnete er. »Alles stimmt an ihr nicht. Alles. Zwanzig Jahre meines Lebens habe ich diesem falschen Götzen geopfert, ehe ich das Licht erblickte. In meiner infolgedessen geschrumpften Selbstliebe habe ich mich fett gefressen. Weißt du, ich hatte einmal eine ziemlich gute Figur – für einen Eunuchen. Wie heißt du?«
»Miguel de Cervantes.«
Er musterte mich aufmerksam, so aufmerksam, daß ich spürte, wie er geradewegs in meine Gedanken blickte. Mit einemmal sagte er: »Es gibt ein Kind, das dir sehr teuer ist – eine Tochter? –, und es hat ebenso ungleiche Augen wie ich.«

Ein Schauer überlief mein Rückgrat. »Wer bist du?« fragte ich.
»Cide Hamete Benengeli«, erwiderte er.
Benengeli! Sie erinnern sich vielleicht daran, daß ich als kleiner Junge nicht *berengena* sagen konnte; obwohl meine Schwester Andrea mit mir übte, brachte ich es nie weiter als bis zu *benengeli.* Cide Hametes Nachname – über zwanzig Jahre, bevor ich ihm begegnete! War es nicht möglich, daß ich, außer als Kind ein Lieblingsgericht falsch auszusprechen, schon immer eine hilflose Ehrfurcht vor seiner rätselhaften Gegenwart empfunden hatte – und zwar zu meinem eigenen Schaden? Manchmal jedoch erlaubte es mir die bloße Vorstellung von ihm als Señor Aubergine oder, noch besser, als Herr von Eierfrucht, einen fehlbaren Menschen in ihm zu sehen – trotz der außergewöhnlichen Kräfte, die er entwickeln sollte, sobald er die Fesseln der Astrologie abgeschüttelt hatte.
»Wer ist dein Meister?« fragte Cide Hamete Benengeli mich. Und wieder blickten seine Augen tief in die meinigen. »Hinkebein der Grieche«, beantwortete er seine eigene Frage. »Dieser Päderast! Hat er dich belästigt? Manchmal wird er der gerade erwachenden Knaben überdrüssig.«
»Er hat es versucht.«
»Das wird er nicht mehr. Sobald sich das soeben Geschehene herumspricht – und in Algier ist das immer der Fall –, wirst du als der Heiler gefeiert, der das Leben des geschätzten königlichen Astrologen rettete.«
»Aber ich dachte, du hättest gesagt, die Astrologie sei ein falscher Gott.«
»Ein *reiner Tor* bist du! Weißt du denn nicht, junger *ráwi*, daß die Welt voller Priester und Imame, Mönche und Marabuts ist, die Göttern dienen, an die sie nicht glauben?«
Während er noch einen Schluck von seinem Minztee nahm und mit seinem goldenen Löffel in den Resten seiner *cuajada* herumstocherte, verließ uns Zoraida, den längsten ihrer durchsichtigen Schleier hinter sich her ziehend. Cide Hamete legte sich, keuchend und prustend, rücklings auf seiner Matte zurück.
»Faß dir ein Herz, Miguel de Cervantes«, riet er mir. »Ein reiner Tor, ein Opfer der Wechselfälle des Lebens zu sein ist weniger

schlimm, als du dir vorstellst. Und wenn mein Leben irgendeinen Wert in dem großen Entwurf des Weltalls hat, den ich manchmal fast zu erkennen vermeine, obgleich ich gleichzeitig an seiner Existenz zweifle, dann stehe ich dafür, daß du es gerettet hast, in deiner Schuld.«

Ich nickte, als würde ich verstehen. Ich war in das Leben Cide Hamete Benengelis getreten, und er, ob zum Guten oder zum Bösen, in meines.

Elftes Kapitel
In welchem ich eine Szene aus einem unaufgeführten Stück umschreibe und meinen ersten Fluchtversuch unternehme

Selbst wenn man mich nicht in diese Welt gesetzt hat, um Stücke zu schreiben, meine ich immer noch, daß *Die Gefängnisse von Algier* es verdient hätten, aufgeführt zu werden.

Das Stück war zeitgemäß. Es atmete das wahre Leben, noch dazu mit exotischem Lokalkolorit. Es stellte Gut und Böse einander gegenüber, wobei das Gute den Sieg davontrug. Dennoch wurde es niemals aufgeführt, blieb ein Stück auf dem Papier, wie eine ungetaufte Seele in der Vorhölle.

Habe ich es mit zu viel bitterem Selbstmitleid entworfen? Nein, gewiß hätte jeder Mensch aus Fleisch und Blut, genauso wie mein Held, ein gewisser de Saavedra, mit der Ungerechtigkeit des Schicksals gehadert, weil dieses ihn fünf Jahre und einen Monat lang in algerischer Gefangenschaft lebendig schmachten ließ.

Warum kommt in dem Stück mein Bruder nicht vor? Wie autobiographisch es auch immer sein mag, Rodrigo paßte nicht hinein. Über gewisse Dinge schreibt man nicht. Das muß nichts mit verletzten Gefühlen zu tun zu haben. Bis zu dem Tag, an dem er bei einer Schlacht in den Niederlanden fiel, liebte ich meinen Bruder, auch wenn wir uns nur selten sahen.

Verrat? Ein hartes Wort. Mein Bruder war stets in erster Linie Soldat. Die Ehre war für ihn eine Frage der Hierarchie und keine persönliche Sache. Wir verstanden uns nicht. Aber verstehen Brüder sich denn je?

O ja, ich könnte eine Szene zu Papier bringen, in der Rodrigo die ihm gebührende Rolle bei jenen schrecklichen Ereignissen spielen würde, die ihren Höhepunkt auf dem Platz der Greuel finden sollten. Aber ich würde Gefahr laufen, mißverstanden zu werden – Kain und Abel, Bruder gegen Bruder. So war es nicht.

Hier ist denn also, unter gewissen Vorbehalten, eine neue Szene für mein unaufgeführtes Stück *Die Gefängnisse von Algier* mit einem neuen Figurenarsenal.

ALGIER. *Die Taverne des königlichen* bagnio *oder Gefängnisses, eines Gewölbes unter der Erde, das von Öllampen schwach erleuchtet wird. Eines Abends im Jahre 1570-und-etwas.*
(*Die* GEFANGENEN *sitzen an roh gezimmerten Tischen und trinken Bier.* JANITSCHAREN *treten auf, stolzieren bis zur Bühnenmitte, wo sie einen großen Tisch einnehmen, der eilends freigemacht wurde. Die Unterhaltungen zwischen den* GEFANGENEN *verstummen.*)

JANITSCHARENHAUPTMANN: Wirt! Deinen alkoholfreien schäumenden Janitscharen-Spezialsaft, aber zack-zack! (*Zwinkert seinen Kameraden zu.*)

GABRIEL MÚÑOZ, *der ergraute Wirt:* Kommt sogleich, die Herren. (*Geht an den Zapfhahn und zapft das Gebräu, das auch die übrigen trinken.*)
(*Auftritt* MIGUEL DE CERVANTES, *sauber geschoren und mit einem gestreiften Burnus bekleidet. Er späht vorsichtig in den schwach erhellten Raum.*)

RODRIGO DE CERVANTES (*winkt von einem kleinen Tisch rechts herüber*): Miguel! Hier herüber!

MIGUEL DE CERVANTES (*geht zu ihm*): Der Graukopf ist hier der Wirt? Das war der Kerl, der mir immer die Greuel unten am Hafen erklärt hat. Ich fasse es nicht.

RODRIGO (*schulterzuckend*): Jeder hier in Algier sucht sich seinen Modus vivendi. Schau dich an. Du hast es weit gebracht – ein eigenes Zimmer im Palast von Dalí Mamí, eine Karriere als Wunderheiler –

MIGUEL: Ich erzähle ihnen doch bloß Geschichten. Immerhin liegen Wunderheilen und Geschichtenerzählen nicht so weit auseinander, stimmt's? In beiden Fällen kommt es auf den Willen an, nur fest daran zu glauben.

RODRIGO: Wie auch immer, es klappt. Du bist jetzt eigentlich gar kein Gefangener mehr. Genausowenig wie ich.

MIGUEL: Na, jetzt hör aber auf! Weil wir gerade davon sprechen, nur fest daran zu glauben! Was ist denn mit den Beineisen? Sind deine Unterschenkel genauso taub wie dein Kopf geworden? Kein Wunder, daß die Leute sagen... Heilige Muttergottes! Kein Gefangener mehr!

RODRIGO (*düster*): Die Leute sagen was?

MIGUEL (*überhört die Frage*): Kein Gefangener mehr! Wir dürfen die Stadt nicht verlassen, dürfen nachts nicht ausgehen, dürfen keinen Türken schief ansehen, ohne daß uns gleich der Schädel vom nächstbesten Janitsch –

RODRIGO: Nicht so laut.

JANITSCHARENHAUPTMANN (*laut*): Diese Maultierpisse soll etwas für einen echten Mann sein?

GABRIEL MÚÑOZ, *der Graukopf*: Das ist Bier, wie es in meiner Heimat getrunken wird, Hauptmann. Ein Getränk, das besser ist als jedes, das die Herren wegen der Gesetze hier kennen – womit ich nichts Abfälliges gesagt haben will.

JANITSCHAREN (*im Chor*): Hüte deine Zunge, Sklave, oder wir reißen sie dir heraus.

MIGUEL (*leise zu seinem Bruder*): Und der soll frei sein, sagst du? So wie wir? Kein Gefangener mehr... Irgendwie komme ich hier heraus.

RODRIGO: Nicht so laut, sage ich. Und merk dir das eine: Eine Flucht ist unmöglich. Und es zu versuchen, ist Machomanie. Schlimmer, es ist unmoralisch.

MIGUEL: Unmoralisch?

RODRIGO: Es gibt fünfunddreißigtausend christliche Gefangene in der Stadt. Denkst du vielleicht, das sind alles einfach nur Kriegsgefangene? Sie halten Kaufleute, Juristen, Ärzte fest. Priester. Sogar Frauen und Kinder. Und mit jedem Verrückten, der zu fliehen versucht, wird unser aller Leben härter. Frauen und Kinder, Miguel!

(*Das Gespräch der Cervantes-Brüder wird von zwei anderen Unterhaltungen überlagert, die an Nachbartischen jede für sich, dabei aber gleichzeitig verlaufen. Das eine führen drei* JUNGE GEFANGENE, *das andere drei* ALTE GEFANGENE. *Diese haben alle keine Ohren, der älteste,* ALONSO QUIJANO, *hat auch keine Nase mehr.*

Hinter den beiden Tischen stellt sich der Chor der JANITSCHAREN *mit ihrem* HAUPTMANN *auf; sie äffen grinsend den jeweiligen Sprecher nach.*)

ERSTER JUNGER GEFANGENER: Die Flucht *ist* möglich. Vorausgesetzt, man hat Geld.

ZWEITER JUNGER GEFANGENER: Und Geduld.

DRITTER JUNGER GEFANGENER: Und *cojones.*

ERSTER JUNGER GEFANGENER: Die Küste...

ALONSO QUIJANO: Ja, mein Herr, damals anno '47, Jungs, ...oder vielleicht '48? Die Küstenstraße nach Spanisch-Oran. Bin praktisch glatt rausgekommen.

ERSTER JUNGER GEFANGENER: ...wird regelmäßig von Janitscharen kontrolliert, aber wenigstens gibt es eine anständige Straße, auf der man sich nicht verirrt.

ZWEITER JUNGER GEFANGENER: Genau. Wir können uns tagsüber ausruhen und nachts weitermarschieren.

DRITTER JUNGER GEFANGENER: Beim schwachen Schein des Mondlichts. Genau.

ALONSO QUIJANO: Hätte es geschafft, wenn die Mitternachtspatrouille nicht gewesen wäre. Habe locker achtzig Meilen zurückgelegt.

ZWEITER ALTER GEFANGENER: Von zweihundertzwanzig.

DRITTER ALTER GEFANGENER: Achtzig Meilen, das ist der Rekord aller Zeiten.

ALONSO QUIJANO: Das will ich meinen. Und bisher hat ihn keiner geschlagen. Auf der Straße im Landesinnern bin ich sogar noch weiter gekommen.

ERSTER JUNGER GEFANGENER: Im Landesinnern, heißt es, kommt man nur schwer voran. Alles Schiefer und Sand.

ZWEITER JUNGER GEFANGENER: Genau. Ich hab gehört, der Schiefer kann einem die Füße in Fetzen schneiden. Wir bräuchten gute Stiefel.

DRITTER JUNGER GEFANGENER: Und etwas als Gesichtsschutz. Genau. Es heißt, daß man bei diesen Sandstürmen ersticken kann.

ERSTER JUNGER GEFANGENER: Die Wölfe und Hyänen und Löwen sind, denke ich, nur Greuelmärchen. Nomaden, die auf

Kopfgeld aus sind, sind die einzigen Tiere, die wir zu fürchten haben. Wir müssen die Ohren aufsperren.

Alonso Quijano: Wann war das noch mal, daß wir uns ins Landesinnere davongemacht haben, Jungs?

Zweiter alter Gefangener: Anno '53, Quijano. Ich muß es wissen. Damals habe ich mein linkes Ohr verloren.

Dritter alter Gefangener (*nachdenklich*): Kommt mir gar nicht wie dreiundzwanzig Jahre her vor. Wo rinnt das Leben bloß hin?

Quijano: Ich wäre seit dreiundzwanzig Jahren zurück in Argamasilla de Alba und würde meine Weinberge bestellen, wenn diese verdammten Kopfgeldjäger nicht gewesen wärn.

Zweiter alter Gefangener: Es hätte Schlimmeres kommen können als Kopfgeldjäger.

Dritter alter Gefangener: Es *kam* Schlimmeres. (*Rückt ein Stück auf der Bank, um sein Holzbein zu zeigen.*) Eine Hyäne. Mit einem Biß.

Erster junger Gefangener: Am besten fliehen wir vielleicht über See.

Zweiter junger Gefangener: Wenn man's nicht schafft, ist Ertrinken gar nicht das Schlechteste.

Dritter junger Gefangener: Mensch, wir wollen doch abhauen und nicht umkommen.

Quijano: Wißt ihr noch, wie wir eine Fregatte geheuert haben? Anno '50 war das, oder?

Zweiter alter Gefangener: '51. Ich muß es wissen. Damals habe ich mein *rechtes* Ohr verloren.

Erster junger Gefangener: Das ist teuer.

Zweiter junger Gefangener: Genau. Weil man Profis anstellt.

Dritter junger Gefangener: Seeleute, die die Küste kennen. Genau. Und die wissen, wo man sich trifft und wie man an der Flotte des Deys vorbeikommt und ...

Dritter alter Gefangener: Die verfluchte Fregatte ist nie aufgetaucht.

Quijano: Was wird sie wohl abgeschreckt haben?

Dritter alter Gefangener: Vielleicht hat der freigekaufte Gefangene einfach unser Geld eingesackt. Vielleicht hat er, verdammt noch mal, nicht einmal einen Fregattenkapitän in Malta gekannt.

Zweiter alter Gefangener: Vielleicht hat die Flotte des Deys die Fregatte aufgebracht – wenn überhaupt eine gekommen ist.

Quijano: Und ob! Und es kommt wieder eine. Ich kann nicht mein ganzes Leben als Gefangener zubringen. Ich muß was von der Welt sehen... Tordesillas... Toboso... Provincio... Wir kommen schon noch hier raus. Das weiß ich. Gebt den Glauben nicht auf, Jungs. Gott ist auf unserer Seite.

Janitscharenhauptmann (*über* Quijano *gebeugt, höhnisch*): Gott, Opi? An welchen eurer vielen Götter hast du denn gedacht?

Quijano: Welchen? Wie welchen? Gott – eben Gott.

Janitscharenhauptmann: Deinen Gottvater vielleicht? Oder den Gottsohn, den er geschickt hat, um am Kreuz zu sterben? Oder den Gott-Heiliger-Geist, der die sogenannte jungfräuliche Gottmutter umgelegt und den Gottvater zum Hahnrei gemacht hat, und den Gottsohn ganz klar zum Bastard? Verzeihung, zum *Gott*bastard.

Quijano (*springt auf seine dürren Beine und schüttelt die Faust vor seiner nichtvorhandenen Nase*): Der Teufel soll dich holen, du Gotteslästerer!

Hauptmann: Ach, ein Gotteufel! Das macht inzwischen fünf.
(Quijano *schleudert einen Bierkrug nach dem* Hauptmann, *der sich schnell duckt.*)

Hauptmann: Unglaublich, wie ihr von einem Eingottglauben sprechen könnt. Wenn doch in Wirklichkeit klar auf der Hand liegt:

Janitscharen (*im Chor*): Es gibt keinen Gott außer Allah, und Mohammed ist sein Prophet.

Hauptmann: Da hast du's. Sag's nach, Opi.
(Quijano *bleibt stumm. Die* jungen *und die* alten Gefangenen *rücken an ihren Tischen zusammen.*)

Janitscharen (*im Chor*): Der Heide hat keine Zunge mehr.

HAUPTMANN: Bis jetzt schon. Aber da er sie anscheinend nicht gebrauchen kann...

(MIGUEL DE CERVANTES *macht Anstalten aufzustehen, doch* RODRIGO *hält ihn zurück.*)

HAUPTMANN: ...könnt ihr ihn ebensogut davon befreien.

(*Die* JANITSCHAREN *drängen sich um* QUIJANO *und verdecken die Sicht auf ihn.*)

RODRIGO: Setz dich, du Narr! Oder er bleibt nicht allein.

MIGUEL: Ab-b-b-

ERSTER JUNGER GEFANGENER: Nein, den mit dem, was einmal seine linke Hand gewesen ist, kenne ich nicht. Aber der mit den Sommersprossen ist Rodrigo de Cervantes.

ZWEITER JUNGER GEFANGENER: Oh.

DRITTER JUNGER GEFANGENER: Oh.

ZWEITER JUNGER GEFANGENER: Genau. Der Organisierer.

DRITTER JUNGER GEFANGENER: Der Mann mit den Regeln und Vorschriften.

ERSTER JUNGER GEFANGENER: Das ist er. Hält Ordnung unter den Gefangenen. An*geb*lich zu unserem Besten.

(QUIJANO, *der durch die dichte Schar der* JANITSCHAREN *nicht zu sehen ist, schreit.*)

MIGUEL (*versucht sich von seinem Bruder loszumachen*): Aber...

Sie erkennen das Problem. Das Stück mag vielleicht das wahre Leben widerspiegeln, aber Lopes Rezeptur läßt sich ihm nicht überstülpen – ob man nun fest daran glaubt oder nicht.

Nun schön, ich verlor *trotz* des Geschichtenerzählens einige Patienten und rettete andere, vielleicht *durch* das Geschichtenerzählen. Und wie Cide Hamete vorausgesagt hatte, belästigte mich Hinkebein der Grieche nicht mehr. Ich schlief alleine, mischte mich nirgends ein und traf ab und zu auf Zoraida die Trancetänzerin – die, immer in Eile und meist atemlos, einen oder zwei durchsichtige Schleier hinter sich her zog; denn wir beide wurden zu Todkranken gerufen, um unsere Zauberkräfte wirken zu lassen, wenn es denn welche waren. Ich gewöhnte mich an das Klirren meiner Beineisen und beinahe auch an ihr Scheuern, und ich träumte von der Frei-

heit. Aber Freiheit hieß Lösegeld oder Flucht, und beides war unmöglich.
Eines Tages ging ich zur Gefängnistaverne und fragte Gabriel Múñoz: »Wie hältst du das aus?«
»Was, mein Bier?« Er lachte. »Es ist das einzige Bier in der ganzen Stadt.«
»Nein, ich meine, daß du am Platz der Greuel das Deine dazu beiträgst, die Leute weichzuklopfen.«
»Hör mir auf, Compañero. Ich versuche nur, die Räder des Geschäfts zu schmieren. Und die Bezahlung ist nicht schlecht. Wenn du erst lang genug bei den Mauren gelebt hast, lernst du, daß das Leben nur aus Geld und Reden besteht.«
»Ich suche einen Mauren«, sagte ich nach einer Weile.
»Was soll das für ein Maure sein?«
»Einer, der die Wüste kennt.«
Gabriel Múñoz sah auf das, was einmal meine linke Hand gewesen war. Das tat er immer, aber schließlich taten das ja viele Leute.
»So steht es also«, sagte er. »Ich würde mich nicht von meinem eigenen Gerede mitreißen lassen, wenn ich du wäre. Das könnte fatale Folgen haben.«
»Ich weiß, was ich tue.«
»Von wieviel Geld reden wir?«
»Genug. Einige meiner Patienten sind dankbar.«
»Ich will sehen, was sich machen läßt. Aber wenn ich dir sage, daß ich froh bin, daß das nicht *mein* Kismet ist, dann bin ich einfach ehrlich, Compañero.«
Der Ramadan des Jahres 1576 fiel auf den Februar und Anfang März. Ich erwähne dies, weil ein gelungener Fluchtversuch, der zu jeder anderen Zeit als aussichtslos galt, während des Ramadan immerhin bloß ziemlich unwahrscheinlich war.
In Beachtung des heiligen Monats meiden fromme Moslems von der Morgen- bis zur Abenddämmerung Essen, Trinken, Geschlechtsverkehr und das Rauchen von Haschisch oder jenes neuen Genußmittels, Tabak. Außerdem beten sie für ihre Erlösung. Weniger fromme Moslems schlafen bis zur *iftar*, dem Mahl, das nach Sonnenuntergang gereicht wird, um das Fasten des Tages zu been-

den, und zechen dann die ganze Nacht. Nicht praktizierende Christen und Juden werden das verstehen.
Solch nächtliches Zechen, gepaart mit der Enthaltsamkeit am Tage, bewirkte in der Stadt einen Zustand einmonatiger Trägheit – der beste Verbündete dessen, der fliehen wollte.
In der zweiten Nacht des Ramadan ging ich, mit Papieren ausgerüstet, die Gabriel Múñoz besorgt hatte und die es mir gestatteten, die Ausgangssperre zu brechen, um einen im Sterben liegenden Marabut zu besuchen, zu einer Abschiedsorgie für Juan Rufo und dreißig weitere freigekaufte Christen im Palast des albanischen Renegaten-Rais Arnaute Mamí.
Orgie! Was für eine Welt verderbter Annehmlichkeiten sich mit diesem Wort verbindet! Meine Neugier war natürlich groß. Aber als ich den gewölbten Saal mit dem Becken voll sprudelndem kristallklarem Wasser betrat, wurde meine Aufmerksamkeit sofort auf einen *ráwi* gelenkt, der die Geschichte des Ersten Derwischs zu erzählen begann – eine Geschichte, die in mein Repertoire bzw. Heilmittelbuch aufzunehmen ich abgelehnt hatte, weil sie mich (im Unterschied zu den übrigen aus dem Kanon der Scheherazade, aus dem ich mich nach Laune bediente) zum Stottern brachte.
Ich sah mich nach dem Knaben mit den Orangen um, den ich zu finden gehofft hatte, und ich suchte Juan Rufo. Da ich keinen von beiden fand, wandte ich mich (ich gestehe es) begierig dem zu, was von der Orgie zu sehen war.
Auf Bänken aus diamantbesetztem Alabaster, die mit perlenbestickten Tüchern aus roter Seide bedeckt waren, ergötzten sich Paare in Stellungen, die den indischen Weisen Vatsyayana, den Autor des *Kamasutra*, in Erstaunen versetzt hätten, denn auf den ersten Blick schien es sich um ausschließlich männliche Paare zu handeln. Zu meiner großen Enttäuschung – denn man erlebt so etwas nur einmal – war nicht viel zu sehen. Nicht nur, daß die Alabasterbänke strategisch günstig im Schatten aufgestellt waren, die Luft war auch von unangenehmem Haschischdunst und Tabakrauch geschwängert. Es war jedoch das (so vermute ich) bei einer Orgie übliche Ächzen, Stöhnen und Schmatzen und ab und zu das Klirren von Fußeisen zu hören, und ich sah Arnaute Mamí selbst eine neun-

schwänzige Katze schwingen und ein ruchloses gemischtgeschlechtliches Paar aus dem gewölbten Saal jagen. Er schimpfte: »Hinaus! Hinaus! *So etwas* gehört nicht auf eine Orgie!«
Weiterhin auf der Suche nach Juan Rufo und dem Jungen mit den Orangen, fand ich zufällig eine angezündete *hukka* oder Wasserpfeife und paffte, neugierig geworden, eine Weile lang.
Dann kehrte ich an den Rand des Beckens mit dem sprudelnden kristallklaren Wasser zurück, in der Hoffnung, daß der *ráwi* die Geschichte des Ersten Derwischs beendet habe. Jedoch:
»›...ich wußte, daß von frühester Jugend an‹, sagte der König, ›mein Sohn in seine Schwester verliebt war und sie in ihn. Daher hielt ich sie klug voneinander entfernt‹«, intonierte der *ráwi* in jenem rhythmischen Singsang, den zu beherrschen ich mir nicht die Mühe gemacht hatte, da er mich zu sehr an die Dichtkunst erinnerte. Ich verschloß die Ohren vor ihm und hörte neben mir eine andere, vertraute Stimme.
»...gut daran, wenn ich deine Schwester vergesse, was? Selbst als ich ihr regelmäßig einen Antrag machte, verschwendete sie nie einen echten Gedanken an mich. Inzwischen, verflucht, wird sie schon lange einen anderen geheiratet haben.«
Das war Juan Rufo, der gedankenverloren eine Wolke Haschisch- oder Tabakrauch ausstieß.
Die Stimme des *ráwi* wurde lauter:
»›...mit Schande und Tod bedroht, gaben sie dennoch den Einflüsterungen Schaitans nach. Heimlich richtete mein Sohn jenes verborgene Gemach ein...‹«
Noch am Abend vor seiner Befreiung trug Juan Rufo die vorgeschriebenen Streifen und Beineisen. Aber als ich ein paarmal durch den *Hukka*-Qualm blinzelte, sah ich ihn plötzlich herausgeputzt mit den reichen Gewändern des Höflings, die rechte Hand am Knauf eines Rapiers, das er an der Seite zu tragen schien.
Ich gestand mir ein, daß er als Andreas Ehemann gut genug sein würde, wenn er nach Spanien zurückkehrte, und blinzelte ihn wieder in seinen schwarzweißgestreiften Burnus zurück.
»...die Geißel Allahs herniedergefahren, und das Feuer seiner Rache hatte ihre verschlungenen Körper zu schwarzer Kohle verbrannt.«

Wem machte ich etwas vor? Juan Rufo würde einen wunderbaren Ehemann für Andrea abgeben.
Mit einem Blinzeln verwandelte ich ihn in ein Stück Kohle. Er sah mich an, und auch kohlschwarz war er groß und stattlich und kein bißchen weniger ein spanischer Höfling.
Schließlich brachte der *ráwi* die Geschichte des Ersten Derwischs zu Ende und ging bei schwachem Applaus unter Verbeugungen hinaus.
»Und im übrigen«, sagte Juan Rufo, »glaube ich nicht, daß ich freigekauft bin, bis ich in Spanien an Land gehe.«
Während er so redete, trugen zwei Eunuchen ein dicht auf einen stabilen Rahmen gerolltes Hanfseil bis an den Rand des Beckens mit dem sprudelnden Kristallwasser. Ein dritter Eunuch stellte einen Korb mit Blutorangen auf den Marmorboden.
Die Männer auf den diamantbesetzten Alabasterbänken machten sich voneinander los, warfen sich hastig ihre Gewänder über und sprangen hoch. Sie riefen: »Der Maltrapillo-Knabe – der Maltrapillo-Knabe kommt!«
Ich sah einen wunderschönen Knaben zu dem Hanfseil schreiten und sich davor aufstellen. In seinen verwirrenden bernsteinfarbenen Augen lag etwas Herausforderndes, er stützte die Hände in die schmalen Hüften, wobei seine sanft anliegende Samthose die aufreizenden Kurven seiner festen jungen Hinterbacken betonte.
Während wir ihn betrachteten, tauchte neben uns ein großer, dicker Mann in einem mitternachtsblauen Gewand auf, das mit Sternen, Kometen, Tierkreiszeichen und verschiedenen Mondphasen, ganz in Gold, übersät war.
»Der Knabe heißt Michele Maltrapillo«, sagte er mit einer deutlich tieferen Stimme als bei unserer ersten Begegnung. Doch bei unserer ersten Begegnung war er auf seiner Totenmatte gelegen. Auch schien auf seinem kahlen Schädel ein winziger Hauch von Haarflaum gewachsen zu sein.
Ich lachte. Das kann nur an dem Zeug, das ich geraucht hatte, gelegen haben.
»Bitte! Mache dich nicht über mein Kleidung lustig! Denke nur an die kleinen Spitzendeckchen, mit denen eure Priester sich schmük-

ken. Und was meinen Abfall vom Glauben betrifft – wenn ich es im Falle bloßer Astrologie so nennen darf –, so erinnere dich daran, *ráwi*, daß ein christlicher Priester sich nicht im Zustand der Gnade zu befinden braucht, um die Sakramente zu erteilen. Wäre das der Fall, so wären wir alle aus dem Geschäft.«

»Wer ist das?« wollte ich wissen.

»Du findest ihn attraktiv?«

»Er ist ziemlich – kallipygisch«, sagte ich und blinzelte etwas mehr Haar auf Cide Hametes krausen Schädel.

»Ganz recht, wie du sagst, ein süßer Arsch. Auf den die Hälfte der Männer in Algier scharf ist. Unglücklicher Bursche! Von vielen begehrt und allen verboten. Er nennt niemanden seinen Herrn, und doch ist es jedem Sklaven eher möglich als ihm, die Stadt zu verlassen. Daß der Junge hier lebt und sein Vater sein Geschäft treiben kann, bedingt sich gegenseitig.«

Während Cide Hamete jene geheimnisvollen Worte sprach, verteilte ein Eunuch unter den Orgiasten Pfeile und Bogen. Ein anderer legte eine Orange auf die schwarzen Locken des Knaben und trat dann schnell zurück, als der erste Schütze anlegte.

»Es ist ihm egal, ob er tot oder lebendig ist«, sagte Cide Hamete, »seitdem sein Vater den Handel vereinbart hat, der ihn zum Gefangenen ohne Ketten macht. Und deswegen treibt er diese gefährlichen Spielchen.«

»Maltrapillo heißt er?« fragte Juan Rufo. »Dann muß sein Vater der Kapitän des Schiffes sein, das uns Freigekaufte morgen nach Spanien bringt – so sagt man jedenfalls.«

»Hör auf, dir Sorgen zu machen«, riet ihm Cide Hamete. »Es ist dumm, sich über etwas Sorgen zu machen, auf das man keinen Einfluß hat.«

Man beachte die aufgeblasene Platitüde. Seine klügeren metaphysischen Beobachtungen sparte Cide Hamete sich immer für mich auf. Manchmal muß ich mich fragen, ob andere ihn nicht einfach für einen dahergelaufenen Ex-Astrologen hielten, der sich laienhaft mit Philosophie und übersinnlichen Kräften beschäftigte, um die Leere in seinem Leben auszufüllen.

»Sollte Morato Maltrapillo nicht zurückkommen, würde sein Sohn

in Eisen gelegt«, erzählte er uns. »Und sollte er je einen nicht freigekauften Gefangenen aus Algier herausschmuggeln, stürbe sein Sohn – vorausgesetzt, er wird nicht schon vorher von einem dieser aufgedreht-überdrehten Bogenschützen umgebracht.«
»Welche Art gefährliche Spielchen?« fragte ich, obwohl ich es mir in meinem eigenen überdrehten Dämmerzustand allmählich klar wurde; bei der Armee hatte ich durch Schweizer Pikeniere von Wilhelm Tell gehört.
Der erste Bogenschütze schickte seinen Pfeil mit einem sirrenden Geräusch ab, und gleichsam im selben Augenblick zerplatzte die Orange auf den dunklen Locken des Knaben, blutroter Saft lief sein Gesicht hinunter, und der Pfeil selbst bohrte sich in das Hanfseil hinter ihm. Er lächelte, womöglich noch herausfordernder.
Nach beträchtlichem Geschrei, Geklatsche und Getrampel wurde eine zweite Blutorange auf das Haupt des Knaben gelegt.
»Es gibt bei der Sache auch ein Frustrationsmoment«, unterrichtete uns Cide Hamete. »Obwohl der Knabe unwiderstehlich ist, hat der Vater sich ausbedungen, daß keiner ihn belästigt, nicht einmal Ramadan Pascha Dey selbst.«
Ein zweiter Bogenschütze schickte seinen Pfeil ab; das Ergebnis war dasselbe: eine zerplatzte Orange, blutroter Saft, ein herausforderndes Lächeln.
Der dritte Schütze war Hinkebein der Grieche, »dessen Verlangen nach dem Knaben und sein daraus folgender Ärger besonders stark sind«, sagte Cide Hamete.
Als der beleibte Renegat und Rais, der nur noch dem Namen nach mein Herr war, seinen Pfeil abschoß, erspähte ich im Schatten hinter ihm einen schlanken, dunklen Mann mit einer Prinzessin-Eboli-Augenklappe.
Ein Sirren, ein Aufschrei Hinkebeins des Griechen – »Jesus«, was er sofort in »bei Allah« verbesserte –, und der kleine Maltrapillo wankte zurück gegen das Hanfseil. Blut, echtes Blut breitete sich auf der linken Seite seines weißen Seidenhemdes aus, aus dem der gefiederte Schaft eines Pfeiles ragte.
Ich war als erster bei ihm, Juan Rufo gleich hinter mir, während Cide Hamete hinterdreinschnaubte. Der Knabe war in die Knie

gegangen; das herausfordernde Lächeln stand ihm unglaublicherweise noch immer im Gesicht.
»Zurück! Der Mann ist ein Heiler!« rief Cide Hamete der Menge zu. Mir flüsterte er dringlich zu: »Hebe den Knaben auf, schnell! Hier kannst du nichts für ihn tun!«
Das ergab keinen Sinn, aber Cide Hametes Stimme verlangte Gehorsam. Also hob ich den Maltrapillo-Knaben hoch und folgte dem Ex-Astrologen zu einem mit einem Vorhang versehenen Alkoven, ähnlich dem, in welchem er vor nicht allzu langer Zeit selbst auf seiner Totenmatte gelegen war. Vorsichtig legte ich den Knaben auf den Boden, während Cide Hamete wieder hinausging, um die Menge fernzuhalten.
Der Knabe starrte zu mir hoch. »Wenn du mich belästigst, wirst du am Haken hingerichtet.«
»Ich muß dich auf die Seite drehen.« Das weiße Seidenhemd, so hatte ich bemerkt, war hinten geknöpft.
Der Junge zog von irgendwoher einen Dolch (oder war es ein Stilett?) heraus. »Nein, das tust du nicht!« rief er.
Ich nahm ihm die Waffe aus der Hand und benutzte sie dazu, das Hemd aufzuschneiden.
Darunter kam helle Haut, viel Blut und eine weiße, um die Brust des Knaben gebundene Seidenschärpe zum Vorschein, aus der der Pfeil ragte. Ich lockerte die Spitze unter der Schärpe.
»Rühr sie an und du bist des Todes«, sagte der Knabe.
Da ging mir der Gaul durch. »Hör zu, du widerliches Balg, ich versuche bloß zu verhindern, daß du verblutest. Und wenn du dich weniger mit deinen gefährlichen Spielchen abgegeben hättest, dann hätte ich gesagt: ›Kastor und Pollux waren Zwillingssöhne der Leda‹, und du hättest geantwortet: ›Romulus und Remus waren von einer Wölfin gesäugt‹, und wir hätten uns mit der ernsthaften Frage einer Wüstendurchquerung nach Spanisch-Oran beschäftigt.«
»Der bist du also.«
»Ja, der bin ich.«
»Laß die Hände von meiner Schärpe!«
Ich hätte ihn am liebsten damit erwürgt.
Statt dessen benützte ich den Dolch bzw. das Stilett, um die Schärpe

wegzuschneiden, während mich seine bernsteinfarbenen Augen haßerfüllt durchbohrten.
Ich ließ den Dolch bzw. das Stilett fallen. Zum Glück auf den Boden.
»Du bekommst deinen Führer«, sagte das Maltrapillo-Kind, rot anlaufend und nun mit gesenktem Blick. »Einen, der die Wüste wie seine Westentasche kennt. Nur, behalte mein Geheimnis für dich, bei der Liebe Gottes, an welchen auch immer du glauben magst.«
Wenn sie im Stehen einen verführerischen Hintern gehabt hatte, so verhießen, als sie auf dem Rücken lag, ihre jugendlichen Brüste bereits die herrliche Frau, die sie zu werden versprach – wenn sie bis dahin am Leben blieb.
»Ich *muß* mich als Knabe verkleiden«, sagte sie. »Mädchen gelten hier als wertlos. Als Mädchen wäre ich kein Pfand für den Handel, den mein Vater mit dem Dey vereinbart hat.«
Sie sagte dies, ohne mit der Wimper zu zucken, als ich den Pfeil herauszog. Es strömte noch mehr Blut. Ich benutzte die Seidenschärpe als Bausch und band sie mit einem Stück Stoff, das ich von ihrem Hemd abgerissen hatte, über die Wunde. Dadurch blieb ein Teil ihrer jugendlichen Brüste unbedeckt.
Inzwischen wuchs der Tumult vor dem Alkoven: Die Orgiasten überlegten lüstern und lautstark, welche ›Operationen‹ ich an dem hilflosen Knaben wohl vornahm, und forderten, auch an die Reihe zu kommen. (Bedauerlicherweise gab dies im gerüchtebesessenen Algier der Diskussion über meine sexuellen Vorlieben Nahrung.)
Ich verlangte nach einer Decke, und eine Hand warf mir durch den Vorhang eine perlenbestickte rote Seidendecke von einer der Alabasterbänke zu. Ich hüllte das Mädchen darin ein.
»Rühr mich nicht an!«
»Sei still. Ich versuche bloß, dein Geheimnis zu wahren. Wie alt bist du überhaupt?«
»Zwölf. Und du brauchst mich nicht zu tragen. Ich habe gehen gelernt.«
Der Gedanke, daß meine Nichte, die spätgeborene kleine Constanza, etwa dasselbe Alter haben mußte, erschreckte mich; ich fühlte meine eigene Jugend schwinden.

Ich hob sie auf. Die Kurve ihres klassischen kallipygischen Hinterns war in meinen Arm geschmiegt, ihr schönes, aber wütendes Gesicht war nah an meinem, ihre helle Haut strömte einen Duft wie von einer Mischung aus frischgemähtem Heu und Tau von Moschusrosen aus, ich spürte ihre in perlenbestickte rote Seide gehüllten Brüste warm an meinem Körper. All dies trug dazu bei, daß meine Stimme streng klang, als ich, gerade bevor Juan Rufo den Vorhang aufmachte, fragte (Cide Hamete war, wie es, so sollte ich noch erfahren, seine Art war, verschwunden):
»Gehst du denn deiner Immunität nicht verlustig, wenn du dabei erwischt wirst, wie du Gefangenen hilfst, die Wüste zu durchqueren?«
»Sie würden mich nie erwischen. Da eine Flucht unmöglich ist, ermutigt Ramadan Pascha Dey solche Vorhaben – und nimmt sich seinen Anteil. Für einen Dey ist er sehr milde, doch unglücklicherweise wird er in etwa einem Jahr weggehen. Sie kaufen das Amt dem Sultan nur für drei Jahre ab. Das ist für einen Dey mehr Zeit als genug, um für den Rest seines Lebens ausgesorgt zu haben.«
»Redet der Führer, den du mir schickst, genausoviel wie du?«
»El Dorador? Kaum. Er ist ein mürrischer Kerl, der Bastardsohn einer schwarzen Sklavin und eines Mauren aus Melilla. Das liegt auf der anderen Seite von Oran.«
»Ich weiß, wo es liegt«, sagte ich, und Juan Rufo geleitete uns durch die Menge; er rief: »Platz! Macht Platz – der Knabe ist schwer verletzt«, während ich Micaela Maltrapillo nach draußen trug, wo im Licht der frühen Dämmerung vier Christensklaven mit einer Sänfte warteten.
»Ich bringe dich nach Hause und mische dir einen Schlaftrunk.«
»Und machst dich über mich her? Für wie dumm hältst du mich?«
»Du bist jung genug, um meine Nichte zu sein. Denkst du vielleicht, ich würde mich an ihr vergreifen?«
»Ich lebe nach einer Regel – vertraue keinem auf dieser Welt.«
»Ich verlange nicht, daß du mir vertraust. Ich will nur, daß du etwas einnimmst, das dich zum Einschlafen bringt. Du bist überanstrengt.«
»Das ist mein Normalzustand.« Inzwischen hatte ich sie in der Sänfte verstaut. Sie zog die Vorhänge zu.

»Ich bringe dich nur nach Hause und –«
»Tut mir leid. Keiner weiß, wo ich wohne.«
»Warte!« Doch ehe ich ihr sagen konnte, wie verrückt es sei, bei dem Geschäft ihres Vaters mit dem Dey als Geisel zu dienen, hoben die Sklaven die Sänfte an und trabten in der Dunkelheit davon.

War es weniger verrückt, so fragte ich mich ein paar Tage später bei Einbruch der Dämmerung, daß ich und drei weitere Gefangene dem mürrischen Mulattenknaben El Dorador mutig durch das Bab-Azun-Tor folgten, obwohl wir doch wußten, daß eine Flucht unmöglich war?
Da waren wir also: Die Beineisen hatten wir entfernt, die Wachposten bestochen; auf dem Rücken trugen wir Habersäcke voller Gebäck und honigsüßen Hirsekuchen, um den Bauch volle Wasserschläuche. So wankten wir die staubige, mondbeschienene Straße entlang, vorbei an Olivenhainen, die bald der trostlosen, steinigen *hammada* wichen, in der sich nur kümmerliches Dornengestrüpp zu wachsen traut.

Erster junger Gefangener: Heute in zehn Tagen sind wir in Spanisch-Oran, als freie Männer – wenn wir zwanzig Meilen am Tag schaffen.

Zweiter junger Gefangener: Und wenn uns die kopfgeldjagenden Nomaden nicht ausliefern.

Dritter junger Gefangener: Und wenn Wölfe oder Hyänen uns nicht vorher verspeisen.

Ich hatte keine Schwierigkeiten, die drei jungen Gefangenen für die Flucht zu gewinnen, doch einmal unterwegs, klangen sie beunruhigenderweise eher wie die alten Gefangenen aus jener neuen Szene für *Die Gefängnisse von Algier*.

War auch der Führer El Dorador Teil meiner Verrücktheit? Wie auch immer, seine eigene Verrücktheit bestand darin, daß er etwas sagte und nur die Hälfte davon meinte – aber war das von seinem Standpunkt aus so verrückt? Er sagte nämlich: »Ich höre und gehorche.«

»Schneller«, drängte ich.
»Ich höre und gehorche«, pflegte er zu antworten. Aber sein Schildkrötentempo quer durch die *hammada* blieb sich immer gleich.
Oder ich wachte zitternd in meinem Burnus auf und sagte El Dorador, er solle mehr Dornengestrüpp auf das Feuer auflegen.
»Ich höre und gehorche«, sagte er, blieb aber, in seinen eigenen Burnus gehüllt, liegen, und ich legte selbst nach.
Als der Morgen des fünften Tages dämmerte, lagerten wir zwischen den Enden einer Wanderdüne, denn wir waren von der *hammada* in die Sandwüste gelangt. Auf welcher Seite einer Wanderdüne man sein Lager aufschlägt, ist gehupft wie gesprungen, denn die Enden ihrer Sichelform schützen zwar vor dem Wind, weil sie in Windrichtung zeigen, liefern einen jedoch dem weiterwandernden Sand der Düne aus, der an jenem Morgen das Feuer und womöglich auch El Dorador unter sich begraben hatte. Denn er war nirgends zu sehen.

ERSTER JUNGER GEFANGENER: Er kann nicht von Wölfen oder Hyänen gefressen worden sein. Sie hätten verräterische Knorpel und Knochen übriggelassen.

ZWEITER JUNGER GEFANGENER: Ein Löwe kann ihn auch nicht weggeschleppt haben. Man sieht keine Blutspur.

DRITTER JUNGER GEFANGENER: Der Sand hat ihn unter sich begraben. Morgen begräbt er vielleicht uns unter sich.

Doch ich stellte stumm meinen Habersack auf den Kopf. Es fiel nichts heraus. Ich schüttelte meinen Wasserschlauch. Er machte ein bedrückend leeres Geräusch.
Die Habersäcke und Wasserschläuche der drei jungen Gefangenen überzeugten sie, daß ich recht hatte:
El Dorador hatte sich aus dem Staub gemacht.

ERSTER JUNGER GEFANGENER: Es gibt nur drei Gewißheiten im Leben.

ZWEITER JUNGER GEFANGENER: Den Tod ... die Steuern ...

DRITTER JUNGER GEFANGENER: ... und daß keiner je aus Algier davonkommt.

Die drei jungen Gefangenen: (*im Chor*): Ein Ohr zu verlieren, davon geht die Welt nicht unter. Wir haben zwei Ohren. Wir kehren um.
Ich sagte: »Nichts wird mich je dazu bewegen umzukehren.« Wenn dies sie überraschte, überraschte es mich noch mehr. Der Satz entfuhr mir einfach so.
Erster junger Gefangener: Er ist wahnsinnig.
Zweiter junger Gefangener: Völlig verrückt und rasend.
Dritter junger Gefangener: Ein Macho – er handelt sich den sicheren Tod ein, weil er ein Macho ist.

Machomanie hatte es mein Bruder genannt. Da brauchte er, als Berufssoldat, gerade zu reden.
»Ein Macho – ich?«
Aber hatten sie vielleicht recht? fragte ich mich und blickte nach Westen auf ein endloses Sandmeer.
War ich, ein Opfer meiner eigenen Sturheit, vom Schicksal dazu bestimmt, immer die falsche Wahl zu treffen, um in jene extremen Notlagen zu geraten, in denen ich – so sagte mir Cide Hamete mehr als einmal – regelrecht aufblühte?
Doch nein, das Schicksal hatte keine Macht über mich. Sich dem Schicksal zu fügen war eine Verrücktheit der Schwachen, und damals opferte ich dem Altar des freien Willens, der Verrücktheit der Starken.
Die drei jungen Gefangenen machten kehrt und trotteten Richtung Osten davon.
Ich machte mich nach Westen auf; nachdem die Würfel nun gefallen waren, trabte ich los, nahm die steile Leeseite einer Düne fast im Galopp, versank knietief im Sand und lief dann über die Anhöhe einer sanfteren Düne in Windrichtung, wo mich eine Bö beinahe umwarf, bevor ich mit einem Satz wieder Tritt faßte (was im Sand nicht gerade einfach ist); mit weit ausholenden, zuversichtlichen Schritten verkürzte ich die Entfernung zwischen mir und Spanisch-Oran. Der Wind schleuderte mir Sand ins Gesicht. Ich lachte. Durch Entschlußkraft – je schwieriger die Lage, desto besser – erlangt man die Freiheit. Frei erklomm ich, überquerte ich, er-

oberte ich in meiner Freude, was ich möglicherweise leichter umgangen hätte. Bald stand die Sonne – für den Februar oder auch jeden anderen Monat schien sie zu heiß – hoch an jenem bleiernen Wüstenhimmel, und ich sprang weiter.
Das nennt man seine natürlichen Reserven erschöpfen, eine Verrücktheit ganzer Nationen ebenso wie einzelner Menschen.
Kurz vor Einbruch der Nacht wankte ich in die Stadt.
Eine Halluzination natürlich. Oder schlimmer. Wahnsinn, völlig verrückter, rasender Wahnsinn. Und doch...
Die Dämmerung, eine unnatürlich lange Dämmerung mit jener Art Licht, die man am besten Zwielicht nennt, brach herein, als ich über die alten Pflastersteine einer einstigen Prachtstraße voranschritt, welche nun von Ruinen flankiert wurde, die so eindrucksvoll wie Marlowes Türme ohne Spitzen waren. Doch wer diese Stadt inmitten einer unendlichen Wüste gebaut hatte und warum, vermag ich nicht zu sagen.
Wohin auch immer ich mich wandte, sah ich als scharfe Reliefs auf Sockeln, Säulen oder Dolmen mythische Bilder von Krokodilen und Flußpferden, Wesen, die Seth heilig waren, dem Gott der Finsternis und des Bösen, der seinen Sohn und Bruder Osiris erschlug und ihn in vierzehn (manche sagen fünfzehn) Teile zerlegte, aus denen dieser irgendwie ganz wiedererstand, um als Richter über die Toten zu sitzen (war ich tot?) – eine weitere Verkörperung der sterbenden und wiedergeborenen Gottheit, wie Adonis, Dionysos, Tammuz, Persephone, in deren Tod das Leben und in deren Leben der Tod steckt.
Flußpferde. Krokodile. Tiere aus den Flüssen Afrikas, Tiere von Seths Nil, der Ägypten aus seinen verborgenen Quellen hinter den Mondbergen das lebenspendende Wasser bringt. Aber hier? Warum hatten längst untergegangene Baumeister in jeden Eckstein diese Bilder einer Flußlandschaft geschnitten? Warum – es sei denn, sie hätten selbst, vor Jahrtausenden, einen mächtigen Fluß gekannt?
Ich stolperte ziellos in dem Labyrinth von der Zeit vergessener Straßen umher und suchte. Einst war ein unterirdischer Strom an der Oberfläche verlaufen und hatte eine Stadt in der Wüste zum

Blühen gebracht – und wenn es damals Wasser im Überfluß gegeben hatte, sollte dann nicht eine Spur davon, ein Rinnsal übrig sein, das mich jetzt würde am Leben erhalten können?
Das Dämmerlicht war fast vollständig gewichen, als ich den Brunnen fand. Aber darin sah ich keinen Widerschein, keinen Glanz, nur Dunkelheit. Fieberhaft lockerte ich einen Pflasterstein, warf ihn hinunter und lauschte ihm nach, wie er immer weiter weg von Fels zu Fels sprang. Ich hatte schon alle Hoffnung aufgegeben, als der Brunnen den Klang zurückwarf, der für mich das Leben bedeutete: das zwar gedämpfte, aber unverwechselbare Aufklatschen des Steins im Wasser.
Der Klang, der für mich das Leben bedeutete! O Ironie der Schöpfung! Es war zwar Wasser da, doch wie konnte ich an es herankommen?
Ich schlug auf den Brunnenrand, bis meine Fäuste blutig waren. Warf einen anderen Pflasterstein hinunter, um dem höhnischen Wasser weh zu tun.
Er ist wahnsinnig. Völlig verrückt und rasend.
Ich fand in der Nähe des Brunnens einen geschützten Winkel und beobachtete, gegen die plötzliche Wüstenkälte in meinen Burnus gekauert, wie der Mond, weit entfernt und gleichgültig, aufging. In den Ruinen hallte das Gekreisch von Raben und Eulen wider.
Ich schlief schließlich ein, träumte nicht, und als der Mond um Mitternacht hoch über der Stadt stand, wachte ich auf und sah...
Ich weiß. Ich weiß, was Sie stört. Eine Geisterstadt irgendwo zwischen Algier und Spanisch-Oran, und ich soll sie als einziger von denen, die das Abenteuer wagten, gesehen haben. Aber ich sah sie. Ich ging auf ihren Straßen. Ich war dort. Die unbekannten Baumeister, die diesen Weg kamen (doch nur einmal, wie wir alle), vergingen nicht, ohne Spuren zu hinterlassen. Und ich? Wenn ich diese Nacht in den Ruinen ihrer Schöpferkraft sterben sollte, welches Denkmal würde ich hinterlassen? Fast dreißig Jahre auf Erden, und es war, als hätte ich nie existiert, als hätten sich die zufällig aufeinander getroffenen Atome, die schließlich zu Miguel de Cervantes werden sollten, ohne jedes Ziel verbunden. Nichts stand auf meine Stirn geschrieben. Kismet null.

Zum Teufel mit dem Kismet. Ich würde mir mein eigenes Kismet schaffen.

Der freie Wille war nun entschieden zugange, ich erhob mich, erblickte im ätherischen Mondschein auf dem Brunnenrand einen Holzeimer und befestigte an seinem Griff ein Seil, das zusammengerollt an der Stelle auf dem Boden lag, wo ich gerade stand. Ich ließ den Eimer Stück für Stück hinabgleiten, so weit das Seil reichte. In der Nähe rief eine Eule, und ich sah im Mondlicht einen Schatten über die Mauer hinter dem Brunnen huschen. Dann zog ich an dem Eimer. War er schwerer? Oder spürte ich nur das Gewicht von Eimer und Seil?

Als der größte Teil des Seils wieder aufgerollt zu meinen Füßen lag, hörte ich Wasser schwappen und sah sein quecksilbernes Glänzen, und ich löschte meinen Durst, und das Wasser war süß, und als ich den Rest in meinen Wasserschlauch gefüllt hatte, berührte da nicht der sanfteste Hauch einer unsichtbaren Hand die meine? Ich gab den nun leeren Eimer wem, welchem Phantom, welchem Wahnbild auch immer, und der Eimer verschwand, und mit ihm der Brunnen.

Am Morgen wanderte ich schnell von jener Stadt weg, schaute nicht einmal zurück.

Auf die afrikanischen und orientalischen Reisen und die sagenhaften Abenteuer von Sir John Mandeville habe ich bereits angespielt. Sir John war (mit Ausnahme der Ägypter selbst) der erste Mensch seit dem Altertum, der die Großen Pyramiden sah. Er brachte zwar keine Pyramidensteine als Beweisstücke mit, doch obschon selbst seine eigene Identität nicht nachzuweisen ist, zweifelte niemand an seinen Worten.

Der große arabische Reisende Ibn-Battuta, der etwa um dieselbe Zeit wie Mandeville lebte, sah die Ruinen von Buchara, Balch und Samarkand. Ibn-Battuta nahm keine rußgeschwärzten Gegenstände mit, aber als er schrieb, daß Dschingis Khan jene sagenumwobenen Städte niedergebrannt habe, schenkten die Leute auch ihm Glauben.

Und fast zweihundert Jahre früher als die beiden machte sich ein armer spanischer Jude aus dem Getto von Tudela auf den Weg, um die Welt zu sehen. Er drang in Gebiete vor, die nie zuvor ein

Spanier erblickt hatte (und seither auch nicht viele), und als er davon schrieb, daß galiläische Dörfer von den Nachkommen der Juden, die die Kreuzritter ein Jahrhundert zuvor vertrieben hatten, wieder besiedelt worden seien, stellte dies keiner in Frage. Und doch ist es vorstellbar, daß bei diesem Benjamin aus Tudela persönliches Interesse im Spiel gewesen sein könnte.

Bei mir nicht. Alles, was ich wollte, war leben, und wenn ich Ihnen erzähle, daß mein Leben durch den Wunderbrunnen in der dem Seth, dem Gott der Finsternis und des Bösen, geweihten Geisterstadt geschont wurde, vertrauen Sie mir.

Als am vierten Tag, nachdem ich die Stadt verlassen hatte, mein Wasserschlauch wieder leer war, sah ich in der Ferne eine Staubwolke. Ich hatte gerade noch Zeit genug, ein Loch in den Sand zu buddeln und mich flach hineinzulegen, als eine Bande von mit alten Musketen bewaffneten Männern auf ihren Kamelen im uneleganten Dromedargalopp auf mich zugeritten kam.

Ich sah ihnen nach, wie sie ihre Staub-(eigentlich Sand-)wolke über die Wüste zogen, und setzte dann meinen mühseligen Weg Richtung Westen fort. Von da an spürte ich, daß immer Menschen in der Nähe waren, kopfgeldjagende Nomaden, die höchstwahrscheinlich auf meine Fußspuren gestoßen waren, ehe der Wind sie verwischt hatte, und die jetzt die Wüste nach mir absuchten.

Wie lange kann ein Mensch laufen, ohne Essen und Wasser, mit jenem taumelnden, stolpernden Schritt, der bestätigt, was jedes einjährige Kind sagen würde, wenn es sprechen könnte – daß das Gehen eine Reihe verhinderter Stürze ist? Bald kroch ich mehr, als daß ich lief, der freie Wille war auf das verschwommene Bewußtsein verkürzt, daß der Tod nicht weit war, daß er vielleicht auf der Windseite der nächsten Düne wartete, und dennoch kämpfte ich mit einer ganz persönlichen Macho-Wut weiter – denn der Machismo ist nicht nur Schau –, einer Wut auf meinen Selbstbetrug mit dem gottgegebenen (oder auch nicht) freien Willen, der, Algier hinter und Spanisch-Oran vor sich, noch immer eine Freiheit suchte, die so illusorisch war wie der Tümpel mit klarem Wasser, den ich durch den Dunst der gleißenden Hitze in jener unmenschlichen Weite aus heißem Sand und Fels erblickte. Ich fiel in genau dem Augenblick hin, als ich gewahr wurde, daß es keine Fata Morgana war, und ich schleppte mich zu seinem Rand, tauchte meinen Kopf in die Kühle und trank, trank, hob dann den Kopf und sah im Wasser vier Kamele sich spiegeln, und auf den vier Kamelen vier Männer, und in der Armbeuge eines jeden eine Muskete, und ich dachte ohne Verzweiflung an meine Schwester Andrea, deren Haar die Farbe eines Weizenfeldes hatte, meine Schwester Andrea, die sich mit numinoser Anmut bewegte, und lächelnd hörte ich die Rufe der vier Reiter, hörte ihren Anführer seinem Kamel zuschnalzen, woraufhin das Tier linkisch die Vorderbeine einknickte, so daß er aus dem Sattel gleiten und mir mit einem Satz den Kolben seiner Muskete an den Kopf schmettern konnte.

Zwölftes Kapitel
Inzwischen in Madrid

»Sie sind eine bemerkenswerte Frau, Doña Andrea.«
Der Rechtsanwalt meiner Schwester, Picapleitos, wandte sich vom Fenster seiner Kanzlei auf dem Hügel von San Vicente ab, die fast herablassend oberhalb des Königspalasts throntе. Er setzte sich, schlug seine dürren Beine übereinander und wippte mit einem goldbeschnallten Schuh. Sein immer kahler werdender Kopf ruhte auf einer mühlradgroßen Halskrause. Die Spitze seiner ungewöhnlich langen Nase, die Gott oder der Teufel zu einer Spitze zusammengezwickt hatte, bebte.
Picapleitos strich sich die Nase entlang, wobei seine saubere Hand es irgendwie fertigbrachte, sie mit Tinte zu beschmieren. »Bemerkenswert, reizend und noch immer so jung wie an dem Tag, als Sie zum erstenmal in meine bescheidene Kanzlei kamen – in Sevilla, nicht wahr?«
»Ich will meine Tochter«, sagte Andrea zu ihm.
»Und Sie werden sie bekommen.«
»Wann? Das Bezirksgericht hat schon vor über einem Jahr angeordnet, daß Nicolás Ovando sie mir zurückgeben soll.«
»Es ist eine traurige Tatsache in diesem Leben, Doña Andrea, daß der vollstreckende Arm des Gesetzes, wenn er auf einen Mann mit Vermögen trifft, keinen Biß hat.«
»Vermögen? Er ist doch bankrott.«
»Ich fürchte, nein.« Mit einer nüchternen Handbewegung war die Nase wieder ohne Fleck. »Der königliche Rat hat in seiner Funktion als Organ der Rechtsprechung entschieden, daß der Nachlaß von Ovandos Onkel, dem Generalvikar, der alles andere als insolvent war, beeindruckend groß ist. Nämlich so groß, daß das Bezirksgericht von Sevilla Ovandos Verfahren gegen Sie wiederaufnehmen wird.«

»*Sein* Verfahren gegen *mich?*«

»Nicolás de Ovando hat Sie in Sevilla angezeigt – wegen, äh, entweder Rufschädigung oder Schaden durch üble Nachrede. Verstehen Sie, als Sie ihn anzeigten, wegen, äh, Nichteinhaltung eines Versprechens und er nicht zahlen konnte oder wollte, schloß der Gerichtshof daraus irrtümlich, daß der Nachlaß des Generalvikars wertlos sei.«

»Aber Ovando *wiegte* ihn in dem Glauben, daß er wertlos sei, damit er nicht zu zahlen brauchte.«

»Trotzdem waren Sie es, die den Prozeß angestrengt hat, meine Liebe.«

»Ich will meine Tochter.«

»Und da Ovando Berufung gegen die Entscheidung des Bezirksgerichts eingelegt hat, Ihnen die Obhut der Minderjährigen Constanza de Figueroa anzuvertrauen, und da der Termin für die Anhörung vor dem Berufungsgericht bereits für Ende nächsten Jahres –«

»Ende nächsten Jahres!«

»Glauben Sie mir, wir Rechtsanwälte versuchen, den Entscheidungsablauf in Gang zu halten. Sie haben meine siebenundfünfzig Teilhaber in den Vorzimmern nach allen Kräften arbeiten sehen?« Und wieder erschien der Tintenfleck.

»Sie ist ein Kind, das leicht zu beeinflussen ist, und noch sehr jung für ihr Alter. Das Haus der Ovando ist kein Ort für sie, besonders da jetzt Pedro (der »Killer«) Pacheco Portocarrero dort lebt.«

»Um sie vor Ihnen zu schützen, behauptet Ovando.«

»Aber er hat sie mir geraubt.«

»Wie dem auch sei. Habe ich bei unserer letzten Begegnung erwähnt, daß Ovando vor dem Gericht für Ehestreitigkeiten Gegenklage gegen Sie erhoben hat?«

»Ehe? Wir waren doch nie verheiratet.«

»Wenn ein Kind im Spiel ist, versucht das Ehegericht oft die Rechtsprechung an sich zu ziehen. Das Bezirksgericht sperrt sich natürlich dagegen. Seine Richter, Schreiber und so weiter haben ja auch ein Recht zu leben.«

»Aber sie *haben* mir die Vormundschaft über Constanza zugesprochen!«

»Ihre Zuständigkeit wird auch durch das Adelsgericht bestritten, bei dem Ovando den Rufadel Ihres Vaters mit der Begründung in Zweifel gezogen hat, daß die Papiere nicht ordnungsgemäß abgestempelt wurden, als sein Anwalt sie –«
»Das waren Sie.«
»– in Valladolid eintragen ließ. Ich kann es nicht gewesen sein, weil ich nie Fehler mache.«
»Aber Sie *waren* es.«
»Oder – wollte ich fortfahren – wenn ich es war, dann ist kein Fehler passiert. Sollte natürlich das Adelsgericht angesichts der Indizien befinden, daß die Papiere nicht vorschriftsmäßig abgestempelt waren, würden es die Gepflogenheiten nicht nur unmöglich machen, daß Sie gegen Ovandos Eingabe Einspruch erheben, sondern auch gegen seine Behauptung, der ursprünglich zuständige Gerichtshof, welcher das nun auch gewesen sein mag, sei gegen ihn voreingenommen gewesen.«
Andreas Mund klappte auf, doch bevor sie etwas sagen konnte, fuhr Picapleitos fort: »Doch Sie haben Glück. Ovando ist bereit, den Rufadel Ihrer Familie anzuerkennen, falls Sie bereit sind, seine Vormundschaft über die Minderjährige Constanza de Figueroa anzuerkennen.«
»Aha – aber warum sollte ihm irgendein Gericht die Vormundschaft zusprechen, wenn alle Gerichte darin übereinstimmen, daß der Vater der kleinen Constanza nicht Nicolás de Ovando ist, sondern der selige Hauptmann Figueroa?«
»Genau. Daher schlage ich vor, daß wir eine Gegen-Gegenklage beim Militär- und Marinegericht einreichen. Da der vermutliche Vater des Kindes ein Held der Schlacht von Lepanto war, der im Kampf fiel und so weiter –«
»Aber Hauptmann Figueroa hat es nie gegeben. Sie haben mir geraten, mich als Witwe eines Kriegshelden auszugeben.«
»Solche Rechtskonstrukte führen, sobald sie einmal Teil der Gerichtsakten sind, ihr Eigenleben, das sehr viel, sagen wir, lebendiger ist, als das von Menschen aus Fleisch und Blut.« Wieder ein Wippen mit dem goldbeschnallten Schuh, wieder ein Beben der von Gott oder dem Teufel zusammengezwickten Nase. »So oder so

werde ich für diesen ausufernden Rechtsstreit einen zusätzlichen Vorschuß benötigen.«

»Ich habe Ihnen letzte Woche doch erst einen zusätzlichen Vorschuß für den Fall meiner *Schwester* gegeben.«

»Der Rechtsstreit von Señora Magdalena Pimentel de Sotomayor ist kostspielig, weil er kompliziert ist. Doch wenn sie gewinnt, wird der Ertrag sehr groß sein. Anscheinend hat sie den Pacheco-Portocarrero-Brüdern viel mehr im Wert von Juwelen ›geliehen‹, als Sie sich je ausdenken könnten.«

»Das habe ich nur einmal versucht«, entgegnete Andrea. Sie nahm davon Abstand hinzuzufügen: »Und das war Ihre Idee.«

»Angesichts des erwiesenermaßen großen Einfallsreichtums von Ovandos Berater«, sagte Picapleitos zu ihr, »muß der Vorschuß beträchtlich sein.«

»Aber das Schiff *Sol*, das meine Brüder letztes Jahr von Italien nach Hause brachte, wurde vor der Küste Frankreichs aufgefunden, führerlos und die Decks voller Blut. Sie sind also entweder tot oder in die Gefangenschaft von Barbarenpiraten geraten. Wie kann ich für Sie noch mehr Geld entbehren, wenn auf meine Familie jederzeit Lösegeldforderungen zukommen können?«

»Wenn die *Sol* ein gewöhnliches Handelsschiff wäre, mit gewöhnlichen Händlern an Bord«, sagte Picapleitos, »so stünden die Chancen zugunsten einer Gefangennahme. Aber die *Sol* hatte mehrere Kompanien von Don Juans, äh, Papageien – so werden sie, glaube ich, genannt – an Bord, und jene blutbespritzten Decks legen Zeugnis davon ab, wie teuer und soldatenhaft sie ihr Leben verkauften. Nein, die Logik bringt mich zu dem Schluß, daß man Sie nicht mit Lösegeldforderungen belästigen wird.«

Wie Andrea mir später erzählte, würde sie sich immer mit einzigartiger Unmittelbarkeit an das erinnern, was dann geschah.

Während Picapleitos mich und Rodrigo abschrieb, spürte Andrea, wie ihre Welt zusammenstürzte: Die kleine Constanza war geraubt, Magdalena lag in einem endlosen Rechtsstreit, Picapleitos verlangte mehr Geld, während sie nicht genug hatte, um die Mietrückstände für das große Steinhaus am Sonnentor zu begleichen, oder auch nur, um Doña Leonor etwas zu geben, »damit sie und Papá

genug zu essen auf dem Tisch haben – lieber armer Vater; sein Barbierladen am Maurentor war zugenagelt, und er redete davon, ›wieder einmal unterwegs‹ zu sein; doch das war nur Gerede, Miguel«, pflegte sie mir später zu erzählen, »denn Papás Unternehmungsgeist war gebrochen. Ich wußte, daß er Madrid nie wieder verlassen würde – wovon *ich* allerdings träumte, ein so schuldbewußter Traum, Miguel, einfach alles hinter mir lassen und weggehen, irgendwohin ...«
Und im nächsten Augenblick wurde, obwohl sie Picapleitos noch gegenübersaß, irgendwie eine Verbindung über jene riesigen, zu Bogen gerundeten Entfernungen hinweg, wo sich die Zeit zum Raum weitet, hergestellt, denn sie erinnert sich, daß sie von der Mandantenbank aufsprang, diese dabei umstieß und ihren Kopf mit beiden Händen umfaßte, während sie ohne Vorwarnung ein heftiger Schmerz überkam. »Es fühlte sich an«, so sollte sie mir später berichten, »als ob jemand hinter mir, ein unsichtbarer Jemand oder ein Etwas, mir kräftig auf den Kopf schlug.«
(Das mußte genau der Augenblick gewesen sein, als der kopfgeldjagende Nomade von seinem Kamel glitt und mich mit seiner Muskete bewußtlos schlug, aber das habe ich Andrea nie erzählt.)
Picapleitos hatte kaum Zeit, den taktlos fröhlichen Tintenfleck von seiner Nase zu wischen, ehe er Andrea mit einem Arm um die Schultern stützte. Der Anwalt war einen Augenblick lang ganz wider sein sonstiges Wesen sprachlos.
Als der Schmerz nachließ, verspürte Andrea ein vermeintliches (und kurzzeitiges) Wohlbefinden. »Ein weiterer Vorschuß«, sagte sie knapp, »kommt nicht in Frage. Wir *wissen* nicht, daß sie tot sind. Wenn eine Lösegeldforderung eingeht, brauchen wir jeden Maravedí, den wir haben. Einmal angenommen, wir hätten welche. Was nicht der Fall ist.«
»Wenn dem so ist«, erwiderte Picapleitos, als er seine Sprache wiederfand, »brauchen Sie jemanden, der Einfluß auf die Mercedarier und Trinitarier nehmen kann, die im Namen Gottes Lösegeld sammeln und verteilen. Zufällig hat ein Vetter von mir die niederen Weihen, und er ...«
»Nein«, hob Andrea mit, wie sie sich einredete, eisiger Selbstbeherrschung an, »es ist verfrüht, sich auf –«

»Wie Ihnen jeder erfahrene Anwalt versichern würde, ist es nie zu früh, sich auf eine so schwierige Eventualität einzustellen.«

»– Lösegeldforderungen einzustellen, die noch gar nicht eingegangen sind und vielleicht nie eingehen werden. Für uns ist das Wichtigste –«

»Aber«, meinte Picapleitos, »ich dachte, Lösegeldforderungen würden in Ihren Gedanken ganz obenan stehen.«

Andrea schrie: »Wie kommt es, daß ich jedesmal, wenn ich mit Ihnen rede, mich selbst wie ein Rechtsanwalt anhöre? Lassen Sie mich in Ruhe – warum können Sie mich nicht einfach in Ruhe lassen?« Und sie strafte ihre Worte Lügen, indem sie in Picapleitos' Armen zusammensank.

Das war kein Trick des schwachen Geschlechts in einer Macho-Welt. »Ich konnte einfach nicht mehr«, würde sie mir später erzählen.

Sie begann leise zu weinen.

Picapleitos wartete drei Schläge ihres Herzens an seiner schmalen Brust ab. Dann strich er über ihre Mähne weizenblonden Haares und sprach, ganz und gar nicht wie ein Anwalt, zu ihr: »Sie sind reizend, wenn Sie weinen. So reizend, wie wenn Sie lächeln. Es braucht«, fuhr er mit heiserer Stimme fort, »kein Vorschuß im ... üblichen Sinne des Wortes zu sein.«

Überrascht hob sie das tränenüberströmte Gesicht.

Seine schmalen blassen Rechtsverdreherlippen berührten die ihren.

»Madrid ist ein Dschungel«, sagte er. »Sie brauchen jemanden, der auf sie aufpaßt.«

Einmal (an diesen Gedanken würde Sie sich später erinnern) hatte sie so jemanden gehabt – Rizio Rizione. Aber sie hatte seit Jahren nichts von ihm gehört. Anscheinend hatte niemand etwas von ihm gehört. Der Genueser Geschäftsmann, der den nicht mehr geöffneten Barbierladen ihres Vaters nicht mehr aufsuchte, glaubte, er sei tot.

War auch Miguel tot?

»... mit gegenseitiger Zuneigung; doch da diese nicht vorhanden ist, könnten wir das Ganze als eine einfache *liaison de convenance* betrachten«, sagte Picapleitos in diesem Moment und strich dabei mit seiner freien (schmalen, blassen) Hand verwegen über ihre Brust, wenn er sich nicht gerade über die Nase strich. »Ich vertrete Sie vor jedem Gericht des Landes, wenn Sie dafür ...«

Sie schob seine Hand beiseite. »Ich werde das Geld auftreiben«, sagte sie.

Eine Viertelstunde später stand Andrea in der Toledo-Straße und starrte durch den flockig fallenden Schnee auf das Haus der Ovando, das unverwundbar hinter einer Steinmauer dastand; die unergründlichen Fenster hoben sich hell erleuchtet gegen die hereinbrechende Nacht ab. Es sah aus wie ein verwunschenes Schloß in einer jener Geschichten von fahrenden Rittern, die Miguel laut vorzulesen pflegte, als sie noch Kinder waren. (Miguel! Miguel, wo bist du jetzt?) Sie stellte sich vor, daß die kleine Constanza genau in jenem Augenblick an einem der unergründlichen Fenster stand und mit ihrem blauen und ihrem braunen Auge verloren in den Schnee hinausblickte und sich dabei ihrerseits vorstellte, ihre Mutter würde kommen und sie retten. Sie retten! Manchmal, wenn Andrea krank vor Sehnsucht nach ihrer Tochter war, träumte sie selbst davon, eine Kinderphantasie voller Gestalten aus Miguels Geschichten – furchtlose Helden wie Amadís von Gallien (der stets das liebe, vertraute Gesicht Miguels hatte) und sein Bruder Galaor, die gemeinsam jede Tat, was es auch sei, vollbringen konnten.

Als sie bei ihrem Tagtraum an diesem Punkt angelangt war und sich gerade ausmalte, wie ihr verschollener Bruder ihre verschollene Tochter rettete, kam der alte *sereno*, der Nachtwächter, die Toledo-Straße entlanggewackelt; der Ring mit den schweren Eisenschlüsseln klimperte an seinem Gürtel. Er stieß mit dem schweren Eichenstab auf den Boden und sagte mit seiner freundlichen Stimme: »Nun, schöne Dame, ich habe Sie heute nacht länger als gewöhnlich hier verweilen und zu den unergründlichen Fenstern hinaufblicken lassen, und Sie wissen, ich werde gerade dafür bezahlt, derlei Dinge zu verhindern. Daher wünsche ich Ihnen einen guten Abend, schöne Dame«, hier zwinkerte er mit seinem entzündeten alten Auge, »und hoffe, Sie hier bald wiederzusehen.«

Andrea erwiderte das Lächeln des Nachtwächters und setzte, nachdem sie der kleinen Constanza über die Mauer des Gefängnisses einen wehmütigen Kuß zugeworfen hatte, ihren Weg zum Sonnentor und dem großen Steinhaus fort, aus dem sie und Tomás Gutiérrez, wenn nicht ein Wunder geschehen würde, morgen vertrieben würden.

Tomás öffnete ihr.

»Was tust du denn hier?« fragten beide.

»Ich wollte mich nur noch ein letztes Mal umsehen«, sagte Tomás.

»Ich auch.«

Viel gab es in der Schauspielschule für Damen im großen Steinhaus nicht mehr zu sehen. Die Möbel, Teppiche und Wandbehänge waren über einen Zeitraum von Monaten hinweg zum Monte de Piedad gewandert, und es bestand keine Hoffnung, daß sie je wieder ausgelöst würden.

Sie gingen in den Salon, wo im Kamin ein schwaches Feuer glomm.

»Das letzte Feuerholz«, sagte Tomás Gutiérrez. »Das letzte von allem.« Er stellte einen Fuß auf das Kamingitter, und in seinem gewachsten, dattelfarbenen Schuh spiegelte sich der Feuerschein. Stets trug er diese Schuhe, jeden Tag; sie verursachten Andrea Bauchgrimmen. »Ich habe gerade gedacht – wenn das Räuberkommando morgen kommt, um unser ganzes Zeug auf die Straße zu werfen? Das wird irgendwie lustig. Weil wir kein Zeug haben.«

Andrea rang sich ein müdes Lächeln ab. »Wo wirst du hingehen, Tomás? Was tun?«

»Na ja, ein Freund von mir ist Regieassistent im ›Prinz‹. Und warum sollte ein Schauspiellehrer nicht selbst ein wenig spielen, oder?« fragte Tomás etwas abwehrend.

»Natürlich. Und du warst außerdem ein guter Schauspiellehrer.«

»Was willst *du* tun?«

»Spielt keine Rolle. Bei meiner Familie leben, vielleicht das Nähen anfangen.« Oder eine Stelle finden. Als Verkäuferin, Küchenmagd, irgend etwas.

Wie Andrea das Scheitern haßte!

»Dir für ein paar Heller die Hände bis auf die Knochen abarbeiten? Dazu bist du viel zu schade, Andrea.«

Sie entgegnete, von der Schärfe ihrer Worte ebenso überrascht wie er: »Mußt du immer diese lächerlichen Schuhe anhaben?«

»Wie? Meine Schuhe? Was gefällt dir an ihnen nicht? Sie sind eingelaufen, bequem wie – wie alte Schuhe eben. Und das Wachs verhindert, daß meine Füße naß werden, wenn es regnet.«

»Sie sind scheußlich. Die häßlichsten Schuhe, die ich je gesehen habe.«

Tomás offenes, vertrautes Gesicht sah gekränkt aus.

Andrea hatte nie bemerkt, wie *bullig* er für seine geringe Größe eigentlich war. Und mit seinem Stiernacken und den ernsten, nah beieinanderstehenden Augen sah er nicht gerade wie ein sanfter Schauspiellehrer aus. Kein Wunder, daß die Schule hatte dichtmachen müssen.

»Wenn du vielleicht ein wenig *savoir faire* mitgebracht hättest«, sagte Andrea und bedauerte es schon im selben Moment, daß sie Tomás die Schuld für ihrer beider Scheitern zuschob. Doch sie sah den lächerlichen Schuh auf dem Kamingitter und konnte nicht aufhören. »Wenn du es verstanden hättest, den Leuten Honig ums Maul zu schmieren, anstatt sie zu beleidigen, wie damals, als Anica Villafranca bei dem neuen Stück von Timoneda ein sicherer Erfolg gewesen ist, bis du zu Timoneda gesagt hast, er solle es lieber weiter als Drucker versuchen.«

»Einen Augenblick mal! Ich habe Ana Villafranca in einer Spelunke in der Deutschen Straße aufgegabelt. Ich habe ihr alles beigebracht, was sie von der Schauspielerei versteht. Ich habe allen alles beigebracht. Wenn ich nicht gewesen wäre, würde die kleine Anica immer noch in der Deutschen Straße Bier ausschenken.«

»Genau das tut sie im Moment auch«, entgegnete Andrea kalt.

»Und du? Wenn du nicht jeden Dukaten, den wir eingenommen haben, dieser Pimentel-de-Sotomayor-Schlampe –«

»Diese ›Pimentel-de-Sotomayor-Schlampe‹ ist zufällig meine Schwester, und ich habe ihr nie einen Maravedí gegeben, den sie nicht dringend gebraucht hätte.«

»Für was denn?« rief Tomás. »Für ein zwölflagiges Samtkleid über einer Krinoline von der Weite der einer Königin?«

»Ein junges Mädchen muß den Schein wahren, um den passenden Ehemann anzulocken. Vielleicht lebt Magdalena über ihre Verhältnisse, aber –«

»Der einzige passende Ehemann, der mir für diese Pimentel-de-Sotomayor-Schlampe in den Sinn kommt, ist Pedro (der »Killer«) Pacheco Portocarrero. Und sie lebt nicht über ihre Verhältnisse, sondern über *unsere*.«
»Na, das ist ja reizend,« erwiderte Andrea. »Ich bin heute abend eigentlich hierhergekommen, um sentimental zu werden.«
»*Du* hast damit angefangen«, antwortete ihr Tomás.
»*Ich* habe angefangen?«
»Du hast über meine Schuhe gelästert.«
»Da ist aber ein großer Unterschied, ob man etwas über die Schuhe von jemandem sagt oder die Schwester von jemandem eine Schlampe nennt und –«
»Aber das ist sie doch«, beharrte Tomás. Andrea hätte am liebsten etwas in dieses offene, vertraute Gesicht, genau zwischen die beiden ernsten, eng beieinanderstehenden Augen geschleudert. Statt dessen lachte sie ganz plötzlich.
»Hör uns bloß einer an«, sagte sie. »Wir haben so lange zusammengearbeitet, daß wir uns jetzt wie ein altes Ehepaar zanken.«
»Es tut mir leid«, sagte Tomás. »Das Zanken und so weiter.«
»Mir auch, Tomás. Es war meine Schuld.«
»Ich wünschte, ich wüßte, wie man immer das Richtige sagt, so wie Juan Rufo das immer konnte. Ich wünschte, ich wüßte, wie man mit Leuten umgeht. Besonders mit Frauen.«
Und wieder stand der gewachste, dattelfarbene Schuh auf dem Kamingitter.
»Sie sind gar nicht so schlecht, ehrlich«, sagte Andrea. »Ich meine, wenn sie bequem sind und dir die Füße trocken halten. Wozu sind Schuhe denn sonst gut?«
»Ich habe mir etwas überlegt«, sagte Tomás nachdenklich.
Andrea nickte ihm aufmunternd zu.
»Was du über das Zanken gesagt hast, verstehst du?« Er stocherte an einem schwelenden Scheit herum, fing wieder ein aufmunterndes Nicken von Andrea auf. »Genau wie ein altes Ehepaar.« Er lauschte eine Weile dem Heulen des Windes im Rauchfang.
»Das Wachs auf deinen Schuhen fängt zu schmelzen an«, bemerkte Andrea.

Tomás zog seinen Fuß schnell von dem Kamingitter zurück und starrte trübsinnig in das letzte Feuer, vor dem sie je in der Schauspielschule für Damen im großen Steinhaus stehen würden.
Dann sagte er: »Andrea, willst du mich heiraten?«
Draußen hob eine heftige Bö ein paar Dachziegel ab und zerschlug sie auf der Straße.
Andrea antwortete: »Oh, Tomás! Ich weiß nicht, was ich sagen soll – nach einem so schönen ... schönen ... «
»Du könntest es mit ›Ja‹ versuchen.«
Andrea nahm seine Hand. Küßte ihn leicht auf die Wange. In ihren blaßblauen Augen sammelten sich Tränen, während Tomás hingerissen in sie hineinstarrte.
»Ich kann nicht, Tomás«, sagte sie einfach, »denn ich liebe einen anderen.«
»Ach ja, natürlich. Juan Rufo. Welche Frau würde das nicht? Ein gutaussehender, süßholzraspelnder Höfling mit einer glänzenden Zukunft, wenn er noch lebt, und ich habe nichts vorzuweisen außer meinem gewichsten dattelfarbenen Schuh. Aber ... glaube mir, ich sage das nur, weil er mein bester Freund ist und er es so wollen würde ... Juan Rufo ist vermutlich tot. Oder er ist in Gefangenschaft bei den Barbarenpiraten, genau wie deine Brüder. Die behandeln sie wie Tiere. Werfen sie in Kerker. Schlagen sie. Foltern sie. Wer Glück hat, stirbt. Du mußt dich der Wirklichkeit stellen, Andrea. Die meisten Gefangenen kehren niemals aus Algier zurück. Niemals – warum weinst du?«
In diesem Augenblick war ein Klopfen mit dem eisernen Türklopfer (Tomás' Entwurf: ein ovaler Reif in den Mündern zweier Masken, Tragödie und Komödie) zu vernehmen, und Tomás, der zwischen der Sorge um Andrea und der Neugier hin und her gerissen war, befand sich gerade auf halbem Wege zur Tür, als diese aufflog und ein großer, beneidenswert gutaussehender Mann mit einem Zwillingsbart darin stand. Seine Hand ruhte in einstudierter Pose auf dem Knauf seines Rapiers.
»Juan!« rief Tomás aus. »Juan Rufo!«

In einem anderen Teil der Stadt eilte Pedro de Isunza, der einst der Leibwächter des unglückseligen Kronprinzen gewesen und jetzt ein kleiner Angestellter der Anlageberatung des Hohen und Heiligen Rats der Inquisition war, durch die windgepeitschten Straßen; sein schwarzer Umhang flatterte wie die Flügel einer blutsaugenden Fledermaus, als er in Richtung der Verhörkammern der Inquisition hastete, der sogenannten Bearbeitungszentrale, die sich in den Kellern (nicht Kerkern, denn wie guter Wein müssen Kerker reifen) eines unauffälligen Gebäudes aus jenem unverwitterten Kiefernholz befand, das in der neuen Hauptstadt König Philipps des Todliebenden so allgegenwärtig war. Beutelschneider, Straßenräuber und andere Wesen der Nacht gingen Pedro de Isunza mit einer Beklommenheit aus dem Weg, die sie nicht zu erklären vermocht hätten. Eine einzige düstere Gestalt jedoch folgte ihm in einer Entfernung, die geschickt den leeren Straßen, der Dunkelheit und Isunzas offensichtlicher Hast, sein Ziel zu erreichen, angepaßt war. Als Isunza ankam, schlüpfte die düstere Gestalt seines Verfolgers hinter einen Stapel Kiefernholzbretter und kritzelte eine Zeitlang etwas in ein Notizbuch; er hielt nur inne, um über die Ironie dieser Situation nachzugrübeln: daß er zu einem Zeitpunkt Informationen für einen gewissen gemeinsamen Bekannten sammelte (den er nie kennengelernt hatte), als die intimen Kenner der Geheimdienste zu argwöhnen begonnen hatten, daß er gar nicht mehr am Leben war. Die folgenden vier oder fünf Monate verbrachte Pedro de Isunza fast jede Nacht damit, einen Beschuldigten zu verhören, der dunkel wie ein Zigeuner war, ehe er in seine spartanische Behausung unter den Dächern eines der wenigen Steinhäuser von Madrid zurückkehrte, das sehr demjenigen glich, in welchem meine Schwester Andrea und Tomás Gutiérrez zuletzt zu sehen waren. Der düstere, hutlose und wie Isunza schwarzgekleidete Verfolger schrieb ein Notizbuch nach dem anderen voll; dabei bediente er sich eines Kodes, der sich in gewisser Weise auf die Anrufung und Indienstnahme von Dämonen bezog, wie sie in dem umstrittenen, aber noch unveröffentlichten Meisterwerk des Abts von Sponheim, der *Steganographia*, beschrieben wurden.

Der Beschuldigte, der so dunkel wie ein Zigeuner war, hieß dem Gesetz nach nun Luis Schwarzsklave – ein Name, den er sich mit seiner sardonischen Kaltblütigkeit durch eine einseitige Absichtserklärung angeeignet hatte, kurz nachdem er in jener weit zurückliegenden Nacht in Alcalá, in der der Kronprinz treppabwärts fiel, seine Freiheit erlangt hatte.

Auf die übliche Vorladung hin war Luis (gemäß den Eintragungen, die mein Bruder Juan der Düstere in den später so genannten »Steganographischen Notizbüchern über Luis Schwarzsklave« machte) zur Bearbeitungszentrale gekommen. Auf seinem kahlgeschorenen Schädel thronte ein hoher Seidenhut, und er trug einen prachtvollen scharlachroten Samtumhang. Er sah wohlhabend und bedrohlich aus. Als Pedro de Isunza eintrat, ließ er sogar ein Lächeln aufblitzen, bei dem er seine fünf oder sechs gefährlichen Goldzähne fletschte.

»Was soll das Ganze eigentlich?« fragte der unerschrockene Luis. Hier, bei der ersten Gelegenheit, ein gutes Verhältnis zu dem Beschuldigten herzustellen, verschätzte sich Pedro de Isunza: »Eine Geringfügigkeit, Señor Schwarzsklave, die du, da bin ich ganz sicher, leicht für uns aufklären kannst. Kein Grund zu Förmlichkeiten: Ich bin von ebenso niederer Herkunft wie du.«

»Von niederer Herkunft? Wovon zum *Teufel* redest du, Mann? Mein Vater ist Kaiser-König über einen riesigen Archipel, der sich von der Küste Yucatáns bis zu den Inseln über dem Winde und bis Bermuda im Norden erstreckt, mit einer dreimal so großen Bevölkerung wie Spanien und England zusammen. Und die Niederlande obendrein. Wenn du von niederer Herkunft sprichst, Mann, dann nicht von *mir*.«

Sie starrten sich mit gegenseitiger Abneigung an, bis der Folterknecht kam, der der Sitte und den »Steganographischen Notizbüchern« gemäß für den Staat und nicht für die Suprema arbeitete; diese schien – ganz wie die moslemischen Ärzte in Algier, wenn es solche überhaupt gab – ziemlich zartbesaitet, wenn es darum ging, das Blut ihrer Opfer zu vergießen.

Als der Folterknecht erfuhr, daß Pedro de Isunza nur in der Anlageberatung arbeitete, wollte er ihm die Benutzung der Einrichtungen

der Bearbeitungszentrale nicht gestatten. Doch eine Goldmünze wechselte den Besitzer, und alle gingen in die Folterkammer – anscheinend einschließlich, wenn auch unsichtbar, Juans des Düsteren, wie die wörtlichen Dialogmitschriften in den »Steganographischen Notizbüchern« belegen.
Zum Beispiel:
»Der Umstand ist wohlbekannt«, sagte Pedro de Isunza, »daß es oft genügt, den Beschuldigten *in conspectu tormentorum* zu setzen, ihm also die Folterwerkzeuge zu zeigen, um ihn zum Reden zu bringen.«
»Und damit allen Beteiligten Unannehmlichkeiten zu ersparen«, fügte der Folterknecht hinzu.
»Aber ich habe vor niemandem etwas zu verbergen«, entgegnete Luis Schwarzsklave mit der gewohnten Kaltblütigkeit.
»Stellt eure Fragen, und ich antworte. Anschließend können wir alle nach Hause gehen.«
»Das ist bedauerlicherweise nicht möglich«, schniefte der Folterknecht.
»Schon seit den Tagen des klassischen Griechenlands«, erläuterte Pedro de Isunza, »ist die Aussage eines Sklaven nur unter der Folter zulässig. Hier stimmt der weltliche Humanismus einmal völlig mit dem Heiligen Offizium überein.«
Luis bleckte seine fünf oder sechs Goldzähne. »Ich *bin* aber kein Sklave. Ich habe meine Freiheit im Jahre 1564 erlangt.«
Bei dieser anscheinend harmlosen Feststellung hakte Isunza ein: »War es nicht vielleicht eher 1562, daß du deine Freiheit erlangtest?«
»Mann! Das hat mir viel bedeutet! Ich muß doch schließlich wissen, wann es war. Und zwar 1564.«
»Du lügst«, sagte Pedro de Isunza, und wie auf Verabredung wurde die Tür aufgerissen. Sechs Wachen der Suprema, allesamt Riesen, stürzten herein und zogen Luis bis auf seine schwarze Haut aus, jedoch erst, nachdem er drei von ihnen flachgelegt hatte.
»Stimmst du mir trotz seiner Einwände zu«, fragte Pedro de Isunza den Folterknecht, »daß er wie ein Sklave aussieht? Die Farbe mag ein wenig abgegangen sein, aber schau dir die Muskeln an.«

»Und«, sagte der Folterknecht, »er hat einen, wie ihn die schwarzen Sklaven angeblich haben.«
Luis, der bei der Schlägerei, außer daß er zwei (natürlich weiße) Zähne verloren hatte, unverletzt geblieben war, lispelte nur das eine Wort:
»Neidiss?«
Die drei übrigen Wachen banden Luis die Hände auf den Rücken und schleppten ihre drei weniger erfolgreichen Kameraden hinaus. Inzwischen begann der Folterknecht *in conspectu tormentorum*:
»Hier haben wir die *garrucha* und hier die *toca* und hier den *potro*.« Er deutete nacheinander auf den Streckzug, die Wasserfolterhaube und die Folterbank. »Alle sind hervorragend dazu geeignet, Schmerzen zu bereiten, die einen Mann, sogar einen wohl ausgestatteten schwarzen Sklaven, zu einem Schlag wabbeliger *cuajada* machen.«
Luis Schwarzsklave blieb unbeeindruckt. »Ich bin kein Sklave.«
»Wie genau«, versuchte es Pedro de Isunza, »erlangtest du denn deine Freiheit im – April, war es doch? – des Jahres 1562?«
»Es war im Oktober. Und 1564.«
(Die »Steganographischen Notizbücher« bieten für diese Uneinigkeit hinsichtlich des Datums keine Lösung an, aber die beiden Männer betrachteten eindeutig dasselbe Ereignis in verschiedenen Zeitgerüsten: Isunza historischer und Luis Schwarzsklave fiktionaler Zeit nach.)
Da *in conspectu tormentorum* nicht wirkte, wurde Luis als nächstes an seinen gefesselten Handgelenken auf der *garrucha* gestreckt, bis sein kahlgeschorener Schädel die Decke berührte, ein Vorgang, der ihm die Schulter auszurenken drohte. Dann geschah etwas Unerhörtes.
Luis Schwarzsklave verlor einen Moment lang seine gewohnte Kaltblütigkeit.
Der plötzliche Schrecken über den ersten Beweis der Kunstfertigkeit des Folterknechts demütigte ihn dermaßen, daß er, sobald er darüber hinweggekommen war, gelobte, eher würde der achte Höllenkreis zugefrieren und der neunte schmelzen (selbst wenn dies die Befreiung Judas Ischariots bedeutete, von Luzifer ganz zu schweigen), bevor er diesen Unmenschen verriet, was sie wissen wollten.

Gemäß weiteren Einträgen in den »Steganographischen Notizbüchern über Luis Schwarzsklave« eilte Pedro de Isunza allnächtlich nach Aussetzung der Folter zurück in seine spartanische Behausung und träumte seinen immer wiederkehrenden Alptraum von einer »über die Maßen schönen Jungfrau, die eine unheimliche Ähnlichkeit mit (*Name ausgelöscht*) hatte und ihn erbarmungslos mit der langen Mähne ihres weizenblonden Haares auspeitschte«.

Obgleich Pedro de Isunzas Behausung spartanisch war, galt dies nicht für sein Verhalten gegenüber Schmerzen. Wenigstens bei der Hälfte dieser alptraumhaften Auspeitschungen hatte er einen Orgasmus, und bei mehreren Gelegenheiten wachte er auf und entdeckte, daß sein Körper mit Striemen bedeckt war.

Wie Juan der Düstere vom Inhalt der wiederkehrenden Alpträume erfuhr und ob er die Striemen wirklich sah (die, kurz nachdem Isunza aufgewacht war, stets verblaßten), ist in den Notizbüchern nicht vermerkt.

Nach den Vorschriften der Inquisition durfte ein Beschuldigter nur einmal gefoltert werden, so daß Sie sich sicher über die vier bis fünf Monate Verhör wundern, denen Luis Schwarzsklave unterzogen wurde. Die Suprema half dieser ärgerlichen Einschränkung durch einen schlauen Vorwand ab: Das Ende jedes Durchgangs wurde nicht als Abschluß, sondern als Aussetzen der Folter deklariert (weil der Folterknecht erschöpft war, der Wundarzt eine Pause für den Beschuldigten empfahl usw.).

Eine bewundernswürdige Lösung. So bewundernswürdig, daß ich sie, denke ich, übernehme.

Damit will ich sagen: Wollen Sie wirklich alle abscheulichen Details jener vier bis fünf Monate Folter miterleben?

Empfindlichkeit beiseite, wollen Sie nicht lieber hören, was sich zwischen Juan Rufo und meiner Schwester entspann (oder auch nicht)? Oder wie sich meine Familie daranmachte, Rodrigo und mich freizukaufen? Oder was geschah, als mein Vater das erste Mal starb? Oder was passierte, als mich die Kopfgeldjäger nach Algier zurückbrachten?

Auf all das komme ich sofort.

Aber die Bearbeitung von Luis Schwarzsklave sollte ihre Folgen haben. Denn wenn Luis, der körperlich, wenn auch nicht seelisch, gebrochen war, nicht ein Maultier gekauft hätte und nach Andalusien geritten wäre, um den Rest seines Lebens unter der heilenden Sonne des Südens zu verbringen, wäre mein Leben so verlaufen, wie die Geschichte es verzeichnet, und nicht, wie ich es hier enthülle.

Lassen Sie mich also nur hinzufügen, daß in der Zeit, in der Luis Schwarzsklave gefoltert wurde, er sich standhaft weigerte, auf Pedro de Isunzas kritische (teils allerdings rhetorische) Frage zu antworten, die Juan der Düstere folgendermaßen wiedergibt:

»Erzählen Sie mir also: Haben Sie, als Sie in der Spielhölle des Franzosen Pierre Papin in Alcalá arbeiteten, in der Nacht des 19. April 1562 oder, wenn Sie darauf bestehen, in einer Nacht im Oktober 1564 nicht eine ohne Sinn und Verstand Backgammon spielende und haushoch verlierende, erbarmungslose, mutmaßliche Jungfrau gesehen, die so rank und langgliedrig und blauäugig war, daß sie auf direktem Wege von den Seiten des Tacitus in den *cercle privé* hätte gesprungen sein können, mit einem Scher-dich-zum-Teufel-Blick in den Augen und einer tödlichen – einer tödlichen – Mähne langen weizenblonden Haares?«

Eines Nachts, an einem Donnerstag, als Pedro de Isunza in die Kellergewölbe kam, sah er Luis Schwarzsklave, der vollständig bekleidet war, bis hin zu seinem hohen Seidenhut, und mit einem Lächeln seine sämtlichen Goldzähne entblößte.

»Was ist das denn?« fragte Isunza gerade, als die Tür aufging und, so dachte er, der Folterknecht hereintrat. Statt dessen erblickte er einen weißgewandeten Dominikaner, der ihn fragte, mit welcher Berechtigung er, ein kleiner Angestellter der Anlageberatung, die Einrichtungen der Bearbeitungszentrale benutzt habe.

Da er darauf keine Antwort wußte, verlor Isunza augenblicklich seine Stelle.

Hier enden die »Steganographischen Notizbücher über Luis Schwarzsklave«. Doch Pedro de Isunza und seine anhaltende Besessenheit verschwinden nicht aus diesen Seiten. Eine Zeitlang tauchte er in den Reihen von Don Juans Armee in den Niederlanden unter, doch während er mit seinem Regiment nach Norden zog, kehrte allnächtlich sein Alptraum wieder. Irgendwie, so schwor er sich angesichts dieser Peinigung, würde er seine weizenblonde Nemesis finden und sie dafür zahlen lassen, daß sie sein Leben zerstört hatte – denn Pedro de Isunza glaubte mit der moralischen Gewißheit eines Märtyrers (oder eines Wahnsinnigen) daran, daß er sich eines Tages in den innersten Zirkeln der Macht bewegt hätte, als der enge Vertraute des nächsten Königs über das erste Reich, in dem die Sonne nie unterging – wenn da nicht das mörderische Eingreifen der unbekannten Jungfrau gewesen wäre.

Die Zirkel der Macht waren auch das Ziel des strebsamen Höflings Juan Rufo. Doch Höfling sein schließt den Hof machen nicht aus, und in den ersten, zuverlässig milden Sommertagen bat Juan Rufo meine Schwester Andrea um ihre Hand.
»Ich möchte dich zu meiner Frau machen«, lauteten seine Worte. Andrea wußte, daß dies ein ernstzunehmenderer Antrag war als die alljährlichen Anträge, die ihr Juan Rufo vor seiner Gefangenschaft in Algier jeweils am Jahrestag ihrer ersten Begegnung gemacht hatte.
»Ach«, sagte sie bescheiden, »du könntest eine viel bessere Partie als mich finden.«
»Laß das meine Sorge sein.«
»Ich bin über dreißig.«
»Du siehst nicht einen Tag älter als zwanzig aus.«
(Das stimmte.)
»Und ich habe ein Kind, die arme kleine Constanza, die –«
»Ich gebe dem Kind meinen Namen.«
Sie spazierten an den frisch belaubten Ufern des Manzanares entlang, hinter ihnen zwei Zigeuner mit Gitarren, die Juan Rufo engagiert hatte.
»Erst einmal«, sagte Andrea und hielt kurz den Atem an, »wäre es nicht schlecht, sie wiederzubekommen.«
»Das ist überhaupt kein Problem, meine Liebe. Ich muß deine Bitte nur zur rechten Zeit meinem Gönner Mateo Vázquez, dem neuesten Sekretär König Philipps II. des Todliebenden, ins Ohr flüstern, und alles wird erledigt.«

»Warum war nicht im letzten Monat die rechte Zeit? Oder im Monat zuvor?«

»Hofintrigen, meine Liebe; ich dachte, du hättest das begriffen. Denn für jedes Wort, das ich in das Ohr *meines* Gönners flüstern kann, kann Nicolás de Ovando dem ersten königlichen Sekretär Antonio Pérez, dem Liebhaber der einäugigen Prinzessin Eboli, der zweitschönsten Frau in Spanien, *zwei* zuflüstern.«

»Erklärt dies auch«, fragte Andrea, »warum meine Brüder noch immer in Algier gefangengehalten werden?«

»Wir wissen nicht, ob das der Fall ist. Ich habe sie gegenüber Mateo Vázquez erwähnt. Vielleicht sind sie schon auf dem Weg nach Hause.«

(Das stimmte nicht.)

Auf ein Zeichen von Juan Rufo beugte sich der erste Zigeuner über seine Gitarre und entlockte ihr einen mühsamen Laut. Der zweite Zigeuner starrte an Andrea vorbei, die dem Spiel des Sonnenlichts auf dem Wasser zusah, und jaulte einen Flamencoton, der von der Illusion der menschlichen Existenz kündete.

So stark die Versuchung gewesen sein muß: Andrea willigte nicht in eine Heirat mit Juan Rufo ein, obwohl er versprach, seinen Einfluß geltend zu machen, um die kleine Constanza, Rodrigo und mich zu befreien. Als ich sie später fragte, warum, sagte sie zu mir: »Ich bin nicht sicher, ob ich nicht doch geheiratet hätte. Die meisten Frauen heiraten aus schlechteren Gründen.«

Ich fühlte mich irgendwie beleidigt. »Aber das Wichtigste ist doch, daß du es nicht getan hast.«

»Ich hatte keine Zeit dazu.«

Der Zigeuner, so erzählte sie mir, hatte kaum angefangen, von der Illusion der menschlichen Existenz zu jaulen, als ein Reiter mit einem Schreiben für Juan Rufo herbeigaloppiert kam. Er las es und wurde blaß.

Ihre Antwort genügte mir noch nicht. »Glücklich das Mädchen, das Juan Rufo bekommt.«

»Das bin bestimmt nicht ich. Ich will keine Heirat ohne Liebe, Miguel. Weder mit Juan Rufo noch sonst einem.« Ihre Augen hielten dem Blick der meinen stand.

»Mateo Vázquez' Faktion hat am Hof ausgespielt«, sagte er.
»Was tust du nun?«
»Ein paar Wochen nicht auffallen. Oder ein paar Monate. Solche Dinge gehen vorüber.«
In den folgenden Monaten hatte Andrea alle Hände voll zu tun, um den Frieden in der früheren Schauspielschule für Damen im großen Steinhaus, die jetzt das Heim der Familie war, aufrechtzuerhalten. Juan Rufo hatte gerade noch rechtzeitig die Miete beglichen und Tomás Gutiérrez als Majordomus in seinem eigenen bescheidenen Zweiundzwanzig-Zimmer-Haus in Dienst genommen.
Nachdem mein Vater gestorben war, wollte ihn meine Mutter nicht mehr aus dem Haus lassen. Er verbrachte die meiste Zeit damit, sein altes Rasierbecken, das letzte Relikt seines Berufes, zu polieren, bis es wie Gold glänzte.
»*Ojalá*, wenn es das bloß wäre«, sagte Doña Leonor. In den Jahren, als ihr Ehemann geschrumpft war, war sie fett geworden und hatte einen Schnurrbart bekommen.
»Kein Glück?« fragte sie mein Vater eines Tages und polierte und polierte.
»*Hörst* du damit auf?«
»So habe ich wenigstens Beschäftigung.«
Mein Vater war von seinem Ableben enttäuscht, denn er fand bald heraus, daß es keinen großen Unterschied machte, ob er tot war oder als Barbier und Wundarzt in Rente lebte, außer daß sein Gehör besser geworden war.
»Seit wann braucht ein Toter eine Beschäftigung?«
Meine Schwester Magdalena alias Señora Pimentel de Sotomayor kam herein. Sie hatte an diesem Tag keine Verabredungen bei Hofe. »Es sieht schon fast wie Mambrins Helm aus«, sagte sie.
»Du hast den *Orlando Furioso* gelesen?« fragte mein Vater begierig.
»Das brauche ich nicht, du hast genug davon geschwätzt. So ein kindischer Unsinn! Ein Helm aus reinem Gold, der denjenigen, der ihn aufhat, unsichtbar macht. Also wirklich, Vater.« Dann, an Doña Leonor gewandt: »Vertrottelt. Er ist eindeutig vertrottelt.«
»Er ist nicht vertrottelt, er ist tot«, erwiderte meine Mutter und versuchte entnervt, ihm das Rasierbecken wegzunehmen. Aber er

klammerte sich mit dem Griff eines Toten daran fest, und als sie das Becken in ein Regal stellte, hing mein geschrumpfter Vater noch daran. Doña Leonor gab es auf, und mein Vater fuhr, auf dem Regal, mit dem Polieren fort.

Nach einer Weile streckte er das glänzende Becken von sich, um es zu bewundern. Dann setzte er es auf. Schließlich nahm er es verlegen wieder ab und kletterte von dem Regal herunter.

»Daß er tot war«, erzählte mir Andrea später, »machte ihn ein bißchen trottelig. Aber es war gemein von Magdalena, das zu sagen.«

»War das der Tag, an dem Mamá den Präfekten des Mercedarier-Ordens aufsuchte?«

»Ja.«

»Wie hat sie eigentlich das mit Papás Tod geregelt?«

»Picapleitos hat einen Vetter, der gegen ein geringes Entgelt Totenscheine ausstellt. Danach brauchte es nur noch ein paar Maravedís für den amtlichen Stempel.«

»Und dann ging sie zum Mercedarier-Orden?« fragte ich.

Der erfolgreichste Freikäufer der Mercedarier, der Präfekt Jorge del Olivar aus Valencia, war damals in Madrid auf der Suche nach Kandidaten, die es wert waren, aus der algerischen Gefangenschaft befreit zu werden.

»Einem meiner armen Jungen haben sie den Hals abgeschnitten, und dem anderen fehlt ein Arm«, erzählte ihm meine Mutter.

»Seinen Hals?« wiederholte der Präfekt Olivar.

»Wessen Hals? Was?« fragte Doña Leonor.

Der Präfekt Olivar wartete stoisch darauf, daß sie ihre Gedanken ordnete.

»Der arme Miguel hat, wie ich sagte, eine Hand verloren, und dem armen Rodrigo fehlt ein Arm.«

(Rodrigo war, wie Sie sich erinnern werden, unversehrt.)

»Und da ich gerade erst Witwe geworden bin, sind sie oder wären sie, wenn sie ausgelöst würden, meine einzige Stütze.«

»Aber«, wandte der Präfekt Olivar ein, »wie können sie Sie unterstützen, verkrüppelt wie sie sind? Wovon leben sie?«

»Der, der die Hand verloren hat, ist ein Dichter, von dem schon etwas veröffentlicht worden ist.«

»Veröffentlicht oder nicht«, sagte der Präfekt mit einem traurigen Kopfschütteln, »Dichter stehen nicht auf der offiziellen Liste für Witwenhelfer.«
»Der, dem ein Bein fehlt, ist Berufssoldat.«
»Ein Arm.«
»Wessen Arm? Was?« fragte Doña Leonor.
»Ich bin mir fast sicher, Sie sagten, dem anderen Jungen fehle ein Arm.«
»Nein, ein Bein. An der Schult –, Hüfte abgeschnitten.«
»Señora«, sagte der Präfekt unbehaglich, »Arm oder Bein, ich fürchte, er hat als Berufssoldat keine Zukunft. So daß er Ihnen auch nicht helfen könnte.«
Verzweifelt schmückte Doña Leonor ihre Geschichte aus: »Kurz bevor er sich als guter Patriot zur Schlacht von Lepanto meldete, die wir in unserer Familie die Seeschlacht nennen, machte der Ältere nicht unerhebliche Erfahrungen als Höfling. Eine Zeitlang war die Lügnerpromenade sein zweites Zuhause.«
»Na, das ist wieder etwas anderes«, lächelte der Präfekt. »Der Ältere, sagten Sie?« Doña Leonor nickte. »Denn wenn sonst kein Unterschied besteht, versuchen wir immer, den älteren Sohn freizukaufen. Das ist Teil seines Erstgeburtsrechts. Wir können Ihnen leider nicht unsere Hilfe für mehr als ein Familienmitglied anbieten. Auf einmal. Alle zehn Jahre. Der ältere Sohn heißt?«
»Miguel. Ehemals Höfling. Hals verloren. Hand! Orden bekommen. *Aventajado*. Für seine Tapferkeit. Ein Dichter mit Veröffentlichungen. Einzige Stütze seiner –«
»Sie hören von uns, Señora.«
»Was«, erzählte mir Andrea dann, »auch geschah. Wir erhielten die wunderbare Nachricht, daß, sobald die Mercedarier nach Algier segelten, einer der hundertundfünfzig Gefangenen, die sie auslösen würden, wenn man sich über die Bedingungen einigte, du wärest.«
»Haben sie nicht herausbekommen, was auf der Lügnerpromenade passiert ist?«
»Das hätten sie vielleicht, aber Juan Rufo ließ die Akten verschwinden. Um diese Zeit hielt es die Mateo-Vázquez-Faktion bei Hofe für angebracht, alle offiziellen Akten, die einen von ihnen betrafen, verschwinden zu lassen.«

»Ich verstehe«, sagte ich.
»Was *ich* nicht verstehe«, erwiderte Andrea, »ist, wie du es geschafft hast, alles so hinzudrehen, daß Rodrigo statt deiner freigekauft wurde.«
»Ich mußte. Sein Leben war in Gefahr.«
»Aber du warst doch derjenige, der immer versucht hat zu fliehen, über Wüsten und Meere und so weiter.«
»Trotzdem war er in größerer Gefahr.«
»Miguel«, sagte Andrea. »Was einmal deine linke Hand gewesen ist, beginnt ein bißchen zu zucken.«
Es zuckte mehr als ein bißchen. Aber Andrea verstand es, das Zucken so zu erwähnen, daß es nicht schlimmer wurde. Tatsächlich beruhigte es sich, als ich fortfuhr:
»Es drohte ihm Todesgefahr von seiten seiner christlichen Mitgefangenen. Einschließlich mir.«

Dreizehntes Kapitel
In welchem ich unter Gefahr für mein Leben meinem Bruder das Leben rette

Als ich nach über einem Jahr im (dessen war ich sicher) tiefsten Verlies von Algier wieder hinaus in das gnadenlose Sonnenlicht trat, brauchte ich nicht von einer festlichen Menge zu irgendeinem Platz der Greuel mitgetragen zu werden, um auf Gabriel Múñoz zu stoßen. Der Graukopf lehnte direkt vor dem Tor an einer Mauer.

»Was steht heute auf dem Programm?« fragte ich mit einer Stimme, die mangels Übung quietschte. »Hängen, Pfählen, der Haken? Eine nette Verstümmelung aus Rache?«

»Ich mache derzeit keine Führungen mehr.«

Wir hatten begonnen, in Richtung Sukstraße und Basar zu laufen, wo Türken Mauren beiseite drängten und Mauren Christen – nur daß keine da waren. Außer unseren eigenen war nicht ein schwarzweißgestreifter Burnus in Sicht.

»Wo sind denn alle?« fragte ich.

»Drunten am Hafen, um den Mercedarier-Orden zu umlagern.«

»Sind sie gekommen?« Mein Herz schlug mir bis zum Hals, obschon ich wußte, daß meine Aussichten schlechter als hoffnungslos waren.

»Fünfunddreißigtausend Gefangene, fünfunddreißigtausend Gründe, als erster ausgelöst zu werden. Werden sie es je begreifen? Beim Mercedarier-Orden wird alles in Spanien entschieden, bevor der Präfekt an Bord geht. Wie Kismet. Aber genug von meiner Wirtsphilosophie. Du wirst dir dein Haar schneiden und diesen Bart zurechtstutzen lassen wollen, damit du auf der Laufplanke nicht darüber stolperst.«

Ich griff nach dem Arm, der mich in Richtung Barbierladen lenkte. »Was hast du gesagt?«

Er grinste. »Glückwünsche, Compañero. Wie deine Familie es fertiggebracht hat, weiß ich nicht, aber du stehst auf der Liste.«

Mit *cuajada*weichen Knien folgte ich ihm in den Barbierladen.
»Rodrigo vergeht fast vor Sehnsucht nach dir«, sagte Múñoz. »Vor allem, weil er derzeit nicht viel herauskommt.«
»Warum nicht?«
Der Barbier fragte: »Womit kann ich Ihnen die ... ah, ich sehe schon, mein Herr. Nehmen Sie Platz.«
Der Barbier, ein kleiner Mann mit hellen Augen und bebenden rosa Wangen, sah nicht wie ein Maure aus. Und dennoch klirrten keine Beineisen, als er sich hinter mir aufstellte und zu schneiden begann. Sein Rasierbecken, so bemerkte ich, war ein belangloses Ding, verglichen mit dem meines Vaters. Was es nicht daran hinderte, schön zu sein. Alles war schön. Ausgelöst – ich – ausgelöst!
»Wann segle ich?« fragte ich Gabriel Múñoz.
»Geduld, Compañero. Einhundertfünfzig Freigekaufte bedeuten eine Menge Papierkram. Der Präfekt Olivar und der neue Dey sitzen sicher noch eine Woche darüber.«
»Hassan Pascha Dey der Venezianer«, murrte der Barbier. Seine Schere streifte mein Ohr. »Weit und breit bekannt als der grausamste Mensch der Welt. Nicht«, fügte er geschwind hinzu, »daß ich irgendwelche Klagen hätte.«
Schnipp, schnipp.
»Sie sind also freigekauft worden«, sagte er. »Sind Soldat, habe ich recht?«
Ich blickte ihn überrascht an.
»Wegen dem, was einmal Ihre linke Hand gewesen ist«, erklärte er und machte sich über meinen Bart her. »Wir Juden haben seit Massada keine eigene Militärtradition mehr. Ein eindeutiger Mangel in Zeiten wie diesen. Deshalb habe ich diesen Cervantes so bewundert. Durch und durch ein Militär. Spanien muß von seinen Taten erfahren.« Er wedelte heftig mit seinem Kamm. »Doch so wie es aussieht, waren Sie in einem Verlies oder auf einer Galeere festgekettet. Dann haben sie vielleicht nie von Rodrigo de Cervantes gehört. In einem Verlies – Sie sind blaß genug für zehn Verliese. Aber Ihr Freund hier kann Ihnen alles über Cervantes erzählen.«
»Du machst das selbst auch nicht schlecht«, sagte Gabriel Múñoz.
»Ich? Ich kümmere mich um meine Angelegenheiten. Ich bin bloß

ein jüdischer Barbier, der manchmal irrtümlich der Weise genannt wird. Mit Namen Suleiman Sa'adah. Aber vor einem Soldaten habe ich Respekt und schere mich nicht um seine Gegner. Er hat sich hier immer den Bart stutzen lassen.«

»Cervantes?« fragte ich.

»Der nämliche. Draußen wartete dann immer ein wütender Mob. Glauben Sie, es ist leicht, fünfunddreißigtausend Gefangene nach militärischen Gesichtspunkten zu organisieren? Aber es war gut für sie und gut für Ramadan Pascha Dey. Eine Hand wäscht die andere, stimmt's?«

Von der Tür her rief eine Stimme: »Christlicher Schweinehund! Raus aus diesem Stuhl! Jüdischer Schweinehund! Mein Herr will sich die Haare schneiden und den Bart stutzen lassen! Du benutzt gefälligst eine frische Schere und einen frischen Kamm!« Diese Warnungen kamen von einem Eunuchen, der einen beleibten Kerl hereinschob. Dieser nahm einen aquamarinblauen Turban ab.

Suleiman Sa'adah der Jude verneigte sich tief. »Kapitän Dalí Mamí«, sagte er. Ich stand von meinem Stuhl auf und sah mich meinem Meister, Hinkebein dem Griechen, gegenüber. Durch die Tür erhaschte ich einen Blick auf den schlanken, dunklen Mann mit der Prinzessin-Eboli-Augenklappe.

»Miguel, mein lieber Junge!« rief der dicke, vom Glauben abgefallene Kapitän.

Ich entging seiner bärenhaften Umarmung dadurch, daß ich sagte, Sa'adah habe nach meinen vierzehn Monaten im tiefsten Verlies von Algier einen bemerkenswert starken Läusebefall festgestellt.

Hinkebein der Grieche sagte: »Was für einen Spaß hätten wir haben können, du und ich! Goldene Ketten hätte ich dir gegeben. Bist du sicher, daß du nicht ... nein, das ist jetzt alles vorbei. Ich habe gestern deine Lösegeldpapiere bekommen – der Irrtum eines Schreibers, da du mir ja nicht einmal mehr gehörst. Dann bekomme ich die fünfhundert Golddukaten gar nicht. Bei Christus! Ich meine, bei Allah, ist das gerecht?«

Ich konnte nicht anders, als zu fragen: »Wer denn dann?«

»Der neue Dey, Hassan Pascha der Venezianer. Er hat jeden auch nur entfernt lösegeldverdächtigen Sklaven, der noch einem von uns

Piratenkapitänen gehörte, seinem Besitzer abgenommen. Ich werde vielleicht den Palast verpfänden müssen.« Ein künstlicher Seufzer. »Aber wir haben alle unsere Sorgen, und ich fühle mit dir, mein lieber Junge. Dein armer Bruder, was für ein grausiges Kismet. Aber neue Herrschaft, neue Sorgen – wie ich nur zu gut weiß. Hassan der Venezianer ist nicht Ramadan Pascha, wie dein Bruder zu seinem ewigen Bedauern ebenfalls weiß.« Hinkebein der Grieche stopfte seine Körpermassen in den Barbierstuhl. »Nun gut, Friede sei mit dir, und möge Allah der Mitleidvolle und Barmherzige die Tage unbeschwert sein lassen, die deinem Bruder, mit etwas Glück, noch verbleiben.«
Draußen sagte mir Gabriel Múñoz auf meine gestotterten Fragen: »Ruhig, Compañero. Du wirst ihn bald zu sehen bekommen.«

Es war eines jener typischen verschwiegenen Häuser in einer engen, namenlosen Gasse, in der gesichtslose, belanglose Menschen hinter unerschütterlichen weiß gekalkten Wänden ein sinnlos unergründliches Leben führen.
»Du mußt dich dadurch zu erkennen geben«, sagte mir Gabriel Múñoz vor der Tür, »daß du sagst: ›Alles, was der Lachende Philosoph wußte, hatte er von Leukippos gelernt‹, und sie müssen antworten: ›Demogorgon wohnt im Abgrund bei den drei Schicksalsschwestern oder auf den Gipfeln des Himalaja bei Elfen und Feen‹.«
Als ich klopfte, verschwand Múñoz in dem Gassengewirr zwischen dem Basar und dem Bab-Azun-Tor. Ein Guckloch ging auf, und ein verwirrendes, bernsteinfarbenes Auge schaute durch.
Ich sagte: »›Alles, was der Lachende Philosoph wußte, hatte er von Leukippos gelernt‹«, und eine silberhelle Sopranstimme rief: »Wie hast du mich ausfindig gemacht?«, und ich, sicher, daß etwas schiefgegangen war, drehte mich um, um wegzulaufen. Aber die Stimme rief mir nach: »Warte! ›Demogorgon wohnt im Abgrund bei, äh, den drei Schicksalsschwestern oder, äh, auf den Gipfeln des Himalaja‹ – was kommt dann?«, und ich half ihr: »... bei Elfen und Feen« und kam zurück.
In der Tür stand, ganz in Weiß, eine kleine schlanke Gestalt. Mein

Gedächtnis brachte alles zurück – eine Blutorange auf einem Kopf voll dunkler Locken, der fehlgeschossene Pfeil Hinkebeins des Griechen, ein kallipygisches Kind, das gefährliche Spiele trieb.
»Wenn keiner weiß, wo ich lebe«, fragte sie, »wie hast du mich dann gefunden?«
»Ich habe dich nicht gesucht.«
»Oh.« Klang sie enttäuscht?
»Ich habe meinen Bruder gesucht. Ist er hier?«
»Du bist sein Bruder? Du? Aber *du bist* wie alle anderen, nur daran interessiert, dich über mich herzumachen – während er der einzige Mann ist, dem ich in diesem Leben beinahe vertraue.«
»Hör zu«, sagte ich, »das einzige Mal, daß ich dir begegnet bin, in jener Orgiennacht, warst du verwundet und überanstrengt, und ich wollte dich nur nach Hause bringen und dir einen Schlaftrunk verabreichen.«
»Wie einfältig, denkst du, war ich?«
»Micaela«, fragte ich und wünschte, sie wäre noch immer ein Junge, so daß ich sie hätte boxen können, um mir den Weg freizumachen, »meinst du nicht, du könntest mich hineinlassen?«
»Ich denke schon. Wenn du Leukippos und so weiter gesagt hast, hast du Leukippos und so weiter gesagt.«
Ich folgte der davonstolzierenden kallipygischen Kurve Micaela Maltrapillos bis zu einem Innenhof, von dem ausgehend unerschütterliche Türen geheimnisvolle Zimmer verbargen. Auf dem Mosaikboden war ein glaubwürdiges Bild des sagenhaften Basilisken zu sehen, dessen Blick allein einen Felsen zertrümmern oder einen Menschen zu Asche verbrennen kann; ich fühlte mich an meinen Großvater Juan den Patriarchen erinnert.
Micaela ging durch einen Türbogen auf der gegenüberliegenden Seite des Patios hinaus.
Ich hörte ein winziges Geräusch hinter mir und wirbelte herum.
Atemlos, einen oder zwei durchsichtige Schleier hinter sich herziehend, langgliedrig, von olivfarbener Haut und gelenkig in einer Welt, der üppige, runde hellhäutige Frauen am liebsten waren, eilte Zoraida die Trancetänzerin in den Patio. Ihre kajalgeschwärzten Augen lächelten.

»Ich erinnere mich an dich – du bist der *ráwi*«, sagte sie. »Was für ein leichtes Leben! Den ganzen Tag am Marktplatz herumsitzen und Geschichten erzählen. Du Glücklicher.«

Sie ließ sich auf eine jener allgegenwärtigen diamantenbesetzten Alabasterbänke fallen und klatschte in die Hände, um zwei Eunuchen, Zwillinge und beide Albinos, herbeizurufen. Diese brachten ein furchteinflößendes Aufgebot an Speisen in und auf Körben und Schüsseln, Tabletts, Terrinen, Kasserollen, Töpfen, Tiegeln, Schälchen, Behältern usw. usw., das die Festmähler Hinkebeins des Griechen bei weitem in den Schatten stellte.

»Ich esse und esse, aber ich werde nur immer dünner«, seufzte Zoraida die Trancetänzerin. »Apropos, du könntest auch ein bißchen Fleisch auf den Knochen vertragen, Geschichtenerzähler. Iß.«

Ich sah ihr zu, wie sie Rebhühner mit Pflaumen und Schnitzel von gemästeten Kälbern verputzte, Sorbettberge und Käsetürme. Überwältigt nahm ich mir schließlich eine bescheidene irdene Schüssel mit Kuskus – erstklassigen algerischen *migas*. Während meiner vierzehn Monate im tiefsten Verlies von Algier waren Krumen in ranzigem Olivenöl meine einzige Verbindung zur Außenwelt gewesen, und von jenem Tag in Zoraidas Patio an wurden *migas*, so pervers dies auch sein mag, meine Leibspeise.

Ich begann unruhig zu werden, als Zoraida sich durch dieses gargantkeske Mahl kämpfte, ohne die Sprache auf meinen Bruder zu bringen. Oder auf irgendein anderes Thema.

»Da hast du ja ein prächtiges Haus«, versuchte ich es.

»Ich kann es mir nicht mehr leisten. Es steht zum Verkauf. Ramadan Pascha Dey war ein ergebener Anhänger des Trancetanzens – er schickte nach mir, sobald er sich nur einen Schnupfen geholt hatte –, aber Hassan Dey glaubt an gar nichts außer an die Astrologie. Glücklicher Cide Hamete. Also, du bist Rodrigos Bruder. Bis gestern wußte ich nicht einmal, daß er einen hat. Freigekauft! Du Glücklicher.«

»Ist er nicht hier?« fragte ich in dem Moment, als Trommeln und Pfeifen vom Palast des Dey herüberklangen – die Musiker des Henkers kündigten die Ausgangssperre mit derselben Klageweise an, wie sie sie auch bei Hinrichtungen spielten; und das war nur

richtig, denn das Übertreten der Ausgangssperre war ein Kapitalverbrechen.
»Er müßte sich eigentlich gerade auf den Weg hierher machen.«
»Bei Ausgangssperre?«
»*Nur* bei Ausgangssperre. Micaela kennt jede verborgene Gasse. Sie hat ihn gelehrt, wie man die Janitscharenpatrouillen umgeht.«
»Warum nicht vor der Ausgangssperre?«
»Zu viele Leute. Jemand würde ihn wegen der Belohnung ausliefern.«
»Belohnung?«
»Ein neuer Dey bringt seine eigenen Ideen mit. Nicht daß es dein Bruder zuvor leicht gehabt hätte. Seine christlichen Mitgefangenen haben ihm von Anfang an großen Widerstand entgegengebracht«, sagte Zoraida. »Als ich ihn kennenlernte, wurde er mehr tot als lebendig hierhergetragen, nachdem ihn seine eigenen Leute zusammengeschlagen hatten. Es dauerte Monate und erforderte meine ganzen Trancetanzfähigkeiten, um seine Gesundheit wiederherzustellen, von seiner Selbstachtung ganz zu schweigen.«
Sie schlug die Augen nieder. »Wenn du denkst, was du denkst, irrst du dich. Ich bin zwar eine recht begabte Trancetänzerin, aber kein Mann findet eine Vogelscheuche wie mich begehrenswert. Jeder Beruf hat eben auch seine Nachteile. Kommt es nicht vor, daß dir als Geschichtenerzähler die Leute manchmal nicht glauben, wenn du die Wahrheit sagst? Es gibt im Leben noch andere Dinge als Sex«, schloß sie, nicht besonders überzeugt.
Sie hatte gerade ein Paar Fasanen verschlungen und machte sich jetzt über einen Hammelschlegel her. »Auch das Organisieren von Gefangenen hat seine Nachteile. Dein Bruder hat zwar bessere Arbeitsbedingungen und Nahrungsmittelrationen für sie herausgeschlagen, aber sie haben in ihm nur einen Feldwebel gesehen, der für den Dey bei ihnen Ordnung schaffte.« Sie biß so heftig in das Hammelgelenk, daß der Knochen splitterte. »Er hat eigentlich kein strenges Regiment geführt. Er war eher ein Altruist, trotz all seiner Fehler. Aber gerade als er sich irgendwie voranarbeitete, kam dieser neue Dey, Hassan Pascha der Venezianer, daher, und als allererstes stellte er die Anarchie wieder her, die unter den Gefangenen ge-

herrscht hatte, bis Rodrigo hierherkam. Doch deine Argumentation leuchtet mir ein.«
Ich hatte, soweit ich mich erinnerte, nichts geäußert.
»Denn wenn der neue Dey nur an zwei Dinge glaubt, die Astrologie und das Zufügen von Schmerzen, dann muß ihm die Organisation der Gefangenen unangenehm und ihr Leiter überflüssig erscheinen. Oder war das Cide Hametes Argumentation?«
Als die beiden Albinoeunuchen die Überreste des Mahles abräumten, kam Micaela Maltrapillo zurück.
»Er ist hier.«
»Wie sieht er aus?« fragte Zoraida.
»Wie immer«, sagte Micaela.
»Wie sehe ich aus?«
»Dürr«, sagte Micaela, die selbst nicht gerade dick war. Aber da praktisch alle glaubten, daß sie ein Junge sei, hätte Beleibtheit ihren Status als das begehrteste Sexobjekt von Algier auch nicht gesteigert.
»Laß mich ein paar Minuten mit ihm allein, *ráwi*«, sagte Zoraida, und Micaela führte mich durch den Türbogen in einen kleineren Innenhof mit einem kleineren Mosaikbasilisken.
»Sie ist in ihn verliebt«, teilte Micaela mir mit.
Sie hatte mir ihr Profil zugewandt, ihre weiche Seidenhose schmiegte sich sanft an die klassische kallipygische Kurve.
»Man sieht jetzt deutlicher, daß ich ein Mädchen bin, stimmt's?« fragte sie beunruhigt.
»Nicht unbedingt«, versuchte ich sie zu beruhigen.
»Oh? Du magst doch Mädchen? Sonst bist du kaum der Richtige, um das zu beantworten. Wenn ich weiblicher aussehe, muß etwas geschehen. Und zwar dringend. Denn das wäre das Ende vom Geschäft meines Vaters mit dem Dey, das zufällig eigentlich das einzige ist, was ... die verschiedenen Regime überdauert. Und daher sollte ich ... stolz sein. Ich! Der wunderbare und gänzlich unerreichbare ... der schönste Knabe von Algier! Ein Mädchen ist nämlich ziemlich wertlos, oder? Auf dem Marktplatz sind drei ... drei halbwüchsige Mädchen soviel wert wie ein ausgedientes altes Kamel«, sagte sie und brach plötzlich in Tränen aus.

Ich legte meinen Arm um sie und streichelte ihre schwarzen Lokken. Ihr Geruch erinnerte an frisch gemähtes Heu, mit einem Hauch eines orientalischen Duftes, Moschusrosentau vielleicht.

»Behalte deine Hände bei dir«, sagte sie. »Du würdest dich nur zu gern über mich hermachen.«

Ich ließ sie los. »Micaela, ich wollte dich nur trösten.«

»Die Türken und Mauren wollen sich über mich als Knaben hermachen, und wenn man dich als Beispiel nehmen kann, wollen Christen das gleiche, sobald sie wissen, daß ich ein Mädchen bin. Ihr seid alle gleich, nur verschieden! Männer! Ihr wollt alle nur das eine – ausgenommen Rodrigo. Er ist für mich wie ein großer Bruder, und jetzt ... jetzt wollen sie ihn umbringen.«

Während sie das sagte, kam ein Mann durch den Türbogen.

»Laß uns alleine, Michele«, sagte er.

Sein Haar war grau außer einer, wie ich sah, blutroten Strähne an der linken Schläfe; seine Augen, die so blaßblau waren wie die unserer Schwester Andrea, blickten so kalt wie ein Wintersturm auf einer leergefegten Ebene der Mancha. Aber als er meinen Namen nannte, beinahe rief, veränderte sich sein zerfurchtes Gesicht, bis ich in jenes sommersprossige Lächeln aus meiner Erinnerung blickte, als wir uns umarmten, uns auf Armlänge voneinander anstarrten, lachten, uns wieder umarmten.

»Heim«, sagte er nachdenklich. »Du gehst heim.«

Ich nickte. Ich konnte nicht sprechen.

Er sagte: »Ich lebe im Haus eines Juden. Hättest du das gedacht? Ich habe vorher nie einen Juden gekannt, und nun versteckt mich einer. Ein Barbier, Suleiman Sa'adah, der manchmal irrtümlich der Weise Genannte. Er ist Zoraidas Onkel.«

»Sie ist Jüdin?« fragte ich überrascht – und erleichtert, einen, irgendeinen, Gesprächsstoff zu haben. Auf den Kopf meines Bruders war eine Belohnung ausgesetzt, aber *ich* fuhr heim. Wie hätte ich darüber sprechen können?

»Ich weiß nicht, was sie ist. Manchmal glaube ich beinahe, sie ist ein Dschinn. Das wäre eine Erklärung für das Trancetanzen.«

»Du glaubst an Dschinns?«

»Zoraida glaubt an gar nichts.«

»Jeder glaubt an etwas.«
»Zoraida nicht. Sie ist ein – außergewöhnlicher Mensch. Sie kam mit ihrem Onkel vor vier oder fünf Jahren aus Smyrna hierher.«
»Als Gefangene?«
»Nein, sie sind einfach so gekommen. Für einen Juden ist Algier nicht schlimmer als Smyrna. Außerdem siehst du ja, wie Zoraida lebt.«
»Ich sehe, wie du lebst. Gehst nur nach Verhängung der Ausgangssperre aus, und ohne Beineisen. Wenn dich die Janitscharen so erwischen, dürfen sie dich ohne Umschweife töten, das weißt du.«
Rodrigo zuckte die Schultern. »Das wurde zur Gewohnheit, als Ramadan Pascha Dey war. Du glaubst doch nicht, daß ich die ganze Zeit nur für ihn gearbeitet habe?«
»Ich habe nie gewußt, was du die ganze Zeit gemacht hast.«
»Ramadan Pascha hatte eine Liste mit Gefangenen, die er umbringen wollte. Unzufriedene.«
Ich fragte mich, wie ein Gefangener nicht unzufrieden sein konnte.
»Dem neuen Dey Hassan Pascha sind sie *lieber*«, klärte Rodrigo mich auf. »Jeder Gefangene, der glücklich zu sein behauptet, führt etwas im Schilde, denkt Hassan, und prügelt sie deshalb unglücklich. Aber ich sprach gerade von etwas anderem. Der Reihe nach brachte ich die Männer auf Ramadan Paschas Todesliste zu einer Höhle auf einem Gut vor dem Bab-Azun-Tor, wo Zoraida einen Gärtner kennt. Das bedeutete, nur noch nachts auszugehen, und zum Glück habe ich mich daran gewöhnt, bevor Hassan Pascha hierherkam. Als allererstes zerstörte er unser System aus Zügen und Kompanien, und gleich darauf stellte er meinen Hinrichtungsbefehl aus.«
»Aber warum?«
»Vielleicht ist das sein Dank dafür, daß ich den Gefangenen Disziplin beigebracht habe. Aber ich bin Soldat. Ich werde damit fertig. Mir ging es ziemlich gut und, was immer sie auch glauben, ich habe unseren Leuten geholfen. Wenn ich umkomme, dann ist das Schicksal. Kismet.«
»Kismet ist nur eine Ausrede dafür, seinem ›Schicksal‹ nicht ins Auge zu sehen und ihm zu sagen, daß es verduften soll.«

»Ich will nicht streiten«, entgegnete Rodrigo. »Jetzt, da du gerettet bist, ist alles anders. Sobald du abgereist bist, gehe ich zu den übrigen in die Höhle.«
»Du kannst dich nicht ewig in einer Höhle verstecken.«
Rodrigo zog aus seinem Burnus eine Brieftasche und warf sie mir zu. »Das muß ich gar nicht – wenn du das mitnimmst. Das sind Nachrichten meiner Höhleninsassen an einen Kapitän aus Valencia namens Onofre Exarque. Es werden ihm fünftausend Golddukaten versprochen, wenn er mit einer schnellen Fregatte und einer Besatzung, die sich in algerischen Gewässern auskennt, hierhersegelt.«
»Du willst fliehen!«
»Onofre Exarque ist der beste Seemann des Mittelmeeres und kennt diese Küste so gut wie seine Westentasche.«
»Aber es wird Monate dauern, bis er überhaupt in See sticht. Und wenn du entdeckt wirst, bevor er kommt, wirst du umgebracht.«
»Ich habe es dir gesagt. Wenn ich umkomme, komme ich um – das ist mein Schicksal. Außerdem«, und er strahlte, »werden sie uns nicht finden. Zoraida ist praktisch die einzige, die etwas von der Höhle weiß, und ihr würde ich mein Leben anvertrauen.«
»Wer sonst weiß noch etwas?«
»Keine Sorge. Nur der Junge, der uns das Essen bringt. Und El Dorador ist überaus loyal.«
»El Dorador?« rief ich. »Ein junger Mulatte aus Melilla? Ein Freund von Micaela? Der immer sagt: ›Ich höre und gehorche.‹?«
»Ein Freund von wem?«
»Michele«, sagte ich ungeduldig. »Ein Freund von Michele Maltrapillo.«
»Das ist El Dorador. ›Ich höre und gehorche.‹« Rodrigo lächelte. »Und das tut er auch.«
»Rodrigo«, sagte ich langsam, »er ist derjenige, der mich und drei andere junge Gefangene im Stich gelassen hat, als wir durch die Wüste zu fliehen versucht haben. Ich habe vierzehn Monate im Kerker zugebracht, dank deines loyalen, zuverlässigen El Dorador.«
»Jetzt verstehe ich«, sagte Rodrigo. »Du glaubst, man kann ihm nicht vertrauen. Aber was mit dir passiert ist, ist genau der Beweis für das Gegenteil. Wenn El Dorador dich nicht im Stich gelassen

hätte, wärest du weitergegangen und dort draußen umgekommen. Und so mußtest du zurückkommen.«

»Bin ich aber nicht. Ich *bin* weitergegangen«, sagte ich.

Was einmal meine linke Hand gewesen war, zuckte.

»Aber du wurdest gefaßt und lebendig zurückgebracht. Kann ich dir das nicht begreiflich machen? Du bist mein Bruder, und ich liebe dich, und ich habe dein Leben El Dorador anvertraut.«

Was einmal meine linke Hand gewesen war, begann stärker zu zucken.

Rodrigo hatte El Dorador tatsächlich befohlen, uns im Stich zu lassen – zu unserem eigenen Besten, das war das Schreckliche dabei. Er war davon überzeugt, und er war mein Bruder und liebte mich, und wegen alldem mußte ich ihm vergeben.

Was einmal meine linke Hand gewesen war, sah die Dinge anders. Es schlug Rodrigo ins Gesicht.

Aus der Nase meines Bruders schoß das Blut, und er verlor den Halt. Damit noch längst nicht zufrieden, stürzte das, was einmal meine linke Hand gewesen war, hinter ihm her, riß mich zu Boden, so daß ich auf Rodrigo zu sitzen kam, und schloß sich um seinen Hals. Seine Fersen trommelten auf den Mosaikbasilisken, seine Augen quollen hervor, seine Zunge trat aus dem aufgerissenen Mund. Verzweifelt versuchte ich mit meiner rechten Hand das, was einmal meine linke Hand gewesen war, von seiner Kehle wegzuzerren, doch die Finger drückten nur noch fester zu.

Micaela kam schreiend in den kleineren Patio gerannt und hängte sich an meinen Rücken, hielt sich wie ein Reiter auf einem scheuenden Pferd fest und versuchte meine Hand und meinen Bart bei den Wurzeln auszureißen – was alles nur dazu führte, daß meine rechte Hand daran gehindert wurde, meinen Bruder vor den mörderischen Absichten dessen, was einmal meine linke Hand gewesen war, zu schützen.

Dann kam auch noch Zoraida hinzu und rief: »Herunter von ihm, damit ich ihm das Hirn herausprügeln kann!«, während sie um uns herumlief und noch größer als gewöhnlich aussah, weil sie ihre Arme, in denen sie eine schwere Keramikschüssel trug, über dem Kopf ausgestreckt hielt.

(Ist Ihnen je aufgefallen, wie Momente höchster Dramatik im wirklichen Leben ebenso wie auf der Bühne oder in einer Erzählung oft zur Farce verkommen, beinahe so, als wisse Gott, wie ein begabter Dramatiker oder Erzähler, daß er den Beteiligten [oder dem Publikum] eine Verschnaufpause gönnen muß?)
Als nächstes kamen die beiden Albinoeunuchen herein; mit ihren Falsettstimmen schrien sie unisono: »Diese Schüssel ist eine unschätzbare sassanidische Antiquität!« und versuchten sie dabei Zoraida zu entwinden, die ihrerseits versuchte, sie auf meinem Kopf zu zertrümmern, aber keine Lücke fand, weil ihr Micaela, mit ihren schwarzen Locken über meine Schultern gebeugt und noch immer bemüht, mir den Bart auszureißen, im Weg war.
Höchste Dramatik und niederste Farce also, und dazwischen (wie jedes Stück, das Lope de Vega je schreiben würde) das Melodrama, gemäßigt durch einen, möglicherweise beabsichtigten, possenhaften Zug.
Gabriel Múñoz, der mit fürchterlichem Klirren über den Mosaikbasilisken gerannt kam, hielt genau diese Mittellage. Er schleuderte Micaela von meinem Rücken, stürzte sich auf das, was einmal meine linke Hand gewesen war, und ließ so Zoraida zum Zug kommen. Aus dem Augenwinkel heraus sah ich, wie sie sich auf ihren langen Tänzerinnenbeinen streckte, während die Zwillingseunuchen mit ihrer Falsettstimme unisono riefen: »Bitte, Herrin – die unschätzbare Schüssel stammt aus der Zeit Chosrau Anoscharwans!« Dann kam die Schüssel auf mich herab, so kräftig wie, nicht allzu viele Seiten vorher, die ebenso altertümliche Muskete des kopfgeldjagenden Nomaden, und mehr von einer solchen Behandlung kann der Kopf eines Menschen auch nicht verkraften.

Die erste Stimme, die ich vernahm, als ich aufwachte, war die von Micaela. »... dir gesagt, vertrau niemandem in diesem Leben.«
Ich öffnete vorsichtig die Augen.
Rodrigo sagte: »Du hast versucht, mich umzubringen.«
Wie konnte ich hoffen, ihm begreiflich machen zu können, daß nicht ich es gewesen war, sondern nur das, was einmal meine linke Hand gewesen war? Ich sagte nichts.

Noch sagte eine Weile lang jemand anderer etwas.
Dann wandte Zoraida sich an Micaela: »Du *mußt* irgend jemand vertrauen.«
Rodrigo meinte: »Das habe ich auch immer gedacht.« Seine Stimme war rauh, seine Augen leer, als er sacht die dunkelroten Flecken an seiner Kehle betastete. »Gut, wenn ich vor dem Ende der Ausgangssperre zurück zu Suleiman Sa'adahs Wohnung kommen will...«
»Warum?« fragte er noch vom Türbogen aus. »Warum wolltest du es tun?«
Ich blickte düster auf das, was einmal meine linke Hand gewesen war. Doch ein kleiner Teil von mir konnte verstehen, was es getan hatte.
Außerdem tat mir der Kopf weh.
Daher begriff ich zunächst nicht, als Rodrigo sagte: »Ich vergebe dir, Miguel« und sich zum Gehen wandte.
Ich stand von einer jener allgegenwärtigen Alabasterbänke, auf der ich bewußtlos gelegen war, auf und schleppte mich zu ihm; die Anstrengung, meine unmännlichen Tränen zurückzuhalten, schnürte mir die Kehle zu.
Er sagte: »Einen Kuß für Mamá und die Mädchen, eine Umarmung für Papá – und Juan den Düsteren, wenn du ihn siehst.« Dann ging er aufrechten Ganges und mit militärischer Haltung rasch hinaus.
Kurz nachdem die bekannten Pfeifen und Trommeln das Ende der Ausgangssperre verkündet hatten, verließ ich zusammen mit Gabriel Múñoz das Haus.
»Für meine Freunde habe ich in der Gefängnistaverne ein Spezialgebräu«, sagte er.
»Willst du damit sagen, ich gehöre dazu? Nach dem, was geschehen ist?«
»Compañero, dein Bruder hat dir vergeben. Das genügt mir.«
»Du bewunderst ihn aufrichtig, oder?«
»Sagen wir, die Gefangenschaft in Algier kann einen Menschen sehr eigennützig werden lassen. Zumal er sowieso nicht besonders gemeinschaftlich eingestellt ist. Bei Rodrigo war das anders.«
»Jeder hält meinen Bruder für etwas anderes«, sagte ich. »Suleiman

Sa'adah, der manchmal irrtümlich der Weise Genannte, glaubt, er sei ein militärisches Genie. Aber wenn dem so wäre, dann wäre er jetzt Regimentskommandeur in den Niederlanden anstatt ein unausgelöster Unteroffizier in Algier. Zoraida sagt –«

»Hör auf zu philosophieren«, brummelte Gabriel Múñoz. »Es ist schon schlimm genug, wenn ich es tue. Laß mich dir sagen, was dein Bruder ist. Rodrigo de Cervantes ist ein toter Mann, genauso tot wie dein armer Vater, es sei denn –«

»Mein Vater? Tot? Was sagst du da?«

»Compañero – ich dachte, du wüßtest es.«

Als wir das königliche *bagnio* erreichten, führte er mich zu der Liste mit den ausgelösten Gefangenen, die an der Mauer des Gefängnishofes hing. Ich entdeckte meinen Namen und las:

Cervantes Saavedra, Miguel de, einzige Stütze der verwitweten Mutter, 500 Dukaten.

Als ich wieder sprechen konnte, sagte ich: »Alles, was er sich je gewünscht hat, war, ein wenig von der Welt zu sehen.«

Gabriel Múñoz führte mich zu seiner Kellertaverne. »Du nimmst besser einen Steifen«, sagte er.

»Nein. Nein, ich ...«

Ich ging hinunter zum Platz der Greuel, an den verlassenen Kieselstrand, der geschützt hinter der Mole lag, die wie ein riesiger Krummsäbel in das Meer ragte. Ich lief am Uferrand entlang, mit klirrenden Ketten und rutschigen Kieselsteinen unter den Füßen. Der Himmel war vom Licht der Vordämmerung apfelgrün. Ich las einen flachen Kiesel auf und ließ ihn über das Wasser springen.

Wieder unterwegs, sagte die Stimme meines Vaters, und als mir die Tränen kamen, hielt ich sie nicht zurück.

Ich ließ noch einen Stein über das Wasser springen.

Eine Familie hatte Respekt nötig, damit sie sich in der modernen Welt zurechtfand. Die Dinge veränderten sich, veränderten sich schnell. Noch vor einem Jahrhundert hatte es keine Neue Welt gegeben, aber sobald sie entdeckt war, blickte die Alte Welt nicht mehr zurück.

Bei all den Schulden und Gerichtsprozessen und der Entführung Constanzes hatte die Familie Cervantes weiß Gott Respekt nötig.

Ich blickte auf das verhaßte Ding nieder, das einmal meine linke Hand gewesen war, »Du!« rief ich. »Heb *du* doch einen Stein auf und wirf ihn. Na los!«

Und ich versuchte es. Aber das, was einmal meine linke Hand gewesen war – und mit fast übermenschlicher Kraft beinahe meinen Bruder umgebracht hätte –, vermochte den Kieselstein nicht einmal zu umschließen.

Ich war ein Krüppel und hatte keine berufliche Zukunft.

Rodrigo war körperlich gesund und Berufssoldat, ein für seine Tapferkeit ausgezeichneter Unteroffizier. Eine Respektsperson.

Die verschiedenen Leuten Verschiedenes bedeutete.

Für mich war er der sommersprossige kleinere Bruder, der mir in der Nacht, als ich aus Madrid floh, sein liebstes Besitztum gegeben hatte, den kleinen Spielzeugsoldaten. Bei dem die linke Hand fehlte.

Laß mich dir sagen, was dein Bruder ist. Rodrigo de Cervantes ist ein toter Mann ... es sei denn –

Hinter mir hörte ich auf den Kieselsteinen Fußtritte knirschen.

»Micaela. Was willst du?« fragte ich sie.

»Nichts. Ich komme oft hierher, wenn der Strand verlassen ist und ich so tun kann, als würde ich einen Stein direkt bis nach Spanien werfen. Nach Murcia.«

»Dort lebt deine Familie, in Murcia?«

»Von dort stammt mein Vater. Meine Mutter ist bei meiner Geburt gestorben. Und sonst gibt es niemanden. Ich wünschte, *ich* hätte einen Bruder.« Sie lachte jämmerlich. »Dann wäre er die Geisel. Statt dessen – sieh mich doch nur an. Weder Fisch noch Fleisch.« Sie ließ einen Stein über das Wasser springen.

»Micaela«, sagte ich, »du bist eine reizende junge Frau.«

»Tatsächlich? Rodrigo glaubt immer noch, ich sei ein Knabe – der kleine Bruder, den er nie hatte, es sei denn, du zählst diesen Juan den Düsteren, den man nie zu Gesicht bekommt.«

»Das klingt so, als hätte er dir von unserer Familie erzählt.«

»Einiges. Und Zoraida hat mir erzählt, warum du gestern nacht so wahnsinnig geworden bist, daß du ihn fast umgebracht hättest. Ich verstehe, warum du hast fliehen müssen. *Ich* würde es probieren, wenn das meinen Vater nicht zugrunde richten würde. Aber ich kann eben auch verstehen, was Rodrigo getan hat. Wenn ich glauben würde, daß mein Bruder dem sicheren Tod entgegengeht, würde ich ihn, wenn ich könnte, davon abhalten. Komisch, du und Rodrigo – manchmal ist es, als ob besser du der Soldat wärest und er der – was bist du?«

»Ich weiß es nicht«, erwiderte ich. »Das werde ich herauskriegen, wenn ich nach Spanien zurückkomme. Vielleicht.«

»Bis du gehst... kann ich deine Freundin sein?«

Frauen! Auch Mädchen, sogar Mädchen, die sich als Jungen verkleiden – wie kann einer sie bloß begreifen? Bis dahin hatte Micaela mir allein aus Prinzip mißtraut. Aber durch meinen Angriff auf Rodrigo hatte ich ihren Haß verdient. Und statt dessen wollte sie mir Freundin sein.

»Es wäre eine Ehre für mich, Micaela«, sagte ich, und sie schlang die Arme um meinen Nacken. Ich machte mich behutsam los und sagte: »Du solltest besser vorsichtig damit umgehen, wie du die Leute umarmst. Vor allem Männer. Vor allem, wenn du dein Geheimnis wahren willst.«

Und wie wir Seite an Seite am Strand standen und auf die unermeßliche See und die Lopesche Unmöglichkeit von allem blickten, da wußte ich, daß ich Micaela Maltrapillo irgendwie, auf irgendeine Weise aus Algier herausbekommen mußte.

Mit onkelhafter Besorgnis in der Stimme fragte mich der Mercedarier-Präfekt Jorge del Olivar: »Sind Sie ganz sicher, daß dies keine momentane Laune ist, von einer Bruderliebe rührend, die sogar unser lieber Herrgott fehlgeleitet finden könnte?«

»Ich bin sicher, Präfekt.«

»Das ist *äußerst* ungewöhnlich. Wir vom Mercedarier-Orden sind keine stümpernden Trinitarier, die in Algier mit so wenig Gold ankommen, daß es nur dazu reicht, einen Bruchteil der Kandidaten freizukaufen. Wir betrachten die algerische Gefangenschaft nicht als eine Moralität des wirklichen Lebens, in dem die Guten belohnt werden... Wenn Sie auf das Freikaufsrecht des Erstgeborenen verzichten, verurteilen Sie sich zu lebenslanger Knechtschaft bei den Gottlosen. Be*grei*fen Sie?«

»Es muß Rodrigo sein, Präfekt. Er hat einen Beruf. Ich habe keinen. Er ist unversehrt, ich bin ein Krüppel. Schauen Sie doch nur! Schauen Sie sich das Ding an, das einmal meine linke Hand gewesen ist!«
»Abscheu vor sich selbst ist eine schreckliche Sünde, mein Sohn, denn wir sind alle nach Gottes Ebenbild geschaffen. Wie ist das ... das passiert? Abgesehen davon, daß es natürlich Gottes Wille ist.«
»Bei Lepanto, Präfekt, in der Schlacht, die wir die Seeschlacht nennen – und ich bin mir nicht sicher, ob Gott überhaupt dabei war.«
Ich hatte das nicht sagen wollen. Natürlich war Gott dabei; Gott ist überall, sagte ich mir. Dann dachte ich an Zoraida. Zoraida, behauptete Rodrigo, glaubte an gar nichts – als ob »nichts« etwas wäre, woran man glauben könnte. Doch selbst wenn dies nur Worte waren, eine semantische Falle, brauchte der Glaube, wie die Liebe, nicht ein Objekt? Aber mußte dieses Objekt Gott sein?
»Natürlich war Gott dabei!« sagte der Präfekt. »Sehen Sie sich das Ergebnis an, Mann! Gekaperte türkische Schiffe: hundertsiebzehn. Fünfzig weitere verbrannt oder gesunken. Getötete Türken und Mauren: neuntausend. Und noch mehr gefangen.«
»Versklavt?«
»Natürlich versklavt; dafür sind moslemische Gefangene doch da. All dies, all *dies* im Vergleich zu unseren Verlusten in der Höhe von einem armseligen Dutzend Galeeren und ein paar tausend tapferen Männern, die unter dem Banner der Heiligen Liga gefallen sind, und ein paar weiteren tausend, die geblendet worden sind oder –«
Ein Blick auf das, was einmal meine linke Hand gewesen war. »Nun, Sie müssen zugeben, daß es ein einseitiger Sieg war.«
»Präfekt«, sagte ich, »wenn Rodrigo bleibt und ich freikomme, wird er getötet. Zeigen Sie mir bloß, wo ich unterschreiben soll.«

Auf Zehenspitzen versuchte Micaela über die Köpfe der Menge zu sehen. »Das dort ist mein Vater, der auf dem Achterdeck, der absichtlich nicht zu mir herblickt.«
Wir standen auf der Mole, die sich wie ein riesiger Krummsäbel ins Meer erstreckte, und sahen zu, wie die freigekauften Gefangenen

an Bord des Freiheitsschiffes *María de la Libertad* gingen, das Morato Maltrapillo befehligte. Auf dreihundert Schritt Entfernung konnte ich ein halbes Dutzend winziger Gestalten auf dem Achterdeck ausmachen.

»Micaela, er könnte dich in diesem Pöbel, selbst wenn er wollte, nicht entdecken.«

»Er will gar nicht. Gestern war er ganz aufgebracht. Er denkt anscheinend, ich kann einfach *aufhören*, ein Mädchen zu sein. Streng dich einfach mehr an, hat er gesagt! Ich verstehe es natürlich, er hat sich immer einen Sohn gewünscht ... aber würde es ihm weh tun, wenn er ein einziges Mal ein wenig –« Sie stellte sich wieder auf Zehenspitzen. »Dort ist Rodrigo!«

Ich erhaschte einen Blick auf das sommersprossige Gesicht meines Bruders und die blutrote Strähne in seinem früh ergrauten Haar, als er sich zum Ufer umdrehte, bevor er an Bord kletterte.

Gabriel Múñoz hatte mir dabei geholfen, ihn davon zu überzeugen, daß er von Anfang derjenige gewesen war, der auf der Liste der Freizukaufenden stand, wie er auf der korrigierten offiziellen Liste sehen konnte. Guter Soldat, der er war, legte Rodrigo sich nicht mit offiziellen Listen an, noch mit dem rücksichtslosen Schicksal, das unserem Vater das Leben genommen hatte, während wir jenseits des Meeres gefangen waren.

»Er war alt«, sagte Rodrigo. »Sechzig und etwas.«

»Sechsundsechzig«, erwiderte ich.

»Er hat ein ganzes Leben gelebt und eine Handvoll Kinder hinterlassen. Und das ist mehr, als mir je gelingen wird.«

»Und ob.«

»Ach was. Ein Soldat hat keine Zeit für Kinder. Und ich erlebe die Sechzig-und-etwas auch nicht. Es sind gefährliche Zeiten für einen Soldaten.«

Rodrigos Todesandeutungen beunruhigten mich. Er hätte eigentlich das Gefühl haben müssen, ins Leben zurückzukehren.

»Ich setze mich mit Onofre Exarque in Verbindung, sobald ich spanischen Boden betrete«, versprach er. »Bis zum Jahresende sehen wir uns in Madrid.«

Nachdem wir beobachtet hatten, wie das Freiheitsschiff in See stach, machten Micaela und ich uns hügelan durch die sonnenbeschienenen Gassen zu Zoraidas Haus auf. Wir waren noch nicht weit gekommen, als Türken mit Turbanen, Mauren mit Kapuzen, verschleierte Frauen, fliegenübersäte Kinder, Lastesel und streunende Hunde in den Hauseingängen verschwanden, als ob sie auf ein verabredetes Zeichen reagierten. Da sah ich:

(ZWEITER *und* DRITTER JUNGER GEFANGENER *kommen auf der Gasse näher. Sie sehen breiter und kräftiger aus, als* MIGUEL DE CERVANTES *sie in Erinnerung hat. Der* ZWEITE JUNGE GEFANGENE *hat kein linkes Ohr, der* DRITTE *kein rechtes mehr.*)

ZWEITER JUNGER GEFANGENER: Das ist er! Cervantes!

DRITTER JUNGER GEFANGENER: Und unversehrt – bis auf das, was einmal seine linke Hand gewesen ist.

ZWEITER JUNGER GEFANGENER: Es gibt keine Gerechtigkeit!

Ich versuchte es mit Mitleid: »Es tut mir leid, daß ihr eure Ohren verloren habt.«
Ich versuchte es mit Vernunft: »Also hört einmal, ich bin nicht einfach als freier Mann davongekommen. Ich habe über ein Jahr im tiefsten Verlies von Algier zugebracht.«
Ich versuchte es mit Freundlichkeit: »Wie geht's denn dem Ersten Jungen Gefangenen so?«

ZWEITER JUNGER GEFANGENER: Ist an Wundbrand gestorben – eine Woche nachdem sie ihm die Nase abgeschnitten haben – während du dich in deinem sogenannten Verlies gerekelt hast.« *Mit einem zugespitzten Pflock in der Hand, der leicht als Dolch, Messer oder Gnadgott dienen konnte, stürzt sich der* DRITTE JUNGE GEFANGENE *auf* MIGUEL DE CERVANTES.)

Ich schob Micaela beiseite und sah sie in einen zurückgesetzten Hauseingang stolpern, aus dem den Bruchteil einer Sekunde später, fast wie einstudiert, Gabriel Múñoz geprescht kam; er schwang eine leichte Janitscharenkurzkeule (Allah weiß, woher er sie hatte) und streckte den Dritten Jungen Gefangenen mit einem Hieb nieder.

Als wir drei die Gasse hinaufeilten, hörten wir es hinter uns herrufen:

ZWEITER JUNGER GEFANGENER: Nur zu, lauf! Du wirst nicht weit kommen, nicht mit einer so hohen Belohnung auf deinen Kopf, daß es für jeden, der sie einstreicht, reicht, sich freizukaufen.

Eine Belohnung auf *mich*? Verwechselte er mich nicht mit meinem Bruder? Ohne ein Wort schaute ich Gabriel Múñoz fragend an. »Wenn Hassan Pascha Dey Rodrigo nicht kriegen kann«, sagte er zu mir, »dann legt er es auf jeden Cervantes an, dessen er habhaft werden kann.«

Vierzehntes Kapitel
Tameji?

Vier Dolche auf mich richtend, als ob *ich* die unschätzbare Chosrau-Anoscharwan-Schüssel in tausend antike Scherben zerschlagen hätte, räumten die Zwillingseunuchen Zoraidas achtgängiges Frühstück ab.

Ein mürrisch blickender Mulattenknabe kam herein, murmelte auf ein Wort von Zoraida: »Ich höre und gehorche« und machte sich mit einer Spitzhacke über meine Beineisen her. Als sie herunterfielen, sagte Zoraida, El Dorador würde mich vor Anbruch des nächsten Tages zu der Höhle vor dem Bab-Azun-Tor bringen. »Natürlich während der Ausgangssperre, da eine Belohnung auf dich ausgesetzt ist.«

Micaela sah zu mir empor, und ihre Augen füllten sich mit Tränen. Wahrscheinlich rührten sie von den Ausdünstungen der Salbe her, die sie auf die Wundstellen an meinen Schienbeinen rieb.

»Das letzte Mal, als El Dorador mich irgendwohin brachte«, erinnerte ich Zoraida, »ging ich hinterher vierzehn Monate in einen Kerker.«

»Das war etwas anderes. El Dorador hat deinen Bruder angebetet, und Rodrigo hat ihm Anweisungen gegeben, bevor er abgereist ist.«

»Ich höre und gehorche«, sagte El Dorador, als er den Patio verließ.

»Und wenn ich dann in der Höhle bin? Fünfzehn Leute einschließlich mir, das heißt, eine Menge Mäuler zu stopfen.«

Zoraida sah mich warnend an. Sie wandte sich an Micaela: »Warum holst du Miguel nicht ein schönes, anständiges Gewand?«

Micaela stampfte bockig mit dem bloßen Fuß auf und stolzierte hinaus.

»Jeden Tag weniger knabenhaft«, bemerkte ich.

»Du meinst ihre klassische kallipygische Kurve? Für einen Araber, vergiß das nicht, ist auch das Teil *männlicher* Jugendschönheit. Sie hat einen wunderschönen Körper, nicht? Nicht zu dürr und keine zu langen Glieder. Die Glückliche.«

»Was passiert, wenn sie herausfinden, daß sie kein Knabe ist?«

»Wie sollten sie das? Sie ist unverletzlich. Du machst dir zu viele Sorgen, *ráwi*. Und was die Höhle angeht, so ist es meine Sorge, daß du dein Essen bekommst, und El Dorador wird es dir bringen.«

»Warum ist es deine Sorge?«

»Tut mir leid – mehr brauchst du nicht zu wissen.«

Dies sagte sie mit einem hintergründigen Lächeln. Aber ich hatte die Nase voll von Hintergründigkeit.

»Wer bist du wirklich? Du bist nicht irgendeine Frau, die tanzt, damit es türkischen Hypochondern wieder bessergeht.«

»Nicht alle meine Patienten sind Hypochonder. Der Trancetanz kann die Kranken heilen, wenn sie daran glauben.«

»Ich habe an zu vielen Orten, mit zu vielen Göttern gelebt. Das führt leicht dazu, daß sie einander gegenseitig ausschließen. Oder vielleicht, ich weiß es nicht, ist Gott nur eine Figur, die sich ein schlauer *ráwi* ausgedacht hat.«

Ich bekreuzigte mich.

»Warum tust du das?« fragte Zoraida.

»Gewohnheit. Nehme ich an.« Dann fügte ich hinzu: »Du hast mir immer noch nicht gesagt, warum es deine Sorge ist.«

Nach einem spitzlippigen Schweigen entgegnete sie: »Ein gewisser gemeinsamer Bekannter.«

»*Das* ist es also. Hast du ihn je kennengelernt?«

»Nein.«

»Was will er von uns allen?«

»Wir haben alle unsere Rolle zu spielen.«

»Wobei?«

»Miguel«, sagte sie, »es ist spät, unser Tag war lang, und du gehst vor Anbruch des Morgens in die Höhle.«

»Spät? Es ist noch nicht einmal Mittag.«

»Ich wollte sagen, ich habe einen langen Tag vor mir.«

(Man beachte, wie allein die Tatsache, daß von einem gewissen gemeinsamen Bekannten die Rede ist, die Leute verwirren kann. Das mußte ein Teil seines großen Plans sein.)

Nachdem Zoraida gegangen war, verbrachte ich einen ruhelosen Tag, schlich in beiden Patios herum, erwiderte den stieren Blick der beiden Mosaikbasilisken und versuchte, sie zum Blinzeln zu bringen. Als der Abend hereinbrach, gesellte sich Micaela mir zu.
»Wo ist Zoraida?« fragte sie schmollend.
»Noch ausgegangen. Tanzen. Wo bist *du* gewesen? Ich habe mir Sorgen gemacht.«
Ihr Schmollen wich einem Lächeln. »Ehrlich?«
»Was treibst du den ganzen Tag lang?«
»Ich lungere nur in den Suks herum und provoziere alle Mauren und Türken, mich anzufassen, weil sie wissen, daß, wenn sie es tun, sie auf den Haken fallen gelassen werden. Das ist mein Lieblingsspiel.«
»Du solltest lieber aufhören, es zu spielen.«
Sie drehte mir den Rücken zu, schwang kokett eine Hüfte und sah mich mit einem Schlafzimmerblick über die Schulter hinweg an. Dann streckte sie mir die Zunge heraus und lachte. »Ehrlich gesagt war mir heute nicht nach dem Spiel. Da bin ich an den Strand zu unserer – zu meiner Stelle gegangen. Und habe einfach Steine springen lassen. Da ist sie.« Die letzten drei Worte sagte sie ohne Begeisterung.
Einen oder zwei durchsichtige Schleier hinter sich herziehend, kam Zoraida hereingeeilt. »*Was* für ein Tag! Vier Patienten *in extremis*, alle vom Hof des alten Deys, und das hieß vier Sterbebettgespräche.«
»Heute sind vier deiner Patienten gestorben?« Sie sah keineswegs niedergeschlagen aus.
»Nein. Sie sind alle durchgekommen. Aber du wärest überrascht, was ein Mensch alles erzählt, wenn er *glaubt*, er müsse sterben. Staatsgeheimnisse sind bloß der Anfang. Gott, ich bin am Verhungern!«
Die Zwillingseunuchen waren nicht unvorbereitet.
Später fand *ich* eine Ausrede, um Micaela aus dem Patio zu schikken.
»Wir müssen sie aus Algier herausbekommen«, sagte ich zu Zoraida.

»Aber die Gefahr für sie ist nicht größer als sonst.«
»Wie lange, glaubst du, kommt sie mit ihrer Verkleidung noch durch? Außerdem ist sie todunglücklich. Warum, meinst du, treibt sie ihre gefährlichen Spielchen?«
Zoraida schüttelte den Kopf. »Es ist nicht Micaela, die ich nicht begreife. Du bist es, *ráwi.* Opferst dich so für deinen Bruder – ich bin immer noch nicht ganz sicher, weshalb.«
Weil er mir einmal einen Spielzeugsoldaten schenkte – aber wie hätte sie das verstehen können?
»Und dann? Dann erfährst du, nicht einmal eine Stunde nachdem Rodrigo abgesegelt ist, daß eine Belohnung auf *deinen* Kopf ausgesetzt ist – und worüber machst du dir Sorgen? Darüber, wie du *Micaela* aus Algier herausbekommst! Willst du nie etwas für dich selber? Etwas nur für dich?« Mit sanfterer Stimme fragte sie: »Hast du schon einmal daran gedacht, daß wir uns nach heute nacht vielleicht nie wiedersehen?«, und wir standen beide auf und fielen uns in die Arme. Nach einer Weile murmelte sie: »Schnell – hier hinein.«
Ich tastete mich in ein Bett vor und wartete im Dunkeln.
Zoraida – was für ein Rätsel für Cervantes-Experten! Wer war sie wirklich? Waren wir ein Liebespaar?
Zoraida. Sollte in meinem nie aufgeführten Stück *Die Gefängnisse von Algier* nicht eine Zoraida mit dem heldenhaften Don Lope davonlaufen (ein gewöhnlicher Name, kein Bezug auf meinen Rivalen, den Dramatiker)? Und sollte nicht in der *Geschichte des Gefangenen,* die ich, kurz nachdem ich meine Freiheit wiedergewonnen hatte, schrieb und später in meinem *Don Quijote* als einen Exkurs in drei Kapiteln einschob, nachdem der Ritter von der traurigen Gestalt übermäßig redselig über Krieg und Pädagogik schwadroniert hatte, eine Zoraida zusammen mit dem tapferen Hauptmann Ruy Pérez de Viedma fliehen?
Wunscherfüllung. *Ojalá,* wie die Araber sagen. Aber die wirkliche Zoraida kam nie von Algier weg.
Teilte sie das Bett mit mir?
Wie sorgfältig jene Cervantes-Experten, die in mir lieber einen Don Quijote als einen Don Juan (nicht den Helden Don Juan d'Austria,

sondern den legendären Liebhaber Don Juan) sehen möchten, ihre Argumentation doch aufbauen.
Wenn sie durch die Tür dieses Barbarenschlafzimmers spähen könnten, was hätten sie dann wohl gesehen? Vielleicht hätten sie gesehen, wie die Tür aufging, und gehört, wie bloße Füße über den Fliesenboden tappten, wie...
Aber wie können sie so Gegensätzliches miteinander vereinbaren? Seitdem die Kritiker den Romananfang meiner *Galatea* gelesen haben, sind sie hinter mir her. Cervantes' Worte, sagen sie, fließen wie ein rascher klarer Strom, wenn er über den Krieg oder eine richtige Schlägerei schreibt, oder über die spanischen Straßen (vor allem die Straßen, immer die Straßen), aber wenn er versucht, etwas über Sex aufs Papier zu bringen, ist er ein Eunuch. Immer wieder haben einige auch geschickt auf die drei Jahre angespielt, während derer ich Hassan Pascha Dey gehörte, dem mit dem berüchtigten Männerharem, dessen Vorläufer im Vergleich dazu wie ein englisches Internat wirkten (so wie Marlowe es beschreibt). Und? Warum sollte die Last der Widerlegung bei mir liegen? Was soll ich ihrer Erwartung nach überhaupt widerlegen? Habe ich mein Sorrentiner Abenteuer mit dem Blitz nicht con brio erzählt? Was jene Nacht in Algier betrifft, so fühle ich mich noch jetzt, da ich darüber schreibe, sehr befangen.
... wie sie atemlos ins Bett schlüpft, mit Eisfüßen, aber dem schlanken, weichen Rest ihres warmen, fiebrigen Körpers.
Ihre Art zu küssen glich beinahe einem Kauen (ja, Zoraida, ich erinnere mich, daß ich das dachte), und als sich unsere bloßen Körper das erste Mal knisternd berührten, spürte ich bei ihr ein verwirrendes Zögern, eine Unerfahrenheit, als ob sie die geschmeidige Anmut jener außergewöhnlich langen Glieder der Heilkunst des Trancetanzens vorbehalten hätte, eine rührende Scheu, die mich bei einer so gelenkig-anmutigen Frau überraschte. Nicht daß diese Scheu die Lust gedämpft hätte. Nein: Mit jeder neuen ungeschickten, unachtsamen und falschen Bewegung entfuhren ihr neue Schreie fast vorpubertärer Freude. Außerdem schrieb ich jede Ungeschicklichkeit der Länge ihrer Glieder zu und hoffte, daß gerade diese Länge, sobald ich einmal auf ihr lag, unser erotisches Vergnü-

gen noch steigern würde. Zu diesem Zweck streichelte ich ihre Beine (die im Dunkeln nicht so außergewöhnlich lang waren, wie ich sie mir vorgestellt hatte) vom Knöchel bis zum Oberschenkel, bis meine Hand bei der klassischen kallipygischen Kurve ihres ...
»Micaela!« rief ich.
Und sie seufzte enttäuscht »Oochh!«, als ich sie schnell losließ und mich setzte.
»Micaela, was hast du hier zu suchen?«
»Was meinst du, was ich hier suche?«
»Aber du bist noch ein Kind!«
»Habe ich mich wie ein Kind *angefühlt*? Viele Frauen sind mit dreizehn schon verheiratet.«
Wie wahr; aber sie waren als Mädchen aufgewachsen. Micaela, die mutterlose Knabendarstellerin, wußte kaum, worum es überhaupt ging.
»Micaela«, sagte ich, »ich bin mehr als doppelt so alt wie du.«
»Na und? Du bist der tapferste Mann der Welt!«
Sehen Sie? So viel verstand sie von der Sache.
»Und ich bin *nicht* zu jung für dich.«
»Nein«, sagte ich, »aber versteh doch, *ich* zu alt für *dich*.«
Sie saß in der Dunkelheit da und atmete nur. Dann: »Kannst du dich nicht wenigstens ein wenig über mich hermachen?«
Ich saß ebenfalls da, atmete und fragte mich:
Wie bin ich hierhergekommen, als Gefangener in einer erzählerischen Falle mit einer nackten Kindfrau, die dabei war zu beweisen, daß ihre Verkleidung als Knabe sie nichts von ihrer Weiblichkeit gekostet hat (dummes Mädchen: ganz im Gegenteil!), und das in dem Bett, in dem Zoraida ...
»Wo ist Zoraida?« fragte ich.
»Sie schläft. Sie ist eingeschlafen.«
»Zoraida schläft?« Das überraschte mich mehr, als daß es mich kränkte.
»Na, du kennst sie ja. Bevor sie zu dir kommen wollte, brauchte sie noch eine Kleinigkeit, ich denke, es war ein gebackener Schafskopf, und natürlich etwas zu trinken, so habe ich einfach, na ja, in der Sukstraße sind Schlafmittel leicht zu bekommen, wie du sicher

weißt, und ich halte immer eines bereit, für den Fall, daß jemand versucht, sich über mich ... Willst du ganz bestimmt nicht?«
Ich wollte ganz bestimmt, und ich wußte ganz bestimmt, daß ich nicht durfte, daher sagte ich: »Micaela, wo ist El Dorador?«
»Er wartet draußen auf dich, aber ... dann also *doch* Knaben! Das ist der Grund!« heulte sie auf. »Du bist tatsächlich an Knaben interessiert!«
Was hätte ich tun können? Sie davon überzeugen, daß sie unrecht hatte, indem ich tat, was sie wollte – was ich nicht wollte? Das heißt, was ich zwar wollte, aber ...
Ich tat das einzige, was mir übrigblieb. Ich ging.
Als ich den mondhellen Patio durchquerte, sah ich auf der Alabasterbank Zoraida in schlafmittelbedingtem Entzücken liegen, ein befriedigtes Lächeln auf den Lippen, das älter war als Eva, so alt wie Lilith. Sie hob ihre langen Arme und schnurrte: »Oh, *ráwi, ráwi*, war es für dich auch so gut?« Daher beugte ich mich über sie, küßte sanft dieses Lilithlächeln, und sie murmelte: »Tameji, ráwi?« Gehst du, Geschichtenerzähler?
Und ich sagte ja und ging, und das war es mit ihr. Oder mit beiden. Mit Zoraida, die mir mehr als einmal als Vorbild für eine schöne (und reiche, warum nicht) Moslime dienen würde, die mit einem gefangenen Christen (einem Hauptmann, warum nicht) aus Algier floh, und mit Micaela, über die ich bisher noch nie geschrieben habe, weil ich nur zu gut wußte, was meine Kritiker sagen würden.
Tameji, ráwi? Gehst du?
Welch höhnischen Klang diese Frage für mich annehmen sollte!
Als ich sie gegenüber Cide Hamete erwähnte, schien seine Antwort auf einem Trugschluß zu basieren.
»Die Gegenwart existiert nicht«, war seine Erwiderung.
»Na ja, nicht lange.«
»Nicht einmal kurz. Verschwindet nicht jede sogenannte Gegenwart, sobald sie ihre sogenannte Existenz gewinnt, damit sofort und gleichzeitig in zwei verschiedene Richtungen – in die Vergangenheit und in die Zukunft? Die Aufgabe der Gegenwart, mein Freund, besteht nicht darin, zu *sein*, sondern nur darin, zu *werden*. Sogar die Astrologen, diese Scharlatane, verstehen das. Denn sagen sie die

Zukunft der Welt nicht *voraus*, indem sie die Vergangenheit des Himmels untersuchen und dabei die Gegenwart völlig übergehen? Nein, mein Freund, die Gegenwart, jede Gegenwart außer einer, ist ein Widerspruch, eine Unmöglichkeit und eine Verletzung der Naturgesetze.«

»Außer einer?«

»Schau dir den armen Tantalus an.« Noch ein Trugschluß; so etwas machte ihm Spaß. »Kannst du dir nicht vorstellen, daß Tantalus sich wünschte, der in alle Ewigkeit über ihm hängende Felsen würde herunterstürzen und sein Leben zertrümmern, so daß er nicht für immer und ewig dürstend in dem See stehen müßte, dessen Wasser jedesmal vertrocknen, wenn er zu trinken versucht? Alle Ewigkeit, auch immer und ewig genannt, ist die einzige Ausnahme – eine unendliche Gegenwart, die weder zur Vergangenheit noch zur Zukunft wird. Ewige Verdammnis zum Beispiel oder ewige Freude. Beide unerträglich. Nein, verlange von mir kein Mitleid, wenn ich gerade erfahren habe« – Cide Hamete erfuhr laufend Neues über sich selbst –, »daß ich vielleicht unsterblich bin.« Er stöhnte. »Du kannst wenigstens die Gegenwart in die Vergangenheit entschwinden sehen, wo die Verzweiflung, wie der Schmerz, weniger weh tut, und dabei in eine hoffnungsfrohe Zukunft schreiten. Erzähle mir nicht von deinen lächerlichen Problemchen, wenn ich mir Sorgen über die ganze Ewigkeit machen muß.«

»Warte! Geh nicht! Sag mir wenigstens, warum Onofre Exarque nie gekommen ist, um uns zu retten.«

Cide Hamete hatte jedoch schon zu verschwinden begonnen, wie es so seine Art war, und ich befand mich allein, nackt an einen Felsen gefesselt, in meinem einsamen Loch (wo ich bleiben sollte, bis Hassan Pascha mich zu den übrigen Gefängnisinsassen ins Verlies werfen ließ, und wo ich anfing, meinen Plan auszuhecken, der zu meiner Hinrichtung am Strang führen sollte).

Schriebe ich jetzt einen pikaresken Roman, einen *Lazarillo de Tormes*, würde ich die ganze Episode nacherzählen: meine Ankunft mit El Dorador in der Höhle; Kurzbiographien meiner Mitflüchtlinge; ihre Enttäuschung darüber, daß ich anstelle des alten Kämpen

Rodrigo kam; ihre nervöse Vorfreude auf unsere Rettung, die in fassungslose Verzweiflung und (bildete ich mir das nur ein) Mißtrauen mir gegenüber umschlug, als die vereinbarte Nacht ohne auch nur eine Spur von Onofre Exarque verstrich, ihre offene Feindseligkeit, als ein paar Tage später der loyale, zuverlässige El Dorador die schmale Ration, die sie am Leben hielt, nicht brachte. In einem *Lazarillo* gäbe es eine – für diese Gattung unabdingbare – Szene, in der der wanderlustige Spitzbube von einem Helden (wieder unterwegs) seine Mitflüchtlinge oder den Dey oder *irgendwen* übers Ohr haut, um fliehen zu können.

Doch dies ist kein pikaresker Roman, sondern nur ein Bericht über meinen Tod und mein Leben. Fangen wir also an dem Morgen an, an dem Hassan Pascha Dey auf seinem mit einer grellbunten, goldverbrämten Schabracke bedeckten Hengst eine Kompanie Janitscharen (und einen verängstigten El Dorador) zu dem Grundstück vor dem Bab-Azun-Tor führte, wo diese die Höhle umzingelten und ein paar Schüsse abfeuerten. Wir stolperten, vom Sonnenlicht geblendet, heraus, wurden durchsucht, in zwei Zügen aneinandergekettet und nach Algier zurückgeführt.

Ob ich Vorwürfen oder Schlimmerem von seiten meiner Höhlenmitbewohner ausgesetzt gewesen wäre, kann ich nicht sagen, denn im königlichen *bagnio* wurde ich von meinem Zug getrennt und in einen großen Raum mit weißgekalkten Wänden geschoben, auf die Sonnenlichtstreifen aus vier hoch gelegenen Scharten verwirrend bruchstückhafte Schatten warfen. Ich erkannte einen Schandpfahl, zwei Folterknechte in Lendenschurzen, einen Gefangenen, der den riesigen Siegelring eines Arztes am Daumen trug – und Hassan Pascha Dey den Venezianer persönlich, dessen Gesicht mit reichlich dekadenter Hand geschminkt war; er hatte mit Kajal geschwärzte Wimpern und trug in der Schärpe um seinen Bauch eine Rhinozerospeitsche.

»Du bist also Cervantes«, sagte er und betrachtete das, was einmal meine linke Hand gewesen war. »Bemerkenswert, daß du dieses Ding nicht verloren hast. Hat schrecklich weh getan, was?« Sein geschminktes Gesicht nahm einen abwesenden, träumerischen Ausdruck an. »Muß zur Größe einer Melone angeschwollen sein, bevor es geeitert hat, hmm? Und sicher hast du monatelang darunter gelitten, daß es stinkende Knochen- und Kugelsplitter abgesondert hat – ein nicht ganz schmerzloser Prozeß, von dem du mir einmal erzählen mußt, hmm? Ich mache nämlich eine kleine Untersuchung über solche Phänomene. Tut es bei einem Wetterumschwung immer noch weh? Oder wenn ich darauf schlage, hmm? Etwa *so*!, mit dem Ende meiner Rhinozerospeitsche? Nein? Es tut nicht weh? Schade.« Und ein weiteres »Hmm?«, auf das ein feuchtes, weißes Glänzen in seinem hennagefärbten Bart folgte, das vielleicht ein Lächeln war.

»Doch« – trotz seiner Enttäuschung fröhlich – »wenn das, was einmal deine linke Hand gewesen ist, dich gegen ... Unbilden abgehärtet hat, werden wir, du und ich, interessante Stunden miteinander verbringen, denn einen Mann auf einem hohen Schmerzpegel zu halten, ohne ihn in gnädige Bewußtlosigkeit sinken zu lassen, ist, so habe ich oft gedacht, das irdische Spiegelbild des vollkommensten der fünf Himmel des Entzückens, das reine und elementare Feuer, das wahrhaft kaiserlich ist«, sagte Hassan Pascha Dey der Venezianer, der (gemäß Suleiman Sa'adah, dem manchmal irrtümlich der Weise Genannten) weit und breit als der grausamste Mann der Welt bekannt war.

Warum höre ich damit nicht auf?

Die Antwort lautet einfach: weil der Dey nicht damit aufhörte.

Glauben Sie mir, ich bediene hier keine pervers Veranlagten – wer braucht solche Leser? Aber meine »obszöne Unterwürfigkeit« gegenüber Hassan Pascha ist so hochgespielt worden, daß ich jetzt reden muß.

Obszöne Unterwürfigkeit! Was wußte ich schon von seinem ruchlosen Männerharem mit seinen klug umgebauten Foltergeräten? Ich habe den Ort nicht einmal gesehen. Wie konnte er also, um einen Kritiker zu zitieren (zweifellos ein Bewunderer Lope de Vegas), »eine der beiden Quellen des bitteren Stromes sein, aus dem Cervantes' tragikomische Welt entspringen würde ...«?

Bitterer Strom! Und was ist überhaupt die andere Quelle? Das verrät er nie.

Symbole kann ich verstehen, Metapher und Gleichnis sind mir

nicht fremd. Und selbst wenn es meine persönliche Meinung ist, daß ein Schriftsteller sich auf leeres Papier stürzt, weil er insgeheim hofft, die Welt zu verändern, anstatt sie zu zeigen, wie sie ist (was schon schwierig genug ist), muß das noch lange nicht heißen, daß...

Zwei Quellen!

Meine »obszöne Unterwürfigkeit« verbrachte ich, nackt an einen Felsen gekettet, in einem einsamen Loch. Ich lernte den verkommenen Dey kaum kennen.

Auf ein Zeichen von ihm banden mich die beiden lendenbeschürzten Folterknechte an den Schandpfahl.

»Aus mir bekommst du nichts heraus!« schwor ich. Nicht gerade einfallsreich, aber in Anbetracht der Umstände entschuldbar.

»Narr! Ich weiß schon alles«, erwiderte der Dey.

Das war beunruhigend. Warum bindet man einen Mann an einen Pfahl zum Auspeitschen, wenn man ihn nicht verhören will?

Ich hörte Leder quietschen. Zog er die Rhinozerospeitsche aus seiner Schärpe?

»Jeder träumt davon, von irgendwo zu fliehen«, sagte er. »Das liegt in der Natur des Menschen, hmm? Aber hier, Cervantes, hier bist du ein Stück Eigentum, und ein Fluchtversuch ist ein Versuch zu stehlen, was mir und dem Sultan gehört, hmm?«

Haben Sie sich schon einmal dabei ertappt, daß Sie, während Sie versuchten, nicht zu lächeln, abartigerweise um so mehr lächelten? Unter Kindern ist dieses Problem weit verbreitet, aber keiner ist dagegen immun. Es kann durch Angst ausgelöst werden, oder durch Unsicherheit. In meinem Fall durch sein manisches »hmm«.

Ich lächelte. Schlimmer, ich versuchte, nicht ganz erfolgreich, ein Lachen zu unterdrücken. Das hielt er für Machismo.

»Aha, der typische Wagemut des iberischen Mannes«, schnurrte er. »Wie entzückend! Denn der Machismo steigert die Schmerzgrenze fast so sicher wie ein schwerer Schock, ein Zustand, in dem du zu dir selbst finden wirst, hmm?«

Eine Hand riß mein Hemd bis zum Gürtel herunter.

»Miguel de Cervantes Saavedra!« sprach der Dey. »Wegen Diebstahlversuchs am Eigentum des Sultans Selim II. des Verkommenen, Herrn der Hälfte der bekannten Welt mit Anspruch auf den Rest, bist du zu eintausend Hieben mit der Rhinozerospeitsche und zu unbegrenzter Kerkerhaft in einem Loch, nackt an einen Felsen gefesselt, verurteilt.«

Auf dieses Urteil folgte Schweigen, ein Schweigen, das für Araber soviel bedeutet wie Worte, ehe die beiden Folterknechte in ungläubiger Angst ausrufen konnten:

»Eintausend? O mächtiger Pascha, nein!«

»Ich bin mir wohl bewußt«, plapperte der Dey, »daß kein normaler Mensch – nicht einmal in zwei Raten, hmm? – eintausend Hiebe nacheinander verabreichen kann. Ich werde sie ihm selbst geben.«

Der Arzt meldete sich zu Wort: »Eintausend aufeinanderfolgende Hiebe mit einer Rhinozerospeitsche sind, soweit man weiß, neunhundert mehr, als je ein Mensch überlebt hat.« Nicht daß er übermäßig besorgt schien. Ich hatte in ihm einen von denen erkannt, die den königlichen Astrologen damals behandelt hatten, bevor ich sein Leben rettete.

Ich hörte jemanden tief Luft holen und sah den Schatten des Deys auf der getünchten Wand wachsen, die mit verblaßten braunen Blutspritzern übersät war; ihr Muster erinnerte auffällig an das Sternbild Kassiopeia, bildete also einen Umriß in Gestalt einer sitzenden Frau, die beide Arme flehentlich erhoben hielt; nicht daß es ihr oder mir etwas genutzt hätte.

Ich schloß die Augen.

Worauf wartete der Dey noch? War dieses Zögern für ihn Teil des Vergnügens, so wie ein Vorspiel?

Schlag zu! wollte ich schreien. Peitsche mich! Bringen wir es hinter uns!

Ich hörte Fußtritte und das Klirren von Metall gegen Stein. Der Dey atmete schwer aus. Dann sagte er: »Jetzt nicht! Möge Allah deine Zunge in geschmolzenes Blei verwandeln!«

»Mein Herr hat eine wichtige Nachricht, Pascha«, bettelte eine unterwürfige Stimme.

Vor der Tür wurde geflüstert. Eine fast vertraute Stimme sagte »Häuser«, sie sagte »Mond«, sie sagte Unverständliches wie »Aratron« und »Phaleg«, »Ophiel« und »Och«. Sie sagte Picatrix, und

auf dieses geheimnisvolle (steganographische?) Wort hin schnappte Hassan Pascha nach Luft. Ich öffnete die Augen und sah, daß die Blutspritzer an der getünchten Wand sich (durch ein Wunder?) neu formiert hatten. Wenn man sie jetzt miteinander verband, ergaben sie einen alten Mann mit einem langen weißen Bart, der auf einem feuerspeienden Drachen an einem Wacholderbaum vorüberritt.
Ich hörte Fußtritte sich entfernen, die Tür zuknallen und mehrere Männer, darunter einen Asthmatiker, atmen.
Dann hörte ich ein wütendes Gebrüll und ein Surren, als ob eine Rhinozerospeitsche durch die Luft sauste. Und wieder hielt ich mich für den ersten, beißenden Schmerz bereit. Aber als die Peitsche knallte, schrie jemand anderer.
An dem alten Mann mit einem langen weißen Bart, der auf einem feuerspeienden Drachen an einem Wacholderbaum vorüberritt, vorbeihumpelnd und -klirrend, floh der Arzt vor Hassan Paschas Rhinozerospeitsche in mein Gesichtsfeld und wieder hinaus. Wieder und wieder surrte und knallte die Peitsche, der Dey machte weiter seine Runden durch den Raum und jagte jetzt die beiden Folterknechte durch mein Gesichtsfeld; die Rhinozerospeitsche ging gleichermaßen auf beider Rücken nieder und entlockte dem einen eindrucksvolle Schreie, während der andere, der Asthmatiker, nur ein jämmerliches, keuchendes Winseln hervorbrachte.
Unablässig surrte und knallte die Peitsche, schlug auf Fleisch ein, auf den Boden, auf den alten Mann, der auf seinem Drachen an dem Wacholderbusch vorüberritt – auf alles, so wurde mir bald klar, nur nicht auf mich, während ich Hassan Pascha Dey den Venezianer zwischen Knurren, Peitschenknallen und Geschrei rufen hören konnte: »... womit nur hab ich das verdient ... Mars auf siebzehn Grad in den Fischen und Merkur praktisch in den Klauen des Löwen und die *Sonne* ...« Jetzt peitschte er den nichtasthmatischen Folterknecht durch mein Gesichtsfeld. »... nicht im Schützen, wo sie hingehört, wie er es mir *versprochen* hat, sondern unerklärlicherweise im Wassermann oder irgend so einem Haus.« Jetzt eilte der Arzt klirrend vorbei. »... die Konjunktionen könnten gar nicht ungünstiger stehen ...« Jetzt bekam der Boden Hiebe ab und dann wieder der alte Mann mit dem langen weißen Bart, der auf dem

feuerspeienden Drachen an dem Wacholderbaum vorüberritt. »Saturn im Aszendenten! Tod! Vernichtung! Die Rettung verlorener Seelen aus der Hölle!« Dann mit giftigem Sarkasmus: »Eine Gelegenheit, so versichert er mir, entflohene Häftlinge wieder einzufangen! Aber so, wie Merkur und Mars stehen, wird derjenige, der eine körperliche Strafe zufügt, mehr zu leiden haben als sein rechtmäßiges Opfer...« Weiteres Knurren, Peitschenknallen und Geschrei. Dann: »Schneidet ihn los – der erste Teil der Strafe wird ausgesetzt. Ich habe gesagt: *Schneidet ihn los!*«
Janitscharen, die dem nunmehr wild um sich schlagenden Dey aus dem Weg gingen, banden mich los. Als sie mich hinausschleppten, erhaschte ich einen letzten Blick auf Hassan Pascha, der, rot vor Wut, die Rhinozerospeitsche hoch erhoben, immer schneller und schneller in dem Raum umherjagte.

Fünfzehntes Kapitel
Gefährliche Spiele

Jahrtausendelang sind Geschichtenerzähler mit dem Kunstgriff durchgekommen, daß sie die Empfindungen von uns Menschen in der Natur oder in unbelebten Dingen widerspiegelten – so wie in dem flehentlichen Rätselbild der Kassiopeia an der Wand. Aber kein Geschichtenerzähler kommt damit durch, daß er, ohne zu erzählen, warum, behauptet, es gebe eine seiner Figuren plötzlich nicht mehr. Romanfiguren haben ein Eigenleben, das sie hinter dem Rücken des Erzählers fortführen.

Und obschon dies die Geschichte meines Todes und meines Lebens ist, standen andere Figuren im Rampenlicht, wohingegen ich während meiner langen Kerkerhaft, bei der ich in einem Loch nackt an einen in einen Felsen eingelassenen Ringbolzen gekettet war, eigentlich in die Kulissen verbannt war.

Oh, ich aß (*migas*, was sonst?), kämpfte mit den Ratten um meinen gerechten Anteil. Und ich pißte und schiß. Und Haar und Bart und Nägel wuchsen mir.

Ich versuchte es auch – und das ist peinlich – mit Solo-Sex. Welcher einsame Häftling tut das nicht? Im Dunkeln erregte ich mich durch die Erinnerung an Sorrent, wo Cornelia Tassos Sirenengesang mich lockte, einen atemlosen Augenblick lang, in welchem die Zeit sich zum Raum weitete, riesige Entfernungen sich zu Bögen rundeten, als wir aufeinander zugingen und uns berührten und der Himmel sich einen erstaunlichen Moment lang verdunkelte, ein natürlicher *coup de théâtre*, um von einem ehrfurchtgebietenden Blitz durchzuckt zu werden ... doch als meine Erregung dem Höhepunkt zutrieb, sah ich Haar wie ein wogendes Weizenfeld an einem wolkenlosen Sommertag in der Mancha und ließ, von Schuldgefühlen durchflutet, sein, was ich gerade tat.

Ich erzählte mir auch Geschichten, die sich meistens um Fluchtver-

suche aus Verliesen und Löchern drehten. Aber je mehr ich Selbstgespräche führte – und führt nicht jeder Geschichtenerzähler, wie groß sein Publikum auch sei, Selbstgespräche? –, desto mehr stotterte ich.
Das machte mir Sorgen. Was würde geschehen, wenn man mich freiließe, aber keiner mehr etwas von dem verstünde, was ich sagte? Ich sah mich in Madrid atemlos zu dem großen Steinhaus am Sonnentor rennen und meine Schwester Andrea, mehr oder weniger brüderlich, in die Arme schließen und meine Freude über unser Wiedersehen verströmen. Aber kein Wort war zu verstehen. Und ganz wider ihre Art lachte sie mich aus.
In der dunklen Einsamkeit schloß ich einen abergläubischen Pakt mit mir selbst:
Überwinde dein Stottern, und du kommst frei.
Ich glaubte eifrig daran, sogar wenn ich es nicht glaubte. (Wenn Sie je in einem pechfinsteren Loch an einen in einen Felsen eingelassenen Ringbolzen gekettet waren, begreifen Sie das.) Es würde klappen, wenn ich nur einen besonders schwierigen Satz meistern würde. Aber welchen Satz?
Ich dachte plötzlich mit einem Lächeln an Micaela, die, obgleich sie, wenn sie wollte, geschwätzig wie eine Elster sein konnte, solche Schwierigkeiten mit dem Kennwort gehabt hatte, als sie mich in Zoraidas Haus einließ. Daher wählte ich den Satz:
Demogorgon wohnt im Abgrund bei den drei Schicksalsschwestern oder auf den Gipfeln des Himalaja bei Elfen und Feen.
Sie werden kaum glauben, daß mich das Üben dieser Worte fast zum Wahnsinn trieb.
»Demogorgon wohnt«, fing ich an.
Demogorgon, das war ein schwieriges Wort für mich. Ebenso Abgrund. Und die Verbindung Schicksalsschwestern war – war schicksalhaft.
»Demogorgon wohnt«, wiederholte ich immer wieder, und dann schließlich: »Demogorgon wohnt im Abgrund.«
Ich lauschte dem Echo nach. Ich sprach die Wörter, vorsichtig, noch einmal. Sie kamen sanft zu mir zurück.
Bald hatte ich mich von fünf auf neun Wörter gesteigert.

Endlich kam der Tag, an dem ich in einem Atemzug sagte: »Demogorgon wohnt im Abgrund bei den drei Schicksalsschwestern oder auf den Gipfeln des Himalaja bei Elfen und Feen.«
Ich versuchte es noch einmal, mit fast unziemlicher Geschwindigkeit.
Kein Stottern!
Ich beglückwünschte mich gerade, da begann mich der Satz zu beunruhigen. Worum drehte er sich überhaupt? Die drei Schicksalsschwestern, jene Töchter der Nacht, die die Schicksalsfäden der Menschen in der Hand haben – aber wer war Demogorgon?
Woher stammte der Satz überhaupt?
War er zum erstenmal in der umstrittenen *Steganographia* des Abts von Sponheim aufgetaucht? Und wenn ja, warum? Oder war er zufällig, zum einmaligen Gebrauch, ausgewählt worden? Von wem? Und, wenn man es sich recht überlegt (und ich überlegte es mir), wie zufällig ist der Zufall denn?
Ich fragte mich außerdem: Warum Elfen *und* Feen? Gab es einen Unterschied? Und wo wohnte Demogorgon *wirklich*? Vom Abgrund in, sagen wir, Dantes *Inferno* bis zu den Gipfeln des Himalaja war es ein weiter Weg.
Während ich dies alles herauszubekommen versuchte, hatte ich die Worte bald so oft wiederholt, daß sie jegliche Bedeutung, die sie vielleicht einmal gehabt hatten, verloren.
Probieren Sie es aus, selbst wenn Sie nicht an einen Felsen gekettet sind.
Nehmen Sie ein einfaches Wort wie Schwester. Sagen Sie es immer wieder. Schwester Schwester Schwester. Schwesterschwesterschwesterschwesterschwester.
Hat es noch irgendeine Bedeutung? Hat es überhaupt Anfang und Ende?
Ein Lautgebilde ohne Bedeutung, wie alle Wörter.
Kein Wunder, daß ich stotterte.
Schwesterschwesterschwesterschwesterschwesterschwester.
Niemand versteht auch nur irgend etwas, was irgend jemand je sagt. Alle tun nur so.
Demogorgon! rief ich. Bist du hier in *meinem* Abgrund?

Iß deine migas, *oder die Barbarenpiraten kommen des Nachts und holen dich!*
Er (oder sie) kam – Demogorgon!
Ich warf mich über den Felsen, in den der Ringbolzen eingelassen war, und heulte. Wäre ich völlig übergeschnappt, wenn ich mir nicht genau in diesem Augenblick Micaelas verwirrende bernsteinfarbene Augen vorgestellt und mich daran erinnert hätte, wie ihre silberhelle Sopranstimme zu sagen versuchte: »Demogorgon wohnt im Abgrund mit, äh, den drei Schicksalsschwestern oder, äh, auf den Gipfeln des Himalaja – was kommt dann?«?
Dieses Bild erinnerte mich daran, daß nur *ich* an einen Felsen gefesselt war, daß nur *ich* in den Kulissen stand, während Micaela und die übrigen ihr Schicksal spielten. (Die Vorstellung von einem freien Willen verliert viel von ihrer Kraft, wenn man nackt an einen Felsen gekettet ist.)
Ich gab es auf, bald in die Welt zurückzukehren, und versprach mir nur folgendes:
Erzähle eine einzige wahre Geschichte, und du bleibst bei Verstand.
Geschwundene Hoffnungen. Aber was hätte ich tun können?
Ich erzählte folgende Geschichte:

Eines Morgens, kurz nachdem ich eingekerkert worden war, sauste Micaela durch den Basar und trieb ihre Spielchen. Zufällig erblickte sie El Dorador im selben Moment, als dieser sie zufällig erblickte. Er verschwand schnell in der Kesselmachergasse, und sie rannte hinter ihm her.
Vor den winzigen Läden erzitterten die Drähte, an denen die Kessel hingen, wie Blätter im Sturm – in dem Gewittersturm des Getöses, das erst El Dorador und dann Micaela machten, als sie vorbeiflitzten. Hohe Stapel aus Töpfen und Pfannen schwankten wie Glockentürme bei einem Erdbeben. Erboste Ladenbesitzer tobten. Eine Menge folgte ihnen, darunter auch mein früherer Herr, Hinkebein der Grieche, der gerade erst schlechtgelaunt von einem erfolglosen Beutezug zurückgekehrt war.
El Dorador, dessen schmale Brust sich heftig hob und senkte, spurtete mit unbeholfenen Sätzen durch die ganze Kesselmachergasse

und stürzte sich dann in die Töpfergasse. Micaela preschte direkt hinter ihm her.

Glasierte und unglasierte Töpferwaren barsten und zersprangen.

»Der unantastbare Maltrapillo-Knabe verfolgt den loyalen, zuverlässigen El Dorador«, rief ein Maure.

»Die Mordlust steht ihm in den verwirrenden bernsteinfarbenen Augen!« rief ein Türke.

»Und seht das Schwingen seiner klassischen kallipygischen Kurve!« rief Hinkebein der Grieche, nun besserer Laune, da er mit der Menge durch eine Gasse stürmte, die mittlerweile knöcheltief in Tonscherben stand.

Schon bald wußte jeder in den Suks, daß der Maltrapillo-Knabe (mit arabischer Übertreibung) geschworen hatte, El Dorador Glied um Glied in Stücke zu reißen, weil er einen verkrüppelten Christen namens Zerbantes oder so ähnlich verraten hatte. Ihn sogar zweimal verraten hatte.

Auf dem Gemüsemarkt stellte sich El Dorador. Er warf noch eine Melone. Micaela duckte sich. Dann war sie über ihm.

Sie wälzten sich am Boden, bald hatte der eine die Oberhand, bald der andere, bis El Dorador sich losriß.

Micaela schoß wie eine Kanonenkugel hinter ihm her und brachte ihn über einem wackeligen Tisch voller reifer roter Tomaten zu Fall, der unter ihrer beider Gewicht zusammenkrachte. Micaela schlug mit ihrer Faust (oder ihrem Ellbogen) El Dorадors Nase blutig. Während sie hin und her kugelten, rann der Tomatensaft in schmalen Bächen über den festgestampften Boden des Marktes, sammelte sich zu Pfützen und wurde von Bettlern gierig aufgeschleckt. Besser situierte Zuschauer schlossen auf den Ausgang des Kampfes Wetten ab. Bald setzte keiner mehr auf El Dorador. Der Kampf war sehr einseitig geworden, Micaela erbarmungslos. Immer wieder kämpfte El Dorador sich hoch und sie schlug ihn nieder und er kämpfte sich langsamer hoch und sie schlug ihn wieder nieder. Schließlich flehte El Dorador um Gnade.

Micaela stand über ihm, mit rotem Gesicht und keuchend, die Hände in die Hüften gestützt. Die weiße Seidenhose war mit hellem Tomatenrot befleckt und klebte an der klassischen kallipygischen Kurve.

Hinkebein der Grieche stand, selber außer Atem, wie angewurzelt da. Jesus! dachte er – bei Allah! meinte er –, wie erregt der Maltrapillo-Knabe aussah! Als ob er nicht gerade bei einer Prügelei, sondern bei … nein, mahnte Hinkebein der Grieche sich selbst, wage nicht einmal, daran zu denken.
Während der fette, vom Glauben abgefallene Kapitän so seufzte, stand ein schlanker, dunkler Mann mit einer Prinzessin-Eboli-Augenklappe am Rande der Menge und beobachtete das Mienenspiel in seinem Gesicht.
Der Dey erklärte den Knaben für unantastbar; der Grieche fand ihn unwiderstehlich. Eine Lage, die im Auge zu behalten sich lohnte.

Einige Monate später besuchte die Nichte Suleiman Sa'adahs, des manchmal irrtümlich der Weise Genannten, diesen eines frühen Abends in seiner Wohnung über dem Barbierladen.
»Ich bin am Verhungern«, sagte Zoraida und griff nach einer der Zwiebeln, die ihr Onkel gerade in eine Kiste verpackte. Sie hob sie an ihre Lippen, und er konnte gerade noch rufen: »Halt! Das ist keine Zwiebel zum Essen. Das ist eine Tulpenzwiebel. Ich nehme sie mit in die Niederlande. Dort mache ich mein Glück.«
»Gibt es in Holland keine Tulpen?«
Zoraida wußte, daß sie von irgendwoher aus dem Osten stammten, aus Persien vielleicht. In Algier waren sie ziemlich weit verbreitet.
»Das werden die ersten sein«, erwiderte Suleiman Sa'adah, der manchmal irrtümlich der Weise Genannte. »Ich habe dem Geheimdienst fünfunddreißig Jahre meines Lebens gewidmet.«
»Man sagt, wenn du es einmal im Blut hast…«
»Ich bin fertig mit alldem. Den Tulpen gehört von jetzt an mein Leben.«
Die Endgültigkeit seiner Worte erinnerte Zoraida daran, warum sie gekommen war. Sie lüftete ein paar ihrer durchsichtigen Schleier und holte ein Bündel handbeschriebener Blätter hervor.
»Die Bekenntnisse einer Trancetänzerin«, sagte sie. »Ich fühle mich sicherer, wenn ich weiß, daß sie außer Landes sind.«
Suleiman Sa'adah blätterte sie durch. »Erstaunlich.«
»Ich weiß«, sagte Zoraida bescheiden. »Das Problem bestand nur

darin, nicht zu vergessen, was sie auf dem Sterbebett gesagt hatten, während ich mich in Trance tanzte.«
»Wenn ich nur einen Bruchteil davon weitergeben würde«, grübelte ihr Onkel, »würde Konstantinopel kopfstehen.«
»Ich habe gedacht, du machst Schluß damit.«
»Das tue ich«, sagte Suleiman Sa'adah fest.
»Nimmst du die Bekenntnisse mit?«
»Würde ein gewisser gemeinsamer Bekannter das billigen?«
»Ich denke, ja. Im übrigen ist er vielleicht tot.«
»Vielleicht ist er's auch nicht«, sagte ihr Onkel unwirsch.
Wie so viele, die im Geheimdienst arbeiteten (oder wie er gearbeitet hatten), wollte er von dieser Möglichkeit nichts hören. Wann würde sie es je begreifen, fragte sich Zoraida; nicht einmal ein gewisser gemeinsamer Bekannter war unersetzlich. Und niemand lebte ewig. Beide schwiegen eine Weile lang. Sie waren sich immer nahegestanden. Sein Schiff nach Amsterdam lief mit der Morgenflut aus.
»Könntest du einen blinden Passagier mitnehmen?«
»Kind! Bist du in Gefahr?«
»Ich meine nicht mich. Ich mache mir Sorgen um Micaela.«
»Was für Sorgen? Sie ist unantastbar.«
»Sie ist nicht mehr sie selbst, und das seit Miguel de Cervantes wieder gefangengenommen wurde. Sie läuft mit einem leeren Blick herum. Einmal mußte ich sie einem galoppierenden Gaul vor den Hufen wegreißen. Sie hat mich gebeten, sie lesen zu lehren, und jetzt verbringt sie den halben Tag damit, sich selbst Gedichte vorzutragen. Wenn ich nicht wüßte, daß Micaela niemandem vertraut, würde ich sagen, sie ist verliebt.«
»Seit wann ist zur Liebe Vertrauen nötig?« sagte Suleiman Sa'adah, der manchmal irrtümlich der Weise Genannte.
»Inzwischen möchte die Hälfte aller Männer in Algier sich über den Maltrapillo-›Knaben‹ hermachen. Aber wenn sie herausfinden würden, daß sie ein Mädchen ist – ich darf gar nicht daran denken, was dann passieren würde«, sagte Zoraida.
»Sie würden ihr Interesse verlieren, diese Abartigen, das ist alles, was passieren würde.«
»Sie würden sie in Stücke reißen. Und sie *werden* es ganz bald herausbekommen, es sei denn ... Nimmst du sie mit?«

Suleiman Sa'adah breitete die Hände aus. Er hatte, so bemerkte sie nicht zum erstenmal, im Gegensatz zu ihr eine lange Lebenslinie. »Du kennst die Spielregel, meine Liebe: Mische dich nie in innere Angelegenheiten ein, es sei denn um eines eindeutigen und erreichbaren Vorteils willen.«

Zoraida bettelte nicht. Sie kannte die Regel. Es war eine Schwäche gewesen, ihn zu bitten, aus persönlichen Motiven dagegen zu verstoßen.

Nach einem Stärkungshappen für den viertelstündigen Nachhauseweg küßte sie Suleiman Sa'adah zum Abschied.

»Nächstes Jahr in Amsterdam«, versicherte er ihr. »Deine Arbeit hier ist dann zu Ende, und du kommst nach.«

»Nächstes Jahr in Amsterdam«, wiederholte Zoraida. Aber warum hatte sie plötzlich eine schreckliche Vorahnung?

Als Zoraida daheim ankam, war Micaela noch nicht zurück. Sie sauste wohl noch irgendwo herum. Aber als sie auch am nächsten Morgen noch nicht wieder da war, eilte Zoraida, einen oder zwei durchsichtige Schleier hinter sich herziehend, zur Taverne des königlichen *bagnio*. Gabriel Múñoz wußte fast über alle wichtigen Dinge, die in Algier vorgingen, Bescheid.

»Aber ich weiß nicht, wo das Maltrapillo-Kind ist«, sagte er zu Zoraida.

»Dann kriege es heraus. Es geht das Gerücht, daß du ausgelöst werden sollst, wenn die Trinitarier nach Algier kommen.«

»Gerüchte kosten nichts«, entgegnete Gabriel Múñoz ausweichend.

»Ich könnte dir vielleicht ein paar Stimmen besorgen.« Der Freikauf durch die Trinitarier, das wußte jeder, hing von der Beliebtheit des Gefangenen ab.

»Ich werde sehen, was sich machen läßt«, sagte Gabriel Múñoz.

Als Zoraida am nächsten Tag wiederkam, sagte er ihr: »Niemand weiß, wo sie ist. Leider.«

»Hast du ›sie‹ gesagt?«

»Was denn sonst? Der Klatsch ist mein Geschäft. Im übrigen«, fuhr Gabriel Múñoz fort, »wirst du bei deinen Sterbebettgesprächen etwas von einem schwunghaften Handel mit Hausrat gehört haben, den Christensklaven bei ihrer Arbeit als Bedienstete stehlen – Gemmen, begehrte Kacheln, Ballen syrischen Damasts und sogar ausgewachsene Perserteppiche im Wert von Millionen Zianís. Wie diese Schmuggelware auf die europäischen Märkte gelangt, wissen nur bestimmte Piratenkapitäne, die sie irgendwo hinter dem Horizont keinem Geringeren als unserem alten Freund Morato Maltrapillo übergeben.«

»Micaelas Vater? Du willst sagen, dieser Bastard hat sie als Pfand für seine menschliche Ladung hiergelassen und steckt die ganze Zeit bis zum Hals im Schmuggelgeschäft?«

»Ein Bekannter von mir, der das Diebesgut schätzt«, ignorierte Gabriel Múñoz diesen Wutanfall, »behauptet, daß die jetzige Ladung deshalb nicht zu dem Treffen mit Maltrapillo fährt, weil Hinkebein der Grieche noch im Hafen liegt.«

»Was hat das mit Micaela zu tun?«

»Dieser Bekannte von mir behauptet, daß der dicke Piratenkapitän vorgestern nacht in einer Lagerhalle, in der die Schmuggelware versteckt gehalten wird, mit einem angeblich unbezähmbaren Lustknaben zusammengetroffen ist.«

»Einem Lustknaben? Aber –«

»Dieser sogenannte Lustknabe«, fuhr Gabriel Múñoz fort, »soll gesagt haben: ›Vertraue niemandem in diesem Leben.‹«

Als Zoraida am Vorabend der Abreise ihres Onkels nach Amsterdam nach Hause kam, war Micaela gerade auf dem Heimweg durch dunkle Gassen; sie hielt den Blick gesenkt, und ihr liebeskrankes Herz war bei jemandem, der – davon zu sprechen bereitet mir Unbehagen – nackt an einen in einen Felsen eingelassenen Ringbolzen gekettet war. Unbehagen deshalb, weil ich sie zwar in keiner Weise zu ihrer Schwärmerei ermutigt hatte, diese sie aber äußerst verletzlich machte.

»Psst! Michele!« Aus einer Seitengasse tauchte ein Mann auf.

Der liebeskranke Blick wich aus Micaelas Gesicht. »Aus dem Weg, du Wurm«, schnauzte sie El Dorador an, »oder ich schlage dich noch einmal zusammen.« El Dorador zusammenzuschlagen war das einzige, was sie für den Mann, den sie liebte, tun konnte.

»Nein, warte – ich habe eine Nachricht für dich. Von Cervantes.«

Micaela stieß El Dorador gegen eine Mauer und schüttelte ihn. »Wo ist er?«

»Das will ich dir ja gerade sagen.«

Ich versteckte mich, so behauptete El Dorador, in einer Lagerhalle unweit des Platzes der Greuel.

»Führe mich zu ihm. Los.«

»Ich höre und gehorche«, sagte El Dorador.

In dem Augenblick, als Micaela die Lagerhalle betrat, wurde sie von zwei Männern aus der Besatzung Hinkebeins des Griechen ergriffen. Und da sagte sie dann: »Vertraue niemandem in diesem Leben.«

In einem Kellerraum, wo sonst die Schmuggelware lagerte, händigten die Seeleute Micaela einem Eunuchenquartett aus. Der Raum war zu dieser Gelegenheit in ein Liebesnest für Hinkebein den Griechen und das Objekt seiner Begierde verwandelt worden. Behänge mit homoerotischen Szenen schmückten die Wände. Die diamantbesetzte Alabasterbank war zweimal so groß wie gewöhnlich und mit kostbaren Pelzen drapiert. Exotische Vögel aus einem versteckten Tal des Hindukusch sangen von der Freiheit, die sie nie kennenlernen würden, und schlugen mit ihren Flügeln verzweifelt gegen goldene Gitterstäbe. Alles war in den sanft flackernden Schein von Walratöllampen getaucht.

Hinkebein der Grieche sah sich seine Beute an, die sich gegen den festen Griff der Eunuchen wehrte.

»Bereitet ihn für eine Liebesnacht vor, von der die *ráwis* noch in hundert Jahren singen«, befahl ihnen der Piratenkapitän und verschwand in einem Nebenraum, wo er sich mit zitternden Händen einen Becher Wein einschenkte.

Hingabe... oder Vergewaltigung? Was erwartete ihn?

Aus dem Liebesnest drangen Laute zu ihm, die an eine Schlägerei denken ließen.

Er goß Wein in seinen Becher nach. Sollte der Junge seinen Spaß haben. Er *war* ein wenig grob, wie El Dorador bezeugen konnte. Aber vier erfahrene Eunuchen würden schon mit ihm fertig werden.

Ein paar Minuten später kippte Hinkebein der Grieche den Rest des Weines und spitzte besorgt die Ohren. Kein Laut aus dem Liebesnest mehr. Er hinkte zur Tür. Nichts.

Ungeduldig rief er: »He, da drinnen!«
Keine Antwort.
»Was brauchen Eure eierlosen Hoheiten so lang?«
Immer noch keine Antwort.
Er brüllte: »Gebt Antwort, oder ich reiße euch die Seelen durchs Arschloch heraus!«
Die Tür öffnete sich einen Spaltbreit, Hinkebein der Grieche sah ein verängstigtes Augenpaar. Die Tür ging weiter auf, so weit, daß der Obereunuche, ein geschickter Kosmetiker namens Ma'aruf, seinen fülligen Leib hindurchzwängen konnte. Seine Wangen waren von Kratzern überzogen. Er fing an zu weinen.
»Wir fürchten deinen Zorn, Herr. Wir sind noch nicht bereit für den Vernichter der Menschheit.«
»Was ist geschehen?« fragte Hinkebein der Grieche.
»Wir fürchten deinen Zorn, Herr. Wir sind nicht bereit für den Zerstörer aller irdischen Freuden.«
»Du *wirst* meinen Zorn zu spüren bekommen, wenn du nicht antwortest.«
Ma'aruf fiel auf die Knie. »Wir sind daran nicht schuld, Meister. Wir haben nur getan, wie uns geheißen. Um den Unantastbaren mit dem siebzehnfachen Duft zu salben, der seinen Körper noch anziehender machen sollte –«
»Ah!«
»– haben wir ihm gegen heftigen Widerstand die weiße Seidenhose ausgezogen –«
»Ah!«
»– und entdeckt...« Hier brach Ma'aruf wieder in Tränen aus.
»Habt ihr ihn bei dem Gezerre irgendwie verletzt?« fragte Hinkebein der Grieche.
Der Eunuch konnte nicht mehr und warf sich zu Boden.
»Steh auf und sprich, oder ich schneide dir die Eier ab und brate sie vor deinen Augen!« schrie Hinkebein der Grieche und vergaß dabei, daß dies eine Drohung war, die er nicht wahr machen konnte. Trotzdem löste sie dem angsterfüllten Ma'ruf die Zunge. »Ich habe leider keine Eier«, sagte er, »und... *und der Maltrapillo-Knabe auch nicht.*«

»Jesus-Scheiß-Christus, ist er ein Eunuch?« brüllte Hinkebein der Grieche und versäumte es, den Gottesnamen zu korrigieren.
»Schlimmer als ein Eunuch«, schrie Ma'aruf.
Hinkebein der Grieche stieg über den ausgestreckt am Boden liegenden Ma'aruf und stapfte in das Liebesnest. Einige Augenblicke später kam er zurück und schleuderte den leeren Weinkrug gegen die Wand. Dann setzte er sich hin, stützte die Ellbogen auf die Knie und den Kopf in die Hände.
Fünf Minuten lang war sein Verstand vor ungläubigem Staunen gelähmt. Weitere fünf Minuten lang wurde er vor Ekel verzehrt. Die folgenden fünf vor Wut.
Diese... *Frau!* Ihn entlang einer klassischen kallipygischen Kurve auf einen Gartenweg zu locken, hinter (oder vor) dem knospende junge Brüste und ein plumper, flaumiger Venusberg versteckt lagen – wie unsäglich abstoßend!
Hinkebein dem Griechen entfuhr ein Seufzer, und nicht nur, weil er an das dachte, was hätte sein können. Es würde ihm nicht einmal die Befriedigung vergönnt sein, sie zu entlarven – nicht ohne seine detaillierten Pläne für eine Liebesnacht preiszugeben, die so verboten war, daß darauf die Todesstrafe stand.
Der Unantastbare! O Hohn! O arge Täuschung!
Das würde er die Jungfrau büßen lassen.
Aber wie? Strecken und Vierteilen waren zu gut für diese kleine Betrügerin, die zwei Deys und den ganzen Pöbel von Algier zum Narren gehalten hatte, einschließlich Hinkebeins des Griechen.
Das wollte er ihr mit ihrer eigenen schmutzigen Münze heimzahlen... die Strafe sollte dem Verbrechen entsprechen.
Er schickte Ma'aruf und die übrigen Eunuchen weg und begann zu grübeln. Draußen hörte er seine Piraten auf Wache auf und ab gehen, festen Schrittes, unermüdlich. Kräftige Seeleute, ein geiler Haufen. Das Leben an Bord brachte das mit sich. Ja, sogar die Allerniedrigsten, sogar die Galeerensklaven...
Hinkebein der Grieche hob langsam den Kopf und lächelte ein furchtbares Lächeln.
Er schickte einen seiner Leute zur *Lela Marien*, seinem Piratenflaggschiff, und ließ seinen Obermaat Adschib holen, einen schlanken, dunklen Mann mit einer Prinzessin-Eboli-Augenklappe.

»Gib der Besatzung ein paar Tage Freigang«, sagte Hinkebein der Grieche zu ihm. »Wir laufen morgen noch nicht aus.«
»Aber die Ware ist schon an Bord«, protestierte Adschib, »und die Galeerensklaven sind schon an die Bänke gekettet.«
»Noch bevor die Nacht um ist«, versprach Hinkebein der Grieche, »bekommen sie von mir etwas, das sie unterhalten wird.«

Auf dem Rückweg zum Ankerplatz der *Lela Marien* vor dem Leuchtturm am Ende der Mole wägte Adschib seine Chancen ab. War seine Gelegenheit endlich gekommen? Natürlich wußte er noch nicht, was Hinkebein der Grieche für seine Galeerensklaven auf Lager hatte. Aber was immer es auch war, wenn ihm das den Vorwand lieferte, die Aufmerksamkeit der Janitscharen des Deys auf das Schiff zu lenken...
Adschib war als Moslem geboren und aufgewachsen; als Einheimischer hatte er in dem kosmopolitischen Algier nur geringe Aufstiegsmöglichkeiten. Hassan Pascha zog wie alle Deys abtrünnige Christen als Piratenkapitäne vor; bei diesen Neumoslems, die danach gierten, sich zu bewähren, konnte man sich nämlich darauf verlassen, daß sie einen einigermaßen ehrlichen Teil der Sklaven und Waren, die sie aufbrachten, ablieferten.
Schmuggelware, die nach draußen ging und deren Hauptlieferant Hinkebein der Grieche war, war etwas anderes.
Der Dey, so wußte Adschib, betrachtete diese Art des Schmuggels als das wirtschaftliche Gegenstück zum Verrat am Glauben. Hassan Pascha, der in anderer Hinsicht so verkommen war, war, was das anging, ein echter Puritaner.
Wenn alles so lief, wie Adschib hoffte, dann würde seine Belohnung vielleicht ein eigenes Piratenschiff sein – die *Lela Marien* selbst, auf der er so lange gedient hatte.

Harun, den Schätzer der Schmuggelware, verzehrte eine geheime Sehnsucht.
Er gierte nicht wie Adschib nach dem Kommando über ein Piratenschiff – noch wie Hinkebein der Grieche nach verbotenen erotischen Genüssen. Harun verlangte es nach Frieden für seine gepeinigte Seele.

Als junger spanischer Wollhändler, ehemals Gerónimo Girón geheißen, war er vor zwei Jahren zum moslemischen Glauben übergetreten. Das verhieß ihm in der Gefangenschaft ein besseres Leben, denn er wußte, daß seine Familie kein Lösegeld aufbringen konnte. Aber sein Schuldbewußtsein verzehrte ihn. Er wäre wieder zum Katholizismus übergetreten, wenn das möglich gewesen wäre. Aber auf den Abfall vom Islam stand die Todesstrafe, und Gerónimo Girón (der er vor sich selbst noch immer war) hatte nicht den Wunsch zu sterben.

Seine religiösen Schuldgefühle wurden noch dadurch verschlimmert, daß er kurz nach seinem Glaubenswechsel, wie als göttliche Vergeltung, vom Wechselfieber befallen wurde. Die Christenärzte von Algier hatten ihn schon aufgegeben, als ihm der Dey, der sich väterlich um die Neumoslems sorgte, Zoraida die Trancetänzerin geschickt hatte.

Er erinnerte sich noch daran – wie hätte er es auch vergessen können? An das Krankenzimmer mit der einen Öllampe in der Nische, die auf die gegenüberliegende Wand Zoraidas tanzenden Schatten warf, der so unstofflich war wie ihre Schleier; und wie sie sich auf den geschwungenen Beinen wie Rauch schlängelte, als ob sie ein Dschinn wäre und die Lampe ihr Zuhause. Von ihren Augen war bald nur noch das Weiße zu sehen, ihr Kinn wurde schlaff, ihre olivfarbene Haut glänzte vor Schweiß und wogte mit heftigem Schütteln unter jenen durchsichtigen Schleiern. Schließlich – und das hätte der im Sterben liegende Gerónimo Girón schwören können – *flackerte* Zoraida wie eine Kerze und wurde noch unstofflicher als der tanzende Schatten, den sie warf. In diesem Augenblick setzte sich Gerónimo Girón halb auf, fühlte das Gift des Wechselfiebers aus seinem Körper weichen und wußte, daß er leben würde.

Gerónimo Girón war ein abtrünniger Christ, der jetzt nur widerwillig Moslem war und sein Leben jener Dschinn-Frau, einer nichtgläubigen Jüdin, verdankte – warum war es sein Schicksal, so von der Religion gepeinigt zu werden?

Besonders jetzt, als Zoraida ihn erinnerte: »Als du sagtest, du könntest dir kein Geschenk leisten, habe ich dich nicht gedrängt, Harun.«

Gerónimo Girón mußte zugeben, daß dies stimmte.
»Jetzt bin ich gekommen, um dich um einen Gegendienst zu bitten. Vor zwei Nächten hatte Hinkebein der Grieche im Keller einer gewissen Lagerhalle eine Begegnung. Was ist mit dem Knaben geschehen?«
Einen Augenblick hatte es den Anschein, als wollte Girón nichts sagen. Dann: »Er erwartete einen Lustknaben. Aber es war ein Mädchen.«
»Ich weiß, *wer* sie ist. Ich will wissen, *wo* sie ist.«
»Ich weiß es nicht. Wie soll ich das wissen?«
Aber als er Zoraida anblickte, stand ihm der Moment vor Augen, als sie *geflackert* – bedeutete dies, daß ihre eigene Seele beinahe erloschen wäre? – und ihm das Leben gerettet hatte, und Gerónimo Girón wußte, daß die Bezahlung nur aufgeschoben worden war.
»Wir müssen warten, bis es dunkel wird«, sagte er zu ihr.

Ein Sammelsurium von Figuren, die vom Schicksal in einer willenlosen Welt zusammengewürfelt wurden (es sei denn, man rechnet den Willen des Autors): der schlanke, dunkle Adschib, der seinen Kapitän verraten wollte, um selbst ein Kommando zu bekommen; Gerónimo Girón, der reumütige Glaubensabtrünnige, der eine Schuld zu begleichen hatte; Zoraida die Trancetänzerin, die sich als einzige (ich, so werden Sie sich erinnern, war noch immer nackt an einen Felsen gekettet) darum zu sorgen schien, daß ein vom Glück verlassenes Mädchen zwei Tage und Nächte lang von mehreren Dutzend sexhungriger Galeerensklaven gemeinschaftlich vergewaltigt wurde; ein Janitscharenfeldwebel, der noch in den Kulissen wartet, um seine kleine, aber tödliche Rolle zu spielen – wie kam ich dazu, Lope de Vegas Stücke als melodramatisch abzukanzeln?
Ist der Wahrheit manchmal nicht am besten mit dem Melodrama gedient?
Der Sklave war riesengroß, sein Gesicht vernarbt und entstellt; Narben auch auf seinen gewaltigen Schultern. Er sprach kein einziges Mal mit ihr. Er versuchte zu lächeln, merkte dabei nicht, daß dies sein Gesicht noch fürchterlicher machte. Es führte auch dazu, daß eine einzige Träne seine verzerrte Wange hinablief. Als er sie

berührte, war sie schon über alles Schreien hinaus. Doch seine riesenhafte, schwielige Hand war sanft. Schützte er sie mit seinem massigen Körper, indem er sie fast wie eine Puppe in seiner Armbeuge hielt, während er mit seiner freien Hand das durchhängende Stück seiner Kette zusammenraffte, um jeden damit abzuwehren, der versuchte, sie ihm wegzunehmen? Eine ganze Reihe von Männern hatte sie, und das brutal, genommen, bevor sie, in einem Gewirr aus Armen und Beinen, an dieser Stelle neben dem Laufsteg ankam – so klein, so zerbrechlich. Möglicherweise verstand er nicht, welche Dinge er an diesem Körper verrichten sollte. Möglicherweise hatte ihn eine Wunde oder Krankheit dazu unfähig gemacht. Aber solche Vermutungen ließen die Besorgnis – war es das? – außer acht, die plötzlich in sein Gesicht trat, das bis dahin nur ein ausdrucksloses Narbenfeld gewesen war. Eine Zeitlang beobachteten seine Mitsträflinge den furchterregenden Riesen, darauf gespannt zu sehen, auf welche grobe und tierische Weise er sie schänden würde. Bereit, ihn anzufeuern, fühlten sie sich jedoch bald verhöhnt, denn er saß nur riesenhaft über sie gebeugt da, streichelte zärtlich ihr blaugeschlagenes Gesicht, ihre bloßen, blaugeschlagenen Arme und ihren blaugeschlagenen Körper. Ihre Nacktheit ließ sie so zart und verletzlich aussehen, daß er sein Kopftuch, das einzige Kleidungsstück, das ihm erlaubt war, aufwickelte und es ihr wie einen Umhang überlegte. Dann wachte er plötzlich aus seiner Versunkenheit auf, knurrte, schwang seine Kette und brach einem Mann, der von der Bank vor ihm aus nach ihr grapschte, den Vorderarm.

Das Knurren erschreckte sie seltsamerweise nicht. Es war wie ein Schutz, so wie das Zudecken mit dem Kopftuch, eine in gewisser Weise vertrauliche, fast liebevolle Handlung. In seine warme Armbeuge geschmiegt, voller Schmerzen, noch immer blutend, wie sie spürte (aber es ließ nach, sie würde nicht verbluten), fragte sie sich zum erstenmal, seitdem man sie zu Boden geworfen, ihr die Beine gespreizt und sie geschändet hatte, ob sie diese Nacht überleben könnte, und als diese Frage zur Hoffnung wurde, schlief sie ein.

Auf dem Schiff *Lela Marien* wurde es hell und dunkel und wieder hell und noch einmal dunkel, und die auf den Nachbarbänken

warteten ihre Zeit ab, denn der Riese konnte nicht ewig wach bleiben. Sie kratzten sich ihre Läuse ab, fingen und zerquetschten sie, aßen sie manchmal und warteten.
Sein Kopf hing schief, fiel auf eine Schulter. Seine Atemzüge wurden tiefer. Augen blitzten im Mondschein auf. Ein Mann auf der Bank vor ihm griff nach seiner Kette.

In einem Skiff, das dem Hafenmeister gehörte, in dessen Dienst Gerónimo Girón beschäftigt war, wenn er nicht schwarz als Hehler arbeitete, ruderten sie zu dem Ende der Mole, wo der Leuchtturm stand. Außer Zoraida, die darauf bestanden hatte mitzukommen, hatte Girón zwei seiner »Lieferanten« dabei; sie sahen beide sehr unglücklich aus, während sie ihre Ruder eintauchten und das Skiff die letzten paar Ellen bis zum persönlichen Pier Hinkebeins des Griechen gleiten ließen, wo die *Lela Marien*, deren Umrisse sich gegen den Widerschein des Leuchtturmlichts abzeichneten, vertäut lag. Gerónimo Girón hielt unbeholfen eine Hellebarde, deren Spitze und Axtblätter schwach glänzten. Er hätte lieber eine Feuerwaffe gehabt, doch eine gezündete Lunte kam natürlich nicht in Frage, ganz zu schweigen vom Gewehrknall.

Keinerlei derartige Überlegungen störten den schlanken, dunklen, eine Augenklappe tragenden Adschib oder den Janitscharenfeldwebel Al-Kuz, den Adschib herbeigerufen hatte, um den »beunruhigenden Geräuschen« nachzugehen, die von der *Lela Marien* kamen. Al-Kuz und sein Zug trugen die üblichen Schlagstöcke und Adschib eine Feuerwaffe, bei der man, wie er Al-Kuz erklärte, keine Lunte brauchte. Es handelte sich um eine neuartige Radschloßpistole aus Nürnberg, die er bei einem Piratenzug erworben hatte. Eigentlich eine viel zu gute Waffe für ihn selbst, sagte Adschib. Vielleicht würde es dem Feldwebel gefallen, sie sich auszuleihen?
Diese Geste, so wußte Adschib, würde ihn nichts kosten. Er würde die Pistole nicht brauchen, denn an Bord waren nur angekettete Sklaven und ihr nacktes, zerschundenes Spielzeug – und einige Schmuggelware, die die Janitscharen entdecken würden: zum endgültigen Verderben Dalí Mamís alias Hinkebeins des Griechen.

Al-Kuz wog geschmeichelt die Pistole in der Hand, prüfte, wie schwer sie war. Als Berufskämpfer waren seine Bewegungen sparsam, geschickt. Dennoch hatte Al-Kuz etwas Listiges an sich. Körperliche Wendigkeit ging, wie Rabelais wohl wußte, nicht unbedingt mit ungehobeltem Mut einher. Vielleicht sicherte sich Al-Kuz sein Überleben in einem gewalttätigen Milieu dadurch, daß er zuerst zuschlug und dann fragte.
Al-Kuz führte seinen Zug und den Schiffsobermaat Adschib auf die Mole. Sie waren auf halbem Weg zur *Lela Marien*, als sie das Rufen hörten.
Es fällt schwer, in Gerónimo Girón nicht einen Schurken des Stükkes zu sehen. Aber das wäre ungerecht. Girón war kein Mann der Tat wie der Janitscharenfeldwebel Al-Kuz. Als er auf den Pier stieg, fragte er sich, was sich ein normaler Mensch fragen würde – was tue ich hier? –, und doch hielt ihn die Frage nicht zurück. Die Hellebarde vor der Brust, war er der erste an Bord der *Lela Marien*, kampfbereit. Als ihm niemand Widerstand leistete, schritt er zwischen den Bankreihen den Laufsteg entlang; Zoraida war ihm dicht auf den Fersen, die beiden Ruderer blieben zurück.
Hörten sich die Sklaven unnatürlich ruhig an? Auf dem Steg kam es Gerónimo Girón so vor, als würde er über die Planke geschickt und das Seemannsgrab warte auf ihn. Würden ihn diese undeutlich zu sehenden Gestalten zu sich hinunterziehen? Nein, beruhigte er sich, Galeerensklaven waren abgestumpfte Wesen, die keinen Ärger suchten. Doch wenn diese Kreaturen mit neu geschärftem Sexhunger erfuhren, daß eine Frau den Steg entlangging, selbst eine so unattraktiv schlanke und langgliedrige wie Zoraida...? Doch sie trug einen unförmigen Umhang, dessen Kapuze ihr Gesicht vor dem Schein der Fackel verhüllte, die sie, während sie sich voranarbeiteten, suchend nach rechts und links schwenkte.
Seine Stimmung pendelte zwischen Angst und Sichberuhigen, als er auf den Bänken nach dem Mädchen Ausschau hielt (gemäß den Worten des abergläubischen Ma'aruf einem Jungen, der durch einen bösen Zauber vor seinen Augen in ein Mädchen verhext worden war). Plötzlich hörte er, wie Zoraida scharf einatmete.
Gerónimo Girón sollte nie vergessen, was er im Fackelschein sah.

Der Sklave war riesig, sein Gesicht ein asymmetrischer Alptraum. In der einen riesenhaften Hand hielt er das zum Teil bedeckte Mädchen – versuchte er das Leben aus ihr zu pressen? Mit der anderen schwang er ein Stück Kette, mit dem er wahllos auf seine Banknachbarn einschlug, ihnen das Fleisch aufriß, die Knochen zertrümmerte.
Als ob diese furchteinflößende Beschäftigung nicht genug wäre, stand er plötzlich auf und warf ihnen das Mädchen zu, benutzte sie, so schien es Gerónimo Girón, als Schild. Muttergottes, die Kraft dieses Mannes! Seine Schultern spannten sich, und Girón hörte ein Krachen, als seine Ketten mitsamt Plankenstücken hochgeschleudert wurden. Eine Hand und ein gewaltiger Fuß tauchten am Rand des Laufstegs auf. Der Riese richtete sich noch weiter auf; der Körper des Mädchens schirmte ihn ab, so daß Girón nicht wagte zuzuschlagen. Dann verlagerte der Riese, anscheinend um nicht die Balance zu verlieren, das Gewicht des Mädchens und stellte sie mit wackligen Beinen auf die Planke, so daß seine Brust einen Augenblick frei lag, und in diesem Augenblick stieß Gerónimo Girón dem Riesen die Spitze seiner Hellebarde mit aller Kraft bis zum Axtblatt in die Brust. Später sollte Gerónimo Girón sich immer fragen, warum der Riese, als er zwischen die anderen hinunterfiel und dabei die tödliche Hellebarde mitnahm, beinahe zu lächeln schien.
Schließlich warf Zoraida Gerónimo Girón die Fackel zu und stützte das Kind, als sie den Steg zurückliefen.

Der Janitscharenfeldwebel wußte, daß Überleben auch hieß, eventuelle Widrigkeiten richtig einzuschätzen. Und als er mehrere Gestalten von der *Lela Marien* auf den Pier klettern sah, erschien es ihm als eine Widrigkeit, daß der Fackelträger nicht ihr Führer war. Und als Adschib »Halte sie auf!« flüsterte, rief Al-Kuz keinen Befehl, um die unbekannten Männer aufzuhalten; sie konnten ja bewaffnet sein. Al-Kuz legte mit Adschibs Radschloßpistole auf die größte der Gestalten an und drückte ab.
Die große Gestalt schwankte aus dem Fackelschein in die Dunkelheit und brach in meinen Armen zusammen.

Meinen Armen? Ich, Miguel de Cervantes?
Was hatte ich dort verloren, unerwartet *medias in res* (aber was heißt *medias in res* schon anderes als mitten ins Geschehen zu platzen?), wo ich doch, soweit Sie wissen, in einem einsamen Loch nackt an einen in einen Felsen eingelassenen Ringbolzen gefesselt war und meinen Verstand durch das Erzählen einer wahren Geschichte zu retten versuchte?
An dieser Stelle trete ich in die Geschichte ein – und trete wieder ein in die Geschichte meines Todes und meines Lebens, aus der ich durch kein Verschulden meinerseits abwesend war – sieht man davon ab, daß ich versucht hatte, auf Onofre Exarques Fregatte zu fliehen, die nie kam.
Aber anscheinend hatte ich meine Zeit dafür abgebüßt.
Gegen Mittag kamen Wachen in mein Loch, machten die Kette, die mich an den Felsen fesselte, los und zerrten mich mehr Wendeltreppen hinauf, als meine von der Gefangenschaft geschwächten Beine bewältigen konnten. Abgespritzt und wieder in einen schwarzweißgestreiften Burnus und Beineisen gesteckt, verließ ich das königliche *bagnio* und sah Gabriel Múñoz wie üblich an der getünchten Mauer lehnen.
Er erzählte mir von seinen beiden Begegnungen mit Zoraida und von Zoraidas Treffen mit Gerónimo.
»Dann wird Micaela also an Bord des Flaggschiffs von Hinkebein dem Griechen gefangengehalten? Hilf mir, diese Beineisen loszuwerden! Schnell!«
»Nicht so schnell, Compañero. Sogar ein Renegat wie Girón weiß, daß so etwas bei Ausgangssperre sicherer ist.«
Micaela – und Hinkebein der Grieche! Mein Herz pochte mit einem heftigen, hohlen Klang. Das Sonnenlicht blendete mich. Wir gingen los. Mir wackelten die Knie.
»Du ruhst dich besser aus.«
»Wann wird es dunkel?«
»Normalerweise, wenn die Sonne untergegangen ist«, sagte er. Und als ich nicht lächelte: »Durch dich habe ich Geld gewonnen. Es gab nicht viele von uns, die darauf gewettet haben, daß du es durchstehst. Du bist das Tagesgespräch von Algier, Compañero, eine

echte, wahrhaftige Berühmtheit. Wie hast du es so lange ausgehalten, ohne verrückt zu werden oder dich selbst um die Ecke zu bringen?«
»Ich habe mir Geschichten erzählt. Mir Fluchtmöglichkeiten ausgedacht.«
»Du begreifst es nie, was?« Vielleicht war ich empfindlich, aber ich fand die Frage anmaßend.
Ich entgegnete: »Du hast dir hier ein ziemlich bequemes Leben eingerichtet. Das ist deine Antwort auf das Gefangenendasein. Ich, ich will raus. Und ich versuche es weiter, gleichgültig, was sie tun. Wenn sie mir die Unterschenkel abhacken, krieche ich.«
»Gott steh dir bei, ich glaube, du meinst das wirklich so.«
»Ein Massenausbruch!« hörte ich mich sagen.
»Was?«
Ich wurde aufgeregt. »Ein Mann, vier – selbst ein Dutzend in der Höhle waren nicht genug. Deshalb ist es schiefgegangen. Ich brauche fünfzig, sechzig Männer! Größere Taten – einst werden sie kommen.«
»›Einst werden sie kommen‹? Bist du dort unten religiös geworden?«
Ich wußte nicht, was ich erwidern sollte. Irgend etwas hatte mich während der Zeit in dem Loch aufrechterhalten, aber konnte ich sagen, daß es Gott war?
Nein, es sei denn, Gott war nur eine Art, die Dunkelheit und das Schweigen und das Nichts abzuwehren. Nein, es sei denn, die Religion war nur der Versuch, nicht zu stottern und mir Geschichten zu erzählen und von der Flucht zu träumen.
Obschon Gabriel Múñoz es bis zum späten Nachmittag fertiggebracht hatte, daß ich die Beineisen und die schwarzweißen Streifen los wurde, wußte er nichts über die Einzelheiten von Giróns Angriffsplan. Deshalb schlenderte ich lange vor Sonnenuntergang zu der geschwungenen Mole, gesellte mich bald zu der einen, bald zu der anderen Arbeitskolonne, bis ich den Liegeplatz Hinkebeins des Griechen erreichte. Ich ließ mich ihm gegenüber auf der Seeseite die Felsen hinabgleiten. Dort erwartete ich in meinem unauffälligen Burnus, mit nichts anderem als einem Stilett (oder war es ein

Entermesser?) bewaffnet, die Nacht. Dann schlich ich über die Mole und unter den Pier.
Mondaufgang, Sterne, Monduntergang. Schließlich (war ich eingenickt?) der dumpfe Aufprall eines Skiffs an einem Pfosten, Schritte über mir, das Flackern einer Fackel, in dem ich auf den Pier neben der *Lela Marien* kletterte; dann hörte ich Geschrei und einen Schuß und fühlte...
...Zoraida in meinen Armen zusammenbrechen.
Als ich sie wegtrug, spürte ich, wie eine heiße, stärker werdende Nässe meinen Burnus durchdrang. Am Ende des Piers schaukelte das Skiff im Wasser. Ein Mann sprang hinein, ein zweiter, dann der Fackelträger. Er streckte seine Hand nach einem Kind aus, das seltsamerweise in ein – Micaela! Sie knurrte und versuchte in seine Hand zu beißen, die er schleunigst wegzog. Starrte mich an, als ich Zoraida vorsichtig in das Skiff hinunterreichte und sie beinahe fallen ließ. Knurrte wieder, folgte aber mißtrauisch, als sie sah, daß Zoraida an Bord war. Ich sprang hinterher, das Skiff hatte sich bereits in Bewegung gesetzt. Micaela krabbelte zum Bug, wo Zoraida zusammengekauert lag. Als wir schneller fuhren, kroch ich auch nach vorne. Micaela maunzte, wie eine Katze. Zoraida hob eine Hand, und ich ergriff sie.
»Ráwi.«
Ich riß ein Stück Stoff vom Saum meines geborgten Burnusses, legte es zusammen und versuchte das Blut, das ihr aus der Seite strömte, zu stillen. Vergebens.
»Tameji, ráwi?«
»Nein, ich bleibe hier bei dir.«
Sie sprach von neuem, so leise, daß ich mich ganz nah über sie beugen mußte.
»Onkel Suleiman... Tulpen... Amst...«
Was versuchte sie mir zu sagen? Auf türkisch bezeichnet das Wort Tulpe *(tülbent)* sowohl einen Turban als auch eine auffällige turbanförmige Blume, die aus einer Zwiebel wächst. Ein Kodewort? Aber wie sollte ich es entschlüsseln? Und was hatten Tulpen oder Turbane mit Angst zu tun?
»Ráwi«, flüsterte sie. »Du hast mich nie tanzen sehen.«

»Das werde ich noch. Wenn es dir bessergeht.«
Huschte über ihr Gesicht das Gespenst eines Lächelns über das, was nie sein sollte?
Sie hüstelte, eigentlich nicht stark, mehr wie zur Entschuldigung, doch von ihren Lippen schwappte das Blut.
»Erzähle mir... eine Geschichte.«
»Es war einmal«, begann ich. Aber es fiel mir keine Geschichte ein.
»Wann einmal? Ist es... sehr lange her?«
»Nicht sehr lange, nein.«
»Nur einmal...? Nie zweimal? Kann eine Geschichte nie...«
»Klar, aber wenn die Geschichte gut ist, dann sollte sie, gleichgültig, wie oft sie erzählt wird, immer so klingen, als wäre es das erste Mal. Deswegen beginnen die *ráwis* manchmal mit ›Es war einmal‹.«
»Und... spanische Geschichtenerzähler?«
»Die beginnen oft«, sagte ich, »mit einem Ort, obwohl sie manchmal nicht genau sagen wollen, wo dieser Ort liegt.«
»Wie... wie eine verlorene Heimat, die man... nie wiederfindet?«
Einen Augenblick lang sah ich ein Weizenfeld vor mir, ein Meer goldener Wogen unter einer Brise an einem wolkenlosen Sommertag in der Mancha.
»Ja«, sagte ich.
»Und auch wenn man sie... nicht finden kann... muß man immer danach suchen, oder man stirbt?«
»Ja«, sagte ich.
»So eine Geschichte... möchte ich hören.«
Und ich begann, aus irgendeinem Grund begann ich, wie ich so viele Jahre später wieder beginnen sollte, auf eine Weise, wie Zoraida es sich wünschte, zweimal: »An einem Orte der Mancha, an dessen Namen ich mich nicht erinnern will«, aber ich sprach nicht weiter, weil sie wieder so hüstelte, eigentlich nicht stark, fast wie zur Entschuldigung, doch von ihren Lippen schwappte das Blut, und einen Atemzug lang, ihren letzten Atemzug, befand sie sich in der Vergangenheit, die früher oder später für uns alle die einzige Zeit ist, die bleibt, und sie sagte: *»Ráwi* – den ganzen Tag am Marktplatz sitzen und Geschichten erzählen. Was für ein leichtes Leben...«
Als ich aufschaute, sah ich, daß Micaela vom Bug des Skiffs verschwunden war.

Sechzehntes Kapitel
Das Edelfräulein

Die Ausgangssperre war vorüber, der Tag brach an, und ich war ohne Beineisen, trug keine Gefangenenkleidung. Na und? fragte ich mich. Dann werfen sie dich eben wieder ins Loch, ketten dich wieder an einen Felsen. Das hast du schon einmal überlebt, oder? War ich, zumindest bis zu irgendeinem fernen 23. April, ein Überlebenskünstler? Zoraida war es nicht.

Und Micaela?

Ich schlenderte den Strand entlang. Starrte ins Leere, kickte Kieselsteine.

Ganz unten am Strand, wo der Sonnenschein sich wie ein Blutfleck auf dem Ufer ausbreitete, sah ich sie dann. Sie bückte sich, richtete sich auf, schleuderte die Arme nach vorn, als werfe sie etwas. Ich fing zu rennen an.

»Micaela!«

Sie drehte sich nicht um. Nicht sofort. Bücken, aufrichten, werfen. Bücken, aufrichten, werfen. Steine strichen über das Wasser, hüpften auf, verschwanden. Bücken, aufrichten, werfen. Dann wirbelte sie herum und schleuderte einen Stein, der nur knapp an meinem Kopf vorbeipfiff.

Ihr Gesicht war, abgesehen von den Tränenrinnen, dreckverschmiert. Sie trug noch immer den merkwürdigen Stoffetzen. Ihre schwarzen Locken waren glanzlos, ihre Nase blau geschlagen und geschwollen, ihre Lippen ebenfalls geschwollen und aufgerissen. Ihre Augen, jene verwirrenden bernsteinfarbenen Augen, blickten leer und tot.

Ich streckte meine Hand aus. Sie schlug sie weg und wich in die Gischt zurück, zischend wie eine Schlange.

»Micaela«, rief ich leise und ging ins Wasser.

Formten jene blaugeschlagenen Lippen meinen Namen, bevor ihre Zähne fingerbreit vor meiner ausgestreckten Hand zuschnappten?

Manchmal, sagte ich mir, muß man bei einem scheuen wilden Tier nur so tun, als würde man es nicht beachten, dann folgt es einem. Daher drehte ich mich um und watete langsam ans Ufer. Zuerst geschah gar nichts. Dann hörte ich sie, ebenso langsam, hinter mir herkommen. Ich ging, noch immer langsam, am Rand des Wassers entlang. Blieb stehen. Ich konnte ihr schnelles, flaches Atmen hören. Ich ging weiter. Sie ging auch weiter. Ich drehte mich um. Sie erstarrte, ging in Stellung. Ich drehte mich wieder um und ging weiter. Auf diese Weise führte ich sie durch Stehenbleiben und Weitergehen bis in die Stadt und hügelaufwärts bis – ja, wohin?
Der Barbierladen von Zoraidas Onkel war mit Brettern zugenagelt. Als ich an die Nachbartür hämmerte, hätte Micaela beinahe die Flucht ergriffen.
»Was willst du?« Die Stimme einer alten Frau.
»Ich möchte Suleiman Sa'adah, den manchmal irrtümlich der Weise Genannten, sprechen«, erwiderte ich, und die Tür ging auf.
»Ich vermiete den Laden und die Zimmer nur als Ganzes«, sagte sie zu mir. Sie war gut über achtzig, ihre Augen in der Mitte leuchtendweiß.
»Suleiman Sa'adah«, sagte ich deutlicher, »ich suche nach –«
Sie schaute mich genau an und rief: »Ja, so was, Rodrigo! Haben sie dich wieder gefangengenommen? Nun, Allahs Wille geschieht. Zumindest behaupten sie das hierzulande. Komm herein, Junge, komm herein.« Sie fragte: »Ist dieser Hund stubenrein?«
»Ich bin nicht Rodrigo«, schrie ich, als wir die Treppe hinaufstiegen. »Und sie ist kein...« Aber wozu? Das Gehör der Frau war nicht besser als ihre Augen.
Ich folgte ihr, und Micaela folgte mir, in ein kleines, gemütliches Zimmer. Die alte Frau brachte ihr Gesicht ganz nah an meines und musterte mich. »Für wie dumm hältst du mich? Du bist nicht Rodrigo. Auch wenn du ihm ein bißchen ähnlich siehst.«
»Ich bin sein Bruder.«
»Kann nicht sein. Sein Bruder ist an einen in einen Felsen eingelassenen Ringbolzen gekettet.«
»Nicht mehr.«
Man muß sich vorstellen, wie sie uns während dieser ganzen Unter-

haltung anstarrte und ich schrie und Micaela sich in eine Ecke kauerte.
»Was tut der Hund dort in der Ecke?«
»Das ist ein Mädchen. Micaela. Sie ist verletzt worden. Sie braucht eine Bleibe. Ich habe gedacht, Suleiman Sa'adah könnte uns helfen.«
»*Hätte* können. Aber er ist weg. Sei an der Zeit, aus der heißen Sonne zu kommen, sagte er. Zu alt, um sich als Spion herumzutreiben, meinte er. Er hat gedacht, ich würde es nie herausbekommen, aber ich hab's herausbekommen.«
Sie ging zu der Ecke, in der Micaela sich unsichtbar zu machen versuchte, und sang leise in einer fremden Sprache. Schließlich nahm sie die gefügig gewordene Micaela bei der Hand und führte sie durch eine Tür hinaus.
Ein paar Augenblicke später kam sie allein mit einem Besen zurück und tat, alt, aber aufgebracht, wie sie war, ihr Bestes, um mir damit den Kopf einzuschlagen.
»Bestie!« schrie sie. »Ungeheuer! Asmodi! Wie oft hast du das arme Kind vergewaltigt?«
Tack, tack, tack machte der Besen.
Verzweifelt bedeutete ich ihr meine Unschuld und mein Unwissen.
»Willst du damit sagen, du warst es nicht?«
»Heilige Muttergottes!« brachte ich hervor und ging auf die Tür zu, durch die sie Micaela weggebracht hatte.
Tack! »Wag es nicht, da hineinzugehen. Auch wenn du es nicht warst, ist es jetzt nicht der richtige Zeitpunkt, daß ein *Mann* ihr nahe kommt.« Niemals wurde dieses einfache Wort mit so viel Verachtung ausgesprochen.
»W-w-wird sie sich wieder erholen?«
»Wenn es Allahs Wille ist. Außerdem werde *ich* mich um sie kümmern.«
»Wer bist du?«
»Die Ex-Wirtin von Suleiman Sa'adah, des manchmal der Weise Genannten.«
»Irrtümlich?«
»Hah! Der weiseste Mann, den ich je getroffen habe – für einen Abendländer.«

»Er ist aus Smyrna. Smyrna liegt nicht im Abendland.«
»Wo *ich* herkomme, schon.«
»Kann ich irgendwie helfen? Ich könnte einen Wundarzt holen«, schlug ich vor.
Sie hob ihren Besen und versuchte es dann mit Vernunft. »Was kann ein Wundarzt tun, das ich nicht tun könnte? Ich bin mindestens 103 Jahre alt und habe meinen Teil vom Wahnsinn der Welt gesehen. Außerdem«, knirschte sie, »sind Wundärzte Männer.«
»Ich möchte sie immer noch gern sehen«, sagte ich vorsichtig.
»Jetzt nicht. In ein paar Tagen. Ich tue, was zu tun ist.«
»Ich habe kein Geld«, sagte ich.
Sie setzte zu einer letzten Attacke mit dem, was von ihrem Besen noch übrig war – hauptsächlich der Stiel –, gegen mich an. »Geld! Das arme Kind ist vergewaltigt worden, und du redest von Geld! Hinaus mit dir! Hinaus!«

Zum Glück war es *dschum'a* (Freitag, der Sabbat), so daß der Gefängniswachraum, als ich, wieder in Sträflingskleidung und Beineisen, hineinspazierte, nur mit einem Janitscharen besetzt war, einem alternden Veteranen mit einem jener gekräuselten Bärte, die an das alte Assyrien erinnern. Er kratzte sich daran.
»Du hättest gestern vor der Ausgangssperre wieder hier sein sollen«, sagte er. »Heute ist nicht gestern. Aber Allah ist voll Mitleid und Erbarmen – und das bin ich auch gegenüber einem, durch den ich mehrere hundert Zianís gewonnen habe. Wie hast du bloß in dem Loch da unten so lange überlebt?«
»Ich habe mir Geschichten erzählt.« Den Teil mit den Fluchtplänen ließ ich weg.
Im Gefängnishof rief jemand meinen Namen, und es gab donnernden Applaus von anderen, die auf mein Überleben gewettet hatten. Aber einige, die dagegen gewettet hatten, murrten auch.
»Hatte wahrscheinlich eine von den allgegenwärtigen diamantbesetzten Alabasterbänken.«
»Einen Perserteppich auf dem Boden.«
»Soviel Lammfleisch, wie er nur essen konnte, und Süßwasser zum Trinken, wo alle unsere Brunnen vertrocknen.«

»Was schwätzt ihr da? Er war in Einzelhaft!« sagte einer meiner Anhänger empört.
»Es gibt Einzelhaft und Einzelhaft – wenn man einen Freund bei den Janitscharen hat.«
Solche Unterstellungen waren nicht die letzten, die ich zu hören bekommen sollte.
»Vergiß es«, sagte Gabriel Múñoz später in der Taverne zu mir. »Diese Deppen sind nur die Minderheit.«
Aber wie viele Gerüchte werden von der Mehrheit in die Welt gesetzt? Wenn Sie also irgendwo lesen sollten, daß ich von einem Janitscharen protegiert wurde – oder gar vom Dey –, dann wissen Sie, was Sie davon zu halten haben.
Gabriel Múñoz zapfte mir ein Bier. »Du suchst Arbeit? Beim Hafenmeister ist vielleicht eine Stelle frei.«
Ich stürzte mich darauf. Der Hafen bedeutete Schiffe, und Schiffe bedeuteten Flucht. Und außerdem würde ich, wenn ich in der Unterstadt arbeitete, Micaela besuchen können – sollte mich die Alte aus dem Osten einlassen.
Beim Hafenmeister verbrachte ich meine Zeit damit, über genehmigte Fracht Buch zu führen, während Gerónimo Girón dasselbe mit Schmuggelware tat und dabei darauf achtete, daß der Hafenmeister seinen Anteil abbekam.
Wir hatten oft nichts zu tun, aber trotzdem war es schwierig, Girón gegenüber das Thema Flucht zur Sprache zu bringen, weil er immer nur an seine Reue dachte.
Wenn ich anfing: »Einmal angenommen, jemand, zum Beispiel ein Renegat wie du, könnte eine bewaffnete Fregatte in seine Gewalt bringen...«, dann pflegte er fortzufahren: »Ein Renegat wie ich – könnte Christus ihm je verzeihen?«
Von Giróns Seite des Kontors war oft ein Klicken zu hören. Eine türkische Gebetsschnur, dachte ich zuerst. Dann merkte ich, daß es ein Rosenkranz war. Er versteckte ihn schuldbewußt.
»Einmal angenommen, dieser Renegat«, versuchte ich es ein andermal, »möchte Pirat werden – dann braucht er doch eine Erlaubnis dafür, stimmt's?«
»Die Türken erlauben nicht, daß man vom Glauben abfällt. Ich

kann mein Gesicht nicht einmal in unserer kleinen Behelfskirche sehen lassen. Darauf steht der Tod.«
»Ist dieser Piratenschein schwer zu kriegen?«
»Schwer ist es, heimlich allein zu beten, ohne einen Priester, der sich für einen oder für überhaupt etwas einsetzt.«
»Die Lutheraner machen das immer so. Was braucht man zuerst, das Schiff oder den Piratenschein?«
Zwei Monologe ergaben noch keinen Dialog.
Als er eines Tages besonders reumütig war und wie verrückt klickte und klapperte, sagte ich zu ihm: »Der heilige Petrus selbst würde einem Renegaten vergeben, der fünfzig oder sechzig Christen zur Flucht verhelfen würde.«
»Fünfzig oder sechzig?« stöhnte er. »Du willst mir damit sagen, daß für mich keine Hoffnung besteht, was?«
»Doch, wenn du einen Piratenschein bekommst.«
Sein Pessimismus bekam eine nachdenkliche Note. »Der Piratenschein ist recht einfach zu bekommen, aber die Fregatte würde ein Vermögen kosten.«
»Du besorgst den Piratenschein. Ich das Geld.« Nicht, daß ich die leiseste Ahnung gehabt hätte, wie. Noch nicht. »Vertraue mir«, sagte ich.

Eines Nachmittags war ich auf dem Weg zu der armen, stummen Micaela, als die Beineisen begannen, mich wahnsinnig zu machen. Ich blieb bei einem Schmied stehen.
»Mach mir die Dinger da ab.«
»Weißt du auch bestimmt, was du tust?«
»Dazu müßte ich klüger sein. Aber mach sie ab.«
Es lief eine Menschenmenge zusammen. »Das ist Zherbantay, der das Loch überlebt hat. Er läßt sich die Beineisen abnehmen«, sagten sie.
Sie sagten auch: »Der verdammte Narr! Er wird wieder in das Loch geworfen, an einen Felsen gekettet. Und dann?«
Und *dann?* Was sollte das heißen, und dann?
Kling-kling-kling machten Hammer und Meißel des Schmieds. Die Beineisen fielen ab.
Die Mauren skandierten »Zher*ban*tay, Zher*ban*tay, Zher*ban*tay!«

Einige streckten die Hände aus – um mich festzuhalten, dachte ich zuerst. Aber sie wollten mich nur berühren.
Ohne die Eisen verspürte ich ein seltsames, trügerisches Gefühl von Freiheit. Übermütig machte ich ein, zwei Luftsprünge, wie mein Vater in der Nacht, als ich Juan den Düsteren von Triana nach Hause brachte.
In der Gerbergasse rannte ein Kaufmann aus seinem Laden und warf mir eine Börse aus Ziegenleder zu. »Nimm! Eine Gabe!« Er berührte schnell das, was einmal meine linke Hand gewesen war.
Kurze Zeit später sang ein *ráwi* namens Schakaschik, ein lahmer alter Mann mit einer verstimmten Leier und einer Flüsterstimme, der als Schakaschik-der-seine-eigenen-Lieder-singt bekannt war, eines über mich. Ich will es hier nicht wiedergeben; es ist mir peinlich. Es genügt zu sagen, daß es von einem wahnsinnig heldenhaften Veteranen der Seeschlacht handelte, der seine rechte *(sic!)* Hand verlor und zehntausendundeine (!) Nacht, an einen Ringbolzen gekettet, im tiefsten Loch von Algier zubrachte – und das von dem ersten Tag der »großen Dürre, die unsere Stadt vernichtet« an. Als ob die Dürre die Strafe Gottes für diejenigen gewesen wäre, die mich eingekerkert hatten!
Im Rückblick gesehen, hätte ich eigentlich nicht überrascht sein dürfen. Der Aberglaube blühte in jenem Land, in dem der Tod immer so nahe war. Aber der Tod war jetzt nicht nahe, er war da. Es waren Monate ohne einen Tropfen Regen vergangen, obschon jeder Marabut in Algier darum betete. Die Armen der Stadt fielen wie die Heuschrecken über die Obstgärten der Vororte her, um die verfaulten Früchte abzuräumen, und schlachteten jedes auch noch so abgemagerte Tier, dessen sie habhaft werden konnten. Innerhalb der Stadtmauern stiegen Janitscharenbanden wie ein marodierendes Heer über die auf den Straßen verwesenden Leichen hinweg und plünderten die Speisekammern der Reichen.
Menschen mit leeren Mägen flehten um Zeichen und Omen, um Wunder. Wenn sie keinen Kometen oder kein zweiköpfiges Kalb finden konnten, nahmen sie, was sie bekommen konnten – mich. Mein Stottern deuteten sie begierig als die Gabe der vielen Zungen, Glossolalie genannt, jene gottgegebene (wenn auch unverständ-

liche) Fähigkeit zur Zwiesprache mit Gott. Ihrem Gott natürlich, nicht meinem. Aber sei's drum.
Schakaschik, der den Wert einer Geschichte daran erkannte, wie sich sein Münzbecher füllte, erfand neue Verse, von denen einige ziemlich weit hergeholt waren. Der lächerlichste besagte, daß, solange Zherbantay-der-seine-rechte-*(sic!)*-Hand-verloren-hat lebte, auch die Stadt die Zeit der Unbilden überstehen würde.
Diesen besonderen Unsinn hieß ich natürlich gut. Wenn mein Überleben das der Stadt sicherte, mußte auch das Gegenteil gelten. Aber während ich – oder Zherbantay-der-seine-rechte-*(sic!)*-Hand-verloren-hat – das Gespräch der Suks war, war einiges von dem Gerede auch verleumderisch. Meine besondere Beziehung zum Dey (und sicher hatte ich die, denn ich ging ohne Eisen herum) wurde erörtert. »Wenn er eine so heiße Nummer ist, warum steckt ihn der Dey dann nicht ins Serail zu seinen anderen Gespielen?«
Aber das tut der Dey nicht. Tat er nicht. Er beachtete mich einfach nicht. Er war zu sehr mit seinen Sorgen wegen der Dürre beschäftigt.
Als die Leute mitbekamen, welche Hand die richtige war, änderte Schakaschik seinen immer länger werdenden Gesang entsprechend. Eine verkrüppelte linke Hand – *sinistra! sinistra!* –, von der das Gerücht ging, sie habe ihren eigenen Willen, ein Stottern, das als Glossolalie galt...
Zeichen und Omen. Wunder.
Die Mauren begannen zu fragen, warum man mich nackt an einen Felsen gefesselt hatte. Wurden sie wegen eines Vergehens ihrer türkischen Herren gestraft?
Und was fingen die Türken mit alledem an, dieses hinterlistige Volk vom Goldenen Horn mit seinen byzantinischen Gebräuchen? Nun, sie waren nur froh, den Glauben an den verdammten Narren schüren zu können. Was für einen besseren Sündenbock hätte es gegeben, wenn man einen brauchte?
Schakaschik-der-seine-eigenen-Lieder-singt hatte nie einen solchen Erfolg wie mit seinem Zherbantay-Zyklus erlebt. Er war sich bald zu gut für den Platz der Geschichtenerzähler und sang nur noch gegen großzügige Honorare auf türkischen Orgien. Die Ge-

sänge gewannen eine Art fadenscheinige Wirklichkeit, und als die eingängige Melodie den *bagnio* erreichte, gelangte ich unter meinen Mitgefangenen zu unverdienter Berühmtheit. Schakaschik schwang sich zu neuen Höhen auf, um für den Helden seines Zyklus Taten zu erdichten, und der Gesang regte die Gefangenen dazu an, von einem der Ihren zu singen, der das Unrecht beseitigte, die Hochfahrenden züchtigte, Edelfräulein in Not rettete usw. usw. Kurzum, der heilige Narr verwandelte sich in einen fahrenden Ritter zu Fuß, der statt einer Rüstung Sträflingsstreifen trug und der ausübte, was Don Juan d'Austria einmal wohltätigen Machismo genannt hatte.

Aber mir blieb keine Zeit, Schakaschiks Lied gerecht zu werden, selbst wenn ich gewollt hätte. In jenen letzten Monaten vor meinem Tod hatte ich Wichtigeres zu tun.

Ich stieß den reich verzierten Dolch des Hafenmeisters (oder war es ein Messer zum Fischausnehmen?) mühelos in den Rumpf der auf den Strand gesetzten Fregatte.

»Wie steht's mit der?« fragte ich mit finsterem Blick.

Gabriel Múñoz, der von Schiffen weit weniger verstand als ich, schnalzte mit der Zunge.

Gerónimo Girón, der von Schiffen überhaupt nichts verstand, klickte mit seinem Rosenkranz.

»Eine Kleinigkeit. Kaum die Rede von Trockenfäule«, sagte der Hafenmeister. »Würde ich dich anlügen, Miguel?«

Ich zuckte die Achseln. Er war schließlich mein Arbeitgeber.

»Ein Schnäppchen für einen, der gerade mit dem Piratenhandwerk anfangen will.« Der Hafenmeister lächelte dem nervösen Girón zu. »Ein Schnäppchen für nur eine halbe Million Zianís. Hat seinen Teil an christlichem Beutegut eingebracht, ganz zu schweigen von den Sklaven - einschließlich sechs Nonnen, die zur Hauptattraktion eines höchst einträglichen Bordells wurden, das –«

»Mein Gott! Sag, daß du das nicht ernst meinst!« rief Gerónimo Girón und klickte dabei heftig.

»Ach, na gut – für einen frischgebackenen Piraten wie dich, Harun, mache ich einen Sonderpreis von vierhunderttausend und einer

Beteiligung an den ersten Erträgen«, sagte der Hafenmeister, der meinte, daß Girón nicht über das Los der Nonnen, sondern über den Preis schockiert war.
Gabriel Múñoz stieg gerade mit »Dreihunderttau-« ein, als Girón fragte: »Was ist mit dem Vorbesitzer passiert?«
»Der selige Pirat Sindbad (die Namen, die sich diese Renegaten zulegen!) wurde bei einer Rückkehr zur alten Gesinnung ertappt«, erwiderte der Hafenmeister. »Er betete in der Behelfskirche.«
»Oh, *der* Sindbad«, sagte Gabriel Múñoz mit Unbehagen.
»Was ist passiert?« beharrte Girón.
»Er wurde auf dem Platz der Greuel in siedendem Öl gekocht«, ließ Múñoz verlauten.
»Und *das* Schiff soll ein Schnäppchen sein?« kreischte Gerónimo Girón.
Wir beruhigten ihn und vertagten uns.

Die alte Frau aus dem Osten schüttelte traurig den Kopf.
»Liegt noch immer einfach nur da, das arme Ding. Aber komm herein, wenn es sein muß. Und es muß wohl sein, da du ja ein Beschützer von Edelfräulein in Not bist – oder so ähnlich singen sie hierzulande«, sagte sie zweifelnd.
Micaela lag mit dem Gesicht zur Wand da; die klassische kallipygische Kurve war mit einem dünnen Laken zugedeckt. Ich öffnete die Fensterläden und setzte mich auf den Bettrand. Als ich sie da so still, so leblos, so lebendig tot liegen sah, wünschte ich mir beinahe, sie würde jene verwirrenden bernsteinfarbenen Augen von der Wand wegdrehen und knurren und meine Hand, meine gesunde rechte Hand, abzubeißen versuchen.
Diesmal fing ich mit der Geschichte von der Nacht an, in der ich meinen kleinen Bruder Juan den Düsteren aus der Gewalt der Zigeuner befreite und Rodrigo uns beide rettete.
Micaelas Gesicht blieb der Wand zugewandt.
Ich hatte ihr in den vergangenen Wochen Geschichte um Geschichte erzählt. Ein paar aus meiner Vergangenheit, ein paar aus dem *ráwi*-Kanon, ein paar, die ich einfach auf dem Weg zu ihr erfunden hatte, wie Schakaschik-der-seine-eigenen-Lieder-singt. Jedes Wort erflehte von Micaela eine Reaktion. Ich erzählte ihr

Abenteuergeschichten und Geschichten von den Reisen mit meinem Vater (wieder unterwegs, unterwegs). Ich erzählte ihr von Odysseus und Äneas, von den unglücklichen Liebenden von Teruel, von Amadís von Gallien. Ich flüsterte. Ich schwärmte. Ich versuchte es mit einem plötzlichen Schrei.

Sie rührte sich nicht einmal, und heute war es nicht anders. Sie hätte aus Holz geschnitzt sein können.

Gabriel Múñoz schaute am nächsten Morgen beim Hafenmeister vorbei und brachte die Nachricht mit, daß Morato Maltrapillo während der Nacht in algerischen Gewässern vor Anker gegangen sei.

»Wenn er an Land geht, um nach seinem ›Sohn‹ zu schauen, wird er womöglich umgebracht«, sagte ich.

»Von wem denn, den Mauren?« Múñoz schüttelte sein ergrautes Haupt. »Wenn sie erfahren, daß er ein Mädchen getarnt hat, lachen sie sich einen Ast. Sie mögen es, wenn die Türken zum Narren gehalten werden.«

»Maltrapillo kommt sowieso nicht an Land«, sagte Gerónimo Girón und blickte von seinen Perlen hoch. »Das ist ein simples Schmuggelgeschäft.«

»Damit bleibt immer noch Hinkebein der Grieche übrig«, bemerkte ich.

Múñoz nickte. »Stimmt, der Hinkefuß ist verrückt genug, jemanden umzubringen. Aber die anderen Schmuggler werden ihn schon in Schach halten. Sie stecken mit Maltrapillo unter einer Decke. Die Lage wird eng. Da braucht nur einer einen Mucks zu machen, und der Dey weiß Bescheid. Und für den Fall verwette ich meinen Kopf, daß Hinkebein der Grieche mit einem Extraanker als Orden um den Hals am Grund des Hafens endet.«

»Ich will ihn sehen. Maltrapillo.«

Gabriel Múñoz sah mich unbehaglich an. »Hör mal, Compañero, ich weiß, wie versessen du auf ein Schiff und einen Massenausbruch bist, aber wenn du versuchst, Maltrapillo das Handwerk zu legen, dann endest vielleicht *du* statt Hinkebein dem Griechen mit dem Anker um den Hals.«

»Eigentlich hoffe ich ihn nur dazu zu bringen, daß er seine Tochter mit sich zurück nach Spanien nimmt.«

»Sie? Aber sie ist doch gerade nicht ganz richtig.«

»Es ist nicht schlimmer als Kopfschmerzen! Nicht einmal so schlimm wie ein einfacher Schnupfen! Sie wird schon damit fertig werden!« rief ich.
»Miguel, sei vorsichtig«, warnte mich Gabriel Múñoz.
»Erpressung ist kein Spiel für Amateure. Außerdem würde ich über das Mädchen nichts verlauten lassen, wenn ich du wäre. Warum ist sie dir denn so wichtig?«
»Sag mir nur, wo ich ihn finden kann.«

Das Deck der Fregatte schlingerte sanft unter meinen Füßen.
Ich schaute auf und erblickte einen breitschultrigen Mann mit graumeliertem Bart. Er war von den Füßen aufwärts (aus dieser Perspektive sah ich die Dinge nämlich) wie ein Geck gekleidet: Zu violetten Schuhen mit Korksohlen, grünen, kreuzweise gebundenen Strümpfen unterhalb einer bis zu den Knien reichenden aschgrauen Hose trug er ein dunkelblaues Wams, das seemannsmäßig mit Goldbesätzen verziert war. Im Gürtel stak seitlich ein kurzes Entermesser mit edelsteinbesetztem Heft.
Das war Kapitän Morato Maltrapillo, geborener Agi Morato Morato. Sein (und Micaelas) jetziger Nachname stand für die Geschichte seines Lebens und für die seiner Bekleidung: Er war die ersten zwanzig Jahre seines Lebens in Lumpen gegangen und hatte dies seitdem immer zu kompensieren versucht. *Maltrapillo* gehört zu jenen mehrdeutigen spanischen Wörtern, das richtige Lumpen oder »teure Lumpen« bezeichnen kann.
»Laß ihn aufstehen.«
Ein gestiefelter Fuß wurde von meinem Rücken genommen, und ich stand auf.
Der Vorgang spielte sich auf dem Poopdeck von Maltrapillos *María de la Libertad* ab, die drei Meilen östlich der Stadt in einer Bucht vor Anker lag – genau der Bucht, so wurde mir klar, wo Onofre Exarque vor so vielen Monaten hätte landen sollen, um uns aus der Höhle zu holen. Mein Skiff schaukelte längsseits neben dem Schiff.
»Wer bist du? Was willst du?«
Ich erschrak. Es waren Micaelas bernsteinfarbene Augen, die mich aus Morato Maltrapillos Männergesicht anstarrten.
Als ich hinausgerudert war, hatte ich ein wenig über die hohe Kunst

der Erpressung nachgedacht. Erstens: die Höhe der Forderung. (Nur die dreihunderttausend für die Fregatte? Aber was war mit der Trockenfäule und einer Generalüberholung? Das machte noch einmal vierzig-, fünfzigtausend. Aber ungerade Zahlen verrieten den Amateur, so daß ich die Summe auf vierhunderttausend aufrunden würde, bar auf die Hand, wenn Maltrapillo sicher sein wollte, daß dem Dey gewisse Vorgänge verborgen blieben.) Dann: mein Vorgehen. (Ein Geschäft auf Gegenseitigkeit, ganz einfach, wenn ich den Ton traf. Ich würde es mit einem schleppenden, unterkühlten, sogar leicht gelangweilten Ton versuchen, weil das Ergebnis von vornherein feststand.) Schließlich: die Nebenaspekte. (Wenn ich es mir genau überlegte, hatte Gabriel Múñoz recht. Das war nicht der Zeitpunkt, Micaela zu erwähnen. Warum nicht einmal praktisch handeln?)

Die beiden Matrosen, die mich die Poopdeckleiter hinaufzerrten, brachten meinen Entschluß nicht ins Wanken. Sogar als sie mich vor Maltrapillos violettbeschuhte Füße warfen, juckte mich das nicht. Ein Profi vertraute auf sich selbst. Ich würde so beginnen:

Ich habe dir ein Angebot zu machen, Maltrapillo, und wenn du nicht bei jedem Wort an meinen Lippen hängst, dann hängst du bald an deinem Schiffsmast.

Aber als diese bernsteinfarbenen, micaelahaften Augen sich in die meinen bohrten, sagte ich:

»Du Dreckskerl, was für ein Vater bist du überhaupt?«

Ein Matrose zückte ein Entermesser (oder war es ein Kurzschwert?), aber Maltrapillo wischte ihn mit einer Handbewegung beiseite, als würde er eine Fliege verscheuchen.

»Du hast ihr schon die Kindheit kaputtgemacht«, klagte ich ihn an, »weil du sie gezwungen hast, wie ein kleiner Transvestit herumzustolzieren, und jetzt, da *das* katastrophal ausgegangen ist, wirfst du sie weg wie eine Bananenschale. Wäre es denn so schlimm, du Bastard, sie mit nach Murcia zurückzunehmen?«

»Sie mit *zurück*zunehmen? Wozu?«

»Sie ist deine Tochter, Blut von deinem Blut.«

»So? Mütterliche Gefühle verstehe ich, aber väterliche?«

»Sie ist klug und schön und, ganz allgemein gesagt, irgendwie wunderbar, und alles, was sie von dir verlangt, ist –«

»Ein Sohn, na schön, ein getreuer Sohn, das wäre –«
»– daß du dich ein wenig um sie kümmerst oder überhaupt merkst, wer sie ist.«
»Was kann ich dafür, daß sie es nicht geschafft hat, ein Junge zu sein? Was ist so schwer dabei? Ein Mann zu sein ist leicht.«
»Sie ist vierzehn. Es ist immer schwieriger geworden, gewisse Entwicklungen zu verbergen, wie zum Beispiel die klassische kalli –«
»Fünfzehn, und schlanke Knaben haben ebenfalls Kurven wie –«
»Nicht solche. Sie ist ein Mädchen. Hundertprozentig weiblich«, erwiderte ich. »Und hunderprozentig zuverlässig obendrein. Du hast von ihr Unmögliches verlangt, aber sie liebt dich immer noch. Sie würde dir soviel Liebe entgegenbringen, wenn du sie nur wie eine Tochter behandeln wolltest. Sie fließt geradezu über vor Liebe.«
»Wie willst du das wissen?«
»Nimm sie mit zurück nach Spanien, mehr verlange ich nicht. Steck sie in ein Kloster oder sonstwohin, wenn es sein muß, aber bring sie hier heraus.«
»Warum?«
Also fing ich von vorne an. »Weil ihr Leben ein Alptraum ist. Sie kann unmöglich normal erwachsen werden, nach dem, was sie durchgemacht hat –«
»In Murcia *ist* man mit fünfzehn erwachsen. Und ich halte nichts von Klöstern. Heiraten, das ist etwas anderes«, überlegte er. »Natürlich müßte sie auf der anderen Seite von Spanien leben, sagen wir im Baskenland. Ja, ich könnte sie verheiraten, warum nicht? Einige ihrer Kleinen wären dann vielleicht sogar Jungen.«
»Micaela könnte eine Heirat nie ertragen«, entgegnete ich. »Nicht nach dem, was ihr passiert ist.«
»Was ist ihr passiert?«
»Die Galeerensklaven Hinkebeins des Griechen haben sie gemeinschaftlich vergewaltigt.«
»Ach, richtig. Ich habe davon gehört«, sagte er.
Die Ungeheuerlichkeit seiner Gleichgültigkeit brachte mich aus der Fassung. Ich erwartete, daß das, was einmal meine linke Hand gewesen war, zucken, rucken, ihn sogar angreifen würde, wie es

meinen Bruder Rodrigo angegriffen hatte. Aber dem war nicht so. Es folgte nur gehorsam, als ich Morato Maltrapillo mit meiner *rechten* Hand schlug. Ein fürchterlicher Schmerz durchzuckte meinen Arm – ein Phänomen, das ich schon früher erlebt hatte. Trotzdem lag er am Boden, und ich stand aufrecht da, genau umgekehrt wie am Anfang der ganzen Szene, selbst wenn mir nur ein Augenblick der Befriedigung vergönnt war, ehe ich von hinten gepackt und die Klinge eines Kurzschwerts (oder war es ein Langschwert?) gegen meinen Adamsapfel gepreßt wurde.

»Laßt ihn los«, sagte Micaelas Vater. Er stand auf und wischte sich nebenbei ein rotes Rinnsal von den Lippen.

»Du hast *cojones.*« Er musterte mich, als sähe er mich zum erstenmal. »Willst, daß ich sie mit zurück nach Spanien nehme, was?«

»*Oder* der Dey erfährt, wer der Fährmann für ein gewisses Schmuggelunternehmen ist, und im Falle, daß du erwägen solltest, mich beiseite zu schaffen, habe ich an Land Mitwisser, die –«

Mit jener Bewegung, als wollte er ein Insekt verscheuchen, wischte er das alles beiseite (es hatte sowieso nicht ganz der Wahrheit entsprochen).

»Komm mit uns«, sagte er. »Dir könnte Schlimmeres passieren, als Micaela zu heiraten und in Bilbao oder sonstwo Enkel zu zeugen. Du siehst nicht schlecht aus, abgesehen von dem, was einmal deine linke Hand gewesen ist, und wir wissen, daß du *cojones* hast.«

»Micaela heiraten? Ich?«

»Freilich du. Es ist so offensichtlich wie die Hakennase in deinem Gesicht – das aggressiv genug aussieht, um nicht zu lügen –, daß du in sie verliebt bist.«

Das überraschte mich derart, daß ich kurz darüber nachdachte. »Wie in eine Lieblingsnichte vielleicht. Ich bin dreiunddreißig Jahre alt.«

»Das richtige Alter zum Heiraten. Ihre Mitgift würde standesgemäß ausfallen.«

»Wie die spätgeborene kleine Constanza vielleicht«, grübelte ich. »Wenn ich Micaela liebe, dann so wie sie.«

»Reichlich trifft es vielleicht eher. Na? Ich steche in drei Tagen in See. Kommst du mit? Ich zahle dein Lösegeld.«

»Sie ist noch ein Kind.«
»Ich biete dir deine Freiheit, du Narr.«
Inzwischen zuckte und ruckte das, was einmal meine linke Hand gewesen war.
»Ist das erblich?« fragte er in einem weniger begeisterten Tonfall.
Ich kann Micaela nicht heiraten, sagte ich mir; sie ist praktisch jung genug – sie *ist* jung genug –, um meine Tochter zu sein. Im übrigen, sagte ich mir auch, kann ich überhaupt niemanden heiraten. Nicht daß ich zu sagen vermocht hätte, warum. Ich wußte es einfach.
»Erblich?« sagte ich und ergriff die Gelegenheit, die sich mir bot, beim Schopf. »Na ja, gewissermaßen – bei männlichen Nachkommen.«
»Ich verstehe.« Eindeutig nicht begeistert.
»Ich bin sicher«, sagte ich, »daß du in Spanien den passenden Ehemann für Micaela findest.« Als ich das sagte, fühlte ich eine Leere im Magen, als ob das Schiff gerade eine riesige Welle hinter sich gelassen hätte.
Er legte spähend eine Hand über jene micaelahaften, bernsteinfarbenen Augen und starrte in die im Westen stehende Sonne. Dann sagte er: »Ich denke, ich könnte jemanden für sie finden. Einen Mann aus Galicien – das sind die besten Seeleute. Oder einen Basken, einen von den Steinewerfern mit Muskeln zwischen den Ohren, die nicht schlau genug zum Meutern sind, aber stark genug, um mir Enkel zu schenken. Ich laufe mit der Flut am Freitag morgen aus. Schaff sie bis dahin an Bord.«
Ich malte mir aus, wie Micaela mit dem Gesicht zur Wand dalag, und wußte, daß sie wohl kaum die heiratsfähige junge Frau abgab, die ihr Vater erwartete. Irgendwie mußte ich sie in den nächsten beiden Tagen da herausreißen. Meine Gedanken waren schon wieder an Land, als ich einen Fuß auf die Leiter setzte – und erst da erinnerte ich mich daran, weshalb ich hier herausgerudert war.
»Ach ja, noch etwas«, sagte ich. »Ich habe einen Freund, der sich vierhunderttausend Zianís ausleihen muß, um eine Fregatte kaufen und ins Piratengeschäft einsteigen zu können – als Vorwand für das, was er eigentlich vorhat. Wir haben vorhin kurz darüber gesprochen: schmuggeln.«

Am folgenden Nachmittag war Gerónimo Giróns Frömmigkeit mit einem Seemannswortschatz durchwirkt, den man beinahe hätte ehrfürchtig nennen können.

»Die Takelage ist sicher, Gott sei Dank, aber der Vorderwinsch müßte ausgetauscht werden, und wenn der liebe Herrgott es für angebracht hält, uns mit Sturmwinden auf die Probe zu stellen, würde ich auch viel auf die Vorderluke geben. Das Kompaßhaus ist geborsten, und die Holzwürmer haben den Rumpf steuerbords achtern vom Deckbalken durchpflügt.« Er schaute auf einer Liste nach, während ich mir unsere frisch gekaufte Fregatte ansah, deren Bug vor uns an der Mole aufragte. »Mir wären Messingkanonen lieber, keine aus Eisen – siehst du den Rost dort? –, und wenn durch die Gnade Gottes noch Geld übrig ist, ein neues Pulvermagazin. Und, Miguel, wenn du beim Segelmacher fertig bist, heuerst du uns dann ein paar Galeerensklaven an?«

»Géronimo«, sagte ich sanft zu ihm, »wir brauchen kein neues Pulvermagazin. Und wir rüsten die *Land Kanaan* nicht zum Piratenschiff aus. Und wir brauchen auch keine Galeerensklaven. Gefangene, die in die Freiheit fliehen, haben nichts gegen ein bißchen Rudern.«

Er klickte einmal nervös mit seinem Rosenkranz. »Vielleicht habe ich mich mitreißen lassen«, sagte er verlegen. Dann schaute er sich seine weichen, rosigen Handflächen an. »Eigentlich hätte ich selbst nichts gegen ein bißchen Rudern.«

Eine halbe Stunde später sagte ich mit einstudierter Begeisterung: »Micaela, dein Vater ist da, um dich mit zurück nach Spanien zu nehmen!«

Gesicht zur Wand. Keine Reaktion.

»Es ist nur«, versuchte ich es, »er ist heimlich gekommen und muß in ein paar Tagen in See stechen. Und er wird die tapfere Tochter sehen wollen, die er immer gekannt hat. Also, Micaela, kannst du nicht irgendwie aufstehen und so lächeln üben, wie du lächeln wirst, wenn du bei deinem Vater an Bord gehst?«

Anscheinend konnte sie es nicht.

»Er verzehrt sich danach, dich zu sehen«, sagte ich. »Er hat einen Haufen Pläne.«

Sie starrte die Wand an. Ich hätte am liebsten ein Loch hineingetreten.

Sechzig Mann, höchstens fünfundsechzig, war alles, was die *Land Kanaan* fassen konnte. Wie würde ich sie auswählen? Mit wem sollte ich es versuchen?

»Angst, Gott zu spielen, was?« fragte Gabriel Múñoz.

Ein kurzes Brummen war meine Antwort.

»Das geht einher mit der Macht. Führer führen, treffen Entscheidungen über Leben und Tod«, sagte Múñoz. »Könige, Offiziere, fahrende Ritter...« Er grinste.

»Laß es gut sein, Gab. Den einzigen fahrenden Ritter in Algier findet man in Schakaschiks Gesangszyklus.«

Er räusperte sich. »Zufällig hatte ich etwas Zeit übrig; deshalb habe ich eine Art vorläufige Liste erstellt.«

Es legte sie auf den Tisch. Es war schon spät, die illegale Taverne, die die Türken nicht einmal im Traum jemals schließen würden, hatte Sperrstunde.

Wir brauchten nicht lange, um zu merken, daß zwei Menschen, die Gott spielten, noch schlimmer waren als einer.

»Keine Dichter?« protestierte ich. »Du hast die Dichter weggelassen?«

»Wer braucht Dichter? Ein Dichter baut nichts und repariert nichts und ernährt niemanden.«

»Die Welt braucht die Dichtkunst. Die Dichtung rührt das Herz des Menschen.«

Múñoz seufzte. »Weißt du was? Schenk mir ein paar Berufssoldaten mehr, und du bekommst einen oder zwei Dichter.«

»Warum sollten wir Soldaten aufnehmen?«

»Die Fregatte könnte in Schwierigkeiten kommen, denk daran.«

Wir wogen die Einträge gegeneinander ab. Einige kamen dazu, wegen ihrer Begabung, ihres Ansehens. Ärzte und Priester, deren Lösegeldsumme absichtlich unerreichbar hoch angesetzt worden war, vielversprechende Studenten, ein paar Lehrer, Kaufleute, keine Anwälte.

Namen verschwammen vor meinen Augen. Torres, Pedrosa...

»Es ist keine Frau auf der Liste!« rief ich plötzlich.
»Natürlich nicht«, sagte Gabriel Múñoz. »Frauen bringen nichts ein. Daher haben wir für sie keinen Maßstab.«
»Das ist nicht ihre Schuld. Die Männer lassen sie nicht.«
»Trotzdem bleibt die Tatsache bestehen. Außerdem, denkst du, wir segeln hier einfach so hinaus? Es könnte gefährlich werden. Möchtest du eine Frau dem aussetzen?«
»Ich könnte mich selber nicht mehr ertragen, wenn wir die Frauen ausschließen würden.«
»Und Kinder? Compañero, es gibt ganze Bootsladungen voll gefangener Frauen und Kinder in Algier, und wir haben kein Auswahlkriterium außer Reichtum und Rang. Die Reichsten und am höchsten Gestellten werden normalerweise sowieso ausgelöst. Willst du die Schmutzigsten und Niedrigsten aufnehmen?«
Noah, sagte ich mir, hatte es leicht. Alles hübsch nach Zahlen geordnet, sieben und sieben und zwei und zwei. Na ja, nicht ganz so leicht – Noahs Frau Waila war ein Problem. Nach Legenden, die nicht in die Bibel aufgenommen wurden, weigerte Waila sich, an Bord der Arche zu gehen, und versuchte das Volk zu überreden, daß ihr Mann mit seinem Gerede von der Flut geistesgestört sei. Vielleicht war er es. Aber heißt das, daß er im Unrecht war?
Ich fühlte mich äußerst fehl am Platze, als ich Gabriel Múñoz am Tisch gegenübersaß und ins Leere starrte. Wie Micaela gegen ihre Wand.
Micaela! dachte ich plötzlich. Wenn ich sie nicht wieder so weit herstellen konnte, daß sie mit ihrem Vater segelte, warum sollte sie dann nicht mit uns kommen?
Aber, dachte ich, jeder Gefangene muß eine Frau kennen, von der er meint, daß sie es verdient hätte mitzufahren. Einen eigensüchtigen Gott zu spielen war noch schlimmer.
»Keine Frauen«, sagte Gabriel Múñoz entschieden. »Keine Kinder.«
Wir sprachen noch weitere Namen durch.

Über dem ehemaligen Barbierladen von Sa'adah, dem manchmal irrtümlich der Weise Genannten, zeigte mir die Alte aus dem Osten die Gewänder und den Schleier, die Micaela tragen sollte.

»Für den Fall, sie geht überhaupt irgendwohin«, sagte ich. »Aber uns läuft die Zeit davon. Er segelt morgen früh.«
»Weltreiche sind in einer Nacht gewonnen und verloren worden«, sagte die Alte aus dem Osten. »Ein abstürzender Stern schlug ein Loch in den Ozean, das den Kontinent Lemuria – oder Mu, wie meine lemurischen Vorfahren ihn nannten – in *einer* Stunde verschlang. Du wirst die Worte schon finden, mit denen du an sie herankommst, Miguel«, sagte sie und benutzte zum erstenmal meinen Vornamen. »Ich weiß es.«
Ihre Zuversicht überraschte mich; war sie eine Anhängerin von Schakaschik?
»Ich habe alles probiert«, erwiderte ich und schaute zu der Tür, jener verhaßten Tür, hinter der Micaela im Bann einer unerträglichen Erinnerung lag. Ich war fast in Versuchung, zurück zum Hafen zu gehen. Dort zahlten sich meine Anstrengungen wenigstens aus. Noch eine Woche, zehn Tage, und die *Land Kanaan* würde bereit sein.
Ich sah mich auf See, den Wind in meinem Gesicht, frei – und Micaela immer noch stumm hinter jener Tür liegen.
Ich stieß sie auf und ging hinein.

»Es war einmal«, sagte ich zu Micaelas steifem Rücken, »ein wunderschönes Edelfräulein – an seinen Namen erinnere ich mich nicht, nennen wir es Edelfräulein –, das dachte, es sei ungerecht, daß nur Männer fahrende Ritter werden können. Aber jeder in dem Königreich, in welchem das Edelfräulein lebte, sagte ihm, daß es, wenn es versuchte, ein fahrender Ritter zu werden, statt dessen nur als Edelfräulein in Not enden würde, wie es die fahrenden Ritter retten. Es schlug diese Warnungen in den Wind und machte sich auf die Suche nach Abenteuern; es ritt einen Esel namens, äh, Picapleitos, denn eigentlich war das Edelfräulein kein sehr großes Mädchen und hätte ein Streitroß kaum im Zaum halten können. Bald kam es an die Grenze eines fernen Königreichs, aber erst nachdem es den Zaubertrank gefunden hatte, der das Werk böser Zauberer rückgängig machen konnte.«
Ich schaute Micaelas unbeweglichen Rücken an. *Frage mich!* Warum fragst du mich nicht, wie es ihn gefunden hat.

Doch Micaela lag, mit dem Gesicht zur Wand, einfach da.
»Es war ziemlich großes Glück, daß es ihn fand«, fuhr ich fort. »Nicht nur, daß ein böser Zauberer den Prinzen des Reiches in einen todähnlichen Schlaf versenkt hatte, aus dem ihn nur der Zaubertrank erwecken konnte, sondern das ganze Königreich war in ärgster Gefahr. Denn wenn der schlafende Prinz nicht rechtzeitig aufwachte, würde der böse Zauberer die siebzig Zaubersprüche sprechen, die jede Stadt im Königreich dem Erdboden gleichmachen und das ganze Land in einen See verwandeln würden, so dunkel und tief wie das Schwarze Meer, und alle seine Bewohner in Stachelfische.
Also, die Grenzwächter ließen das Edelfräulein durch, und es überquerte auf seinem Esel Picapleitos Berge und Täler; es wußte, daß es sich beeilen mußte, denn der Zaubertrank wirkte kaum drei Tage lang und nur alle hundertachtundzwanzig Jahre, wenn alle fünf Planeten bei Sonnenuntergang am westlichen Himmel genau übereinanderstanden, und die Zeit war schon beinahe um. Merkur, der schnellste Planet, konnte nur noch den Teil eines Tages verweilen. In der Königsstadt wurde das Edelfräulein mit Preisliedern ob seiner Schönheit und auch Dankliedern begrüßt, weil es den Zaubertrank hatte, der den Prinzen aufwecken konnte; der lag in seinem Betäubungsschlaf, seitdem er vom letzten Kreuzzug zurückgekehrt war – oder auch dem Verlorenen Kreuzzug, ich weiß es nicht mehr so genau. Das Edelfräulein hätte Verständnis für meine Vergeßlichkeit gehabt, denn sein eigener Fehler war, daß es kein so gutes Gedächtnis hatte. Sonst war es praktisch vollkommen.«
Frage mich, bettelte ich. Frage mich, woher die Leute wußten, daß das Fräulein den Zaubertrank hatte, oder woher das Fräulein etwas über die fünf Planeten wußte. *Frage mich, frage mich!*
Aber Micaela fragte mich nichts.
»Der Ritterkommandant der Königsstadt sagte zum Fräulein: ›Du mußt auf deinem Esel Picapleitos zum Wachtor der düsteren Burg reiten, wo der Prinz im Schlaf liegt.‹«
Woher wußte der kommandierende Ritter, daß der Esel Picapleitos hieß? *Frage mich!*
Aber Micaela fragte mich nichts.

»›Jetzt höre genau zu‹, sagte der Ritterkommandant. ›Der Hauptmann des Wachtores wird zu dir sprechen. Was er sagt, ist äußerst wichtig und ausschlaggebend, Edelfräulein. Auch entscheidend‹, warnte es der kommandierende Ritter. ›Wenn er nicht genau die Worte sagt, die ich dir gleich nenne, weißt du, daß er ein falscher Ritter ist, und mußt um dein Leben fliehen. Aber wenn er die Worte richtig sagt, jede Silbe an ihrem Platz ist, dann mußt du bestimmte andere Worte erwidern, die genauso wichtig und ausschlaggebend sind. Und auch entscheidend. Und du mußt diese Worte richtig sagen, jede Silbe an ihrem Platz, denn wenn du das nicht tust, haben der Hauptmann und seine schwerbewaffneten Reiter den Befehl, dich zu töten, und dann kannst du den Prinzen nicht rechtzeitig wecken, damit der den bösen Zauberer daran hindert, jede Stadt dem Erdboden gleichzumachen und das Königreich in einen See zu verwandeln, so dunkel und tief wie das Schwarze Meer.
Bist du bereit, Edelfräulein? Folgende sind die genauen Worte, die der Hauptmann des Wachtores sprechen muß. Bei Todesstrafe darfst du sie nicht vergessen. Der Hauptmann muß sagen: *Demogorgon wohnt im Abgrund bei den drei Schicksalsschwestern oder auf den Gipfeln des Himalaja bei Elfen und Feen.* Ich werde diese Worte wiederholen. Du mußt sie dir ins Gedächtnis eingraben.‹ Und der kommandierende Ritter wiederholte die Worte.
›Und das sind die genauen Worte, die du erwidern mußt. Bei Todesstrafe darfst du sie nicht vergessen. Du mußt sagen: *Ein alter Mann mit einem langen weißen Bart ritt auf einem feuerspeienden Drachen an einem Wacholderbaum vorüber.* Ich werde diese Worte wiederholen.‹ Und der kommandierende Ritter wiederholte die Worte.
Während das Edelfräulein zu dem Felsen ritt, auf dem die düstere Burg stand, übte es die Worte, denn es wußte, wie wichtig und ausschlaggebend sie waren, ja sogar entscheidend, und es wußte auch, daß sein Gedächtnis alles andere als vollkommen war.
Es trieb Picapleitos über die windgepeitschte Landschaft, wo nur kümmerliche, aber duftende Büschel Rosmarin und Thymian wuchsen. Da der Rosmarin ein Symbol für die Erinnerungskraft ist, was fast das gleiche wie das Gedächtnis ist, und Thymian ein

Symbol für Mut, den ein Edelfräulein genauso wie ein fahrender Ritter wohl besitzen sollte, pflückte das Edelfräulein von jedem einen Zweig.
Der Hauptmann des Wachtores war schon von weitem zu sehen, ein Riese, der mindestens neun Fuß und sechs Zoll groß war; und seine Reiter auf ihren Streitrössern waren genauso bedrohlich. Ein Paar von ihnen galoppierte heraus, um das Edelfräulein bis dahin zu geleiten, wo der riesige Hauptmann wartete. Sein Helm war so groß wie vier Bartschüsseln, sein Schwert so lang wie ein Galeerenruder. Siebzig bis achtzig Reiter auf ihren Streitrössern umringten sofort das Edelfräulein und richteten ihre Lanzen auf sie. Aber das Wachtor war hochgezogen, und das Edelfräulein wußte, daß sie es passieren lassen würden, solange es nur der Weisung des Ritterkommandanten folgte.
Mit einer Stimme, die das Heulen des Windes übertönte und jeden Donnerschlag beschämt hätte, rief der Hauptmann des Wachtores: ›Demogorgon wohnt im Abgrund bei den drei Schicksalsschwestern oder auf den Gipfeln des Himalaja bei Elfen und Feen.‹
Das Edelfräulein achtete auf jedes Wort, als ob sein Leben davon abhinge – was ja der Fall war –, und auf jede Silbe, als ob das Schicksal des Königreichs an einem Faden hinge – wie es ja auch war. Und mit Hilfe jenes Rosmarinzweigs wußte es, daß die Worte richtig waren, jede Silbe an ihrem Platz.
Inzwischen kannst du dir vorstellen, wie angstvoll der Hauptmann des Wachtores und seine Reiter auf ihre Antwort warteten. Je nachdem, was sie sagte, würde das Königreich überleben oder untergehen.
Aber das Edelfräulein saß, von all den bewaffneten Reitern umgeben, auf Picapleitos und sagte nichts.
Denn es hatte so genau auf jedes Wort geachtet, das der Riese hinausbrüllte, daß es vergessen hatte, was *es* sagen mußte. Und es hatte nicht nur ein oder zwei Wörter vergessen, nein. Es hatte ein vollständiges Losungswort vergessen, an dem sein Leben und das Leben des schlafenden Prinzen (übrigens eines sehr gutaussehenden und einsamen, schlafenden Prinzen) und das Schicksal des Königreichs hingen. Es half nicht einmal, daß es an dem Rosmarin roch.

Zumindest nicht sofort.
Das Edelfräulein blickte auf die auf es gerichteten Lanzen und in die ungeduldigen Augen des Hauptmannes des Wachtores und auf sein Schwert, das so groß wie ein Galeerenruder war. Es vergingen drei Minuten. Fünf.
Dann hellte sich das Gesicht des Edelfräuleins plötzlich auf. Ich erinnere mich, sagte es sich triumphierend; ich erinnere mich. Und mit fester und ruhiger Stimme sprach es: ›Alles, was der Lachende Philosoph wußte, hatte er von Leukippos gelernt‹, und wartete zuversichtlich darauf, daß die Reiter es in die Stadt reiten ließen. Statt dessen sah es den Hauptmann des Wachtores beim Klang dieser Worte (warum das Edelfräulein glaubte, daß es die richtigen waren, sollte es nie erfahren) voll Abscheu sein Visier herunterklappen und sein Galeerenruder von einem Schwert heben, woraufhin auch die Reiter die Visiere herunterklappten und die Lanzen einlegten. In wenigen Sekunden würden sie ihre Streitrösser anspornen, und siebzig bis achtzig Lanzen würden das arme Edelfräulein durchbohren.
Es war also aus und vorbei. Es hatte sich ins Verderben gestürzt, den schlafenden Prinzen ins Verderben gestürzt, das Königreich ins Verderben gestürzt. Und alles das, weil es sich nicht an ein paar einfache Worte erinnern konnte.
Aber plötzlich – vielleicht weil dem Hauptmann des Wachtores klar wurde, daß das Edelfräulein sich nie zuvor aufgemacht hatte, um sein Glück als fahrender Ritter zu versuchen – klappte er das Visier wieder hoch und wiederholte seine Worte.
›Demogorgon wohnt im Abgrund bei den drei Schicksalsschwestern oder auf den Gipfeln des Himalaja bei Elfen und Feen!‹ brüllte er, übertönte den Wind und beschämte den Donner.
Und es gingen siebzig bis achtzig Visiere hoch und siebzig bis achtzig Lanzen.
Aber bei dieser Gnadenfrist wurde des Edelfräuleins Gesicht noch angstvoller, und aus seinen verzweifelten bernsteinfarbenen Augen traten bernsteinfarbene Tränen. Es konnte sich nicht erinnern! Aller Rosmarin der Welt konnte ihm jetzt nicht helfen, noch aller Thymian.

Und die Visiere wurden wieder heruntergeklappt. Die Lanzen wurden wieder eingelegt. Das Galeerenruder von einem Schwert des Hauptmanns ging hoch.«
Ich hielt den Atem an.
Rührte Micaela sich, wenn auch nur leicht, mit einer kaum wahrnehmbaren Bewegung jener klassischen kallipygischen Kurve?
Ich fuhr weiter fort: »›Ein alter... M-M-M-Mann...‹, stotterte das Edelfräulein.« Das Stottern gelang mir sehr gut.
Wieder hielt ich den Atem an.
Hörte ich da etwas, das Echo eines leichten Zitterns in der Luft?
»›....mit einem l-langen weißen B-B-Bart...‹«, fuhr ich weiter fort.
Und noch einmal hielt ich den Atem an.
Das Schweigen, Micaelas Schweigen, wurde dichter, wurde zu einem ersticktem *Etwas*, dem Flügelschlag eines Schmetterlings vielleicht.
»Da es wußte, was alles auf dem Spiel stand, rang das Edelfräulein mit seinem ganzen Wesen nach dem nächsten Wort. Und doch wollte es nicht kommen«, sagte ich.
Und Micaelas Finger wurden flatterig, als wollte sie nach etwas greifen.
Ich beugte mich näher zu ihr. Ihre dunklen Locken streiften mein Gesicht.
Und ihre Hand bewegte sich, als wollte sie Linien ziehen, um die unsichtbaren Sterne auf der getünchten Wand miteinander zu verbinden.
Ein Flüstergeräusch, jetzt lauter. Dann Worte.
»... hilf ihm, Miguel. Kannst du ihm nicht helfen?«
Und ihr Kopf drehte sich, ganz langsam.
»Ich kann ihm nicht helfen, Micaela. Nur du kannst es.«
Und sie sagte: »›Ein alter Mann mit einem langen weißen Bart... ritt auf einem feuerspeienden Drachen an ... äh, an einem ... einem...‹«
Ihre bernsteinfarbenen Augen flehten mich an. »Sag's mir, Miguel. Bitte? *Was kommt dann?*«
Und sie drehte sich ganz von der Wand weg, legte ihre Arme um meinen Hals und klammerte sich an mich.

Ich zog das Skiff an den Strand und beobachtete, wie die Abendsonne die Minarette der Stadt und die Spitzen des Dey-Palastes vergoldete. Wie, fragte ich mich, kann das Böse so schön sein? Ich drehte mich zum Meer um und wartete darauf, daß dasselbe goldene Licht die Segel des Schiffes berührte, des Schiffes von Micaelas Vater, das immer kleiner wurde, bis sein Rumpf hinter dem Horizont verschwunden und es nur noch ein winziger goldener Schimmer auf dem Blau der See war. Dann war das goldene Licht überall, von unparteiischer Schönheit, das Böse der Stadt eine zufällige Kleinigkeit in einer rücksichtslosen Welt.

Stand Micaela an der Reling des davonsegelnden Schiffes, und blickte sie auf die verschwindende Küste? Aber warum sollte sie? Wenn überhaupt jemand, dann hatte *sie* genug von Algier gesehen.

Ich las eine Handvoll flacher Kiesel auf. Einen nach dem anderen ließ ich sie über das Wasser hüpfen – bücken, aufrichten, werfen, bücken, aufrichten, werfen. Sie sprangen von der unangreifbaren See ab und verschwanden.

Ein Segel blitzte ein letztes Mal auf wie ein fernes Leuchtfeuer am Rande einer Ewigkeit, die sich niemand vorstellen konnte, und dann kamen nur noch die vier Janitscharen den Strand entlang, um mich festzunehmen.

Siebzehntes Kapitel
Der Tod des Miguel de Cervantes, von ihm selbst erzählt

Es ist Mittag, und der Galgen, der zu meiner Hinrichtung aufgebaut worden ist, wirft nur einen kurzen Schatten in den Sand. Vielleicht, denke ich, hat der Henker bereits seinen feierlichen Gang die Sukstraße hinab begonnen, doch selbst wenn das der Fall ist, kann man die traurige Pfeifen- und Trommelmusik, die ihn begleitet, nicht hören, so laut brüllt die Menge meinen Namen: »Zher*ban*tay! Zher*ban*tay! Zher*ban*tay!« Das klingt dermaßen wuterfüllt, daß ich zunächst glaube, die Menge würde dem Henker gerne seine Arbeit abnehmen. Doch dann entdecke ich mitten unter den kapuzentragenden Mauren kleine Gruppen von besorgt dreinblickenden, turbanbewehrten Türken und knüppelbewaffneten Janitscharen, und ich sehe, wie die Pikeniere des Deys von Algier persönlich das Gerüst umstellen, auf dem ich stehe, die Hände auf den Rücken gebunden und je einen Janitscharen zu meiner Rechten und meiner Linken; die beiden blicken nicht zu mir, sondern in die Richtung, in die die Pikeniere blicken, das heißt auf die Menge hinab – denn bin ich nicht ein Zeichen, ein Omen, ein Wunder, bei dessen Tod die leidgeprüfte Stadt untergehen wird? Und wenn dem so ist, sollte die Wut der Menge sich dann nicht anstatt gegen mich gegen diejenigen richten, die mich umbringen wollen – angefangen bei Hassan Pascha Dey dem Venezianer – Hassan mit dem reichlich dekadent geschminkten Gesicht, Hassan mit der Rhinozerospeitsche, Hassan, der mir (war es erst gestern?) in einem Raum mit weiß gekalkten Mauern, wo Sonnenlichtstreifen aus hoch gelegenen Scharten verwirrend bruchstückhafte Schatten auf eine blutbespritzte Wand warfen, zwei Fragen stellte, die er mit seinem manischen Hmm begleitete, nur zwei, immer wieder: »Wo hast du das Geld her, hmm?« und »Mit wem steckst du unter einer Decke, hmm?«. Aber wie konnte ich Morato Maltrapillo verraten, der Micaelas Vater war und zurückkommen würde? Und wie konnte ich, der alleinige Urheber des Komplotts, die übrigen sechzig verraten, die nicht mehr als Ruderer waren und unter meinem Kommando die *Land Kanaan* durchs Mittelmeer nach Norden gerudert hätten? Daher blieb mir, nachdem ich die zwei Fragen nicht beantworten konnte, nur übrig, auf das Pfeifen der Peitsche des Deys zu warten, und die Peitsche knallte auf meinen Rücken, während ich einen Namen schrie, der wie Cide Hamete Benengeli klang; wo war er nun, dieser ehemalige Sternenzauberer, mit seinem Aratron und Phaleg, Ophiel und Och, mit seinem geheimnisvollen Picatrix, bei denen dem Dey die Luft wegblieb – wo war mein *deus ex machina* jetzt, da ich ihn wirklich brauchte?

»Hast du Geld?« fragt mich der Janitschar zu meiner Linken. Mit seinem dichten, gekräuselten Assyrerbart kommt er mir bekannt vor.

Ich schüttle den Kopf.

»Schade«, sagt er. »Für ein paar Zianís könnte ich dir helfen.«

»Wie?«

»Ziehen«, sagt er. »Begreif doch, wenn einer an der Schlinge baumelt, erstickt er langsam. Das dauert eine halbe Stunde oder noch länger. Da tanzt du ganz schön viel in der Luft. Aber wenn jemand, der seinen Mitmenschen nicht gerne leiden sieht, ihn an den Beinen zieht, dann bricht ihm dies das Genick und macht seinem Elend ein Ende. Hast du bestimmt kein Kleingeld?«

Ich schüttle wieder den Kopf, der bald in einer Schlinge stecken wird.

»Haben sie sonst noch jemanden verhaftet?« frage ich.

»Darauf darf ich nicht antworten«, erwidert er.

»Einmal hast du durch mich ein paar hundert Zianís gewonnen«, erinnere ich ihn.

»Ich darf dir sagen, daß sie die Fregatte konfisziert haben«, sagt er und starrt zum Kreuzbalken des Galgens hinauf. »Aber ich darf dir nicht sagen, daß ein Renegat namens Harun oder Girón Richtung Spanisch-Oran davongelaufen ist. Und das ist sein Ende.«

»Wer hat uns verraten?«

Der Janitschar mit dem Kräuselbart zuckt die Achseln.
Auch ich zucke die Achseln. Nützt es etwas, den Namen des mißgünstigen Gefangenen zu erfahren, der sich, so nehme ich an, an mir gerächt hat, weil ich ihn nicht auf die Liste gesetzt habe? Habe ich Zeit, mich über Kleindarsteller zu ärgern, wenn die Schicksalsgöttin an meinem Dilemma schuld ist? (Ich habe praktischerweise vergessen, daß auch der freie Wille seinen Teil dazu beigetragen hat, mich in diese mißliche Lage zu bringen.) Was denkt sich die Schicksalsgöttin eigentlich dabei? Drei Schicksalsschwestern! Ich würde ihnen den Hals umdrehen, wenn ich könnte. Auf ein Mißlingen war ich natürlich gefaßt – daß Janitscharenhorden die *Land Kanaan* stürmen würden, wenn wir an Bord gingen, oder daß uns das Schiff des Deys auf halbem Wege nach Spanien einholen würde, daß Enterhaken uns obszön umschlingen und unsere zahlenmäßig unterlegenen Flüchtlinge ihr Leben auf einem Deck (Gerónimo Giróns frisch gesandetem Deck), das vor Blut glitschig war, teuer verkaufen würden – aber nichts dergleichen passierte.
Es hat etwas Unerträgliches, es nicht einmal *versuchen* zu dürfen.
Zum erstenmal seit Jahren denke ich an meinen Großvater Juan den Patriarchen, daran, wie er so plötzlich starb, an den ersten Tod in meinem Leben, und ärgerlich verdränge ich die Erinnerung daran aus meinen Gedanken. Kann ich denn unter dem Galgenbaum nur an den Tod denken?
Ich beschließe, statt dessen an Zoilos zu denken.
Zoilos war der erste überlieferte Literaturkritiker der Geschichte, boshaft, aber gewitzt und von vernichtendem Scharfsinn. Er lebte im vierten Jahrhundert vor Christus und wurde die Geißel Homers genannt, denn sein Lebenswerk bestand darin, die *Ilias* und die *Odyssee* Vers um Vers zu verreißen, und wer hätte den blinden Homer, der damals schon vierhundert Jahre tot war, da noch verteidigen sollen?
Dennoch hätte ich lieber Zoilos als überhaupt niemanden. Was habe ich in meinem kurzen Leben geschrieben, für das ich es verdient hätte, von den Kritikern in die Mangel genommen zu werden? Ich werde nicht einmal einen Zoilos finden.
Diese Erkenntnis trifft mich plötzlich von einer anderen Warte aus.

Ein Mann ist der Sohn seiner Werke. Was, buchstäblich genommen, heißt, *ich bin drauf und dran, totgeboren zu sterben.*
Ich grüble darüber nach, bis mir die Frage kommt: Was würde ich schreiben, wenn ich nicht stürbe? Ich werde es nie erfahren.
Das führt mich zu einer Vermutung, die anscheinend gar nichts damit zu tun hat. Betrachtet man jene unzähligen Atome des Lachenden Philosophen, die im endlosen Raum und der unendlichen Zeit umherschweben, betrachtet man all die Permutationen des Möglichen, ist die Welt, in der wir leben (und sterben), dann die einzige Welt? Warum sollte es anderswo nicht eine andere Welt geben...
(Ich höre schwach Musik, lauter nun, ein Pfeifen und ein Trommelschlagen, das das Gebrüll der Menge jetzt übertönt.)
...die fast genauso aussieht, aber in der ein paar Milliarden Atome anders aufeinandergetroffen sind, so daß es kleinere Veränderungen gibt, die wirklich ziemlich unbedeutend sind...
(Ein unscheinbarer Mann mit einem grünen Turban steigt auf das Gerüst und zieht sachkundig an der Hanfschlinge.)
...von denen eine die ist, daß ich heute nicht sterbe, da zufällig der 23. April 1580 ist?
Der 23. April. Wie kann für die Fürsprecher historischer Zeit der 23. April unantastbar sein, wenn es *zwei* davon gibt – dank der englischen Insellage tatsächlich zwei getrennt existierende, konkurrierende Zeitgerüste, auf die die Historiker ihre verschiedenen Versionen der Wirklichkeit aufziehen, so daß ich und dieser Shakespeare am selben Datum, aber *im Abstand von zehn Tagen* sterben, wie Cide Hamete mir erklärte, als ihm das Datum herausrutschte. Sie erinnern sich...
(Der unscheinbare Mann mit dem grünen Turban schiebt eine Kiste unmittelbar unter das baumelnde Seil.)
...wie gepeinigt er aussah. Seine gottähnliche Allwissenheit war damals für ihn noch etwas Neues, und er mußte sich damit noch zurechtfinden. Oder war es wirklich so? Vielleicht *wollte* er mir mein Sterbedatum mitteilen. Wie auch immer, weiter oben habe ich gesagt, daß er...
(Der unscheinbare Mann redet mit sanfter, schüchterner Stimme,

aber ich bin so mit dem Nachdenken über Cide Hamete und sein Zeiträtsel beschäftigt, daß ich nichts höre.)
...»viel später« versuchen würde, die Verwirrung zu entwirren. »Viel später« ist jetzt da: Das ist mein Todestag. Aber wo ist Cide Hamete? Was...
(»Es ist Zeit, daß du auf die Kiste steigst«, sagt der unscheinbare Mann schüchtern.)
...tut er so Wichtiges, daß er nicht hier ist? Was nützen mir...
(Ich lausche auf die Menge, die meinen Namen, oder was Schakaschik-der-sein-eigenes-Lied-singt daraus gemacht hat, brüllt, und das gibt mir die Kraft – aber kaum genug, denn meine Knie sind wie *cuajada* –, zur Kiste zu treten und hinaufzusteigen. Meine Wange stößt gegen die Schlinge und bringt sie zum Schwingen. Ich schrecke vor ihr zurück, wie manche Menschen vor Schlangen und Schnecken zurückschrecken.)
...Warums und Weshalbs nach meinem Tod?
Vielleicht, fällt mir ein, ist er nicht hier, weil der Dey nicht hier ist. Vielleicht ist Cide Hamete gerade jetzt im Palast und erklärt dem Dey mit sternenzauberischen Ausdrücken (der alte Gauner), daß, wenn er mein Leben nicht schont, *sein* Leben einem dieser sinkenden Sterne geweiht ist. In diesem Augenblick sehe ich...
(Der unscheinbare Mann streift mir die Schlinge über den Kopf.)
...die Reiterei des Deys, die Elite der Elite, sich mit Peitschen und Stöcken einen Weg durch die Menge bahnen, so daß Hassan Pascha Dey der Venezianer auf seinem buntscheckig gezäumten Hengst bis zum Fuß des Blutgerüsts zu reiten vermag, so nah, daß ich sein manisches Hmm hören kann.
Herr von Eierpflanze ist nicht zu sehen.
Obwohl der Himmel wolkenlos ist, von der unerbittlichen Sonne zu einem blechernen Weiß ausgebleicht, erschallt Donner, zweizakkige Blitze durchzucken den Hafen – das einzige unglaubwürdige Detail in einem ansonsten nüchternen Bericht über meinen Tod – und bringen die abergläubischen, Schakaschik zitierenden, wunderversessenen Mauren dazu, sich genau in dem Augenblick zu Boden zu werfen, als zwei beleibte Männer aus dem Gefolge des Henkers die Kiste unter mir wegstoßen, so daß ich achtzehn Finger breit über dem Gerüst baumele.

Als ich eines Tages mit meinem Vater zu einer Viehmesse unweit der für uns nicht länger großen Stadt Cabra ging, kam ein Mann in unsere provisorische Wundstation im Schlachthaus gerannt; das Heft eines Messers ragte ihm aus der Brust, und er schwadronierte und schwadronierte über seinen ehemals besten Freund, der ihm das Messer in die Brust gestoßen hatte, nachdem er – der Mann – mit der Frau seines ehemals besten Freundes geliebäugelt hatte. In der Hitze des Augenblicks (und den wenigen Augenblicken, die ihm noch blieben) war der Verletzte so darüber erregt, mit einem Messer angegriffen worden zu sein, daß er kaum Schmerzen, ja nicht einmal ein unangenehmes Gefühl verspürte, während er hin und her lief und dabei wild gestikulierte, um schließlich mitten im Satz seine wütenden Augen noch ein wenig weiter aufzureißen und tot zu Boden zu stürzen.

Ich erwähne das, weil ich in der Seeschlacht eine ähnliche Erfahrung gemacht habe. Zweimal in die Brust geschossen, die linke Hand von einer explodierenden Arkebuse in Stücke gerissen, spürte ich im Augenblick der Verwundung keine Schmerzen, wenngleich ich, als die erste Kugel meine Brust traf, eine merkwürdige und furchterregende Atemnot empfand.

Genau dieses Gefühl habe ich jetzt auf dem Blutgerüst. (Obschon eine furchterregende Atemnot vielleicht gar nicht so merkwürdig ist, wenn man eine Schlinge um den Hals hat.)

Noch etwas erinnert mich an die Seeschlacht. Auf gar nicht besonders wundersame Weise (so scheint es mir) erhebe ich mich aus meinem Körper und schaue aus ein paar Fuß Höhe auf ihn hinab. Das, so wird mir klar, muß ein Teil des Sterbens sein, zumindest meiner Art zu sterben.

Ich zögere einen Augenblick, dann schwebe ich über den unscheinbaren Henker hinweg und fort vom Gerüst. Ich gleite haarscharf an Hassan Pascha Dey dem Venezianer vorbei und trete ihm spontan gegen den Kopf (er reagiert überhaupt nicht, aber sein Turban fällt herunter); dann fege ich versuchsweise durch die Menge (hier ein Stück in Moll von Schakaschiks Melodie, dort ein Jammerlaut über den Tod des Zeichens und Omens, des Zher*ban*tay!, zu dem ich geworden bin) und steige schließlich auf, bis ich den ganzen riesigen Platz der Greuel überblicke, in dessen Mittelpunkt mein Ich hängt.

Auf einer Seite unterweist Gabriel Múñoz der Wirt, der sich noch in Freiheit befindet und anscheinend seiner alten Beschäftigung nachgeht, einen Gefangenen, der offenbar gerade zum ersten Weichklopfen aus der Einzelhaft gekommen ist. Als ich mich dazwischenschiebe, bekomme ich den Schock meines Lebens (oder Todes). Der neue Gefangene bin *ich*, Miguel de Cervantes – aber ich mit einer normalen linken und einer verkrüppelten rechten Hand.

»... sieht mir schrecklich ähnlich«, sagt der neue Gefangene unbehaglich.

»Zu weit weg, um etwas genau zu erkennen«, meint Gabriel Múñoz verächtlich. »Außerdem verzerrt Hängen das Gesicht.«

»Schau dir seine Hand an. Der Strick verzerrt *das* nicht.«

»Du solltest fragen, warum man ihn gehenkt hat«, sagt Gabriel Múñoz gereizt.

In der Vergangenheitsform. Darauf bin ich gar nicht scharf.

»Heilige Muttergottes!« ruft der neue Gefangene aus. »Jetzt habe ich's. Der Gehenkte und ich – sind Spiegelbilder! Ist ein Sp-piegelbild dasselbe wie ein Doppelgänger?«

»Sie haben ihn gehenkt«, sagt Gabriel Múñoz, ich glaube, mit einem Anflug von Bewunderung, »weil er einen Fluchtversuch von sechzig Mann geplant hat. Er hat ein Schiff gekauft, mit gestohlenem Geld –«

Gestohlen? Das ärgert mich. Ich habe das Geld aus Morato Maltrapillo herausgepreßt, und ich würde sagen, sogar mit einem gewissen Talent.

»– und wollte damit nach Spanien segeln. Einfach so. Komischer Bursche. Hat immer versucht, die Welt aus den Angeln zu heben, aber er hatte reine Absichten und *cojones*«, sagt Gabriel Múñoz. »Ich werde ihn vermissen.«

»W-wenn man seinem D-Doppelgänger begegnet, heißt das, daß einer von beiden st-tirbt«, sagt der neue Gefangene. Was einmal seine rechte Hand gewesen ist, hat angefangen zu zucken und zu springen.

»Wenn dem so ist«, meint Gabriel Múñoz, »dann ist ja klar, wer. Warum regst du dich also auf? Komm mit, ich geb dir ein Bier aus.«

Und weg sind sie, ohne sich ein einziges Mal nach mir umzudrehen, der ich vom Galgen hänge, tot bin.
Bin ich das denn? Ich fühle mich nicht tot, nur körperlos. Ich steige mit einem optimistischen Luftstrom nach oben und fliege nach Süden in die Berge. Hoch über zerklüfteten Felsen erspähe ich am Fuße eines abschüssigen Felshangs Dämpfe, die aus einer Spalte wehen. Ich treibe durch die Dämpfe (die nach dem federnden Boden eines Regenwaldes riechen, was für Nordafrika entschieden eigenartig ist) nach unten bis in eine Höhle, wo ich auf einem Teich mit einer trüben grünlichen Flüssigkeit einen Kopf schwimmen sehe, der mit üppigem braunem Haar bedeckt ist; er hat die Augen selig geschlossen, aber auf mein Kommen senden sie wütende Blitze aus, während sich der Körper, der zu dem üppigen Kopfhaar gehört, plötzlich erhebt und grüne Flüssigkeit von den muskulösen Schultern, dem männlichen Brustkorb, den schmalen Hüften und kräftigen Gliedern strömt – alles an ihm ist markig und männlich, außer den unverhältnismäßig kleinen, glänzend rosigen Genitalien, die nichtsdestoweniger mit einer Erektion aufwarten.
»Was soll diese Störung heißen?« belfert er mit tiefem Baß; und sein blaues rechtes und braunes linkes Auge schauen mich strafend an, während er knietief in dem Teich steht und weiß Gott wie ein wildgewordener Ex-Eunuch aussieht.
»Was soll es heißen, daß du dich hier in einem Teich aalst, während ich gehenkt werde?« schreie ich sofort zurück.
Cide Hamete sagt: »Ich lasse mir neue Genitalien wachsen. Glaubst du vielleicht, das ist so leicht? Du hast mich um Wochen zurückgeworfen. Monate.«
»Ich werde in ein paar *Minuten* tot sein. Vielleicht bin ich es jetzt schon.«
Mit einem zutiefst selbstsüchtigen Achselzucken läßt er sich wieder in den Teich mit der Nährlösung fallen und schließt selig die Augen.
»Ich habe dir das Leben gerettet, als alle anderen dich schon aufgegeben hatten!« rufe ich.
»Und ich habe dich vor eintausend Hieben mit der Rhinozerospeitsche des Deys gerettet, von denen hundert auf jeden Fall tödlich sind.«

»Ich habe dir deinen Lebenswillen wiedergegeben.«
»Du hast deinen nie verloren, daher brauche ich kaum ein schlechtes Gewissen zu haben. Auf Wiedersehen und viel Glück.«
Ich bin schon fast durch die Dämpfe bis zur Spalte in der Decke der Grotte hochgestiegen, als ich ihn rufen höre. Wieder unten, sehe ich ihn sich ein zweites Mal erheben, ein männlicher Heldenakt mit jener unverhältnismäßig winzigen, glänzend rosigen Erektion. Verlegen schaue ich zur Seite.
»Warum ist es dir so wichtig, dein nichtiges kleines Leben?«
»Mein Leben? *Was* für ein Leben? Kaum habe ich mich von allen meinen Kriegswunden erholt, als ich gefangengenommen und fünf Jahre lang in algerische Kerker geworfen werde. Ist das ein Leben?«
»Du willst also noch fünf Jahre als Ersatz für die verlorenen? Wie kleinlich«, sagt er schleppend.
Ich wünschte, ich könnte ihn packen und schütteln, aber wie sollte ich das in meinem körperlosen Zustand?
»Nicht genug!« schreie ich. »In fünf Jahren bin ich noch nicht einmal vierzig. Ich will *leben.*«
»Wie lange?« fragt er ohne große Anteilnahme.
»Ich weiß nicht, wie lange. Ich will es nicht wissen.«
Mit geschlossenem braunem und blauem Auge läßt er sich allmählich wieder in den Teich sinken.
Ich packe ihn; nicht, daß er das spüren würde. »Dieser Shakespeare – stirbt er an einem der beiden 23. Aprile dieses Jahres?«
Er schüttelt verärgert den Kopf, sinkt aber nicht weiter ein. »Warum kannst du mich nicht in Ruhe auskurieren lassen?«
»Dann ist es also der falsche 23. April, und ich will jeden Tag, auf den ich Anspruch habe, bis zum richtigen«, sage ich. »Warum nimmst du mir das alles weg?«
»Ich? Ich nehme dir nichts weg, obwohl... ich denke... ich könnte es dir zurückgeben...« Trotz seiner neuen tiefen Baßstimme klingt er verwirrt, seiner Kräfte unsicher.
»Mach schnell«, sage ich zu ihm.
»Aber es ist nicht üblich... Ich will sagen, die von Trithemius aufgestellten Regeln, du weißt schon...«

»Ich habe nie von ihm gehört.«
»Nie von Trithemius gehört? Wie ungewöhnlich. Der sich, als Johann Heidenberg geboren, nach seinem Geburtsort Trittheim benannt hat? Alias der umstrittene Abt von Sponheim?«
»Der Verfasser der *Steganographia*?« frage ich überrascht.
»Du hast ihn also gelesen?«
Das ist die Art Paradox, in der Cide Hamete sich gefällt, aber es bleibt keine Zeit, ihm zu sagen, daß ich die *Steganographia* noch nicht gelesen habe, obschon ich auf diesen Seiten mein zukünftiges Wissen darüber habe durchblicken lassen. Mehr als einmal, erinnere ich mich.
Da meiner Lebensuhr justament der Sand ausgeht, habe ich nur Zeit für ein knappes »Ja«.
»Und findest die Bedingungen, die er aufstellt, nicht unangenehm?«
Das ganze Gespräch, während dessen ich am Ende eines Stricks auf dem Platz der Greuel zappele, macht mich wahnsinnig.
Also schüttele ich den Kopf.
Und ohne die kleinste Welle zu schlagen, taucht Cide Hamete unter die Oberfläche dieser trüben Nährlösung und verschwindet.

So schnell ich auch nach Algier zurückkehre, Cide Hamete ist schneller. Zumindest halte ich die gebieterische Gestalt, die bei Hassan Pascha Dey neben dem Galgen steht, für den ehemaligen Eunuchen. Ich bin zu hoch, um etwas zu hören, aber ich sehe, wie Cide Hamete in einer Art Pflückbewegung eine Hand hebt, als wolle er etwas vom Himmel herunterziehen. Das umgehende Ergebnis ist Regen, ein harter, prasselnder Regen, der mindestens fünfzehn Sekunden anhält; dabei ist der Himmel aber noch immer blechern weiß und ohne eine Wolke, und Cide Hamete lächelt verschlagen dazu. Der Dey löst die Rhinozerospeitsche aus seiner Schärpe, springt auf das Gerüst und erteilt dem unscheinbaren Mann mit dem grünen Turban schnell drei Hiebe, eher um ihm die Richtung zu weisen, als um ihn zu bestrafen, so daß er zu der weggestoßenen Kiste spurtet, auf sie hinaufsteigt und mich mit einem Schlag seines Krummsäbels (oder ist es ein Jatagan?) herun-

terschneidet. Ich plumpse wie ein nasser Sack herunter. Das heißt, mein Körper plumpst herunter. Ich selbst schwebe noch immer und beobachte, wie die Pikeniere Hassan Pascha Deys die »Zher*ban*-tay!« johlende Menge von dem Gerüst zurückhält, während seine Reiterei einem sanften kleinen Mann eine Gasse öffnet, der direkt unter einem Lächeln der Seligen ein Kruzifix umklammert hält.
Es fängt wieder zu regnen an. Ich lasse mich schnell auf die Bühne hinunter und schlüpfe wieder in mich.

Das nächste, woran ich mich erinnern kann, ist eine Schaukelbewegung. Ich stehe auf und schlurfe zum Licht, breitbeinig im vertrauten Seemannsgang. Durch die Luke sehe ich unter einem sich verdunkelnden Himmel das Deck eines recht großen Schiffes.

Vorsichtig, auf das Schlimmste gefaßt (wie etwa darauf, daß mein Kopf herunterfällt), taste ich mit den Fingern meinen Hals ab. Er fühlt sich wie aus einem Stück an. Ich drehe den Kopf. Es knackt, aber nicht so, daß ich schreien müßte.
Ich klettere zum Achterdeck hinauf, wo der sanfte kleine Mann mit dem Lächeln der Seligen Gabriel Múñoz lauscht, als dieser gerade sagt: »Sicher hat er Verwandte. Ich kenne einen Bruder – sie verstehen sich einigermaßen –, und ich glaube, eine Schwester steht ihm sehr nahe.«
Gabriel Múñoz hat sich verändert. Er trägt abgewetzte Lederschuhe, ein Wams, bei dem ein Ärmel fehlt, einen Umhang, der einmal karmesinrot gewesen ist, und eine schlaffe Halskrause. Kurz: die Kleidung eines anständigen Christenmenschen, auch wenn sie ihre besten Tage schon hinter sich hat. Der kleine Mann mit dem Lächeln trägt geistliche Kleidung. Gerade als er sagt: »Die Freiheit stellt ihre Ansprüche, wissen Sie«, erreicht mein Kopf das obere Ende der Leiter.
Gabriel Múñoz sagt: »Das ist er nun.«
Das Lächeln der Seligen wendet sich mir zu. »Ich bin Juan Gil, der Generalbevollmächtigte der Trinitarier. Erlauben Sie mir, Sie im Namen des Ordens zu beglückwünschen.«
»Du hast die meisten Stimmen von allen bekommen«, erklärt Gabriel Múñoz. »Obwohl du zum Tode verurteilt warst.«

»Ein Todesurteil des Deys von Algier schadet der Beliebtheit eines Mannes nicht«, sagt Juan Gil.
»Du hast eine Überfahrt nach Hause gewonnen, Compañero. Ich auch.« Gabriel Múñoz grinst. »Ich habe nie geahnt, daß mein Bier *so* schlecht war.«
Im Süden rollt Donner wie Henkerstrommeln. Unter dunklen Sturmwolken erscheint Algier plötzlich zwei bis drei Meilen entfernt im Widerschein des Blitzes. Und etwas in mir zerbricht. Ich gleite die Leiter hinunter und über das gischtglatte Oberdeck. Schon bin ich mit einem Bein über der Reling, als Gabriel Múñoz mich packt und niederringt.
»Was zum Teufel ist mit dir los?«
Ich versuche mich freizukämpfen. »Ich muß zurück. Der Dey wird sie umbringen – alle sechzig Unschuldigen.«
»Er kann sie nicht umbringen, wenn er nicht weiß, wer sie sind.«
»Er hat seine Mittel«, schwafele ich. »Zuträger. Er kriegt es heraus.«
»Keiner außer dir und mir könnte es ihm sagen«, entgegnet Gabriel Múñoz. »Und wir sind auf und davon, Compañero. Frei!«
»Ich war der Urheber des Komplotts. Ich habe ihnen die Freiheit angeboten, und ich habe sie im Stich gelassen. Verstehst du das nicht?«
»Ich verstehe nur, daß *du* den Rest deines Lebens zu leben hast.«
Wie könnte ich das bestreiten! Es ist das Argument, das ich gegenüber Cide Hamete verwendet habe.
»Du kannst loslassen. Ich könnte sowieso nicht so weit schwimmen.«
Ich stehe auf. Ein paar große Regentropfen platschen auf das Deck. Gabriel Múñoz beobachtet mich argwöhnisch. »Wenn du dich so aufregst, Compañero«, sagt er, »kann man dich normalerweise kaum verstehen. Aber gerade eben hat du überhaupt nicht gestottert.«
»Wirklich nicht?«
»Nicht ein Mal.«
Plötzlich erinnere ich mich an etwas. Es ist mehr als genug, um das, was einmal meine linke Hand gewesen ist, in Aktion treten zu lassen, aber auch das geschieht nicht.

»Gab, wer war der neue Gefangene, der gerade erst aus der Einzelhaft kam?«
»Welcher Gefangene?«
»Auf dem Platz der Greuel. Derjenige, der so ausgesehen hat wie ich.«
»Ich war nicht auf dem Platz der Greuel.«
»Als sie mich gehenkt haben, Gab. Natürlich warst du da.«
»War ich nicht. Ich bin den ganzen Tag durch die Kerker gelaufen und habe Wahlkampf betrieben. Ich habe mir gedacht, wenn du genug Stimmen bekommst, um ausgelöst zu werden, würde der Dey es nicht wagen, dich zu hängen. Wie sich herausgestellt hat, hat sowieso jeder für dich gestimmt.«
»Und nach der Stimmabgabe bist du zum Platz der Greuel, stimmt's?«
»Ich war gerade auf dem Weg dorthin, als die Freikäufer dich auf einer Bahre gebracht haben.« Múñoz schüttelt den Kopf. »Und das war wirklich knapp. Juan Gil kam genau in dem Moment, als sie die Kiste unter dir weggetreten haben.«
Ich starre auf das, was einmal meine linke Hand gewesen ist, hinunter. »Aber der Gefangene mit der verkrüppelten *rechten* Hand«, sage ich.
»Der *was?*«
Die Verwirrung in Gabriel Múñoz' Gesicht ist so echt, daß ich nur mit den Achseln zucke und mit ihm schweigend an der Reling stehe. Wir haben Kurs auf einen Hafen, Richtung Nordnordwest, der Regen liegt hinter uns, der blaue Himmel vor uns, die Bugwellen schäumen in türkisfarbenem Wasser, während wir auf das glänzende Sonnenlicht zueilen und jede Meile uns Spanien eine Meile näher bringt.
Später. Wir sind unten. Die Laterne ist ausgelöscht, aber ich kann nicht schlafen. Das Wasser zischt am Bug vorbei, das Holz knarrt. Ich denke an Micaela, die zwei Tage Vorsprung hat, auf ihrem Weg zu einem neuen Leben in Spanien ist, um mit einem baskischen Steinewerfer mit Muskeln zwischen den Ohren Söhne zu zeugen. *Sag's mir, Miguel! Was kommt dann?* Ich höre Füße über das Deck über mir stapfen, Wachwechsel und Zoraidas Stimme: Tameji?

Erzähl mir eine Geschichte! Tameji, ráwi! *Wie eine verlorene Heimat, die man nie wiederfindet, und selbst wenn man sie nicht finden kann, muß man immer danach suchen, oder man stirbt?* Und auf den Wachwechsel folgt eine Stille, die so tief ist wie die Zeit vor der Schöpfung, und in der pechschwarzen Dunkelheit sehe ich Haar von der Farbe eines Weizenfelds, ein Meer goldener Wogen unter der Brise an einem wolkenlosen Sommertag in der Mancha, und zum erstenmal begreife ich wirklich, daß ich heimwärts fahre.

Zweiter Teil

Das Leben des Miguel de Cervantes

Achtzehntes Kapitel
Die Fallstricke und Enttäuschungen der Liebe

Ich eilte vom Prinzentheater zu dem großen Steinhaus am Sonnentor, ohne an der Deutschen Straße in der Taverna Múñoz haltzumachen. Von Gabs Bier hätte ich gut ein paar Gläschen vertragen können, aber nicht um den Preis, Anica sehen zu müssen.
Im Theater war mir mein Mittagessen zuerst wie eine Kanonenkugel im Magen gelegen. *Die Seeschlacht* hätte ebensogut mein erstes Stück sein können, denn ich hatte damals unter denselben Schwitzhänden und derselben Mundtrockenheit gelitten, an demselben Bedürfnis, irgendwo, Hauptsache woanders, zu sein – ganz zu schweigen von der Überzeugung, daß mein aberwitziger Ehrgeiz, für die Bühne zu schreiben, mit einem totalen Reinfall enden sollte, der solche Wellen schlagen würde, daß ich mein Gesicht in Madrid nie wieder sehen lassen konnte.
Kurzum: das übliche Uraufführungszittern.
Aber als ich hinten im *corral* in den dunkler werdenden Schatten eines Herbstspätnachmittags stand und dem Publikum zusah, wie es den Schauspielern zusah, die wiederum die Rollen spielten, die ich geschaffen hatte, während ich dem Rasseln und Klappern der Leute im Parkett zuhörte und mich mit dem Gedanken beruhigte, daß die Buhrufe nicht meinem Stück, sondern den türkischen Schurken darin galten, da kam der unvermeidliche Moment, von dem an ich meine Phantasiewelt diesen Schauspielern und diesem Publikum überlassen und, nicht ohne für mein Stück noch das Schlimmste zu befürchten, in die wirkliche Welt mit ihren wirklichen Problemen zurückkehren konnte. Wie zum Beispiel dem, Anica zu sagen, daß ich bald heiraten würde.
Welch ironische Fügung, daß in meinem Stück nicht eine einzige Frauenfigur vorkam – wo sich doch die Handlungen gewöhnlich darum drehten, wer mit wem ins Bett ging und wer bei einem

Ehrenhändel aufgespießt wurde – und das ausgerechnet bei mir, dem die Frauen das Leben doch so schwer machten.

Reine Abartigkeit – die sich auch in dem einzigen Roman widerspiegelte, den ich veröffentlicht hatte. Oh, es gab eine Menge Liebesgetändel in *La Galatea.* Aber warum hatte ich gegen die Romanmoral verstoßen, indem ich einen Mörder straflos davonkommen ließ? Ich hatte Glück gehabt, überhaupt einen Verleger dafür zu finden.

Das war im Juni, vor einem halben Jahr gewesen, und ich war zum Feiern in die Taverna Múñoz gegangen. Anica sah mich damals zum erstenmal (obwohl sie mich schon Hunderte Male vorher gesehen hatte), und als ich am nächsten Morgen auf wackeligen Beinen herunterkam, warnte Gabriel Múñoz: »Ein Mann kann sich auf diese Weise den Tod holen.« Er schüttelte den Kopf, der mittlerweile eher weiß als grau war. »Hab Mitleid mit *mir*, wenn du dir selber schon egal bist. Ihr Mann ist nämlich mein Teilhaber.«

Gegen Ende derselben Woche hatte der königliche Zensor Pedro Laínez mich einbestellt. »Lassen Sie einen Mörder in einem Stück ohne Strafe ausgehen, und ich werde es schneller zur Aufführung bringen, als die Polizei erlaubt«, sagte er zu mir. »Aber in einem Buch? Wir haben da ein bißchen mehr Freiraum, aber welcher Teufel hat Sie nur geritten?«

»Im wirklichen Leben werden die meisten Mörder nicht geschnappt.«

Laínez lachte. »Was hat das wirkliche Leben damit zu tun?«

Eine Woche später lag Pedro Laínez tot in der letzten ehelichen Umarmung mit seiner Frau Juana, die jung genug war, um seine Enkelin zu sein, und gerade dabei, ihn wegen eines ebenso jungen Tunichtguts, eines gewissen Hondaro, zu verlassen. Laínez' Tod war es, der mich das erste Mal nach Esquivias, dem Heimatdorf der Witwe in der Nähe von Toledo, brachte, wohin sie nach der Beerdigung zurückgekehrt war. Juana hatte eine Rohfassung von Laínez' letztem Werk (wie die meisten Zensoren schrieb er) mitgenommen, von dem sie glaubte, daß keiner außer mir es herausgeben könne.

So lernte ich also durch eine frauenfeindliche Abhandlung mit dem Titel *Die Fallstricke und Enttäuschungen der Liebe* Juanas Jugendfreundin Catalina kennen; sie sollte meine Braut werden.

Sogar nach vier Jahren war ich noch von dem großen Steinhaus am Sonnentor beeindruckt. Nicht daß es gerade ein Palast war, aber das üppig brennende Feuer im Herd, die Auswahl an Weinen auf dem Regal, die vielen Lampen, die angezündet waren, obschon die Dämmerung kaum angebrochen war – alles zeugte von angenehmen Verhältnissen.

Kurz nach meiner Rückkehr aus Algier hatte ich meine Schwester Andrea gefragt, woher das Geld komme.

»Juan«, sagte sie.

»Juan Rufo?« Ich spürte einen Stich Eifersucht.

»Juan der Düstere.«

»Ah. Wo ist er? Was treibt er?«

»Das weiß niemand. Die Banküberweisungen kommen einfach in unregelmäßigen Abständen. Mit ein paar lieben Zeilen.«

»Seht ihr ihn denn nie?«

»Das letzte Mal war, denke ich, vor zwei Jahren, aber er ist nur über Nacht geblieben und war vor dem Frühstück schon wieder weg.«

Andrea entwarf Theaterkostüme. Ein halbes Dutzend Näherinnen arbeitete für sie im Obergeschoß des großen Steinhauses, unter der Aufsicht ihrer Tochter Constanza, die inzwischen zwanzig und trotz ihrer verwirrenden Augen eine Schönheit war.

»Das Kind ist verhext«, pflegte meine Mutter zu sagen, woraufhin sich meine Schwester Magdalena, wenn sie in Hörweite war, bekreuzigte. »Was in all den Jahren, in denen sie im Haus der Ovando war, passierte, werden wir nie erfahren. Sie und ihr ›Phantasiefreund‹.«

»Sie ist dort praktisch wie eine Gefangene gehalten worden«, verteidigte Andrea ihre Tochter. »Bis Miguel sie befreit hat –«

»Ich habe doch nur –«, hub ich an, doch Doña Leonor achtete gar nicht auf mich.

»Die Kinder von Altchristen aus der Mancha«, sagte sie, »brauchen keine ›Phantasiefreunde‹.«

Meine Mutter hatte immer mehr zugenommen – in dem Maße, so schien es, wie mein Vater geschrumpft war. Rodrigo de Cervantes war jetzt ein winziger, affengesichtiger Fünfundsiebzigjähriger, der seine Tage auf der Wenn-nur-Bank in der Straße am Maurentor, wo sein Barbierladen gewesen war, verbrachte.

Sobald ich von der Premiere der *Seeschlacht* nach Hause kam, wußte ich, es gab Ärger, denn Picapleitos war da; er saß neben Magdalena.

Magdalena war nicht in Schönheit gealtert. Sie färbte das verfrühte Grau aus ihrem roten Haar, aber das Ergebnis sah eher wie Korduanleder aus. Ihre grünen Basiliskenaugen glänzten bösartig, und ihr Mund war von bitteren Linien eingefaßt. Aber sie hatte eine üppige Figur, die in einem viel zu eleganten rosafarbenen Brokatkleid steckte.

Ich zwang mich zu einem fröhlichen Lächeln. »Hallo, alle beisammen. Wo ist Papá?«

»Constanza holt ihn«, sagte Andrea zu mir und erkundigte sich, nachdem sie sich eine Strähne jener weizenblonden Mähne aus der Stirn gestrichen hatte, nach der Vorstellung.

»Keiner ist vor der letzten Zeile rausgegangen«, sagte ich, und sie lächelte wie die aufgehende Sonne.

Doña Leonor entzog ihre Wange meinem Kuß. »Dieses Palacios-Mädchen heiratest du nur über meine Leiche.«

»Mamá«, sagte Andrea. »Miguel ist ein erwachsener Mann von siebenunddreißig Jahren, der –«

»Und dieses Palacios-Mädchen ist noch nicht einmal zwanzig. Jünger als Constanza«, schnaubte Doña Leonor.

Magdalenas Basiliskenaugen glitzerten voller Mißbilligung für jeden, der ein solches Kind heiraten wollte, wo Madrid doch voll von alten Jungfern war, die einen Mann brauchten.

»Und das«, sagte Doña Leonor, »ist noch nicht alles. Anwalt!«

Picapleitos saß, die dürren Beine übereinandergeschlagen, da und wippte mit einem Schuh, besetzt mit einer angelaufenen Schnalle aus einer unbestimmbaren Legierung. Sein kahl werdender, zu kleiner Kopf ruhte auf einer fettigen Halskrause. »In der Regel übernehme ich solche Aufträge nicht«, sagte er und schaute seine bemerkenswerte Nase entlang, »aber um einem geschätzten Mandanten einen Gefallen zu tun...«

Picapleitos hielt sich wacker. Wir wußten alle, daß er heruntergekommen war, wenn wir auch nicht hätten sagen können, warum.

Er strich sich die Nase entlang, wobei seine saubere Hand einen

Tintenfleck hinterließ, zwar schwächer als in seinen guten Tagen, aber es war immer noch ein eindrucksvoller Trick. Er holte ein Notizbuch heraus und las vor.

»Doña Catalina de Palacios de Salazar Vozmediano, die zukünftige Braut, wohnhaft in dem Dorf Esquivias bei ihrer verwitweten Mutter, Name ebenfalls Catalina. Außer der jüngeren Catalina gibt es einen elfjährigen Sohn, Fernando. Ein lästiger kleiner Scheißer. Verzeihen Sie.« Picapleitos machte sich an seiner Nase zu schaffen. »Ein Onkel, Juan de Palacios, ist Gemeindepfarrer von Esquivias und würde das Paar trauen.«

»Nur über meine Leiche«, sagte Doña Leonor.

»Obwohl verschuldet, besitzt die Familie bescheidene fünfhundert Morgen Olivenhaine und Weinberge sowie ein paar baufällige Häuser in Toledo, die jedes einen durchschnittlichen Jahreszins von drei Suppenhühnern einbringen. Der Wein, den zu kosten ich Gelegenheit hatte, ist, gelinde gesagt, Fusel.«

Picapleitos strich sich die Nase in der Gegenrichtung entlang. Der Tintenfleck verschwand nicht ganz. »Es gibt Fälle von Wahnsinn in der Familie. Schlimmer, eine Spur *converso*-Blut.«

»Aber nein!« schrie Magdalena mit gut einstudiertem Entsetzen; ich war mir sicher, daß sie das alles schon vorher gehört hatte.

»Aber doch. Der Ururgroßvater des Mädchens, ein gewisser Alonso Quixada, las ununterbrochen Ritterromane, bis er sein Augenlicht verlor. Er glaubte leidenschaftlich daran, daß die Helden – die Ritter der Tafelrunde, die Paladine Karls des Großen, ja sogar Amadís von Gallien – echte geschichtliche Persönlichkeiten waren.«

Doña Leonor sah mich bedeutungsvoll an.

»Und warum wurde dieser nämliche Alonso Quixada in seinen letzten Jahren Mönch?« Picapleitos' Frage war nur rhetorisch gemeint, und er strich sich einen frischen, diesmal dunkleren Tintenfleck auf die Nase. »Um die Tatsache zu verbergen, daß er ein rückfälliger *converso* war!«

»Wie kommt man darauf, daß er ein Abtrünniger gewesen sei?« fragte ich.

»Und wer sind wir, daß wir den ersten Stein auf *conversos* werfen könnten?« fragte Andrea. »Unsere eigene Familie –«

»Nicht von meiner Seite«, sagte Doña Leonor.
»Amadís von Gallien«, sagte Magdalena düster, als mein Vater und Constanza hereinkamen. »Amadís« war der einzige Laut, den mein ansonsten stocktauber Vater noch hören konnte. Er munterte ihn immer auf. »Wann fahren wir nach Esquivias?« rief er.
Esquivias war nicht weit, aber mit fünfundsiebzig kam er damit seinem »unterwegs, wieder unterwegs« so nah, wie er nur konnte.
»Wir fahren nicht«, sagte Doña Leonor.
Constanza schob ihre Hand in meine. »Keine Sorge, Onkel Miguel«, sagte sie. »Letzte Nacht hat mir mein Freund erzählt, daß es eine schöne Hochzeit werden würde.«
Doña Leonor fuhr sie an. »Wenn du nur jedesmal, wenn du deinen ›Phantasiefreund‹ siehst, ein Gegrüßet-seist-du-Maria aufsagen würdest, würde er schleunigst verschwinden.«
Constanza drückte mir die Hand und floh – sie bewegte sich mit dem numinosen Gang ihrer Mutter – in die Küche; ich folgte ihr.
»Ich weiß, daß es meinen Freund nicht wirklich gibt, Onkel Miguel«, sagte sie, »aber ich *will* nicht, daß er verschwindet.«
Meine Nichte, die so strahlte wie ein neuer Maravedí, konnte man kaum für zwanzig halten. Es war, als ob während der Jahre im Haus der Ovandos ihr Wachstum ausgesetzt hätte.
»Warum ist Oma so ein schrecklicher Drachen?«
Ich versuchte, Constanza wie immer ehrlich zu antworten.
»Das Leben der meisten Leute ist so voller Enttäuschungen und Fehlschlägen, daß sie das an jemandem auslassen müssen. Du solltest es nicht zu persönlich nehmen.«
Andrea kam herein und holte ein Stück Lammbraten aus der Speisekammer. Ich nahm ein Messer von der Wand, und Constanza schenkte drei Becher Wein ein. Als Andrea den Braten auf das Schneidbrett legte, langte ich darüber; unsere Hände berührten sich. Ich ließ das Messer fallen. Andreas blaßblaue Augen wurden größer. Constanza hob das Messer auf. Mir zitterten die Hände, als sie es mir gab. Sie schaute ihre Mutter an, dann mich.
»Auf die Braut und den Bräutigam«, sagte Andrea und hob ihren Becher. Das stellte sich als Fehler heraus. Sie mußte den Becher mit beiden Händen gerade halten und verschüttete trotzdem etwas Wein. »Du *wirst* sie heiraten, oder?«

Ich denke, ich wollte sagen, verdammt noch mal, das werde ich. Aber ich sagte: »Ich muß.«
Constanza errötete. »Ist Catalina guter Hoffnung?«
»Natürlich nicht.«
»Warum hast du dann gesagt, ›ich muß‹?«
Meine Hand schloß sich fester um das Tranchiermesser. Ich schnitt dicke, ungleiche Scheiben Fleisch ab.
Vor langer Zeit hatte ich mir, ohne zu wissen, warum, gesagt, daß ich nie würde heiraten können. Jetzt wußte ich, daß ich heiraten mußte.
Der Grund war derselbe.

Ich hatte elf Jahre im Exil verbracht, fünf davon als Gefangener in Algier, dann war ich plötzlich daheim.
Ich war eines Sommernachmittags einfach in die Eingangshalle spaziert, und da stand sie und goß die Pflanzen. Sie ließ den Eimer fallen, wie ich vier Jahre später das Tranchiermesser fallen lassen sollte. Wir streckten uns die Arme entgegen. Keiner von uns beiden hatte Zeit, über Widerstand nachzudenken. Ich hielt sie fest genug an mich gedrückt, um zu spüren, wie jede lange Kurve ihres Körpers zu meinem paßte. Nach ein paar Sekunden waren wir beide atemlos. Dann machte sie sich los. Ich versuchte nicht, sie zurückzuhalten. Aber ich schloß ihr Gesicht in meine Hände und küßte sie auf die Lippen. Sie stöhnte. Dann schlug sie mich. Dann bedeckte sie ihr Gesicht und weinte.
Ich wußte, ich durfte es nicht wagen, sie zu trösten. Sie trösten hieß sie berühren, und ich konnte sie nicht noch einmal berühren.
Es dauerte Wochen, bis wir normal – was immer auch normal war – miteinander umgehen konnten.
Als wir so weit waren, erzählte sie mir von Constanza.

Damals hatte Picapleitos noch immer seine eindrucksvolle Kanzlei auf dem Hügel von San Vicente mit dem herablassenden Ausblick auf den Königspalast, beschäftigte noch immer siebenundfünfzig Teilhaber, die alle fleißig schrieben und schrieben.
Er saß, mit einem diamantbeschnallten Schuh wippend, da und

erzählte mir über das Bezirksgericht hier in Madrid und den Königlichen Rat als Gerichtsorgan, über das Bezirksgericht unten in Sevilla und das Berufungsgericht und das Gericht für Ehestreitigkeiten und das *Hidalguía*-Gericht und das Militär- und Marinegericht.
»Sie«, sagte ich, »haben meine Schwester ausgenommen.«
»Im Gegenteil, ich bewundere Doña Andrea sehr. Auch wenn sie es für angebracht gehalten hat, gewisse... Vereinbarungen auszuschlagen, die es hinfällig machen würden, daß Sie weiterhin Anwaltsgebühren zahlen.«
»Ich? Ich habe Ihre Gebühren nicht bezahlt«, erwiderte ich.
Er öffnete ein Schränkchen neben seinem Schreibtisch.
»Warum es leugnen? Da doch mit jeder Zahlung einer von denen da kam.«
In dem Schränkchen standen Reihen von Spielzeugsoldaten, Dutzende. Jedem von ihnen fehlte die linke Hand.
Rodrigo? fragte ich mich. Doch das konnte nicht sein. Mein Bruder war in den Niederlanden bei der Armee, und der Sold eines Unterleutnants war gering und kam darüber hinaus unregelmäßig.
Picapleitos machte das Schränkchen zu. »Also, wo waren wir?«
»Sie sagten, daß Andrea vor beiden Bezirksgerichten und vor dem Königlichen Rat und allen übrigen Gerichten gewonnen hat.«
»Genau. Ovandos letzte Berufung wurde vor fast zwei Jahren abgewiesen. Und, ich möchte sagen, das erstaunlich schnell.«
»Wann bekommt Andrea dann das Sorgerecht?«
»Sie *hat* das Sorgerecht. Ihre Schwester hält gesiegelte Dokumente in Händen, die bescheinigen, daß sie der einzige rechtmäßige Vormund der Minderjährigen Constanza de Figueroa ist. Das steht in den staatlichen Akten.« Picapleitos beugte sich nach vorne; sein Zeigefinger balancierte auf seiner Nasenspitze.
»Und wo ist Constanza?«
»Ja, wo? Im Haus der Ovando in der Toledo-Straße. Ich dachte, Sie wüßten das.«
Ich fragte: »Warum dauert es so lange von einem Sorgerechtszuspruch bis zur tatsächlichen Heimkehr des Kindes?«
»Mein lieber Don Miguel. Die Aufgabe der Gerichte ist es, über die rechtlichen Probleme eines Streitfalles zu entscheiden. Das haben

sie getan. Die Gerechtigkeit hat obsiegt. Was kann man mehr verlangen?«
»Daß Constanza heimkommt.«
»Aber es hat Nicolás de Ovando beliebt, sie nicht herauszugeben.«
»Dann ist es Sache der Gerichte, sie ihm wegzunehmen.«
»Die Gerichte sind bereits überlastet, ohne daß man von ihnen verlangt, Entscheidungen, die sie in ihrer Weisheit gefällt haben, auch noch durchzusetzen. Außerdem sind Gerichte keine Kindsentführer.«
»Wollen Sie damit sagen, daß die Gerichte nicht erzwingen können, was sie anordnen?«
»Zwang ist Sache der Polizei.«
»Aha«, sagte ich.
»Das heißt bei Strafdelikten. Die Polizei hat bei Zivilstreitigkeiten nichts zu suchen – es sei denn, der Unterlegene ist arm. Dann steckt sie ihn wegen Nichtbezahlung der Gerichtskosten ins Gefängnis.«
»Wer setzt also die Zivilentscheidungen durch?«
»Keiner.«
»Was soll dann Ovando oder irgend jemanden dazu bringen, eine gerichtliche Anordnung zu befolgen?«
»Nichts. Das Gesetz, müssen Sie wissen, ist unparteiisch.«
Ich traf Juan Rufo auf seinem Rückweg von der Lügnerpromenade und erklärte ihm die Lage. Er hörte aufmerksam zu, einen einstudierten Adlerblick in den Augen, die rechte Hand in charakteristischer Pose auf dem Rapierknauf.
»Überhaupt kein Problem«, sagte er fröhlich. »Ich muß nur zur rechten Zeit ins rechte Ohr flüstern, und das Kind ist im Nu daheim. Wie geht's Andrea zur Zeit?«
»Andrea geht's gut«, sagte ich finster.
Ein paar Wochen später fragte ich ihn, ob die Sache vorangekommen sei.
»Noch gar nicht. Nicolás de Ovando ist leider bei Prinzessin Eboli, der zweitschönsten Frau Spaniens, gut angeschrieben, und auch wenn die Prinzessin jetzt unter Hausarrest steht, hat sie immer noch Macht, heißt es zumindest auf der Lügnerpromenade, denn der todliebende König Philipp II. würde ihr alles vergeben, wenn sie in

das königliche Bett käme. Du siehst, wo das Problem liegt. Ich sage dir Bescheid, sobald der rechte Zeitpunkt gekommen ist. Wie geht's Andrea zur Zeit?«

»Andrea geht es gut«, sagte ich düster.

Ich beobachtete das Haus der Ovando eine Woche lang, das sicher hinter seiner Steinmauer an der Toledo-Straße lag. Mit seinen unergründlichen Fenstern, die sich jede Nacht erleuchtet gegen die Düsterkeit abhoben, sah es aus wie ein verwunschenes Schloß, wenn man an so etwas glauben würde.

In der siebten Nacht kam der alte *sereno*, der so freundlich zu Andrea gewesen war, dahergewackelt; der schwere Schlüsselbund klimperte an seinem Gürtel; er stampfte mit dem schweren Eichenstock auf den Boden. Seine blutunterlaufenen Augen musterten mich.

»Sie erinnern mich an jemand, stimmt's?«

»Ich weiß es nicht«, sagte ich und versuchte so unergründlich auszusehen wie die Fenster des Hauses.

»Sieben Nächte am Stück machen einen neugierig. Sie sind nicht einer von Pierre Papins Jungs, oder?«

Das überraschte mich. Laut Gabriel Múñoz führte der Franzose Pierre Papin jetzt eine Kette von Spielsalons, die über das ganze Land verstreut waren.

»Und spionieren die Konkurrenz aus?« fuhr der alte *sereno* fort.

»Ich arbeite nicht für Pierre Papin«, erwiderte ich. »Aber selbst wenn, was gibt es denn hier auszuspionieren? Das kann doch keine Spielhölle sein. Hier kommt nie jemand.«

»Nicht zur Vordertür.« Der alte *sereno* stampfte mit seinem schweren Eichenstock besonders fest auf den Boden. »Ich hab's«, sagte er jetzt freundlich. »Sie gehören zu einer schönen Dame mit Haaren wie ein Gersten- oder Hirsefeld, stimmt's?«

»Meine Schwester.«

Er räusperte sich gewichtig und sagte: »›Utnapischtim wohnt mit seiner Frau jenseits des Ozeans des Todes auf einer Insel, wo die Pflanze der ewigen Jugend wachsen soll, aber Utnapischtim ist alt, alt.‹«

»Was?« fragte ich.

Der freundliche alte *sereno* wiederholte die Sache mit Utnapischtim und wartete.
Ich wartete ebenfalls.
Er sah mich verzweifelt an. »Der Abt?« sagte er.
»Von Sponheim? Der umstrittene Abt von Sponheim?« Jetzt, dachte ich, kommen wir weiter.
»Nein, kein bestimmter Abt. Einfach der *Abt.*«
»Tut mir leid«, sagte ich.
Er stampfte mit seinem Eichenstock auf den Boden, drehte sich um und stapfte davon. Dann drehte er sich nochmals um und stapfte wieder her.
»Ist sie bestimmt Ihre Schwester?«
»Ganz bestimmt.«
Er dachte darüber nach und brummelte: »Könnte mich den Kopf kosten, wenn ich es mache, oder aber auch, wenn ich es nicht mache.« Und dann: »Morgen nacht bei Mondaufgang. Ich lasse Sie durch den unterirdischen Gang hinein.«

Endlose Stufen hinab und dann ebenso viele hinauf. Lange, schwach erleuchtete Gänge. Hinter glatten Türen völlige Stille – die Stille süchtiger Spieler an Spieltischen? Eine Abzweigung, an der der freundliche alte *sereno* sich umdrehte, mit seinem Stock dreimal aufstampfte und davonstapfte. Noch ein Gang. Große, eisenbeschlagene Eichentüren mit einem einfallslosen Ring in einem Löwenmaul als Türklopfer. Wie mich der alte *sereno* geheißen hatte, drückte ich auf Höhe der angelegten Ohren des Löwen und zwei Platten links davon auf einen Beschlagnagel. Die Türen öffneten sich lautlos auf einen riesigen Raum mit sieben oder acht jener unergründlichen Fenster, die ich eine Woche lang von außen zu ergründen versucht hatte, und schloß sich dann genauso lautlos hinter mir. Ein einziger kolossaler Lüster mit achtzig oder neunzig Armen erleuchtete diesen riesigen Raum so hell wie das Mondlicht in der Wüste zwischen Algier und Spanisch-Oran. Eine Gestalt, weiblicher Natur, kam von dem mittleren Fenster aus auf mich zugerannt. Ihre Mähne weizenblonden Haares verriet mir, wessen Tochter sie war. In ihrem freudig glänzenden blauen rechten und braunen linken Auge spiegelte sich das ganze Kerzenlicht.

»Du mußt mein Onkel Miguel sein, der zu meiner Rettung gekommen ist«, schnaufte sie.
Hellsichtigkeit gleich bei ihren ersten Worten. Denn woher konnte sie das wissen?
»Ich habe alles gepackt. Mein Freund hat mir gesagt, daß du heute nacht kommen würdest.«
»Dein Freund?«
»Der, der mich in meinen Träumen besucht. Ich habe gleich beim erstenmal gewußt, daß er mein Freund werden würde. Noch bevor er mir gesagt hat, daß er dich kennt. Wegen unserer Augen.«
Mir lief es kalt den Rücken herunter.
»Er hat ein braunes und ein blaues Auge, so wie ich.«
Ich erwartete, daß das, was einmal meine linke Hand gewesen war, zucken würde, aber es hatte nicht gezuckt, seitdem man mich in Algier vom Galgen geschnitten hatte.
»Hat er dir gesagt, wie er heißt, dieser Freund?«
Ein nervöses, kleines Lachen. »Es hört sich wie Herr von Eierfrucht an.«
Wenn mir die Haare zu Berge standen, so merkte meine Nichte es nicht.
»Sehen wir zu, daß wir hier herauskommen«, sagte ich, aber noch bevor wir es versuchten, öffnete sich die große Flügeltür nach innen, und es stand ein riesenhafter Mann darin, der nach den Beschreibungen, die in Madrid im Umlauf waren, Pedro (der Killer) Pacheco Portocarrero sein mußte. Er kam mit einem Instrument mit Klinge auf mich zu, das unbestimmt, aber tödlich war. Und doch spürte ich keine Angst. War ich nicht schon einen Tod gestorben?
Ich wich ihm aus, versuchte gleichzeitig, Constanza zu schützen, und brachte damit einen seltsam eleganten Todestanz zur Aufführung. Ich sah das reglose Gesicht von Pedro (dem Killer) Pacheco Portocarrero, die Klinge, ein unergründliches Fenster, den einzelnen kolossalen Lüster mit seinen achtzig oder neunzig Armen, die Flügeltür höhnisch weit offen stehend, dann alles von vorne: das reglose Gesicht, die Klinge, ein Fenster usw., bis Constanza aufschrie, während Pedro (der Killer) Pacheco Portocarrero mich in die

Ecke trieb und seine Klinge im Licht der achtzig oder neunzig Kerzen aufblitzte.
Als die Klinge niederzusausen begann, sah ich den Stoff eines weiten Gewands? breiten Umhangs? flattern, und die Kerzen waren im Nu alle ausgelöscht. Durch die Schwärze drang ein Ächzen, dann der Klang zu Boden fallenden Metalls – die Klinge? – und eines schweren Gegenstands – Pedro (der Killer) Pacheco Portocarrero? –, der mit einem raumerschütternden Schlag hinstürzte.
Eine Stimme sagte: »Schnell«, und aus einem schwachen Lichtpunkt wurde das Leuchten einer Laterne.
Er war mittelgroß und schlank, aber breitschultrig. Im Schein der Laterne hatte sein Gesicht, dachte ich, starke Ähnlichkeit mit meinem. Aber Laternenlicht täuscht, und wer kennt schon wirklich sein eigenes Gesicht?
Wer immer er war, er kannte offensichtlich das Haus der Ovando, denn er führte uns geschwind durch ein Labyrinth von Gängen, endlose Stufen hinunter und wieder hinauf. Bald spürte ich die kalte Nachtluft und hörte das ferne Aufstampfen eines schweren Eichenstocks.
»Der freundliche alte *sereno* bringt euch heim«, sagte der Mann mit meinem Gesicht mit einer Stimme, die ziemlich wie meine klang. Aber im vollen Mondschein sah ich, daß es nicht ganz mein Gesicht war. Hagerer, die Nase vielleicht kriegerischer, der Bart voller.
Er entblößte seine Zähne zu einem mondbeschienenen Lächeln. »Als wir Kinder waren, hast du mir einmal das Leben gerettet«, sagte er.
»Juan!« rief ich. »Juan der Düstere! Aber... wie...?«
»Wir haben nicht lang Zeit, diesmal nicht«, sagte er. »Beantworte mir nur eine Frage, Miguel.«
»Jede.«
»Wo sind die Bekenntnisse einer Trancetänzerin?«
»Bekenntnisse einer – willst du damit sagen, Zoraida hat ihre Memoiren geschrieben?«
In dem Schweigen, das nun eintrat, konnte ich beinahe ihre Stimme hören. *Tameji? Tameji, ráwi?*
»Denk nach, Mensch! Ihr beiden seid euch doch wirklich nahege-

kommen. Deshalb haben wir entschieden, deine Rettung durch Onofre Exarque abzublasen.«

»Heilige Muttergottes! Heißt das, ihr habt mich nackt an einen Felsen gefesselt dort gelassen, damit ich euretwegen verfaule, der winzigen Chance wegen, daß ich ihre Memoiren finde?«

»Außerdem bist du ausgebildet worden«, sagte er.

»Wofür?«

Ein nicht gerade angenehmes Schweigen entstand zwischen uns. Mit einem dünnen, aber guten Stimmchen sang Constanza aufgeregt eine Strophe aus dem Lied, in dem von einem bösen Tag für die Franzosen in Roncesvalles die Rede ist.

»Vielleicht *möchte* ich nicht ausgebildet werden«, versuchte ich.

»Wie einfach die Welt wäre«, sagte er, »wenn man immer die Wahl hätte. Nun gut«, fügte er schicksalsergeben hinzu, »wenn du nicht weißt, wo sie sind, dann weißt du es nicht. Es war unsere letzte Hoffnung.«

»Es tut mir leid, Juan. Der Düstere.«

Er machte kehrt und verschwand in der Dunkelheit.

Constanza und ich wurden in Madrid eine vertraute Erscheinung: der vielversprechende Dramatiker und seine Nichte »vom Lande«. Sie sah die Welt mit den unverbrauchten Augen eines kleinen Kindes. Jede Allee und jede Gasse, jeden Straßenmarkt und Laden fand sie bezaubernd.

»Haben sie dich denn nie herausgelassen?« fragte ich.

»Sie haben mir erlaubt, im Hof zu sitzen, um ab und zu frische Luft zu schnappen, oder auf dem Dach.«

»Was hast du den ganzen Tag getan?« fragte Andrea.

»Nichts... nicht viel. Ich war meistens ziemlich müde, tagsüber.«

Jetzt las Constanza ziemlich viel. Im Haus der Ovando hatte es keine Bücher gegeben.

»Damit kriegt sie nur Flausen in den Kopf, mit diesen Büchern«, brummelte Doña Leonor. »Flausen von *conversos*, Lutheranern, Erasmisten, Gott allein weiß, was alles. Und du«, sagte sie zu mir, »mit deinem Gekritzel. Warum sollte ein christlicher Herr Stücke schreiben wollen?«

Ich sagte das einzige, was sie oder die meisten Leute verstehen konnten. »Um Geld zu verdienen.«
»Und wo bleibt es denn?« fragte sie und wandte sich an Constanza. »Mit wem hast du dort sprechen können? Hat es eine *dueña* gegeben?«
»Es hat die Mädchen gegeben.«
»Dienstmädchen? Das ist kein Umgang für dich.«
»Und die Spieler, die nachts gekommen sind. Aber ich sollte nicht mit ihnen reden.«
»Spieler?« bohrte Doña Leonor weiter. »Was haben sie gespielt? Was hast *du* mit ihnen gespielt?«
»Mamá«, sagte Andrea. »Du hörst dich an wie der Inquisitor des Heiligen Offiziums. Du machst ihr angst.«
Doña Leonor grübelte. Eines Tages kam sie vom Markt mit einer gebeugten, zahnlosen Scharteke in staubigem Schwarz nach Hause. Das war die alte Zárate, die Amme, die Constanza in Sevilla entbunden hatte.
Die alte Zárate schloß sich eine Viertelstunde mit Constanza ein. Dann nahm sie Doña Leonor und Andrea beiseite und redete leise auf sie ein.
Mit ihrer zarten, aber guten Stimme sang Constanza derweil aufgeregt ein paar von Ariosts zweideutigen Versen über die Abenteuer der schönen Angelica.
»Und?« fragte ich Andrea später.
»Die alte Zárate hat gefragt, ob Constanza ein bewegtes Leben geführt hat. Lange Reisen zu Pferd? Traubenstampfen bei Dorfernten? Hier in Madrid auf die Straße gehen?«
»Aber abgesehen davon, daß sie im Hof oder auf dem Dach der Ovandos ab und zu Luft geschnappt ... auf die Straße gehen?«
»Ihr Jungfernhäutchen ist nicht nur nicht unversehrt«, berichtete mir meine Schwester. »Die alte Zárate hat keine Spur davon entdecken können, daß sie je eines gehabt hat.«
So ging das Lied von nun an anders:
»Was hast du die ganze Nacht gemacht?«
»Nichts ... nicht viel.«
Constanza fragte mich immer wieder: »Kannst du sie nicht dazu bringen, daß sie aufhören?«

»Sie lieben dich. Und sie machen sich Sorgen um dich.«
»Das weiß ich, aber... du bist der einzige, mit dem ich reden kann. Ist Cide Hamete Benengeli dein bester Freund?«
Ich hatte ihr seinen wirklichen Namen gesagt. Das mag ein Fehler gewesen sein, weil ich sie damit in ihrem Glauben an einen Phantasiefreund bestärkte.
»Ich habe ihn nie als das betrachtet«, sagte ich. »Ich habe ihm einmal das Leben gerettet. Und er mir.«
Constanza nickte; ihr braunes und ihr blaues Auge leuchteten. Sie sagte: »Darum hat er mir wohl geholfen. Weil du ihm das Leben gerettet hast. Er hat mir so *gründlich* beim Vergessen geholfen, daß es war, als ob all das Böse nie passiert wäre.«
Ich fragte sie nicht, welches Böse. Statt dessen schnallte ich mir ein Rapier um und ging in die Toledo-Straße.
Die Luft war rauchgeschwängert, das Haus der Ovando stand in Flammen.
Als es mit einem Donnerschlag einstürzte, erblickte ich in der Menge einen Mann, der die Feder in seinem Hut auf der rechten, sozusagen der falschen Seite trug.
In den ausgebrannten Ruinen wurden keine Leichen gefunden, aber wir hörten nie wieder von Nicolás de Ovando.

Für Catalina de Palacios, deren Welt aus dem Dorf Esquivias und einer gelegentlichen Reise in die (für sie) große Stadt Toledo bestand, machten mich meine weltumspannenden Mißgeschicke – Haus- und Kriegsdienst in Italien, beinahe-tödliche Teilnahme an der Seeschlacht, Gefangenschaft in Algier – zu einem romantischen Helden.
Noch mehr beeindruckte Catalina, deren Onkel Juan sie das Lesen gelehrt hatte, daß ich solche Helden zu schaffen imstande war. Als Dramatiker (Verfasser von vier Stücken, drei davon aufgeführt) und Romancier (meine *Galatea* erfreute sich damals gerade ihres kurzen Ruhms) war ich eine Berühmtheit.
Nicht daß mich, wörtlich genommen, meine Frau verstanden hätte.
»Aber er hat ihn umgebracht«, sagte Catalina eines Nachmittags, als sie ihr Exemplar der *Galatea* zuklappte, während ich über der Herausgabe der *Fallstricke und Enttäuschungen der Liebe* schwitzte.

»Wer hat wen umgebracht?« fragte ich zerstreut.
»Lisandro der Schäfer hat diesen anderen Schäfer Carino mit einem Dolch umgebracht, an dem noch das Blut von Lisandros Geliebter Leonida geklebt hat, die von ihrem eigenen Bruder Crisalvo dem Grausamen umgebracht worden ist, der dazu von dem toten Carino angestiftet worden ist, aber wenn –«
»Da war er noch nicht tot«, sagte ich und strich ein paar Zeilen von der toten Prosa des toten Mannes ihrer besten Freundin durch; ich fragte mich, ob ich es nicht fertigbringen könnte, zum Besten seines Andenkens das ganze Manuskript zu verlieren.
»Aber wenn er am Ende der Geschichte immer noch frei ist, nachdem Timbrio und Silerio wieder vereint sind, trotz ihrer Nebenbuhlerschaft um Nisida, den Stolz des Guadalquivir –«
»Leonida war der Stolz des Guadalquivir«, sagte ich und zog eine Linie schräg über eine ganze Seite, die Laínez den moralischen Schwächen des schönen Geschlechts gewidmet hatte.
»Aber Leonida war schon tot, als die Geschichte anfing.«
»Na und? Man erinnerte sich an sie als den Stolz des Guadalquivir. Nisida wurde die Neapolitanerin genannt. Sie war aus Neapel. Das ist in Süditalien, dem Mezzogiorno.«
»Du bist dort gewesen«, seufzte Catalina. »Du bist überall gewesen.«
»Nicht ganz, Cati.« Ich mag mich etwas herablassend angehört haben.
»Es ist böse, ihn mit dem Mord davonkommen zu lassen. Böse. Mir *gefällt* es.«
»Hmm«, sagte ich und sah sie an, wie sie mich ansah.
»Würdest *du* jemand umbringen, wenn ich dich eifersüchtig machen würde?«
»Mach mich nicht eifersüchtig, und wir brauchen es nie zu erfahren. Komm her.«
Ein Strich dunklen Haares lief Catalinas Bauch hinab bis zu dem dichten Dreieck ihres Geschlechts, und wenn ich ihn mit einer Fingerspitze entlangfuhr, pflegte sie zu erschaudern. Sie war fest gebaut, mit stämmigen Beinen und breiten Hüften und schweren Brüsten mit Warzen wie dunkle Trauben. Sie roch nach Hefe, nach

Olivenöl, nach dem Herdfeuer, das sie im Patio des Hauses der Palacios geschürt hatte. Ihr Haar war so schwarz, daß es blaue Glanzlichter hatte. Ihre Arme waren stark: Sie schleppten Ölkrüge vom Keller herauf, schlugen mit einem Stock in die Ölbäume der Palacios, um dadurch die Oliven von den Ästen zu schütteln, brachen das Feuerholz über ihrem Knie. »Ich mache das«, sagte ich. Sie aber entgegnete: »Nein, das tust du nicht. Laß mich tun, was ich gut kann, und ich kann nicht vieles gut. Und du tust, was *du* gut kannst. Zum Beispiel dein neues Stück schreiben, wenn ich dir nach dem Vögeln Zeit dafür lasse.«

Catalina nannte die Dinge beim Namen – was nicht heißt, daß sie ein loses Mundwerk hatte wie die einäugige Prinzessin Eboli, die zweitschönste Frau Spaniens. Catalina nannte die Dinge beim Namen, und was wir hier taten, hieß vögeln.

Als Mädchen vom Land gefiel ihr »Bäurisches« (der Ausdruck stammt von Shakespeare, nicht von ihr oder mir). Und wenn wir es nicht gerade trieben, sprach sie gerne davon.

»Sie sind wie zwei Walnüsse in einem weichen Ledertäschchen«, sagte sie einmal. »Komisch, wie sie den ganzen Unterschied zwischen einem echten Mann und einem Eunuchen ausmachen. Hast du in Algier Eunuchen kennengelernt?«

»Klar. Sie waren für fast alle schwierigen Arbeiten da. Zum Beispiel die Diplomatie und die Haremsleitung.«

»Harems. Hmm. Eher wohl Freudenhäuser. Wie viele Frauen hat so ein Dey sich denn gehalten?«

»Dutzende, wenn er wie Ramadan Pascha war. Aber der Harem des letzten Dey bestand aus Männern.«

»Du machst Witze. Willst du etwa sagen, er hatte einen Palast voll Präverser? Bist du da je hin?«

»Als Heiler. Auch Perverse müssen geheilt werden.«

»Na, ich sag's ja. Und bist du auch in den Frauenharem?«

»Genauso, Cati, als Heiler.«

»Aha. Also, jetzt hör vielleicht mal auf zu quatschen und fang an –«

»*Du* quatschst.«

»Ich wette, du könntest einen ganzen Harem glücklich machen. Meine Freundin Juana glaubt das. Sie ist echt eifersüchtig auf mich.

Weil *conversos* große Schwänze haben. Juana sagt, das ist allgemein bekannt.«

Ich lachte und sagte: »Also, hörst du jetzt vielleicht mal auf zu quatschen und fängst an ... zu vögeln?«

Man beachte die kurze, befangene Pause. Obwohl ich es versuchte, konnte ich es nie mit Catalinas Offenheit aufnehmen, die ein Spiegel ihrer natürlichen Unschuld war. Catalina sagte, was sie meinte, tat, was sie für richtig hielt, und hoffte das Beste, war aber, wie die meisten Bewohner der rauhen Hochebene der Mancha, auf das Schlimmste gefaßt.

Liebten wir uns, meine Frau und ich?

Am Anfang sagte Catalina die berühmten drei Worte. Und da sie immer sagte, was sie meinte, muß sie mich geliebt haben.

Am Anfang, beim ersten Mal, als ich spürte, wie jene stämmigen Beine mich umklammerten, und sah, wie ihre Augen immer schmaler und ihre Lippen immer voller wurden, da war sie nicht die einzige, die laut aufstöhnte. Aber sogar damals, sogar beim ersten Mal, als ihr Körper meiner Kehle jenen Laut entlockte, schaute ich auf ihr Gesicht hinunter, jenes allererste Mal, und ich stöhnte in der Stille meiner Seele laut auf und sagte mir, daß ich eines Tages jenes glänzende schwarze Haar, das wie verschüttete Tinte auf dem Kissen ausgebreitet lag, lieben würde, aber ich machte die Augen fest zu und sah ein Weizenfeld.

Neunzehntes Kapitel
Wie ich mit dem 23. April zu leben lernte

Ich wache mit dem alljährlichen Panikgefühl auf. Eigentlich liege ich schon fast die ganze Nacht wach und lausche dem gesunden weiblichen Schnurren neben mir, das kein richtiges Schnarchen ist. Also steh auf, sage ich mir. Denn soweit du weißt, ist das der letzte Tag deines Lebens. Gewohnheitsmäßig verfluche ich Cide Hamete. Ich zweifle nicht daran, daß ich an einem 23. April sterben werde, noch weniger vergesse ich es. Aber an welchem 23. April?

Ich mache mir Gedanken über diesen Shakespeare in England. Der Name klingt noch immer wie erfunden. *Shake-spear* – Schüttelspeer! Weiß er auch über den 23. April Bescheid? Ist er mit einem Gefühl leichten Schreckens erwacht, aus Angst, etwas – vielleicht der Himmel – könnte ihm heute auf den Kopf fallen? Nein, erinnere ich mich. Der englische 23. April dieses Shakespeare kommt erst übernächste Woche.

Catalina öffnet verschlafen ein Auge und lächelt. Eine Hand streicht über ein Büschel schwarze Haare. Eine andere Hand berührt unter den Bettlaken das, was sie meinen Schwanz zu nennen beliebt.

»Wir haben nie in Madrid gevögelt«, sagt meine Frau.

Wir liegen im Schlafzimmer des obersten Stockwerks des großen Steinhauses am Sonnentor. Am Morgen nach unserer Ankunft komme ich noch immer nicht über unser Willkommen hinweg. Doña Leonor war zu der Frau, von der sie geschworen hatte, ich würde sie nur über ihre Leiche heiraten, beinahe herzlich. Aber hätte mich das überraschen sollen? Bei Doña Leonors Heimatort Barajas – mit kleinem Dorfplatz und -kirche, den im Winter schlammigen, im Sommer staubigen Straßen, den Schweinen und Ziegen, den stolzen, hochtrabenden, zu Freunden gastlichen, zu Fremden mißtrauischen Bewohnern – und Catalinas Esquivias (das

jetzt, jedoch nicht mehr lange, meine Heimat ist) könnte es sich um denselben Ort handeln. Meine Frau und meine Mutter verstehen sich instinktiv.
Gab es eine Zeit, so frage ich mich, in der Wörter wie vögeln und Schwanz genauso leicht über Doña Leonors inzwischen prüde Lippen gingen?
Catalina rollt von mir weg. »Du bist steif wie ein Brett, mit Ausnahme des Glieds, auf das es ankommt. Was ist los?«
Ich habe ihr nichts über den 23. April gesagt.
Ich sage: »Sie könnten uns hören.« Und ich denke dabei: Andrea könnte uns hören.
»Na und? Was meinst du wohl, was sie glauben, daß wir tun?«
»Ihre Näherinnen werden jeden Augenblick hiersein«, sage ich.
Catalinas Gesicht hellt sich auf. Sie steht auf, geht auf ihren stämmigen Beinen nackt zur Waschschüssel, planscht und gurgelt. Durch ein Handtuch hindurch sagt sie: »Drei Kleider! Extra für mich, von Näherinnen gemacht, die für das Theater arbeiten. Ich fühle mich so reich. Hilfst du mir die Muster aussuchen?«
»Tut mir leid, Cati. Ich habe den ganzen Tag Verabredungen.«
Das stimmt, einschließlich einer mit Juan Rufo, der möchte, daß ich eine Neuauflage seiner *Austriada* hochjubele. Ich habe das Catalina zu erklären versucht, aber sie will es nicht begreifen.
»Tu es nicht«, sagt sie. »Warum willst du ihm helfen, *seinen* Roman zu verkaufen, wenn du möchtest, daß die Leute *deinen* Roman kaufen?«
»Es ist eine Ehre für mich, daß ein Höfling wie Juan Rufo mich bittet, ein Sonett zum Lobpreis seines Werkes zu verfassen. Das heißt, daß meine *Galatea* bereits ein Achtungserfolg ist.«
»Du wirst geachtet und er bekommt das Geld? Tu es nicht. Wie viele Exemplare sind von dieser *Austriada* verkauft worden?«
»Zweitausend.«
»Und von der *Galatea?*«
»Fast fünfhundert«, sage ich.
»Tu es nicht«, sagt sie.
Das Fensterlicht wird schwächer, als ob dieser 23. April, der fünfte, seitdem ich vom Galgen geschnitten wurde, sich das Tagwerden

überlegt hätte. Ich höre es donnern, dann Schritte und Andreas Stimme: »Seid ihr schon auf?«
Catalina hüpft unter die Bettdecke und ruft Andrea zu, sie solle hereinkommen; das tut sie auch und bringt drei dampfende Tassen Schokolade und ein Körbchen mit frisch ausgebackenen *churros* mit.
»Was für eine schöne Art, uns aufzuwecken«, sagt Catalina und wirft mir dabei aber einen scharfen Blick zu, um mich an eine andere Art des Aufwachens zu erinnern, die wir nicht durch ihr Verschulden nicht probiert haben. Meine Frau und meine Schwester küssen sich auf die Wangen.
Ich tunke einen *churro* in meine Schokolade und beiße ein Ende ab. Die Frauen plaudern, trinken, essen, lachen, plaudern weiter. Die Beinahe-Herzlichkeit, die gestern abend zwischen meiner Mutter und meiner Frau erblühte, ist nichts verglichen mit dem, wie Andrea und Catalina sich ins Herz geschlossen haben.
Nach dem Frühstück kommen meine Schwester und meine Frau auf das Geschäftliche zu sprechen. Ich könnte genausogut gar nicht vorhanden sein.
»Ein französisches Wagenrad«, sagt Andrea.
»Schulterflügel«, sagt Andrea.
»Mit einer grünen Seidenmaske zum Reiten«, sagt Andrea.
Catalinas Augen werden immer größer. Auf die grüne Seidenmaske hin sagt sie »Oh!«, obgleich alles, auf dem sie je reitet, ein Esel ist, und das selten.
Ich hülle mich in ein Laken und meine gekränkte Würde und gehe zur Waschschüssel.

Der Buchhändler Blas de Robles schiebt das unsaubere Manuskript der *Fallstricke und Enttäuschungen der Liebe* in die Mitte des Tisches. »Der arme Laínez«, sagt er. »Hätten Sie es nicht irgendwie verlieren können?«
»Die Witwe ist davon überzeugt, daß es ein Meisterwerk ist«, entgegne ich.
Robles, ein Stubenhocker mit verblaßten Augen und einem verblaßten Schnurrbart, seufzt. »Sie ist auch davon überzeugt, daß keiner außer Ihnen es herausgeben kann. Zum Teil hat sie recht.

Keiner kann es, fertig. Oft denke ich, Don Miguel, daß Frauen nie wirklich lesen. Merkt sie denn nicht, daß sie selbst das Ziel dieser Schimpfkanonade ist?«
»Das hilft alles nichts, aber ich bitte meine Frau, mit ihr zu reden.«

Wir sind beim Mittagessen nur zu zweit, Juan Rufo und ich. Ein Bedienter lugt mir über die Schulter. Er macht mich nervös. Vielleicht, denke ich, weil wir den 23. April haben.
Juan Rufo schnuppert an dem Glas, das er gespreizt unter seine Nase hält. »Ein Italiener«, sagt er. »Wir Spanier haben doch den feinen Weinbau nie begriffen, oder? Dieser Weiße ist ein Montefiascone. Ein überraschendes Bukett, das an den Duft von – Johannisbeeren erinnert, findest du nicht auch? Aber *schwarzen* Johannisbeeren.
Nun, mein Freund, wie ehrerbietig die Kritiker deine *Galatea* aufgenommen haben. Ich gratuliere. Und fünfhundert verkaufte Exemplare sind nicht schlecht für einen Romanerstling ohne das Imprimatur des Königs. Ich habe Glück gehabt. Den richtigen Zeitpunkt erwischt. Da saß unser todliebender König Philipp also, draußen auf der Schlackenhalde, mit dem üblichen Papierkram zugedeckt und voller Sehnsucht nach Ablenkung, besonders jetzt, wo die Invasion der Niederlande bevorsteht –«
»Invasion?«
»– und sein Sekretär Mateo Vázquez gleich neben ihm, Gott segne ihn, mit einem Exemplar meiner *Austriada.* Invasion, ja. Es sieht so aus, als würde diese Schlampe, diese jungfräuliche Königin, ein englisches Expeditionskorps schicken, um auf der Seite der Niederländer gegen unsere Streitkräfte unter Parma zu kämpfen.«
Ich sehe meinen Bruder Rodrigo seine Kompanie Arkebusiere durch ein überflutetes Feld östlich von Amsterdam und nördlich von Deventer, irgendwo dort oben, gegen den neuen Feind führen.
»Na ja«, sagt Juan Rufo, »wir müssen unnachgiebig bleiben. Vielleicht eines Tages in England einfallen, wenn es nötig sein sollte. Der angeblich jungfräulichen Königin den hennagefärbten Pelz versengen. Jetzt zu dem Sonett. Keine offene Schmeichelei, Miguel. Aber wenn der Verfasser der experimentellen *Galatea* etwas Lo-

benswertes in meiner bescheidenen, konventionellen *Austriada* findet, ein Kritikererfolg einen Verkaufserfolg gut bespricht... Das gegenseitige Sich-Honig-um-den-Bart-Schmieren ist gänzlich wie die Politik, nicht? Wie lebt sich's mit deiner kleinen Bauernmaid? Amüsant, hoffe ich? Und wie geht's Andrea zur Zeit?«
Andrea, sage ich düster, gehe es gut.

Ich bin im Büro des Schauspielagenten Gaspar de Porres. Ich habe eine Skizze meiner *Verwirrten Frau* mitgebracht und werde mir den Kopf über mein *Leben in Konstantinopel* und *Selims Tod* heiß reden. Der Schauspielagent Porres meint, seinem Schreiben nach, ich solle mit meinen Stücken näher an der Heimat bleiben. Nun gut, die *Verwirrte Frau* spielt in Spanien.
Porres sagt mir gerade, daß er nicht mehr als vierzig Dukaten pro Stück zahlen kann, als ein junger Mann in einem regennassen Umhang unangemeldet hereinstolziert. Er hat dichte, dunkle Augenbrauen, schwerlidrige, dunkle Augen, eine Art römische Nase und einen kurzen Bart, der oberhalb des schmalen Flügelkragens, den er statt einer Halskrause trägt, sorgfältig zu einer Spitze frisiert ist.
»Vierzig Dukaten pro Stück, alter Knabe?« äfft er Porres nach. »Ich erblasse in Ehrfurcht vor jedem, der drei Stücke am Tag schreiben kann.«
Dieser Witzbold hat eindeutig keine Ahnung vom Stückeschreiben. Ich habe über der *Verwirrten Frau* zehn Wochen lang Blut und Wasser geschwitzt und bin noch längst nicht zufrieden.
Er wirft einen Stoß Papier auf den Tisch. »Wenn Sie das nächste Mal wieder ein Stück über Nacht haben wollen«, sagt er zu Porres mit einem blendenden Lächeln, »dann passen Sie ja auf, daß der Autor nicht schon etwas vorhat. Haben *Sie* schon einmal versucht, gleichzeitig ein Stück zu schreiben und mit einer temperamentvollen Schauspielerin ins Bett zu gehen?« wendet er sich an mich.
»Über Nacht, haben Sie gesagt?« frage ich ihn. »Sie sprechen doch sicher von der Reinschrift. Oder höchstens von einer Endbearbeitung. Mit oder ohne Schauspielerin.«
»Ich mache nie Abschriften oder Endbearbeitungen. Wenn es beim

ersten Mal nicht kommt, wie es soll, weiß ich das am Ende des ersten Akts, und dann kann ich das Ganze wegschmeißen und mit einem neuen Einfall anfangen. Können Sie wirklich drei Stücke an einem Tag schreiben? An einem guten Tag schaffe ich zwei, aber drei ist ein bißchen viel verlangt.«
»Ich kann von Glück reden, wenn ich an einem Tag drei *Seiten* schreibe«, gestehe ich.
Er schaut Gaspar de Porres an. »Und Sie bieten ihm nur vierzig Dukaten pro Stück? Sklavenarbeit, alter Knabe.« Er klopft auf das Manuskript auf dem Tisch. »Sie können das *Die Heldentaten des Garcilaso de la Vega* nennen«, sagt er. »Nein, lieber *Tarfe der Mohr.* Oder beides – warum nicht? *Die Heldentaten des Garcilaso de la Vega und Tarfe der Mohr.* Ein Stück mit einer lebendigen Handlung braucht einen Doppeltitel. Und wer könnten Sie wohl sein?«
Gaspar de Porres stellt uns einander vor. »Miguel de Cervantes Saavedra, Lope Félix de Vega Carpio.« Dann tritt er einen Schritt zurück und beobachtet uns argwöhnisch.
»Ach, Cervantes«, sagt Lope de Vega. »Ich habe Ihre *Seeschlacht* gesehen. Teilweise.«
»Ich kann mich nicht erinnern, daß eine Vorstellung wegen Regen abgebrochen worden wäre.«
»Das weiß ich nicht. Ich bin rausgegangen.«
Ich sage nichts. Meine Wangen glühen.
»Das sollte doch die Schlacht von Lepanto sein, oder?«
»Don Miguel hat dort mitgekämpft«, sagte Gaspar de Porres rasch. »Dreifach verwundet. Tapferkeitsmedaille.«
»Wo ist sie denn?«
»Gestohlen«, sage ich. »Von Barbarenpiraten.«
»Nicht die Medaille. Die Schlacht. In Ihrem Stück, alter Knabe. Sie stellen den Bruderkonflikt so sehr in den Mittelpunkt, daß gar kein Platz für Blut und Kanonendonner bleibt.«
»Die Handlung ist nur dann überzeugend, wenn die Figuren es sind«, kontere ich und versuche, nicht pedantisch zu klingen. Aber dieser Lope ruft die schlimmsten Eigenschaften in mir wach.
»Figuren? Meinen Sie das ernst, alter Knabe? Lassen Sie sie doch einfach reden, wie es ihrem Typus gemäß ist, das ist alles, was wir

Stückeschreiber über Figuren zu wissen brauchen. Keine Kardinäle, die wie Maultierabdecker sprechen, keine Huren, die wie Prinzessinnen reden.«
»Aber die Menschen sind nicht al –«
»Figuren sind keine Menschen, alter Knabe, sie sind Typen. Der Schmeichler. Der selbstgefällige Hahnrei. Das lose Frauenzimmer. Der... übereifrige Arbeitsame. Erkennbare Typen.«
Ich führe die Unterhaltung in fast höflichen Bahnen fort, trotz seines letzten bissigen Beispiels. »*Ihre* Figuren vielleicht«, sage ich. »Nehmen Sie zum Beispiel diese Brüder, die Sie sich da ausgedacht haben, der Typ des verträumten Poeten und der Typ des Berufssoldaten –«
»Den habe ich mir nicht ausgedacht. Ich habe einen Bruder, der so ist.«
»Das erklärt alles.«
Ich begehe den Fehler, ihn zu fragen, was alles.
»Warum ich im zweiten Akt hinausgegangen bin. Wisse zuviel – erzähle zuviel –, und du verlierst dein Publikum. Erzählen Sie gerade soviel, daß es plausibel wirkt, alter Junge, das ist der Trick. Das Publikum will nichts erfahren. Es will eine Menge rascher Handlungsabläufe und die Bestätigung seiner Vorurteile. Wenn Sie ein Stück in einem Sprichwort zusammenfassen können, dann liegen Sie richtig. Außerdem«, fügte er hinzu, »habe ich diesen Streit über das Abhacken des Rammsporns nicht verknusen können. Sie dürfen einem Publikum nicht zumuten, daß es das Unmögliche glaubt.«
»Ich habe es bei der Seeschlacht selbst miterlebt«, sage ich.
»Vierzig Dukaten pro Stück.« Er schüttelt den Kopf. Zu Porres meint er: »Geben Sie ihm zwei der besten Karten für die Premiere meines Stücks – wie habe ich es genannt?«
»*Die Heldentaten des Garcilaso de la Vega und Tarfe der Mohr*«, sagt Porres.
Lope de Vega setzt wieder sein blendendes Lächeln auf. Er sieht damit täuschend sympathisch aus, dieser selbstherrliche junge Mann, der nur vier, fünf Jahre älter als Catalina ist. »Garcilaso de Vega! Ja, das ist der Typ eines Helden, Dichter *und* Krieger, direkt

aus der Geschichte entnommen. Er ist zwar kein Verwandter, aber es schadet wohl nicht, die Narren da unten glauben zu lassen, daß ich von ihm abstamme, was?«
Und mit wehendem Umhang stolziert er hinaus.
»Der junge Lope hat Ihnen nicht besonders gefallen, wie?« fragt Gaspar de Porres. »Haben Sie je ein Stück von ihm gesehen?«
Ich gestehe, daß ich keines gesehen habe.
»Sagen Sie nichts, bevor Sie nicht eines gesehen haben.«

Da heute der 23. April ist, habe ich beschlossen, zu Anica zu gehen und ihr zu sagen, daß ich verheiratet bin. Während ich durch den Regen zur Taverne Múñoz laufe, hoffe ich sogar, daß Gab es ihr bereits gesagt hat. Aber so viel Glück habe ich nicht.
»Die Lippen versiegelt, Gab? Das paßt doch gar nicht zu deiner Rolle«, sage ich zu ihm und ärgere mich sofort über mich selbst, weil ich mich wie Lope anhöre.
»Zu den Dingen, in die sich ein unschuldiger Außenstehender nicht einmengt, Compañero«, sagt Gabriel Múñoz, »gehört eine verschmähte Frau.«
Er deutet auf die andere Seite des Raums, wo ich durch den Zigarrendunst Anica mit einem Fleischermesser die Schwarte von einem Bergschinken schneiden sehe.
Sie kreischt, als sie mich erblickt. »Ich habe allmählich schon geglaubt, du wärst tot.«
»Ich habe geheiratet«, sage ich – das ist nicht gerade vorsichtig, aber ich will es hinter mich bringen.
Meine Worte scheinen auf Ana Villafranca de Rodríguez keine Wirkung zu haben. Sie senkt bloß den Kopf und entfernt weiter die Schwarte und das dicke weiße Fett, dann schneidet sie den Schinken mit raschen, sicheren Bewegungen dünn auf.
Obgleich Anica, die letzte Schülerin in der Schauspielschule für Damen im großen Steinhaus, ihren Traum von der Bühne aufgegeben und Rodríguez geheiratet hat, verehrt sie noch immer meine Schwester Andrea, versucht sie noch immer, ihr nachzueifern. Aber keine Diät könnte Anica auf Andreas unmodische Schlankheit herunterbringen; tatsächlich ist sie jetzt sichtlich gut gepolstert. Ihr

Haar, das sie in der Hoffnung, das strahlende Weizenblond hinzubekommen, gebleicht hat, sieht eher wie Stroh aus. Andreas Schönheit ist für sie unerreichbar. Dennoch ist Anica mit ihrem herzförmigen Gesicht und den dunklen schwarzen Augen eine attraktive Frau.

»Anica, wo bleibt der Schinken?« ertönt die Stimme ihres Mannes Alonso Rodríguez des Hahnreis. Des selbstgefälligen Hahnreis, eigentlich; ganz bestimmt ein Lope-Typ, sage ich mir noch verärgerter.

Als sie mit einem Teller weggeht, nehme ich das Fleischermesser und spiele, ohne es zu merken, müßig damit herum, bis sie zurückkommt und es mir wegnimmt. Ich bin einen Augenblick lang beunruhigt, da heute der 23. April ist. Aber Anica fängt bloß wieder an, Schinken aufzuschneiden.

»Wer ist es, eine kleine Schauspielerin?«

»Ein Landmädchen aus einem Dorf bei Toledo.«

Sie streicht sich nervös eine Strähne strohigen Haars aus dem Gesicht und äfft so die Angewohnheit meiner Schwester nach. »Na ja, Liebe macht blind, stimmt's nicht? Hat sie Geld?«

»Etwas, nicht viel.«

»Ein goldgeschmückter Esel macht mehr her als ein Pferd mit Ledersattel.«

Das erinnert mich unglücklicherweise wieder an Lope.

»Hörst du vielleicht auf, dauernd diese Sprichwörter da auszuspuken, und sagst, was du wirklich denkst?«

»Ich denke wirklich«, meint sie schmollend, »da Euer Gnaden so sagen, müssen Euer Gnaden verheiratet sein. Und ich möchte wirklich wissen, da Euer Gnaden nun fragen, warum sich deswegen etwas ändern muß. Daß *ich* verheiratet war, hat Euer Gnaden nie abgehalten, nicht wahr? Aber was weiß schon ein Schankmädchen, das nicht einmal den eigenen Namen schreiben kann, verglichen mit Eurer Gnaden Gleichen? Du versuchst mir beizubringen, daß es aus ist zwischen uns, oder?«

Tue ich das?

»Na ja«, sage ich, »ich werde viel in dem kleinen Dorf bei Toledo sein, und meine Frau ist –«

»Ich will nichts von ihr hören!« schreit Anica. Köpfe drehen sich nach uns um und Augen blinzeln uns durch den Zigarrendunst an. Sie richtet das Fleischermesser, auf dem ein rosa Stück Schinken steckt, gegen mich. »Was erwarten Euer Gnaden denn, daß ich sagen soll? ›Gott gibt Essig, aber tut Honig hinein.‹« Ihre Hand zittert. »Es gibt kein Leid, Euer Gnaden, daher braucht es auch keine Freud'. Und soviel ich weiß, gibt es nicht einmal einen Gott. Und wie wäre es, wenn du mich jetzt in Ruhe lassen würdest?«
Ich gehe mit gesenktem Kopf an Gabriel Múñoz vorbei, der sich damit zu schaffen macht, den Spundzapfen aus einem Faß zu ziehen.
Sobald ich draußen bin, nimmt er sich Anica vor.
»Und?« fragt er. »Hast du es ihm gesagt?«
»Machst du Witze? Wo er so toll und großartig ankommt, das hätte mich umgebracht. Ich habe auch meinen Stolz, jawohl.«
»Aber er müßte doch –«
»Wozu? Er ist verheiratet, ich bin verheiratet. Wer braucht ihn? ›Was das Auge nicht sieht, will das Herz nicht haben‹«, sagt Anica und schneuzt sich kräftig.
Etwa in diesem Augenblick eile ich durch den Regen zu dem großen Steinhaus am Sonnentor. Die Tür fliegt auf, und Andrea kommt herausgerannt.
»Papá«, sagt sie, »er sitzt auf der Wenn-nur-Bank und will nicht heimkommen. Er hat ein Schwert.«

Als wir dort ankommen, ist die Dämmerung hereingebrochen, und es regnet heftiger. Es lungert noch immer eine Menschenmenge herum, Greise in Schwarz, die schweigend zuschauen, wie ein Dutzend Jungen eine kleine Gestalt verhöhnen. Diese kauert auf der Holzbank, welche auf drei Seiten die große Ulme umläuft.
»Wenn nur, wenn nur, wenn nur«, singen sie. »Erzähle uns noch ein Wenn-nur.«
»Erzähle uns«, ruft einer, »wie du Generalwundarzt von Neuspanien geworden wärest, wenn nur.«
»Erzähle uns«, ruft ein anderer, »wie du Bader des Papstes geworden wärest, wenn nur.«

Im schwindenden Licht kann ich meinen Vater ein rostiges altes Schwert mit beiden Händen halten sehen.
Ein Junge kommt tänzelnd näher und schwingt einen Hut, wie um einen Stier zu reizen. Mein Vater holt zu einem wilden Hieb gegen ihn aus. Der Junge weicht zurück, sein Hut ist beinahe in zwei Hälften geschlitzt. Mein Vater selbst trägt keinen Hut, er ist triefnaß und verdreckt.
Andrea ruft: »Miguel ist da, Papá.«
Er packt wieder sein Schwert mit beiden Händen, holt zu einem wilden Hieb gegen die bösen Geister aus, die nur er sehen kann. Als er spricht, kommt nur ein heiseres Krächzen heraus. »Hätte mit Signor Lomellino oder Lomelín nach Genua gehen können, das ist die Wahrheit«, sagt er, und Tränen oder Regentropfen rinnen ihm das Affengesicht herunter, »wenn Doña Leonor nur gewollt hätte. Ich hätte der Bader der reichsten Bankiers von Italien werden können. Aber meine Frau hält nichts von Ausländern, und ich halte zu meiner Familie.«
Der Donner kracht, und der Himmel wird von Licht durchzuckt.
Meines Vaters Augen sehen wie zwei schwarze Löcher in seinem Gesicht aus, und einen herzzerreißenden Augenblick lang kann ich ihn eine staubige Landstraße in Andalusien entlangschreiten sehen, am Zügel einen Esel mit Satteltaschen voll der Geräte seines Gewerbes, ein paar Kleidungsstücken und einer fleckigen, eselsohrigen Ausgabe des *Lazarillo de Tormes* – kann ich mich selbst neben ihm herrennen sehen, wie er mich überragt, als wir beide dem Horizont nachjagen. Und jetzt? Jetzt ist die Welt meines affengesichtigen Vaters auf eine Bank um eine Ulme geschrumpft, inmitten eines Gewitters auf einem kleinen, nicht weit vom Maurentor entfernten Platz, an dem ein paar Gassen zusammenlaufen.
Jedes Dorf in Spanien hat, so klein es auch sei, seine Wenn-nur-Bank. Jedes Viertel von Madrid hat eine. Dort kommen die alten Männer zusammen, um über die falschen Wendungen, die ihr Leben genommen hat, zu jammern. Obwohl die Einzelheiten verschieden sind, bleibt die Litanei immer die gleiche – das Schimpfen auf das Schicksal, der Vorwurf gegen unerhörte Gebete, das zurückblickende *ojalá*, das in der Beschwörung des Wenn-nur gipfelt: dem

Ritual der Selbstlossprechung von all dem, dem ein Mann nachtrauern muß, wenn er nur lange genug lebt.
»... wenn nur meine Söhne heil aus der Seeschlacht zurückgekehrt wären, anstatt von Barbarenpiraten gefangengehalten zu werden, der ältere sogar fünf Jahre lang, wenn nur meine Töchter nicht von dem langnasigen Rechtsverdreher schlecht beraten worden wären, gerade als wir Geld brauchten, um den anderen freizukaufen, der Adjutant von Juan d'Austria war, aber der ist tot, wenn er nur gelebt hätte, bis meine Jungen zurückgekehrt sind...«
Der Donner kracht, der Blitz schlägt in der Nähe ein, die Augen meiner Schwester Andrea blicken mich flehentlich an, und ich gehe mit ausgestreckten Armen auf meinen Vater zu, doch er schwingt sein rostiges altes Schwert.
»... hätte uns alle nach Neuspanien gebracht und ein Grundstück neben dem Herzog von Veragua gekauft, das ist der unmittelbare Nachfahre von Kolumbus, falls ihr das nicht gewußt habt, praktisch ein Verwandter von uns, wenn nur...«
»Papá«, sage ich, »Papá, hast du vergessen, daß wir gleich morgen früh wieder unterwegs sein wollen? Also komm besser heim, und schlaf die Nacht richtig durch.«
»Wenn nur... was?«
»Wieder unterwegs«, schreie ich, nicht, daß ich glauben würde, er hört mich. Ich fange an, die Zeichen zu benutzen, die uns die Sprache ersetzten, als wir vor so vielen Jahren zusammen umherzogen, aber er überrascht mich und sagt:
»Ich kann dich hören, Miguel. *Dich* habe ich immer hören können.«
»Gehen wir«, fordere ich ihn auf, aber er packt sein altes rostiges Schwert mit beiden Händen und läßt es durch die Luft zischen.
»Papá«, sage ich, »wir besorgen uns ein Paar Maultiere, und die kennen dann den Weg, und –«
»Wieder unterwegs«, flüstert mein Vater, und ich schwöre, ich kann in den schwarzen Löchern, die seine Augen sind, ein Licht zu schimmern beginnen sehen.
»Und eines Nachts, eines Nachts, wenn das Lagerfeuer heruntergebrannt ist und wir dicht an der Glut liegen, kommt dann ein Mann

aus dem Dunkeln, und wir schauen auf und sehen, daß es Juan der Düstere ist.«

»Wieder unterwegs«, flüstert mein Vater.

»Und er führt ein Gespann vier schöner Pferde, und deren Satteltaschen sind mit allem gefüllt, was wir brauchen, um ganz Frankreich nach Norden zu durchqueren – denn weißt du, wohin wir gehen?«

»Wieder unterwegs«, flüstert mein Vater und betet, so fest er kann, für etwas, das niemals sein kann.

»Wir gehen nach Flandern, in die Niederlande, um Rodrigo zu suchen. Juan der Düstere weiß, wo – irgendwo östlich von Amsterdam und nördlich von Deventer. Dann wollen wir alle, du und ich und Rodrigo und Juan der Düstere –«

Sein Kopf zuckt hoch, und im letzten Schimmer des Lichts sehe ich, wie er den Mund zu einem schrecklich starren Lächeln verzieht, als ob seine steifen Gesichtsmuskeln einen Traum Wirklichkeit werden lassen könnten, und er springt auf die Füße, fast wie ein junger Mann, hebt das rostige alte Schwert über seinen Kopf, und gerade als er das tut, fährt ein Blitz herab, und das Schwert klirrt und erzittert und hüpft ihm aus den Händen, und beim Donnerschlag danach stürzt er hin, und ich fange ihn in meinen Armen auf (wie kann ein Mann so wenig wiegen?), und, Andrea an meiner Seite, trage ich meinen Vater durch den Regen heim zu dem großen Steinhaus am Sonnentor.

Zwanzigstes Kapitel
In welchem ein Geheimnis von einiger Tragweite aufgedeckt wird

Cervantes war vermutlich in Madrid, als sein Vater starb.
Nichts deutet darauf hin, daß Miguel nicht am Bett seines Vaters stand, als Rodrigo de Cervantes im Alter von fünfundsiebzig Jahren am 13. Juni 1585 in Madrid starb.
Wir haben keinen Grund, anzunehmen, daß Cervantes nicht Zeuge der letzten Augenblicke im Leben seines Vaters war.
Ich besitze mehrere Seiten solcher Zitate, die mir Cide Hamete freundlicherweise beschafft hat, welcher mittels seines Willens durch die Tür einer Gegenwart, die es nicht gibt, in die Zukunft treten kann.
... vermutlich ... nichts deutet darauf hin ... keinen Grund, anzunehmen ... Alles mit einer doppelten Verneinung. Eigentlich zwei Verneinungen.
Aber wie sollten sie sich nicht winden, diese Ex-post-facto-Erzähler meines Todes und Lebens? Bis ich der Sohn meiner Werke wurde, hätte ich genausogut ein zweiter Juan der Düstere sein können.
Ich besitze auch mehrere Seiten mit Aussagen wie den folgenden:
Außer Lobsonetten auf die Werke anderer sollte Cervantes zwanzig Jahre lang keine einzige Zeile veröffentlichen.
Sicher ist das zentrale Geheimnis seines Lebens in dem Grund für sein selbstgewähltes Exil in einer geistigen und intellektuellen Wüste zu suchen.
Die Jahre außer acht zu lassen, die er am Rande der Gesellschaft verbrachte, ein Fremder sogar unter der entwurzelten Bevölkerung, innerhalb derer er sich bewegte, heißt, am Wesen dieses Mannes vorbeizugehen.
Das Rätsel seiner Laufbahn besteht darin, daß er sie so lange Zeit aufgeben und dann wie Christus wieder aus der Einöde zurückkehren konnte, um das nach der Bibel meistgelesene Buch zu schreiben.

Wie Christus aus der Einöde... Heilige Muttergottes! Ich bin doch bloß ein einfacher Geschichtenerzähler.
Ich besitze auch diese Zeile, die Cide Hamete als –
– Halt!
Was?
– Würdest du die Güte haben, von nun an aufzuhören, dich unnötigerweise auf mich zu beziehen? Bei der Erzählung deiner kleinen Geschichte müßte doch inzwischen klar sein, daß die Ideen, wann immer sie ganz originell sind oder aus einer Zukunft kommen, zu der du keinen Zugang hast, nur von mir stammen können. Es ist deutlich genug geworden, daß, während andere zeitlich nur zurückschauen können, ich auch nach vorne und zur Seite schauen kann.
Zur Seite?
– Das begreifst du später noch. Inzwischen kein Nach-Cide-Hamete mehr. Ich habe in deiner Geschichte meine nicht ganz unbedeutende Rolle zu spielen, die über diese nichtigen Kommentare, die ich ab und zu mache, weit hinausgeht. Einverstanden?
Na gut...

Mein Vater war von der Nacht an, in der ich ihn von der Wenn-nur-Bank nach Hause brachte, bettlägerig und konnte mit einer Ausnahme auch nicht mehr aufstehen, bis man ihn sechs Wochen später hinaustrug.
Die Familie lebte nach dem gedämpften Rhythmus des Krankenzimmeralltags und der Arztbesuche, doch wurde dieser durchbrochen, als mein Vater eines Nachts aus dem Bett kletterte und auf den Dachboden stieg, um das rostige alte Schwert wieder zu holen, das er vor der Wenn-nur-Bank geschwungen hatte. Er kam bis zur Tür, bevor ich aufwachte, hinunterrannte und ihn in sein Bett zurücktrug.
»Er hat keine Eile zu sterben«, brummelte Doña Leonor und nahm ihr gewohntes Leben wieder auf. Sie verbrachte den Morgen auf dem kleinen Markt am Maurentor (und in nächster Nähe zur Wenn-nur-Bank), wo die alten Frauen davon erzählten, was aus ihrem Leben hätte werden können, wenn nur ihre Männer sie nicht geheiratet hätten.
Andrea nahm Constanza mit, um die Theaterleute kennenzulernen,

die die Kostüme in Auftrag gaben, als wollte sie ihre Tochter auf die Zeit vorbereiten, in der sie auf sich selbst gestellt sein würde. Aber woher wußte Andrea das?
Catalina pflegte zu fragen: »Warum... schlafen wir nicht mehr zusammen, Miguel?« Man beachte die befangene Pause. Catalina hielt eine gewähltere Ausdrucksweise für angebracht, da mein Vater auf dem Sterbebett lag, aber sie fiel ihr nicht leicht.
»Sie könnten uns hören.«
»Aber es ist normal«, sagte meine Frau. »So normal wie leben und sterben.«
Trotzdem schliefen wir getrennt.
Meine Schwester Magdalena setzte jedermann in Erstaunen, als sie die Pflege übernahm. Während der letzten Wochen meines Vaters hörte ich sie nicht ein Mal sagen: »Danke, nein, lieber nicht.« Als das Ende nahte, befolgte sie ihre Pflichten mit peinlicher Genauigkeit. Sie sprach davon, den Schleier zu nehmen. »Niedere Weihen«, sagte sie, »wie diese neue Schwesternschaft vom Allerheiligsten Sakrament. Keuschheit und Gehorsam. Gute Werke.«
»Keuschheit, igitt!« sagte Catalina. »Das könnte ich nie.«
In unserem Schlafzimmer im obersten Stockwerk, neben dem Atelier, in dem die Näherinnen arbeiteten, fing ich mit *Selims Tod* an. Wenn mir einer erzählt hätte, dies sei das letzte Stück von mir, das aufgeführt werden würde, hätte ich ihn für verrückt erklärt.
Picapleitos kam, um das Testament meines Vaters aufzusetzen. Mit einem sauberen Zeigefinger rieb er sich einen eindrucksvollen Tintenfleck auf seine lange, spitzige Nase – etwas, das ich ihn nie wieder tun sehen sollte.
Mein Vater setzte uns Kinder als Erben ein. Nicht, daß es irgend etwas zu erben gegeben hätte. Er erklärte sich schuldenfrei und gab Doña Leonor auch die Mitgift zurück, die sie mit in die Ehe gebracht hatte, oder was davon übrig war. Und das war nicht viel. Aber die Geste rührte sie, und so schniefte meine mürrische Mutter aus der Mancha und wischte sich eine Träne von der Backe.
Achtundvierzig Stunden vor dem Ende kam mein Bruder Juan der Düstere in das große Steinhaus am Sonnentor; er trug schwarze Reitkleidung, die staubig von den Landstraßen war, auf denen mein Vater nie wieder unterwegs sein würde.

»Komme ich noch rechtzeitig?« erkundigte er sich.
»Woher weißt du, daß er im Sterben liegt?« fragte ich.
»Ich habe davon gehört«, sagte er.
Er hielt nicht viel von Catalina, zumindest nicht von meiner Heirat mit ihr. »Sie wird dich nicht hochkommen lassen«, meinte er. »In Esquivias wirst du versauern.«
Als er die neue Magdalena das erste Mal sah, hielt er sie irrtümlich für eine Freundin von Doña Leonor. Magdalena kränkte das nicht. »Es macht mir nichts aus, so alt auszusehen, wie ich bin«, sagte sie. Aber sie sah doppelt so alt aus.
Andrea sah noch immer halb so alt aus, wie sie war. An dem Tag, der der wichtigste Tag in meinem und Andreas Leben hätte sein können, saßen wir vor dem Krankenzimmer, als der Arzt und der Priester gemeinsam die Treppe heraufkamen. Andrea hielt den Kopf gesenkt, ihr weizenblondes Haar fiel wie zwei Flügel zu beiden Seiten ihres reizenden Gesichts herab. Sie duftete nach Wildblumen, Zimt und, dachte ich, verlorenen Träumen.
Der Priester öffnete die Tür und sagte: »Er verlangt nach Andrea.«
Eine halbe Stunde später kam sie heraus und sagte: »Du hättest beinahe einen älteren Bruder gehabt, hast du das gewußt, Miguel?«
Ich will nicht wiederzugeben versuchen, wie oft Andrea die Stimme versagte, als sie die Enthüllung meines Vaters auf seinem Sterbebett nacherzählte. Noch will ich zu erklären suchen, wie ich schon beim Zuhören jedes Wort wußte, bevor sie es gesagt hatte.
Sie sagte (und ich wußte): »Als es soweit war, kehrte Mamá zu ihren Leuten nach Barajas zurück, weil Vater im Schuldgefängnis saß. Ein Knabe wurde geboren, aber er starb, noch ehe man ihn taufen konnte. In der nächsten Nacht kam ein königlicher Bediensteter aus der Hauptstadt geritten und sprach beim Pfarrer vor. ›Gibt es in dieser Gemeinde Familien, deren Stammbaum fünf Generationen weit zurück kein *converso*-Blut aufweist?‹ fragte der königliche Bedienstete. Und der Pfarrer erwiderte, daß es davon in Barajas viele gebe. ›Gibt es unter diesen welche, die so ehrenhaft wie arm sind?‹ fragte der königliche Bedienstete. Und der Pfarrer erwiderte, daß es davon viele gebe. ›Hat von diesen würdigen Familien eine vor kurzem ein Kind verloren?‹ fragte der königliche

Bedienstete. Und der Priester erwiderte, daß Leonor Cortinas' Erstgeborener, Gottes Wille geschehe, diesen Morgen begraben worden sei. ›Ist die Mutter gesund und in der Lage, ein Kind zu stillen?‹ fragte der königliche Bedienstete. Und der Pfarrer erwiderte, dem sei so. ›Bringen sie mich zu ihr‹, sagte der königliche Bedienstete. Als sie durch die stillen Straßen gingen, überlegte der Pfarrer, daß er dem Bediensteten sagen sollte, daß der Vater im Schuldgefängnis sitze, was einige vielleicht für nicht ganz ehrenhaft halten mochten. Aber er sagte nichts. Und als sie zu dem Haus der Cortinas' kamen, überlegte der Pfarrer, daß er dem Bediensteten sagen sollte, daß die Familie Cortinas zwar rein sei, so weit die Gemeindebücher zurückreichten, aber daß das unangenehme Gerücht gehe, daß Rodrigo de Cervantes Saavedra, der fahrende Bader und Wundarzt, den die makellose Doña Leonor geheiratet hatte, *converso*-Blut in den Adern habe. Aber er sagte nichts.

Also sprach der königliche Bedienstete zu Mamá: ›Wenn Sie ein Mädchen als ihr eigenes großziehen mögen, bis es erwachsen ist, und ihr nie etwas anderes sagen, wenn Sie sie dazu erziehen mögen, die Heilige Mutter Kirche zu lieben und Christi Braut zu werden, bin ich dazu ermächtigt, Ihnen die Summe –‹

Mamá fragte: ›Wer ist das Kind?‹

›Ein eine Woche altes wohlgestaltes Mädchen. Sie dürfen es sehen, bevor Sie sich entscheiden.‹

›Aber wer sind die Eltern?‹

›Die Mutter stand in den Diensten eines... Adelshauses. Der Vater... gehört diesem Haus an. Das Geld wird auf einmal bezahlt, und Sie hören nie wieder von uns.‹

Der Betrag«, sagte Andrea, »war mehr als genug, um ein Mädchen vom Säuglingsalter bis zu ihrem Noviziat aufzuziehen. Mamá überlegte, was man mit dem Geld noch alles machen konnte. Man konnte damit verhindern, daß Papá noch einmal ins Schuldgefängnis mußte (was auch tatsächlich der Fall war, bis nach sechs Jahren nichts mehr davon übrig war). Daher willigte sie in die Bedingungen ein und nahm das Kind zu sich, um es wie ihr eigenes aufzuziehen. Es wurde auf die weibliche Form des Vornamens getauft, den ihr Sohn hätte tragen sollen, nämlich Andrés.«

Andrea senkte den Kopf, und es war, als wäre zwischen uns eine schwere Tür zugeschlagen (aber geräuschlos, wie sich eine Tür im Traum schließen kann, wobei die Geräuschlosigkeit selbst bedeutsam ist). Das nächste, woran ich mich erinnere, ist, daß sie in meine Arme torkelte, als ich zu sprechen begann. Oder das heißt, es versuchte. Aber ich brachte nur Laute wie »ab-b-b-b« und »d-d-d-d« heraus, während das, was einmal meine linke Hand gewesen war, diese strahlende Mähne weizenblonden Haares streichelte und streichelte.

In der Nacht schrie Catalina auf, und ich fragte sie: »W-w-was ist d-d-denn los?« Sie sagte verärgert, es sei nichts, nur ein schlimmer Traum. Im Unterschied zu dem, was einmal meine linke Hand gewesen war, beunruhigte sie mein erneutes Stottern durchaus. Für Catalina, sagte ich mir, war die Hand ein Teil meiner selbst und sogar etwas, worauf man stolz sein konnte, aber das Stottern war es nicht. Da ich nicht einschlafen konnte, sagte ich mir auch eine Reihe anderer Dinge, die meist unbedeutend waren, um meine Gedanken von der einen Sache fernzuhalten, an die ich nicht zu denken wagte. Gegen Morgen hörte ich in den Straßen deutlich das Gejaule eines *cante jondo*, Ausdruck des Schmerzes, den die Zigeuner in Verachtung verwandeln für alle Dinge in der Welt, die einen Menschen schließlich in die Knie zwingen müssen. Der Gesang kam näher, so nahe, daß ich sicher war, die Zigeuner würden direkt an unserem Haus vorbeiziehen, aber als ich ans Fenster ging, war keiner zu sehen.
Am Morgen war Andrea verschwunden.

Einundzwanzigstes Kapitel
Die Heldentaten des Garcilaso de la Vega und Tarfe der Mohr

Anfangs hätte Catalina gar nicht geduldiger sein können.

»Sag mir, womit ich helfen kann«, pflegte sie zu sagen. Aber ich hatte keine Idee, und von den ihren funktionierte auch keine.

Als wir nach Esquivias zurückkehrten, fragte sie mich: »Liegt es daran, daß der Tod deines Vaters erst so kurze Zeit zurückliegt?« Aber das war fünf Wochen her. Und dann acht, und dann zehn.

Sie fragte mich: »Liegt es daran, daß du so schwer arbeitest?« Ich nuschelte etwas, verließ unser Bett und zündete an meinem Schreibtisch in der Ecke eine Kerze an.

Sie fragte mich: »Liegt es daran, daß du dir um deine Schwester Sorgen machst? Ich bin sicher, daß es Andrea gutgeht. Sie ist eine erwachsene Frau, Miguel, und es ist *ihr* Leben.«

»Es hat g-ganz und g-gar üb-berhaupt n-nichts m-mit m-meiner Schwester zu tun!« rief ich.

Einmal, als ein verschwitztes Herumkugeln im Heu (es war buchstäblich so: wir versuchten es in der Scheune, Catalinas Einfall) wie gewöhnlich damit endete, daß ich nicht zum Vollzug fähig war, sagte sie: »Vielleicht denkst du zuviel darüber nach. Tiere denken nicht darüber nach, sie machen es einfach.«

Ich *hatte* zuviel darüber nachgedacht, gewiß. Aber nachdem sie das einmal gesagt hatte, dachte ich natürlich noch mehr darüber nach, mit dem vorhersehbaren negativen Ergebnis.

»Frauen haben es leicht«, versuchte sie es einmal. »Sie brauchen keinen Steifen, um zu vögeln, sie –«

»Hörst du endlich auf, diese Sprache zu benutzen!«

»Sonst hat dich das erregt. Aber jetzt kann nichts, was ich tue… Miguel, wenn es etwas nützen würde, hätte ich nichts dagegen, daß du zu einer Hure gehst, um wieder klarzukommen. Solange du sie bezahlst, bin ich nicht eifersüchtig.«

»Ich brauche nicht klarzukommen«, sagte ich.
Catalina hätte sich vielleicht ihrem Onkel Juan anvertraut. Aber sie wußte, daß er weltfremd war, selbst für einen Priester, daher ging sie statt dessen zu ihrer Freundin Juana, der Witwe Laínez. Juana, die in Madrid gelebt hatte, war eine Frau mit Erfahrung.
»Du bist gerade zwanzig«, sagte sie zu Catalina, nachdem meine Frau ihr ihr Herz ausgeschüttet hatte, »und du hast einen Mann im Sattel, der ebensogut Eunuch sein könnte. Oder schlimmer.«
»Was ist schlimmer?« fragte Catalina.
Und Juana sagte es ihr.
Am nächsten Tag fragte Catalina mich: »Wie war es in diesem Harem in Algier?«
»Ich war nicht viel in dem Harem.«
»Dem *Män-ner-ha-rem*«, sagte sie und schoß jede Silbe wie eine Kugel auf mich ab.
»Was willst du damit sagen?«
»Na ja, Juana hat gesagt –«
»Juana? Willst du damit sagen, daß du Juana erzählt hast, daß du und ich –«
»Ich und Juana erzählen uns alles. Wir haben über die *Fallstricke und Enttäuschungen der Liebe* gesprochen, und ich habe erwähnt, wie sehr du dir gewünscht hast, das Manuskript zu verlieren und –«
»*Das* hast du ihr erzählt? Und dann hast du ihr erzählt, daß wir Probleme im –«
»Sie hat mir erzählt, daß ein Mann, der fünf Jahre lang gezwungen worden ist, unnatürliche Dinge mit Türken zu treiben –«
»Ich habe *keine* unnatürlichen Dinge mit Türken oder sonst jemandem getrieben! Heilige Muttergottes, Cati! Weißt du nicht, was für ein Klatschmaul Juana ist? Jetzt, wo du ihr meine wahre Meinung über Laínez' mieses Manuskript gesagt hast, denkst du nicht, daß sie sich in ganz Esquivias mit meinem k-kleinen P-Problem wichtig machen wird?«
»Denkst du vielleicht, *ich* will, daß ganz Esquivias erfährt, daß ich einen Präversen geheiratet habe?« kreischte Catalina, und mit unseren Blicken wünschten wir uns gegenseitig einen schrecklichen Tod. Sie fing zu weinen an.

»Es tut mir leid«, sagte ich, weil ich *es* nicht mehr konnte, und sie: »Es tut mir leid«, weil ihre Freundin Juana ihr diese Worte in den Mund gelegt hatte.
Dann fügte sie hinzu: »Aber mach dir keine Sorgen. Juana wird es keinem in Esquivias erzählen. Sie ist nach Madrid zurückgegangen.«

War das zentrale Geheimnis dieses gequälten Genies also sexueller Natur?
Ich erfuhr von dieser rhetorischen Frage aus einer gewöhnlich zuverlässigen (von nun an auf eigenen Wunsch anonymen) Quelle, die mir davon berichtete, daß sie alle Zeiten hindurch regelmäßig von Leuten, die sich selbst zu Experten für meine Person ernannt hatten, gestellt werden würde.
War es sexueller Natur?
Ich würde schließlich ein Stück mit dem Titel *Das ausgelassene Frauenzimmer* schreiben, um zu bannen, was auch immer es war. Überflüssig zu sagen, daß das Stück nie aufgeführt wurde, aber diejenigen, die es interessiert, können es lesen.
Das ausgelassene Frauenzimmer gehörte nicht zu den Stücken, die ich im Herbst nach dem Tod meines Vaters bei dem Schauspielagenten Gaspar de Porres einreichte.
»Und ich habe etwas für Sie«, sagte er. »Wie versprochen, zwei der besten.«
»Zwei der besten was?«
»Plätze für Lopes *Die Heldentaten des Garcilaso de la Vega und Tarfe der Mohr.*«
»Ich brauche nur einen«, entgegnete ich.

Ich hatte die Absicht, Lopes Kompliment zu erwidern. Ich wollte gerade so lange in seinem Mantel-und-Degen-Melodram sitzen, bis es lächerlich wurde, dann aufstehen und auffällig hinausgehen. Ich hatte vor, das im ersten Akt zu tun.
Aber der richtige Zeitpunkt stellte sich als schwierig heraus.
Wie ich erwartete, hatte Lope die Biographie des Dichter-Soldaten Garcilaso unbekümmert ausgeschlachtet und nur die tollkühnsten

Einzelheiten eines Lebens beibehalten, das bereits als draufgängerisch bekannt war. Lopes Garcilaso war zwar ein unterhaltsamer *capa-y-espada*-Held, aber schlicht und ergreifend stereotyp. Ich konnte meinen Unglauben keine fünf Minuten am Stück willentlich ausschalten. Nicht, daß Lope eine Szene je hätte so lange laufen lassen. Er türmte Tollkühnheit auf Verwegenheit. Und als das langweilig zu werden drohte, erinnerte er das Publikum daran, daß Garcilaso sich hinsetzen konnte und (fast mit Lopes eigener Geschwindigkeit) eines jener Gedichte aufs Papier werfen konnte, die ihm den Namen eines spanischen Petrarca eintrugen.
Das verstehe ich unter schwierigem Zeitpunkt. Ich konnte nicht während der Szenen mit raschem Handlungsablauf gehen – nicht, wenn ich hoffte, bemerkt zu werden. Zu viele Zuschauer hüpften herum und fuchtelten mit den Armen, zischten die Schurken aus, feuerten den Helden an, da Lope seine unwahrscheinliche Fabel mit Verwicklungen über Verwicklungen am Kochen hielt. (Urteil: Lopes Rezeptur stach so deutlich hervor wie die Knochen eines ausgedörrten Tieres, sagen wir eines Ochsen, der irgendwo in der Wüste zwischen Algier und Spanisch-Oran verendet ist.) Aber ich konnte auch nicht gehen, wenn Garcilaso sein Schwert mit der Feder vertauschte – nicht, wenn ich (aus beruflichen Gründen) herausfinden wollte, wie Lope mit dem Problem des Schreibens über einen Schriftsteller, der schreibt, umging. (Urteil: Oberflächlich, wenn auch schwungvoll. Nichts darin für einen ernstzunehmenden Dramatiker. Oder Theaterbesucher, wenn wir schon dabei sind.) Und inzwischen war der erste Akt irgendwie vorbei.
Der Grund, warum ich im zweiten Akt nicht hinausging, lag etwas anders.
Ich ließ mich natürlich nicht von der Handlung einnehmen, die zielsicher auf Garcilasos Tod zuzusteuern schien. Aber es amüsierte mich, wie Lope in sein Melodram ein Schäferzwischenspiel einbaute, in dem Figuren, die die Schriftstellerfigur Garcilaso erdichtet hatte, auftraten – eine Art Spiel im Spiel. Eigentlich nichts Originelles, selbst wenn es vorher nie gemacht worden war. (Und tatsächlich sollte Gaspar de Porres es, ohne den geringsten Einwand Lopes, aus den folgenden Aufführungen streichen.) Aber es

reichte, um mein Interesse zu fesseln. Aus beruflichen Gründen. Kurzzeitig.
Es würde sowieso am besten sein, genau zu Beginn des letzten Akts hinauszugehen, wenn mein Abgang am meisten auffallen würde. Aber wieder kam mir meine berufliche Neugier dazwischen. Ich räumte mir ein paar Minuten ein, um zu sehen, wie Lope die »poetische Gerechtigkeit« einsetzen würde, um dem Publikum zu geben, was es (wie er behauptete) wollte. Und ich sah es. Die Übeltäter wurden bestraft, die Gerechten belohnt, die Handlung wurde in eine Moral eingekleidet – alles unter fröhlicher Mißachtung der Wirklichkeit.
Als der letzte Vers gesprochen war, und nach einem heftigeren Applaus, als mir angebracht schien, ging das begeisterte Publikum nach Hause.
Ich saß da. Ich saß noch da, als das Theater schon leer war. Ich saß da, bis das Nachmittagslicht schwächer wurde. Ich saß da und versuchte, die *Verwirrte Frau* und *Selims Tod* und *Leben in Konstantinopel* vor meinem geistigen Auge ablaufen zu lassen, aber ich sah bloß Garcilaso de la Vega über die Bühne springen und hörte das Publikum Lopes Namen schreien, und ehe ich mich versah, war der *corral* in kaltes Mondlicht getaucht, und ich ging langsam hinaus und um die Ecke in Gaspar de Porres' Büro, wo noch Licht brannte.
»Die hier sind gar nicht so schlecht«, meinte er. »Ihre *Verwirrte Frau* ist etwas zu gedämpft, *Selim* müßte etwas schurkischer sein, und Ihr *Konstantinopel* hat ein wenig zuviel Lokalkolorit, aber das ist alles nichts, was ich nicht hinbiegen könnte.«
Ich griff nach dem ordentlichen Stapel Manuskripte auf seinem Schreibtisch.
Er sagte: »Ich habe gesagt, nichts, was *ich* nicht hinbiegen kann.«
»Das sind meine Stücke. Ich will sie zurückhaben.«
»Das sind sie *gewesen*. Ich habe sie gekauft. Jetzt gehören sie mir.«
»Ich will nicht, daß sie aufgeführt werden. Ich gebe Ihnen Ihr Geld zurück.«
»Ich will mein Geld nicht. Ich will jedes Stück, das ich in die Finger bekommen kann. Madrid ist theatergeil. Was ist denn in Sie gefahren?«

»Das würden Sie nicht verstehen.«
Aber und ob: »Sie haben gerade den Lope gesehen«, sagte er.
Ich brachte nur ein Nicken zustande.
Gaspar de Porres stand auf und legte mir einen Arm um die Schulter. »Eine Armee braucht Fußsoldaten genauso wie Generäle«, meinte er.

»Das Übliche?« fragte Gabriel Múñoz und langte nach einem Krug roten Hausweins. »Wo hast du gesteckt?«
»Gib mir Schnaps. Und keine Unterhaltung...«
Gabriel Múñoz zuckte die Achseln und stellte mir eine Flasche *aguardiente* hin. Ich goß mir ein und trank, goß mir ein und trank. Wenn nur, sagte ich mir, wenn es nur so einfach wäre wie mit Gedichten. Mit Gedichten war alles einfach. Bin nicht zum Dichter geboren worden. Fußsoldat. Hätte nicht schlimmer kommen können. Er hätte wenigstens Arkebusier sagen können. »Arkebusier«, sagte ich und schenkte Gabriel Múñoz das welterfahrene Lächeln eines Dichter-Soldaten. Der in der Seeschlacht von Lepanto gekämpft hatte. Das Schlimme am Stückeschreiben war, daß ich nicht schlecht war. Das komplizierte alles. Total unfähig zu sein wäre einfach gewesen.
»Anica«, rief ich und langte nach der leeren Flasche, als sie den Tresen entlangrollte.
Gabriel Múñoz sagte: »Oben bei – paß auf!«
Das nächste, woran ich mich erinnern kann, war, daß ich irgendwie am Boden lag. Bei meinem Sturz war ich anscheinend mit der Kante des Tresens zusammengestoßen. Eine ganze Seite meines Kopfes tat weh.
»Fußsoldat«, sagte ich und sah durch einen bläulichen Dunst über mir Gesichter schwimmen, als man mich die Treppe hinauftrug und auf etwas Weichem ablegte. Eine Lampe flackerte, wurde heller. Ich hörte entweder eine Katze miauen oder ein Baby weinen.
»Na, das hier ist ja ein richtiges blaues Auge«, kicherte Anica. »Habe Euer Ehren noch nie betrunken gesehen.« Sie klatschte etwas Nasses und Kaltes auf das richtige blaue Auge. Das tat gut: Ich sah sie nicht mehr doppelt. Sie beugte sich über mich, ihr

gebleichtes Haar streifte mein Gesicht. Ich packte eine Handvoll davon und klammerte mich daran.
Die Katze miaute, oder das Baby weinte. Ich machte ein paar Annäherungsversuche. Anica blies die Lampe aus und half mir aus meiner Hose.
»›Wenn einer lacht, dann weint er nicht‹«, sagte sie.

Als ich erwachte, erblickte ich auf dem Kissen ein paar strohfarbene Haare, aber keine Anica. Erblickte eine Wiege in einer Ecke, aber kein Baby. Erblickte ein Waschgestell. Ich spülte mir den Mund aus und klatschte mir Wasser ins Gesicht.
Vom Tresen aus schaute Gabriel Múñoz mir zu, wie ich die Treppe herunterwankte und mich an einem Tisch hinsacken ließ.
»Schläfst du nie?« brummte ich.
»Habe Besuch gehabt. Wie geht's deinem Kopf, Compañero?« Er stellte eine Tasse dampfender Schokolade auf den Tisch. »Hast du das Kleine gesehen?«
»Ich habe es weinen hören, sonst nichts. Warum?«
»Ich war bloß neugierig. Ein ganz süßes Kind. Dein Bruder Juan war hier.«
»Wer?«
»Juan der Düstere.«
»Ach. Und du hast mir nichts gesagt?«
»Ich habe gedacht, du würdest nicht gern gestört werden.«
»Wie geht's ihm?«
»Wer kann das schon sagen? Er hat ausgesehen wie immer. Ganz in Schwarz, staubig von der Straße, eine Minute hier und die nächste schon wieder weg.«
»Du weißt nicht zufällig, was er treibt?«
»Mich fragst du, und du bist sein Bruder? Was auch immer es sein mag, es hält ihn auf Trab«, sagte Gabriel Múñoz und fügte nach einer bedeutungsvollen Pause hinzu: »Wie einen Straßenräuber.«
»Mein Bruder?«
»*Wie*, habe ich gesagt. Weil wir gerade dabei sind«, erzählte mir Gabriel Múñoz, »es gab einmal einen Berufskiller, der sich aus Respekt vor seinen Opfern immer schwarz kleidete. Noch ein Beruf,

wo Düsterkeit von Nutzen ist. Na ja, jedenfalls«, fuhr Gabriel Múñoz fort, »läßt dir dein Bruder ausrichten, daß in Tomás Gutierrez' *hostal* in Sevilla ein Zimmer für dich reserviert ist.«
»Tomás ist Gastwirt geworden?«
»Das beste Gasthaus im Süden, soweit ich höre. Aber du nennst Tomás besser Hotelier; er meint, daß Gastwirt zu gewöhnlich klingt.« Gabriel Múñoz warf mir eine schwarze Börse auf den Tisch. »Das ist für den Weg. Sobald du unten bist, kümmert Pierre Papin sich um deine Ausgaben. Und wenn du deinen Bruder brauchst, hinterlasse eine Nachricht in Papins Kartenladen in der Nähe des Gefängnisses von Sierpes.«
»Pierre Papin *verkauft* jetzt Karten?«
»Verkauft sie, mischt sie, legt sie auf einen Stapel, haut Leute damit übers Ohr. Das hat sich nicht geändert, Compañero. Sein Laden dient als Tarnung für die größte Spielhölle Andalusiens, unter anderem.«
»Unter anderem?« fragte ich.
Gabriel Múñoz nahm meine leere, schlichte Tasse und sah sie sich genau an. Ich hatte den Eindruck, er dachte, er habe zuviel gesagt. »Das weiß ich nicht«, sagte er. »Ich berichte dir nur, was dein Bruder mir berichtet hat.«
»Hat er dir auch gesagt, was ich in Sevilla tun soll?«
»Ach, ja«, entgegnete Gabriel Múñoz. »Ich soll dir sagen, daß man sie bei den Zigeunern in Triana gesehen hat.«

Zweiundzwanzigstes Kapitel
Das *Hostal* in der Bayonne-Straße

Ich möchte wissen, ob Shakespeare sich je an einem 23. April um eine Stelle beworben hat. Ich ja, im Jahr 1587.

Die Arbeit war gefährlich und schlecht bezahlt. Aber ich besaß keinen Maravedí mehr, und in Sevilla, diesem trügerischen Tor zur Neuen Welt, war schwer an Stellen heranzukommen. Jemand mußte der Familie ab und zu etwas Geld nach Madrid schicken, und Juan der Düstere konnte das nun nicht mehr.

Der 23. April war ein stürmischer Tag, und der Obereintreiber für die spanische Flotte in Andalusien sah so aus, als könnte er weggeweht werden, als er den Orangenhof auf dem Kathedralengelände auf und ab schritt. Er war hager, ja fast ausgezehrt, die kümmerliche Hülse eines Mannes, der, wenn der Wind blies, die Arme in die Höhe zu spreizen und seinen Umhang wie Fledermausflügel auszubreiten pflegte, so daß er über den Geschäftsleuten, Geldverleihern, Einflußgebern und Möchtegern-Kolonialverwaltern abzuheben schien, die allesamt bunte Gewänder trugen und die schwarze Kluft des Obereintreibers noch schwärzer aussehen ließen. Seine hagere Grabesmiene war ausdruckslos bis auf die Augen: die gepeinigten Augen eines Mannes, der einer unerbittlichen Wahnvorstellung, höchstwahrscheinlich sexueller Natur, ausgeliefert ist.

»Warum«, fragte er mich, »wollen Sie die Stelle? Es ist Judenarbeit, wie das Schätzen von Ernteerträgen. Im allgemeinen geben sich nur *conversos* dazu her.«

»Ich brauche Geld, das ich meiner Familie im Norden schicken kann.«

»Wie ist das mit Ihrer Hand passiert?«

»Bei der Seeschlacht. Ich bin dreifach verwundet worden. *Aventajado.*« Das hatte ich, wie ich meinte, geschickt einfließen lassen.

»Ein Veteran. Das ist gut. Sehr gut. Sind Sie schonungslos?«

»Ich glaube eigentlich nicht, daß man sagen könnte –«
»Das werden Sie sein müssen. Was führt Sie nach Andalusien?«
»Das Übliche. Ich wollte von zu Hause weg.«
Das war eindeutig irreführend (auch was die geschichtliche Seite angeht, denn Pierre Papin zufolge führte der Obereintreiber zwanghaft über alles Buch und schrieb jedes Detail auf). Aber anzudeuten, daß man vor einer unglücklichen Ehe flieht, ist viel einfacher, als zu sagen, man sei gekommen, um die eigene Schwester zu finden, die aber gar nicht die eigene Schwester sei und mit den Zigeunern weggelaufen sei, und daß man sie jedoch nach fast zwei Jahren immer noch nicht gefunden habe.
»Die Leute werden Sie beschimpfen«, prophezeite mir der Obereintreiber. »Sie werden Sie anlügen, Ihnen die Tür vor der Nase versperren. Sie werden Sie vielleicht sogar tätlich angreifen. Wie alt sind Sie?«
»Neununddreißig.«
Neununddreißig. Klingt das nicht irgendwie älter als vierzig oder einundvierzig? Damit fängt ein Abschnitt an, aber neununddreißig markiert ein Ende.
»... nachdem sie Truppen in die Niederlande geschickt hat«, sagte der Obereintreiber gerade, »ist eine spanische Invasion Englands wahrscheinlich geworden. Und mit Fotheringhay ist sie unumgänglich geworden, finden Sie nicht?«
»Ich weiß es nicht«, erwiderte ich. Ich dachte gerade: Wie habe ich es geschafft, neununddreißig zu werden?
»Haben Sie nichts von Fotheringhay gehört?« rief der Obereintreiber. »Was haben Sie denn da oben im Norden *getan*?«
»Stücke geschrieben.«
»Ach, deshalb sind Sie so weltfremd. Das wird nicht gehen. Ein Eintreiber muß mit beiden Beinen fest auf dem Boden stehen und jederzeit bereit zum Davonlaufen sein. Aber ihr Akademikertypen – war es in Alcalá?«
Ich sagte ihm, daß meine Familie zu arm gewesen sei, um mich studieren zu lassen. Dann teilte ich ihm mit, ich wisse, daß Maria Stuart vergangenen Februar in Fotheringhay hingerichtet worden sei.

»Hingerichtet?« fuhr er auf. »Eine Hinrichtung setzt Recht und Gesetz voraus, wohingegen die Königin von Schottland von dieser jungfräulichen Hure auf dem englischen Thron kaltblütig ermordet wurde.«

»Ganz wie Sie sagen. Ich möchte keine andere Meinung als die spanische Krone vertreten«, versicherte ich ihm. »Ich möchte bloß für sie arbeiten.«

»Als Eintreiber für die Flotte sind Sie kein Bediensteter der Krone, sondern eher ein Vertragshändler, der haftbar ist für jeden Fehlbetrag zwischen der Menge Getreide und Futter, die Sie eintreiben, und der Menge, die in Lissabon oder Cádiz ankommt, wo sich gerade jetzt die Unbesiegbare Armada sammelt, die England erobern wird. Das Gesetz verlangt einen Mitunterzeichner, einen Mann mit Vermögen, der die Regierung gegen Mißbrauch schützt. Das Gewerbe des Eintreibers zieht alles mögliche Gelichter an.«

Ich sagte, daß es kein Problem sein würde, einen Mitunterzeichner zu finden.

Der Obereintreiber knurrte. »Dann haben Sie die Stelle. Sie werden es vermutlich noch bedauern. Wie die meisten.«

Als der Obereintreiber mir nachschaute, spürte er, wie der Wind sich erhob, und spreizte schnell die Arme. Sein an Fledermausflügel erinnernder Umhang verhalf ihm zu einem Auftrieb, der nicht nur physikalischer Natur war, sondern auch die zehrenden Auswirkungen seines Alptraums milderte, der ihn nun seit fünfundzwanzig Jahren heimsuchte – oder zweiundzwanzigeinhalb, je nach historischer oder Erzählzeit. Denn der Obereintreiber war natürlich Pedro de Isunza, vormals Leibwächter und Kuppler des unglücklichen Kronprinzen Carlos, vormals kleiner Angestellter der Anlageberatung der Inquisition, vormals Soldat in der Flandernarmee Don Juan d'Austrias.

Isunzas Armeelaufbahn war nicht wie die von anderen unehrenhaft beendet worden. Er blieb bis zu Don Juans Tod gemeiner Soldat (ein besonders gemeiner Soldat). Ins Zivilleben zurückgekehrt, machte er seinen Reibach als einer der ersten Tulpenimporteure von Amsterdam, ging wieder nach Spanien zurück und kaufte sich

den Posten des Obereintreibers, weil ein Geisterbeschwörer ihm geweissagt hatte, daß er in Andalusien finden würde, was er am meisten begehrte. Diese – nostradamisch unklare – Prophezeiung deutete Pedro de Isunza dahingehend, daß er dort die zweihundertneunundzwanzigste (mutmaßliche) Jungfrau finden werde, die dadurch, daß sie den Kronprinzen tödlich verletzte, verhindert hatte, daß Isunza sich eines Tages in den innersten Gängen der Macht bewegte, als Vertrauter des zukünftigen Königs über das erste Reich, in dem die Sonne nie unterging.
Es war eine schreiende Ungerechtigkeit. Pedro de Isunza würde sie alle dafür büßen lassen.
Don Juan d'Austria, der Bastard, hatte es schon gebüßt. Warum sollte Don Juan als einer von Fortunas Lieblingen, der Anfang 1562, historischer Zeit, den unglücklichen Kronprinzen nach Alcalá begleitet hatte, leben dürfen? Pedro de Isunza war es eines Nachts kurz vor seiner Entlassung aus dem Kriegsdienst gelungen, in den stark gepfefferten Eintopf des Bastards eine Überdosis Kantharidin, sprich: Spanische Fliege, zu schütten, das Lieblingsaphrodisiakum des Bastards, in großen Mengen ein zuverlässiges Gift. So geschah es, daß Don Juan d'Austria, der Held von Lepanto und Oberkommandant der spanischen Streitkräfte in den Niederlanden, im Oktober 1578 an einem »bösartigen Fieber« starb.
Acht Jahre, dachte Pedro de Isunza. Acht Jahre waren vergangen, und dann kam die Prophezeiung des Geisterbeschwörers, daß er in Andalusien finden werde, was er am meisten begehrte. Er wußte, daß er sie sofort erkennen würde, diese phantastisch schöne Jungfrau seines wiederkehrenden Alptraums, der ihm einen derart ekstatischen Orgasmus verschaffte, daß ihn dies beinahe für den erlesenen Schmerz entschädigte, den sie ihm allnächtlich durch das Auspeitschen mit der strahlenden Mähne ihres weizenblonden Haares zufügte. Als Mann von begrenzter Phantasie bedachte Pedro de Isunza nicht, daß seit jener schicksalhaften Nacht in Alcalá, als der Kronprinz treppabwärts gefallen war, fünfundzwanzig (oder zweiundzwanzigeinhalb) Jahre vergangen waren. Es fiel ihm nie ein, daß sie älter geworden sein mußte.
Doch ist das so seltsam? Wie ich ihm hätte sagen können, war sie es wirklich nicht geworden.

»Mit unterzeichnen?« fragte Tomás Gutiérrez mich. »Warum sollte ich das?«
Wir saßen im Patio des *Hostal Gutiérrez* in der Bayonne-Straße direkt gegenüber der Kathedrale. Der Marmor-und-Jaspis-Brunnen plätscherte, aus Südamerika importierte Vögel gurrten in den Zweigen eines seltenen Carambuco-Baumes, ein halbes Dutzend geschmeidiger Negerinnen stakste, spärlich mit dem grünlichen Goldstoff der Gutiérrez-Livree bekleidet, in malerischer Stille durch den Patio und erledigte unbekannte Aufträge.
»Ich weiß, daß du so ehrenhaft bist wie ich, Miguel. Aber ein Mann in meiner Position, ein erstklassiger Hotelier – na, du verstehst schon: Angenommen jemand schröpft dich? Wer muß einspringen?«
Es war warm für April, und Tomás Gutiérrez schwitzte in einem seiner kostümhaften, grünen, sechziglagigen Anzüge.
»Ich wünschte, ich könnte dir helfen, Miguel«, sagte er.
Das gleiche hatte er vor zwei Jahren gesagt, als ich in seinem *Hostal* ankam, um die Suche nach Andrea aufzunehmen.
»Ich wünschte, ich könnte dir helfen, Miguel, aber ein Mann in meiner Position kann sich nicht soviel mit Zigeunern abgeben. Aber wenn du die Dame findest, richte ihr von mir aus, daß ...« Er dachte nach, lächelte dann. Er hatte inzwischen Hängebacken bekommen, und sogar sein teurer Schneider konnte den gewaltigen Wanst nicht verbergen. »Richte ihr aus, daß ich noch immer dieselben gewichsten, dattelfarbigen Schuhe trage. Sie kapiert's dann schon«, sagte er. »Aber sie soll sich lieber beeilen. Sie wär 'ne gute Hoteliersfrau, aber 'n Frühlingsküken ist sie nicht mehr. Wie alt ist sie eigentlich? Sie ist älter als du.«
»Andrea wird nicht älter«, entgegnete ich. »Sie war dem Lauf der Zeit nie unterworfen. Sie ist ungefähr zweiundzwanzig.«
Eine solche dichterische Wahrheit war bei Tomás Verschwendung. Er schwadronierte weiter: »Und wie kommt's, daß dein Bruder einen Federfuchser wie dich schickt, um sie zu finden, wo er doch derjenige ist, der über alle Mittel dazu verfügt?«
»Was willst du damit sagen – Mittel?«
»Na, er kennt Pierre Papin und die ganze Bande. Luis Schwarz-

sklave. Die haben die dicken Verbindungen zur Unterwelt, die wir Sevillaner *hampa* nennen. Und Luis Schwarzsklave leitet dieses entlegene Sanatorium von ihm, oder was es auch ist, in den Hügeln drüben bei Arcos. Das meine ich mit Mitteln. Also, was macht ein Naivling wie du hier?«

»Ich suche Andrea«, sagte ich.

»Also, wenn du sie findest, vergiß das mit den Schuhen nicht. Sie kapiert's dann schon. Zweiundzwanzig«, setzte er kopfschüttelnd hinzu.

Ich suche Andrea.

Ich suchte in Triana, dem Zigeunerviertel von Sevilla, und im Albaícin von Granada, ich suchte sogar in Guadix, der Höhlenstadt der Zigeuner, ich suchte auf der Landstraße zwischen Zigeunerscharen, die von Stadt zu Stadt zogen.

Die Zurückhaltung der Zigeuner war leicht aufzubrechen, wenn ich Andrea beschrieb. Denn die Zigeuner lieben die körperliche Schönheit sehr. »Ihre Schönheit«, sagte ich und wählte sorgfältig meine Worte, »ist wie die Liebkosung der Sonne an einem windstillen Wintertag im Hochland von Kastilien oder wie die rätselhafte Silhouette eines Schiffes mit fremdartigen Segeln im Silberpfad des Vollmondes auf See oder wie ein Quell klaren Wassers in der ganzen menschenvernichtenden Weite aus glühendem Sand und Fels zwischen Algier und Spanisch-Oran, genau in dem Augenblick, da der entflohene Sträfling entdeckt, daß er keine Fata Morgana vor sich hat.«

»Hat es eine solche Frau je gegeben?« sinnierten sie.

»Wenn die, die du beschreibst, unter uns gewandelt wäre, würden wir uns an sie erinnern«, versicherten sie mir.

Im April des zweiten Jahres vergeblicher Suche kam plötzlich kein Geld mehr. »Aber ich kann dich eine Zeitlang selbst unterstützen«, rief Pierre Papin über die Stimme eines Zigeuners hinweg, der im *cercle privé* seiner Spielhölle schlüpfrige *coplas* sang. »Was ich dich schon immer fragen wollte – was macht deine Nichte denn immer so?«

»Sie entwirft Theaterkostüme.«

»Kein Geld damit zu machen. Sie könnte ihr Gehalt selbst festsetzen, wenn sie für mich arbeiten würde. In meinem Madrider Etablissement oder wo immer sie es wünscht.«
»Aber Constanza«, sagte ich, »ist ein völlig unschuldiges Wesen.«
Pierre Papin nickte begeistert. »Schau dir das Mädel da drüben an.« Er deutete auf die Kartengeberin am Siebzehnundvier-Tisch. Sie trug ein kesses Goldbrokatkäppi über ihrem blonden Haar, und ihr Gesicht hatte den Ausdruck eines Kindes, das beim ersten unfreundlichen Wort wegläuft.
»Erinnert sie dich an jemand?«
»Du meinst an Constanza? Na ja, sie sind beide blond und sehen schüchtern aus, aber –«
»Deine Nichte hat die Mode eingeführt, als sie vierzehn Jahre alt war.«
»Constanza?«
»Die beste Kartengeberin in ganz Spanien. Sie haben alle versucht, sie nachzuahmen. Weißt du, warum sie gut war? Weil, wenn sie die Karten austeilte, es so war, als würde man einem Baby sein Bonbon abnehmen. Und immer wenn einer eine Glückssträhne hatte, sah sie so bekümmert aus, als wäre sie persönlich dafür verantwortlich, daß das Haus Geld verlor. Der Inbegriff der Verletzlichkeit. *Und* es war nicht gespielt. Ich träume von Kartengeberinnen wie ihr.«
»Und sie hat nichts anderes getan als Karten ausgeteilt?«
Er nahm den Hut ab, der die Feder auf der falschen Seite hatte, kratzte sich den Kopf unter seinem schütter werdenden Haar und setzte den Hut wieder auf. »Was hast *du* gedacht? Sie war der Star unter den Kartengeberinnen in Ovandos Betrieb. Und eine Weltklassegeberin wie sie sieht nicht nur unberührbar aus, sie *ist* unberührbar.«
Ich glaube, ich lächelte. Dann schaute ich mir wieder die Geberin mit dem kleinen Goldbrokatkäppi am Siebzehnundvier-Tisch an, deren leichte Ähnlichkeit mit meiner Nichte Constanza bei den beiden braunen Augen aufhörte. Sie hockte am Tisch gegenüber einem Fugger mit kanonenkugelrundem Kopf und dem Nacken eines Kampfstiers. Sonst spielte keiner. Der Deutsche drehte seine beiden verdeckt liegenden Karten um – zwei Asse – und forderte mit

den groben Fingern des typischen Deutschen zwei neue verdeckte Karten. Die Zigeuner behaupteten, die Fuggerleute hätten mehr Geld als Gott. Diese Spitze zielte in zwei Richtungen. Die reisenden Schuldeneintreiber der Augsburger Bankiersfamilie Fugger, erbarmungslose Leute, die auf Kommissionsbasis arbeiteten, wurden ganz gewiß reich, aber Gottes Geldeintreiber kamen sicher auch nicht schlecht weg.

Die erschrockene Geberin sah Pierre Papin an. »Er hat die ganze Zeit gewonnen und den Gewinn stehen lassen. Es stehen zehn Millionen Maravedís ... auf jeder Karte.«

Das war eine ehrfurchtgebietende Summe, auch bei einem Kurs von 440 Maravedís pro Escudo (oder Dukaten, der alte Name, den jedermann für die neue Münze benutzte).

An den Würfeltischen, am *monte*-Tisch, sogar an den stets beliebten *primera*-Tischen (wo die Bildkarten am wenigsten zählten, der Königsrang verhöhnt wurde) wurde es ganz still.

Pierre Papin nahm seinen falsch gefiederten Hut ab und nickte.

Die Geberin zog den Kopf ein, so daß nur noch ihr kleines Goldbrokatkäppi zu sehen war, und legte je eine Karte auf jedes As.

Mit der Schwerfälligkeit des typischen Deutschen drehte der Fugger sie um. Beides Bildkarten.

»Was wir hier spielen«, sagte er, »ist nicht *primera.*«

Pierre Papin sagte: »Meine Herren, das Haus ist geschlossen.«

Als er seinen leeren Geldschrank zumachte, sagte der Franzose zu mir: »Es sieht so aus, als würde ich doch nicht unterstützen können.«

Das begriff ich. Aber das mit Juan dem Düsteren begriff ich nicht. »Was ist mit meinem Bruder los?« fragte ich. »Es war doch sein Geld, das ich ausgegeben habe, oder?«

»Er sitzt im königlichen Gefängnis, da die Straße hinauf. Er wird wegen Mordes festgehalten.«

An der Pförtnerloge verwies man mich in die *audiencia*, das Ortsgefängnis, das vom Landesgefängnis durch eine Gasse getrennt war, die von Ehefrauen, Huren, Wärtern und Anwälten verstopft wurde. Bei der *audiencia* wollten sie mich nicht hineinlassen.

»Aber ich bin sein Bruder«, sagte ich gerade, als ein kleiner Mann hereinwieselte. Er trug ein altmodisches schwarzes Taftwams und eine pludrige Schleife und hatte einen altmodischen Biberhut und eine altmodische Aktentasche bei sich.
»Guten Morgen, Señor Zum«, sagten die Wärter respektvoll.
»Picapleitos!« rief ich aus, denn ich erkannte ihn sogar ohne seine übergroße Halskrause.
»Ich bin der Anwalt von Don Juan de Cervantes Saavedra alias Juan der Düstere« verkündete er und beachtete meine überschwengliche Begrüßung gar nicht.
Die Wärter riefen: »Wenn er Sie hat, Señor Zum, ist er in Null Komma nichts draußen.«
»Der Bruder«, sagte Picapleitos, »ist harmlos. Ich gebe euch mein Wort darauf. Auch wenn er Dramatiker ist.«
Anscheinend war Picapleitos' Wort gut genug, denn die Wärter schritten nicht ein, als er mich in das Gefängnis führte, wo wir ungestört sprechen konnten.
»Was wird geschehen?« fragte ich.
»Die Anklagen werden fallengelassen. In zwei Wochen, allerhöchstens drei.«
»Hat er es getan?«
»Was für eine unerhebliche Frage. Sie haben wirklich keine Ahnung, was Ihr Bruder tut, oder?«
Ich gab es zu.
»Auch gut. Vielleicht. Vorläufig.«
»Was soll das mit dem Señor Zum?« fragte ich.
»Gut fürs Geschäft. Keiner konnte je den Namen Iñaki Satrústegui Zumalacárregui aussprechen, außer Ihrem Großvater. Und mir natürlich. Also – Señor Zum.«
»Kein Picapleitos mehr? Mir hat es recht gut gefallen.«
»Bitte! So ein Name war zu seiner Zeit vielleicht gut.« Picapleitos alias Señor Zum wollte sich an die Nase greifen, die Gott oder der Teufel zu einer Spitze zusammengezwickt hatte, dann ließ er die Hand schuldbewußt sinken. »Alte Gewohnheiten sind schwer loszuwerden«, meinte er, »doch solche Tricks sind zu ... glanzvoll für einen Verteidiger in meiner Position. Verstehen Sie, ich bin der

iberische Berater des Abts und seiner ... Mitarbeiter, mit allem, was dazugehört.« Wieder wollte er sich an die Nase greifen; wieder ließ er die Hand schuldbewußt sinken, »Ach so, Sie verstehen es nicht? Also können wir keine Spekulationen darüber austauschen, was geschieht, wenn der Abt stirbt. Er ist todkrank, verstehen Sie.«
Ich verstand keineswegs. Ich wußte nicht einmal, wer der Abt war, da es sich anscheinend nicht um den umstrittenen Abt von Sponheim handelte. Während ich mit Picapleitos alias Señor Zum sprach, bekam ich überhaupt das Gefühl, fast gar nichts zu wissen.
Er sagte: »Wenn Sie Hilfe brauchen ... gewisse Notfonds ... von einem Dramatiker kann man kaum erwarten ...«
»Ich bewerbe mich gerade um eine Stelle als Eintreiber für die Flotte.«
»Gefährliche Arbeit«, sagte Señor Zum. »Andererseits ist es der perfekte Deckmantel für einen von des Abts ... Mitarbeitern.« Wieder die schuldbewußte Handbewegung. »Könnte es sein, daß man mich im dunkeln ließ, was ... nein, Sie nicht. Na schön, wenn Sie etwas brauchen, gehen Sie zu Pierre Papin.«
»Er ist bankrott.«
»Bankrott? Bloße zwanzig Millionen Maravedís, mein lieber Don Miguel, die gut angelegt sind, um das Haus Fugger bei Laune zu halten. Bei ihm stehen ganze Königreiche in der Kreide, die sogar Sie benennen können.«
Er wartete. Aber ich zuckte nur die Achseln.
Er sagte: »Sollte ich Sie falsch eingeschätzt haben?«, was alles mögliche heißen konnte.

Tomás Gutiérrez war einverstanden, für meine Stelle als Eintreiber mit zu unterzeichnen, vorausgesetzt, ich schriebe für ihn ein Gedicht. Ich versuchte ihm klarzumachen, daß ich nicht zum Dichter geboren worden war.
»Alles, was ich brauche, ist eine Bestätigung«, erwiderte er. »Ein Zeugnis für mein Gasthaus. Ich meine *Hostal.* Ich lasse ein Plakat drucken, für das ich von einem bekannten Autor – selbst wenn du nicht Lope de Vega heißt – ein paar Verse geschrieben haben möchte. Du solltest reinschreiben, daß Maultiere und ihre Abdek-

ker im *Hostal Gutiérrez* kein Willkommen finden, aber für Leute mit Niveau habe ich Silber und Kristall und Möbel im Wert von fast siebentausend Escudos – doch nenne sie Dukaten –, ganz zu schweigen von zwei Schichten mit sechs Negerinnen, also im ganzen zwölf, die alle aus Fernando Po sind. Das ist an der Küste Westafrikas. Papageien und Meerkatzen aus Brasilien. Das ist in der Neuen Welt. Federkernbetten. Die sind in jedem Zimmer. Zweiundvierzig Escudos, aber sag Dukaten, habe ich für mein eigenes Pferd bezahlt. Aus Mallorca. Das ist praktisch in Arabien. *Klasse*«, sagte Tomás Gutiérrez. »Wir reden von Spitzenklasse.«
Daß ich den Nutzen der Dichtung als geschäftliches Werbemittel in Frage stellte, führte zu nichts.
»Kein Gedicht, keine Unterschrift.«
Also schrieb ich es. Doch wie Sie begreifen werden, förderte es meine Begeisterung für das Gedichteschreiben kaum, all die silbernen Salzstreuer und Federkernbetten, die Tapeten und den Damast, die kühlen Obergeschoßzimmer im Sommer und die gemütlich warmen Untergeschoßzimmer im Winter (Tomás sollte es mit mir all die Jahre lang genau andersherum halten) in meinen Versen unterzubringen, die sich alle a-b-b-a reimten und mit der drastischen Warnung vor dem Preis schlossen, auf der Tomás bestand:

> Wer für angebracht es hält,
> Sich erst in dies *Hostal* zu wagen
> Und dann noch nach dem Preis zu fragen,
> Schlecht ist's um den als Gast bestellt.

Tomás gefiel es, aber können Sie mir vorwerfen, daß ich in den darauffolgenden Monaten ab und zu dachte, daß es Euterpe, die Muse der Poesie, war, und nicht die Generalvikare von Sevilla und Córdoba, die auf mich den Zorn des Himmels herabrief?

Dreiundzwanzigstes Kapitel
In welchem ich exkommuniziert und mit dem Kirchenbann belegt werde und in welchem noch Schlimmeres geschieht

Verschwitzt, grau vor Staub und Erschöpfung, stieg ich an der Plaza, die das Rathaus von der St.-Jakobs-Kirche trennte, vom Pferd. Die Nachricht von meiner Ankunft oder die furchtbare Frühsommerhitze hatte die Stadtbewohner von den Straßen vertrieben. Écija, fünfzig Meilen östlich von Sevilla gelegen, wird nicht umsonst der Backofen Andalusiens genannt.

Nachdem ich fünf bis zehn Minuten lang mit meinem Stab, der die Insignien des Königs trug, gegen die Tür gehämmert hatte, wurde ich in das Rathaus eingelassen, wo sich der Gemeinderat von Écija zufällig gerade mitten in einer Plenarsitzung befand. Im folgenden einiges von dem, was die Ratsherren mir erzählten:

»Die Ernte des letzten Jahres war eine Katastrophe.«

»Frühe Überschwemmungen haben das ganze Saatgut weggespült.«

»Es hat in der Wachstumsperiode nicht einmal geregnet.«

»Hagelkörner so groß wie Orangen haben den Weizen kurz vor der Reife niedergedrückt.«

»Die Braunfäule hat die Luzernen vernichtet.«

»Als alle fünf Kornspeicher abgebrannt sind, hat man die Flammen bis nach Sevilla sehen können.«

»Sie sollten wirklich dorthin zurück, Mann.«

In der Hoffnung, daß die heilige Mutter Kirche, die Eignerin so vieler Kornfelder und Futteräcker, mit gutem Beispiel vorangehen möge, überquerte ich die Plaza zur St.-Jakobs-Kirche. Das dauerte länger, als es hätte sollen, denn Hunderte von Eseln mit vollgeladenen Körben wurden aus allen Richtungen auf den Platz getrieben und sammelten sich vor dem Westportal der Kirche.

Nachdem ich fünfzehn bis zwanzig Minuten gegen das Portal des Nordschiffes gehämmert hatte, wurde ich vom Küster eingelassen. »Sie haben Glück«, sagte er zu mir. »Der Generalvikar von Sevilla ist gerade zu Besuch da.«
Der Generalvikar sah so hartgesotten wie ein Fugger aus.
»Mit wie gutem Beispiel?« dröhnte er mit fast deutscher Stimme.
»Nun ja, die Register weisen aus, daß die Kirchengüter in Écija die ausgedehntesten sind, daher habe ich gehofft –«
»Die Güter, von denen Sie sprechen, gehören nicht dieser einfachen, kleinen St.-Jakobs-Kirche.«
Mir kam sie gar nicht so einfach und klein vor, als ich da mit dem Generalvikar im Kirchenschiff stand, dessen Stimme von der gewölbten Decke widerhallte, während die Mudejar-Fenster auf uns herabblickten, als könnten sie Gedanken lesen. Ich fragte ihn, ob die Kirche auf die Besitzer jener riesigen Ländereien, wer auch immer sie seien, keinen Druck ausüben könne, um ihren geizigen Brüdern auf die Sprünge zu helfen. Fünfzehnhundert Scheffel, schlug ich vor, würden die Dinge ins Rollen bringen.
»Die Pfründe«, dröhnte der Generalvikar, »gehört dem Domkapitel von Sevilla und somit Gott. Ich als Generalvikar habe daran nur ein geringes Interesse. Die Esel draußen vor der Kirche werden, sobald sie gesegnet sind, ihre 1525 Scheffel Weizen auf direktem Wege in die Kornkammern des Domkapitels bringen.«
Und er machte kehrt und stapfte nach Westen das Kirchenschiff hinab davon.
»Aber der Weizen«, rief ich ihm, berechtigterweise, dachte ich, nach, »wird von der Krone in Lissabon gebraucht.«
»Der Weizen wird an den Meistbietenden verkauft. Die Kirche ist nicht wegen der guten Luft in der Landwirtschaft tätig. Profit, Señor Eintreiber. Es geht um Profit.«
Ich hätte darauf hinweisen können, daß das Motiv des Profits, das so eng mit den lutherischen Ketzern verknüpft war, bei einem Generalvikar kaum angebracht war. Doch ich sagte nichts, bis er mit salbungsvoller kirchlicher Fröhlichkeit vorschlug: »Kommen Sie, wir schaffen es vielleicht noch rechtzeitig zur Segnung.« Worauf ich antwortete: »Gesegnet oder n-nicht, dieser Weizen wird

nirgendwohin gebracht als zu des Königs unbesiegbarer Armada.« Worauf der Generalvikar dröhnte: »Hier gilt kein ›Dem Kaiser, was des Kaisers ist‹« und das Kirchenschiff weiter hinabschritt.
Staat und Kirche, der klassische Konflikt.
Während der Pfarrer die Esel segnete, rannte ich durch die Kirche zu der Tür, wo ich mein Maultier festgebunden hatte, und holte ein amtliches Formular aus der Satteltasche. Ich füllte es aus und unterschrieb. Dann rannte ich gerade noch rechtzeitig das Kirchenschiff hinab, um »Amen« zu hören.
Die ersten beladenen Esel fingen an, sich von der Plaza wegzubewegen.
Ich hob meinen Amtsstab in die Höhe.
»Dieser Weizen ist hiermit kraft der mir von der Krone verliehenen Gewalt konfisziert.«
Denn ich hatte die Befugnis dazu, und der Generalvikar wußte es.
Er hob sein Kruzifix in die Höhe.
»Dieser Mann ist hiermit kraft der mir von der Kirche verliehenen Macht«, sagte er, »exkommuniziert.«
Ich versuchte ihm den Beschlagnahmungsbefehl in die Hand zu drücken, doch er wich zurück und sagte: »Und der Kirchenbann liegt auf ihm. Jeder, der mit ihm in Berührung kommt, begeht eine Todsünde. Dazu gehört auch die Annahme amtlicher Schreiben.«
Ich stand im Abseits.
Ich brach es dadurch, daß ich den Beschlagnahmungsbefehl an das Westportal der St.-Jakobs-Kirche nagelte (eine spontane Handlung, die, im Rückblick gesehen, vielleicht zu dem hartnäckigen Vorwurf Anlaß gegeben hat, das lutherische Ketzertum speise mein Werk).
Als ich nach Norden in die Provinz und Diözese Córdoba ritt, begegnete ich einem fahrenden Zahnausreißer, der nach Sevilla unterwegs war, und gab ihm einen Brief an Pierre Papin mit, in dem ich diesen bat, er möge Picapleitos alias Señor Zum veranlassen, mich vor dem kirchlichen Gerichtshof der Stadt zu vertreten. Dann ritt ich nach La Rambla weiter.
Nachdem der Gemeinderat mich ein paar Wochen lang hatte verschnaufen lassen, wurde ich ins Rathaus zitiert und bekam folgendes mitgeteilt: »Der Schuldschein, den uns der Flotteneintreiber vor

der Schlacht von Lepanto gegeben hat, ist nie getilgt worden. Der König bekommt keinen Weizen aus La Rambla mehr, gleichgültig, wie dringend er ihn braucht – für seine Unbesiegbare Wie-heißt-das-Ding.«

»Armada. Unbesiegbare Armada.«

»Ganz zu schweigen von dem Weizen, der '78 und '82 requiriert und auch nicht bezahlt wurde, und damals gab es kein Lepanto und keine Unbesiegbare Armada, und auch kein Frankreich zu erobern.«

»England. Unbesiegbar.«

Genau in diesem Moment kam Pedro de Isunza auf einem schweißschäumenden Hengst dahergeritten, mitten in einer Staubwolke, über der sein schwarzer Umhang sich fledermaushaft ausbreitete, als er vor dem Rathaus abstieg.

Er nahm mich brüsk beiseite. »Wie glauben Sie, daß Sie Ihre Arbeit tun können, wenn Sie unter dem Kirchenbann stehen?« herrschte er mich an. »Bei Ihrem allerersten Auftrag! Zum Glück hat der hervorragende Anwalt Señor Zum erreicht, daß Sie umgehend *ent*-exkommuniziert wurden. Aber Sie können nicht auf Señor Zum zählen, wenn Sie wieder exkommuniziert werden.« (Da irrte er sich, aber das wußten wir beide nicht.)

Er führte mich zurück in das Ratszimmer und zog die schwarzen Lederhandschuhe aus, die er auf der Straße immer trug. Er hatte kleine, gepflegte und rosige Hände.

»Ihr Kontingent besteht aus zweitausend Scheffeln zum Marktpreis minus zwanzig Prozent Vaterlandsrabatt«, erklärte er dem Gemeinderat. »Zahlung durch staatlichen Schuldschein.«

Der Gemeinderatsvorsitzende fing wieder mit dem Schuldschein der Schlacht von Lepanto und all dem an. »Wieso sollten wir denn jetzt *noch* einen annehmen?« fragte er. Er war jedoch damit einverstanden, sich mit Pedro de Isunza in das Nebenzimmer zurückzuziehen, um vertraulich über die Angelegenheit zu sprechen.

Nach zwanzig Minuten ging die Tür auf, und Pedro de Isunza verlangte nach einem Krug Wein, der gebracht wurde.

Nach weiteren zwanzig Minuten ging die Tür auf, und Pedro de Isunza verlangte nach einem Arzt, der herbeigerufen wurde.

Der Arzt eilte mit wirbelnden roten Arztgewändern ins Zimmer, erschien aber bald wieder, um zu verkünden: »Es war ein plötzliches Ende, er brauchte nicht zu leiden.« Er stellte einen Totenschein aus und gab als Todesursache Schlaganfall an.
Pedro de Isunza trat heraus und bekundete dem Gemeinderat von La Rambla sein Beileid, wobei er seine schwarzen Lederhandschuhe Finger für Finger wieder über seine kleinen, gepflegten und rosigen Hände zog, die, meinte ich, leicht nach einer exotischen Frucht rochen.
Mit Ausnahme seiner von einem unerbittlichen Wahn gezeichneten Augen sah er ungewöhnlich zufrieden mit sich aus.
Der Vorsitzende, unterrichtete Pedro de Isunza den Rat, habe sich vor seinem tödlichen Anfall mit neunzehnhundert Scheffeln Weizen und derselben Menge Futter einverstanden erklärt. Falls die überlebenden Gemeinderäte irgendwelche Bedenken hätten, dieser Abgabe zugunsten der Unbesiegbaren Armada zuzustimmen, sei er – Isunza – gerne bereit, das Problem vertraulich mit ihrem neuen Vorsitzenden zu erörtern. Doch dies erwies sich als undurchführbar, da keiner sich für den Vorsitz aufstellen lassen wollte, bis Pedro de Isunza endgültig aus La Rambla abgereist war.
Mit der Zustimmung in der Tasche gingen Isunza und ich nach draußen, dorthin, wo wir unsere Reittiere angebunden hatten. Als Isunza beim Aufsteigen die Arme anhob, fuhr ihm eine leichte Brise unter seinen schwarzen Umhang und blähte ihn wie Fledermausflügel.
»Ein Eintreiber«, sagte er, »darf sich nie der Verantwortung für einen Fehlschlag entziehen, indem er sich auf seine guten Absichten beruft. Gute Absichten, davon bin ich überzeugt, sind die Wurzel aller Übel. Deswegen hege ich nie welche.«

In Castro del Río beteuerte der Küster der Kirche Unserer Lieben Frau von der Guten Milch seine besten Absichten.
Er sagte: »Sie möchten den Weizen sehen, ich zeige Ihnen den Weizen. Er lagert in der Scheune dort über dem Fluß.«
Inzwischen war es Hochsommer, und als der Küster und ich über einen verbrannten, knochentrockenen Acker und durch das aufge-

sprungene, steinharte Lehmbett einer ausgetrockneten Schlucht gingen, war es, als ob wir beide mit unseren Absichten – meiner, den Weizen zu bekommen, seiner, ihn zu behalten; und gab es in dieser Welt voller Absurditäten einen Gott oder jemanden da draußen, den das kümmerte? – die beiden letzten Menschen auf einer Erde wären, die, gemäß dem neuen ketzerischen heliozentrischen Weltbild, der Sonne zu nahe gekommen war.

Als wir schließlich in die Scheune traten, fiel ein rechteckiger Lichtfleck durch die geöffnete Tür. Die übelriechenden Gase, die von dem verfaulenden Weizen ausgingen, und der giftige Staub, den unsere Füße aufwirbelten, schienen, ganz zu schweigen von der überhitzten Luft, auszureichen, um zwei Männer zum Ersticken zu bringen. Aber zwei waren es nicht lange: Als ich mit geschultem Blick den gebündelten Weizen, der die Scheune anfüllte, abmaß und sagte: »Elfhundert Scheffel, meinen Sie nicht auch?«, war die einzige Antwort das Knarren der zuschlagenden Tür. Hatte ich irgendwelche Zweifel an den Absichten des Küsters gehegt, wurden sie nun durch das bis zum Nichts schmäler werdende Rechteck aus Licht bestätigt.

Ich schrie, tappte blind durch mannshohe Weizengarben dorthin, wo ich die Tür vermutete, doch in der Dunkelheit trafen meine ausgestreckten Arme nur auf noch mehr Weizen.

Bleib ruhig, versuchte ich mir einzureden. Aber die Stapel von Garben, die mir, egal wohin ich mich wandte, im Weg standen, die verfluchte Hitze, der giftige Gärgestank – all das sprach dafür, daß die Absichten des Küsters über die meinen obsiegen würden, ein Ergebnis, das nicht unbedingt absurder war, als es sein Gegenteil gewesen wäre, aber von größerer Endgültigkeit. Wie lange ich in blinder Verzweiflung herumtastete, kann ich nicht sagen. Mit Gewißheit war es nur dem größten Glück zu verdanken, daß das, was einmal meine linke Hand gewesen war, schließlich die Tür fand.

Ich hämmerte, so fest ich konnte, dagegen, aber wozu? Wer hätte mich schon herauslassen sollen? (Man würde mich der Statistik zuschlagen; jeden Sommer sterben Menschen durch Ersticken an Gärgasen. Unfälle passieren eben.) Ich fing an, mit meinen festen Reisestiefeln gegen die Tür zu treten. (Menschen sterben auch an

Schlaganfällen; mein eigener Großvater Juan der Patriarch war in seinem eigenen Heim genau hier in Córdoba an einem Streit gestorben. Und die Leichen, die bei Lepanto im Meer trieben, waren ohne Zahl. Was ist so Besonderes am Sterben?) Ich trat und trat gegen die Tür. (Wenn man nicht gerade selbst der Betroffene ist, und ohne einen ehemaligen königlichen Astrologen, der einen retten könnte.) Die Tür wackelte im Rahmen. Ich trat zu. Im Dunkeln hörte ich etwas, das ich zuerst für ein Kreischen hielt. Es war das Geräusch, das rostige Nägel machen, wenn sie gewaltsam aus dem Holz gerissen werden. Ich sah Licht. Ich trat wieder zu. Die Tür kreischte. Noch einmal trat ich zu, dann gab sie nach.

Als ich wieder in der Stadt war, ging ich zu meinem Maultier, trank einen ganzen Schlauch mit Wasser verdünnten Wein und füllte einen Haftbefehl für den Küster aus, weil er einen Regierungsbeauftragten bei der Ausübung seiner Tätigkeit behindert hatte. Ich holte den Küster aus der Kirche zu Unserer Lieben Frau von der Guten Milch und brachte ihn vor den *juzgado* von Castro del Río. Dann beaufsichtigte ich persönlich – und das dauerte ein paar Monate lang, denn die Castro del Ríoneser hatten es nicht eilig, ihren Weizen loszuwerden –, wie 2500 Scheffel Weizen gereinigt, getrocknet, geworfelt und auf beschlagnahmte *burros* geladen wurden. Anschließend wohnte ich der morgendlichen Aufstellung auf der Gemeindeplaza bei und stellte ein halbes Dutzend unvermittelbare Landarbeiter an, die mir helfen sollten, den *burro*-Zug nach Lissabon zu treiben.

Inzwischen war es dem eingekerkerten Küster gelungen, seinem Generalvikar in Córdoba eine Nachricht zukommen zu lassen. Ich wurde wieder exkommuniziert und mit dem Kirchenbann belegt.

Aber das wußte ich damals nicht, als ich mit nicht geringem Stolz meinen *burro*-Zug westwärts das Guadalquivir-Tal entlangführte; ich dachte, dies sei der erste Schritt zu meiner Reise ans Meer.

Der Bandit Aurelio Ollero stand im strömenden Regen auf einer Felsnase auf halber Höhe des Dicken Hügels in den Kahlen Bergen und beobachtete, wie der *burro*-Zug sich dem tief unten liegenden Hohlweg näherte. Ein kleingewachsener, breitschultriger Mann mit einem großen breitkrempigen Hut, hängendem Schnurrbart und einer Lederkordel, die er immer trug – wozu, wußte man nicht –, bot der Bandit Aurelio Ollero, anders als Robin Hood oder Roque Guinart aus Katalonien, keinen Anlaß für diese Sage, daß er von den Reichen nehme, um den Armen zu geben. Er nahm von jedem, je nach dessen Fähigkeit zum Geben, und es hieß, daß er nach den drei großen Herzogsfamilien über das größte Vermögen in Südwestspanien verfüge. Mit etwas Glück würde er in Kürze um 2500 Scheffel Weizen reicher sein.

Der Bandit Aurelio Ollero herrschte über die gesamte Gegend bis fast nach Sevilla hinein; er erpreßte von jeder Stadt und jedem Nest Abgaben. Die einzige Ausnahme bildete ein geheimnisvoller Gebäudekomplex östlich von Arcos de la Frontera, der nicht auf dem Felsen gebaut, sondern unmittelbar aus dem Gestein der zerklüfteten Berge gehauen zu sein schien; es ging das Gerücht, daß es sich dabei um eine Gemeinschaft religiöser Fanatiker handele, Lutheraner oder schlimmer, oder (nach Meinung einer lautstarken Minderheit) um das Ruhe- und Erholungszentrum einer namenlosen Organisation, die ihre finsteren Netze von England bis Transsylvanien und darüber hinaus gesponnen habe.

Das Schöne an der Sache, sagte sich der Bandit Aurelio Ollero, als er sich seine wettergeschützte Muskete bequemer umhängte, war, daß der Angriff auf den *burro*-Zug nicht als Verbrechen gelten würde. Die Gerichte hatten schon vor langer Zeit entschieden, daß ein Mann unter dem Kirchenbann Freiwild war, und Aurelio Ollero war zu Ohren gekommen, daß der verantwortliche Eintreiber, bereits seitdem der Zug *burros* vor zehn Tagen von Castro del Río aufgebrochen war, unter dem Kirchenbann stand. Ollero hatte seine Späher überall; daher hatte er auch erfahren, daß vier der Eselführer sich aus dem Staub gemacht und den Eintreiber mit zwei alten Männern allein gelassen hatten, die zusammen nicht mehr als drei Zähne besaßen. Nur Cervantes war bewaffnet – mit einer alten Steinschloßpistole, die er bei der *venta* auf dem Paß der Wölfin mitgenommen hatte und die auf mehr als fünf Schritt Entfernung völlig ungenau traf; außerdem hatte er noch seinen schweren Stab mit den Insignien des Königs. Was hier in den Bergen ein Witz war, wo der Bandit Aurelio Ollero als die einzige Rechtsinstanz galt.

Als der letzte *burro* in den Hohlweg getrottet war, schwenkte der Bandit Aurelio Ollero seine Muskete, woraufhin zwei Gruppen von seinen Leuten mittels junger Pappeln als Hebel Felsbrocken hinunterkrachen ließen, um die Falle dicht zu machen.
Erst dann stieg Aurelio Ollero mit einer lässigen Anmut, die von seiner Plumpheit Lügen gestraft wurde, auf seinen jungen Rotschimmel und galoppierte an der Spitze seiner Dutzend Mann, die johlten und ihre Musketen abfeuerten, schlitternd in den Hohlweg hinunter.
Wenn er später darüber nachdachte, was nicht häufig geschah, mußte der Bandit Aurelio Ollero widerstrebend die – wenn auch kurzlebige – Tapferkeit des Eintreibers Cervantes bewundern. Anstatt sich zu ergeben, wie es die beiden alten *burro*-Treiber taten und jeder andere auch getan hätte, gelang es Cervantes, seine alte Pistole trotz des Regens irgendwie abzufeuern (die Kugel prallte mit mürrischem Aufheulen an einem Felsen ab) und sie dann mit seiner linken Hand in Richtung Aurelio Ollero zu schleudern. Anscheinend war er Linkshänder. Komisch, an was man sich erinnert. Bei dem kurzen, aber heftigen Kampf drückte er mit der Linken ab, warf die Pistole mit der Linken, verschanzte sich hinter seinem am Boden liegenden Maultier (das bei der ersten Musketensalve umgekommen war), warf, ebenfalls linkshändig, Steine und hob damit drei von Aurelio Olleros weniger geübten Reitern aus dem Sattel. Und als ihm dann offenbar die Steine ausgegangen waren, stand der Eintreiber Cervantes hinter dem durchlöcherten Kadaver seines Maultieres auf und brachte, seinen Amtsstab in der Linken schwingend, das wertvolle schwarze Streitroß von Aurelio Olleros Leutnant Lombrizcacha zu Fall (und brach ihm das Bein).
»Die Arschgeige bring ich um!« jaulte Lombrizcacha auf. Und das hätte er auch getan, wenn das Licht zum Schießen gereicht hätte. Aber der Regen und die zunehmende Dunkelheit ließen ihn sein Ziel verfehlen, und die Kugel schlug, anstatt ein drittes Auge in den Kopf des Eintreibers Cervantes zu bohren, durch dessen Schulter. Daraufhin warf Cervantes, der einen Augenblick lang von einem Blitz erleuchtet wurde (ganz ähnlich dem, der seinem Vater in jener Nacht an der Wenn-nur-Bank das rostige Schwert aus den Händen

geschleudert hatte – nicht, daß Aurelio Ollero das gewußt hätte), seinen zerborstenen Stab mit den königlichen Insignien weg und rannte los. Wie ein Mann legte der Rest von Aurelio Olleros Bande die Musketen an und wartete auf den nächsten Blitz, doch ehe sie den fliehenden Eintreiber durchlöchern konnten, gab Aurelio Ollero das Zeichen zum Feuereinstellen. Eine einzige Muskete ging los, woraufhin Cervantes stürzte, sich überschlug, sich wieder hochrappelte und, während die Dunkelheit wieder zunahm, zwischen den Felsbrocken, die den Westausgang des Hohlwegs versperrten, verschwand.

»Laßt ihn laufen«, sagte Aurelio Ollero.

Das war keine Nacht, um einem übergeschnappten Eintreiber nachzujagen, der zweifelsohne sowieso verbluten würde. Nein, zurück in die Hügel hinter dem Dorf Hurenhütte und in die warme, trockene Bequemlichkeit seiner Höhle mit den Perserteppichen am Boden und den Wandbehängen, dorthin, wo Aurelio Olleros Zigeunerin Pilar wartete, Pilar mit der reinen Koloraturstimme, und es spielte ja keine Rolle, daß das Dorf nach ihr benannt wurde, Aurelio Ollero war nicht der Mann, anderen solche Namen vorzuhalten, die Menschen ändern sich ja schließlich, oder?

»Schau ihn dir an«, sagte Juan der Düstere bewundernd, als die Morgendämmerung den Felsgrat erklomm.

»Er ist mit der Morgendämmerung auf, na und?« sagte Luis Schwarzsklave mit der üblichen Kaltblütigkeit.

Juan der Düstere und Luis Schwarzsklave machten sich nur selten gemeinsam von dem geheimnisvollen Gebäudekomplex aus auf, der nicht auf dem Felsen gebaut, sondern unmittelbar aus dem Gestein der zerklüfteten Berge östlich von Arcos de la Frontera gehauen zu sein schien. Juan der Düstere, der immer auf Achse war, hielt sich sowieso nur wenig dort auf. Und Luis Schwarzsklave hatte den Komplex seit Jahren nicht verlassen. Warum auch? Er war sein Leben.

»Warum klettert er so weit und verblutet dabei halb? Meinst du, die Kugel hat ihn im Arsch getroffen, wo er sein Gehirn hat?« sagte Luis Schwarzsklave und ließ seine acht goldenen Zähne blitzen.

»Instinkt. Ein Mann klettert nach oben, oder er ist nichts. Aus dem urzeitlichen Schlamm heraus«, sagte Juan der Düstere und versuchte dabei, den Stolz auf seinen Bruder nicht durchblicken zu lassen.

Miguel, das wußte er nun, konnte einer der Ihren werden.

Juan der Düstere richtete sich in seinen Steigbügeln auf und machte den klar erkennbaren Schrei des Adlers der Serranía de Ronda nach, woraufhin drei Reiter auf dem Nachbarkamm ihre Tiere den Felsgrat hinauftrieben. Dann sagte er zu Luis Schwarzsklave: »Wir verschwinden jetzt. Ich will nicht, daß er uns schon sieht.«

»Warum nicht?« fragte Schwarzsklave. Nicht, daß er nicht zu gerne zurück in das R & E-Zentrum gekommen wäre. Ruhe und Erholung – das war ein Witz; sie hatten dort alles andere als das.

»Ich möchte nicht, daß er sich uns aus einer Art Familienpflicht anschließt«, erklärte Juan der Düstere.

Eine berechtigte Sorge. Selbst wenn er manchmal fehlgeleitet war, blieb Miguels Familiensinn stark. Besonders was seine Schwester Andrea betraf. Die besondere Ironie dabei entging Juan dem Düsteren nicht: Andrea war nicht Blut von ihrem Blut.

Nun gut, für ihn hatte sie ihren Zweck erfüllt; sie war der Köder, mit dem er Miguel aus seinem abstumpfenden Leben in Esquivias und Madrid lockte.

Auf die drei Einstellungsfachleute, die den Felsgrat hinaufritten, konnte man sich verlassen; sie würden den Verletzten sicher zu dem R & E-Zentrum bringen. Denn wenn der Stummelmann auf etwas Wert legte, dann mußte es ordentlich gemacht werden, ansonsten...

Das galt besonders, da es in jenen Tagen so wenig gab, dessen man sicher sein konnte – eine entmutigende Lage für jene, deren Gewerbe das *Wissen* war. Natürlich konnten sie nicht darauf hoffen, alles in dem riesigen Gebiet zu erfahren, das sie beobachteten, von England bis Transsylvanien und darüber hinaus. Aber was sie nicht erfuhren – so hatten sie sich, ganz in der pragmatischen Tradition der Organisation, der sie dienten, eingeredet –, brauchten sie nicht zu erfahren. Die beiden Reiter auf dem Weg bergabwärts und die drei Männer, die mir zu Hilfe kamen, als die Morgendämmerung den Felsgrat erklomm, wußten jedoch, daß in dem geheimen Hauptquartier tausend Meilen von überall der Abt im Sterben lag. Die Richtung, die der Namenlose Dienst einschlagen würde – er war seit dem Tod eines gewissen gemeinsamen Bekannten unter seiner Leitung gestanden –, würde sein Nachfolger bestimmen, und es war nicht damit zu rechnen, daß dieser sofort ans Tageslicht trat. Im (zu Recht so genannten) Namenlosen Dienst waren Machtkämpfe zu erwarten. Bis der Abt gestorben und die Identität des neuen Unnennbaren bekannt werden würde, konnte alles geschehen.

Das waren gefahrvolle Zeiten.

Vierundzwanzigstes Kapitel
Noch mehr gefährliche Spiele

Ein paar Tage nachdem man erklärt hatte, ich sei außer Gefahr – wenn man das überhaupt von jemandem sagen kann, der in den Namenlosen Dienst eintritt – und ich auf die streng geheimen Archive des sogenannten R & E-Zentrums (zutreffender: Stützpunkt Iberia) in den zerklüfteten Bergen östlich von Arcos de la Frontera losgelassen worden war, starb in Lissabon der Marqués de Santa Cruz, der designierte Kommandant der Unbesiegbaren Armada. Das Datum war nach dem Gregorianischen Kalender der 9. Februar 1588, und die Todesursache lautete Überarbeitung auf Drängen seines Herrn König Philipps II. des Todliebenden. Der einst so vorsichtige Monarch des ersten Reiches, in dem die Sonne niemals unterging, war dem Wahn zum Opfer gefallen, er müsse die Zeit vorantreiben, und glaubte, er müsse sich beeilen, wenn er sein Ziel erreichen wolle. (Er täuschte sich; ihm blieben noch zehn weitere Jahre.) Sein Ziel erreichen hieß, Englands jungfräuliche Hure vom Thron zu stoßen, wie er einst ihre Halbschwester Maria Tudor gestoßen hatte, und das aus demselben Grund: um die spanische Vorherrschaft über die Neue Welt zu sichern. Und Elisabeth zu entthronen hieß Krieg. Was wie üblich hieß, wegen der Finanzierung im Hause Fugger vorzusprechen.

Aus Augsburg war Baron Hasko von Nacht zu Nebel nach Lissabon gekommen, um die Umwandlung starker deutscher Gulden in schwache Escudos zu einem für die Fugger günstigen Kurs zu überwachen. Es wäre dabei ein ansehnlicher Gewinn herausgesprungen, hätte der Baron von den aus Augsburg kommenden Gulden nicht den Zehnten einbehalten und das Geld in Pierre Papins neues Lissabonner Spielcasino umgeleitet. Von Nacht zu Nebel, ein regelmäßiger, wenn auch nicht übermäßiger Gewinner beim *primera* und Siebzehnundvier, verlor in einer trunkenen Nacht kurz

vor dem Tod Santa Cruz' alles, und das ausgerechnet bei dem alten Muschelspiel. Nach der Bestattung des Oberbefehlshabers war von dem Fugger in Lissabon nichts mehr zu sehen, aber bei dem Getöse um die Ankunft des neuen designierten Kommandanten, des Herzogs von Medina Sidonia, vermißte ihn niemand.
»Der im übrigen einen makellosen Stammbaum, aber überhaupt *keine* Erfahrung zur See hat«, bemerkte Luis Schwarzsklave gegenüber meinem Bruder Juan dem Düsteren eines Tages im Lagebesprechungsraum des Stützpunkts Iberia in den zerklüfteten Felsen östlich von Arcos.
Die Wände des Lagebesprechungsraums waren mit großen Weltkarten bedeckt, die alle völlig ungenau waren. Die beiden Männer studierten sie wie gute Kampfgenossen, bis mein Bruder zu Luis Schwarzsklave sagte: »Einer von W.s Agenten ist aus England unterwegs, um den Fugger ausfindig zu machen.«
W. war natürlich Königin Elisabeths Spionagechef Sir Francis Walsingham, für die Öffentlichkeit Erster Sekretär des Geheimen Rats. Aber mein Bruder und Schwarzsklave, die an den Verhaltenskodex des Namenlosen Dienstes gebunden waren, nannten keine Namen.
»Machen wir ihn kalt, wenn er in Lissabon landet, oder was?« fragte Schwarzsklave mit seiner gewohnten Kaltblütigkeit.
»Im Gegenteil. Wir helfen ihm, den Fugger ausfindig zu machen.«
»Nimmst du mich hoch?«
»Luis«, tadelte mein Bruder sanft.
Schwarzsklave brachte ein verlegenes, goldbezahntes Lächeln hervor. »Klar. Für die Namenlosen ist das erste Gebot das –«
»Sicheinschleusen«, sagten die beiden fast andächtig im Chor, und mein Bruder setzte hinzu: »Wir drehen den Fugger um; er ist der einzige, der außerhalb der Admiralität die Schlachtordnung der Unbesiegbaren Armada kennt, und wir helfen diesem englischen Agenten, ihn *aus*zuschleusen, und, wer weiß, vielleicht können wir uns durch diesen Engländer in W.s Dienst *ein*schleusen.«
»Nicht schlecht«, entgegnete Luis Schwarzsklave. »Nur – der Fugger ist wie vom Erdboden verschluckt.« Er blickte frustriert auf die völlig ungenauen Karten.

»Wir sind ihm gerade auf der Spur. In Zahara de los Atunes.«
»Heiliger Jesus«, sagte Luis Schwarzsklave und verlor beinahe seine gewohnte Kaltblütigkeit. »Selbst mein Vater, der König der Könige, der überall Agenten vor Ort hat, die ganze Strecke vom eiskalten Feuerland bis zum gottverlassenen Roanoke Island und darüber hinaus –«
»Vergiß deinen Vater«, sagte Juan der Düstere mit nachsichtigem Lächeln.
»– würde nicht gerne einen Agenten, der ihm teuer ist, nach Zahara de los Atunes schicken.«
»Deswegen braucht W.s Mann unsere Hilfe. Wen haben wir da unten?« Obwohl mein Bruder Kommandant des Stützpunkts Iberia des Namenlosen Dienstes war, war er kaum jemals da, und Luis Schwarzsklave kümmerte sich um die tagtäglichen Operationen.
»Mnemosyne«, antwortete Schwarzsklave.
»Schön. Mnemosyne ist leichtsinnig genug, um sich auf alles einzulassen.«
»Aber«, sagte Schwarzsklave zweifelnd, »vielleicht nicht vorsichtig genug, um wieder herauszukommen.«
»Wenn du damit andeuten willst, daß das, was die meisten an Zahara abschreckt, vielleicht genau das ist, was Mnemosyne anzieht, dann wird es Zeit, daß wir es herausbekommen«, meinte Juan der Düstere. »Und weil es Zahara ist, brauchen wir auch einen Zigeunerfachmann.«
»Dein Bruder?« schlug Schwarzsklave vor.
»Zahara ist ein harter Auftrag für einen neuen Rekruten«, sagte Juan der Düstere. »Er hat noch nicht einmal einen Decknamen.«
Schwarzsklave wechselte anscheinend das Thema. »Was hat dieser englische Agent für einen Hintergrund?«
»Jung. Noch nicht lange von Cambridge fort«, antwortete mein Bruder. Er kritzelte auf einer der Weltkarten etwas entlang der Küstenlinie Südamerikas und veränderte sie nicht zum Schlechteren, um dann melancholisch zu rezitieren:

»Seht, was für ein weites Land
Westwärts des ... *Ding Ding* ... Kreises liegt,

Bis daß die ird'sche Kugel dort aufgeht,
Indes die Sonne, unser'm Blick entschwindend,
Das Taglicht unser'n Antipoden bringt.

Luis Schwarzsklave fragte: »Hat das dein Bruder geschrieben? Ich habe nicht gewußt, daß in ihm ein solcher Dichter steckt.«
»Tut es auch nicht. Der englische Agent hat es geschrieben.«
»Das Ziel ist eine Zigeunersiedlung *und* der Agent ist ein Schreiberling? Dann ist Miguel doch ganz klar der richtige Mann für die Sache.«
Mein Bruder kritzelte noch etwas weiter. »Vielleicht ist er der glückloseste Dramatiker, der je eine Zeile zu Papier gebracht hat. Wegen des Stücks von ihm, aus dem ich zitiert habe, mußten alle Theater in England auf einen königlichen Erlaß hin schließen. Alle anderen Dramatiker möchten ihm am liebsten die Kehle aufschlitzen.«
»Das muß aber ein aufrührerisches Stück gewesen sein.«
»Überhaupt nicht«, widersprach mein Bruder Juan der Düstere. »Es hatte etwas mit Spezialeffekten zu tun. Wie dem auch sei, es heißt, es geht ihm noch immer nach.«
»Miguel«, sagte Luis Schwarzsklave, »hat auch so seine Gespenster.«

Ich saß, die Beine über Kreuz, im Archiv auf dem Boden und las, unter dem Einfluß eines jener unerklärlichen Erkenntnisschocks, von einem deutschen Gelehrten und Geisterbeschwörer namens Georg Faust (1479?–1538), der im Tausch für alles, was das Leben zu bieten hatte (und einiges, was es nicht bieten konnte), seine unsterbliche Seele dem Teufel verkaufte. Ich hatte diese Geschichte in einer der Handschriften des umstrittenen Abts von Sponheim gefunden, dessen *Steganographia* man entweder als Traktat zur Geisterbeschwörung oder (und das rechtfertigte seine Anwesenheit im Archiv) als das endgültige Werk über Kryptographie in unserer Zeit lesen konnte.
Ich las langsam, denn mein Latein war nicht überragend, und der umstrittene Abt hatte eine kritzlige Schrift.

Diejenigen, die Georg Faust als bloßen Großsprecher abtun, lassen seinen beträchtlichen Erfolg als Geisterbeschwörer in seinem Heimatort Wittenberg und die Wertschätzung, die er an verschiedenen weltlichen und geistlichen Höfen genießt, außer acht. Es wird allmählich unmöglich, die Sagengestalt von der geschichtlichen Person zu unterscheiden, und einige haben damit angefangen, ihn mit Johann *Faust, einem älteren Geisterbeschwörer von geringerem Nachruhm (doch vielleicht größerer Aufrichtigkeit), zu verwechseln. Ob Georg Faust sein Ziel, alles Wissen zu erkennen, erreichen wird und ob er als Gegendienst für diese Erkenntnis tatsächlich seine unsterbliche Seele dem unheiligen Geist Mephistopheles/Mephistophilis/Mefistofele/Mephostophilus verpfändet hat, muß natürlich reine Spekulation bleiben. Doch ich unterstelle, daß ›alles Wissen‹ hier nicht im umfassenden Sinne gemeint ist, sondern vielmehr im Zusammenhang mit Adams Vertreibung aus dem Garten Eden zu sehen ist, als Gott fürchtete, der erste Mensch werde ›einer von uns‹ werden – und mit seinen Worten dabei auch noch eingestand, daß er damals kaum die einzige Gottheit gewesen sein dürfte.* Sed non est hic locus. *Faust muß bei seinem Suchen, seinem Streben, bei dem kosmischen Kampf der Mächte, in dem er zum Faustpfand wird, sowohl als Handelnder als auch als Opfer in seiner eigenen Tragödie gesehen werden. Denn –*

Ich hatte mich so in die Geschichte des Georg Faust vertieft, die da in verblaßter Tinte auf den spröden, vergilbten Seiten der achtzig Jahre alten Handschrift des Abts von Sponheim zu lesen war, daß ich Juan den Düsteren erst nach einiger Zeit bemerkte. Er blickte mir über die Schulter. Ich fragte ihn: »Ist der Abt – wenn er nicht selbst der umstrittene Abt von Sponheim ist – vielleicht sein Sohn oder Enkel?«

»Der Abt von Sponheim starb 1516 als Junggeselle in Würzburg«, sagte Juan der Düstere, »während *unser* Abt auf seinem Sterbebett im Hauptquartier des Namenlosen Dienstes tausend Meilen von überall dahinsiecht.«

»Du meinst tausend Meilen vom Stützpunkt Iberia?«

»Tausend Meilen«, wiederholte mein Bruder, »von überall.«

»Wenn es nicht Sponheim ist, wer dann?« bohrte ich weiter.
Juan der Düstere sagte mir, das bräuchte ich nicht zu wissen.
»Aber ich *muß*... alles wissen!« rief ich zu meiner eigenen Überraschung. Die Wirkung dieses Georg Faust? Ich will sagen, das sah mir doch gar nicht ähnlich, oder?
Mit einem philosophischen Schulterzucken nannte mir Juan der Düstere den Namen des im Sterben liegenden Unnennbaren: »Onofre Exarque.«
Ich rang nach Luft. »Na klar! Exarque – griechisch für Über-Abt! Wie bin ich da nur nicht drauf gekommen? Aber ... als Rodrigo ihn bezahlt hat, um nach Algier zu segeln und mich zu befreien, warum hat er das nicht gemacht?«
»Es lag nicht bei Rodrigo, das zu entscheiden.« Dann fügte er entschuldigend hinzu: »Auch nicht bei mir. Genug. Deine feierliche Vereidigung findet heute nacht statt. Du verläßt uns morgen zu deinem ersten Auftrag.«
»Wenn du mir nicht ein paar Fragen beantwortest, gehe ich nirg-«
Ich rang wieder nach Luft. Denn plötzlich, ich weiß nicht wie, wußte ich es. Eine Enthüllung anstelle einer anderen? Eine Gedankenverbindung, die zu kompliziert ist, um sie zu verstehen? Wie dem auch sei, ich platzte heraus:
»Onkel Suleiman! Angst! Aber es war nicht Angst, sondern Amst – Amsterdam. Zoraidas Bekenntnisse. Sie hat sie mit ihrem Onkel Suleiman Sa'adah, dem manchmal irrtümlich der Weise Genannten, zur sicheren Aufbewahrung nach Amsterdam geschickt.«
»Na also«, sagte Juan der Düstere mit einem trägen, freundlichen Grinsen, an das ich mich noch gewöhnen sollte. »Hat es sich doch noch ausgezahlt, dich dort zu lassen.«
Seine Freude war ansteckend, und ich mußte ebenfalls grinsen. Was mich nicht davon abhielt, zu sagen: »Und nun zu den Fragen.«
Sein Grinsen erstarb. »Auch noch hartnäckig«, sagte er. »Welcher zum Beispiel?«
»Zum Beispiel die Tatsache, daß du zur Bezahlung der Anwaltsrechnungen unserer Schwestern an Picapleitos oder Señor Zum zusammen mit dem Geld immer einen Spielzeugsoldaten mit einer abgebrochenen Hand geschickt hast. Das ist dein Deckname, oder – der Stummelmann? Was wird hier gespielt?«

Ich erwartete seinen Zorn, aber der Blick, mit dem Juan der Düstere mich ansah, wirkte untypisch verletzlich. »Ja, das ist mein Deckname«, sagte er. Und dann sagte er nichts mehr, bis ich ihn fragte: »Warum?«

»Also, paß auf. Als wir noch Kinder waren, habe ich die ganze Zeit, während du und Rodrigo spieltet, euch aus irgendeinem düsteren Winkel beobachtet und mir mitzuspielen gewünscht, habe aber Angst gehabt, zu fragen.«

»Das habe ich nie gemerkt«, sagte ich.

»Und in der Nacht deiner Flucht, als Rodrigo dir den Spielzeugsoldaten mit der fehlenden Hand geschenkt hat, habe ich mich in den Schlaf geweint. Ihr beide habt ein so enges Verhältnis gehabt. Aber ich war nur dazu gut, mich in Ecken zu verstecken. Im Düsteren herumzukriechen. Für mich wurde der Spielzeugsoldat zu einem Symbol all dessen, was ich nie werden konnte. Und als ich einen Decknamen brauchte, habe ich mich für Stummelmann entschieden. Mit einem Stummel verbinden die meisten Häßlichkeit. Ich aber nicht.«

Er drehte sich um und rückte ein paar Bücher auf den Archivregalen gerade.

Ich fragte vorsichtig: »Warum machst du das? Das Spionieren?«

Er schaute mich an. »Weil es einer machen muß. Einer muß sie beobachten. Unsichtbar. Unerkannt. Aus den dunklen Ecken der Geschichte. Ich weiß, daß dir die Geschichte scheißegal ist«, sagte er, »aber sie hat ihren Zweck – und wenn sie nichts anderes ist als ein Ort mit vielen dunklen Ecken.«

»Aber wen willst du aus diesen dunklen Ecken denn beobachten?«

»Könige, Königinnen, Spitzbuben, die ganze Bande!«

»Dann dient der Namenlose Dienst also nicht irgendeiner Regierung?« fragte ich erleichtert.

»Er ist autonom. Um keinen Preis zu haben. Wissen! Geheimwissen! Von heiligen und weltlichen Dingen. Den Baum der Geschichte schütteln, um zu sehen, welche verbotenen Früchte von den Ästen fallen! Im Dunkeln bleiben zu müssen ist dafür ein geringer Preis.«

War Dunkelheit Macht? konnte ich nicht umhin, mich zu fragen.

»Mißbrauche sie nie«, sagte Juan der Düstere, als ob er meine Gedanken hätte lesen können.
Meinen Bruder in einer fast gesprächigen Laune anzutreffen ermutigte mich zu einer weiteren Frage: »Wen hast du umgebracht?«
»Wir leben in gewalttätigen Zeiten«, erwiderte er. Wie zur Rechtfertigung, dachte ich.
»Wen hast du in Sevilla umgebracht?« beharrte ich.
»Wann?« fragte er. Das war eine unangenehme Antwort.
»Kurz bevor ich mit meiner Arbeit als Eintreiber angefangen habe.«
»Señor Zum hat mich rausgehauen. Notwehr. Was die Wahrheit war. Ausnahmsweise.«
Wollte er damit sagen, daß Señor Zum selten die Wahrheit zu sagen pflegte? Oder hatte Juan selten jemanden aus Notwehr getötet? Ich beschloß, lieber nicht zu fragen.
»Du mußt wissen, seitdem du unsere Nichte Constanza mit ein wenig Unterstützung meinerseits aus dem Haus der Ovando befreit hast, hatte Pedro (der Killer) Pacheco es auf uns abgesehen. Er hat mich in Sevilla aufgestöbert. Ich war schneller«, schilderte Juan der Düstere ganz schlicht und fügte hinzu: »Jetzt macht mir sein kleiner Bruder Kummer; aber zum Glück betrifft dich das nicht.«

Von meiner feierlichen Vereidigung kann ich fast nichts berichten, denn ich habe im Namen des Namenlosen Dienstes Geheimhaltung geschworen. Die fackelerleuchtete Zeremonie fand am Rand einer Schlucht inmitten einer wilden und rauhen Landschaft statt; die Eidesworte, die ich schwören mußte, versetzten mich in eine tiefe, beinahe religiöse Ehrfurcht, wie das auch einst beim Eid eines Ritters der Fall gewesen sein muß, fast als ob der Namenlose Dienst bei seiner endlosen Suche nach Wissen …
Aber ich habe schon zuviel gesagt.
Die Unterhaltung, die ich am nächsten Morgen mit Luis Schwarzsklave führte, fällt nicht unter den Eid des Namenlosen Dienstes.
»Wo ist Juan?«
»Wer?«
»Mein Bruder Juan der Düstere.«
»Er ist gleich nach der Feier aufgebrochen … irgendwohin«, sagte Schwarzsklave. »Jetzt zu deinem Auftrag, Amadís.«

Amadís – wie sonst hätte mein Deckname lauten können.
»Soweit die Welt weiß, bist du noch immer Eintreiber. Señor Zum hat einen Neffen, der für dich eingesprungen ist. Er sieht dir entfernt ähnlich, und unsere Maskenbildner haben alles übrige besorgt. Übrigens hat Zum dich wieder entexkommunizieren lassen. Nicht, daß das irgendeinen in Zahara de los Atunes kratzen würde.«
Als nächstes sagte mir Schwarzsklave, was ich über den Fuggerbaron von Nacht zu Nebel wissen mußte. Und dann: »Der englische Agent, der ihn ausschleusen soll, ist Dramatiker, er trägt den Decknamen Quillpusher. Ihr habt viel gemeinsam. Das ist ein großes Plus.«
»Dramatiker«, notierte ich. Ich war naiv genug, mir Notizen zu machen.
»Gib mir das«, sagte Luis Schwarzsklave, und mit hochrotem Kopf sah ich ihn mein Gekritzel verbrennen.
»Du arbeitest mit jemand von unseren Leuten vor Ort in Zahara. Deckname Mnemosyne.«
»Von Nacht zu Nebel, Quillpusher, Mnemosyne. Hab ich.«
»Deine Aufgabe ist es, deine Beziehungen zu den Zigeunern einzusetzen und damit Quillpusher und Mnemosyne beim Ausschleusen des Fuggers zu helfen. Irgendwelche Fragen?«
Ich hatte keine.
»Um dich gegenüber Mnemosyne auszuweisen, sagst du: ›Als Innina in die Unterwelt vordringt, um ihren toten Geliebten Tammuz zurückzuholen, wird sie ihrer Kleider und Schmuckstücke entledigt und nackt vor ihre schreckliche Schwester Ereschkigal gebracht, die sie mit einem einzigen Blick tötet und an einem Pfahl aufhängt.‹ Und Mnemosyne muß antworten: ›Am Südende des Hinnon liegt das Tal des Tophet, wo Sennacheribs Armee des Nachts vernichtet wurde und man noch immer Opfer für Baal und Moloch in die ewigen Feuer wirft.‹«
Ich überantwortete Losung und Gegenlosung meinem Gedächtnis und brach zur Operation Weltschmerz nach Zahara auf.

Der Zigeuner war so alt wie die Unabänderlichkeit der Sünde und so mager wie die Hoffnung auf Erlösung.

»Wollt Ihr Euer Tarot gedeutet haben?« fragte er mich. »Oder soll ich Euch aus Fischgedärm die Zukunft lesen? Das hier ist ein Seehafen, und der Fischzauber ist sehr verbreitet.
Doch ein Seehafen war es nicht immer. Einst lag es weit, weit hinter dem Jenseits, bis in einer mondlosen Nacht der Teufel inmitten einer kleinen Schwefelwolke erschien und hier seine Würfel rollen ließ. Und am Morgen blieben die Würfel zurück, genau am Rand des allerteuflischsten Meeres diesseits der Sargassosee, und das wurde die Stadt Zahara. Dort am Strand der Endgültigen Hoffnungslosigkeit, kaum eine Meile von dem Punkt entfernt, wo Ihr steht, werden sie früher oder später alle angeschwemmt, die Überreste von jedem aufgebrauchten Leben und jedem ausgeträumten Traum.
Alles, was sein kann, ist – in Zahara. Und alles, was ist, ist schlecht. Es sei denn, Ihr seid klug genug und wißt, daß, wenn ein Tier erschlagen wird, das Schlachthaus davon den Gewinn hat.«
»Wäre ich so klug«, sagte ich mechanisch, »dann wäre ich nicht hier.«
»Wen suchet Ihr?«
Ich wählte meine Worte sehr sorgfältig, als ich sie beschrieb.
»Sehet Ihr nicht, daß es eine wie sie nicht geben kann?« sagte der Zigeuner. »Denn gäbe es sie, die Welt hörte mit allem anderen auf, um ihr zu Füßen zu liegen und sie anzubeten.«
»Aber es gibt sie«, sagte ich. »Sie ist meine Schwester. Zumindest habe ich lange Zeit gedacht, sie wäre es.«
»Das unbefleckte Heiligtum einer makellosen Liebe«, sagte der Zigeuner sanft, ehrfürchtig. »Beneidenswert, denn selbst wenn Ihr sie niemals findet, hält Euch die Suche jung. Wen suchet ihr noch?«
»Mnemosyne«, sagte ich.
»Befleckt«, sagte er. »Makelhaft. Aber Mnemosyne gibt es wenigstens.«

Es war der Urtyp aller Spelunken, wie man sie auf der ganzen Welt in den düsteren Seitengäßchen der schmutzigen Seehäfen finden kann, die Art von Kaschemme, wo man alles kaufen kann, was man nicht *ver*kaufen konnte, und alles stehlen, was nicht zu erbetteln oder erschachern war. Es war wie die ganze Stadt Zahara selbst, das gesellschaftliche Abseits als Mittelpunkt, ein Ort (wie ich in *Die erlauchte Scheuermagd* schrieb) von sauberem Schmutz, ständigem Hunger und auch Übersättigung, ein Ort, wo der gewaltsame Tod die Welt von ungezügelten *pícaros* befreite.

Zwei rohe Gestalten kamen holterdiepolter durch die Tür herausgekugelt, sich boxend, tretend, beißend, stoßend, knuffend und auf andere Weisen versuchend, sich gegenseitig die Glieder auszureißen. In dem Licht, das durch die Tür fiel, sah ich unter einem aufgeschlitzten Wams eine rundliche Brust herausragen und erkannte, daß einer der Kämpfenden eine Frau war. Eine Handvoll Zuschauer schaute ohne großes Interesse der Schlägerei zu: ein allnächtliches Ereignis.

Warum sollte Mnemosyne an einem Ort wie diesem verkehren? Dumme Frage. Alle Orte in Zahara waren so.

Der Schankwirt zapfte so schnell Wein, daß er nicht einmal so zu tun brauchte, als würde er dem Lebensmonolog, den ein pockennarbiger Zuhälter von sich gab, zuhören. Eine kräftige Frau, einer der beiden Kämpfer, kam herein und rammte dem Zuhälter wortlos ein Messer zwischen die Rippen. Als er stürzte, forderte die Frau »'n Krug Roten«; sie wurde von zwei, drei Kunden flüchtig beklatscht, aber ansonsten nicht zur Kenntnis genommen.

»Und du?« fragte mich der Wirt.

Ich ließ ein Paar Dukaten auf dem Tresen klimpern. Er biß in den einen. Dann biß er in den anderen.

»Mnemosyne«, sagte ich, und er zeigte mit einem Daumen gleichgültig in Richtung einer niedrigen Tür hinter dem letzten Weinfaß. Ich machte sie auf und fand mich in einem jener Wirtshaushöfe wieder, die ich später im *Don Quijote* verewigen sollte. Ein Pferd wieherte. Eine Bewegung, offenbar fleischlicher Natur, erschütterte den Heuboden. Ein hagerer Greis in einem Lederhemd und einer Schlafmütze stand bei ein paar unkenntlichen Gegenständen neben dem Pferd Wache und murmelte etwas, als ich an ihm vorbei auf eine Tür aus massiver Eiche zuging. Daran hing ein Klopfer aus einer Miniatur-Durandarte über einem Miniatur-Olifanten. Ich hob diese fein gearbeitete Vorrichtung an und ließ sie mit dem zu erwartenden Widerhall fallen.

Ein Guckloch ging auf, und ein verwirrendes bernsteinfarbenes Auge kam zum Vorschein.
Ich sagte: »›Als Innina in die Unterwelt eindringt, um ihren toten Geliebten Tammuz zurückzuholen, wird sie ihrer Kleider und Schmuckstücke entledigt und nackt vor ihre schreckliche Schwester Ereschkigal gebracht, die sie mit einem einzigen Blick tötet und an einem Pfahl aufhängt.‹«
Das Guckloch ging weiter auf. Ebenso das verwirrende bernsteinfarbene Auge. Eine ebenso verwirrende Altstimme sagte: »Und die Geschichte ist damit schon zu Ende? Sie ist wirklich tot?«, und ich drehte mich um, um wegzulaufen; ich war mir sicher, daß etwas schiefgelaufen war. Doch die Stimme rief mir nach: »Warte! ›Am Südende des Hinnon liegt das Tal des Prophet –‹«
»Tophet«, sagte ich, drehte mich um und begann zu lächeln. »So heißt es.«
»›Tophet, wo eines Senners siebte Armee –‹«
»Sennacheribs Armee.« Mein Lächeln dehnte sich zu einem Grinsen.
»› – wo Sennacheribs Armee des Nachts vernichtet wurde und man noch immer Opfer für Ball und‹ ... äh ... ›in die‹ ... äh ... reicht das immer noch nicht?«
»Doch, Micaela, es reicht«, sagte ich, und sie riß die schwere Eichentür auf und zerfloß sozusagen in meinen Armen, die sozusagen um sie herum zusammenflossen.
Nach einer Weile trat ich zurück und schaute sie mir an.
Sie war wie ein Jüngling in grüngoldene Hosen und einen dazu passenden Mantel gekleidet, der lose über ein Rapier herabfiel und die unleugbar weibliche Gestalt tarnte, die ich darunter fließen fühlte. Das Gesicht unter ihren Locken war ein einziges breites Grinsen, das zu dem meinen paßte.
»Was tust du denn hier?« fragte ich. »Ich habe gedacht, dein Vater würde dir einen baskischen Steinewerfer zum Ehemann suchen.«
»Er hat es probiert. Er hat den besten Steinewerfer von ganz Guipúzcoa ausfindig gemacht, sogar mit nichts als Muskeln zwischen den Ohren. Ich bin nach Madrid davongelaufen, in der Hoffnung, Rodrigo zu finden, aber statt dessen habe ich deinen anderen Bru-

der Juan gefunden, und als er gesehen hat, wie mir gefährliche Spiele gefallen, hat er mich mit zum Stützpunkt Iberia genommen, und, na ja, so ist aus mir Mnemosyne geworden.«
Während sie mich auf den neuesten Stand der Dinge brachte, konnte ich, ich muß es gestehen, nicht die Augen von ihr lassen. Komisch, oder, wie eine attraktive Frau noch attraktiver aussieht, wenn sie als Knabe verkleidet ist!
Sie sagte: »Komm herein, wo ich dich sehen kann.«
Drinnen ging es weiter mit dem Zer- und Umfließen, und meine Hand, meine rechte Hand, glitt hinab, um jene klassische kallipygische Kurve nachzuzeichnen, sie sinnlich zu erfahren. Kein Grund für ein schlechtes Gewissen, nicht im Namenlosen Dienst, für dessen Kundschafter verstohlene Augenblicke die einzige Erholung von einem eintönigen Leben sind, das sie damit zubringen, potentielle Schuldige Gott weiß welcher Verbrechen zu beschatten, wobei ihr Aufenthaltsort nur der Verkehrskontrolle des Namenlosen Dienstes bekannt ist.
Wieviel Zeit blieb schon zum Bedauern, wenn man jeden Augenblick (oder in gar keinem Augenblick, falls es die Gegenwart nicht gibt) zu einer knappen Zeile im Hauptbuch der Gefallenen werden konnte, das für alle außer den Wissenden steganographisch unverständlich war?
Sie war gewachsen. Das merkte ich daran, daß ihre dunklen Locken sich nicht an meinen Hals schmiegten, sondern meine Nase kitzelten, während ich ihren Duft einsog, der wie von frischgemähtem Heu und einem Hauch eines halbvergessenen algerischen Dufts, Moschusrosentau vielleicht, war. Es war natürlich, sagte ich mir, ganz natürlich, daß ich nach den langen frustrierenden Monaten mit Catalina eine Frau, die so attraktiv wie Micaela war, auch attraktiv fand, vor allem, da sie mir um den Hals hing und mich jetzt küßte, ja, auf den Mund. Aber dann dachte ich an die noch viel frustrierenderen Monate, in denen ich meine Schwester Andrea, die gar nicht meine Schwester war, nicht gefunden hatte, gerade in dem Moment, als Micaela an meinen Lippen murmelte: »Lange Zeit habe ich jede Nacht von dir geträumt, aber ich habe mich damit aufzuhören gezwungen, denn ich wußte, daß du wie jeder Gefan-

gene in Algier deinen eigenen Traum gehabt hast und daß du, sobald du frei sein würdest, diesen Traum in eine Karriere und ein Heim und eine Familie für dich umsetzen würdest, oder etwa nicht?«

Es war einer jener Augenblicke, für die ich mit meinem Stottern nur äußerst unzureichend ausgerüstet bin. Wenn ich eine so aalglatte Antwort bereit gehabt hätte wie die Leute auf der Lügnerpromenade, etwa: »Meine Frau versteht mich nicht«, hätte uns das vielleicht über eine peinliche Situation hinweggeholfen. Aber wenn man es recht betrachtete, verstand Catalina mich ziemlich gut. Daher sagte ich bloß: »Ja, ich b-bin verheiratet.«

Micaela machte sich von mir los, und ich glaube, sie versuchte zu lächeln. Zumindest zeigte sie ihre Zähne. Sie waren gerade und weiß. Ich erwartete, daß sie sagen würde: »Vertraue niemandem in diesem Leben«, aber sie sagte bloß: »Also, wir haben eine Menge zu tun. Oder?«

Der Raum war klein, aber das war ja auch nicht gerade das *Hostal Gutiérrez.* Micaela drückte sich neben dem Fenster flach gegen die Wand, schob den schäbigen Vorhang etwas beiseite, lugte argwöhnisch hinaus, ließ den Vorhang wieder fallen.

»Jemand draußen?«

»Klar. In Zahara ist immer jemand da.«

»Quillpusher schon eingetroffen?«

»Er ist gestern angekommen. Du würdest ihn mögen – *falls* du ihn verstehen könntest. Er ist Dramatiker.«

»Das bin ich auch.«

»Wirklich?«

»Das überrascht dich? Ich war doch *ráwi*, oder etwa nicht?«

»Quillpusher spricht fließend vier Sprachen. Er ist jung und sieht gut aus. Er sieht wie ein Dramatiker aus.«

»Wie sieht ein Dramatiker aus?«

»Ich weiß es nicht. Wie Quillpusher, nehme ich an. Sein Stück hat so viel Erfolg gehabt, daß die aller anderen überflüssig geworden sind; daher sind alle Theater geschlossen worden. In London.«

»Das ist nicht ganz die Version, die ich gehört habe.«

»Was auch passiert ist, er spricht nicht gern darüber. Er ist sehr

zurückhaltend und auch ein Genie. Er tut *gut* daran, zurückhaltend zu sein. So wie El Draque vergangenes Jahr die Küste hier geplündert hat, würden sie hier jeden, den sie für einen Engländer halten, strecken und vierteilen. Vor allem weil Zahara verschont geblieben ist. Sie meinen, sie müßten beweisen, wer sie sind.«
(Die Geschichtsschreibung berichtet – und die Erzählkunst hat keinen Grund, daran zu zweifeln –, daß im Frühjahr 1587 der Freibeuter Sir Francis Drake die andalusische Atlantikküste heimsuchte, den Marinestützpunkt in Cádiz überfiel und Feuer an jedes Dorf außer Zahara legte, das auf Drängen von Sir Francis Walsingham unangetastet blieb. W. brauchte, ebenso wie der Namenlose Dienst, einen Lauschposten in jenem Winkel des Kontinents, und das war Zahara.)
»Ich habe ihn heute nachmittag bei von Nacht zu Nebel gelassen. Auf dem Wrack eines Thunfischfängers am Strand der Endgültigen Hoffnungslosigkeit. Von Nacht zu Nebel ist sich so sicher, daß die Fugger jemanden geschickt haben, um ihn umzubringen, daß er sich einen Leibwächter angeschafft hat.«
»Das ist nicht ganz unwahrscheinlich«, meinte ich.
»Es ist wahrscheinlicher, daß sie die Talente vor Ort einsetzen. Es gibt hier ein Überangebot an dingbaren Mördern«, sagte Micaela. »Daher schleusen wir ihn besser schnell aus. Wie sieht der Plan aus?«
»Nichts Großartiges. Über die Sümpfe nach Mazagón staken und dann mit einer Gruppe von Zigeunern die Küste hinauf nach Huelva. Dann schließen sie sich einem Kaufmann der Hanse an – aus Lübeck, glaube ich –, der sie auf Maultieren bis nach Sevilla bringt, wo sie an Bord ... aber warum warten wir mit den Einzelheiten nicht, bis Quillpusher zurückkommt? Er wird sie auch erfahren wollen.«
Micaela nickte. »Ach du, paß auf, manchmal, wenn einer überrascht ist, jemanden zu sehen, dann versuchen beide das zu zeigen. Es muß gar nichts heißen, daß ich dich so küsse.« Ein sprödes, breites Lächeln. »Ich will damit sagen, ich bin nicht mehr die Vierzehnjährige, die noch nicht trocken hinter den Ohren ist und der armen Zoraida ein Schlafmittel verpaßt hat, um mit dir unter die Decke zu

schlüpfen. Ich habe jetzt meine Karriere, die sogar für meine Verhältnisse gefährlich genug ist. Ich bin nicht der Typ, der sich häuslich niederläßt. Überhaupt nicht. Deswegen hat es für mich nicht die geringste Bedeutung, daß du verheiratet bist. Verstehst du?«

Ein Schlüssel drehte sich im Schloß. Er kam herein. Das Lächeln wich ihm aus dem Gesicht, als er mich sah, und er griff nach seinem Rapier. Für einen erfolgreichen Dramatiker war er überraschend jung (aber das war Lope de Vega auch, erinnerte ich mich verärgert). Er trug wie Micaela ein Gewand aus grünlichem Gold, war nicht größer als sie und bewegte sich mit derselben hurtigen Anmut. Zwischen seinem dichten rotbraunen Haar und seinem feuerroten Bart befand sich ein ansehnliches Gesicht; es wurde von dunkelblauen Augen beherrscht, in denen etwas glänzte, das ich nur als gütige Verdorbenheit beschreiben kann.

Micaela trat rasch an seine Seite, schob ihren Arm in den seinen und kuschelte sich – zu seiner Überraschung, dachte ich, an ihn.

»Es ist schon in Ordnung«, sagte sie zu ihm. Ihre verwirrenden bernsteinfarbenen Augen starrten mich herausfordernd an. »Siehst du, was ich meine? Sieht er nicht wie ein Dramatiker aus? Er hat in Cambridge zwei Abschlüsse gemacht. Das ist in Oxford, England. Dann hat er zwei Stücke über den Hunnen Attila geschrieben.«

»Tamerlan«, sagte Quillpusher.

»Na gut, er war der Enkel von Attila«, sagte sie.

»Eigentlich der Ururenkel«, sagte Quillpusher. »Von Dschingis Khan. Ich vermute«, wandte er sich dann an mich, »daß Sie ein Kollege von Mnemosyne sind.«

Plötzlich wurde der Ausdruck gütiger Verdorbenheit in seinen Augen zu weit aufgerissenem Staunen. Er schob Micaela beiseite, kam zu mir herüber und stürzte, zu meiner großen Verlegenheit, vor mir auf ein Knie, wobei er das, was einmal meine linke Hand gewesen war, ergriff und ausrief:

»Sie sind es! Sie sind es wirklich!«

Ich versuchte mich loszumachen, aber er klammerte sich an mich wie ein Ertrinkender an das Rettungsseil.

»Nicht in meinen kühnsten Träumen hätte ich zu hoffen gewagt, daß ich einer Legende wie Ihnen begegnen würde«, sagte er leidenschaftlich. »In persona.«

»Lassen Sie die Hand los«, meinte ich.
Aber er klammerte sich daran fest und sah sie verzückt an, wie Galahad den Heiligen Gral. »Sie sind es! Sie sind der Stummelmann!«
Ich sollte hier einfügen, daß mein Bruder wirklich inzwischen eine ziemlich legendäre Gestalt war, einer der aussichtsreichsten Kandidaten für die Stelle des Unbenannten und in jedem Fall der Kandidat des Stützpunktes Iberia.
»Lassen Sie es mich erklären«, sagte ich. »Es ist nämlich so, daß –«
Aber ich konnte ihm nichts erklären. Für mich war mein Bruder vielleicht Juan der Düstere, aber in der gefahrvollen Welt, in der der Namenlose Dienst operierte, war er der Verstümmelte, war seine wahre Identität unbekannt und im Notfall eine sichere Zuflucht.
»Ja?« sagte Quillpusher und klammerte sich noch immer an mich.
»Wenn Sie die Hand nicht loslassen«, sagte ich, »trete ich Ihnen die Zähne aus.«
Er ließ abrupt los. Über seinen Kopf weg konnte ich sehen, wie Micaela mich anstarrte und dabei ihr Bestes tat, nicht beeindruckt zu wirken. Quillpusher stand auf.
»Vergeben Sie mir. Aber das ist erst mein zweiter Einsatz, und ich habe kaum erwartet, mit dem Stummelmann zusammenarbeiten zu dürfen.«
»Vergessen Sie es«, sagte ich überheblich, als ob mir das ständig passieren würde. »Sind Sie bei von Nacht zu Nebel weitergekommen?«
»Er hatte Angst, bis ich ihm einen Ihrer Spielzeugsoldaten mit der fehlenden Hand gab.«
»Wo haben Sie den herbekommen?«
»Wir fälschen sie in England dutzendweise. Sie machen viel aus, glauben Sie mir. Von Nacht zu Nebels Leibwächter war drauf und dran, mich über die Klinge springen zu lassen. Aber als ich dem Fugger den Spielzeugsoldaten vor die Nase hielt, war er einverstanden, sich uns anzuvertrauen.«
Regen begann gegen das Fenster zu klatschen.
»Wann ziehen wir los?«
»Beim ersten Dämmerschein«, sagte ich.

»Wir warten noch?« Quillpusher warf mir einen überraschten Blick zu. »Aber es heißt doch, Sie können im Dunkeln sehen, Stummelmann, und deswegen ...«
Ich überlegte, ob ich beweisen sollte, daß ich nicht im Dunkeln sehen konnte, aber er würde doch nur glauben, daß ich mich zierte. Deshalb sagte ich bloß: »Die Vorbereitungen sind für das erste Tageslicht getroffen.«
Es folgte ein verlegenes Schweigen, das von Micaela gebrochen wurde: »Amadís sagt, daß er auch Dramatiker ist.«
Noch ein überraschter Blick von Quillpusher. »Der Stummelmann findet Zeit zum Schreiben? Wie außerordentlich.« Dann fügte er nachdenklich hinzu: »Na ja, kratze an einem Schriftsteller, und du findest einen Spion darunter. Sie sind ein Anhänger der drei Einheiten? Aristoteliker?«
»Die einzige Einheit, auf die es Aristoteles je angekommen ist, ist die Zeit: ein Tag pro Stück. Alles übrige sei, zumindest laut Tasso –«
»Sie kennen den großen Tasso?«
»Wir sind ein wenig gemeinsam gereist. Alles übrige sei Aristoteles, wie ihn ein Italiener namens, äh, Castelvetro mißdeutet habe«, sagte ich, und schon waren wir mittendrin, ich kam auf Lope und seine Rezeptur zu sprechen, Quillpusher auf Kyds blutig inszenierte Tragödien (einschließlich der nicht weiter ausgeführten Bemerkung, daß Spezialeffekte gefährlich seien), ich darauf, daß man das Unmögliche nicht zu scheuen brauche, er darauf, wie es sei, über das zu schreiben, was man nicht kennt – alles das schnell hingeworfen, mit halbfertigen Sätzen und einer spontanen Geistesverwandtschaft, wobei Micaela nichts anderes übrigblieb, als an die Decke zu starren und ihr Ritual am Fenster zu wiederholen, bis Quillpusher sagte:
»... in England müssen die weiblichen Rollen dem Gesetz nach von Knaben gespielt werden, was zu Verwirrungen führen kann, wenn ein Knabe die Rolle einer als Mann verkleideten Frau spielt«, worauf Micaela mit den Händen über ihre Goldstoffhosen strich und trocken sagte: »Davon kann ich ein Lied singen. Das ist praktisch meine Lebensgeschichte.«

Als sie sich das nächste Mal flach gegen die Wand drückte und den schäbigen Vorhang lüpfte – Quillpusher und ich diskutierten gerade das griechische *medias in res* im Vergleich zum römischen Am-Anfang-Anfangen –, sahen wir alle die trügerische schmutzig-zinnfarbene Morgendämmerung.
Wir gingen mit jeweils fünf Minuten Abstand. Das war Quillpushers einleuchtender Vorschlag, und er ging freiwillig als erster.
Erst anschließend, als es schon zu spät war, merkte ich, daß Quillpusher zwar dem, was einmal meine linke Hand gewesen war, und unserem gemeinsamen Interesse für das Theater große Aufmerksamkeit entgegengebracht hatte, aber nicht die geringste für die Vorkehrungen weder zu seiner Ausschleusung noch zu der von Nacht zu Nebels.

Der Nordostwind frischte auf, und die Galeone *Elizabeth Bonaventure* mußte wieder kreuzen, um ihren Kurs zu halten. Der Freibeuter Sir Francis Drake, ein Freund jenes anderen Sir Francis, Walsingham, ging auf seinem Quarterdeck hin und her, her und hin, als ob er harmonisch auf die Bewegung seines Schiffes abgestimmt wäre. Ruhige See bei kaltem Nieselregen: Er hoffte, die Bedingungen blieben so, damit, wenn die Dämmerung kam, die Pinasse mit dem seewärts gerichteten Wind wie auf einer gut ausgebauten Straße direkt zur *Elizabeth Bonaventure* würde zurückfahren können. Wenn nichts schiefging.
Francis Drake haßte das Spionagewesen. Würde man die verdammten Spione verdammt noch mal von überall abziehen, dann bräuchte man verdammt noch mal nicht überall Spione; das war seine Meinung dazu. Aber W. war spionagesüchtig. Was hätte Drake, ein getreuer Sohn Englands, da tun sollen?
Francis Drake verlangte es nach Taten. Er war um die verdammte ganze Welt gefahren, von Plymouth zur Magellanstraße (verhaßter Name; verdammter Skandal, den verdammten Portugiesen da als ersten hinkommen zu lassen), bis zur Westküste von Süd- und Nordamerika (New Albion für die Königin in Besitz genommen, aber die Spanier machten sich breit und nannten es verdammt noch mal San Francisco), und über den Pazifik zu den Inseln, die nach

dem todliebenden König Philipp benannt waren, verdammt seien seine Augen, und schließlich nach Hause via Kap der Guten Hoffnung, um an Bord seines einzigen übriggebliebenen Schiffes *Pelican* zum Ritter geschlagen zu werden. Die ganzen drei Jahre auf See, in denen er jedes spanische Schiff, das ihm begegnete, angegriffen hatte, war leichter gewesen als dieses verdammte Warten.
Es waren gute Leute gewesen, die er an Bord der Pinasse zum Strand der Endgültigen Hoffnungslosigkeit geschickt hatte (verdammt seltsam, diese verdammten spanischen Namen), aber selbst das war beunruhigend. Gute Leute, Leute, die die Spanier gern gefangennehmen würden, oder vielleicht nicht? Aber man sagt nicht nein, wenn W. einen Gefallen getan haben möchte, oder? Er konnte nur hoffen, daß dieser Stückeschreiber es hinkriegen würde. Geradewegs drauflos, das tun, wozu man gekommen ist, und dann geradewegs wieder weg – das oberste Gebot bei allem, von der Liebe bis zum Krieg. Aber Marlowe war jung, und außerdem: Wie konnte ein Stückeschreiber ein Mann der Tat sein? Man tat entweder Dinge, oder man schrieb sie. In diesem verdammten Leben hatte man keine Zeit für beides, verdammt noch mal.
Das Nieseln wurde zu einem harten, peitschenden Regen. Francis Drake spähte angestrengt zu der Küste hin, die er nicht erkennen konnte, zu dem unsichtbaren Zahara, dem einzigen Dorf an dieser Küste, das man nicht abbrennen durfte, dann kehrte er dem, was er nicht verstand, den Rücken, schaute statt dessen zu dem vertrauten Glimmen des Lichts im Kompaßhaus und wartete.

Der Zigeuner Anselmo, der so alt war wie die Unabänderlichkeit der Sünde und so mager wie die Hoffnung auf Erlösung, fand die Frau, die La Gitana, die Zigeunerin, genannt wurde, in ihrer Hütte, wie sie gerade ihre Kristallkugel mit einem fransengeschmückten Tuch verhüllte. Wie seltsam, dachte der alte Zigeuner nicht zum erstenmal, daß ausgerechnet sie La Gitana genannt wurde, obwohl sie unter allen, die in der *gitanería* lebten, die einzige Nichtzigeunerin war.
Anselmo stand in der Tür und schaute sie im Licht der Talglampe in der Hütte an. Was für eine Schönheit sie gewesen sein mußte!

Sogar jetzt noch konnte man in ihrem faltigen Gesicht den zarten Knochenbau erkennen. Haar von der Farbe verblaßten Silbers, das im Lampenschein wie gesponnenes Gold leuchtete. Und diese vergißmeinnichtblauen Augen – welche Geheimnisse hinter ihnen verborgen liegen mußten! La Gitana war eine, die gelebt, viele Männer gekannt, gelitten hatte. Und sie hatte das Unwahrscheinliche getan: Sie war Traumdeuterin für die Zigeuner selbst geworden, die Zigeuner, die so zynisch die Zukunft in den Träumen leichtgläubiger Spanier lasen – grüne Feigen bedeuteten Verlegenheit, Anemonen Liebe, Granatäpfel Freude, gelbe Blumen Eifersucht. La Gitana verachtete all diese auswendiggelernten Symbole, die nichts mit dem Herzen zu tun hatten, und fand den Sinn von Träumen heraus, als ob sie in einer Sprache geträumt würden, die nur sie verstehen konnte. Konnte sie wirklich in die Zukunft blicken, wie viele in der *gitanería* glaubten? Anselmo selbst erhaschte in unerwarteten Augenblicken Dinge – mit einer Art Zweitem Gesicht, das ihn erschreckte. Und ein solches Erlebnis hatte ihn nun hierhergeführt. Die anderen Traumdeuter sahen La Gitana nicht gern. Wer ist sie, fragten sie, und wie kommt sie zu uns? Man flüsterte so manches: La Gitana sei als Kind vom Teufel ausgesetzt worden, und zwar in der Nacht, in der er seine Würfel warf und sie zurückließ und aus ihnen Zahara wurde, wo alles, was sein kann, ist und alles, was ist, schlecht ist. Aber La Gitana war kein Teufelssproß. Der alte Zigeuner Anselmo hatte lange genug gelebt, um jene Aura des Guten beinahe zu spüren, die manchmal von jenen seltenen Menschen ausging, die von den alten Göttern berührt worden waren, deren Namen die Menschen nicht länger auszusprechen wagten, und in der Gegenwart La Gitanas spürte er sie am allermeisten.

»Guten Abend, Anselmo, mein Freund«, sagte La Gitana, als Anselmo vom Regen draußen hereinkam.

»Guten Abend Euch, Euch mit den Vergißmeinnichtaugen –«

»Na, na, na«, sagte La Gitana. Aber sie lächelte.

»– die Dinge sehen, die andere nicht sehen können.«

Nach diesem *piropo* – denn was war es sonst? – unterhielten sie sich auf Zigeunerart über dies und das, bis sie sagte: »Etwas beunruhigt Euch, Anselmo, mein Freund. Was ist es?«

»Heute kam ein Fremder und suchte die Frau, von der Ihr sprachet, diejenige von solcher Vollkommenheit, daß es sie nicht geben kann. Denn gäbe es sie, die Welt hörte mit allem anderen auf, um ihr zu Füßen zu liegen und sie anzubeten.«
»War der, welcher sie suchte, auf irgendeine Weise verstümmelt?«
»Seine linke Hand war mißgestaltet.«
La Gitana blickte Anselmo mit jenen Vergißmeinnichtaugen lange an. Die Lampe flackerte und wurde schwächer, löschte die Runzeln aus ihrem zartknochigen Gesicht aus, löschte die Jahre aus.
»Wo ist er jetzt?« fragte La Gitana.
»Er suchte auch einen Deutschen mit einem seltsamen Namen, der sich im Wrack eines Thunfischfängers am Strand der Endgültigen Hoffnungslosigkeit versteckt hält.«
»Versteckt hält? Besteht Gefahr?«
»Es besteht große Gefahr.«
La Gitana nahm ihren Umhang, doch Anselmo sagte: »Noch nicht. Beim ersten Tageslicht bringe ich Euch hin.«
Auf dem Dach der Hütte schlug der Regen härter auf.

Pepe (der Chorknabe) Pacheco Portocarrero war über den Regen geteilter Meinung.
Als Leibwächter haßte er ihn. Eine mondlose Nacht war schon schlimm genug, aber bei diesem Regenguß noch vor dem Morgengrauen konnte jeder, der sich an Pepe (des Chorknaben) Pacheco Portocarreros Kunden heranschleichen wollte, sich dem am Strand liegenden Thunfischfänger nicht nur ungesehen, sondern auch ungehört nähern.
Als jüngerer Bruder des seligen Pedro (des Killers) Pacheco Portocarrero begrüßte er dagegen den Regen. Der Ausländer, der Quillpusher genannt wurde, würde bald mit einem ungenannten namenlosen Agenten zurückkommen, dem Vernehmen nach der Stummelmann. Der Regenguß würde ihre berufsmäßige Wachsamkeit vermindern und Pepe (dem Chorknaben) Pacheco Portocarrero die Chance geben, auf die er gewartet hatte, seitdem der Stummelmann seinen Bruder kaltblütig umgebracht hatte. Vorausgesetzt, es war der Stummelmann gewesen, der durch eine Gasse gegangen war, in

der Pedro (der Killer) Pacheco Portocarrero gelauert hatte. Aber es war trotzdem kaltblütiger Mord gewesen, und der Mörder mußte dafür bezahlen.
Der Chorknabe fummelte in der Dunkelheit an dem Spielzeugsoldaten mit der fehlenden Hand herum. Er lächelte, ein trügerisches Lächeln. Anders als sein grobschlächtiger seliger Bruder war der Chorknabe schlank, hatte ein Engelsgesicht und bewegte sich mit Leichtigkeit in zivilisierter Gesellschaft; das Essen mit der Gabel war ihm von keiner geringeren Dame als der einäugigen Prinzessin Eboli, der zweitschönsten Frau Spaniens, beigebracht worden, für die er verschiedene Dinge erledigt hatte. Er besaß Lippen, die dem Bogen Amors glichen, Lider, um die ihn jedes Mädchen beneidet hätte, eine unbehaarte Haut und die hübschesten haselnußbraunen Augen. Sein älterer Bruder Pedro (der Killer) Pacheco Portocarrero hatte, vor seinem vorzeitigen Ableben, vierhundertsiebzehn nachweisliche Opfer auf dem Kerbholz gehabt. Des Chorknaben eigene Kerbe lag bei vierhundertsechzehn, und er hoffte bald nach dem ersten Tageslicht gleichzuziehen. Dann konnte er ruhig schlafen. Der Killer hatte ihm alles beigebracht, was er konnte, und der Killer war tot. Und der Chorknabe war ein sentimentaler Bursche.
»Wie lange müssen wir denn noch warten?« rief von Nacht zu Nebel angstvoll.
»Bis zum ersten Tageslicht. Vorher passiert gar nichts.«
Von Nacht zu Nebel ächzte vor Weltschmerz. »Sie haben leicht reden. Niemand hat sich einen Killer gedungen, um *Sie* umzubringen.«
Pepe (der Chorknabe) Pacheco Portocarrero entgegnete: »Nein, aber ich habe auf meinen Ruf zu achten. Wenn Sie sterben, verliere ich Punkte.«
»Punkte verlieren ist noch lange nicht sein Leben verlieren, darum geht's«, jammerte von Nacht zu Nebel unnachgiebig.
An ein Schott im eingedrückten Frachtraum des Thunfischfängers gekauert, sagte Pepe (der Chorknabe) Pacheco Portocarrero nichts.
»Sie können mich nicht sterben lassen!« kreischte von Nacht zu Nebel gebieterisch.
Kunden. Sie waren alle gleich. Ganz in ihren kleinlichen Problemchen befangen.

Der Chorknabe wartete auf das erste Tageslicht, die trügerische, schmutzig-zinnfarbene Morgendämmerung, in der den Stummelmann sein Schicksal ereilen würde.

Wie sein Kapitän an Bord der *Elizabeth Bonaventure* war der Anführer des halben Dutzends schwarzgekleideter Matrosen in der vor dem Strand der Endgültigen Hoffnungslosigkeit ankernden Pinasse ein ungeduldiger Mensch, und als die trügerische, schmutzig-zinnfarbene Morgendämmerung noch nicht heller war als das Phosphoreszieren der vom Regen niedergedrückten Gischt, hob er seine Hand. Seine schwarzgekleidete Mannschaft ließ sich, die Messer zwischen den Zähnen, über Bord gleiten und schwamm an Land.

Als Quillpusher den Strand der Endgültigen Hoffnungslosigkeit erreichte, war die trügerische, schmutzig-zinnfarbene Morgendämmerung der Dunkelheit gewichen, die dem wirklichen Tagesanbruch vorausgeht. Dennoch hielt er einen schnellen Trab durch und hoffte dabei, daß der phosphoreszierende Schein am Wasserrand ihn davor bewahren würde, mit dem Kopf voran in das Wrack des Thunfischfängers zu laufen. Er hatte einen Vorsprung von fünf Minuten gegenüber Mnemosyne, von zehn gegenüber dem Stummelmann. Würde das reichen?
Würde er wirklich den legendären Stummelmann überlisten? Anscheinend bestand wenigstens die Chance dafür – und was konnte man mehr verlangen, wenn die schreckliche Tochter der Nacht, Nemesis, einem auf den Fersen war?
W. hatte sich natürlich nicht so ausgedrückt; W. war zu sehr ein Mann von Welt. Aber er wußte es. Denn in bestimmten Londoner Kreisen, den einzigen Kreisen, die zählten, wußte jeder, daß Quillpusher in eben dem Stück, das ihn zu Fall gebracht hatte, (mit welch maßlosem Stolz!) geschrieben hatte:

> Über meinem Zenith schwebe ein heller Stern
> Und leuchte, bis der Himmel selbst vergeht.

Nicht, daß Quillpusher tatsächlich an Nemesis geglaubt hätte, genausowenig, wie er an den *einen* Gott glaubte. Aber der Mythos hatte den Klang des Unausweichlichen.

Was W. – mit seiner zurückhaltenden Art – gesagt hatte, war, daß er einen weiteren Auftrag für Quillpusher habe, der vielleicht ein wenig schwieriger sei als seine kürzliche Vergnügungsreise nach Reims zur Überprüfung einer Gruppe englischer Dissidenten, und ob er wohl so gut sein würde?

Und hier war er also. Mit vierundzwanzig wurde Quillpusher oder, um seinen richtigen Namen zu verwenden, Christopher Marlowe (oder Marlye, Marlin, Marlyn, Marly, Marley, Marlen, ja, in Gottes Namen, sogar Merling – konnte in Cambridge denn keiner richtig schreiben?) von ebendem jugendlichen Ehrgeiz getrieben, der aus dem elisabethanischen England einen so überschwenglich tödlichen Ort machte. Marlowe oder Kit, wie ihn seine Freunde nannten (von denen er unter den Theaterleuten nicht mehr viele hatte, nachdem vergangenen November die Geschichte mit dem fehlgegangenen Schuß während des seltsamen Spezialeffekts im fünften Akt des zweiten Teils von *Tamerlan* passiert war; Pech gehabt, und sie war dazu noch schwanger, das arme Ding), eilte nun über den Strand der Endgültigen Hoffnungslosigkeit und war alles in allem ziemlich guter Dinge.

Das Mädchen Mnemosyne (welcher verrückten Ironie hatte sie ihren Decknamen zu verdanken?) war so erbärmlich scharf darauf, sich in der Männerwelt unter Beweis zu stellen. Und das wäre ihr vielleicht auch gelungen, nur würde ihre Karriere genau an diesem frühen Morgen von dem Mann beendet werden, den sie als Quillpusher kannte. Mnemosyne hatte mit dem ihr angeborenen Gespür einer Hure Kit Marlowe zunächst mißtraut. Aber als der Stummelmann gekommen war, hatte sie sich völlig verändert; Marlowe erinnerte sich daran, wie ihr Busen sich an seinen Arm schmiegte, als sie beide dem legendären Spion gegenüberstanden. Nein, Mnemosyne würde kein Problem sein. Aber der Stummelmann würde ihn, wenn er erfuhr, daß Marlowe seine eigenen Ausschleusungspläne hatte (und nicht nur für von Nacht zu Nebel) und ihn unmittelbar hinter dem Horizont eine Galeone erwartete, auspusten, wie Geringere eine Kerze auspusten.

Mit solchen Sorgen beschäftigt, war Marlowe gerade noch fünf Schritte von dem am Strand liegenden Thunfischfänger entfernt, als ihn von hinten etwas grob packte und ihm ein Messer gegen die Kehle drückte.

Micaela, die das Wirtshaus als zweite verließ, spielte mit dem Gedanken, zu trödeln, damit ich sie einholte. Das Verlangen nach ein paar gestohlenen Augenblicken? Eine Vorahnung? Aber ihre rastlose Suche nach der Gefahr gewann doch die Oberhand, und sie hatte Quillpusher schon fast eingeholt, als sie, während die falsche Morgendämmerung verblaßte, eine undeutliche Bewegung, eine dichtere Dunkelheit ausmachte, die plötzlich zwischen ihr und dem Engländer auftauchte. Mit einem geübten Griff (der im Stützpunkt Iberia eigentlich nur halbherzig geübt worden war) zückte sie ihr Rapier und eilte Quillpusher zu Hilfe.
Sie war so darauf konzentriert, die Dunkelheit vor ihr zu durchdringen, daß sie nicht sah, wie hinter ihr aus der phosphoreszierenden Gischt eine Reihe schwarzgekleideter Gestalten herankroch.

Also: Pepe (der Chorknabe) Pacheco Portocarrero greift Quillpusher an, Micaela rennt mit gezücktem Rapier auf beide zu, und ein halbes Dutzend (mit ihrem Anführer sieben) schwarzgekleidete Matrosen aus der Pinasse der *Elizabeth Bonaventure* kriecht schneller über den Strand, um Micaela abzufangen – damit haben wir alles für eine klassische Rangelei, selbst wenn wir im Augenblick außer acht lassen, daß von Nacht zu Nebel in dem auf den Strand gesetzten Thunfischfänger kauert, ganz zu schweigen von der Frau, die La Gitana genannt wird, und dem alten Zigeuner Anselmo, die sich zusammen mit den drei strammen Enkeln des letzteren jetzt dem Strand der Endgültigen Hoffnungslosigkeit nähern.
Aber unsere Rangelei wird warten müssen. Die Kritiker sind rastlos; ich kann sie schon hören:
Es ist schlimm genug, wenn Sie sich bei der Erzählung des Don Quijote dauernd unterbrechen, um zu erzählen, was andere Figuren machen, aber daß Sie sich bei Ihrem eigenen Tod und Leben desselben Mangels an Konzentration schuldig machen, ist eindeutig absurd.
Was soll ich darauf erwidern?

Als ich über einen (möglicherweise) selbstverblendeten alten Mann schrieb, der als fahrender Ritter durch ganz Spanien schweifte, hielt ich es für notwendig, auch beim Erzählen ein wenig umherzuschweifen.
Was meine eigene Geschichte angeht – na ja, Sie erinnern sich, wie die Dinge bei Lepanto durcheinandergerieten und dann noch stärker am Tag meiner Hinrichtung auf dem Platz der Greuel. Befreit von meinem Körper umherzuschweben verschaffte mir eine gewisse Perspektive, aber ich kann es nicht nach Belieben. Es passiert entweder, oder es passiert nicht.
An jenem Morgen am Strand der Endgültigen Hoffnungslosigkeit passierte es nicht, aber ich glaube dennoch, Sie sollten erfahren, was geschah, auch wenn ich damals überhaupt nichts davon wußte, daß Francis Drake auf dem Quarterdeck der *Elizabeth Bonaventure* auf und ab ging, und nichts davon, daß der Zigeuner Anselmo der Frau, die La Gitana genannt wurde, die Nachricht von drohender Gefahr brachte, und nichts davon, daß Pepe (der Chorknabe) Pacheco Portocarrero darauf wartete, mich umzubringen (aber froh darüber war, zuerst Quillpusher zu erledigen), und nichts von Quillpushers Ausschleusungsplänen.
Ich konnte nur nach dem handeln, was ich sah.
Ich sah Micaela gekonnt ihr Rapier zücken, als sie losrannte.
Ich sah (am Rande meines Gesichtsfeldes vor jener phosphoreszierenden Gischt, so daß ich eine Weile brauchte, um das Geschehen aufzunehmen) sieben schwarzgekleidete Gestalten, die sich Micaela von der See aus näherten.
Ich sah (am Rande meines Gesichtsfelds, aber auf der anderen Seite, das erste Anzeichen dafür, daß endlich eine trostlose, aber echte Dämmerung diesen durchweichten Morgen erhellte) einen alten Zigeuner und drei stramme junge Zigeuner sich von der Landseite her nähern, hinter ihnen eine in einen Umhang gehüllte Frau.
Schließlich sah ich einen Mann brüllend aus dem Bug eines am Strand liegenden Bootes springen. Das war von Nacht zu Nebel, der, verrückt vor Angst, im Zickzack durch den Regen lief, welcher jetzt noch heftiger auf den Strand der Endgültigen Hoffnungslosigkeit fiel. Seine Panik änderte alles:

Micaela wirbelte herum, um ihn zu verfolgen.
Die sieben schwarzgekleideten Matrosen wirbelten herum, um sie zu verfolgen.
Pepe (der Chorknabe) Pacheco Portocarrero hob sein Messer, um dem sich wehrenden Quillpusher den Garaus zu machen, damit er die von Nacht zu Nebel verfolgende Micaela verfolgen konnte, als er, am Rande seines Gesichtsfeldes, mich sah.
Inzwischen griff ich, weniger gekonnt als Micaela, aber ohne meinen Schritt zu verlangsamen, nach meinem Rapier, doch das regenglatte Heft rutschte mir aus den Fingern, und ich stieß waffenlos mit Pepe (dem Chorknaben) Pacheco Portocarrero zusammen, der mit seinem linken Arm Quillpushers Kehle zudrückte und mit der rechten Hand gerade ein Messer in sein Herz stoßen wollte.
Wir stürzten alle drei zu Boden.
Micaela sprang im selben Moment los, packte von Nacht zu Nebel um die Mitte und riß ihn zu Boden.
Quillpusher rutschte auf Händen und Knien herum, um sein oder mein Rapier wiederzufinden.
Ich kam rittlings auf Pepe (dem Chorknaben) Pacheco Portocarrero zu sitzen und versuchte, die Hand mit dem Messer festzuhalten. Er warf mich mit einem krampfartigen Ruck um, so daß unsere Positionen vertauscht waren, doch ich schaffte es weiterhin, mit meinem verzweifelten Griff sein Gelenk festzuhalten.
Inzwischen hatte von Nacht zu Nebel – überzeugt, daß sein Angreifer ein vom Hause Fugger gedungener Mörder sei – auf ganz ähnliche Weise Micaela umgeworfen und machte sich daran, sie zu erwürgen.
In diesem Augenblick tauchten die sieben schwarzgekleideten Männer von der *Elizabeth Bonaventure* auf der Szene auf.
Und in diesem Augenblick kam auch der alte Zigeuner Anselmo mit seinen drei strammen Enkeln hinzu, doch ich wählte, mit einem krampfartigen Ruck ähnlich dem Pepe (des Chorknaben) Pacheco Portocarreros vorher, diesen Moment, um unsere Positionen wieder zu verkehren, hinderte dadurch zwei von Anselmos Enkeln daran, ihn zu packen, und brachte den dritten dazu, zu glauben, ich wäre der Chorknabe.

Quillpusher wählte denselben Moment, um mit seinem oder meinem Rapier zurückzukommen. Er hielt die Zigeuner für Spießgesellen Pepe (des Chorknaben) Pacheco Portocarreros und griff sie mit einer Reihe linkischer Stöße und Hiebe an.
Inzwischen trugen die sieben schwarzgekleideten Männer den beißenden, um sich tretenden und schreienden von Nacht zu Nebel und die benommene Micaela zu der Pinasse.
Quillpusher, der dies zu spät bemerkte, ließ mit einem letzten wilden Hieb, der mich beinahe den Kopf gekostet hätte, von seinem Angriff ab und raste auf die Gischt los.
Anselmos dritter strammer Enkel, dessen Fehleinschätzung meiner Person von Quillpushers abschließendem Rapierstoß bestätigt wurde, hob mich von Pepe (dem Chorknaben) Pacheco Portocarrero herunter und warf mich in den Sand neben ihm, so daß der Chorknabe lange genug frei war, um sich mit seinem Messer auf mich zu stürzen.
Inzwischen machte sich die Mannschaft der *Elizabeth Bonaventure* mit ihrer menschlichen Ladung an Bord in Richtung Sir Francis Drake auf.
Als sie den Fehler ihres Bruders erkannten, rissen die beiden anderen stämmigen Enkel Anselmos Pepe (den Chorknaben) Pacheco Portocarrero von mir herunter und überwältigten ihn mit so methodischen Mißhandlungen, daß er nach einer Zeit von vielen Monaten, in der sein Überleben in Frage stand, seine Berufung wechselte und ein Lockvogel (in den üblichen Priestergewändern und mit Engelsgesicht) in Spielhöllen in ganz Spanien wurde.
Es war Anselmo, der das Messer aus meinem linken Brustkasten zog; an seinem Gesicht war abzulesen, daß ihm der Anblick der Wunde nicht gefiel. Ich hörte, wie Stoff zerrissen wurde, und fühlte, wie geschickte Finger einen Verband anlegten, und gerade bevor ich das Bewußtsein verlor, sah ich – oder glaubte ich zu sehen, denn wie konnte es sein? – Regentröpfchen wie Quecksilberkügelchen auf einer strahlenden, windgepeitschten Mähne weizenblonden Haares, und, als sie sich herabbeugte, um mich auf die Lippen zu küssen, silberne Tränen in den leuchtend blaßblauen Augen meiner Schwester Andrea.

Fünfundzwanzigstes Kapitel
In welchem Mnemosyne vergessen wird und ich einen Brief von zu Hause bekomme

Nach mehr Ruhe und Erholung, als je einer genießen sollte, kletterte ich eines Sommermorgens entgegen dem Rat der Ärzte aus dem Bett und stieg einige Treppen in dem geheimnisvollen Gebäudekomplex in den zerklüfteten Bergen östlich von Arcos de la Frontera hinunter bis zum Lagebesprechungsraum, wo ich auf Luis Schwarzsklave und einen unsicher wirkenden jungen Mann traf, die eine jener völlig ungenauen Weltkarten studierten.

»Der verschollene Kontinent Lemuria", sagte Schwarzsklave gerade und fuhr mit einem Zeigestock eine große graue Landmasse entlang, die Madagaskar, Indien und Sumatra miteinander verband. »Dahin wirst du gehen, wenn er existiert.«

Lemuria. Wo hatte ich vorher davon gehört? Es fiel mir ein: die Alte aus dem Osten. War sie eine Agentin des Namenlosen Dienstes gewesen?

»Und wenn er nicht existiert?« fragte der unsicher wirkende junge Mann ängstlich.

»Das wird man dir nicht vorwerfen. Als *ich* ein frischgebackener Agent war, haben sie mich auf die Suche nach Atlantis geschickt.«

»Aha«, sagte der unsicher wirkende jung Mann und ging hinaus.

»Wo ist Juan?« fragte ich Luis Schwarzsklave knapp.

»Wer?«

»Du weißt wer. Mein Bruder Juan der Düstere.«

»Nicht da. Niemand weiß, wo er ist.«

Bei Juan dem Düsteren war das leicht zu glauben.

Ich richtete anklagend einen Finger auf Schwarzsklave. »Welche Schritte sind unternommen worden, um Mnemosyne zu retten?«

»Du bist überarbeitet. Katerstimmung nach dem ersten Einsatz«, diagnostizierte Luis Schwarzsklave mit wissender Miene.

»Was für ein absurder ›Einsatz‹ war denn –«
»Der Junge, der gerade gegangen ist, befindet sich auf dem Weg nach Lemuria, und *du* redest von absurd?«
»– die ›Operation Weltschmerz‹ überhaupt? Um möglicherweise – nur möglicherweise – Quillpushers guten Willen zu gewinnen, haben wir Mnemosyne geopfert.«
»Wenn es dir dabei wohler zumute ist, dann nenne es absurd. Fast das ganze Leben ist absurd, sogar hart und launenhaft. Das pflegte mein Vater, der Gottkaiser der westlichen Hemisphäre, stets zu sagen.«
»Ihr könnt Mnemosyne nicht einfach vergessen.«
»Oh, wir führen sie weiter in den Büchern. Man weiß ja nie. Aber ich vertraue nicht gern einer Agentin, die sich wieder absetzt.«
»Wieder absetzt? Sie hat sich nicht abgesetzt. Sie ist verschleppt worden.«
»Ein nebensächlicher Unterschied, Amadís«, sagte Luis Schwarzsklave mit seiner üblichen Kaltblütigkeit und wandte sich wieder der Karte zu. »Da der verschollene Kontinent Atlantis *nicht* existiert«, grübelte er, »könnte es dann nicht sein, daß in einer Art diametralen Antipodität oder antipodischen Dialektik Lemuria *existiert*?... Bist du immer noch da? Du gehörst nach oben ins Bett.«
Aber ich ging zu den Ställen und unterschrieb die Empfangsbestätigung für ein Maultier.
Zwei Tage später fragte mich ein Angestellter in Pierre Papins Kartengeschäft in der Sierpes-Straße von Sevilla: »Kann ich Ihnen helfen, mein Herr?«, aber er war nicht bei der Sache. Niemand war damals in Sevilla irgendwie bei der Sache.
Ich schob den Angestellten beiseite und trat die Tür zum *cercle privé* auf. Es sah aus wie in einem Leichenhaus. Würfel starrten sich trauernd an; Karten lagen verstreut auf grünem Fries, wie Leichen, die mit dem Gesicht nach unten auf einer breiten Wassermasse treiben. Wie auf dem Kanal zwischen England und Frankreich.
Ich hatte das meiste der unheilvollen Neuigkeiten in dem Wirtshaus gehört, wo ich meine Reise unterbrochen hatte. »Ungünstige Winde«, hörte ich, und: »Wenn so ein Sturm aufkommt, dann ist er von Gott gesandt.« Ich hörte Ortsnamen wie »Isle of Wight« und

»Pas de Calais« und »Gravelines« und »Firth of Forth«, die fast bis zur Unkenntlichkeit entstellt waren. Ich hörte Medina Sidonia und Parma, und ich hörte von Lord Howard von Effingham, dem Lord-Oberadmiral, und Hawkins und natürlich Drake, Dra-ke ausgesprochen. Kleine, schnelle Kriegsschiffe, hörte ich, und Feuerschiffe. Ich hörte, daß der todliebende König Philipp sich in sein Bett/seinen Sarg zurückgezogen hatte, in seinem Zimmer/seiner Krypta in seinem Schloß/seinem Mausoleum in den Bergen nördlich von Madrid.
Das Debakel war perfekt, die Niederlage schlimmer als die, die wir in Lepanto den Türken beigebracht hatten. Unsere Unbesiegbare Armada existierte nicht mehr.
Der singende Zigeuner betrachtete düster schweigend die Gitarre in seinem Schoß. Die Siebzehnundvier-Kartengeberin, die ein kleines Goldbrokatkäppi trug und deren leichte Ähnlichkeit mit meiner Nichte Constanza bei ihren beiden braunen Augen aufhörte, sang ein paar Verse aus dem achtunddreißigsten Gesang des *Orlando furioso*, die der Maler El Greco zu seinem persönlichen Vergnügen vertont hatte, aber ein Blick von Pierre Papin ließ sie innehalten.
Ich riß dem Franzosen den Hut herunter und drückte ihn ihm wieder auf den Kopf – mit der Feder über dem Herzen, auf die spanische Art.
»Wo ist mein Bruder?« fragte ich.
»Er ist eine Weile nicht hiergewesen.«
»Sag ihm, daß ich ihn sehen muß. Am üblichen Ort.«
Ich fand Tomás Gutiérrez auf einer schwarz ausgeschlagenen Alabasterbank im Patio seines Luxus-*Hostal* sitzen. Der Marmor-und-Jade-Brunnen weinte, die aus Südamerika importierten Vögel sangen in den Zweigen des seltenen Carambuco-Baumes Klagelieder. Es war auch nicht eine in Grün und Gold geschürzte Negerin aus Fernando Po zu sehen.
»Das Leben zieht einen runter, habe ich recht?« fragte Tomás mit geschmerztem Ausdruck im Gesicht.
Ich dachte, er spiele auf das tragische Schicksal der Unbesiegbaren Armada an, aber dann sagte er: »Die Bruderschaft des Allerheiligsten Sakraments von Sagrario – was für ein blöder Name für einen Club? Und das habe ich ihnen gesagt.«

»War mein Bruder hier?« fragte ich.
»Was hat dein Bruder mit der Bruderschaft zu tun? Ich bin vom exklusivsten Club von Sevilla abgelehnt worden. Damit ist meine letzte Chance, zu gesellschaftlichem Ansehen zu kommen, dahin. Selbst wenn mir das tollste Luxus-*Hostal* von ganz Spanien gehört, bin ich für diese Snobs immer noch ein Wirt.« Plötzlich fragte er: »Sehe ich wie ein Neuchrist aus?«
»Ich weiß nicht, wie Neuchristen aussehen«, erwiderte ich.
»Ein *converso*. Mit jüdischen Vorfahren. Wie ein Jude. *Dich* könnte man für einen halten«, meinte Tomás und musterte mein Gesicht, wie er es nie zuvor getan hatte. »Waren deine Leute Neuchristen?«
»Kann schon sein«, sagte ich.
»Und ich war so ein Narr, dich dieses Werbegedicht schreiben zu lassen«, stöhnte Tomás. »Wenn sie dich mit mir in Verbindung bringen, kann ich mich nie wieder für die Mitgliedschaft im Sagrario-Club bewerben. Paß auf, wir sind völlig ausgebucht, kein Zimmer im Wirtshaus frei. Ich meine im *Hostal*«, verbesserte Tomás sich und musterte noch immer mein Gesicht auf diese neue Weise. »Du mußt verstehen, bei uns verkehren viele Kirchenleute, weil wir direkt gegenüber der Kathedrale sind. Ich habe gehört, du bist exkommuniziert worden. Zweimal.«
Ich sagte ihm, daß ich zweimal entexkommuniziert worden sei. Zweimal. Ich sagte ihm auch, daß, wenn mein Bruder in die Stadt käme, er mich genau in seinem *Hostal* zu finden erwarten würde.
»Kann ich etwas dafür«, fragte Tomás flehentlich, »daß Gutiérrez ein verdächtiger Name ist? Ist Cervantes auch ein verdächtiger Name?«
»Keine Ahnung«, sagte ich.
»Ich gebe dir einen Raum unten. Nimm beim Kommen und Gehen den Hintereingang, und versuche mehr zu gehen als zu kommen. Wenn einer fragt, ob wir Freunde sind, da bist du halt ein zahlender Gast.«

Aus dem kleinen fensterlosen Raum räumte eine von Tomás' geschmeidigen Negerinnen die Gartengeräte und Wannen mit Topferde hinaus, und ich richtete mich in dem nach Dünger riechenden Zimmer ein, um auf meinen Bruder zu warten.

Am fünften Tag wurde ich vor Morgengrauen durch die Stimme Juans des Düsteren geweckt: »Du wolltest mich sehen.«
»Einmal hast du zu mir gesagt: ›Schüttele den Baum der Geschichte und sieh, welche verbotenen Früchte von seinen Ästen fallen‹«, erinnerte ich ihn. »Gut, du hast geschüttelt, und du hast es gesehen. Du hast mich mißbraucht.«
»Jeder wird immerzu von jemandem mißbraucht, der wiederum von jemand anderem mißbraucht wird«, sagte mein Bruder. »Aber wenn du glaubst, daß die Operation Weltschmerz ein durchdachter Plan war, um die Armada zu versenken, dann verstehst du den Zweck des Namenlosen Dienstes nicht.«
»Erklär ihn mir.«
»Das habe ich bereits. Wissen. Geheimwissen. Von heiligen und weltlichen Dingen. Für Anfänger.«
»Für Anfänger? Was steckt sonst noch dahinter?«
»Es steckt immer noch etwas dahinter. Doch spielt es für dich wirklich eine Rolle, ob Elisabeth England behält oder ob Philipp der Todliebende ihren Thron seinem Reich, in dem die Sonne nie untergeht, einverleibt?«
»Eigentlich nicht, aber–«
»Und außerdem: Ist es nicht naiv zu glauben, daß *wir* die Armada versenkt haben? Philipp hat den üblichen Fehler gemacht, diesen Krieg aufgrund der Erfahrungen des letzten zu planen. Die Armada war dem Untergang geweiht, bevor noch ein Schuß gefallen war. Aber wenn die Engländer glauben wollen, daß die Armada aufgrund von Geheimdienstwissen versenkt wurde und Quillpusher dieses beschafft hat – ein Quillpusher, der bei uns noch eine Rechnung offen hat –, was sollten wir dagegen haben? Was ist Quillpusher anderes als der Stein der Weisen, um das schlichte Metall der englischen Feindaufklärung in das Gold des Wissens zu verwandeln, das die Namenlosen verwahren?«
»Wozu verwahrt ihr es?«
»Warum predigen Prediger? Warum führen Krieger Krieg, oder warum malen Maler? Warum spielen Könige König? Entweder ist man zu etwas berufen oder nicht. Natürlich sind die Beweggründe verschieden«, gab er zu. »Ich mußte immer in dunklen Ecken

herumstochern. Luis Schwarzsklave muß der Macht eine lange Nase drehen, jeder Macht und überall. Mnemosyne kann in diesem Leben keinem vertrauen, deswegen muß sie ihre gefährlichen Spiele spielen. Und du?«

»Ich weiß es nicht. Ich weiß nicht, ob ich dazu berufen bin.«

»Sag bloß, du mußt nicht *wissen*.«

Statt dessen sagte ich: »Mußtet ihr Mnemosyne opfern?«

Mein Bruder seufzte im Dunkeln und sagte etwas, das wie »Juan D.« klang, mit einem, so dachte ich, blöden Lächeln auf dem Gesicht. Ich konnte ihn natürlich nicht sehen, aber so klang er. »Ich mochte es, wenn sie mich Juan D. nannte, in jenen verstohlenen Augenblicken, als ...«

»Reden wir von Micaela?«

»Mnemosyne, ja. Glaub mir, es war kein Teil der Operation Weltschmerz, daß sie entführt wurde. Aber jetzt, da es passiert ist, worüber machst *du* dir da noch Sorgen? Ihr Gehirn ist ein wenig zerstreut, so daß sie, wenn sie sie auseinandernehmen, höchstens verwirrt werden. Außerdem ist sie zuverlässig. Es würde mich nicht überraschen, wenn wir am Ende in England *zwei* Steine des Weisen hätten. Oder Maulwürfe, wie W. sie nennt.«

»Luis Schwarzsklave hat mir gesagt, daß der Namenlose Dienst keinen Leuten vertraut, die sich wieder abgesetzt haben. Selbst wenn sie entkommen könnte.«

»Glaube nicht alles, was Luis dir sagt«, meinte mein Bruder. Dann fügte er nach langem Schweigen hinzu: »Und glaube nicht alles, was *ich* dir sage.«

Juan D., dachte ich – warum hat sie ihn Juan D. genannt?... *Diese verstohlenen Augenblicke* ... Ein Ausdruck von Zärtlichkeit?

Wenn dem so war, warum störte es mich dann? Mein Bruder Juan war ein einsamer Mensch.

»Du könntest«, sagte er, »uns beiden einen Gefallen tun. Hör mit dem Moralisieren auf, und komm zum Stützpunkt Iberia zurück. Bei dem Zustand, in dem die Welt sich befindet, gibt es für dich mehr als genug zu tun.«

Über die Monate des Nachforschens in den Archiven des Stützpunktes Iberia und die Aufträge, die daraufhin in Spanien und im Ausland ergingen, werde ich nichts schreiben, denn sie haben mit den Ereignissen auf diesen Seiten nichts zu tun. Und dann ging ich endlich wieder durch Sevilla – schlanker, gebräunt, mit einer haarfeinen Narbe an meiner linken Schläfe und, vielleicht, weiser – und fand bei Pierre Papin einen Brief für mich vor. Er war in Madrid datiert.

Werter Compañero Miguel,
als ich neulich nichts Besseres zu tun hatte, ging ich die Deutsche Straße hinauf, um etwas in der Taverna Isabel zu trinken. Das ist ein neuer Laden, der gerade en vogue ist. Jeder beschäftigungslose Schauspieler – und davon gibt es viele, Compañero, die Zeiten sind hart –, jeder Möchtegernkünstler, jeder Soldat auf Freigang, jeder Schnorrer, jeder Bauernfänger und jede Hure, all die üblichen Krethi und Plethi gehen dorthin. Die Taverna Múñoz ist wie ein Grab und nicht nur, weil mein Partner Rodríguez gestorben ist. Was tatsächlich stimmt.
Das ist der Dank dafür, daß ich deine alte Freundin, die Witwe Anica, ausbezahlt habe, daß sie mit dem Geld die Taverna Isabel aufmacht und deinen alten Compañero praktisch aus dem Geschäft wirft. Aber ich will nicht klagen.
Du stirbst wahrscheinlich vor Neugier darauf, zu erfahren, warum ein alteingesessenes Haus wie die Taverna Múñoz das Geschäft an eine Kneipe wie die Taverna Isabel verlieren kann. Nicht bloß, daß es da Serviererinnen gibt, denen der Ausschnitt bis zum Nabel geht, und daß in einem Kellerraum Frauen Dinge vorführen, die dein Korrespondent deiner Vorstellungskraft überläßt (sogar mit Eseln), nein, es gibt noch andere Gründe dafür, daß deine alte Freundin Anica so groß im Geschäft ist. Du solltest sie sehen. Ich meine nicht deine alte Freundin Anica. Ich meine ihre großartige kleine Tochter, nach der die Taverne benannt ist. Sie hat langes Haar bis zum Nabel (aber keinen Ausschnitt, weil sie erst sechs ist), und sie sitzt an der Bar, wippt mit dem, was ein Paar guter Beine zu werden verspricht, und lacht über alle dreckigen Witze einschließlich der Anzüglichkeiten, und ich denke, das ist keine so tolle Umgebung für eine erst Sechsjährige. Sie sieht

auch zuviel von dem, was vor sich geht, und deine alte Freundin Anica, über die ich nichts Abfälliges sagen möchte, ist nicht die Art Mutter, die ihr Kind in die Schule schickt, damit es lesen und schreiben lernt, was vornehme Mädchen heutzutage tun, wenn sie in der Welt etwas werden wollen, was du dir, das weiß ich, für die kleine Isabel wünschen würdest, wenn du sie nur sehen könntest; deswegen ist es eine Schande, daß du da unten in Sevilla anstatt hier in Madrid bist, diese Taverne ist kein Ort für eine Sechsjährige, glaube mir.

Also, die ganzen Schwierigkeiten haben damit angefangen, daß ich diesen großen Kellerraum habe, wo du mich nicht dabei ertappen wirst, daß ich irgendwelche Zirkusnummern aufführen lasse. Mit oder ohne Esel. Ich beschließe also, ins Spielgeschäft einzusteigen, kläre erst alles mit Pierre Papin ab, dem alle Spelunken in ganz Spanien gehören, wie du sicher weißt, Compañero, wo du doch mit der ganzen Mischpoke zusammen bist, einschließlich Juan dem Düsteren, dem ich diesen Brief mitgebe. Pierre sagt, daß es in Ordnung ist, er möchte nur eine Provision, was nur gerecht ist. Aber er erwähnt zufällig deine Nichte Constanza, die die beste Siebzehnundvier-Geberin in ganz Spanien ist, aber derzeit nicht arbeitet, was für eine Verschwendung, sagt er, und wer bin ich, um mit ihm zu streiten. Ich gehe also zu dem großen Steinhaus am Sonnentor und besuche sie. Na ja, Compañero, da das Theatergeschäft gerade etwas mühselig läuft, hat sie nicht eben zu viele Kostümbestellungen, und dann gibt sie das bißchen, was sie verdient, auch noch ihrer Tante, deiner Schwester, die sich Doña Magdalena Pimentel de Sotomayor nennt und es wiederum den Armen in weit entfernten Gegenden gibt, weil sie (Magdalena Pimentel de Sotomayor) die Armen in Madrid gesehen hat und es ihr nicht gefiel, was sie gesehen hat, vielleicht sind sie anderswo nicht so kriminell faul, du kennst diese Art Denken, aber ich bin bloß ehrlich, Compañero.

Na, deine Nichte kommt jedenfalls als Siebzehnundvier-Geberin zu mir, und sie ist alles, was Pierre Papin sagt, und wir schwimmen wirklich in Maravedís, und es sieht so aus, als würde ich der Witwe Anica irgendwann ihr Geld abspenstig machen.

Ach, ich wünschte mir, Compañero, daß ich nicht der Überbringer von schlechten Nachrichten zu sein brauchte, aber wofür sind alte Freunde da?

Tante Nichte

Wie die ~~Mutter~~, so die ~~Tochter~~, sagen sie immer, und da kommt diese wilde Horde Leute zu mir, alles ehemalige Anhänger von Antonio Pérez und dieser einäugigen Prinzessin Eboli, einst die zweitschönste Frau Spaniens, aber sie wird allmählich alt; sie sind beide wegen Mordes verhaftet worden, und die Prinzessin, so höre ich, schnappt unter dem Hausarrest im Turm ihres Palastes über, während ihr Liebhaber Pérez es geschafft hat abzuhauen.

Aber ich war dabei, dir von der wilden Horde von Leuten zu erzählen, mit denen die ganzen Schwierigkeiten angefangen haben.

Sein Name ist Pedro Lanuza Perellos mit ein paar des *irgendwo dazwischen, der jüngere Bruder jenes Vizconde de Rueda, dem kürzlich der Kopf abgeschlagen worden ist, weil er Antonio Pérez versteckt hat. Also, als der junge Lanuza Perellos deine Nichte Constanza kennenlernt und sich in ihre Augen verguckt, du erinnerst dich, daß sie zwei von unterschiedlicher Farbe hat, und sie in das nächste Bett fallen, hat König Philipp II. der Todliebende das ganze Familienvermögen eingezogen, aber wie soll deine Nichte das wissen?*

Na ja, Compañero, und nun hat sie sich diesen Anwalt Señor Zum genommen, der mich, abgesehen davon, daß seine Nase immer sauber bleibt, an einen anderen Anwalt erinnert, den ich einmal gekannt habe und der sich Picapleitos genannt hat, sie hat ihn also beauftragt, sie in einer Klage wegen eines Eheversprechens zu vertreten, und natürlich ist sie zu aufgeregt, um beim Siebzehnundvier Karten zu geben, und dann kann sie Señor Zums Honorare nicht mehr bezahlen, die nicht gerade gering sind, und fängt mit der Wahrsagerei an (ich werde einundneunzig, ha ha), und ein paar Leute, die, glaube ich, Verbündete des Rueda-Lanuza-Perellos-Clans sind, bezichtigen sie der Hexerei, derer sie wegen der Augen, die sie hat, sowieso schon verdächtigt wird, besonders in diesen unruhigen Zeiten. Und das ist ein Schlamassel, aus dem Señor Zum sie nicht herausholen kann.

Dein Compañero
aus den alten Zeiten in Algier,
Gabriel Múñoz

Sechsundzwanzigstes Kapitel
In welchem ich die Wenn-nur-Bank besuche

Andrea, die über ihre eigenen Quellen verfügen mußte, kam kurz vor mir nach Madrid und ging, als sie Constanza nicht finden konnte, direkt zu der Anwaltskanzlei auf dem Hügel von San Vicente.

Der einstige Picapleitos war von Kopf bis Fuß in das altmodische Schwarz des Señor Zum gehüllt, ausgenommen die weiße, pludrige Schleife, die er anstelle einer Halskrause trug. Seine Nase, die Gott oder der Teufel zu einer Spitze zusammengezwickt hatte, war mangels Benutzung stumpf.

»Ich kann nur ein paar Augenblicke erübrigen, meine liebe Doña Andrea«, sagte er. »Eine gewisse Organisation, die namenlos bleiben muß, hat mich unter Dauervertrag, was mir nur wenig Zeit für Gefälligkeitsaufträge läßt.«

»Gefälligkeit? Gefälligkeit nennen Sie die Gebühren, die Sie berechnen?«

»Um jemanden zu verteidigen, der der Hexerei angeklagt ist –«

»Aber deshalb bin ich hier. Sie ermutigen sie, mit der Wahrsagerei weiterzumachen, damit sie Sie dafür bezahlen kann, daß Sie versuchen, einen Freispruch für sie zu erwirken – dabei ist das Wahrsagen genau die Tätigkeit, wegen der sie überhaupt erst der Hexerei beschuldigt wurde.«

»Ihre Argumentation«, kritisierte Señor Zum, »dreht sich im Kreise.«

»Meine? Sie hat Sie nicht wegen der Wahrsagerei engagiert, sondern sie hat mit der Wahrsagerei angefangen, weil sie Sie engagiert hat!«

»Meine liebe Doña Andrea, Sie gehen an der eigentlichen Frage vorbei.«

»Welcher Frage?«

»Wenn Sie nicht wissen, welche Frage, warum sie dann stellen?« meinte Señor Zum. »Ihre Tochter braucht mich. Sie ist wegen Hexerei sowohl vor dem Königlichen Rat in seiner Funktion als Gerichtsorgan als auch dem Hohen und Heiligen Rat der Inquisition in seiner Funktion angeklagt. Sehen Sie, solange Hexerei nur als Glaubensketzerei betrachtet wird, kann die Suprema Anspruch auf Zuständigkeit erheben. Aber wenn Hexerei eher als eine Tatsache denn als Wunschvorstellung – oder *Wahn*vorstellung – betrachtet wird, dann sind die zivilen Behörden zuständig. Daher muß die Suprema entweder auf ihre ausschließliche Gerichtsbarkeit verzichten oder leugnen, daß es Hexerei wirklich gibt – Alternativen, die dem Großinquisitor gleichermaßen mißfallen dürften. Wenn wir meines Erachtens dieses Durcheinander der gerichtlichen Zuständigkeiten noch die nächsten paar Jahre schüren können–«
»Wo ist sie?«
»In Gewahrsam. Bis Gras über die Sache gewachsen ist.«
»Aber Sie haben gesagt, Jahre.«
»Die Mühlen der Gerechtigkeit mahlen langsam, aber sie –«
»Sagen Sie mir, wo sie ist.«
»Zu meinem Bedauern kann ich das nicht. Vertrauliche Mitteilung.«
»Aber ich bin ihre Mutter.«
»Ich habe die Wünsche meiner Mandantin zu respektieren. Sie ist eine erwachsene Frau und dem Gesetz nach mündig.«
Andrea schwankte zwischen mütterlicher Sorge und Abscheu vor dem Mann, in dessen Büro sie saß. Sie sagte:
»Einmal haben Sie den Vorschlag gemacht, daß der Vorschuß kein Vorschuß ... im üblichen Sinne zu sein brauche.« Pause. »Sie haben gesagt, daß Sie mich vor jedem Gerichtshof im ganzen Land vertreten würden, wenn ich ...« Noch eine Pause, vielleicht ein Erröten. »Jetzt bitte ich Sie nur darum, mir zu sagen, wo meine Tochter ist. Und als Gegenleistung ...«
Ein paar Momente lang tat Señor Zum gar nichts. Dann stand er auf und schaute seine lange, stumpfe Nase entlang (griff mit der Hand nach ihr und zog sie schuldbewußt wieder zurück) und sagte

zu meiner Schwester ganz kühl: »Es tut mir leid, Doña Andrea, aber Ihre Zeit ist abgelaufen.«
Stellen Sie sich vor, wie gedemütigt Andrea sich fühlte, als sie vorbei an all den jungen Kanzlisten, die schrieben und schrieben, bis zum Wartezimmer ging, wo, wie das Schicksal oder der freie Wille es wollte, der Schwiegersohn des seligen Genueser Geschäftsmannes Lomellino oder Lomelín, der mich nach meinem einzigen katastrophalen Besuch auf der Lügnerpromenade eilends aus Madrid geschafft hatte, auf und ab ging. Ein Witwer um die Fünfzig namens Santi Ambrosio, hatte er über ein Jahrzehnt darauf gewartet, daß verschiedene spanische Gerichtshöfe ihn als den Erben des spanischen Besitzes seines Schwiegervaters bestätigten. In der Zwischenzeit hatte er in der Toskana als Ratgeber des letzten Großherzogs aus dem Hause Medici selbst ein Vermögen gemacht.
Santi Ambrosio war ein gut gepolsterter Mann mit einem runden Gesicht und einem Kranz noch schwarzen Haares, was ihm zusammen mit den fröhlichen Augen das Aussehen eines gutmütigen Beichtigers verlieh. Er war in Livorno (das er unter dem Großherzog Francesco zum Freihafen gemacht hatte) wie auch in Florenz als ein Mann von sanftem Temperament bekannt, dessen Zuverlässigkeit nur sein bescheidenes Auftreten gleichkam.
»Madonna, fühlen Sie sich nicht wohl?« fragte er meine Schwester, die entsetzt darüber war, daß man ihr die Demütigung ansah.
Ein Schreiber sagte: »Signor Ambrosio, Señor Zum wird Sie in der Sache des Lomellino- oder Lomelín-Besitzes empfangen.«
Andrea drehte sich, die Hand schon an der Außentür, um. »Signor Lomellino oder Lomelín? Sie haben ihn gekannt?«
»Er war mein Schwiegervater.«
Andrea brachte den Hauch eines Lächelns zustande. »Mein Vater pflegte ihm das Haar zu schneiden.«
»Dann müssen Sie die bildschöne Andrea sein.«
»Er war ein *so* netter Mann, wir haben ihn alle gern gehabt.«
»Der beste Mensch, den ich je gekannt habe, mit Ausnahme meiner seligen Frau.«
»Das tut mir leid«, sagte Andrea.
Ein philosophisches Achselzucken. »Sie ist vor vielen Jahren gestorben.«

Der Schreiber drängte: »Señor Zum wartet.«
»Ach, verzeihen Sie«, sagte Signor Ambrosio mit einem schüchternen Lächeln zu meiner Schwester, »ich heiße Santi Ambrosio, zu Ihren Diensten.«
Und er bot ihr den Arm an. Und meine gedemütigte Schwester nahm ihn an. Inzwischen, da bin ich sicher, ertrank Santi Ambrosio in jenen leuchtenden blaßblauen Augen.
»Signor Ambrosio«, rief der Schreiber und könnte das folgende Gespräch noch mitgehört haben, als sich die Tür hinter ihnen schloß:
»Was quält Sie denn, Doña Andrea?«
»Das ist eine lange Geschichte.«
»Ich habe Zeit, meine liebe Dame. Soviel Zeit, wie Sie mir zu schenken belieben.«

Ich kam ein paar Minuten später zum Hügel von San Vicente, staubig von der Straße und mit dem dringenden Bedürfnis nach einer Nacht Schlaf.
Da Santi Ambrosio seinen Termin nicht wahrgenommen hatte, konnte Señor Zum mich einschieben.
»Sind Sie draußen in der Wildnis wieder exkommuniziert worden?« fragte er. »Ich kann nicht jedesmal alles fallen lassen, wenn Sie eine Fehde mit Gott haben. Und wenn Sie sich Sorgen darum machen, wie mein Neffe, der für Sie als Eintreiber eingesprungen ist, Ihren Ruf gewahrt hat, so kann ich Ihnen versichern –«
Wenn ich nur die Geduld gehabt hätte, ihn ausreden zu lassen! Aber meine Besorgnis um Constanza war kaum geringer als die Andreas. Daher fiel ich ihm ins Wort: »Wo ist meine Nichte?«
»Ihr Aufenthaltsort ist das, was wir in dem Laden hier eine vertrauliche Mitteilung nennen, wie ich gerade Ihrer –«
Und wieder: Wenn ich ihn nur hätte usw. Aber nein, nicht ich.
»Ich bin ihr Onkel.«
»Es würde auch keine Rolle spielen, wenn Sie ihr Vater wären. Sie ist eine erwachsene Frau, dem Gesetz nach mündig.«
»Sie kennen sie nicht.«
»Ah, und ob. Nur zu gut. Wie die Mutter, so die Tochter.«

Mir fiel Gabriel Múñoz' Brief mit den durchgestrichenen Wörtern »Mutter« und »Tochter« ein, das ich für einen bloßen Ausrutscher mit der Feder gehalten hatte. Aber Señor Zum verwendete seine Worte exakt, wenn auch überreichlich.

»Lassen Sie mich los«, stieß er hervor, denn das, was einmal meine linke Hand gewesen war, hatte seine Halsschleife gepackt und sein Gesicht bis auf einen Zoll Abstand an meines herangezerrt.

Ich ließ ihn los. Genauer: Ich warf ihn in seinen Sessel zurück. »Reden Sie!«

»Ich nehme keine Fälle wegen gebrochener Eheversprechen mehr an, es sei denn aus Gefälligkeit gegenüber geschätzten alten Klienten, aber es gab eine Zeit, in der ich einen eigenen Aktenschrank nur für Ihre Schwester führte.«

»Sie meinen sicher meine Schwester Magdalena.«

»Sie auch. Aber der... Modus operandi war ihrer Schwester Andrea auch nicht gerade unvertraut, damals, als – lassen Sie mich los!«

Diesmal hatte ich ihn mit beiden Händen aus seinem Stuhl gerissen und geschüttelt. »Sie lügen.«

»*Meine* Glaubwürdigkeit«, sagte Señor Zum, »steht wohl außer Frage. Ob irgendwelche Versprechen tatsächlich gebrochen wurden, wer kann das sagen. Die Klienten eines Anwalts lügen diesen immer an, und ich habe schon vor Jahren den Versuch aufgegeben, die Wahrheit von der Falschheit zu trennen – lassen Sie mich los! Ich schreie nach Hilfe.«

Ich schloß die Tür ab und steckte den Schlüssel ein.

»Wo ist meine Nichte?«

Das Gesicht wieder einen Zoll von meinem entfernt, schrie er wie angekündigt.

Es wurde gegen die Tür gedonnert, aber sie hielt stand.

»Wo?« beharrte ich.

Und Señor Zum verriet es mir, und ich sperrte die Tür auf, stieg über das, was von einer schweren Bank übrig war, und drängelte mich durch seine vor der Tür zusammengelaufenen Schreiber hinaus.

Eben zur selben Zeit saßen Santi Ambrosio und meine Schwester Andrea in einem behaglichen Séparée einer Bodega in Cava Baja und tranken Cazalla-Jahrgangswein.
»Ihr Kummer, meine liebe Andrea«, sagte er, »ist mein Kummer. Vielleicht kann ich Ihnen helfen. Ich habe hier in Madrid einflußreiche Freunde.« Verlegen fügte er hinzu: »Ich hoffe, das klingt nicht derb«, und fuhr leiser fort: »Wer ist der junge Mann?«
»Pedro Lanuza Perellos.«
»Um Himmels willen – der Bruder des Vizconde, der wegen Verrats enthauptet worden ist? Er und Ihr Kind wollten heiraten?«
»Nun ja... ich war nicht hier, aber... man nimmt an... das heißt, es ist alles ganz plötzlich gekommen.«
»Ich verstehe.« Santi Ambrosio schaute Andrea in die Augen, bis sie wegsah. Er fragte: »Aber dann zeigte der Freund dieses Kerls sie bei der Suprema an? Weil sie mit ihm gebrochen hatte?«
»Na ja... nicht ganz. Was sie getan hatte, war, ihn zu verklagen. Wegen eines gebrochenen Heiratsversprechens.«
Santi Ambrosios sanftes Gesicht sah entsetzt aus. »Sie muß einen schrecklichen Ratgeber gehabt haben. Verklagen hilft nie etwas.«
Andrea zuckte zusammen. »Das ist wahr. Aber manchmal ist das das einzige, was ein Mädchen tun kann. Ich selbst... bevor Constanza geboren wurde...«
Etwa dreißig Herzschläge lang fiel kein Wort mehr. Dann:
»Sie können es mir erzählen, liebe Andrea – oder nicht, wie es Ihnen beliebt. Das spielt alles keine Rolle. Von dem Augenblick an, da ich Sie in Zums Wartezimmer gesehen habe, habe, hatte ich keine Vergangenheit mehr. Und Sie auch nicht.«
Über den Tisch hinweg legte er seine sanften Hände auf die ihren. Sie ließ sie dort ruhen.
»Sogar in meiner Jugend«, sagte er, »war ich kein Romantiker. Und nicht einmal in meinen kühnsten Träumen – nicht daß ich je welche gehabt hätte – hätte ich geglaubt, vom Donnerschlag der Liebe gerührt werden zu können.« Ein schüchternes Lachen. »Aber da ist sie. Natürlich kann ich kaum zu hoffen wagen, daß Sie sie auch fühlen.«
»Nein, aber das hat nichts mit Ihnen zu tun, Santi. Es ist nur, daß es für mich nie so sein kann, weil –«

»Constanzas Vater?« fragte Santi Ambrosio. »*Ein* Donnerschlag im Leben, heißt es.«
Andrea senkte den Kopf und sagte nichts.
»Wer auch immer es war, es spielt keine Rolle mehr. Alles, worum ich bitte, ist, Ihnen helfen zu dürfen. Sagen Sie Ihrer Tochter, sie kann ihre Anklage wegen eines gebrochenen Heiratsversprechens fallenlassen. Geld ist für mich kein Problem.« Santi Ambrosio seufzte. »Aber das klingt auch derb, nicht wahr? Neureich. Ich meine es nicht so.«
»Das weiß ich. Aber ihre Anklage ist nicht das eigentliche Problem. Die Freunde des jungen Lanuza haben sie der Hexerei bezichtigt.«
Santi Ambrosios sanftes Gesicht wurde hart. »Ich weiß, wie man mit Verleumdern und solchem Gesocks umgeht.«
»Aber, sehen Sie, Santi... sehen Sie, vielleicht sind sie nicht gerade Verleumder, weil... weil meine Tochter...«
Und Andrea fing an zu weinen.

Durch den gleichmäßig fallenden Schnee machte ich mich, Señor Zums Angaben folgend, zu einer Hütte am Gerberufer am Südende der Stadt auf den Weg. Jetzt strömte dort kein Fluß mehr, wenn das je der Fall gewesen sein sollte, und die Häute wurden längst anderswo gegerbt. Das Gelände war von den etwas angeseheneren Zigeunern übernommen worden, die Pferde verhökerten oder Dinge als gebraucht verkauften, die andere gestohlen hatten, oder denjenigen die Zukunft lasen, die verrückt genug waren, den Segen, nicht zu wissen, was das Morgen – oder ein 23. April – bringen würde, zu verachten.
Die Tür, die unten von Nagetieren angeknabbert worden war, klapperte im Wind. Ich klopfte; keine Antwort. Ich stieß gegen die Tür, und sie öffnete sich auf einen kahlen Raum, in dem sich nur ein roher Tisch, ein Stuhl und ein Strohhaufen befanden. Etwas Dunkles strich an mir vorbei hinaus. Ich zuckte zusammen, dann sagte ich mir, daß eine Menge netter Nichthexen Katzen mögen, sogar schwarze.
Meine Nichte Constanza stand neben einem erkalteten Feuer; ihr weizenblondes Haar, das normalerweise so sehr dem ihrer Mutter

glich, war stumpf und wirr, ihre Wangen verschmiert, ihre bloßen Füße blau vor Kälte.

»Hallo, Onkel Miguel.«

Wir küßten uns auf die Wangen; dann umarmte sie mich fest.

Der schwarze Kater kam wieder hereingeschlichen, ein zappelndes Etwas zwischen den Kiefern. »Benengeli«, schalt Constanza, »mußt du sie immer hereinbringen?«

»Sag, wenn du Geld brauchst«, fing ich an und wünschte mir, nicht so onkelhaft zu klingen; außerdem hatte ich keines. »Du bist nicht am Verhungern oder so?«

Sie setzte sich auf das Stroh und überließ mir den Stuhl. »Ich komme zurecht. Ich verlange nicht viel, habe aber eine Menge Kunden, die sich die Zukunft weissagen lassen.«

»Immer noch? Willst du den Beweis liefern, daß sie recht haben?«

»Es ist schon in Ordnung, Onkel Miguel. Die Zigeuner glauben nicht, daß man eine Hexe ist, nur weil man die Zukunft weissagt.«

»Willst du damit sagen, daß du *Zigeunern* die Zukunft weissagst?«

»M-hm. Genauso wie meine Mutter in Andalusien, als du sie nicht finden konntest.« Sie sagte das ganz nüchtern.

»Wer hat dir das erzählt?« Es tat mir sofort leid, daß ich gefragt hatte: Ich war ziemlich sicher, wie die Antwort ausfallen würde.

»Er.«

Ich warf einen beinahe verstohlenen Blick auf den schwarzen Kater.

Constanza lachte. »Benengeli doch nicht. Er ist nur ein Kater.«

Benengeli hatte sein Mahl beendet. Er leckte sich die Pfoten, streckte sich und sah mich von unten herauf mit einem blauen und einem braunen Auge an. Dann rollte er sich in Constanzas Schoß zusammen und fing zu schnurren an. Sie streichelte ihn und sagte: »Was mich betrifft, so erbringe ich beim Wahrsagen immer eine gute Gegenleistung. Ich sage nämlich immer die Wahrheit voraus.«

»Aber«, fragte ich, »woher weißt du, was wahr ist?« Noch eine Frage, die mir sofort leid tat.

»Er sagt es mir.«

Ich wechselte das Thema. »Wenn du deine Anzeige wegen eines gebrochenen Heiratsversprechens gegen diesen Lanuza fallenlassen würdest, würden seine Freunde ihre Bezichtigungen wegen Hexerei fallenlassen.«

»Na, ich will aber nicht.« Halsstarrig.
»Constanza, ich verstehe, daß, wenn du einmal geglaubt hast, du würdest ihn lieben, du jetzt –«
»*Ich* Pedro La*nuza lieben*?«
»Aber wenn du ihn nicht geliebt hast, warum ... äh ...«
»Weil kein Geld mehr von Onkel Juan gekommen ist.«
»Wem?«
»Onkel Juan dem Düsteren. Also, als kein Geld mehr gekommen ist, habe ich einfach gedacht, na gut, der leichteste Weg, um an Geld zu kommen, ist, einen dazu zu verführen, mich zu verführen, und ihn dann zu verklagen.«
Nun ja, ich hatte gefragt.
»Schau nicht so strafend. Ich habe dieses Geld verdient. Es ist kein Unterschied zum Wahrsagen – ich habe eine gute Gegenleistung erbracht. Genauso, wie es meine Mutter immer gehalten hat.«
»Constanza! Du weißt nicht, wovon du redest.«
»Und ob. Alle außer dir wissen es.«
Ihr Kopf flog nach einer Seite, und sie schrie auf. Meine Hand tat weh; ich wünschte, ich könnte sagen, daß es das war, was einmal meine linke Hand gewesen ist.
Benengeli sprang von ihrem Schoß und jaulte.
»Es tut mir leid«, sagte ich. »Es tut mir leid, Constanza.«
Ein gerade wahrnehmbares Nicken auf meine Entschuldigung hin. Ein Wackeln mit den Fingern, um Benengeli zurückzulocken.
»Was hätte sie sonst tun können?« fragte sie. Die ganze linke Seite ihres Gesichts war rot. »Mein Vater hatte ihr das Geschäft kaputtgemacht, indem er erzählte, daß ihre Näherinnen in Wirklichkeit Huren waren, und das war lange, bevor sie und Tomás Gutiérrez die Schauspielschule für Damen im großen Steinhaus aufmachten; nicht daß das ein Erfolg gewesen wäre. Sie tat, was sie tun mußte. Und ich auch. Und im Falle, daß du noch irgendwelche Zweifel hast, *tío mío*«, sagte sie mit bebenden Lippen, »das macht aus mir weder eine Hure noch eine Hexe. Ich hätte das ... was ich mit Lanuza gemacht habe ... nie ertragen können, wenn ich nicht die Augen geschlossen und mir vorgestellt hätte, wie es mit ... mit meinem Liebhaber sein könnte, der mich in meinen Träumen besucht.«

»Cide Hamete?« fragte ich fassungslos.
»O nein! Mein Liebhaber ist dieser romantische alte Mann, dessen Gesicht ich nie erkennen kann, aber ich weiß, daß er gut aussieht, obwohl da immer etwas ist, was meinem Herzen weh tut, eine Narbe vielleicht oder eine Verstümmelung oder...«
Benengeli fauchte aufgeregt und schoß zur Tür hinaus.
»Tante Magdalena behauptet, ich *sei* eine Hure, aber wen stört das, sie ist eigentlich gar nicht meine Tante, oder? Genausowenig, wie du mein Onkel bist.«
Sie wandte sich ab, aber vorher sah ich noch Tränen auf ihren Wangen glitzern. Ich hielt sie fest – die onkelhafteste Umarmung, derer ich fähig war – und strich jene wirre Mähne weizenblonden Haares glatt. »Manchmal«, sagte ich, »wenn die Welt von allen Seiten auf einen einzustürzen scheint, ist es das beste, man macht sich aus dem Staub. Geht einfach dort weg, wo man ist, und läßt jemand anders die Sache in die Hand nehmen. Vielleicht geht man bei Pierre Papin arbeiten.«
Sie holte an meiner Schulter bebend Atem. »Was für eine Art Arbeit«, fragte sie, »kannst du für Pierre Papin schon tun?«
»Ich habe von *dir* gesprochen.«
Aber konnte ich ihr vorwerfen, daß sie geglaubt hatte, ich spräche von mir? Ich konnte kaum von ihr erwarten, mich als den zu sehen, der ich zu sein wünschte – jemand, der Verantwortung übernahm, ein Rächer der Schutzlosen, ein zweiter Amadís von Gallien. Trotzdem gab es mir einen Stich.
»Nein«, sagte ich leicht, »ich sehe mich nicht mit einem kleinen Goldbrokatkäppi Siebzehnundvier-Karten geben.«
Ich hielt Constanzas Gesicht zu mir empor und entlockte ihr ein Lächeln. Aber als ich versuchte, meine eigensinnige Nicht-Nichte zu trösten und zu verdauen, was ich heute erfahren hatte, war es meine eigene Welt, die von allen Seiten auf mich einzustürzen schien.
Es sollte noch einige Zeit dauern, bis ich begriff, daß das Leben ganz ähnlich wie das Geschichtenerzählen war – Leben und Literatur, zwei unterschiedliche Versionen einer höheren Wirklichkeit vielleicht. Und wenn es keine höhere Wirklichkeit gab? Dann wur-

den Leben und Literatur noch wichtiger, oder? Man mußte leben oder schreiben, eines nach dem anderen, und sein Bestes versuchen und hoffen, daß mit etwas Glück alles gut ausgehen würde.

»... nicht mein Onkel«, sagte Constanza gerade. »Anfangs war es, als ob du gestorben wärest. Dann habe ich versucht, mir zu sagen, daß du es immer noch sein könntest. Mein Onkel. Selbst wenn du es eigentlich nicht bist. Aber ich habe unrecht gehabt, denn ich erinnerte mich daran, wie ich fühlte, als ... als ...«

Sie wandte sich wieder ab. Ging zur Tür. Berichtete, daß es stärker schneite. Kam zurück. Starrte in die erloschene Asche. Ging wieder zur Tür. Also ging ich auch dorthin, stand mit onkelhaftem Schweigen hinter ihr und zog, als ich die Gänsehaut auf ihren schlanken Armen sah, meinen Umhang aus und legte ihn ihr über.

»Ich erinnerte mich daran, wie ich mich fühlte«, sagte sie, und schaute durch die Dämmerung auf den rieselnden Schnee in einer Welt ohne Menschen außer mir und diesem Feenkind, das kein Kind war, dieser Nichte, die nicht meine Nichte war und die nun zum dritten Mal sagte: »Ich erinnerte mich daran, wie ich mich fühlte«, und ihre Stimme zitterte, »an dem Tag, als du geheiratet hast. Daher habe ich gewußt, daß du es nicht sein konntest. Mein Onkel.«

Na ja, was soll ich Ihnen sagen? Manchmal will ich beim Schreiben – wenn es wirklich gut läuft; paradox, oder? –, daß eine Figur etwas Einfaches tut wie, sagen wir, ein paar Schritte eine verschneite Landstraße entlanggehen, aber sie weigert sich. Stellt sich einfach stur und will sich nicht rühren. Oder manchmal tut sie das Gegenteil von dem, was ich will. Oder manchmal etwas Drittes, völlig Unerwartetes wie von der Wenn-nur-Bank eines anderen – wie Constanza, die jetzt ihre Arme um mich schlang und mich fest küßte, ihren Mund unter meinem Mund öffnete, während ich wie ein Narr dastand, eine Figur in einer Geschichte, die ich nie schreiben würde, und nicht wußte, was ich tun sollte, bis mein verräterischer Körper von selbst entschied, gerade wie eine Figur, die unter meiner Feder lebendig wird, und ich konnte die Gänsehaut auf ihren Armen spüren, als ich sie an mich zog, und die Ungeheuerlichkeit dieses Augenblicks, wenn es so etwas gab, traf mich, und im

nächsten Augenblick versuchte ich, mich loszumachen, doch sie klammerte sich fest, und es hätte für jeden, der zufällig dazugekommen wäre, so aussehen können, als ob sie versuchte, sich loszumachen – eine junge Frau, die hilflos in den Fängen eines älteren Mannes hing –, es hätte gerade so aussehen können, in der Dämmerung unter der Tür, wo wir uns in einem langsamen Tanz der Begierde drehten, den einer von uns beenden wollte, und so *sah* es aus – für meine Schwester Andrea, die gar nicht meine Schwester war und im Schnee neben einem Mann mit beginnender Glatze stand, Entrüstung auf ihrem schönen Gesicht und ein sanftes Lächeln auf seinem, das langsam gefror.
Wir machten uns voneinander los, und Constanza rief: »Es ist nicht, wonach es aussieht, es ist nicht, was du denkst.« Was so hätte klingen können, nicht wahr, als wolle sie sagen, dieser letzte Vertrauensbruch sei nicht *ihr* Vertrauensbruch, während sie eigentlich sagen wollte, daß ich ganz unschuldig war?
Und ich? Alles, was ich hätte sagen können, wäre falsch gewesen, deswegen sagte ich gar nichts. Stotterte nicht einmal. Stand nur da und sah sie an, wie sie mich ansahen.
Und dann trat meine Schwester Andrea zwischen mich und ihre schluchzende Tochter.
Und ich senkte den Kopf, strich an Santi Ambrosio vorbei und ging durch den rieselnden Schnee davon.

Wenn das nur Literatur wäre, könnte ich schreiben, daß sie an einem 23. April heirateten. Aber das ist die Geschichte meines Todes und Lebens, bei der die Literatur und jene geringere Wahrheit, die Geschichte, ab und zu ein nahtloses Ganzes bilden. Und die Wahrheit nötigt mich zu sagen, daß die Hochzeit an einem stürmischen Tag Anfang des Monats stattfand.
In der Menge vor der Kirche entdeckte ich Juan Rufo.
»Nun«, sagte er und strich sich über seinen graugesprenkelten Zwillingsbart, »keiner von uns wird jünger.«
Hat er immer so weise Sprüche auf Lager gehabt? Oder war es meine Stimmung?
Eine Kutsche kam vorgefahren, und es gab die üblichen Ohs und

Ahs, als meine Schwester Andrea, die gar nicht meine Schwester war, ausstieg, in einem elfenbeinfarbenen Kleid, die Augen durch ihren Schleier strahlend, als sie, mit jenem numinosen Gang, die Kirche betrat.

»Ein Mann kann nicht für immer«, sagte Juan Rufo, »auf seiner privaten Wenn-nur-Bank weiterleben, oder?«

Ich brauchte eine Weile, um zu begreifen, daß er sich meinte.

»Außerdem konnte *sie* nicht für immer so weiterleben, obwohl sie eine Zeitlang ziemlich gut gealtert ist. Wie guter Wein. Ha, ha, ha.«

Wovon redete dieser aufgeblasene, grau werdende Narr? Andrea sah wie zweiundzwanzig aus, wie sie es immer getan hatte, wie sie es immer würde. Sie wurde nicht älter wie andere Leute.

»Deine Schwester scheint es sehr gut getroffen zu haben«, sagte Juan Rufo. »Ich ziehe den Hut vor ihr. Und ich danke ihr dafür, daß sie mich befreit hat. Da ist ein Mädel, gerade fünfzehn, auf das ich ein Auge geworfen habe und das mit den Chinchóns verwandt ist, und ich muß dir nicht sagen, daß *sie* –«

Ich ging brüsk weg, und während meine Schwester, die gar nicht meine Schwester war, zu Doña Andrea Cervantes Saavedra de Ambrosio wurde, stand ich zwischen Fremden und schnappte Gesprächsfetzen auf:

»... ob es wohl ein Guß tun wird? Du weißt ja, ›Brautregen bringt Segen‹.«

»Hm! Regentropfen bringen *ihr* keine Kinder mehr. Das ist für sie längst vorbei.«

»... ein geheimnisumwitterter Mann in ihrer Vergangenheit, heißt es. Deswegen hat sie nie geheiratet.«

»... aber noch ganz gut erhalten. Könnte für vierzig durchgehen. Wenn sie einen guten Tag hat.«

Meine numinose, leuchtende Schwester? Wo hatten sie ihre Augen?

Das Brautpaar blieb einen Moment in der Kirchentür stehen; der gut gepolsterte Santi Ambrosio sah mit seiner weißen Halskrause, dem gutgeschnittenen Wams und dem kurzen Umhang fast großgewachsen aus, und meine Schwester Andrea, die gar nicht meine Schwester war, sah mit einer noch größeren Halskrause und einem

Kleid aus elfenbeinfarbener Seide mit breiten, juwelenbestickten Samtborten wie eine Königin aus. Ihre strahlende Mähne weizenblonden Haares war in einer Wolke aus Schleiern hochgesteckt, die von einem Diadem gehalten wurde, das... Und warum verbreite ich mich so ausführlich darüber, wo ich normalerweise, wenn Sie mich fragen würden, was ich vor fünf Minuten gesehen habe, es Ihnen nicht würde sagen können? Warum? Weil der Festakt vorüber war und meine Schwester verheiratet, und weil ich sie, wie sie sich mit zurückgeworfenem Schleier durch die Menge auf die Kutsche zubewegte, die das Paar in die Flitterwochen bringen würde, endlich anschauen mußte, meine Schwester, sehen, wie sie den Gratulanten auf die glücklich-bräutliche Art zuwinkte, im Mittagslicht, das jene unleugbare blaßblauen, aber kaum leuchtenden Augen (waren sie nicht eigentlich wie ausgewaschen?) noch tiefer zwischen ihren Krähenfüßen versinken und die Linien um ihren lächelnden Mund noch deutlicher hervortreten ließ; sehen, wie sie, ohne mich zu sehen, sich an den Arm ihres Bräutigams klammernd, mit liebenswert befangenem Gang vorüberschritt, einem trotz des hinderlichen Kleides ziemlich leichten und schreitenden Gang, den man aber kaum als numinos bezeichnen konnte; wer hat überhaupt je von einem numinosen Gang gehört?

Als ich sie so sah, meine ältere Schwester Andrea, die gar nicht meine Schwester war, sie so sah, wie sie an ihrem Hochzeitstag tatsächlich aussah (wäre ich, wenn es der 23. April gewesen wäre, tot umgefallen?), wandte ich mich ab, drängelte mich durch die Menge und rannte zum Maurentor, an den Ort, an den ich gehen mußte.

Die große abgestorbene Eiche breitete ihre Äste über der Steinbank aus, wo Greise in Schwarz einen Weinschlauch von einer welken Hand zur anderen reichten, jeder zahnlose Mund darauf wartete, daß er an die Reihe komme, um den dunkelroten Strahl aufzunehmen, ehe er, geweiht, seine rituelle Klage anstimmte.

...der Laden hätte mir immer noch gehört, wenn nur nicht...

...wäre nie mit diesem süßholzraspelnden Sevillaner weggelaufen, wenn nur nicht...

Ich kam näher, und einer der Männer auf der Bank sagte: »Ist

keinen Tag über fünfzig, was tut *er* dann hier?« Und ein anderer: »Zu jung für einen Tattergreis oder auch nur einen alten Kauz.« Und wieder ein anderer: »Nun ja, man weiß nie, manche werden früher vom Alter überrascht als andere.« Und noch einer: »Wenn du die Bank brauchst, brauchst du die Bank.« Und der Weinschlauch machte wieder seine Runden, und ich war durstig vom Laufen und kam also noch näher, ohne jede Absicht, zu bleiben, ich wollte nur einen belebenden Schluck Wein und dann wieder weg, ich war keine fünfzig, nicht einmal fünfundvierzig, ich hatte das ganze Leben noch vor mir und darin keinen Platz für eine abgestorbene Eiche, um die eine (zwar bequem aussehende) Steinbank lief, auf der nun zwei alte Kumpel auseinanderrückten, um Platz zu machen, und eine welke Hand mir den Weinschlauch hinhielt, und genau in diesem Augenblick hörte ich das Klipp-Klapp von Hufen und sah meine Frau Catalina, die zwei *burros* hinter sich herzog, und sie sagte: »Du kommst mit mir nach Hause«, und ich stieg auf und kehrte der Wenn-nur-Bank den Rücken.
Aber ich hatte kein Zuhause.

Catalina hieß mich die bereits weißgetünchten Wände tünchen, eine Arbeit, die getan werden mußte, wenn im Haus jemand gestorben war. Ihre Mutter war, wie sich herausstellte, ohne Testament, gestorben, doch Catalina war sich sicher, daß es wegen des kleinen Häuschens, der steinigen Weinberge und Olivenhaine, der paar Stück Vieh keine Probleme geben würde, denn sie war nicht eine, die glaubte, wovon alle redeten, nämlich, daß ihr achtzehnjähriger Bruder Fernando ein lästiger kleiner Scheißer sei, nicht einmal, nachdem er einen Anwalt beauftragt hatte, ihn vor seiner Schwester zu schützen, die meinte, daß ihr gerechterweise die Hälfte zustehe. Zunächst dachte ich, daß es der Streit mit ihrem Bruder, dem lästigen kleinen Scheißer, sei, der sie von unserem Ehebett fernhielt. Dann dachte ich, es sei eine Reaktion auf den Tod ihrer Mutter, ähnlich wie bei mir auf den Tod meines Vaters. Dann bemerkte ich, daß Catalina die Angewohnheit hatte, stundenlang am Stück zu verschwinden, was einen mißtrauischeren Mann als mich mißtrauisch gemacht hätte, aber ich wußte, daß es nicht so

etwas war, denn wenn es das gewesen wäre, hätte Catalina, so wie sie war, es mir erzählt.
Eines Tages, etwa vierzehn Tage nach Andreas Hochzeit, sprachen wir über ihren Bruder und reparierten das Scheunentor, das der Stier eines Nachbarn demoliert hatte, als er versuchte, an eine Milchkuh heranzukommen. Es war zufällig der 23. April. Ich war auf alles gefaßt.
Ich sagte: »Mir geht es mit Rechtsanwälten genau wie dir. Schlimmer sogar. Aber du mußt dir einen nehmen.«
»Um gegen Fernando vorzugehen? Ich bin seine große Schwester und muß auf ihn aufpassen.«
»Das mußt du wahrhaftig«, erwiderte ich.
»Es wird mir schon nichts passieren.«
Ich spuckte einen Nagel aus, legte meinen Hammer beiseite und nahm ihr argloses, vertrauensvolles Gesicht in meine Hände. Ich küßte sie.
»Bitte, Miguel. Das darfst du nicht.«
»Warum nicht?«
»Ich habe mich schon gefragt, ob du je fragen würdest. Ich habe gedacht, du würdest vielleicht nicht vögeln wollen.«
Catalina, Sie erinnern sich, nannte die Dinge beim Namen.
»Ich frage ja. Genau jetzt«, sagte ich und griff nach ihr.
Sie wehrte mich ab. »Ich freue mich, daß du es willst. Einer Frau gefällt es, begehrt zu werden. Aber...«
»Aber?«
Sie schaute mir ins Gesicht, das über ihrem war, weil sie auf dem Rücken in einem Heuhaufen lag, wohin ich sie geschoben hatte.
»Runter«, sagte sie. »Geh runter und zu meinem Onkel.«
Padre Juan saß in der kleinen Sakristei der Pfarrkirche und besserte den Saum seiner Soutane aus.
Er sagte: »Der lästige kleine Scheißer Fernando behauptet, er hat dich und seine Schwester Catalina gerade in der Scheune gesehen, wie ihr dabei wart zu... äh, es zu treiben.«
»Es zu treiben? Sie ist meine Frau.«
»Du lieber Himmel«, sagte Padre Juan. »Hat sie es dir nicht gesagt? Was meinst du, warum sie die ganze Zeit rauhe Stoffe, Barchent und ähnliches, trägt? Direkt auf der Haut?«

Ich redete von Armut und davon, daß das Vermögen ihrer Mutter (soweit vorhanden) von dem lästigen kleinen Scheißer Fernando blockiert sei.
Padre Juan sagte: »Heute, am 23. April, ist der letzte Tag ihres Noviziats. Es ist typisch für Schwester Catalina, daß sie schwer auf dem Familienbesitz arbeitet, anstatt hier in der Kirche zu beten, aber sie ist nichtsdestoweniger Schwester Catalina vom Dritten Orden des Heiligen Franziskus. Die Gelübde, die sie abgelegt hat, sind streng, mein Sohn. *Nicht*, das möchte ich eilends hinzufügen, daß du gehen müßtest. Der Orden ermuntert seine Angehörigen, von denen viele verheiratet sind, mit ihren Gatten wie Bruder und Schwester zu leben.«
»Wie bald kann sie von diesen Gelübden befreit werden?«
»Ich fürchte, mein Sohn, in den Augen der Kirche sind diese Gelübde unaufhebbar wie das heilige Sakrament der Ehe. Sie *sind* eine Art Ehe. Du wirst, so bin ich sicher, mit Gottes Hilfe erfahren, daß auch in der Geschwisterliebe Befriedigung zu finden ist.«
Ich fand Catalina im Patio beim Wollekämmen und fragte sie so ruhig, wie es unter diesen Umständen möglich war: »Warum, zum Teufel, hast du mich nach Hause in dieses armselige Bauernnest gebracht, wenn du eigentlich Nonne geworden bist, Gott verdammt noch mal?«
Ihre Antwort erinnerte an die Ausweichmanöver Cide Hametes.
»Meine Freundin Juana hat sich von ihrem Hondaro getrennt, und ihr gefällt der Sex mehr als jeder anderen Frau, die ich kenne, außer mir.«
»Wenn du so schrecklich verrückt auf Sex bist, was hat dich dann in Gottes Namen dazu gebracht, ein Keuschheitsgelübde abzulegen?«
»Denkst du vielleicht, *mir* gefällt es, jetzt, da du wieder als ganzer Mann daheim bist?«
»Nein, aber –«
»Denkst du vielleicht, *mir* hat es gefallen, wenn dein Señor Macho schlaff wie eine Hundezunge an einem heißen Tag herunterhing, gleichgültig, was ich probiert habe?«
»Nein, aber –«
»Denkst du vielleicht, *mir* hat es gefallen, daß ich, als du in den

Süden verschwunden warst, jeden Mann zwischen fünfzehn und fünfzig, der in meine Nähe kam, packen wollte, weil ich in meinem allzu kurzen Eheleben entdeckt habe, daß mir das Vögeln *Spaß* macht?«
»Nein, aber –«
»Keine ›aber‹! Es hat mich zum Wahnsinn getrieben. Das einzige, was ich habe tun können, war, die Kutte zu nehmen. Wie hätte ich wissen sollen, daß es dir irgendwann bessergehen würde? Oder daß du zurückkommen würdest? Wenigstens hat es mich davon abgehalten, Ehebruch zu begehen. Juana sagt übrigens, sie habe ein echtes Talent zum Rumhuren.«
»Catalina! Du bist meine Frau, nicht meine Kupplerin.«
»Ich will nur, daß du glücklich bist. Und du brauchst dir um mich keine Sorgen zu machen. Ich habe meine Tiere.«
»Catalina!« rief ich wieder.
»Ich meine, um die ich mich kümmern muß. Streuner.«
Wie aufs Stichwort bellte einer der drei fast wolfsgroßen Hofhunde und knurrte draußen vor der Tür.
Ihr lästiger kleiner Scheißerbruder Fernando kam herein und schwenkte ein Stück Papier.
»Das erste, was hier verschwindet, sind diese dreckigen Hunde. Der Hof gehört mir – mit allem Drum und Dran. Das zweite, was hier verschwindet, ist, weil du keinen Ehemann mehr brauchst, dieser Kerl, der sich Dichter schimpft.«
Catalina grapschte sich das Papier und las es.
»Mit allem Drum und Dran«, murmelte sie.
»Das dritte, was hier verschwindet«, sagte der scheißerige kleine Fernando zu ihr, »bist du. Die große Schwester! Die mich immer herumkommandiert hat! Die ein verkrüppeltes Wrack von einem Kriegsveteranen geheiratet hat, der sich für einen zweiten Lope de Vega hält, um ihren literarischen Bedürfnissen Genüge zu tun, und jetzt hat sie Gott geheiratet und den heiligen Franz dazu, um ihre geistlichen Bedürfnisse zu befriedigen. Du bist bloß eine –«
Sie schlug ihm ins Gesicht. Er ihr.
Ich schlug ihn nieder.
An der Tür bellte es wieder, und die Witwe Laínez kam herein, in

einem Kleid mit verführerisch tiefem Dekolleté. Sie sah, was es zu sehen gab, und sagte: »Mir gefällt ein herrischer Mann.« Schweigen. Sie versuchte es mit: »Ich habe dieses echte Talent zum ... aber Catalina hat doch sicher erwähnt...«, doch meine Frau schüttelte entschieden den Kopf, und Juana die Witwe Laínez zuckte die Achseln und ging hinaus, und ich hörte ein Pferd davongaloppieren. Ich sollte Juana die Witwe Laínez erst nach über einem Dutzend Jahre wiedersehen, als Lord Howard Effingham nach Valladolid kam (das wieder die Hauptstadt Spaniens war, nachdem Madrid für eine Zeitlang auf den Abfallhaufen der Geschichte geworfen worden war, wie Ninive, Babylon und Lemuria), um den Vertrag zwischen England und Spanien zu unterzeichnen, der den Krieg für eine ganze Weile mit einem Bann belegte.

Der scheißerige kleine Fernando rappelte sich hoch und zeigte mit gebieterischem Finger zur Tür. »Noch vor Anbruch der Nacht«, forderte er.

Später fragte ich meine Frau Catalina, während sie ihre streunenden Tiere einpackte: »Weißt du, wo du hingehen sollst? Im großen Steinhaus am Sonnentor gibt es viel Platz.«

»Du meinst, wir könnten bei deiner Familie leben?«

»Ich meine, du könntest es. Für mich ist dort kein Platz.«

»Bloß weil du versucht hast, Constanza zu vögeln? Was ist daran so schrecklich? Sie ist überhaupt nicht deine Nichte, und sie hat eine Schwäche für dich, seitdem ich sie kenne.«

»Ich habe nicht versucht, sie...«

»Bitte, wo sie eine solche Schönheit ist? Es wäre völlig normal. Könnte sie vielleicht sogar zurechtbiegen. Diese Lanuza-Geschichte muß ihr die Lust vergällt haben. Bist du sicher, daß deine Familie dich nicht aufnehmen würde?«

»Ich möchte nicht, daß sie es tun. Seitdem ich aus Algier zurück bin, habe ich alles falsch gemacht. Vielleicht weiß ich nicht mehr, wie man mit Leuten umgeht, wenn ich keine Beineisen mit mir herumschleppe und keine Fluchtpläne schmiede. Vielleicht ist der Versuch, ein Held zu sein, keine gute Übung für die wirkliche Welt.«

»Was ist so toll an der wirklichen Welt? In der wirklichen Welt bin ich gerade von meinem kleinen Scheißbruder enteignet worden.

Die Welt ist das, was man daraus macht, heißt es. Für mich gibt es kein Vögeln mehr, also nehme ich an, ich habe daraus nicht gemacht, was ich gewollt habe. Und du meinst, daß *du* ein Versager bist?«

»Was ich meine, ist, daß ich weggehen muß.«

»Wohin?«

»Weg. Ich weiß nicht, wohin.«

Achtundvierzig Stunden später fuhr unsere gemietete Galeere durch das Sonnentor. Catalinas drei fast wolfsgroße Hunde kamen bellend hinterdrein, und die Käfige mit Vögeln, Kaninchen und Feldmäusen, die sich alle in verschiedenen Stadien der Erholung von verschiedenen Unglücksfällen befanden, schwankten im Rhythmus des Wagens mit.

»Bist du sicher, daß du nicht mitkommen willst, nur bis zur Tür? Deine Familie wird dich sehen wollen.«

»Nein, will sie nicht.«

»Miguel, du hast unrecht. Sogar meine Schwiegermutter aus der Mancha hat eine Schwäche für dich. Ich habe nie eine Frau kennengelernt, bei der das nicht so gewesen wäre – außer Magdalena vielleicht. Aber du kennst Magdalena, wenn es um Männer geht.«

Als sie merkte, daß ich nicht umzustimmen war, hielt Catalina an, und ich stieg aus.

»Na ja, wenn dir danach ist... Du ziehst doch nicht in den Krieg?«

Zum erstenmal seit ich weiß nicht wie langer Zeit dachte ich an meinen Bruder Rodrigo; ich konnte den entzückten Blick auf seinem sommersprossigen Gesicht vor mir sehen, wenn seine Lippen das Wort Ruhm bildeten.

Ich sagte nichts, wartete nur neben der Galeere. Ich hatte es eilig, wegzukommen, stand aber reglos da.

»Woher kommt es, daß ein Mann, wenn ihm das Leben aus den Händen gleitet, gleich an den Krieg zu denken beginnt?«

Ich leugnete, daß ich in diese Richtung dachte.

»Das letzte Mal, als du in den Krieg gezogen bist, hast du fünf Jahre als Sklave dieses präversen Deys in Algier verbracht.«

Ich lächelte beinahe. »Pervers.«

»Wie auch immer.« Sie beugte sich aus der Galeere, um mich zu küssen. »Nicht einmal *das* darf ich eigentlich tun«, sagte sie.

Ihre stämmigen Arme umfaßten mich. Sie wollte mich nicht loslassen, und ein paar Augenblicke wollte ich es auch nicht. Aber dann fühlte ich mich wieder weggezogen, nach unterwegs, wie von einer unsichtbaren Hand, der Hand meines verstorbenen Vaters vielleicht.

Sie sagte: »Als du weg warst, bin ich einmal mit Juana ins Theater gegangen. Ins Prinzentheater, kann das sein? Wir haben ein Stück von Lope de Vega gesehen.«

»Hat's dir gefallen?«

»Na ja, ich habe vorher nie ein Stück gesehn. Es hat mir gefallen. Aber... ich meine, dieser Lope ist mit der Unbesiegbaren Armada gesegelt, und es heißt, sein geliebter Bruder ist auf dem Deck eines Kriegsschiffes in seinen Armen gestorben. Na, was ich sagen will«, stammelte Catalina, »wenn er so gelitten hat und er so ein großer Stückeschreiber ist, dann müßte er es doch eigentlich fertigbringen, daß eine Figur... die Dinge mehr fühlt. *Du* könntest es, Miguel. Wenn du wolltest. Warum ziehst du dann statt dessen in den Krieg?«

»*Ich* habe nicht gesagt, daß ich in den Krieg ziehe, das warst du.«

»Nun, wenn wir schon dabei sind, du bist überall gewesen und hast fast alles gesehen, also sag mir eins – warum hat Gott erlaubt, daß diese Engländer die Unbesiegbare Armada versenken, wenn wir im Recht sind und sie im Unrecht?«

»Wie kommst du darauf, daß wir im Recht sind?«

»Wie? Weil wir hier sind und wir sind und sie dort sind und sie sind«, sagte Catalina.

»Für sie«, erwiderte ich sanft, »ist es umgekehrt.«

»Daran habe ich nie gedacht.« Catalina blickte nachdenklich drein. »Dann gibt es keinen Grund für dich, keinen Grund für irgend jemand, je wieder in den Krieg zu ziehen, oder?«

Sie schaute mich an und wickelte die Zügel um ihre kräftigen Hände.

Ich langte hoch, um ihre Wange zu streicheln, aber sie rief etwas, das wie »Brrr!« klang, und die Galeere zockelte vorwärts.

Es war Spätnachmittag, als meine Schwester Andrea den Wagen heranholpern sah. Sie lief hinaus und umarmte Catalina.

»Wo ist er?«
»Er ist beim Palast ausgestiegen. Er geht weg. Von Spanien, sagt er. Ich denke, er zieht in den Krieg.«
Andrea drehte sich um und rannte zum Palast. Sie stürzte sich in die Menge, die gerade ihren Abend*paseo* im Schatten des Felsens begann, drängte sich an Leuten vorbei, blickte in Gesichter, rief meinen Namen. Doch vergebens. Die Schatten unter dem Felsen wurden länger, der Mond wurde heller, die ersten Sterne gingen auf, die Gesichter verschwammen.
Als ich am Rande der Menge stand und dem *paseo* zuschaute, hätte ich Andrea vielleicht sehen können, aber wie konnte ich das wissen, wenn ich nicht länger wußte, wie mein Schwester, die gar nicht meine Schwester war, aussah?
Und was, wenn nicht nur mein Bild von *Andrea* unvollkommen war (doch wie kann die Vollkommenheit unvollkommen sein?)? Was, wenn alle diese Leute in der spazierenden Menge, die nach einem erwiderten Blick suchten, nach einer Bestätigung für die Einzigartigkeit ihrer selbst – was, wenn sie gar keine Ähnlichkeit mit dem hatten, wie ich mit meiner mangelhaften Sehweise (wer hatte jede von einem numinosen Gang gehört?) dachte, daß sie aussahen? Würde es eine Rolle spielen? Würde die Welt dadurch weniger oder mehr sein?
Die Dunkelheit senkte sich herab, Wind kam auf, Staub wirbelte durch die verlassenen Straßen. Ich ging, ziellos, dachte ich, aber dann erblickte ich nicht ganz überrascht in der Ferne das große Steinhaus am Sonnentor und fragte mich, was geschehen würde, wenn ich hineinginge.
Würde Constanza ihnen die Wahrheit über jene Nacht am Gerberufer erzählt haben?
Würde Andrea mir erzählen, daß die Wahrheit über ihre Geburt herausgekommen war, als sie am wenigsten darauf gefaßt war, eine Wahrheit, die ein neues Leben hätte bedeuten können, als sie sich (wie wir alle) auf einem Tod gefaßt gemacht hatte? Würde sie dann fragen, welchen Unterschied kann diese Wahrheit bedeuten, du warst so lange mein Bruder, daß du noch immer mein Bruder bist, und du hast eine Frau, die jetzt bei mir ist, hier in deinem Zuhause, Miguel. O Miguel, wohin gehst du?

Aber nichts dergleichen wurde gesagt, weil ich nicht hineinging.
Danach spazierte ich zur Deutschen Straße, wo mein alter Freund Gabriel Múñoz hätte sagen können: »Keiner kommt mehr in die Taverna Múñoz«, während er zwei Becher Roten ausschenkte. »Sie gehen alle in die Taverna Isabel, deren Besitzer deine alte Freundin Ana Villafranca ist, die dieses echte Püppchen zur Tochter hat, du mußt sie wirklich einmal sehen.«
Und ich hätte knapp erwidern können: »Wo ist Juan D.?«
»Wer? Ich kenne keinen Juan D.«
»Mein Bruder Juan der Düstere. Wenn du ihn triffst, sag ihm, ich suche ihn.«
Aber ich besuchte auch nicht die Taverne, so daß nichts dergleichen gesagt wurde.
Ich ging. Ging einfach, bis ich am Maurentor im Mondschein die Wenn-nur-Bank erblickte, die jetzt verlassen war, so daß ich dort verweilen und mich an die Nacht erinnern konnte, in der ich mit Andrea, die nicht mehr wie Andrea aussah, durch den strömenden Regen rannte, auf der Suche nach meinem Vater, jenem geschrumpften, vom Kismet verfolgten Mann, der auf einer Holzbank kauerte, die auf drei Seiten um eine Ulme läuft. Sie hatte ich, als Catalina mich vor nicht allzu langer Zeit dort fand, für eine abgestorbene Eiche gehalten und die Bank nicht für eine aus Holzbohlen, sondern aus Stein. War mein Sehvermögen gestört? Oder spielte mir nur mein Gedächtnis einen Streich? Mein Gedächtnis, das jetzt meinen Vater wieder zum Leben erweckt, wie er sein altes verrostetes Schwert gegen böse Geister schwingt, die nur er sehen kann. Meines Vaters Augen sehen wie zwei schwarze Löcher in seinem Gesicht aus, und einen herzzerreißenden Augenblick lang kann ich ihn eine staubige Landstraße in Andalusien entlangschreiten sehen, kann mich selbst neben ihm herrennen sehen, wie wir dem Horizont nachjagen, und ich sage: »Papá, hast du vergessen, daß wir gleich morgen früh wieder unterwegs sein wollen«, doch er holt zu einem weiteren wilden, beidhändigen Hieb mit seinem verrosteten alten Schwert aus. »Papá«, sage ich, »weißt du, was wir tun?« Und mein Vater flüstert und betet dabei, so fest er kann, für etwas, was niemals sein kann: »Wieder unterwegs«, und ich sage zu

ihm: »Wir gehen nach Flandern, in die Niederlande, um Rodrigo zu suchen«, und meines Vater Kopf zuckt hoch, und er springt auf die Füße, fast wie ein junger Mann, hebt das verrostete Schwert über seinen Kopf, und ein Blitz fährt herab, und das Schwert klirrt und...

Und ich höre hinter mir etwas, das wie das Klimpern von Münzen in einem Beutel klingt. Ich wirbele herum und erwarte, Juan den Düsteren im Mondschein stehen und mich beobachten zu sehen. Aber es ist Luis Schwarzsklave, der den Münzbeutel und einen Brief lässig in meine Richtung wirft und mit seiner typischen Kaltblütigkeit sagt:

»Das wirst du brauchen, um dahin zu kommen, wo du hingehst.«

Siebenundzwanzigstes Kapitel
Wieder unterwegs

Bei der Reise quer durch Frankreich verschliß ich drei *burros*, dann zahlreiche Paar Stiefel; meine Füße hatten Blasen, dann Schwielen, die so hart wie Horn waren; ein beginnender Wanst, es freut mich dies zu sagen, schmolz dahin.
Ich verspürte sogar den Drang zu schreiben, als ich eines Morgens aus einem Traum aufwachte, einem ziemlich plastischen Traum von einer erotischen Begegnung mit einer Frau.
Nicht Andrea. Ich wollte mir nicht eingestehen, wer diese Frau war.
Ich zündete in sicherer Entfernung von meiner Strohpritsche eine Kerze an und schrieb ein Liebesgedicht.

Auf den Wogen der Liebe

Ich bin Amors Fährmann, segle,
Wo die Hoffnung schier entschwunden,
Wo auf Amors tiefen Meeren
Nimmer wird ein Port gefunden.

Einem Sterne folgt mein Schifflein,
Fernher strahlt er mir im Dunkeln;
Nie sah jener Palinurus
Schönre Sterne droben funkeln.

Und er lenkt mich fern auf Meere,
Die nie Menschen noch befuhren;
Sorgenvoll und unbesorgt doch
Späht mein Herz nach seinen Spuren.

Sprödigkeit, ganz unerhört jetzt,
Tugend, die mir wird zum Fluche,
Sind die Wolken, die ihn bergen,
Wenn ich sehnsuchtsvoll ihn suche.

Bernsteinfarbener Stern, an dessen
Süßem Glanz ich neu gesunde,
Bleib! Die Stunde deines Scheidens
Wird auch meines Todes Stunde.

Ja, schon gut. Ich weiß es. Ich bin nicht auf diese Erde gekommen, um Dichter zu werden – aber bedenkt man all die Jahre, in denen ich nichts geschrieben hatte, so gefiel mir »Auf den Wogen der Liebe« gar nicht schlecht.
Als ich an diesem Morgen das Gasthaus verließ, begegnete ich zufällig einem sizilianischen *giravolo* oder Wanderheiler, einem Spezialisten für Schlangenbisse, der von einer katastrophalen Saison in Irland kam und auf dem Weg nach Madrid war, wo er, wie er behauptete, Verbindungen bei Hofe hatte.
Er war damit einverstanden, mein kleines Elaborat dem Schauspielagenten Gaspar de Porres zu überbringen, der, so hoffte ich, in einer an Liebesgedichten zu armen Komödie einen Platz dafür finden würde.
Ich dachte nicht mehr daran, bis ich 1594 bei meiner Rückkunft in Spanien zu meinem allergrößten Erstaunen hörte, daß ...
Aber zunächst die Niederlande.

An einem jener Spätnovembertage, die so kalt waren, daß der Boden unter meinen Stiefeln wie Eisen klirrte, erreichte ich bei Sonnenuntergang Spa. Die Stadt war jüngst zu einem für seine Heilwasser berühmten Kurort geworden; außerdem diente sie als Nachschubdepot für die spanische Armee.
Ich entdeckte das Personalbüro im vormaligen Rathaus.
»Ich suche Leutnant Rodrigo de Cervantes«, sagte ich zu einem jener großen, bulligen, vor Gesundheit strotzenden Spieße, die anscheinend immer Schreibtischtätigkeiten bekommen.
»Warum?«
»Er ist mein jüngerer Bruder. Das letzte, was wir von ihm gehört haben, war, daß er irgendwo östlich von Amsterdam und nördlich von Deventer im Kampf lag.«
»Leutnant Cervantes ist Ihr *jüngerer* Bruder?«

»Genau. Wissen Sie, wo er ist?«
»Kommen Sie mit, Junge. Das hier ist Sperrgebiet, besonders jetzt. Haben Sie irgendeinen Passierschein?«
»Nein, aber ich weiß, wessen Bruder ich bin.«
»Sie haben nichts, womit Sie beweisen können, wer Sie sind? Es gibt nichts auf der Welt, was Ihre Identität beglaubigen könnte?« Das war wohl kaum eine Frage; es war fast eine Anklage.
Ich ließ es mir durch den Kopf gehen. Die Situation beunruhigte mich. »Na ja, nein. Aber die Leute k-kennen mich. Eine ganze Menge Leute.«
»Sie kennen den, der Sie zu sein *behaupten*. Aber es werden Säuglinge bei der Geburt vertauscht. Ein Schlag auf den Kopf kann Gedächtnisschwund verursachen. Leute nehmen eine neue Identität an, um der Strafe für ihre üblen Verbrechen zu entgehen. Also stehen Sie nicht da, und sagen Sie mir, wer Sie sind.«
»Mein Bruder könnte mich identifizieren«, sagte ich.
»Wir sind im Krieg, wissen Sie. Wir können nicht vorsichtig genug sein. Warum erzählen Sie mir nichts über Ihren Bruder – zum Beispiel über das letzte Mal, daß Sie ihn gesehen haben oder so.«
»Das war in Algier«, sagte ich. »Wir waren G-Gefangene.«
»Versuchen Sie, etwas genauer zu sein.«
Ich versuchte es. »Ich habe versucht, ihn zu erwürgen.«
Der vor Gesundheit strotzende Spieß sprang auf, brüllte: »Drempel!«, und ein dienstbeflissenes Männchen mit hervorstehenden Kieferknochen kam herbeigeeilt und grüßte ihn ehrerbietig. Ich dachte, es wäre um mich geschehen, aber auf ein Wort von dem Spieß grüßte Drempel auch mich ehrerbietig.
Drempel geleitete mich durch die Abenddämmerung zu einem Gebäude, das hätte ein Freudenhaus gewesen sein können. Auf einem Schmuckschild stand »Bei Pap«. Als er mich an der Tür verließ, sah ich nicht den Ausdruck von Ekel auf dem Gesicht des Männchens. Ich hörte ihn nicht murmeln: »Vorsätzliche Verbrechen sind dadurch, daß sie in einer Welt, in der alles, *alles* vorbestimmt ist, vom freien Willen abhängen, die schlimmsten. Unter den Auserwählten ...« Und Drempel dachte über die Bekehrung nach, die so vieler Menschen Leben verändern sollte.

Drinnen sah ich das frische junge Grün einer Wiese nach einem Frühlingsregen, feste neue Spielkarten mit Bildseiten, die nur darauf warteten, beschmutzt zu werden, Backgammonbretter, glänzend wie Spiegel und das Licht der Kerzen reflektierend, die strategisch aufgestellt waren, um Pierre Papins erfahrenen Kartengebern dabei zu helfen, die Papageien auf dem Weg von oder zur Front zu schröpfen.
Pierre Papin selbst trug endlich einmal die Straußenfeder auf der spanischen Seite seines Huts.
»Eine patriotische Geste«, erklärte er.
»Was machst du in Spa?« fragte ich.
»Diejenigen, die in den Tod gehen, brauchen eher Ablenkung als neue Dukaten«, erklärte er.
Ich sagte ihm, daß ich meinen Bruder suchte.
»Ich weiß. Deine Einweisung beginnt gleich im Morgengrauen, wenn ich den Laden geschlossen habe. Ohne die richtige Deckung kommst du nie lebendig durch das Feindgelände.«
Das überraschte mich nicht. Der Brief, den mir Luis Schwarzsklave an der Wenn-nur-Bank zugeworfen hatte, hatte auf eine Einweisung angespielt, die ein gewisser »Pap« vornehmen sollte, der sich nun als Pierre Papin herausstellte. Der Brief war verschlüsselt, aber beim Lesen zwischen den Zeilen (was bei Juan D. oft leichter war, als die Zeilen selbst zu lesen) erriet ich, daß der Tod des Abtes unmittelbar bevorstand, wie es schon seit Jahren der Fall war, und daß die führenden Anwärter für den Unbenannten des Namenlosen Dienstes mein Bruder und ein geheimnisvoller Perser namens Bādindjan (ein Deckname), von dem das Gerücht ging, er verfüge über Zauberkräfte, waren; außerdem rechnete Juan D. damit, daß ich ihm helfen würde, gewählt zu werden.
Aber den vergangenen Jahren nach zu urteilen, würde der im Sterben liegende Abt noch eine Weile länger aushalten, und ich wollte Rodrigo besuchen. Tatsächlich hatte ich mir inzwischen eingeredet, ich hätte unserem sterbenden Vater versprochen, daß ich das tun würde.
»Eigentlich suche ich meinen Bruder Rodrigo«, sagte ich.
»Na schön, das hat man mir nicht gesagt, aber was ich wissen *muß*,

ist alles, was ich wissen *will*«, sagte Pierre Papin, und ich folgte ihm in den *cercle privé*.

Am Siebzehnundvier-Tisch stand ein einsamer Offizier einer jungen Kartengeberin gegenüber, die auf ihrem blonden Haar ein kleines Goldbrokatkäppi trug und deren Ähnlichkeit mit meiner Nichte Constanza bei ihren beiden braunen Augen aufhörte. Sie sang mit einer zarten, aber guten Stimme ein paar Stückchen aus der »Ballade von Sir Philip Sidney« (der seit seinem Tod auf dem Felde vor sechs Jahren auf beiden Seiten ein Schönheitsideal war). Der Offizier fuhr sich mit der Hand durch sein schütteres weißes Haar und betrachtete eingehend seine beiden Karten.

»Noch eine«, forderte er und kippte den Inhalt eines Pokals hinunter.

»Branntwein«, flüsterte Pierre Papin. »Trinkt ihn die ganze Nacht lang. Es gibt kein Morgen.«

»›...dieser Niere‹«, sang die blonde Kartengeberin nervös und drehte schnell eine Karte um: eine Fünf.

»Pleite«, verkündete der weißhaarige Offizier gleichgültig.

»Warum mußt du immer bis siebzehn ziehen?« schalt ihn die Blonde.

»Na ja, das nüchtert mich aus«, sagte er, drehte sich vom Tisch weg und schaute zum erstenmal in meine Richtung.

Unter dem weißen Haarschopf (keine Spur von einer blutroten Strähne) hatte er die gequälten Augen, wie sie mein Vater in seiner Inquisitionszeit hatte. Da war sogar schon ein Muster feiner Runzeln, die mit der Zeit zu einem verschrumpelten Affengesicht werden konnten.

»Miguel!« rief er.

»R-Rodrigo?«

Wir umarmten uns, klopften uns auf die Schultern, hielten uns auf Armlänge voneinander, umarmten uns wieder. Die blonde Siebzehnundvier-Geberin biß sich auf die Lippe und betupfte sich die Augen. Und die ganze Zeit erinnerte ich mich an meinen sommersprossigen kleinen Bruder, der immer Soldat spielte. Seine Sommersprossen waren alle zu Leberflecken geworden.

»Du hast dich kein bißchen verändert«, sagte er. Ich stotterte ein »Du auch nicht« und klopfte ihm wieder auf die Schultern.

Er griff sich eine volle Flasche Branntwein und nahm mich mit zu seinem Quartier, eines Fünfzehnzimmerpalais in der Nähe des Rathauses von Spa.
»Das ist was ganz anderes als dieser Sarg unter den Dachgauben in Neapel, was?« sagte er und begann nach alter Soldatenmanier Erinnerungen an unsere jetzt als glückliche Zeit erscheinende Jugend aufzufrischen.
»Weißt du noch, wie krank du bei der Seeschlacht warst? Jesus! Ich mußte dich in dieses Skiff hieven, was dich nicht daran gehindert hat, einen Tapferkeitsorden zu bekommen«, sagte mein Bruder schwärmerisch. »Erinnerst du dich noch an diese Zoraida mit den unglaublich langen Beinen, die mich mit ihrem Trancetanz vom Rande des Grabes zurückgeholt hat?«
Ich erzählte ihm nicht, daß Zoraida in meinen Armen gestorben war.
»Erinnerst du dich noch an ihren Onkel Suleiman Sa'adah, den manchmal irrtümlich der Weise Genannten, bei dem nie einer wußte, warum? Erinnerst du dich noch an El Dorador, der immer ›Ich höre und gehorche‹ gesagt hat und immer... äh, das überspringen wir besser?«
Ich sagte, es spiele keine Rolle, ich würde es ihm nicht nachtragen.
»Erinnerst du dich noch an jenes beherzte Kind Michele mit seinen gefährlichen Spielchen – was ist so lustig daran?«
»Micaela«, sagte ich. »Es war ein Mädchen.«
»Nein! Das also erklärt die klassische kallipygische Kurve. Ich habe mich immer gefragt, was mich so an ihr erregt hat. Zynisches Kind, hat immer gesagt... wie war das noch?«
»›Vertraue niemandem in diesem Leben‹«, zitierte ich.
»Also, was ist so lustig?«
»Du meinst, weil ich lächle. Wenn ich an Micaela denke, muß ich immer lächeln. Nicht nur ich, sondern auch Juan D.«
»Juan D.? Wer ist Juan D.?«
»Unser Bruder. Juan der Düstere.«
»Er kennt Micaela? Aber er war doch gar nicht in Algier? Oder?«
»Er hat sie später kennengelernt. Nachdem wir alle angefangen haben, für den Abt zu arbeiten – sie, ich, Juan D., Luis Schwarzsklave –«

»Den Abt?« Das sagte Rodrigo offensichtlich gar nichts.
In der berauschenden Rolle eines Insiders fragte ich weiter: »Onofre Exarque?«
»Hey, ich entsinne mich an Exarque! Ich habe ihm gutes Geld dafür bezahlt, daß er dich befreit, aber... äh...?«
»Vergiß es, er macht jetzt eine andere Art Arbeit. Was für eine Arbeit machst *du* denn? Sind die Tage im Feld vorüber?«
»VIPs«, sagte mein Bruder Rodrigo. »Ich kümmere mich um VIPs. Normalerweise eine angenehme Aufgabe. Aber diese Woche, Jesus! Der Generalísimo selbst, der Herzog von Parma, kommt nach Spanien, um sich zu erholen. Ich habe Sechzehnstundentage eingelegt und –«
»Und du hast für mich kaum mehr Zeit.« Das war die blonde Siebzehnundvier-Geberin, die mit einer neuen Flasche Branntwein hereinkam. Gut abgepaßt: Mein Bruder hatte die eine, die er aus dem Pap mitgebracht hatte, ausgetrunken, ohne daß ich ihm dabei groß geholfen hätte.
»Bleibst du?« fragte er sie.
»Ich würde gern. Aber ich muß zurück. Später?« Sie küßte ihn auf die Wange, und schon war sie weg.
»Na ja, du weißt, Kriegszeiten«, sagte Rodrigo zu mir und errötete. Einen Moment lang wirkte er fast jugendlich.
Er entkorkte den Branntwein, prostete mir zu und rief ein einziges Wort: »Ruhm!« Dann sagte er, milder: »Jesus, wie ich immer auf diese Melodie gesungen und getanzt habe! Aber was wird aus dem Ruhm, wenn... ich weiß nicht, die Dinge, die ich gesehen habe...« Auf einmal wurde er ganz konfus – mein Bruder, der nach der Jugend im Nu zum alten Mann geworden war und dabei die Zeit der Reife verpaßt hatte, mein Bruder, der sein ganzes Leben lang, ohne nach dem Warum zu fragen, Befehle befolgt hatte: Auf wie vielen Schlachtfeldern lag sein freier Wille begraben, in wie vielen Branntweinflaschen hatte er ihn ertränkt?
»Die Dinge, die ich gesehen habe«, setzte er noch einmal ein. »Ich sage mir, es sind die anderen. Das sind sie immer, nicht wahr?« meinte er. »Es sind immer die anderen, die die Greueltaten begehen, die Schrecken, nur... nur... sind wir nicht die anderen der

anderen?« fragte er, und auf seiner Wange begann es nervös zu zucken, und die Erinnerungen, die jetzt aus ihm herausströmten, waren ganz anderer Natur.

In der Zwischenzeit wurde die blonde Siebzehnundvier-Geberin, die durch die Nacht in das Pap zurückkehrte, beinahe von einem schwarzgekleideten Reiter auf einem schwarzen Hengst über den Haufen geritten. Zwar bloß ein spindeldürres Gerippe, war der Mann ein erfahrener Reiter und brachte das Pferd nur wenige Zoll vor der Blonden zum Stehen. Sie schrie auf. Der Reiter saß ab, zog seine schwarzen Reisehandschuhe aus und ließ seinen schwarzen Umhang von dem Wind, der bei solchen Gelegenheiten immer aufzukommen schien, wie die Flügel einer Fledermaus aufblähen. Als die Blonde in den Lichtkegel der Tür trat, ergriff er mit einer kleinen, gepflegten, rosigen Hand ihren Arm. Sein Gesicht, das, abgesehen von den gepeinigten Augen eines Mannes, der einer unerbittlichen, möglicherweise sexuellen Wahnvorstellung ausgeliefert ist, ausdruckslos war, ließ sie erschaudern.
»Waren Sie«, fragte er, »entweder im April 1562 oder im Oktober 1564 in der Spielhölle von Alcalá de Henares?«
Sein Griff wurde fester; vor Schmerz und Furcht blieb das Mädchen stumm.
»Aber Sie sind zu jung, nicht wahr?« sagte er. »War es vielleicht eine ältere Schwester? Ihre Mutter? Alcalá – was haben Sie zu sagen?«
»Meine Familie stammt aus Córdoba«, stieß die blonde Siebzehnundvier-Geberin hervor. »Sie kommen nicht viel herum.«
»Es ist ein weiter Weg von Córdoba nach Spa«, klagte der schwarzgewandete Fremde sie an.
»Pierre Papin bringt mich immer zur großen Eröffnung seines neuesten Casinos mit.«
Pierre Papin. Er spülte den Namen wie ein Weinkoster, der eine Lage zu bestimmen versucht, in seinem Mund hin und her. Pierre Papin, kostete er, und das nachklingende Ende des Vornamens an seinem Gaumen und der betonte Beginn des Nachnamens erzeugten in den Kellern seines Gedächtnisses ein winziges Echo.

Ein wahnsinniges Leuchten flackerte in seinen Augen. Diese Begegnung mußte mehr als nur Zufall sein. Die Nummer zwei auf seiner Liste hatte ihn nach Spa geführt – und ihn direkt auf die Spur von Nummer eins gebracht.

»Ist dieser Pierre Papin«, fragte er die blonde Siebzehnundvier-Geberin, »hier in diesem Freudenhaus? Sind Sie so eine?« Er trat einen Schritt zurück. Die Franzosenkrankheit hatte, vielleicht für immer, die Beziehung zwischen den Geschlechtern verändert. Nicht daß *er* welche gehabt hätte.

»Es ist ein Casino, habe ich Ihnen gesagt. Ich bin Kartengeberin.«

Sie betraten den *cercle privé*, und der Mann in Schwarz sagte zu Pierre Papin: »Ihre Kartengeberin hier erinnert mich an eine Frau, der ich in der Nacht vom 19. April 1562 oder in einer Nacht im Oktober 1564 in Alcalá begegnet bin.«

»Ja, an welchem Tag war es nun?« fragte der Franzose.

»Sie sollten wissen, daß ich eine Mörderin suche«, sagte der Fremde. »Waren *Sie* entweder in der Nacht vom 19. April 1562 oder in einer Nacht im Oktober 1564 in Alcalá de Henares?«

»Da befand sich eines meiner ersten Etablissements in Spanien«, sagte Pierre Papin, nicht ganz unsentimental. »Ich erinnere mich nicht an irgendwelche Mörderinnen. Wollen Sie Ihr Glück vielleicht beim Siebzehnundvier versuchen? Beim Hundertpunkte? Backgammon? *Primera*?«

»Ich spiele nie«, sagte der schwarzgewandete Fremde. »Nur Narren – Backgammon!« schnarrte er verächtlich. »Sie hat ohne Sinn und Verstand beim Backgammon verloren! Sie war mit einem jungen Mann da ... einem Studenten ...« Er brach auf einem Stuhl zusammen. Sein hageres Gesicht, das normalerweise abnormal bleich war, hatte die Farbe einer zur Ehre der Toten frischgetünchten Wand angenommen. »Er nannte sie ...«

Aber der Name war ihm entfallen. Verflucht! So nahe dran, und trotzdem wollte er ihm nicht einfallen.

»Einhundert Spelunken wie meine gibt es in ganz Spanien, und jede Nacht verlieren einhundert Blondinen ohne Sinn und Verstand beim Backgammon«, sagte Pierre Papin. »Viele davon kommen mit Studenten. Studenten haben Geld. Sie erwarten, daß ich mich an sie erinnere?«

»Er kam für ihre Verluste auf. Er nannte sie...«
Der Name fiel ihm weiterhin nicht ein. Wie er ihm nicht einfallen sollte, bis ich den ersten Teil des *Don Quijote* geschrieben hatte; wie er ihm nicht einfallen sollte, bis Lord Howard von Effingham nach Spanien kam, um den Friedensvertrag zu unterzeichnen; wie er ihm nicht einfallen sollte, bis ein unfähiger Stierkämpfer von Stand unter geheimnisvollen Umständen starb, die nichts mit der Kunst des Stierkampfs zu tun hatten...
Aber zum erstenmal war sich Pedro de Isunza sicher, daß er diese Person finden würde.
In der Zwischenzeit mußte er sich um die Nummer zwei auf seiner Liste kümmern – Alessandro Farnese, Herzog von Parma, der einzige Überlebende der drei *jóvenes dorados*, Fortunas Lieblingen, die Anfang 1562 zum Studium nach Alcalá de Henares gekommen waren.
Verdammt noch mal, er *wußte*, daß es 1562 war!

Einige Zeit nach Mitternacht kippte mein Bruder um. Ich hatte ihn gerade auf sein Bett gehievt, als ich leichte Schritte auf der Treppe hörte. Die blonde Siebzehnundvier-Geberin kam herein.
»Hat er Ihnen von der alten Frau erzählt, und wie sie ihrem Enkel die Kehle aufgeschlitzt und sie gezwungen haben, den Becher mit seinem Blut zu trinken, das in der Kälte noch dampfte?«
»Ja«, sagte ich.
»Hat er Ihnen erzählt, wie sie einen Deserteur bei lebendigem Leibe über ein Feuer gehängt und langsam geröstet haben?«
»Ja«, sagte ich.
»Und wie sie fünfzig Gefangene Rücken an Rücken zusammengebunden und in Säcke genäht und in den Ijssel geworfen haben, und wie verzweifelt diese *Säcke* versucht haben, sich über Wasser zu halten?«
»Ja.«
»Und wie –«
»Ja.«
»Und wie es immer die anderen sind, die es tun, nur...«
»Ja«, sagte ich. »Er muß von der Armee weg.«

»Weg? Er könnte ohne sie nicht leben. Die Armee ist alles, was er kennt.«
»Ich könnte ihm Arbeit bei einer internationalen Organisation verschaffen, die nach so etwas wie militärischen Prinzipien aufgebaut ist, aber ohne Schlachten.«
»Aber die Schlacht ist das, worin er gut ist, Schlachten und Disziplin. Er ist der höchstdekorierte Soldat der Spanischen Niederlande, wissen Sie. Er ist ein großartiger Kompaniechef – solange die Befehle von oben kommen. Er braucht jemanden, der ihm sagt, *was* er tun soll, bevor er sich überlegt, *wie* er es tun kann. Er wäre nicht in der Lage, auch nur eine einzige wirkliche Entscheidung zu treffen, und wenn sein Leben davon abhinge.«
Sie küßte meinen schlafenden Bruder auf die Stirn.
»Außerdem hat er in der Schlacht keine Zeit, über das nachzudenken, was ihn zerreißt. Die Schlacht ist besser als sich langsam selbst umbringen, mit einer Flasche nach der anderen. Branntwein – gebrannter Wein. Er brennt ihm die Innereien aus. Aber befehlen Sie ihm, eine feindliche Festung einzunehmen, und er jagt wieder dem ›Ruhm‹ nach. Wenn er sterben muß, dann lassen Sie ihn so sterben.«
»Ruhm?« sagte ich. »Der Ruhm ist wie eine Standarte oder eine Predigt. Das ist das, was sie uns geben, damit wir ihre Kriege für sie ausfechten.«
»Aber verstehen Sie denn nicht, selbst wenn dieser Ruhm von ihm nur ein Traum ist, so hat er doch Glück. Wenigstens *hat* er einen Traum. Und ich habe auch Glück. Denn wenn er in die Schlacht geht, nimmt er einen anderen Traum mit sich, einen Traum von mir, und darin bin ich nicht Aldonza, die dumme blonde Siebzehnundvier-Geberin, sondern eine märchenhafte Schönheit, elegant, geheimnisvoll, sogar so ähnlich wie diese Prinzessin Eboli mit ihrer Augenklappe. Ich! Verstehen Sie das nicht? Ihr Bruder hat nicht danach verlangt, geboren zu werden, und es gefällt ihm nicht, sterben zu müssen, aber wenigstens hat er diesen Traum, um damit dem Tod gegenüberzutreten.«
Ich wollte ihr sagen, daß für einen Mann, wenn er die Dinge tat, die in ihm steckten, das ganze Leben wie ein Traum sei, ein schöner

Traum, und der Tod dann keinen Schrecken für ihn habe, aber da ich selbst keines von diesen Dingen getan hatte und vielleicht nie tun würde, sagte ich nichts.

»So, Sie sind also Leutnant Äh! Elfmal verwundet! Elf Auszeichnungen für Tapferkeit! Ein glänzendes Beispiel der jüngeren Offiziersgeneration« – hier muß Alessandro Farnese, der Herzog von Parma, das rotfleckige Gesicht meines Bruders zweifelnd angesehen haben –, »die frisches Blut in die glorreiche Armee der Spanischen Niederlande bringt. Welche Aufgabe haben Sie derzeit, Leutnant Äh?«
»Sie, Euer Gnaden«, sagte mein Bruder, und ein Adjutant flüsterte: »Er heißt Cervantes, Euer Gnaden«, und es begann Schnee auf das Paradefeld und auf Seine Gnaden, der in der Uniform eines Generalísimo glänzte, zu fallen.
Die Augen des Herzogs von Parma brannten fiebrig in seinem dunkelhäutigen Gesicht. Parma genas gerade (so hoffte man) von einer Kugelverletzung im linken Oberschenkel. Außerdem litt er an der Ruhr. Sein Zustand genereller Erschöpfung (oder Generalísimo-Erschöpfung, ha, ha, ha, sagte der Bürgermeister von Spa, dem erst jüngst sein Rathaus weggenommen worden war) würde von den Heilwassern Spas gelindert werden, sein Rheuma und sein Schüttelfrost würden sich bessern, wenn er gutes, mit Belladonna gewürztes Breda-Bier trank und alle heidnischen Gewürze, Zimt und ähnliches, wie die Pest mied.
»Also dann«, sagte der Herzog, »erwarte ich von Ihnen, daß Sie gut auf mich aufpassen, Cervantes.« Rodrigo sollte sich immer daran erinnern, wie das klang, nämlich trotz der Wärme in des Herzogs Tonfall eher wie ein Befehl.
Nachdem die Formation abgetreten war, machte mein Bruder seine Runde. Erst die Bäder: Thermalraum, Dampfraum, Trockenraum – alles in Ordnung, keine Probleme zu erkennen, keine Entscheidungen zu treffen, Gott sei Dank. Rodrigo traf im Massageraum auf den neuen Masseur. Sein Vorgänger, der arme Kerl, war am Tag zuvor auf dem Eis ausgerutscht und hatte sich das Genick gebrochen. Der Neue hatte kleine, gepflegte, rosige Hände, was für sein Gewerbe etwas ungewöhnlich war, doch seine Referenzen waren gut.

Rodrigo eilte durch den Schnee zum Gästehaus. Auch dort keine Probleme, keine Entscheidungen zu treffen, Gott sei Dank. Im herzoglichen Schlafzimmer eine Schwanendaunenbettdecke mit dem Wappen des Herzogs und im anschließenden Schlafzimmer eine (Parma war schließlich Italiener) jungfräulich wirkende Hure aus Delft, die karamelüberzogene *poffertjes* knabberte, um sich bei Kräften zu halten. Als eine Professionelle, die gelernt hatte, sich nur um ihre eigenen Angelegenheiten zu kümmern, sagte sie nichts über den neuen Hilfskammerdiener, obwohl ihr dessen fiebrigbesessener Blick – war er geschlechtskrank? – nicht gefiel; doch wer kannte schon die Geschmäcker des Herzogs?

Dann zur Bankettküche, in der Rodrigo ziellos umherging, ohne sich an dem kompletten Durcheinander zu stören, aus dem irgendwie ein Festmahl für fünfhundert Personen entstehen würde. Drei Dutzend Köche rannten wie wild zwischen den beiden Reihen großer Eisenherde hin und her. Auf glänzenden Gesichtern spiegelte sich grell der glänzende Schein der Feuerstellen. Rodrigo wich einem Tierkadaver aus, der in Kopfhöhe vorbeiglitt. Es roch nach Holzqualm und Schweiß, Gemüsesuppe und Spanferkel, nach Innereien und faulem Fisch. Die Luft war stickig, die Hitze mörderisch. Er sah zu, wie dem Geflügel die Federn gerupft und Fleischpasteten aus den Öfen genommen wurden. Er sah zwei Hunde um ein Skelett kämpfen, das vielleicht einmal ein Hase gewesen war (die letzte Greueltat aus der Perspektive des Hasen; für einen, der über Greueltaten nachgrübelte, eine Perspektive, die einer Überlegung wert war, auch wenn es den Hasen hier schon nicht mehr kümmerte). Er sah nackte Küchenjungen in Kessel klettern, um sie zu scheuern. Er sah zwei Heizer schweigend miteinander kämpfen, bis einer unterlag. Es war alles ziemlich tatarisch, und es gefiel Rodrigo, weil er hier auch dann kein Problem entdeckt hätte, selbst wenn er darüber gestolpert wäre. Keine Entscheidung zu treffen, Gott sei Dank.

Er war gerade dabei, wieder zu gehen, als eine schneidende Stimme durch den Lärm drang: »Verdammter Kacker von einem Hilfskellermeister, bring diesen rheinischen Essig und die französische Pisse wieder runter und zwei Oxhofte roten Montefiascone und einen weißen Cinque Terre rauf, bevor ich deinen nutzlosen Kadaver in einem Faß Esquivias ersäufe!« Und der Hilfskellermeister drückte sich an Rodrigo vorbei, öffnete die Kellertür und ließ in diesem dumpfen Raum einen kühlen Luftzug wehen, in dem er die Arme hochhob, fast als wolle er einen Umhang ausbreiten, den er nicht anhatte.

Die Geschichte berichtet uns, daß Alessandro Farnese, Herzog von Parma, in der Nacht vom 2. auf den 3. Dezember 1592 an seinen Verwundungen und an Erschöpfung starb.
Die Erzählkunst kann dem nur hinzufügen, daß er bei dem Bankett mäßig gegessen hatte und von dem Delfter Erzeugnis im Schlafzimmer neben dem seinen keinen Gebrauch machte, aber daß sie es war, die ihn am Morgen fand, leblos unter dem Wappen von Parma liegend, mit einem schwachen Lächeln auf den kalten blauen Lippen und einem Buch in der Hand, das er noch im Tode mit festem Griff umklammerte. Es war eine Sammlung von Stücken Lope de Vegas.

Rodrigo war untröstlich.
»Ich muß etwas falsch gemacht haben«, sagte er.
»Wie kann es deine Schuld sein?« meinte Aldonza, die blonde Siebzehnundvier-Geberin. »Wenn er an seinen Verwundungen und Erschöpfung gestorben ist.«
»Heißt es«, sagte Rodrigo.
»Warum ziehst du dich nicht an?« fragte Aldonza ihn, wie auch schon am Tag zuvor. Und dem Tag davor.
»Ich kann mich nicht entscheiden, was«, erwiderte er.
»Zieh deinen Wollumhang an. Draußen ist es kalt.«
»Den braunen oder den blauen? Ich weiß nicht, ob der braune oder der blaue achtunggebietender ist.«
»Ich richte dir etwas zum Mittagessen her«, sagte Aldonza. »Was möchtest du gern?«
»Ich weiß es nicht«, entgegnete Rodrigo, stand schnell auf und setzte sich schnell wieder hin. Dann stand er wieder auf.
In dem Moment kam ich herein. Ich hatte die letzten drei Tage die

meiste Zeit im Pap zugebracht. Dort hatte man mich mit den Tarnmethoden vertraut gemacht, mit deren Hilfe wir sicher durch die feindlichen Vereinigten Provinzen in das ebenso feindliche Amsterdam gelangen würden, wo sich Juan D. befand. Als ich damit endlich fertig war, hatte ich den ganzen Morgen im Personalbüro gesessen.

»Es ist alles in Ordnung«, sagte ich. »Sie waren einverstanden, dich von den letzten paar Monaten deiner jetzigen Verpflichtung freizustellen.«

»Oh«, sagte Rodrigo, und dann: »Aber.«

Ich schaute Aldonza an; ihr Gesichtsausdruck bestätigte mir, daß es Rodrigo nicht besserging.

»Wie wär's, wenn wir in der Offiziersmesse einen Happen essen?« schlug ich vor. »Danach brechen wir nach Amsterdam auf.«

»Da gibt's immer drei oder vier Sachen auf der Karte«, sagte Rodrigo. »Zwischen denen man wählen muß. Bei jedem Gang. Außerdem weiß ich nicht, ob ich Hunger habe.«

»Liebling«, sagte Aldonza, »du hast seit der Beerdigung nichts angerührt. Nicht einmal Branntwein.«

»Ich weiß nicht, ob ich etwas mag«, sagte Rodrigo. »Oder nicht«, fügte er hinzu, um sicherzugehen, daß er sich klar ausgedrückt hatte. Hoffte er. Er legte sich wieder ins Bett und zog sich die Decke bis zum Kinn hoch.

Aldonza wandte sich an mich: »Vielleicht können Sie uns allen etwas zu essen holen?«

Offensichtlich hatte sie eine Idee. Und offensichtlich gehörte es dazu, daß sie mit ihm allein sein mußte.

»Ich hole uns ein paar *broodjes*«, sagte ich.

Sobald ich draußen war, legte sie sich zu Rodrigo ins Bett. »Willst du?«

»Vielleicht. Laß mich drüber nachdenken.«

Sie glitt mit ihren Fingernägeln die Innenseite seines Oberschenkels entlang. Die Reaktion seines Körpers war ermutigend. Doch er sagte: »Und was, wenn ich nicht kann... ich meine, manchmal kann ein Kerl...«

Sie setzte sich auf ihn.

»Vielleicht«, überlegte Rodrigo, »mit mir oben?«
Sie rollte sich von ihm herunter. Er stieg auf sie. »Oder vielleicht nicht«, sagte er. Und stieg wieder herunter.
»Oder von hinten«, überlegte er, »oder du auf meinem Schoß, oder wenn du meine Knöchel packen könntest... aber vielleicht liegt das Problem...«
»Es gibt kein Problem, Rodrigo, überhaupt keines.«
»... wir sollten spontaner sein und einfach dieses Schaffell auf den Boden schmeißen und uns darauf werfen, und wer oben ist, ist oben, äh... hör zu, vielleicht hast du recht, und wir sollten es so machen, wie wir angefangen haben, weil, äh...«
Die ermutigende Reaktion seines Körpers war dahin.
Sie saßen zwanzig Minuten lang nebeneinander, keiner sagte etwas. Aldonza hielt seine Hand. Dann zog sie sich an, ging zum Fenster und schaute hinaus in das Sonnenlicht, das verschwommen auf dem Schnee glitzerte. Sie wischte sich die Tränen ab, und dann kam ich mit einer Auswahl an *broodjes* herein, Brötchen, die mit verschiedenen Speisen gefüllt waren, ein netter niederländischer Einfall; freilich konnte sich Rodrigo nicht zwischen dem Schweinebraten und dem Räucheraal und dem kalten Omelett und dem Salzhering entscheiden, und obwohl er auf Aldonzas Drängen verschiedene *broodjes* in der Hand hielt, biß er von keinem einzigen ab.
Ich beschloß, unsere Abreise um einen Tag zu verschieben. Das erleichterte Rodrigo zunächst. Dann war er sich nicht so sicher.
In jener Nacht muß ich fest geschlafen haben, und wie üblich war Aldonza beim Arbeiten im Pap. Rodrigo schlüpfte in seine Papageienuniform, packte zwei Flaschen Branntwein in seinen Habersack und eilte hinaus; all das mit Entschiedenheit. Ohne einen Blick zurück auf das Fünfzehnzimmerpalais oder auf das Pap verließ er Spa in Richtung Norden, marschierte die ganze Nacht durch, schlief am nächsten Tag in einer Scheune und wanderte die Nacht darauf im Eilschritt weiter. Ein paar Nächte später kam er von einem bewaldeten Hügel aus an einen Punkt, wo sich das Gelände, so weit er im Mondschein schauen konnte, flach ausdehnte und die Windmühlenflügel, die sich vor dem Nachthimmel abhoben, wie die Flügel großer schwarzer Fledermäuse aussahen. Und dann endlich kam

ein Tag, an dem er in der Ferne auf einem Deich neben einem Kanal Reiter galoppieren sah und schwach das Krachen von Arkebusenfeuer hörte, und er rannte hinauf, rannte immer schneller, bis er sich unter Papageien befand, die ebenfalls rannten, und einer von ihnen rief: »Es ist der Leutnant!«, und er lächelte ein echtes Rodrigo-Lächeln, an dem sogar seine Sommersprossen teilhatten, und schrie, so laut er konnte: »Oh, der Ruhm!« – irgendwo östlich von Amsterdam und nördlich von Deventer.

Achtundzwanzigstes Kapitel
Einige unerwartete Entwicklungen betreffend, die nur in dieser Geschichte und keiner anderen zu finden sind

Oft, wenn ich so, das Papier vor mir, die Feder am Ohr, den Ellbogen auf den Schreibtisch und das Kinn in die Hand gestützt, dasitze und mich frage, welche noch unangezapfte Eingebung mir helfen wird, eine leere Seite vollzuschreiben, werde ich zornig, wenn ich an den Kritiker denke (zweifellos einen Bewunderer von Lope de Vega), der so wissend von den »beiden Hauptquellen des bitteren Stromes, aus dem Cervantes' tragikomische Welt entspringen würde« schrieb.

Eine »Quelle«, so sagte er, sei meine »obszöne Unterwürfigkeit gegenüber dem Dey« – und deutete damit ein abartiges sexuelles Tun an, bei dem ich eine schändliche Rolle spielte. Heilige Muttergottes! Als ob es nicht schon obszön genug wäre, daß ein Mensch das Eigentum eines anderen ist.

Zugegeben, der schöpferische Impuls muß irgendwo herkommen. Ich bin nicht Lope, der mit seiner Rezeptur zehn Stücke die Woche herunterreißen kann und einmal sogar, so behauptete er, eines vor dem Frühstück. Aber wenn der Kritiker schon auf die alte, allzeit bereite Begründung mit der unterdrückten sexuellen Spannung zurückgriff und annahm, sie sei in meiner algerischen Gefangenschaft zu finden, mußte er dann auch so selbstzufrieden sein, nicht noch andernorts danach zu suchen?

Jemand hätte ihm sagen sollen, daß jeder Romancier in seinem Kopf eine Wenn-nur-Bank hat, von der aus er die Welt betrachtet – nicht nur die Welt, in der er gezwungenermaßen lebt, sondern auch die, die er frei erfinden kann. Und weil wir gerade dabei sind, warum eigentlich nur eine? Kann ein Schriftsteller bei all den Permutationen des Möglichen nicht jede beliebige Anzahl von Welten erfinden?

Gibt es nicht irgendwo eine, in der Andrea und ich nicht als Geschwister aufwuchsen? Wären wir uns, da die menschliche Natur so verschieden ist, in jener Welt gleichgültig gewesen? Oder hätten wir uns sogar gehaßt?
Und gibt es nicht irgendwo eine Welt, in der alle meine Vorfahren das reine Blut von eingerosteten Altchristen hatten? Hätte ich mir dann gewünscht, daß mein Urgroßvater eine Freundschaft mit Christoph Kolumbus gehabt hätte, selbst wenn das bedeutet hätte, beflecktes Blut in den Adern zu haben? Oder wäre ich auch nur dem Antisemitismus nachgelaufen, der gerade in Mode war?
Sie sehen, jetzt steuern wir darauf zu, stromaufwärts zu jener anderen, noch nicht identifizierten »Hauptquelle«.
Und wo könnte man besser danach suchen als in jener Wasserstadt Amsterdam?

Auf einer Brücke über einem Kanal wurde an einem Spätwinterabend kurz nach Einbruch der Dunkelheit ein Fremder von der Amsterdamer Nachtwache angesprochen. Der Fremde sprach Spanisch, behauptete aber, Jude zu sein. Er wurde grob in eine Allee hinter den stattlichen neuen Stadthäusern an der Herengracht gezerrt und von dem Wachoffizier in seiner eigenen Sprache verhört.
»Name?«
»Miguel de Torreblanca.«
»Woher?«
»Ursprünglich aus Córdoba. Ich stamme von einer Marranenfamilie dort ab.«
Als der Wachoffizier ihn veständnislos anschaute, setzte er hinzu: »Das sind Juden, die so tun, als hätten sie den katholischen Glauben angenommen. Die Spanier nennen uns *marranos*, ›Schweine‹.«
»Du sprichst Spanisch wie deine Muttersprache«, sagte der Offizier.
»Natürlich. Es *ist* meine Muttersprache. Unser Sephardisch«, erläuterte Miguel de Torreblanca geduldig, »heißt Ladino, aber von einzelnen Wörtern abgesehen ist es das gleiche wie Spanisch.«
»Du siehst auch wie ein Spanier aus.« Der Offizier grinste. »Los, Jungs, schauen wir nach, ob er wirklich Jude ist. Zieht ihn aus.«
Miguel de Torreblanca wurden die Arme festgehalten, die Hose

heruntergerissen. Der Wachoffizier untersuchte ihn, hinten und dann vorne, und sagte in dieser Reihenfolge:
»Kein Schweif«, und: »Ein großer, was? Aber er ist nicht gestutzt.«
»Juden, die ihre Religion im geheimen ausüben«, sagte Miguel de Torreblanca, noch immer geduldig, »haben auf diesen Bund mit Gott verzichten müssen.«
»Bund, Quatsch. Die Größe sagt nichts. Du bist nicht beschnitten, du hast hinten keinen Schweif, du bist kein Jude.«
»Ich war auf dem Weg«, sagte der Jude oder Spanier Miguel de Torreblanca, »den Vorsitzenden der jüdischen Gemeinde von Amsterdam zu besuchen. Er wird für mich bürgen.«
»Der Vorsitzende von *was*?« Der Wachoffizier johlte.
»Er wohnt ganz in der Nähe. Er wird Solon Weise genannt.«
»Der Tulpenkönig. Willst du damit sagen, du kennst Mynheer Solon Weise, den Tulpenkönig?«
Miguel de Torreblanca antwortete, nicht ganz wahrheitsgemäß: »Er erwartet mich.«
Der Offizier dachte nur kurz nach. Solon Weise war einer der reichsten Männer von Amsterdam, und das zu einer Zeit, als Reichtum und Gottesfürchtigkeit zwar nicht untrennbar, aber doch blutsverwandt waren. Es wäre eine Narretei gewesen, seinen Unmut zu riskieren.
Sie gingen zum Hintereingang und traten kurze Zeit später, nachdem sie von Diener zu Diener weitergereicht worden waren, in eine große Eingangshalle, wo eine Alte mit milchigweißen Augäpfeln – eindeutiges Zeichen von Blindheit – auf einen Besen gelehnt dastand.
»Woher soll ich wissen, ob er Jude ist?« fragte sie. »Oder ob er überhaupt erwartet wird? Mynheer ist in Haarlem, um nach seinen Tulpen zu schauen. Rotgoldene. Seltener als die Zähne des Vogels Rock.«
Der Offizier hub zu sprechen an, aber die Alte hatte noch nicht zu Ende geredet.
»Wenn Sie von mir erwarten«, sagte sie und machte in Richtung des Offiziers heftige Kehrbewegungen auf dem blitzblanken Parkettboden, »wenn Sie von *mir* erwarten, daß ich mir seinen Ochsenziemer anschaue, dann weiß ich schon, was Sie noch von mir wollen.«

»Bitte Mevrouw um Vergebung, ich habe schon nachgesehen. Er ist nicht beschnitten«, sagte der Offizier. »Und 'nen Schweif hat er auch nicht.«

Der Jude Miguel de Torreblanca räusperte sich und sprach: »›Bevor er Mann und Weib erschuf, wollte Gott der Herr eigentlich Behemoth und Leviathan zusammenbringen. Aber da ihm klar wurde, daß ihre riesenhafte Paarung die Festen der Erde selbst erschüttern konnte, behielt er Behemoth auf dem Lande und sandte Leviathan in die Tiefen des Meeres, wo er fortan wohnen sollte.‹«

Darauf erwiderte die Alte mit den milchigen Augäpfeln:

»›Adam befahl seiner ersten Gefährtin Lilith, sich auf den Rücken zu legen, doch Lilith weigerte sich und sagte: »Warum solltest du mich besteigen, da Gott der Herr uns aus demselben Urstaub erschaffen hat?« Und sie verließ den Garten Eden und lebte am Rande des Roten Meeres, und es wohnten ihr dreihundert priapische Dämonen bei.‹«

»Was?« sagte der Offizier. »Was?«

»Märchen, die die Juden von frühester Kindheit an kennen«, versicherte ihm die Alte, »und sonst niemand außer –«

»Sie sind keine Jüdin.«

»Lassen Sie mich ausreden. Die nur die Juden kennen *und* die Abkömmlinge der Überlebenden des verschollenen Kontinents Lemuria, von denen ich zufällig eine bin.«

Es war klar, daß der Offizier nicht restlos überzeugt war, aber er entschied, daß er seiner Pflicht genügt habe, und ging.

»Du bist keiner, oder?« fragte die Alte.

»Nein«, erwiderte Miguel de Torreblanca.

Sie kniff ihre offensichtlich blinden Augen zusammen. »Ich kenne dich, stimmt's?« Das war keine Frage, also antwortete ich nicht. »Na ja, mir ist es gleichgültig, wie viele Losungen und Gegenlosungen du kennst, weißt du. Du verschwendest deine Zeit. Er hat mit der Geheimwelt Schluß gemacht.« Dann lächelte die Alte und zeigte dabei die Zähne einer jungen Frau. »Ich habe gewußt, daß es mir einfallen würde! Du bist derjenige, der dem armen kleinen Mädchen, das von einer ganzen Bande vergewaltigt worden war, die Geschichte von dem Edelfräulein und dem schlafenden Prinzen erzählt hat, das sich, bis es fast zu spät war, nicht an die Sache mit dem alten Mann mit dem langen weißen Bart erinnern konnte, der auf irgend etwas an irgendeinem Baum vorüberritt.«

»Sie sind die Alte aus dem Osten«, sagte ich. »Aber Sie waren schon 103, als wir uns in Algier begegnet sind.«

Sie blickte in der Eingangshalle umher und überlegte, wie sie mir antworten sollte. Der Raum war, gemessen an der in Spanien üblichen Üppigkeit, kärglich ausgestattet; es gab nur einen venezianischen Lüster und keine Vergoldungen, außer auf den Rahmen der Gemälde, von denen die meisten von aufstrebenden Künstlern, stammten, die alle Breughel hießen.

»Wir Abkömmlinge der Überlebenden von Lemuria«, sagte die Alte aus dem Osten voller Stolz, »erleben in unserem elften Jahrzehnt eine Art Verjüngung. Laß dich nicht von diesen Augen narren, ich kann so gut sehen wie ein Greif und genausogut wie du hören.« Sie zeigte mit ihrem Besen auf eine Tür. »Warte da drinnen. Du kannst dem Dominee Gesellschaft leisten, er wartet auch auf Mynheer. Und da du angeblich Jude bist, würde Mynheer es schätzen, daß du einen guten Eindruck machst. Es macht ihn vielleicht geneigt, dir bei dem zu helfen, wozu auch immer du hier bist.«

Ich trat in einen großen Raum, an dessen Wänden, soweit sie nicht vom Boden bis zur Decke mit Büchern zugestellt waren, noch mehr Breughels hingen. Ein schmaler, in nüchternes Schwarzweiß gekleideter Mann, der ein Gemälde betrachtet hatte, drehte sich um und begann auf holländisch eine eifrige Begrüßung. Seine Stimme sank, als er sah, wer ich war oder nicht war, aber als ich ergeben lächelte und eine Entschuldigung stammelte, wechselte er ins Ladino über. Ich war beeindruckt, daß ein protestantischer Priester die Sprache eines (angeblichen) Juden sprechen konnte. Dann erinnerte ich mich daran, daß Ladino ja Spanisch war und die aufständischen Vereinigten Provinzen bis vor kurzem Teil des Reiches gewesen waren, in dem die Sonne niemals unterging.

Der schmale Mann fragte: »Sind Sie von dem Dogger?«

Da ich nicht wußte, was »von dem Dogger« bedeutete, versuchte ich es mit einem Nein.

»Ich bin der Dominee Dweepziek. *Aaron* Dweepziek. Ein guter alttestamentarischer Name. Und Sie?«

»Miguel de Torreblanca.«
»Miguel. Michael.« Der Dominee nickte zustimmend. »Ein gesamtbiblischer Name. Fürst aller Engel, nach dem Fall Luzifers. Führer der Himmlischen Heere. Schwertträger des Herrn in alle Ewigkeit. ›Und es erhob sich ein Streit im Himmel; Michael und seine Engel stritten mit dem Drachen... Und es ward ausgeworfen der große Drache, die alte Schlange, die da heißt der Teufel und Satanas, der die ganze Welt verführt, und ward geworfen auf die Erde.‹«
»Schade, daß sie ihn nicht anderswohin geworfen haben«, murmelte ich.
»Fürwahr. Offenbarung 12,7–9. Ein erregender Höhepunkt des einzigen lesenswerten Buches.« Er machte eine wegwerfende Handbewegung in Richtung auf Solon Weises Bibliothekswände, dann deutete er auf den Peter (den Höllen-) Breughel neben sich, eine lebendige Darstellung der Apokalypse, und sagte: »Pest, Feuer, Verfolgung, Hungersnot, Aussatz – das könnte eine Geschichte Ihres Volkes sein. Schwer zu verstehen, warum ihr das Auserwählte Volk genannt werdet. Außerdem, wie könnt ihr das sein, wenn *wir* es sind?«
»Verschiedene Denkmodelle?« schlug ich milde vor.
Er dachte eine Weile nach. »Ich sage immer, es gibt Auserwählte und Auserwählte. Die ursprünglich versuchsweise Auserwählten und die verbesserten endgültigen Auserwählten. Das ist keine Herabsetzung von euch Hebräern. Aber selbst Gott der Herr kann sich selbst übertreffen – wahrhaftig, Gott der Herr am allermeisten, wenn die Wahrheit bekannt werden soll, und sie wird es.«
Die Tür ging auf, und ein kleiner Mann, der wie Dweepziek in nüchternes Schwarzweiß gekleidet war, kam herein. Der Neuankömmling trug über seinen hellen Augen eine Brille mit Goldrand. Strähnen weißen Haares waren sorgfältig über seine glänzende Glatze gekämmt, und wenn er sprach, bebten seine rosigen Wangen.
»Vergeben Sie mir, daß ich Sie warten ließ, mein lieber Dominee und mein lieber Glaubensfreund. Nachrichten vom Dogger?«
»Ich hatte gehofft, Mynheer«, sagte Dweepziek, »daß *Sie* Neuigkeiten von dort mitbringen würden.«

»Aber ich bin direkt aus Haarlem gekommen, wo meine neuen Rotgoldenen wachsen und gedeihen! So feste Unterseiten, so gesunde Häutchen und Zwiebelhäute, und die Blätter sind schon –«

»Mynheer, die Dinge dieser Welt sollen von den Auserwählten, ob neu *oder* alt, nicht vergöttert werden, nicht wahr? –« Er drohte tadelnd mit dem Finger: »Es stimmt, der Dogger ist längst überfällig. Aber Gott hat zu mir mehr als einmal von seinen Plänen mit einer jüdischen Gemeinde hier in Amsterdam gesprochen. Daher müssen sie gewiß kommen. Und ich«, sagte Dominee Dweepzieck mit seiner dröhnenden Stimme, »werde da sein, ja, direkt am Kai, um diese Kinder eines früheren Bundes mit Gott im Namen der Kinder des gegenwärtigen Bundes mit Gott willkommen zu heißen, auf daß sie in Eintracht bei uns leben mögen. Vorausgesetzt natürlich, daß sie niemanden zu bekehren suchen, sondern auf das Wort von uns *predikants* hören und mit uns die Hoffnung teilen, die Ankunft der Letzten Tage zu beschleunigen. *Und* daß sie, bei Strafe ihres Lebens, nicht den christlichen Glauben verleumden (ausgenommen, soweit sie ermutigt werden, den papistischen Antichrist zu schmähen); ansonsten steht es ihnen frei, Schriften zu veröffentlichen, außer in holländischer Sprache. *Und*, o ja«, sagte Dominee Dweepzieck und schöpfte frischen Atem, »daß, um die Sünden des Fleisches zu sühnen, die von einem Judenmann an einer Christenfrau verübt werden, der Todesstrafe Unannehmlichkeiten vorausgehen werden, die bis zum heutigen Tage selbst die Inquisition gescheut hat. Im Gegensatz dazu verdient der heißblütige Christenmann, der den Versuchungen einer Jüdin erliegt, Nachsicht, denn seine Taten sind von dem einzigen freien Willen, der je existiert hat, vorherbestimmt, das heißt dem Gottes. Schön, lassen Sie mich wissen, wenn der Dogger anlegt.«

Und mit einer steifen, knappen Verbeugung verließ uns der Dominee.

Eine Weile lang schauten wir uns an, ich im Gabardineumhang des Miguel de Torreblanca, eines fahrenden jüdischen Kaufmanns, er in dem fast kalvinistischen Gewand Solon Weises, des jüdischen Tulpenkönigs von Amsterdam. Seine hellen Augen waren voll Spott.

»Erscheinen dir die Bedingungen drakonisch, mein lieber Nicht-Glaubensfreund?«
Ich nestelte an meinem Umhang. »Ich wollte nicht unehrerbietig sein.«
»Natürlich nicht«, sagt Suleiman Sa'adah, der nun Solomon Weise Genannte. »Aber was für eine Wahl haben wir Juden denn? Aus den meisten Ländern Europas hinausgeworfen, in den übrigen in Gettos eingesperrt – verglichen damit ist die holländische Zuflucht ein Gelobtes Land.« Seine rosigen Wangen bebten. »Also, wie kann ich dir helfen?«
Ich wollte nach Juan D. fragen. Aber was ich fragte, war: »Jene Papiere, die Ihnen Zoraida zur Aufbewahrung gegeben hat, ehe Sie Algier verlassen haben – wo sind sie?«
»Ich habe sie vor Jahren vernichtet«, sagte er mit bedauerndem Lächeln. »Meine arme Nichte hatte zahllose Sterbebettenthüllungen zusammengetragen, aus einer Welt, die, so versichere ich dir, so byzantinisch ist, wie die Leute sagen. Wären diese Papiere an die Öffentlichkeit gelangt, hätten sie die ganze brüchige, von Angst besessene Hierarchie in Konstantinopel gefährdet. Die Macht wäre kampflos an unser – das heißt mein – Volk gefallen, auf das sich die Türken bereits stützten, um ihre Verwaltung aufrechtzuerhalten. Aber das konnte ich nicht zulassen.«
Ich sagte, ich sähe nicht ein, warum.
»Eine Zeitlang«, sagte Suleiman Sa'adah, der manchmal irrtümlich der Weise Genannte, »wird die Zukunft der Menschheit von den Entwicklungen hier in Europa bestimmt werden. Und dieser streitsüchtige kleine sogenannte Kontinent würde sich ohne ein starkes Gegenüber, einen Feind, den er hassen kann, selbst zerstören. Zum Glück wird diese Rolle von den Türken ausgefüllt. Und deswegen mußte ich die Papiere der armen Zoraida zerstören, um den Frieden hier zu erhalten, indem ich die Hohe Pforte stark bleiben ließ.«
»Es ist nicht gerade Frieden, was wir momentan in Europa haben«, meinte ich. »Spanien gegen England, die Vereinigten Provinzen im Aufstand gegen Spanien, Franzosen gegen Franzosen –«
»Glaube mir, verglichen mit dem, was sein könnte, ist es friedlich. Europa braucht einen Feind, genauso wie – so behaupten einige –

Gott den Teufel braucht. Ich sage nicht, daß ich solches Geschwätz glaube, ich ziehe nur einen Vergleich. Aber du bist wegen deines Bruders gekommen, nicht wahr – des Soldaten Rodrigo? Meine Haushälterin hat sich seiner voll Zuneigung erinnert.«

»Eigentlich bin ich wegen meines Bruders Juan gekommen.«

»Wer?«

»Juan der Düstere. Der Stummelmann.«

»Du bist auch *sein* Bruder? Na schön, der wird vielleicht der nächste Unbenannte des Namenlosen Dienstes. Jetzt, da der Abt im Sterben liegt.«

Der Abt lag schon seit Jahren im Sterben, aber ich ließ es auf sich beruhen. »Wie schätzt du Juan D.s Chancen ein?«

Suleiman Sa'adah, der manchmal irrtümlich der Weise Genannte, dachte darüber nach. »So lala. Die Zeiten ändern sich. Jahrzehntelang hatten wir einen gewissen gemeinsamen Bekannten, einen Renaissancehumanisten, wenn er auch ein wenig machiavellistisch war. Dann kam der Abt und mit ihm ein Rückzug von der Vernunft zum Glauben, das vorhersehbare Ausschlagen des Pendels. Keine Ideologie. Er ist schlicht und einfach der vollendete Profi, der Techno-krat, um ein Wort zu prägen, überzeugt davon, daß heimlich gesammelte Informationen der Schlüssel zur Überwachung derer sind, die er ›Könige, Damen, Spitzbuben und das ganze Gesocks‹ nennt. Aber ehrlich gesagt, mein lieber Cervantes, solche Verwegenheit ist passé. Trotz der Renaissance erleben wir einen Rückzug vom Rationalismus bis weit hinter den Glauben, und der Endpunkt ist ein abergläubischer Fundamentalismus, in dem das Übernatürliche (ob wirklich oder vorgetäuscht) für die Erfüllung der Ziele der Namenlosen, wie sie auch immer aussehen mögen, viel wichtiger erscheint als die altmodische Spionage, trotz all ihrer sentimental verklärten Heldentaten. Aber seit meinem Ausscheiden bin ich nur ein einfacher Tulpenzüchter, also könnte ich mich irren.«

Nachdem ich eine längere Antwort erhalten hatte als gewünscht, probierte ich es als nächstes mit einer einfachen Frage:

»Wo *ist* Juan D.?«

»Bei dem Abt, aber *wo* der Abt im Sterben liegt, ist genau eines von den Dingen, die sie mir nicht länger mitteilen«, sagte Suleiman

Sa'adah, und genau in diesem Moment kam ein Mann durch die Wand.

Ich meine das wörtlich. Kein Bücherregal drehte sich in den Raum, noch öffnete sich eine als Wandvertäfelung getarnte Tür. Er kam schlicht und einfach durch die Wand (sein Kopf befand sich auf einer Höhe mit den *Sämtlichen Werken* des umstrittenen Abts von Sponheim, wie ich zwangsläufig bemerkte), sah eine halbe Sekunde lang etwas unstofflich aus und dann bis ins Kleinste genauso körperlich wie Suleiman Sa'adah oder ich.

Es war wahrscheinlicher irgendein schlauer Trick, versuchte ich mir einzureden. Ich würde ihn verstehen, wenn ich ihn noch ein paarmal sah.

Wenigstens wußte ich sofort, ohne den Schatten eines Zweifels, wer er

ERRATUM: Verschiedene Manuskriptseiten des achtundzwanzigsten Kapitels waren bei seiner Ankunft in der Druckerei unauffindbar. Der Verleger bedauert diese Unannehmlichkeit und bittet den Leser, mit der Geschichte fortzufahren.

bezaubernde kleine Legende über einige sephardische heimliche Juden, die vor der portugiesischen Inquisition flohen und sich auf einem überladenen zweimastigen Fischerboot, das als Dogger bekannt war, auf dem Weg nach Amsterdam befanden, nach einer Quelle im Jahre 1592, nach einer anderen 1597. Wie viele solcher Legenden beruht sie auf Tatsachen. Tatsächlich war es das Jahr 1593. Vom Kurs abgetrieben, wurde der Dogger mit schwerer Schlagseite eines Morgens von der englischen Fregatte *Roebuck* gesichtet und die Themse hinauf bis Deptford Strand geschleppt, wo keiner im Marinearsenal die Verantwortung für die einhundertsiebenundzwanzig unsagbar schmutzigen, verhungernden *marranos* an Bord übernehmen wollte, bis eines Nachts ein heimlicher Jude namens López Pereira oder Núñez – je nachdem, welche Überlieferung der Legende man liest – mit Verbindungen zu den Namenlosen sich über Bord gleiten ließ, an Land schwamm und sich nach Chistlehurst durchschlug, wo er vor Morgengrauen das Gelände von Scadbury House erreichte.

Als Ingram Frizer die Zwinger von Scadbury House betrat, war Micaela gerade dabei, ihre Lieblingsohren zu kraulen. Frizer, ein reizloser Mann, der voll heiterer Zuversicht auf seine Wirkung auf das schöne Geschlecht vertraute, hielt seine Fackel dicht vor ihr Gesicht und sagte: »Konntest wohl nicht schlafen, was, Püppchen? Aber warum sich an irische Wolfshunde schmiegen, wenn du einen englischen Mann haben könntest, ha?«
»Das ist Teil meiner Ausbildung«, sagte Micaela geradeheraus.
»Scheint, da ist ein Eindringling auf dem Gelände«, sagte Frizer. Der Aufseher des Zwingers und die Hundeführer kamen hinter ihm herein, und die Hunde begannen anzuschlagen und in ihren Gehegen herumzuspringen.
»Ich nehme Brian Boru«, sagte Micaela und setzte, Frizers Einwänden zuvorkommend, hinzu: »Das ist Teil meiner Ausbildung.«
Sie – beziehungsweise ihr Lieblingswolfshund Brian Boru – war es, die López Pereira oder Núñez im südöstlichen Zipfel des Grundstücks aufspürte. Während sie es mit Mühe und Not schaffte, den losstürzenden Wolfshund zu halten, stieß López Pereira oder Núñez, trotz aller Hoffnungslosigkeit hoffend, die neueste Losung der Namenlosen hervor. Micaela vergaß bei der Gegenlosung »den Garten Eden« und setzte die priapischen Dämonen am Rand (»Küste« sagte sie) des Roten Meeres auf vierhundert fest, aber López Pereira oder Núñez wollte nicht kleinlich sein.
Er legte ihr das Problem dar.
Inzwischen waren die übrigen Wolfshunde und ihre Führer ganz nah, ebenso Ingram Frizer, Faktotum und oberster Leibwächter von Thomas Walsingham, dem Herrn von Scadbury House.
»Ich kümmere mich um die Sache«, sagte Micaela und schnitt Frizers Proteste wieder ab mit: »Es ist Teil meiner Ausbildung.«
Sie war die Lieblingsschülerin des alten W. gewesen, wie jeder, der es wissen wollte, wußte. Und W.s Vetter Thomas Walsingham, eindeutiger Nachfolger seines verstorbenen Vetters in dessen Funktionen, mochte nichts ändern. Daher konnte Frizer nur nachgeben.
»Das ist keine Aufgabe für die Namenlosen, verstehen Sie«, sagte Micaela zu dem *marrano*, als sie allein waren.
López Pereira oder Núñez wartete ängstlich.

»Aber ich weiß, wie es ist, niemanden auf dieser Welt zu haben, dem man vertrauen kann. Einmal hatte ich jemanden, eine Jüdin in Algier, aber sie wurde umgebracht. Deswegen tue ich das für sie, verstehen Sie?«

Micaela eignete sich in Scadbury House ein goldbesticktes Wams an, dessen Taftwülste an den Ärmeln modisch gefältelt waren, und eine seidene Kniehose. (Nach fünf Jahren Ausbildung für Fortgeschrittene war sie im Einbrechen gut gedrillt; außerdem in ein paar anderen Fähigkeiten, an die sie nicht denken mochte.)

»Wie ist Ihr Englisch?« fragte sie López Pereira oder Núñez, als er die geliehene Prachtkleidung angezogen hatte.

»Miserabel. Außer Ladino kann ich nur ein paar Brocken Französisch.«

Ein Problem – für das der *marrano* die Lösung fand. Denn während sie sich auf eine Identität für ihn einigten (ein französischer Flüchtling, nicht ein englischer Baron; die bezaubernde Legende irrte auch in diesem Punkt), schlug er vor, was für eine Rolle sie spielen sollte. »Sie sind hübsch«, sagte er. »Und mit diesen dunklen Locken und diesen ägyptischen Katzenaugen könnten Sie so durchgehen.«

Also verschaffte sich Micaela ein Paar von Walsinghams Pferden, und dann machten sie sich nach Deptford Strand auf. Bald ging das Gerücht, daß »ein junger hugenottischer Immigrant von Stand« sich in eine »gutaussehende kleine Jüdin vom Dogger« verliebt habe. Hier verschwand López Pereira oder Núñez, der seine Schuldigkeit getan hatte, aus der Legende – die dann erneut eine irrige Wendung nimmt.

Elisabeth Tudor, Königin von England, Frankreich (*sic*!) und Irland, Beschützerin des Glaubens, war beinahe sechzig und fing an, auch so auszusehen: eine eitle Frau, deren rotes Haar (wie einige ihrer Zähne) bereits nicht mehr echt war, so daß es unwahrscheinlich ist, daß sie, wie es die Legende will, mit der »gutaussehenden kleinen Jüdin vom Dogger« an ihrer Seite in einer offenen Kutsche in London herumfuhr.

Ich habe keine Ahnung, wie Micaela es fertigbrachte, gerade in dem Moment in der Themse zu ertrinken, als die Barkasse der Königin sich majestätisch flußabwärts nach Greenwich bewegte und die

Sonne sich in der großen goldenen Krone auf dem königlichen Purpurbaldachin spiegelte.

Aber da war sie: auf der Barkasse, abgetrocknet und sich insgeheim einen Spiegel wünschend, um sehen zu können, wie sie in dem ihr von der Königin geschenkten Umhang dasaß, den Silberfuchskragen um ihr Gesicht geschmiegt, während die Königin zweideutig sagte: »Du *bist* ein gutaussehendes kleines Ding, nicht wahr? Magst du den Tanz? Masken und Mummenschanz? Das Glücksspiel? Die Tollerei? Das Spiel auf dem Virginal?« (Man beachte den Symbolgehalt des Lieblingsinstruments der Königin: Sie spielte immer mit ganzer Kraft auf ihrem Virginal.)

Wenn Gloriana (wie ihre Höflinge sie nach Spensers *Feenkönigin* nannten) von der »kleinen Jüdin vom Dogger« verzückt zu sein schien, so dachte sie auch an die Politik. Eine judenfreundliche Geste wie die Aufnahme einer Jüdin bei Hofe – einer, die *freiwillig* (vermutlich hatte Micaela es tatsächlich fertiggebracht, es so zu sagen) mehrere Jahre in Algier zugebracht hatte – konnte ihrem erhofften Bündnis mit den Türken gegen Spanien vielleicht förderlich sein.

»In Spielen und ähnlichem bin ich nicht sehr gut, Eure Majestät.«

»Wir würden uns freuen, dich zu lehren.«

»Ich hätte nur wenig Freude daran, Madam.«

»Aber wir bieten dir«, sagte die Königin überrascht, »die königliche Erlaubnis, den Dogger zu verlassen und, wenn dir sehr daran liegt, sogar deine kleine Romanze mit deinem Franzosen weiterzutreiben.«

»Eure Majestät verstehen nicht«, sagte Micaela.

»Dann könntest du dich vielleicht erklären«, sagte Gloriana kühl.

Ausgerechnet in diesem Moment hatte der Zeremonienmeister der Königin das Pech, unaufgefordert seinen Kopf unter den königlichen Purpurbaldachin zu stecken, um das Musikprogramm anzukündigen: etwas Mateo Flexa der Ältere, dann eine Pavane von Mila.

Die Königin, die der einäugigen Prinzessin Eboli bei der Verwendung saftiger Beschimpfungen in nichts nachstand, brüllte: »Gott verdammt, siehst du nicht, daß wir beschäftigt sind? Sieh zu, daß

dieser henkelohrige Pißpott, den du deinen Kopf nennst, scheiß noch mal unter dem königlichen Baldachin verschwindet.«
Das tat der Zeremonienmeister, aber vorher schleuderte Gloriana noch ein Kissen nach ihm. Volltreffer. Micaela verbarg ein Lächeln.
»Nun, wir *sind* die Königin«, sagte die Königin. »Und«, erinnerte sie Micaela, »wir haben dich geheißen, dich zu erklären.«
»An Bord des Doggers befinden sich hundertsiebenundzwanzig von uns, Eure Majestät, die sich alle ebenso sehr wie ich nach einer neuen Heimat sehnen.«
»Nur hundertsiebenundzwanzig? Wo liegt dann das Problem? Wir lassen sie *alle* von ihrem elenden Boot.«
Mit bewundernswerter Haltung sagte Micaela: »Das ist es nicht, was sie wollen, Eure Majestät.«
»Beim Blut Gottes, wir sollten dich wie einen zu kleinen Fisch ins Wasser zurückwerfen, du undankbare jüdische Fotze!« schrie die Königin. Dann entschuldigte sie sich.
Das tat Micaela ebenfalls. »Doch sehen Sie, Madam, sie würden hier nur widerwillig aufgenommen werden. In Amsterdam, wohin sie unterwegs waren, sind sie eingeladen, eine neue jüdische Gemeinde zu gründen.«
Nachdenklich spielte die Königin mit den Geschmeiden aus (echten) Smaragden und Diamanten in ihrem (falschen) roten Haar. England und die Vereinigten Provinzen waren natürlich Verbündete. Sir Philip Sidney, dieses Schönheitsideal, war im Kampf auf seiten der Niederländer gefallen. Seine Witwe war W.s einziges Kind. Beziehungen – wie gut Gloriana ihre Bedeutung kannte!
»Wenn Madam meinen Leuten helfen weiterzureisen«, sagte Micaela zu ihr, »wird Ihre Freundlichkeit nicht vergessen werden.«
»Das wird sie nie.«
Micaela sagte kühn: »Sie brauchen Frischwasser, gutes englisches Essen, anständige Kleidung statt ihrer Lumpen.«
»Nein, laß sie in Lumpen gehen«, meinte die Königin. »Wenn die holländischen Kalvinisten nur ein wenig unseren selbstgefälligen Puritanern hier ähneln, wird eine Doggerladung voll bedauernswerter Flüchtlinge ihnen nur bestätigen, wie sehr sie selbst Auserwählte sind.«

»Ich beginne zu begreifen, Madam«, sagte Micaela mit einem frechen und zugleich bewundernden Grinsen, »daß zu einer Königin mehr gehört, als nur Kissen zu schmeißen.«

Zurück in Scadbury, traf sie auf Quillpusher, der gerade eine seiner Krisen durchmachte.
»Kaum wage ich es, mich wieder sehen zu lassen nach dieser furchtbaren Geschichte bei *Tamerlan, Teil II* – als ob es *meine* Schuld gewesen wäre, daß das auf der Bühne abgeschossene Musketenfeuer diese arme Zuschauerin getötet hat –«
»Aber, Kit«, unterbrach ihn Micaela, »wessen Einfall war es denn, geladene Gewehre einzusetzen?«
»– woraufhin sofort beide Teile des *Tamerlan* endgültig aus dem Verkehr gezogen wurden und es so aussah, als sei meine Karriere vollkommen beim Teufel – kaum wage ich es, ein neues Stück auf die Bühne zu bringen, da muß *das* passieren!«
»Was mußte passieren?«
»Bei der Hauptprobe – der Hauptprobe, wohlgemerkt, wir standen kurz vor der Premiere – hatten wir geplant, daß ein halbes Dutzend bocksfüßige Dämonen über die Bühne galoppieren und dann in einer Wolke aus Schwefeldampf verschwinden sollten. Netter Spezialeffekt, sagst du? Aber als es soweit war, waren es *sieben*. Wo ist der siebte hergekommen? Nachher waren es nur sechs Knaben und sechs Kostüme. Dank dieses unheimlichen Besuchs haben die Behörden die Genehmigung für den *Doktor Faustus* unbefristet zurückgezogen.«
Er weinte nicht gerade, aber er tat einen langen Schniefer und war nahe daran.
»Paß auf«, meinte Micaela fröhlich, »vielleicht ist dieser Ausflug auf dem Dogger nach Amsterdam genau das, was du brauchst, um dich abzulenken?«
Aber er hatte zu viel Bammel, daher beauftragte er sie, das entscheidende Drei-Thomasse-Dossier meinem Bruder Juan D. zu übermitteln.
Da es sich mit jener für einen Spionagedienst immer vertrackten Interimszeit beschäftigte, in der keiner dem anderen vertraut, war

dieses Dossier überaus kompliziert – was durch die Namensgleichheit seiner drei Hauptfiguren noch schlimmer wurde.
Thomas Walsingham beabsichtigte – vielleicht aus Familiensinn –, die Mannschaft seines verstorbenen Vetters Francis in den eigenen Händen zusammenzuhalten. Für ihn sprachen Tradition und Trägheit – außerdem Freunde in hochgestellten Positionen, einschließlich des Außenministers William Cecil, des ersten Barons Burghley, und seines aufsteigenden Sohnes Robert.
Thomas Heenage hatte nichts dagegen, die Mannschaft des verstorbenen W. zusammenzuhalten, aber er führte ins Feld, daß er, Heenage, als jahrelanger Stellvertreter sich den Anspruch auf die Mannschaftsführung erworben habe. Für ihn sprachen Befähigung und Dienstalter – außerdem Freunde in hochgestellten Positionen, einschließlich der Gebrüder Bacon, obschon der junge Francis so damit beschäftigt war, das Ungestüm seines glücklosen (doch wie konnte er das wissen?) Freundes Robert Devreux, des zweiten Grafen Essex, zu bremsen, daß er nur wenig Zeit für seine eigenen Schützlinge erübrigen konnte, auch wenn er William Cecils Neffe war.
Thomas Phelippes, der Geheimschriftenspezialist des verstorbenen W., war weit davon entfernt, die Mannschaft zusammenhalten zu wollen, und neigte heimlich dazu, sie auseinanderzunehmen, um damit das erste freiberufliche Agentennetz der Welt zu bestücken, Phelippes Spionage & Esoterik-Wissen oder PSEW, das seine Dienste Regierungs- oder Privatkunden anbieten würde. Phelippes hatte keine Freunde in hochgestellten Positionen, aber er konnte auf W.s einstmaligen Obervollstrecker zählen, den Waliser Maliverny Catlyn, den berüchtigten Metzger von Clynnogfwar Llanllyfni, der mehr Morde auf seinem Gewissen hatte als Pedro (der Killer) Pacheco Portocarrero und sein Bruder der Chorknabe zusammen.
Thomas Walsinghams seit zwei Jahren angetraute Ehefrau, eine geborene Audrey Shelton, stand unter dem Verdacht, mit wenigstens einem der anderen Thomasse zu schlafen, doch mit welchem, hatte Quillpusher nicht herausfinden können. Audrey, die durch die Boleyns mit der Königin verwandt und eine unbarmherzige Schön-

heit mit einem Riecher für den Hauptgewinn war, würde, gleichgültig, welcher Thomas den Sieg davontragen sollte, der Drahtzieher sein; sie erwartete nicht, daß der Glückliche ihr Gatte sein würde. Quillpusher, der meinte, in dem ganzen Spiel keine Chancen zu haben, egal, *welcher* Thomas den Sieg davontragen würde, und der noch immer den Stummelmann vergötterte, hoffte, sich bei den Namenlosen ein Entree zu verschaffen, wenn er ihnen das Drei-Thomasse-Dossier vorlegte.

»Du mußt es natürlich auswendig lernen«, sagte er zu Micaela.

»Natürlich«, sagte sie.

An dem Tag, an dem der Dogger mit Micaela an Bord in See stach, wurde Maliverny Catlyn, der berüchtigte Metzger von Clynnogfwar Llanllyfni, zweimal in der Nähe von Chistlehurst gesichtet.

Am Tag darauf fand man Ingram Frizer zutiefst erschüttert vor den Zwingern. Alle achtunddreißig Wolfshunde waren vergiftet worden.

Doktor Faustus sabotiert – und jetzt schlich Maliverny Catlyn um Scadbury House herum...

Quillpusher brach mitten in der Nacht von Gravesend aus in einem kleinen Boot auf. Er rannte um sein Leben.

Wir hatten die Bibliothek Suleiman Sa'adahs, des nun Solon Weise Genannten, verlassen, als ein Mann durch die Wand spaziert kam, dessen Kopf sich auf der Höhe der *Sämtlichen Werke* des umstrittenen Abts von Sponheim befand. Wie Sie sich erinnern werden, warf er dann sein Erratum in meine Geschichte und dachte wahrscheinlich, daß ich, weil so viel anderes passierte, vergessen würde, wer er war. Aber ich erkannte ihn.

Nun, er hatte seinen großen Auftritt, den Suleiman Sa'adah vermutlich schon einmal erlebt hatte, denn dieser sagte ganz ohne Erstaunen: »Ah, mein lieber Bādindjan! Ich habe meinem Freund hier, dem Bruder des Stummelmannes, gerade erzählt, daß Europa einen Feind braucht, so wie manche sagen, daß Gott den Teufel brauche.«

»Beides einfältige Mythen für die leichtgläubigen Massen«, sagte Bādindjan mit einem herablassenden Lächeln.

Er war ein ausgeprochen gutaussehender Mann, groß gewachsen, dunkelhäutig, mit einer Adlernase, kohlschwarzem Haar und einem schaufelförmigen Bart. Er trug ein Gewand in dem Grün des Beckens, in dem Cide Hamete Benengeli seine Manneskraft wiedererlangt hatte.

Ich mußte daran denken, was Lope de Vega mit seinem Grundsatz, das Unmögliche zu meiden, wohl mit dem Durch-die-Wand-Gehen angefangen hätte. Absurd, würde er sagen. Aber ist es nicht das Absurde, was dem Leben die Würze verleiht?

Ich sagte zu Bādindjan: »Kein schlechter Trick. Wie machst du's?«

»Wirklich, *ráwi*, du solltest doch von allen am besten wissen, daß ich nicht auf ›Tricks‹ zurückgreife«, sagte Cide Hamete Benengeli. (Sie werden inzwischen erraten haben, daß er sich hinter Bādindjan verbarg, selbst wenn Sie nicht wissen – wie ich es nicht wußte –, was sein Name im Persischen bedeutet.)

»Ich könnte sagen«, belehrte er mich, »es handelt sich nur um unendlich viele Atome, die in einem unendlichen Raum schweben. Um durch eine feste Wand – eine anscheinend feste Wand – zu gehen, bedarf es nur einer winzigen Willensanstrengung, um die eigenen Trillionen Atome *ihren* Trillionen Atomen gegenüberzustellen, damit sie durchrutschen. Ich könnte das sagen«, fuhr Cide Hamete fort, »aber obwohl die Leute im allgemeinen damit zufrieden sind, wäre es nicht die Wahrheit – die im übrigen die Leute oft nicht zufriedenstellt.«

»Ich versuche es gerne mit der Wahrheit.«

»Das ist leicht gesagt, *ráwi*, aber du wirst erst an einem gewissen 23. April ganz mit der Wahrheit versöhnt sein.«

In diesem Moment lief Schweiß in Bādindjans braunes linkes und blaues rechtes Auge, und er blinzelte. »Was sehe ich da?« rief er aus und machte beide Augen fest zu, um, was immer es war, deutlicher in dem zu sehen, was er uns gegenüber später manchmal die Kristallkugel in seinem Kopf nennen sollte. »Wie furchtbar!« rief er, entweder vor Schrecken oder vor unheiligem Entzücken. »Eine jener erdbebengleichen Begegnungen, die die epische Dichtkunst oder eine neue Religion aus der Wüste der Seele hervorbringen. Ja, *ráwi*, ich werde sicher an dem richtigen 23. April dasein, selbst

wenn ich zu meinem großen Kummer das Bild noch nicht deutlich vor mir sehen kann – aber sei's drum, wie langweilig wäre es, wenn man das immer könnte.
Jetzt zur Wahrheit über das Durch-die-Wand-Gehen.
Wie ich dir oft gesagt habe, kann es keinen gegenwärtigen Augenblick außer einem geben. Wenn das der Fall wäre, könnte niemand, nicht einmal ich, durch feste Materie gehen. Aber wo war ich in dem Moment, bevor du mich gesehen hast? Jenseits der Wand. Und in dem Moment danach war ich diesseits der Wand. Was ist also passiert? Ein gegenwärtiger Augenblick ist passiert. Doch wenn es diesen Augenblick nicht gegeben hat, dann könnte es in diesem nichtexistenten Augenblick nicht ein Ding geben, das in der Lage ist, räumlich zu sein. Diese Wand hier zum Beispiel. In der Nicht-Raum-Zeit, die ich meine, *gab es sie nicht.* Daher ist das, durch das ich hindurchgegangen bin, absolut nichts. Jeder kann das – wenn er weiß, wie. Paß auf, ich zeig's dir.«
Er warf sich mit dem Kopf voraus heftig gegen die Wand (zweifellos eine theatralische Geste, wenn es Gehen auch getan hätte), wurde unstofflich und verschwand dann.
Wir warteten in schweigendem Unbehagen, aber er kam nicht zurück. Vielleicht war er immer noch ein wenig von dem schockiert, was er in der Kristallkugel in seinem Kopf gesehen hatte.
»Dein Bruder – Juan D.? – wird ein Problem mit seinem Renommee haben«, sagte Suleiman Sa'adah zu mir. »Was kann er denn tun, um unentschiedene Abgeordnete so zu beeindrucken wie andere mit dem Durch-die-Wand-Gehen?«
»Cide Hamete Benengeli bewirbt sich für den Posten als der Unbenannte der Namenlosen?«
»Cide Hamete Benengeli?«
»Verzeihung. Bādindjan.«
»Fürwahr, das tut er. Dein Bruder wird jede Hilfe nötig haben, die er bekommen kann.«

Meine erste Station auf meinem Wahlkampfzug war die Börse im Freien hinter der Oude Kerk, wo ich den französischen Alchimisten Denis Zachaire bei einer Transaktion antraf, die vermutlich illegal war.

Als ich mich vorstellte, sagte er ganz offen: »Der Stummelmann ist ein aussichtsreicher Kandidat, klar, mit einem guten Ruf. Aber wir hören dieser Tage nichts anderes als Bādindjan, und kein Wunder. Was ist so Besonderes an deinem Bruder, verglichen mit einem, der durch Wände gehen kann?«

»Er kann im Dunkeln sehen«, sagte ich, aber Denis Zachaire zuckte nur die Achseln.

»Er kann im Dunkeln sehen«, erzählte ich als nächstes dem freundlichen alten *sereno*, der die spanische Abordnung anführte (an der Stelle von Luis Schwarzsklave, der sich durch sein Fehlen verdächtig machte).

Er aber klapperte mit seinen Schlüsseln, stampfte einmal mit seinem Stock auf und sagte: »Ich bin so lange Nachtwächter gewesen, daß *ich* im Dunkeln sehen kann, aber keiner würde mich zum Unbenannten der Namenlosen bestimmen.«

»Er kann im Dunkeln sehen«, sagte ich zu dem Chef der englischen Abordnung, John Dee.

Doktor Dee, ein fünfundsechzigjähriger Agentenveteran, der vorgeblich nur in W.s Dienst gestanden hatte, war – neben seinen Funktionen als Geograph, Astrologe, Mathematiker und Kristallkugelseher (außerhalb seines Kopfes) – ein Pionier in der Anwendung des Übernatürlichen bei der Spionage. Er war 1555 mit dem englischen Gesetz in Konflikt geraten, weil er (offenbar erfolgreich) Hexerei anwendete, um Maria Tudor unfruchtbar zu machen – wofür die Engländer hätten dankbar sein sollen, da dadurch der Plan ihres Gatten König Philipp II., sozusagen die ganze Welt zu beherrschen, vereitelt wurde. Als die Unbesiegbare Armada in ihren Untergang segelte, befand Dee sich in Krakau, wo er auf verborgenen Wegen erreichte, daß W. eine Bestätigung der Marinespionagetätigkeit von Nacht zu Nebels erhielt. Aber in jüngster Zeit war Dee, der in einer Gesprächspause bei einem Mittagessen in Whitehall den Begriff »British Empire« geprägt hatte, in den Salons der Oberschicht so gefragt, daß ihm wenig Zeit für das Übernatürliche blieb.

Dee zupfte sich an seinem langen Bart und sagte: »Wenn die Tatsache, daß er im Dunkeln sehen kann, alles ist, was Sie zugunsten

Ihres Bruders anführen, dann sind Sie, glaube ich, ein ehrlicher Mann. Aber Ehrlichkeit wird ihm nichts nützen. Sehen Sie, Bādindjan ist kein sicherer Erfolg. Eher zu theatralisch, finden Sie nicht? Aber das Konklave wird einem Mann kaum widerstehen können, der, so geht das Gerücht, nicht allein durch Wände gehen, sondern sich im Nu ans Ende der Welt versetzen kann – auch wenn das nur der Trick eines Scharlatans sein sollte.«

Geschichtsschreibung und Erzählkunst sind sich über folgendes einig: Onofre Exarque alias der Abt starb am Freitag, dem 16. April 1593, im Alter von vierundsiebzig Jahren friedlich im Schlaf.

Ein paar Nächte später kam Juan D. in meine Unterkunft am Leidseplein spaziert und fragte, offenbar eingeschnappt: »Was soll das, daß du allen Abgeordneten steckst, daß ich im Dunkeln sehen kann?«

»Was ist daran falsch? Das kannst du doch, oder?«

»Ich kann auch im Dunkeln hören. Na und?«

»Na, ich habe eben gedacht – im Spionagegewerbe hat es einen netten Symbolgehalt, sehen zu können, wenn andere es nicht können. Es ist vielleicht nicht ganz so gut wie durch die Wände gehen, aber –«

»Willst du damit sagen, daß andere es nicht können?« fragte Juan D. »Im Dunkeln sehen? Ich habe immer gedacht, weil *ich* es kann –«

»Nein. Es ist ganz gewiß eine übernatürliche Fähigkeit.«

»Eine übernatürliche Fähigkeit. Ich!« wunderte sich Juan D. »Wie sieht's denn mit den Stimmen aus?«

»Es wird knapp«, wich ich aus. »Wo ist Luis Schwarzsklave? Er sollte Wahlkampfhilfe leisten.«

»Keiner weiß, wo er ist.«

»Der Wahlkampf könnte etwas von seiner Extravaganz vertragen. Auch etwas Glanz«, meinte ich. »Wenn nur Mnemosyne...«

Auf Juan D.s Gesicht trat jener benebelte Blick, den es immer annahm, wenn wir von Micaela sprachen. »Sie ist noch in England.« Er seufzte. »Ich möchte wissen, ob ich sie jeder wiedersehen werde.«

»Luis Schwarzsklave sagt, daß die Namenlosen niemals einem Agenten trauen, der sich absetzt.«

»Er sagt auch«, meinte Juan D., »daß sein Vater Gottkaiser der Neuen Welt ist.«
Diese Nacht schliefen wir nicht. Juan D. unterrichtete mich über den Modus für die Wahl des neuen Unbenannten der Namenlosen. Die neunundneunzig Abgeordneten würden sich zu einem Konklave in einem großen alten Haus in den Dünen bei Haarlem versammeln, bis ein Kandidat eine Mehrheit auf sich vereinigen konnte. Juan D. lächelte. »Den dortigen Legenden nach hat Amadís von Gallien einmal dort geschlafen.«
»In einem Haus in der Umgebung von Haarlem? Ach was.«
»Sagenhelden kommen herum, weißt du«, sagte Juan D.
»Was weißt du von Sagenhelden?«
Als wir Knaben waren, hatte Juan D. so viel Zeit in dunklen Ecken verbracht, daß er unmöglich die Bücher gelesen haben konnte, die ich gelesen hatte. Aber ich erinnerte mich daran, daß er im Dunkeln sehen konnte.
»Was jeder weiß, nehme ich an. Helden brechen immer mit einer Mission zu einem fernen Königreich auf, und wenn sie den Gral gefunden oder den Drachen erlegt oder was auch immer haben, werden sie belohnt, normalerweise mit der Königstochter. Das«, sagte mein Bruder Juan D., »genügt, um den durchschnittlichen Sagenhelden das Mädchen zu Hause vergessen zu lassen. Aber der durchschnittliche Sagenheld kehrt ja auch fast nie nach Hause zurück, stimmt's? Liegt vielleicht der Grund für all das Umherreisen in diesen Sagen darin, daß der Held irgendeinem fernen Königreich frisches Blut bringt?«
Nächtliches Gerede meines Bruders Juan D. Er war immer für eine Überraschung gut, und wenn ich mir manchmal nicht sicher war, ob er wußte, wovon er sprach, so sollten mir seine Worte sehr viel später an einem fernen Ort wieder einfallen, und ich sollte denken, *das* hat Juan D. also gemeint.
Kurz nach Morgengrauen erzählte ich ihm gerade, wie Rodrigo wieder zurück in die Schlacht gezogen war, als es an der Tür klopfte.
»Bote«, ächzte ein atemloser Straßenjunge. »Von der Alten aus dem Osten. Ich soll Ihnen sagen, daß der Dogger im Ijssel angelegt hat,

daß sie diesen Augenblick von Bord gehen, und Sie wollten doch sicher dabeisein.« Dann holte er tief Luft, setzte hinzu: »Womit mein Auftrag erfüllt wäre« und ging.
»Kommst du mit?« fragte ich Juan D., aber er erwiderte: »Ich muß hinüber nach Haarlem. Du auch, Miguel. Jeder, der morgen bei Einbruch der Nacht nicht in dem Haus in den Dünen eingeschlossen ist, versäumt das Konklave.«
»Mach dir keine Sorgen, ich werde dortsein.«
Ich hastete zum Hafen – so voll der falschen Energie, die einen überkommt, wenn man eine Nacht aufgeblieben ist, daß ich nicht einmal merkte, wie seltsam es war, daß ich rannte.

In der Mündung des Ijssel geschah eine Reihe Dinge auf einmal. Der Dogger hatte sich steuerbords gelegt und war nach getaner Schuldigkeit im Sinken begriffen.
Eine Menge unsagbar schmutziger, in Lumpen gehüllter Flüchtlinge lief auf dem Pier herum; ihre Gesichter trugen den leidgeprüften Ausdruck von Menschen, die all ihren Mut aufgeboten haben, um dahin zu kommen, wo sie sind, und die dann erkennen, daß ihnen das, was sie dort sehen, nicht gefällt.
Matrosen und Docker, das übliche Hafenvolk aus den Schenken, deren Schließung Dominee Dweepzieck schon seit Jahren vergeblich betrieb, standen am Kai und johlten dem Dogger zu, als er sich in sein Grab legte und nur noch sein muschelverkrusteter Kiel wie die Flosse eines verendeten Wals aus dem seichten Wasser ragte.
Eine junge Frau in einem Umhang mit Silberfuchskragen, der einer Königin würdig schien, bewegte sich zielstrebig zwischen den auf und ab laufenden Flüchtlingen umher und sagte Dinge, die ich nicht hören konnte.
Dominee Dweepzieck hatte auf einem Faß als Kanzel gerade das Resümee einer Willkommenspredigt erreicht und erhob seine dröhnende Stimme über die heisere Menge.
Als ich auf den Pier trat, stürzte ein zehn-, zwölfjähriges Mädchen aus der Menge und rannte direkt auf mich zu. Die junge Frau in dem Umhang mit Silberfuchskragen rannte ihr hinterher.
Ein halbes Dutzend Milizionäre stand auf der einen Seite des Kais und beobachtete das Geschehen mit teilnahmsloser Teilnahme.

»... Streben nach guten Werken, ja, obwohl das in der Waagschale nicht ins Gewicht fällt, da alles, alles vorbestimmt ist...« dröhnte Dominee Dweepzieck auf holländisch und übersetzte seine Worte dann für die Flüchtlinge ins Spanische.
Ich fing das flüchtende Kind ein und hielt es fest. Es strampelte und wollte sich losmachen.
»Ihre Eltern sind beide auf der Reise gestorben«, sagte die junge Frau in dem Fuchskragenumhang mit vertrauter Stimme.
Die Waise versuchte mir in die Hand zu beißen und erzeugte damit ein unheimliches *Déjà-vu*-Gefühl in mir, das zur schmerzlichen Erinnerung an die wild um sich schlagende Micaela am Strand von Algier wurde.
»... noch je den Sohn und Retter der Menschheit verhöhnen...« dröhnte und übersetzte Dominee Dweepzieck.
Inzwischen waren die Matrosen und Docker bis zum Fuße des Piers herangekommen und schienen – was möglicherweise gar nicht ihre Absicht war – den Flüchtlingen den Weg versperren zu wollen. Die Flüchtlinge schreckten zurück, drängten sich aneinander und ließen die ersten Anzeichen von Panik erkennen.
»Juan D.!« schrie die junge Frau in dem Umhang, und ihre verwirrenden bernsteinfarbenen Augen wurden riesengroß. »O Gott, bin ich froh, dich zu sehen!« Sie hielt das wilde Kind mit der einen Hand fest und griff mit der anderen nach meinem Arm.
»... aber wenn irgendein heißblütiger Kalvinistenbursche von hier...« dröhnte und übersetzte Dominee Dweepzieck.
Gerade als ich sie erkannte, wich Micaela zurück, wehrte mich mit der Hand ab, die uns einen Moment lang verbunden hatte. »Was ist das?« sagte sie. »Du bist nicht Juan D.« Ihr Gesicht lief rot an. »Du bist Miguel.«
Das wilde Kind, die *Déjà-vu*-Micaela, zerrte am königlichen Umhang der wirklichen Micaela.
Zweimal stotterte ich den Anfang von Micaelas Namen.
Micaela sagte: »Sag Juan D., ich muß ihn sehen. Drei W.s – ich meine Thomasse. Er weiß dann schon Bescheid.« Dann nahm sie das Kind bei der Hand und schritt mitten durch die Menge aus Matrosen und Dockern, die mittlerweile auf dem Pier zusammen-

gelaufen waren, wo sich die Flüchtlinge mit dem Rücken zu dem gesunkenen Dogger aneinanderdrängten.

Was hatte Micaela hier verloren? Sie konnte gewiß nicht mit den anderen von diesem elenden Schiff gekommen sein. Sie war keine Jüdin.

Ich bemerkte, daß viele der Matrosen und Docker sie ebenfalls anstarrten, besonders die Andeutung jener klassischen kallipygischen Kurve unter dem fließenden Umhang.

Die übrigen starrten mich an.

Nein, nicht mich – diese Menge, so wurde mir mit einem Male klar, starrten den Juden Miguel de Torreblanca an. Mein inneres Ich, ein (mit Ausnahme dessen, was einmal meine linke Hand gewesen war) hundertprozentiger Standardchrist und Herr aus Kastilien, wurde von einem Scheitelkäppchen und einem Gabardineumhang völlig ausgelöscht. Ganz unbewußt berührte ich, mit einem beruhigenden Klaps, die leichte Wölbung in meiner Hose, in der sich meine entgegen der Glaubensregel unbeschnittene Männlichkeit befand.

Ich musterte zuerst die Matrosen und Docker und dann die Flüchtlinge.

Sehe ich eher aus wie sie oder wie *sie* aus?

Zugegeben, ich sah nicht sehr holländisch aus, aber unter dem Hafenvolk gab es die unterschiedlichsten Typen, und ich dachte, ich könnte zu ihnen passen. Aber würden diese schmutzigen Juden, die sich neben ihrem gesunkenen Dogger zusammendrängten, selbst mit holländischen Haarschnitten und sauberen holländischen Kleidern je zu dieser gewöhnlichen Art von Hafenvolk passen? Mußte ihr Auftreten sie nicht ausgrenzen? Mußten sie so – nun ja, so heimlichtuerisch aussehen?

Aber vielleicht, hielt ich mir vor, war der Ausdruck »heimlichtuerisch« ungerecht. Verängstigt traf es wohl eher.

Doch würden ihre Nasen, die charakteristischen Nasen, die so viele von ihnen hatten, sie ausgrenzen?

Und meine?

Meine Falkennase mit dem hohen Sattel, stolz und wuchtig. Konnte man überall in Spanien sehen. Aggressiv-männlich, dem Wesen nach iberisch. Eine spanische Nase.

Gewiß sah ich nicht verängstigt aus, obwohl ich allen Grund hatte, es zu sein: Das war nicht die rechte Zeit für einen Spanier, sich in Amsterdam aufzuhalten.
Aber niemand würde mich für einen Spanier halten, geschweige denn einen Holländer. Zumindest im Gabardineumhang des Miguel de Torreblanca sah ich mehr aus wie sie als wie *sie*.
Wenn dem so war, dann kam das kaum überraschend. Ich hatte den Decknamen Torreblanca aus meinem eigenen Stammbaum gewählt.
Ich haßte diesen Namen plötzlich, als ob er – wie er es in gewisser Weise auch war – verantwortlich wäre für meine nicht länger spanische Nase, vielleicht sogar für ein gewisses Gebaren, die Art, wie ich meinen Kopf hielt (wie ich die Welt betrachtete), die ich nie zuvor bemerkt hatte.
Alle diese Gedanken gipfelten in einem Blitz abscheulichen Mitgefühls für jenes gewöhnliche Hafenvolk, das hinter seiner Gewöhnlichkeit einen jahrhundertealten Glauben verstecken konnte, und der beruhte auf nichts als der schlichten Wahrheit, daß Juden Brunnen vergifteten, rituelle Schlachtungen an christlichen Kindern vollzogen, Christen umbrachten ...
Haßte ich mehr dieses Hafenvolk oder mich?
Was dann geschah, war nicht meine Schuld, selbst wenn Juan D. (trotz seiner häufigen gegenteiligen Versicherungen) mir nie ganz verzieh.
Wessen Schuld war es? Auf wen schiebe *ich* sie?
Ich schiebe sie auf niemanden. Wie konnten die Flüchtlinge, die vor der Inquisition flohen, ohne Heimat, jetzt sogar ohne Schiff waren, *nicht* heimlichtuerisch oder zumindest verängstigt aussehen? Was das Hafenvolk betrifft, so hatten die Leute die ganze Nacht getrunken (Bier, das nach holländischer Art mit Stechapfel- oder schwarzem Bilsenkrautsamen gewürzt war), und der Sinn stand ihnen nur nach einem harmlosen kleinen Scherz, nicht mit Juden im besonderen, sondern mit irgendwelchen Ausländern; es ist normal, sich über Ausländer lustig zu machen (Sie erinnern sich doch, die Griechen verwendeten dasselbe Wort für Ausländer oder Barbar oder Stotterer, also glauben Sie mir, ich konnte davon ein Liedchen

singen). Es war nur allzu menschlich – nicht wahr? –, daß die Menge sich vor jenen verschreckten Flüchtlingen drängte, wie durstige Männer sich vor einem Tresen drängen, und die Stimmung hätte sich vielleicht wieder abgekühlt, wie es in solchen Situationen üblicherweise der Fall ist, hätten sich nicht zwei Matrosen, die, abgesehen von ihrer Größe, gleich aussahen, der eine bloß riesig und der andere zyklopisch, Micaela wie Bäume in den Weg gestellt, Micaela, die ihnen mit ihrer flinken Anmut trotzdem hätte ausweichen können, wäre nicht das wilde Kind gewesen, das an ihrer Hand zerrte, und Gott weiß, kein Mensch kann dieser armen Waise die Schuld geben, weder ihr noch dem weißbärtigen, weißgesichtigen, ausgezehrten Alten, der sich in den immer kleiner werdenden Raum zwischen Micaela und den beiden Matrosen schieben wollte und einfach durch einen lockeren Schlag von einer bloß riesigen oder zyklopischen Hand weggeschleudert wurde, noch kann ein Mensch irgendeinem einzelnen aus dem Hafenvolk die Schuld geben, das einen Moment lang wegen des Übergriffs der gewalttätigen Matrosen verlegen war und sich im nächsten in einen Mob verwandelte, bei dem die einzelnen nur mehr eine einzige Masse aus guten Kumpels, Compañeros, alten Kameraden waren, die sich in dem wiedererkennen wollten, was sie einen Augenblick zuvor verlegen gemacht hatte, das alles liegt in der menschlichen Natur, nicht wahr? Und sicher konnte niemand den Milizionären die Schuld dafür geben, daß sie nicht eingriffen, um Schädel einzuschlagen, sondern mit distanzierter Aufmerksamkeit zuschauten, so daß sie beim nächstenmal würden genau voraussagen können, wie und wann eine Menge so weit ist und zum Mob wird, der nun einigen dieser panischen, barbarischen (stotternden), fremdartig aussehenden Männer (und Frauen und Kinder) die Lumpen vom Leib riß, jenen anderen, die nicht weiter zurückweichen konnten, *Hey, ihr ersoffenen Ratten, ihr stinkenden Würmer*, sagt der bloß riesige Matrose, *was ihr tun solltet, ihr solltet diese alte Badewanne flottmachen und mit ihr nach Cathay segeln, wo es vielleicht Platz für euch gibt*, und der zyklopische Matrose sagt, *ich habe irgendwo gehört, daß man ihren Frauen die Haare runtermachen kann, aber das von der hier geht nicht ab*, und bald ist er nicht die einzige tapfere Seele, die an Haaren reißt und nicht nur an Haaren, während die sich duckenden Flüchtlinge schon aufgrund der unabänderlichen Tatsache, daß sie *andere* sind, zum Aufruhr reizen, sie brauchen keine spitzen Hüte und gelben Sterne, *lasset uns beten*, dröhnt und übersetzt Dominee Dweepzieck, aber das tut keiner, selbst wenn sich in der zum Mob gewordenen Menge noch immer einige unwohl fühlen, aber nicht lange, weil sie sich einreden, daß sie wirklich nicht angefangen haben, wo es doch in dieser Art Situation eine wohlbekannte Tatsache ist, daß immer die Opfer *zuerst* anfangen.

Was tue ich in der ganzen Zeit, die mir so lange vorkommt, aber höchstens ein paar Minuten gedauert haben kann?

Eigentlich nicht viel, ich beobachte bloß jene bleichen, schmutzigen, mitgenommenen, geschlagenen Menschen und denke, ich weiß nicht, warum, an meinen Vater – meinen Vater, der wieder unterwegs ist, die Abreise um Mitternacht, die besser als der Schuldturm ist; meinen Vater, der immer versuchte, uns Kindern zuliebe gute Miene zu machen, gleichgültig, wie Versagen und Flucht ihm weh getan haben, ihn erniedrigt haben, ihn haben *schrumpfen* lassen; meinen Vater, der vor der Inquisition floh (doch erinnern Sie sich, *er* wollte mit *ihnen* nichts zu tun haben), um wieder unterwegs zu sein, wieder unterwegs; meinen zweimal gestorbenen Vater in Madrid, dem der Blitz das alte Schwert aus der Hand riß, *Wenn-nur!* – und diese Menschen hier, einen Schritt von der Inquisition entfernt, wo immer sie hingehen, verflucht, diese Juden, die zugleich sie selbst sind und alle Ausgestoßenen und Geächteten, die je gelebt haben, die in der Nacht flohen (zwei Minuten Vorwarnung, kein Problem, was gibt es schon zu packen), diese Juden, die wieder unterwegs sind, um für ihre Kinder irgendwo, egal wo, ein besseres Leben zu suchen, dem Horizont nachjagen, wieder unterwegs sind, und das seit dem letzten Fall Jerusalems vor fünfzehnhundert Jahren.

Nun, sie gingen (so sagt man mir) von dem gesunkenen Dogger weg, ohne noch einmal zurückzublicken, und die Herengracht entlang, zu jenem Wunder von einem Stadthaus am Kanal, wo Solon der Weise alles, was sie für ihr neues Leben brauchten, zur Verfügung stellen würde und (wie man mir sagt) auch stellte, aber ich sah nichts davon, weil ich inzwischen mit gesenktem Kopf, die schmerzenden Hände zwischen den Knien baumelnd, auf einer harten Bank in einer Zelle des *tuchthuis* am Heiligeweg saß. Mein Zellengenosse versicherte mir, daß die neun Richter der Stadt sich jederzeit zu einer Sondersitzung versammeln konnten, um darüber zu befinden, welches Vergehen einen neuen Übeltäter, Tunichtgut, Vagabunden oder Stotterer ins *tuchthuis* gebracht hatte, obschon sie das nicht oft taten, weil der Polizeichef die Dinge gerne selbst in die Hand nahm, selbst wenn er nicht früher als absolut notwendig dazu kam.

Sie *gingen weg*?

Offensichtlich eile ich den Ereignissen voraus.

Was geschah, war, daß, nachdem die Menge zum Mob geworden war, der bloß riesige Matrose sich wieder Micaela zuwandte, die, als sie ihm auswich, die Hand des wilden Kindes losließ – das Kind, das hätte Micaela selbst sein können, Micaela am Strand von Algier, das Edelfräulein –, und das wilde Kind stürzte ein zweites Mal los und rannte dem zyklopischen Matrosen direkt in die Arme, der es hochhob, das Edelfräulein hochhob und es mit einer Hand auf Armlänge hielt, während er ihm mit der anderen das Lumpenkleid, das es trug, herunterzog und den beinahe fraulichen Körper des Edelfräuleins entblößte und begrapschte (betrunken von schwarzem Bilsenkrautsamen, niemand ist schuld), während das Edelfräulein einfach in seinem Griff hing, das Edelfräulein mit dem Gesicht zur Wand, nur war da keine Wand, das Edelfräulein, das den Mund aufriß, um zu schreien, aber vergessen hatte, wie man schreit, Demogorgon vergessen hatte, Demogorgon, Demogorgon wohnt, wohntwohntwohntwohntwohntwohnt, und das, was einmal meine linke Hand gewesen war, zuckte.

Das nächste, woran ich mich erinnere, ist, daß ich zwischen dem bloß riesigen und dem zyklopischen Matrosen stand, die beide ausgestreckt auf dem Pier zu liegen schienen, und daß meine rechte Hand und das, was einmal meine linke Hand gewesen war, beide geschwollen schienen und ein pochender Schmerz darin wütete. (*Was ist mit deinen Händen los, Miguel? – Meinen was? Nichts. Nichts*

ist mit ihnen los.) Die Menge unterhielt sich, so wie es einer Menge gebührt, die eben noch ein Mob war, über die technischen Aspekte des Kampfes und legte dabei eine unvoreingenommene Kennerschaft an den Tag, die in Amsterdam, einer Hafenstadt, einer rauhen Stadt, kaum überraschte, wo die Künste des Faustkampfs und der Selbstverteidigung – die bewunderungswürdigsten Künste wurden sie genannt – eine begeisterte Anhängerschar hatten.
Die Menge war sich im großen und ganzen einig. Der jüdische Kerl (nicht »der Jude«: das war, gemessen an den Flüchtlingen von dem Dogger, eine kleine Stufe höher) hatte eine wirklich erstaunliche Linke. Nicht daß er nicht auch sein Teil abgekriegt hätte, sagten sie und lobten mich fachmännisch, aber mit dieser Linken stand der Ausgang eigentlich nie in Zweifel, obschon der eine Matrose bloß riesig und der andere zyklopisch war.
Ich bekam, während sie so redeten, mein »Teil« zu spüren. Die Art, wie ich atmete, zum Beispiel – durch den offenen Mund, weil meine Nase gerade mit Bluten beschäftigt war. Auch aus meinem Ohr tropfte Blut, was einem Ohr passieren kann, wenn es zwischen zyklopischen oder auch bloß riesigen Zähnen eingeklemmt wird. Ein paar meiner Zähne fühlten sich locker an. Und die weiteren Verletzungen sollten sich sogleich zeigen, eine Mischung aus Abschürfungen, Quetschungen und Platzwunden, die nur bestätigte, was ich schon wußte: Ich wurde zu alt für solche Sachen.
Aber was kann ein Mann tun, der sein eigenes Leben aufschreibt, wenn er in gewalttätigen Zeiten lebt? Auf die Erzählkunst ausweichen? Aber körperliche, oft tödliche Verletzungen liegen nicht nur im Wesen der Ritterromane (bei Ariost sind sogar Frauen Krieger), sondern auch jener pikaresken Romane wie *Lazarillo de Tormes*, der meinem Vater so am Herzen gelegen hatte. Und wer kann sagen, ob die Erzählkunst das Leben nachahmt oder das Leben die Erzählkunst? Nein, es gab kein Ausweichen vor den bewunderungswürdigsten Künsten (oder Waffen, um genauer zu sein), und wenn mich Qualen und Schmerzen an mein Alter erinnerten, dann denken Sie an Don Quijote, den ich, noch zehn Jahre älter als ich damals, im Glanz seines Wahnsinns (und einer rostigen Rüstung) losschicken sollte, um die Ungerechtigkeiten der Welt zu richten.

Als ich diese nachträgliche Unterhaltung der Zuschauer hörte, wußte ich, daß der Mob wieder eine einfache Menge war, gewöhnliches Hafenvolk, dem ein guter Kampf gefiel und das nicht traurig darüber war, daß diejenigen, die es zum Mob gemacht hatten, ihre wohlverdiente Strafe dafür gekriegt hatten.
Inzwischen waren Micaela und die Flüchtlinge nirgendwo mehr zu sehen. Micaela hatte, Sie erinnern sich, eine Ausbildung in Chistlehurst genossen und wußte, wie man sich eine Ablenkung zunutze macht, also schaffte sie (das habe ich aus gut unterrichteter Quelle), während der Mob von meiner glänzenden Vorführung der bewunderungswürdigsten Künste in Bann geschlagen war, die Flüchtlinge vom Pier weg und brachte sie über den Kai und in die Stadt zu jenem Wunder von einem Haus an der Herengracht.
Gerade als sie gingen, kam meine gut unterrichtete Quelle, Solon Weise, auf einem schäumenden Maultier an; seine Verspätung (so würde er mir nach meiner Freilassung aus dem Gefängnis erzählen) war auf Schwierigkeiten zurückzuführen, Unterkünfte für alle hundertsiebenundzwanzig Flüchtlinge zu finden.
»Ach, diese junge Frau«, würde er sich mit einem Beben seiner rosigen Wangen erinnern. »Steht gerade, sagte sie zu ihnen, und sie standen stocksteif wie die Ladestöcke da. Marsch, sagte sie zu ihnen, und sie hätten ein Heer bei der Parade sein können. Lächelt, sagte sie zu ihnen, und wenn es euch umbringt, und es brachte sie nicht um. Wer hätte, als sie in Algier ein unverschämter Junge war, der gefährliche Spielchen trieb, gedacht, daß aus ihr eine junge Frau von so gelassener Selbstlosigkeit werden würde, die die Hand des wilden kleinen Mädchens in der ihren hielt und nicht einmal zurückblickte, als ob sonst nichts auf der Welt zählte.« Suleiman Sa'adah, der nun Solon Weise Genannte, würde seufzen. »Aber wenn sonst nichts zählte, kannst du mir dann sagen, mein lieber Cervantes, warum sie gegangen ist?«
Doch ich eile mir wieder selbst voraus.
Die Menge zerstreute sich und unterhielt sich noch immer über die Details ...
Sogar die Milizionäre sagten, ich hätte mich gut geschlagen. Das hinderte sie nicht daran, mich in Haft zu nehmen. Ich war schließlich Ausländer.

Neunundzwanzigstes Kapitel
In welchem der neue Unbenannte der Namenlosen benannt wird

Juan D. entdeckte in Micaelas verwirrenden bernsteinfarbenen Augen eine neue Zärtlichkeit. »Vielleicht ist das das Problem«, sagte er.

»Es gibt kein Problem«, beharrte sie.

Aber warum lag dann dieses benommene Lächeln auf ihrem Gesicht, das dem Juan D.s, wenn er über sie sprach, so ähnlich war? Verständlicherweise mißverstand er es und küßte sie.

Sie sprang auf die Füße und brachte die Breite des Tisches zwischen sie. »Sex«, sagte sie, »hat in meinem Leben keinen Platz.«

Aber ihre Augen gingen noch immer vor Zärtlichkeit über, als sie an Juan D. vorbei auf ein Gemälde von Peter (dem Höllen-)Breughel starrte oder wahrscheinlich direkt durch es hindurch. »Sie haben mir vertraut«, sagte sie. »Flüchtlinge, die keinen Grund hatten, irgend jemandem in diesem Leben zu vertrauen, und sie vertrauten *mir.*«

»Versuche dich zu konzentrieren«, drängte Juan D.

»Wird es ihnen gutgehen?«

»Suleiman Sa'adah hat Wohnungen für sie gefunden, und er wird irgendwann auch Arbeit für sie finden. Die Kinder werden zur Schule gehen. Es wird für alles gesorgt. Hör auf, dir deshalb Sorgen zu machen.«

»Das tue ich nicht. Ich mache mir Sorgen um Miguel.«

»Schau, es ist nicht gerade ein Kapitalverbrechen, sich mit ein paar betrukenen Matrosen zu prügeln. Suleiman Sa'adah wird das in Ordnung bringen. Jetzt konzentriere dich bitte.«

Micaela versuchte es. »Wenn sie nur nicht alle Thomas hießen.«

»Fang mit einem an. Mit welchem du willst.«

»Also Thomas Walsingham. Ich mag seine Frau nicht«, sagte Micaela.

»Warum nicht?«
»Ich kann sie einfach nicht ausstehen, das ist alles.«
»Was ist mit ihm?«
»Er ist in Ordnung, denke ich.«
»Ich meine, was sagt das Dossier über ihn?«
»Äh, er möchte W.s Mannschaft zusammenhalten. Wenn er nicht der Thomas ist, der sie auflösen möchte.«
Juan D. spitzte die Ohren. »Nein, das kann nicht er sein. Aber einer von ihnen will das, was? Welcher Thomas ist es?«
»Thomas Metzger?«
»Ich wüßte von keinem Thomas Metzger.«
»Ich bin sicher, da war etwas mit einem Metzger. Und Bacon, englischem Schinken vielleicht?«
Die Nachsicht meines Bruders Juan D. war bemerkenswert. »Wie paßt Francis Bacon da hinein?« fragte er Micaela.
»Habe ich gesagt, daß er das tut? – Ein Metzger mit einem langen Namen«, fiel Micaela plötzlich ein. »Es war bestimmt von einem Metzger mit einem langen Namen die Rede.«
»Vielleicht von Maliverny Catlyn, dem Metzger von Clynnogfwar Llanllynfi?« fragte mein Bruder sie.
»Thomas Catlyn!« rief sie. »Vielleicht ist es das!«
Juan D. wartete. Wie ein Heiliger.
»Wenn er nicht Catlyn Thomas hieß?«
Juan D. seufzte.
Es ging so weiter, bis es an die Tür klopfte und die Alte aus dem Osten hereintrat.
»Da ist ein Kerl draußen und fragt nach dem Stummelmann. Warum du dich so nennst, wenn dein *Bruder* so heißen sollte, geht mich nichts an, aber manchmal muß ich mich doch wundern.«
»Wer ist er?«
»Wußte nichts von Behemoth, Leviathan und der Antwort Lilith. Wir mußten glatt bis Innina, Tammuz, Ereschkigal und die Antwort Hinnon und Tophet zurückgehen.«
»Das gilt schon seit fünf Jahren nicht mehr«, sagte Juan D.
»Das habe ich ihm auch gesagt. Dann, meinte er, solle ich nur Mnemosyne sagen.«

»Ich empfange ihn«, erwiderte Juan D.
Quillpusher kam herein und fragte: »Wer zum Teufel sind Sie? Es besteht vielleicht eine gewisse Ähnlichkeit, aber der Stummelmann ist – nun ja, vestümmelt. Das, was einmal seine linke Hand gewesen ist.«
»Das ist etwas, was ein Mädchen kaum beachtet«, sagte Micaela, aber sie hörten sie nicht.
»Sie verwechseln mich mit meinem Bruder. *Ich* bin der Stummelmann, Junge«, sagte Juan D. und fand für die Ungeduld, die er gegenüber Micaela unterdrückt hatte, in dem Fremden ein neues Ziel. »Vielleicht sollten Sie mir aber endlich einmal sagen, wer *Sie* sind.«
»Das kann *ich* dir sagen«, meinte Micaela. »Das ist Quillpusher.«
»*Das* ist Quillpusher?« fragte Juan D. und sah sich Kit Marlowe an, der, nachdem er die Nordsee in einem offenen Boot überquert hatte, genauso schmutzig wie die Flüchtlinge vom Dogger und bestenfalls wie ein schlanker junger Mann aussah, der nicht größer als Micaela war und als auffälligstes Merkmal einen wilden, feuerroten, jetzt zerzausten Bart hatte. Na ja, Schriftsteller, dachte Juan D.; und doch hatten diese Leute immer eine Schwäche für die Welt der Geheimdienste.
»Sie sind also der Stummelmann«, sagte Quillpusher zweifelnd und schüttelte Juan D.s widerwillig hingestreckte Hand.
»Ich habe ein paar Schwierigkeiten«, sagte Micaela in die darauffolgende Stille hinein, »mit dem Drei-Thomasse-Dossier.«
Und Quillpusher fing zu reden an.

Ich hatte im *tuchthuis* am Heiligeweg die Hoffnung schon aufgegeben, noch nach Haarlem zu gelangen, bevor die neunundneunzig Delegierten zum Konklave in dem Haus eingeschlossen wurden, in dem der Sage nach Amadís von Gallien geschlafen hatte, als ich draußen vor meiner Zelle die Schritte des Wärters hörte. Mein Zellengenosse bemerkte nur, daß er heute nicht mit der Wasserfolter an der Reihe sei, eine beängstigende Bemerkung, und die Zellentür ging auf.
»Torreblanca!«

Ich wurde vor den Polizeichef gebracht, der sagte: »Sie sind gegen eine Kaution von Mynheer Solon Weise dem Tulpenkönig freigelassen worden.« Er ließ mich ein Dokument unterzeichnen, und zwei Minuten später ging ich durch die Haupthalle hinaus, in der es so von gerade Festgenommenen und eben Entlassenen wimmelte, daß ich einen unterwürfigen kleinen Mann mit hervorstehenden Kieferknochen übersah. Er bemerkte mich jedoch.

Drempel hatte hier gerade eine Woche wegen Landstreicherei zugebracht. (Sie erinnern sich vielleicht daran, daß er mich vom Personalbüro in Spa zu Pierre Papins Spielhölle geführt hatte.)

Als Drempel mich im *tuchthuis* sah, war es seine erste Regung, zum nächsten Wärter zu gehen, sich zu verbeugen und zu sagen: »Ich muß Ihnen sagen, mein Herr, daß der Bruder des am höchsten dekorierten Soldaten der Armee der Spanischen Niederlande hier in diesem Gebäude frei herumläuft.«

Doch Drempel zögerte. Er hatte in jüngster Zeit nicht viel Glück gehabt. Nach Jahren als Lakai in Spa war er eines Morgens mit der erschütternden Überzeugung aufgewacht, einer der Auserkorenen zu sein. Niemals wieder sich verbeugen, vor keinem Menschen, gleichgültig, nach welchem Bilde er geformt war. Drempel setzte sich in die Vereinigten Provinzen ab, konvertierte (nicht, daß das nötig gewesen wäre – wenn man einmal auserkoren ist, ist man auserkoren), verbeugte sich nur noch vor Gott und wartete gespannt auf sein neues, besseres Leben. Aber es stellte sich nicht ein. Er konnte nicht einmal Arbeit finden. Bald war er ganz gegen seinen Willen (nicht, daß der Auserkorene einen gehabt oder gebraucht hätte) wieder der gleiche alte unterwürfige Drempel, der sich vor den Wärtern des *tuchthuis* verbeugte, wobei er sich fragte, warum ihn das stören sollte, da es ja schon lange vor der Zeit Gottes, so wie wir ihn kennen, vorbestimmt war.

Drempels Zögern hielt leider nicht lange genug an. Er überwand seine Abneigung gegen Wärter und redete sich ein, daß dies der Wendepunkt sein müsse, auf den er gewartet hatte. Und er sagte eilfertig, was gesagt werden mußte.

Zwei Schritte diesseits der Freiheit spürte ich eine schwere Hand auf meiner Schulter.

Das war – für Datenfetischisten – eine Woche nach dem Tag, der auf den Tod Onofre Exarques alias der Abt am 16. April folgte.

Die holländischen Tulpenliebhaber protestierten nicht, als höfliche, aber bestimmte Wächter sie davon abhielten, durch das versperrte Tor in der hohen Backsteinmauer um das Amadís-von-Gallien-Haus zu spähen. Außerhalb gab es für sie gerade ausgerichtete Beete mit verschiedenen gestreiften und geflammten Sorten zu bewundern, die teils schon üppig blühten und die Mynheer Solon Weise aus den Sprößlingen seiner algerischen Zwiebeln gezogen hatte. Es überraschte nicht, daß mit Ausnahme von Mynheer Solon Weise kein Holländer an der Versammlung teilnahm. Die Holländer waren Tulpenlaien, und die paar, die in der Lage waren, aus Sprößlingen wirklich etwas Neues zu machen, hatten anderswo zu tun (dafür hatte Suleiman Sa'adah gesorgt). Eines Tages würde die exotische Tulpe ihren angestammten Platz im Leben der Holländer haben, aber im Augenblick konnten ihre Liebhaber über jene geheimnisvollen Ausländer, die im Amadís-von-Gallien-Haus zusammenkamen, nur spekulieren. War Mynheer Solon Weise vielleicht das höchste Ziel, die *princesse lointaine*, der Heilige Gral seines Metiers geglückt – die unerreichbare Schwarze Tulpe?
Den Spekulationen wurde durch die höflichen, aber bestimmten Wachen – die Truppe eines Deutschen namens Rosenkreutz, eines Nachfahren jenes Rosenkreutz aus dem 14. Jahrhundert, der kaum weniger umstritten war als der Abt von Sponheim – ein Ende gesetzt, indem sie die Gaffer ihres Weges schickten.
Denn es war der Vorabend des Konklaves der Namenlosen.
Mein Bruder Juan D., der hinter dem Hauptportal stand, spähte besorgt in das schwindende Licht der Abenddämmerung. Immer noch kein Zeichen von mir. Konnte Suleiman Sa'adah sich geirrt haben? War die Freilassung gegen Kaution zu lange verzögert worden, als daß ich das Amadís-von-Gallien-Haus hätte rechtzeitig erreichen können? In wenigen Minuten würden alle Türen verriegelt, und verspätete Abgeordnete waren nach dem Brauch der Namenlosen ausgeschlossen.
Juan D. hatte Zusagen für den ersten Wahlgang von der Hälfte der

Abgeordneten. Aber zur absoluten Mehrheit der anwesenden Stimmberechtigten fehlte ihm noch eine Stimme. Und die Dynamik, so wußte er, wandte sich oft gegen den Spitzenreiter.
Mit sinkendem Hut beobachtete er, wie Rosenkreutz ins Haus zurückkam und in seiner Hand die traditionellen schwarz-weißen Fäden hielt, die man vor vielen Konklaven, keiner wußte wie vielen, einem Bettelmönch vor der Hagia Sophia in Konstantinopel abgekauft hatte, die damals noch eine Kirche war. Juan D. wußte, daß in der Dämmerung nur er zwischen jenen Fäden unterscheiden konnte. Die Nacht brach herein – und mit ihr waren alle seine Hoffnungen zunichte gemacht. Bis er in der Ferne deutlich den Klang eines Pferdes im vollen Galopp hörte.
Natürlich war es nicht ich. Ich war, wie Sie wissen, andernorts. Und jetzt würde ich mir wünschen, andernorts in diesem Buch zu sein, sagen wir, zwei Kapitel weiter. Was ich damit meine: Ich *sagte*, es sei nicht meine Schuld gewesen, aber ich fürchte noch immer, daß es außer mir keiner so sieht.
Daher fragte ich drei Experten um Rat.
»Lüge deine Leser an«, drängte mich Cide Hamete. »Lenke sie mit unpassenden, aber fesselnden Abenteuern ab.«
Aber als ich anfing, von meinem Tod und meinem Leben zu erzählen, hatte ich mir geschworen, unpassende Abenteuer streng auszuschließen.
»Erzähle deinen Lesern immer die Wahrheit«, sagte der größte Historiker Spaniens, Juan de Mariana de la Reina.
Aber Mariana, der selbst unerschütterlich die Wahrheit berichtete, verurteilte genauso unerschütterlich das Theater, weil es Geilheit und Verderbtheit fördere; daher wollte ich seinem Ratschlag nicht gerne folgen.
»Seit wann bedeutet *dir* die Wahrheit etwas?« fragte Lope de Vega bei einer jener seltenen Gelegenheiten, als wir uns einmal nicht befehdeten. »Das war nicht der Fall, als du deinen Ritter von der traurigen Gestalt drei Tage lang in Montesinos Keller hinunterschicktest, während in der wirklichen Welt nur eine Stunde verging. Und es war nicht der Fall, als du ihn auf jenem haarsträubenden Holzpferd Clavileño durch die Luft fliegen ließest. Du übersäst die

Seiten des *Don Quijote* mit unmöglichen Dingen, Cervantes – und jetzt machst du dir wegen einer möglichen Flunkerei Gewissensbisse?«

Lüge deine Leser an. Erzähle ihnen die Wahrheit. Höre auf zu heucheln.

Heilige Muttergottes! Könnte ich nur zu einer Stelle springen:

Bei meiner Rückkunft in Spanien im Jahre 1594 hörte ich zu meinem allergrößten Erstaunen an jeder Straßenecke ...

Aber da ich ich bin, muß ich erzählen, wie Juan D. aus dem Amadís-von-Gallien-Haus sprang, um mich zu begrüßen, und sein Gesicht erst einen enttäuschten, dann den Ausdruck erneuter Erleichterung annahm, als er nicht mich, sondern eine imposantere Gestalt erblickte, so imposant wie sein prächtiger Rivale Bādindjan, einen Mann, dessen kahlgeschorener Kopf trotz seines Namens eher zigeunerbraun als schwarz war und der im übrigen in einen Satinumhang gehüllt war, welcher sogar noch im frühen Dunkel der Nacht in leuchtenden Farben schillerte. Diese wohlhabend und bedrohlich wirkende Gestalt lächelte, entblößte dabei einen Mundvoll blendender Goldzähne und fragte mit der üblichen Kaltblütigkeit: »Ist an dem Gerücht was dran, daß sie eine schwarze Tulpe zustande bringen?«

»Luis Schwarzsklave!« rief Juan D. »Wodurch bist du aufgehalten worden?«

Noch kaltblütiger: »Bin mit dem Korsaren El Draque zusammengestoßen, aber er ist davongekommen. Na, beim nächstenmal.«

Da die Stimme von Luis Schwarzsklave, davon konnte man mit Sicherheit ausgehen, Juan D. die Mehrheit im ersten Durchgang bringen würde, erhob sich unter den Delegierten ein großes Geflüster: »... Stummelmann ... der Stummelmann.« Aber als ausgezählt wurde, fehlte meinem Bruder wie vor Luis' Ankunft immer noch eine Stimme.

»Was soll das heißen?« fragte Juan D.

Und Schwarzsklave erwiderte, so wie er es in jener so weit zurückliegenden Nacht getan hatte, als er durch den Würfelwurf meines Vaters seine Freiheit erlangt hatte:

»Ich schulde euch Cervantes gar nichts.«

Ich erfuhr es im Gefängnishof von einem frisch eingelieferten Engländer namens Richard Baines, einem verrufen aussehenden Kerl, der wegen Falschmünzerei einsaß.
»Goldzahn«, sagte er und hielt sich die Hand vor den Mund, als müsse er husten. Im Gefängnishof war Unterhalten verboten.
Ich glaubte, er habe Goldzahn gesagt. »Goldzahn?« fragte ich.
»Goldzahn. Beim dreihundertzweiundvierzigsten Wahlgang.«
Ich raunte ihm zu, daß entweder ich oder er nicht wisse, worüber er spreche. Wir verständigten uns auf holländisch, schließlich eine Sprache, die keiner von uns beiden gut konnte.
»Paß auf«, preßte Richard Baines hervor, »ich habe gesehen, wie der Stummelmann kurz nach dem Tod des Abts in deine Unterkunft gekommen ist, also brauchst du nicht so zu tun, als wärst du nicht, wer du bist.«
Es war ein uralter Spionagetrick, in das Gefängnis einen Informanten einzuschleusen, der das Vertrauen seines Mitgefangenen gewinnen sollte, und das sagte ich ihm.
Er nahm es mir nicht übel. »Natürlich bin ich ein Informant. Ich informiere dich darüber, daß Goldzahn der neue Unbenannte der Namenlosen ist.«
Ich blieb skeptisch.
»Dein Bruder konnte seinen hohen Stimmenanteil vom Anfang nicht halten, Bādindjan war zu siegessicher, und Suleiman Sa'adah, der manchmal irrtümlich der Weise Genannte, zog seine Kandidatur zurück, als er beim 200. Wahlgang Spitzenreiter wurde. Es heißt, du bist hier, weil dein anderer Bruder der höchstdekorierte Soldat der Armee der Spanischen Niederlande ist. Für wie lange?«
»Unbefristet. Sie wissen nicht, was sie mir zur Last legen sollen.«
Richard Baines schnalzte voll – nicht ganz astreinem – Mitleid mit der Zunge – noch ein Spitzeltrick, um Vertrauen zu gewinnen, da war ich sicher.
»Wer«, fragte ich, »ist Goldzahn?«
Aber ein Wärter schnarrte: »Hier lang!«, und wir konnten unsere Unterhaltung erst wieder fortsetzen, als uns die Arbeit im Sägewerk wieder zusammenführte, wo Brasilholz zur endgültigen Pulverisierung und zur Verwendung in der Färberei vorbereitet wurde – das

tuchthuis hatte darin ein höchst einträgliches, arbeitsintensives Monopol, was die Verhängung unbefristeter Strafen förderte.
»Ich weiß von ihm bloß«, sagte Richard Baines, »daß sein Vater, der Gottkaiser der Neuen Welt, in seiner Freizeit die sagenumwobene Schwarze Tulpe gezüchtet hat.«
Ein paar Tage später zog Baines als Zellengenosse bei mir ein.
Ich wartete darauf, daß er mir eine jener unschuldig klingenden Spitzelfragen stellte, aber er streckte sich nur auf seiner Pritsche aus und starrte in nicht ganz astreinem Schweigen die Decke an.
Also fragte ich ihn: »Woher weißt du das mit Goldzahn?«
»Es war kurz nach der Wahl, als der Goldschmied Gifford Gilbert – oder hieß er Gilbert Gifford? – mir und Morley beigebracht hat, wie man aus Talmi einen holländischen Gulden fälscht. Marley stand kurz vor einem Nervenzusammenbruch. Nicht nur, daß der Stummelmann nicht der Stummelmann ist (sagt er), sondern es ist auch kein Stummelmann gewählt worden. Und Marling kann nicht nach England zurück und Stücke schreiben, weil, wenn er es tut, ihn der Metzger von Clynnogfwar Llanllyfni umbringt. Deswegen, sagt Merling, will er mit dem Spionieren *und* dem Stückeschreiben aufhören und Falschmünzer werden. Du hättest ihn sehen sollen, in der winzigen Werkstatt hinter der Goldschmiede, wie er seinen ersten falschen Gulden angeschaut hat und sich vorstellt, daß es Tausende und Abertausende sind, und wie er flüstert: ›Unendliche Reichtümer auf kleinem Raum‹.
Und dann fragt Merlin mich, was es denn kosten würde, seinen Ruf kaputtmachen zu lassen. Ich betreibe nämlich Rufmord als Gewerbe, aber die Frage schockiert mich trotzdem. 'ne Menge Leute zahlen dafür, daß man den Ruf von einem andern kaputtmacht. Aber den eigenen?
Nun ja, ich nenn ihm also einen Preis, und Marlen will wissen, ob eine Verurteilung wegen Falschmünzerei etwas bringen würde. Ich brauche dir wohl nicht zu sagen, wie einfältig das ist. Sex und Religion; es sind immer Sex und Religion, die einen Ruf kaputtmachen. Also, Marlye bezahlt mich dafür, daß ich alles Nötige in die Wege leite, aber die Sache hat einen kleinen Haken, weil er sich (ganz zu schweigen von mir und Gifford oder Gilbert) schon selbst

wegen Falschmünzerei angezeigt hat, um seinen Rufmord in Gang zu bringen.
Wir hauen ab – genau in die Arme der Nachtwache. Gilbert oder Gifford und Marlow lassen sie laufen, aber ich werde geschnappt, mit dem Falschgeld, das mir ein Loch in die Tasche brennt. Deswegen bin ich hier.«
Richard Baines wandte die Augen von der Decke zu mir. »Und wenn es das letzte ist, was ich fertigbringe«, gelobte er, »Marlowe wird mir dafür büßen. Ich werde seinen Ruf kaputtmachen, bis nichts mehr davon übrig ist außer ein paar Namen, und die werden nicht einmal seine Freunde auszusprechen wagen.«
»Aber das«, meinte ich und hoffte Quillpusher damit einen Gefallen zu tun, »ist doch genau das, was er von dir *will*.«

Während die Monate so vergingen, lernte ich dadurch, daß wir uns, um die Zeit totzuschlagen, gegenseitig Sprachunterricht erteilten, eine ganze Menge *Queen's English*; abgesehen davon war das Gefängnisleben die übliche Hölle. Und so hat meine Geschichte also wieder einmal einen Helden auf dem Hals, der auf unbestimmte Zeit ins Abseits gerückt ist, während die Handlung von den übrigen Figuren getragen wird.
Als ich diesem erzählerischen Problem im Gefängnis das erste Mal gegenüberstand – oder vielleicht was es das dritte oder vierte Mal, doch jedenfalls war es *dort* zum erstenmal, in Algier –, hatte ich die Lücke mit einer Geschichte ausgefüllt, ganz nach *ráwi*-Manier. Dieses Mal biete ich eine Synopse der Vorgänge in der freien Welt an:

Juan D.: Kehrt auf großen Umwegen zu dem geheimnisvollen Gebäudekomplex in den zerklüfteten Bergen östlich von Arcos de la Frontera zurück. Ertränkt seine Enttäuschung in Arbeit, versucht vor allem, das Drei-Thomasse-Dossier zu entwirren.
Luis Schwarzsklave *alias* Goldzahn: Reist auf noch größeren Umwegen zum Hauptstützpunkt der Namenlosen, der angeblich tausend Meilen von überall liegt. Empfängt eine anhand der *Steganographia* des umstrittenen Abts von Sponheim verschlüsselte

Nachricht, die ihn so erschreckt, daß ihn zum zweitenmal im Leben seine berühmte Kaltblütigkeit im Stich läßt.
Cide Hamete Benengeli: Gibt Bādindjan auf und fängt an, an einer neuen Identität zu bauen.
Suleiman Sa'adah, der manchmal irrtümlich der Weise Genannte: Empfängt als Gegenleistung für Sprößlinge einer beeindruckend dunkelvioletten, fast schwarzen Tulpe einen Saphir, auf dem in Aramäisch jahrtausendealte kosmische Geheimnisse eingraviert sind, die vom Wesen von Gut und Böse handeln. Wird zum Experten in dieser Frage.
Pedro de Isunza: Führt zwanghaft Buch über Verhöre all dener, die bekanntermaßen auf der Universität Alcalá waren, als die zweihundertneunundzwanzigste Jungfrau sein Leben zerstörte. Kehrt nach Madrid zurück. Sieht immer noch überall Gefahren lauern und nimmt Fechtunterricht bei dem katalanischen Lehrmeister Agulla de Espadón.
Quillpusher *alias* Christopher Marlowe *usw.*: Wird in England vom Geheimen Rat Ihrer Majestät folgender Vergehen angeklagt:
a) zu glauben, daß die Religion »erfunden« worden sei, um die Menschen in Angst und Schrecken zu halten;
b) zu sagen, daß jeder Mann, der Tabak und junge Knaben nicht liebt, ein Narr ist; und
c) zu unterstellen, daß der Evangelist Johannes in derselben Weise von Christus gebraucht wurde, wie die Sünder von Sodom ihre Lustknaben gebrauchten.
Micaela: Micaela …

In der Nacht, in der sie abreiste, stand Micaela lange mit einer Kerze in der Hand da und blickte auf das einstmals wilde Kind hinab, das für sie in Gedanken noch immer das Edelfräulein war. Ich muß weggehen, Edelfräulein, sagte sie stumm. Ich würde dir sagen, warum, ehrlich, wenn ich es selbst wüßte. Es liegt nicht daran, daß ich nicht glücklich gewesen wäre. Ich war es. Eine Zeitlang war ich hier glücklicher, als ich sein zu können geglaubt hätte, aber –
Aber. Was gab es hier für sie noch zu tun?

Wie schnell sich die Flüchtlingsgemeinde Solon Weises eingerichtet hatte – wie ein Feld gutbestellter Tulpenzwiebeln! Vor allem die Kinder, die schon fast mühelos vom Ladino ins Holländische und zurück wechselten, während sie lernten, sowohl Holländer als auch bekennende Juden zu sein. Micaela konnte ihnen bei beidem nicht helfen. In ihrem aufregenden neuen Leben, das sie ihnen mit ermöglicht hatte, war sie überflüssig.
Während sie bis in den späten Vormittag in ihrem Zimmer im Stadthaus an der Herengracht im Bett lag, versetzte Micaela sich in Gedanken zurück zu ihren gefährlichen Spielchen, dachte sie voll sehnsüchtiger Reue an den Spaß, den es ihr bereitet hatte, sich in den Suks von Algier in Szene zu setzen, sich mit einer Blutorange auf ihren schwarzen Locken einem betrunkenen Bogenschützen zu stellen oder bei einem Auftrag für die Namenlosen durch die übelsten Spelunken von Zahara zu ziehen...
Eines Nachts kehrte sie zum Hafen zurück. Dort, wo grelles Licht und Lachen aus den Tavernen drang, verlangsamte sie ihren Schritt zu einem gelassenen Gehen, jenem aufreizenden Gehen, das sie sich in den Suks angwöhnt hatte, und im Nu fragten sie bilsenkrautsamenbetrunkene Männer: Hey, du mit der klassischen kallipygischen Kurve, wieviel nimmst du? Sie flüchtete, aber nicht schneller, als sie unbedingt mußte, und ließ sie dabei in dem Glauben, sie könnten sie erwischen, während sie doch gerade immer einen halben Schritt außer ihrer Reichweite blieb.
Aber das machte überhaupt keinen Spaß.
Im Kerzenschein blickte Micaela auf das Antlitz des schlafenden Kindes hinab.
Edelfräulein, verstehst du denn nicht, ich kann nicht bleiben. Es wartet ein Leben auf mich, aber an einem anderen Ort, einem Ort, wo gefährliche Spiele normal sind. Es liegt nicht nur daran, daß ich alle diese Dinge auf Scadbury House gelernt habe und noch nicht dazu gekommen bin, sie anzuwenden. Es liegt daran, könnte man beinahe sagen, daß ich mein ganzes Leben dazu erzogen worden bin, gefährliche Spiele zu treiben.
Micaela blickte das schlafende Kind noch einen Augenblick länger an. Ihre verwirrenden bernsteinfarbenen Augen schimmerten im

Kerzenschein. Dann ging sie schnell hinunter und in die Nacht hinaus.

Ich verließ Amsterdam ganz plötzlich, kurz nachdem das holländische Zweitausendtonnen-Handelsschiff *Til Uilenspiegel* mit einem Halbjahresvorrat an Brasilholz für die Färbereien in der Nordsee aufgebracht worden war.
In einem arbeitsintensiven Gewerbe, das über keine Rohstoffe mehr verfügt, müssen die Beschäftigten Feierschichten einlegen. Aber wir Färbereiarbeiter waren Sträflinge, und wenn wir Feierschichten einlegten, dann hieß dies, daß der Staat für uns aufzukommen hatte, ohne dafür eine Gegenleistung zu bekommen. Was war zu tun?
Die neun Richter, die sich normalerweise nicht versammelten, trafen sich zu einer Sondersitzung, um alle unentschiedenen Verfahren durchzugehen. Mit Ausländern war es am einfachsten. Ausländer konnte man abschieben, anstatt sie auf Staatskosten festzuhalten.
Das Verbrechen, der Bruder des höchstdekorierten Soldaten der Armee der Spanischen Niederlande zu sein, wurde, da Blutsverwandtschaft schon vor Anbeginn der Schöpfung vorbestimmt worden war, nur als ein Vergehen eingestuft. Meine Strafe wurde ausgesetzt, und ein freundlicher Polizeichef gönnte mir ein paar Stunden in Amsterdam, bevor er mich zur Grenze schaffen ließ. Ich zog weiter bis Antwerpen und verdiente mir meine Überfahrt an Bord eines zweimastigen Fischerboots, das, wie Sie wissen, Dogger genannt wird. Unser Ziel war Santander an der Nordküste Spaniens.

Dreißigstes Kapitel
Auf den Wogen der Liebe und anderswo

Die blonde Siebzehnundvier-Geberin, deren Ähnlichkeit mit meiner Nichte Constanza bei ihren beiden braunen Augen aufhörte, sang mit ihrer zarten, aber guten Stimme:

»Ich bin Amors Fährmann, segle,
Wo die Hoffnung schier entschwunden,
Wo auf Amors tiefen Meeren
Nimmer wird ein Port gefunden«,

als ich Pierre Papins neue Spielhölle in der Deutschen Straße betrat. Sie lag nur ein paar Schritte von der Taverna Múñoz entfernt, die mit Brettern zugenagelt war.

Seit meiner Ankunft auf spanischem Boden hatte ich nichts als dieses Lied gehört. Es wurde von Zigeunern gesungen. Es wurde im Chor an Dorfbrunnen gesungen. Es wurde von Reisenden jeder Art gesungen, einschließlich der buntscheckigen Gruppe, in die ich geraten war, aber wenn ich fragte, wo sie es gelernt hatten, sagten sie bloß: »Jedermann singt ›Auf den Wogen der Liebe‹.«

Offenbar hatte Gaspar de Porres das Gedicht erhalten, das ich dem sizilianischen *giravolo* oder Wanderheiler anvertraut hatte. Ich schöpfte Hoffnung, daß mich etwas Geld erwartete.

Eine rosenwangige Schankmaid im Wirtshaus in Quintanaortuño sagte: »Das Lied? Es heißt, der Erlöser hat es geschrieben.«

Ehe ich sie nach der seltsamen Zuschreibung fragen konnte, lief sie zum anderen Ende des Schankraums und sang dabei:

»Und er lenkt mich fern auf Meere,
Die nie Menschen noch befuhren.«

Als unserer buntscheckigen Gruppe das Gerücht zu Ohren kam, daß am Wegrand Banditen lauerten, machten wir einen Umweg durch Linares el Pequeño, wo ein Greis am Ufer eines Sees unter einem Weidenbaum saß. Er zupfte auf einer verstimmten Gitarre und sang dazu ganz falsch:

»Einem Sterne folgt mein Schifflein,
Fernher strahlt er mir im Dunkeln;
Nie sah… sah…

Verflixt! Ich kann mir seinen Namen nie merken.«
»Palinurus«, sagte ich. »Aber höre, Alter, im Wirtshaus von Quintanaortuño hat man mir gesagt, daß der Erlöser dieses Lied geschrieben habe.«
»Na ja, Quintanaortuño«, erwiderte er zerstreut und zupfte auf seiner Gitarre. Die buntscheckige Gruppe wurde ungeduldig, und wir gingen weiter.
In Altacereza trafen wir zufällig auf einen Ziegenhirten, der, während er etwas in dem Gestrüpp zwischen den Wildkirschbäumen suchte, sang:

»Sind die Wolken, dic ihn bergen,
Wenn ich sehnsuchtsvoll ihn suche.«

»Weißt du zufällig, wer das geschrieben hat?«
»Ein Volkslied, nehme ich an. Haben Sie hier irgendwo eine Ziegenherde gesehen?«
»Es heißt, der Erlöser –«
Der Ziegenhirt bekreuzigte sich und verschwand zwischen den Bäumen.
Als ich Pierre Papins blonde Siebzehnundvier-Geberin Aldonza hörte, fragte ich schon automatisch: »Text und Musik von?«
»Miguel! Miguel de Cervantes!«
»Nur der Text«, sagte ich voller Bescheidenheit.
»Wann sind Sie nach Madrid zurückgekommen?«
»Wer hat die Musik geschrieben?« beharrte ich.

»›Auf den Wogen der Liebe‹? Ist das nicht eine eingängige Melodie? *Und* das Lied kam genau zur rechten Zeit für mich. Verstehen Sie, ich habe meine Unschuld verloren. Eine Liebesgeschichte bringt einen soweit, wissen Sie? Und wenn ein Mädchen seine Unschuld verliert, sagte Pierre, dann sieht es beim Kartengeben wie ein verschrecktes Rehkitz aus, so daß sein Wert –«

»Die Musik«, flehte ich sie an.

»Ich kann mich nie an die Namen der Komponisten erinnern, aber ich habe ein Exemplar des Notenblattes irgendwo hier.« Sie fand es zusammengefaltet in einer kleinen Goldbrokatbörse, die zu ihrem Käppi paßte. »Text und Musik von Luis Salvador, Chor- und Kammersänger Seiner Königlichen Hoheit Philipps II. des Todliebenden. Ich werde diesem Salvador ewig dankbar sein. ›Auf den Wogen‹ hat so viel von einer *wiedergefundenen* verlorenen Unschuld.«

»Willst du mir damit sagen, daß dieser Salvador behauptet, er habe es ganz geschrieben, Musik *und* Text?«

Aber sie sang mit ihrer zarten, guten Stimme schon wieder mein Lied.

Pierre Papin kam zu uns herüber. »Der seit Jahren populärste Schlager in Madrid«, sagte er. »Seit Jahrzehnten.« Er schüttelte bewundernd den Kopf und brachte die falsch sitzende Hutfeder zum Wackeln. »Er hat Aldonzas Karriere gerettet. Salvadors allererster Versuch mit weltlicher Lyrik. Man muß ihn nur machen lassen.«

Ich sagte: »*Ich* habe den Text geschrieben.« Ich war verrückt genug, ihm die Feder vom Hut zu reißen.

»Hey! Glaubst du vielleicht, ich trage sie auf der falschen Seite, um meine Wahlheimat zu beleidigen? Nicht dran zu denken! Das ist nur, um Aufmerksamkeit zu erregen. Wie diese Prinzessin Eboli, die seit Jahren keiner mehr gesehen hat, aber an die sich wegen ihrer Augenklappe jeder erinnert. Das zahlt sich immer wieder aus. Das müßtest du doch kennen, mit dem, was einmal deine linke Hand gewesen ist. Kann ich also meine Feder bitte schön wieder zurückhaben?«

Ich gab sie ihm zurück, und er steckte sie wieder an die falsche Seite seines Hutes.

»Hast du wirklich den Text geschrieben?«
»Kurz bevor ich nach Spa gegangen bin.«
»Wenn ich dir einen Rat geben soll, vergiß es. Warum, meinst du, habe ich in Spa dichtmachen und hierher zurückkommen müssen? Wegen der Rangfolge. Sie haben *primera* verboten, weil die Offiziere geglaubt haben, daß die Tatsache, daß die Bildkarten die niedrigsten sind, eine Beleidigung für sie sei. Und man kann ohne das Lieblingsspiel aller keine Spielhölle betreiben.«
»Was hat das mit der Urheberschaft des Liedtextes zu tun?«
»Im Leben gibt es Offiziere und andere Ränge. Luis Salvador, der königliche Chor- und Kammersänger, ist eindeutig ein Offizier. Tu dir einen Gefallen, und vergiß es.«
Von Pierre Papins Spelunke aus ging ich, das Herz auf der Zunge, zu dem großen Steinhaus am Sonnentor.
Meine Schwester Magdalena, deren Haarfarbe zu einem Rostton verblaßt war, öffnete die Tür und sang dabei:

»Sorgenvoll und unbesorgt doch
Späht mein Herz nach seinen Spuren.«

Meine männerhassende Schwester Magdalena! Das brachte das Faß zum Überlaufen.
»Wo hängt dieser Luis Salvador herum?« schrie ich.
»Nicht *ein* Wort zur Begrüßung«, erwiderte Magdalena kalt. »Typisch Mann.« Ihre Basiliskenaugen, die mehr denn je denen meines Großvaters des Patriarchen ähnelten, sahen mich vernichtend an. Dann sagte sie: »Mamá ist tot.«
»Mamá –«
Magdalena unterbrach mich: »Mir wird immer im Gedächtnis bleiben, wie sie Papá zu sterben befohlen hat.«
Eine Stimme, die eine Oktave höher als Magdalenas männerfeindliches Knurren war, sagte: »Es ist letztes Jahr passiert. Sie hat sich einfach schlafen gelegt und ist nicht wieder aufgewacht. Keine Schmerzen. Sie hat sich nicht einmal unwohl gefühlt«, und ich sah diese Frau mit im Nacken zusammengebundenem, braungrauem Haar, Krähenfüßen in den Winkeln ihrer blaßblauen Augen und

feinen senkrechten Strichen über der Oberlippe – eine nett aussehende Matrone, die verglichen mit der noch immer üppigen Magdalena dünn war.
»Andrea«, sagte ich, und auf einmal, warum, weiß ich nicht, fand ich diese Anzeichen des Alters auf ihrem hübschen, wenn nicht gar vollkommenen Gesicht liebenswert, und etwas, vielleicht der Kummer um meine Mutter, wallte in mir auf, und vielleicht zum erstenmal sah ich Andrea als das, was sie wirklich war: meine Schwester.

Mein Schwager Santi Ambrosio hatte für alles sehr viel Verständnis: »Laß dir soviel Zeit, wie du brauchst«, sagte er mit einem verlegenen Lächeln auf seinem runden, sanften Gesicht. »Ich weiß, es klingt derb, aber ich habe eine Menge Geld, also meine nicht, daß du die erstbeste Arbeit annehmen mußt.«
Auch ich war verlegen: Ich hatte nämlich gar nicht ans Arbeiten gedacht. Abgesehen von meiner Zeit in der Armee (wofür ich mit dem Gebrauch meiner linken Hand und fünf Jahren in Algier gezahlt hatte) und meiner Zeit als Eintreiber (wofür ich zweimal exkommuniziert worden war), war ich immer Teilzeitliterat und Teilzeitagent der Namenlosen gewesen. Irgendwie hatte ich gedacht, ich würde es auch bleiben.
»Oder«, bot Santi an, »ich besorge dir etwas, wenn du willst.«
»Ich bin mir nicht einmal sicher, ob ich in Madrid bleibe«, erwiderte ich.
Von oben kam ein Gebrüll, das einem das Blut in den Adern gerinnen ließ, dem aber niemand die geringste Beachtung schenkte.
»Wenn du ins Ausland gehen willst, könnte ich dir eine Stelle bei einem unserer Geschäftspartner in Italien besorgen.«
Betonte er das besonders? War es ein Hinweis, daß ich möglichst bald, nachdem ich allen guten Tag gesagt hatte, wieder *adiós* sagen sollte? Die Familie war es gewohnt, ohne mich auszukommen. Und ich war sowieso nicht jemand mit einem starken Familiensinn. Irgend etwas schien immer schiefzulaufen. Vielleicht würde es besser sein, wenn ich nur gelegentlich zu Besuch kam, wie Juan D. in den alten Tagen. Aber ich war auch kein großer Gelegenheitsbesucher. Mein Besuch in Spa hatte meinem Bruder Rod-

rigo nichts genutzt, es sei denn, man betrachtet seine Rückkehr in die Schlacht als Verbesserung. Und mein Besuch in Amsterdam hatte Juan D. das gekostet, was er sich am meisten im Leben wünschte.
Wieder kam von oben jenes Gebrüll, das einem das Blut in den Adern gerinnen ließ und dem keiner Beachtung schenkte. Darauf folgte ein Poltern die ganze Treppe vom obersten Stockwerk an herunter, das noch zweimal von jenem Gebrüll unterstrichen wurde, ehe Catalina auf ihren stämmigen Landpomeranzenbeinen hereinstürmte. Sie trug schwarzen Barchent, und auf ihrer Schulter hockte ein haariges Wesen mit einem langen Schwanz.
Komisch, wie Menschen manchmal einfach hinwegschmelzen können. Und das taten sie – Andrea, Santi, Magdalena, sie verschwanden wie Cide Hamete Benengeli alias Bādindjan, als er durch die Wand spazierte, und ließen Catalina und mich allein. Mit einem frohen Aufschrei (und einem vorsichtigen Jaulen von dem, was auch immer auf ihrer Schulter hockte) packte sie mich an den Armen und küßte mich auf beide Wangen, ein Beweis ehelicher Zuneigung, den der Dritte Orden des Heiligen Franziskus offenbar zuließ.
»Na«, sagten wir beide, und sie erklärte mir: »Das ist ein Brüllaffe, aus Kolumbien.« Auf sein Stichwort brüllte er. »Ihm ist die Hand zerkaut worden, als er das Luchsjunge mit den gebrochenen Rippen geneckt hat. Du siehst gut aus, Miguel.«
Sie auch. Wahrscheinlich war sie die einzige in dem feuchten, spätwinterlichen Madrid, die aussah, als würde sie ein Leben im Freien führen.
Für jemanden, der seine Zeit mit Brüllaffen und zerschundenen Wildkatzen und Gott weiß was noch zubrachte, war ihr Lächeln bemerkenswert gelassen.
Ich fragte: »Die Tiere haben dich wohl auf Trab gehalten?«
»Klar. Sie sind meine Aufgabe, Miguel, wie deine das Stückeschreiben. Und sie sind meine Freunde. So, wie sie es für den heiligen Franziskus waren. Aber ich muß sagen, daß *er* eine große Enttäuschung ist. Als ich in den Dritten Orden eingetreten bin, habe ich die ganze Zeit zu ihm gebetet, damit er mir hilft, das Vögeln zu vergessen. Aber ich nehme an, das fällt nicht in seinen Bereich, weil

er ein Mann ist.« Sie sagte das ohne Bitterkeit, ganz im Gegensatz zu Magdalena. »Seit ich mich wieder an die Muttergottes wende, fehlt mir das Vögeln überhaupt nicht. Sie ist so verständnisvoll, wir haben ein so enges Verhältnis, als wären wir gar nicht zwei verschiedene Wesen.« Catalina errötete. »Ich bin praktisch selbst wieder eine Jungfrau.« Der Brüllaffe brüllte. Catalina klopfte ihm sanft auf die unverbundene Hand. »Nein, mir geht es gut.«

»Du siehst richtig aufgeblüht aus. Wie geht's Constanza? Wo ist sie?«

Und Catalina sagte: »Komm mit nach oben, ich zeig dir die Tiere.«

Am nächsten Tag fragte ich Magdalena, wo Constanza sei, aber sie bekreuzigte sich nur.

Ich fragte Santi Ambrosio: »Wo ist Constanza?«

Er entgegnete: »Die Menschen ändern sich.«

»Verändert oder nicht, wo ist sie?«

Ein tiefes Rot breitete sich von Santis Nacken bis in sein rundes, sanftes Gesicht aus. »Aus. Sie ist meistens ausgegangen.«

»Wohnt sie nicht mehr hier?«

»Ich bin selbst viel aus. In der Toskana, in Ligurien. Mit mir fragst du den Falschen nach dem Kommen und Gehen der Leute.«

Ich fragte Andrea.

»Sie ist kein Kind mehr, Miguel. Es wird dich freuen, zu erfahren, daß sie keiner mehr der Hexerei bezichtigt und daß sie seit ihrer ersten Liebesgeschichte nicht mehr von ihrem Phantasiefreund geträumt hat.«

»Ihrer *ersten* Liebesgeschichte?«

»Lanuza. Ich habe damit nur gemeint«, korrigierte Andrea schnell, »daß eine Frau, die eine Liebesgeschichte hat, ihre Unschuld verliert, und wenn sie einen Phantasiefreund gehabt haben *sollte*, dann braucht sie ihn nicht mehr. Verstehst du?«

»Also wo wohnt sie?«

»Es wird dich auch freuen, zu erfahren, daß sie mir erzählt hat, was damals am Gerberufer wirklich passiert ist.«

»Es war nicht ihre Schuld.«

»Doch. Aber das ist lange her.«

Ich fragte wieder: »Aber wo wohnt sie denn?«

»Constanza geht auf die Dreißig zu, verstehst du«, sagte Andrea.
»Das nehme ich an. Catalina auch. Was heißt, daß Micaela auch schon soweit sein muß, fast.« Ich lächelte und dachte, daß Micaela nicht im geringsten danach aussah, sie wirkte ungefähr wie zweiundzwanzig.
»Wer ist Micaela?«
»Ach, nur jemand, den Juan D. viel besser kennt als ich.« Das, was einmal meine linke Hand gewesen war, zuckte schwach.
»Und wer ist Juan D.?«
»Unser B-Bruder Juan der Düstere.«
Und wir redeten eine Weile über Juan D., und nach Juan D. über Rodrigo, und sie sagte nie, wo Constanza war.
Am nächsten Abend versuchte ich es noch einmal: »Mein Interesse ist bloß das eines Onkels. Das war es immer.«
»Ich weiß, Miguel. Ich muß mich beeilen.«
Sie lief nach oben, und bald hörte ich die hellen Töne des Cembalos, das Santi Ambrosio für sie mit dem Schiff aus Italien mitgebracht hatte. Sie spielte »Auf den Wogen der Liebe«.
Ich ging aus und fand mich auf der Deutschen Straße wieder. Es fiel ein kalter Nieselregen. Zu meiner Überraschung war die Taverna Múñoz nicht mehr zugenagelt, aber drinnen sah ich einen Mann im Federschmuck eines Menschen aus den Kolonien einsam an einem Brettertisch sitzen – vor einer Wand, die mit Federn, Masken und etwas, das eine gute Nachbildung eines Kalendersteins hätte sein können, geschmückt war.
»Schon die Herrlichkeiten Neuspaniens gesehen?« Er ließ einen beeindruckenden Sermon über Silber, Gold und Aztekenmädchen los. Cortés auf einem Gipfel in Darien, sagte er.
Ich erklärte ihm, das sei Balboa.
Er streckte mir ein Stück Papier und eine tintentröpfelnde Feder hin: »Fünf Jahre da drüben, und Sie kommen als reicher Mann zurück.«
»Müssen sie für Neuspanien jetzt schon Leute anwerben? Früher haben sie die Leute in Scharen weggetrieben.«
»Die Zeiten haben sich geändert.«
Noch so ein zerstörter Traum. Wer hatte gesagt, jeden Abend geht

man klüger ins Bett – nicht, daß es einem etwas nützen würde –, und jeden Morgen wacht man trauriger auf – nicht, daß das am Abend zuvor vorstellbar gewesen wäre? Ich, nehme ich an, in meiner Phase der Niedergeschlagenheit, die trotz meiner jüngsten Entlassung aus dem Gefängnis noch nicht vorüber zu sein schien.
»Sie wissen nicht zufällig«, fragte ich, »wo ich den Kerl finde, der früher die Taverne hier betrieben hat?«

Die Taverna Isabel war so gesteckt voll, daß ich eine Zeitlang brauchte, um mich bis zur Bar vorzuarbeiten.
Gabriel Múñoz zapfte, so schnell einer nur konnte, Wein und Bier. Das schneeweiße Haar auf seinem einstigen Graukopf war strähnig vor Schweiß, und auf seinem weißen Hemd waren unter den Achselhöhlen dunkle Schweißflecken zu sehen.
»Compañero!« Ein breites Willkommenslächeln huschte über sein Gesicht.
Aber »huschte« ist das richtige Wort, weil es genauso schnell wieder verschwunden war. Er lugte durch den Tabakqualm besorgt zur Tür. Dann schaute er zu dem einzigen freien Tisch, der groß und üppig für zwei Personen gedeckt war. Goldenes Geschirr und Kerzenleuchter, venezianische Gläser.
»Wenn«, sagte er, »du endlich gekommen bist, die großartige kleine Isabel zu sehen, dann kommst du zu spät. Sie lebt jetzt zusammen mit ihrer Mutter in Cienpozos; die hat sich zurückgezogen, und deswegen bin ich als Geschäftsführer hier.«
Er zapfte mir einen Becher Roten. »Einen auf Kosten des Hauses, ehe du gehst, Compañero.«
»Ich habe nirgendwohin zu gehen.« Wie wahr.
»Manche Leute«, seufzte er und warf wieder einen Blick über meine Schulter, »haben nicht den großen Erfolg, von dem sie drunten in Algier geträumt haben. Wenn sie ihren eigenen Laden nicht in Schwung halten können. Aber wenigstens habe ich Arbeit, Compañero.«
Er meinte das nicht so, wie er es sagte.
»Falls du wissen willst« – noch einen Blick auf den opulent gedeckten, aber noch immer unbesetzten Tisch –, »wie es gekommen ist,

daß ich meinen Laden eingebüßt habe, dann sage ich dir, es hat daran gelegen, daß gerade da, wo ich mitgekriegt habe, wie man eine Spielhölle führt, Pierre Papin seine Spelunke in Spa geschlossen hat und hier in der Deutschen Straße eine aufgemacht hat, und man läßt sich auf keine Konkurrenz mit Pierre Papin ein, es sei denn, man will seinen Kopf wie die schottische Maria herumtragen.«
Noch ein Seufzer. Noch ein Blick zu Tür.
»Hör zu, Compañero, ich habe den Zirkus drunten abgeschafft, mit oder ohne Esel, ich biete gutes Essen an, und ich versuche, keine Schwierigkeiten zu haben, also –«
Die Tür ging auf, und plötzlich wurden er und alle anderen in der Taverne still, als ein Paar betont lässig hereintrat. Sie trug einen Hermelin, ein Satingewand und einen Schleier, außerdem ein paar Ellen Perlen, er einen blauen Satinumhang, auf den ein großes weißes Malteserkreuz gestickt war. Ihr blondes Haar war herzförmig hochgesteckt und schloß in einem Knoten ab, der von einem Mondstein gehalten wurde. Sie lächelte ihn an, ein steifes Lächeln, denn ihr Gesicht war mit Mandelkleie modisch weiß geschminkt. Während eine Phalanx von Obern sie zu ihrem opulent gedeckten Tisch geleitete, flüsterten die Leute rund herum: »Das ist Lope.«
Er stand so sehr im Mittelpunkt der Aufmerksamkeit, daß keiner zu bemerken schien, daß seine Begleiterin ein blaues und ein braunes Auge hatte. Vielleicht wußten die Leute es schon.

»... eine Sackgasse, der *gongorismo*«, sagte er gerade mit süßlichgiftigem Tonfall, gerade so laut, daß man noch mithören konnte. »Aber dann, meine Liebe, wer *ist* dieser Luis Góngora anderer als der Totengräber der modernen Lyrik, der die Kunst unter der Künstlichkeit, unter Euphemismen, Epitheta, Antithesen und Umkehrungen begräbt... Don Miguel! Was für eine herrliche Überraschung, alter Knabe!« Sein schwarzer Spitzbart unterstrich noch das Weiß seiner Menschenfresserzähne. »Ober! Einen Stuhl, einen bequemen Stuhl für den Dramatiker im Ruhestand, Miguel de Cervantes!«
Glotzer und Gaffer an den anderen Tischen beobachteten, wie ich

Constanza einen onkelhaften Kuß auf die bloße Schulter gab. »...Lepanto ...Algier ...jahrelang verschollen...«, raunte man sich zu.
Anders, als ich es erwartet hatte, war Constanza keine Spur aufgeregt: Sie sonnte sich geradezu im Ruhm ihres Begleiters. Meine Ohren fühlten sich rot an. Dramatiker im Ruhestand? Na ja, was für ein Dramatiker war ich sonst? Und wie ihre Mutter angedeutet hatte, war Constanza alt genug, darüber zu befinden, wer zu ihrer Galatea den Pygmalion spielen und in wessen Bett sie schlafen sollte.
Aber warum mußte es von allen Männern Madrids ausgerechnet Lope de Vega sein?
Es wurde Wein dekantiert, gekostet, für gut befunden.
»Der arme alte Luis Ponce de León«, erklärte Lope meiner Nichte, und das alles so, daß es jeder hören konnte, »hat nie begriffen, worin der Unterschied liegt zwischen dem, ob man Euterpe, der Muse der lyrischen Dichtkunst, den Hof macht oder sie vergewaltigt.«
»Haben wir uns denn nicht gerade über Luis Góngora unterhalten?« fragte Constanza verwirrt.
»Damit ist Schluß«, sagte Lope und ließ offen, ob er seine Kritik oder die Karriere des Dichters meinte. »Da wir jetzt das Vergnügen von Don Miguels Gesellschaft genießen, ist es doch viel angebrachter, über jemanden aus seiner Generation zu sprechen.«
Ich war versucht zu bemerken, daß man von Lope mit seinem einen Stück pro Tag ebenfalls kaum behaupten konnte, daß er den Musen lange den Hof machte. Aber mein alter Freund Gabriel Múñoz wollte keine Szene. Also sagte ich nichts.
»Ponce de León, jener *converso*-Professor des christlichen Glaubens, verwandelte das Hohelied in eine heidnische Ekloge zurück, die so gottlos war«, dozierte Lope, indes seine Zuschauer näher rückten, »daß sie ihm fünf Jahre Gefängnis einbrachte – man könnte fast argwöhnen, nur damit er seinen Lehrstuhl in Salamanca wieder mit dem Scherz einnehmen konnte: ›Wie wir bei unserer letzten Begegnung bemerkten...‹. Natürlich regt das Gefängnis manche *marranos* dazu an, zufällig einmal eine Perle hervorzubringen – etwa so, wie ein Sandkorn eine Auster anregt.«

Ich war versucht zu sagen, daß Lope selbst einmal aus Madrid geflohen war, um einer »anregenden« Zeit zu entgehen, die er wegen Verleumdung verbüßt hätte. Constanza schaute ihn jedoch so ehrfürchtig an, daß ich nichts sagte.

»Aber schließlich ist das Gefängnis noch der einzige Ort, an dem ein *marrano* zu geordneten Verhältnissen findet«, sagte Lope. »Es muß eine ziemliche Last sein, immer eine gepackte Truhe bereitstehen zu haben, immer bereit zur Flucht, wohin auch immer. Der Künstler muß, um irgendwo anzukommen, immer wissen, wohin er geht. Gott weiß, daß das bei mir immer der Fall war.«

Ich war versucht zu sagen, daß einer, der immer genau wußte, wohin er ging, kaum weit kommen würde. Aber in diesem Moment rauschte Gabriel Múñoz mit einer besorgten Miene und dem Fischgericht auf einem Silbertablett an: gegrillte Schwänze jenes über alle Maßen häßlichen, wider Erwarten aber eßbaren Wesens, daß je nach Gestade als Seeteufel, Engelbarsch, Fischteufel, Angeber und (ich lächelte) Großmaul bekannt ist.

Ich machte Gab ein Zeichen, daß er sich nicht zu beunruhigen brauchte, und sagte nichts.

Als auf das Großmaul Wachteln in Weinlaub folgten, teilte Lope mir mit, daß er und Constanza sein fünfhundertstes Stück feierten. Ich gratulierte ihm, denn ich war, auch ohne ihn zu mögen, beeindruckt. Ich war nicht einmal versucht, zu sagen (wie Luis Góngora das einmal getan hatte), daß Lopes Werke mehr Schönschriftübungen als Stücke waren.

»Na, wer weiß?« fragte er in einem Ton, aus dem klar wurde, daß *er* es wußte. »Vielleicht schreibe ich noch einmal fünfhundert, bevor ich am Ende bin. Aber ich habe Glück gehabt. Ein Mann muß seine Talente schärfen, solange er jung ist.« Seine Menschenfresserzähne strahlten mich an. »Sie, Don Miguel, haben trotz all der Jahre, die Sie als Papagei und als Sklave und so weiter verschwendet haben, zu Ihrer Zeit wie viele Stücke fabriziert, alter Knabe?«

Ich war mir nicht sicher, ob ein Stück, das nach einem Nachmittag abgesetzt worden war, zählte. Um sicherzugehen, sagte ich, ungefähr ein halbes Dutzend.

»Die man nicht schlechtmachen sollte«, räumte Lope ein. »Besonders wenn man bedenkt, daß Sie, was Sie einmal in Porres' Büro erwähnten, an einem guten Tag drei Seiten schaffen. Glauben Sie mir, wir, die die Musen mit einer leichten Hand verwöhnt haben, sind die ersten, die, wie ich damals sagte, dem ausdauernden Ackerer Achtung zollen.«

Ich war beinahe versucht, ihn zu korrigieren, da die Worte, die er vor so vielen Jahren gebraucht hatte, »der übereifrige Arbeitsame« gelautet hatten. Aber sein alliteratives Gedächtnis amüsierte mich, und ich sagte nichts.

Als das geröstete Spanferkel vom Nachtisch abgelöst worden war, wandte Constanza ihren bewundernden Blick von ihrem Begleiter und schenkte mir – glücklich, daß unsere Begegnung so problemlos verlaufen war – ein Lächeln.

»Lope«, hauchte sie, »ist ein echter Dramatiker.«

Tat das weh? Hielt ich inne, um darüber nachzudenken, was ein unechter Dramatiker vielleicht gerne schreiben würde?

»Oder noch ein weiteres *Tausend*«, sagte Lope. »Warum nicht? Die Rezeptur, das ist es, und man braucht nur vier wesentliche Zutaten dafür. Figurentypen, die das Publikum kennt; Handlungselemente, die das Publikum erwartet; eine Moral, die das Publikum gutheißt; und ein Weltbild, das von ihm weder verlangt, das Leben zu sehen, wie es ist, Gott bewahre, noch das Unmögliche zu schlucken. Vier Grundsätze, die jeder erlernen kann, es ist so einfach.«

»Ein Genie wie Lope zu sein«, setzte meine Nichte Constanza hinzu.

Ich schaute in ihr verzaubertes Gesicht. Und ich sagte nichts.

Lope tätschelte ihr die Hand und lehnte sich zurück – Sinnbild selbstgefälliger Gelassenheit, einschließlich Zigarre.

Ich sah ihm zu, wie er einen selbstgefälligen Rauchring blies und einen selbstgefälligen Finger durchsteckte. Und ich sagte nichts.

Erst als Constanza ein paar Takte aus »Auf den Wogen der Liebe« summte, fragte ich schließlich: »Vergessen Sie nicht Ihren fünften und grundsätzlichsten Grundsatz?«

Lope kicherte: »Was soll das denn sein, alter Knabe?«

»Ich dachte an übersteigerten Dünkel.«

Constanza kam ein paar Wochen später nach Hause, nachdem Lope sie wegen einer ehrgeizigen Schauspielerin verlassen hatte, die noch keine siebzehn Jahre alt war und ausgerechnet Micaela hieß.

»Du hast ihn beleidigt, du hast mein Leben zerstört, ich hasse dich«, klagte mich meine Nichte tränenüberströmt an.

Magdalena kam mir unerwartet zu Hilfe. »Gib deinem Onkel nicht die Schuld«, sagte sie. »Männer sind immer auf jüngere Frauen aus.«

Constanza brüllte wie der kolumbianische Affe meiner Nur-dem-Namen-nach-Frau Catalina.

Ich brachte viel Zeit damit zu, in der Nachbarschaft umherzustreifen – auf der Suche nach nichts Besonderem, was ich natürlich dann auch fand.

Der Sommer kam, und mit ihm zum erstenmal seit Jahrzehnten die Pest. Halb Madrid floh aufs Land, die andere Hälfte blieb daheim hinter geschlossenen Fensterläden und verriegelten Türen. Die Ärzte empfahlen Lederkleidung und Enthaltsamkeit. Alle kratzten sich die ganze Zeit: Es gab in jenem Sommer viele Flöhe. Jeden Tag kam der Leichenkarren an dem großen Steinhaus am Sonnentor vorbeigerattert. Santi Ambrosio nahm Andrea auf eine Reise nach Genua, Livorno und Pisa mit. Constanza hatte bis zum Herbst, als die Pest abflaute (die Seuche sollte im nächsten Sommer wiederkehren, und dann im Sommer darauf), verheulte Augen. Magdalena zählte ihre Rosenkranzperlen so oft, wie unsere Schwester Luisa es immer getan hatte, und machte sich Gedanken darüber, wie die Welt wohl ausgesehen hätte, wenn Gott eine Frau gewesen wäre.

Im Spätherbst kehrten Andrea und Santi zurück, und ich verließ das winzige Zimmer neben Catalinas Menagerie, halb taub von dem monatelangen Brüllen des Brüllaffen, um die beiden Stücke, die ich geschrieben hatte, zu Gaspar de Porres' Büro hinter dem Prinzentheater zu bringen. Der frühere Schauspielagent, mittlerweile Theaterdirektor, war nicht da, weshalb ich ihm die Manuskripte zusammen mit einem kleinen Brief hinterlegte.

Als ein paar Tage verstrichen waren, sagte ich mir, Gaspar de Porres müsse wohl vergessen haben, wo ich wohnte, und machte mich erneut auf den Weg zum Theater. Ich ging durch den *corral*, wo zwei Schauspielerinnen ein paar Töne von »Auf den Wogen der Liebe« zu trällern versuchten, und die Gasse entlang zum Direktionsbüro. Noch ehe ich dort war, konnte ich sie reden hören – Porres mit einer Stimme, die noch ihren bühnenerprobten Klang hatte, und Lope de Vega.

»Na ja, dann vielleicht *Der glückhafte Zuhälter*«, sagte Lope. Es war der Titel eines meiner beiden Stücke.

»Komödie, Tragödie, was ist es denn überhaupt?« seufzte Porres. »Ich sehe keine andere Möglichkeit, als es ihm gleich zurückzugeben.«

»Wie steht's mit der Provinz?« fragte Lope. »Gibt es keinen Theaterdirektor, der Ihnen einen Gefallen schuldet?«

»So groß kann gar kein Gefallen sein«, sagte Porres.

»Ist es so schlecht?«

»Es geht hier nicht um gut oder schlecht. Es geht um das Publikum.«

»Könnte ich sie bearbeiten? Ich habe einen Teil des Nachmittags frei«, sagte Lope.

»Erstens würde er das nicht zulassen. Zweitens, wie könnten Sie bearbeiten, was schon seine eigene Bearbeitung von *Leben in Algier* ist? Oder eine ›Komödie‹, in der diese Figur eine Schwäche für die eigene Schwester hat, in Gottes Namen? Doch ich bin neugierig«, sagte Porres. »Warum wollen Sie ihm helfen? Er mag Sie nicht gerade, und ich nehme an, das beruht auf Gegenseitigkeit.«

»Das stimmt. Aber seine Nichte ... war mir eine Zeitlang zu Gefallen.«

Ich trat in eine dunkle Ecke, als sie sich verabschiedeten, und sah Lope auf den Theater-*corral* zustolzieren. Ganz leise hörte ich immer noch die beiden Schauspielerinnen mein Lied singen. Plötzlich schmetterte Lopes Stimme, einer jener ungeschulten, aber reinen Baritonstimmen, los: »*Zwei* Sternen folgt mein Schifflein!«, und die beiden Schauspielerinnen lachten und klatschten in die Hände. »An deren süßem Glanz ich neu gesunde!« sang Lope – ein Vers, dachte ich, der im Mißklang zu dem Sänger stand. Im nächsten Moment aber schämte ich mich, weil ich jemanden schmähte, der mir, aus welchem Grund auch immer, helfen wollte.

Als ich wieder in dem großen Steinhaus am Sonnentor war, bat ich Santi Ambrosio um eine private Unterredung. Den ganzen Heimweg über hatte ich über sein früheres Angebot, mir zu helfen, nachgedacht. Ich wollte ihn bitten, mir eine schwägerliche Stelle im hintersten Hinterland der Abruzzen zu suchen, irgendwo, wo keiner wußte, daß es mit mir seit Lepanto oder – wenn er überhaupt auf Tatsachen beruhte – seit Schakaschiks *Zherbantay!*-Zyklus bergab gegangen war.
Doch als wir allein waren, hörte ich immer noch Lope mit diesem verdammt mühelosen Bariton mein Lied schmettern, und ich sagte: »Ich muß eine kleine Reise machen, Santi, und vielleicht könntest du mir etwas, äh...«

Mein Maultier stolperte in einer Schneewehe, strampelte sich wieder frei, trottete mühsam bergauf, und dann sah ich es endlich, riesig groß inmitten von wirbelnden Schneeflocken: zuerst halb verdeckte Spitz- und Rundtürme, gruppiert um die graue Kirchenkuppel, und darunter schließlich die karge schwarze Steinfassade des Mausoleums/Schlosses, das El Escorial oder (nach den Schlakkehügeln von den nahegelegenen Eisenhütten) der Schlackenhaufen oder richtig die Königliche Baustelle von San Lorenzo hieß.
Im Hof liefen königliche Lakaien auf mein Maultier zu – um mir beim Absteigen zu helfen, dachte ich. Dann merkte ich, daß sie gebieterisch am Zügel rissen und »Hier nicht!« riefen.
Ich sagte, ich würde gerne anderswo absteigen, wenn sie mir den Weg wiesen. Aber mein erschöpftes Maultier machte genau in diesem Augenblick Anstalten umzukippen. Um nicht zerquetscht zu werden, schwang ich mich aus dem Sattel und warf dabei einen ältlichen Kerl in einem einfachen Gewand um.
Die Lakaien eilten ihm zu Hilfe, aber der Mönch winkte ab, wischte sich den Schnee von seinem Gewand und fragte mich: »Haben Sie diese linke Hand bei der Schlacht der Unbesiegbaren abbekommen? Vor den Azoren? Bei Lepanto? In Flandern?«
»Bei der Seeschlacht von Lepanto«, antwortete ich, immer noch im Schnee sitzend. Der ältliche Mönch bot mir seine Hand an, und ich zog mich hoch. Durch meinen rechten Knöchel zuckte ein heftiger Schmerz, als ich mein Gewicht darauf verlagerte.

»Können Sie gehen? Wir können eine Bahre kommen lassen und Sie ins Hospital bringen.«
Aber auf seinen Arm gelehnt, konnte ich vorwärtshumpeln.
»Na, was führt Sie auf einem halbtoten Maultier zum Schlackenhaufen?« fragte der ältliche Mönch.
Ich sagte es ihm.
»Dieses Lied? Da-da-da-die, da-da-da-dah ... das ist alles, was wir hier die ganze Zeit hören – außer Gregorianischen Gesängen. Und Sie behaupten, unser Chorsänger hat es gestohlen?«
Hinkend (mein Gefährte, so wurde mir später klar, litt an Gicht) überquerten wir beide den Hof und stiegen eine Treppe hinauf zu einem kargen, weißgetünchten Raum mit einem Fenster, von dem aus man auf den Hochaltar der Kirche blickte, der vor Gold, Achat und Porphyr blitzte.
»Sind Sie hier der Küster?« fragte ich.
»So kann man es auch sehen«, sagte er und führte mich durch vier kahle Zellen, in denen kein Schmuck war außer vier Fassungen (alle von Hieronymus Bosch, sagte er) der Versuchung des heiligen Antonius durch den Teufel in der Wüste. In einer fünften und letzten, fensterlosen Zelle würde ich die Nacht zubringen.
Von der Schwelle aus sah ich, als der ältliche Küster eine Lampe entzündete, daß auch meine Zelle ein Gemälde von Hieronymus Bosch enthielt, das mit dem Heuwagen. Auf dem Heu sah man ein singendes Mädchen und einen auf der Flöte blasenden Jungen sowie ein sich umarmendes Liebespaar und einen knienden Engel sitzen; darüber, auf dahinziehenden Wolken, die Figur Christi; darunter am Boden einen böse dreinblickenden, Ablaßbriefe verkaufenden Scharlatan, eine Kupplerin, die ein Mädchen vom Land zur Prostitution verleitete, einen sein Opfer durchstoßenden Mörder, ein paar ausgezehrte, einen fetten Priester bedienende Nonnen, betrunkene Zecher, die unter den Rädern des Wagens zermalmt wurden – und falls noch irgendwelche Zweifel über Hieronymus' Absicht geblieben sein sollten, auf einer Seite des Gemäldes eine Horde Dämonen, die Sünder zu den Flammen ewiger Verdammnis schleppten.
»Die Fahrt auf dem Heuwagen«, sagte der alte Küster. »Die Todes-

fahrt. Bosch wußte, daß gute wie schlechte Christen manchmal solche Alpträume haben. Begeben Sie sich ja nicht hinein!«
Ich stand noch immer auf der Schwelle. Ich dachte, er meinte die Zelle.
»Bleiben Sie aus dem Gemälde draußen, meine ich«, warnte er mich. »Ich erkenne darin eine Menge Gesichter wieder. Tote. Da ist der alte Medina Sidonia, und das ist Alba, um nur zwei zu nennen. Glauben Sie, es ist eine Art Fegefeuer?«
Er schien keine Antwort zu erwarten. Er wandte sich zum Gehen und sagte: »Gut, wir werden Salvador für Sie suchen lassen. Und man wird Ihnen etwas zum Abendessen bringen. Gute Nacht.«
Die hatte ich nicht.
Der Bosch verhexte mich. Ich lag da und konnte nicht schlafen – oder träumte, nicht schlafen zu können. Die ganze Nacht hörte ich das Rumpeln der Wagenräder und fühlte das Heu neben mir schaukeln. Ich blies auf der Flöte, schaute das Mädchen im Heu neben mir an. Warum hatte ich ihre seltsame, überirdische Schönheit nicht im Lampenschein gesehen – diese Mähne weizenblonden Haares (diesen Kopf mit den dunklen Locken), diese leuchtend blaßblauen (verwirrend bernsteinfarbenen) Augen? Mit einer zarten, guten Stimme (Constanzas? Aldonzas?) sang sie: »Bleib! Die Stunde deines Scheidens/Wird auch meines Todes Stunde.« Ich blies wieder auf der Flöte, einen glockengleichen Ton, der zum Läuten des Angelus wurde.
Ich wälzte mich von meinem Strohsack, stellte mich auf mein linkes Bein, versuchte es dann mit dem rechten Knöchel und sah, daß er mich tragen konnte. Das Gemälde war nur ein Gemälde, das Mädchen nur ein Mädchen.
Der Küster kam mit einer dampfenden Schüssel Haferschleim herein. »In einer Stunde finden Sie Luis Salvador auf der Empore über dem Maskenhof.«
Auf der Empore stand ein pausbäckiger Mann, schnitt den Masken unten im Hof Fratzen und brachte dabei jedesmal eine vollkommene Tenornote heraus. Er hörte meine Schritte und sagte: »Hören Sie, der *giravolo* hat mir erzählt, er habe dieses Gedicht selbst geschrieben. Wie hätte ich das wissen sollen?«

»Wo ist er?«
»Wo immer *giravoli* den Winter über sind. Ich habe ihm für das Gedicht zehntausend Maravedís bezahlt.«
»Für *mein* Lied. Ist das alles?«
»Er war abgebrannt, nachdem er eine Saison lang in Irland Heilmittel gegen Schlangenbisse feilgeboten hatte. Zehntausend – für sämtliche Rechte.« Schweiß rann ihm das pausbäckige Gesicht hinab. »Wie hätte ich das wissen sollen?« fragte er wieder und wischte sich mit einem seidenen Taschentuch den Schweiß zwischen Nacken und Halskrause weg. »Wie wäre es mit fünfzigtausend, *und* Sie werden als der rechtmäßige Urheber genannt?«
Da ich nicht wußte, was ich sagen sollte, sagte ich nichts.
»Schon gut, schon gut. Einhunderttausend.«
Ich hob die Augenbrauen.
Er ging bis zweihundertfünfundzwanzigtausend Maravedís – gut fünfhundert Dukaten – und überreichte mir eine Börse.
»Sie sind hart im Geschäft«, sagte er. »Versprechen Sie mir wenigstens, dem König zu sagen, daß es ein Irrtum in bestem Wissen und Gewissen war.«
»Wie kann ich das?«
»Aber es *war* doch ein Irrtum in bestem Wissen und Gewissen.«
»Ich glaube Ihnen.«
»Dann sagen Sie es ihm. Plagiator hat er mich genannt. ›Sie denken sich mal lieber eine gute Erklärung dafür aus, Salvador‹, sagte er, ›oder Sie enden als Chorsänger irgendeines Bauernbarons in Murcia.‹ Und das meinte er so, Sie kennen den König; Redlichkeit ist sein zweiter Name.«
»Ein alter Mann im Mönchsgewand, ungefähr von meiner Größe, mit der allseits bekannten königlichen Gicht?«
»Ja, sicher. Erwarten Sie vielleicht etwas wie auf einem offiziellen Gemälde? Wie kommt ein Herumtreiber wie Sie überhaupt an den König?«
»Ich bin einfach in ihn hineingerannt«, sagte ich und wollte mit meiner Börse voll Gold zu den Gemächern des Königs zurückkehren, kam aber an einem vierten Sekretär nicht vorbei. Ich hinterließ eine Nachricht, mietete auf dem Schlackenhaufen ein neues Maul-

tier und ritt nach Hause, wo ich das Geld zurückzahlte, das Santi Ambrosio mir geliehen hatte. Das schien ihn zu überraschen. Ich kaufte eine Barettoque mit einem mit Halbedelsteinen bestickten Band für Andrea und eine gestreifte Seidenmaske für Magdalena, die dieser Tage nur mit verdecktem Gesicht außer Haus ging. Da Catalina keine Schmuckstücke annehmen durfte, beauftragte ich einen Metallschmied damit, geräumige Tierkäfige und ein paar Schaukeln für den Brüllaffen zu bauen. Für Constanza kaufte ich eine kastenförmige, bestickte Handtasche, der allerletzte Schrei, und legte als Glücksbringer ein paar Dukaten hinein. Sie schlang die Arme um meinen Nacken und sagte, sie habe es nicht so gemeint, als sie sagte, Lope sei ein echter Dramatiker, wenigstens nicht so, wie es geklungen habe. Er sei vielleicht die größte Berühmtheit in Madrid, meinte sie, und ich ginge vielleicht unbemerkt durch unser Viertel, aber es tue ihr leid. Ich war mir sicher, *was* ihr leid tat, dachte mir aber, daß sie es gut meinte.
Ich begab mich unverzüglich zur Königlichen Druckbehörde und ließ bestätigen, daß ich der offizielle Verfasser der Strophen von »Auf den Wogen der Liebe« sei. Eine Zeitlang folgte ich auf der Straße Fremden, die Salvadors Ohrwurm summten, aber ziemlich bald waren diese Leute kaum mehr zu finden. »Auf den Wogen der Liebe« hielt sich länger als die meisten Schlager, aber länger als die meisten ist auch irgendwann vorbei. Selbst zu Hause wurde es selten auf dem Cembalo gespielt oder bei den Küchenarbeiten gesungen.
Madrids zwei Jahreszeiten – Winter und Hölle – wechselten sich ab, die alljährliche Pest ließ nach, in meinen kupfernen Bart schlich sich Silber ein, ich schrieb ein Dutzend Lieder und zerriß sie wieder. Das Gold in meiner Börse schwand, obschon ich noch immer des Abends zur Taverna Isabel bummeln konnte, um mit Gab gemeinsam einen Becher zu leeren.
Eines Tages brachte ein Gerichtsschreiber eine Vorladung zu dem großen Steinhaus am Sonnentor; darin gebot man mir, in Sevilla zu erscheinen, um zu einer Anklage wegen Unterschlagung als Eintreiber an verschiedenen Orten in Andalusien Stellung zu nehmen. Da meine Karriere im Staatsdienst vor fast einem Jahrzehnt begonnen und geendet hatte, war dies mehr als lächerlich.

Mein Schwager drängte mich, eine Anhörung direkt in Madrid zu verlangen, doch die königlichen Prüfer sagten mir, daß die Akten alle in Sevilla seien und ich nach Sevilla reisen müsse.
Ich hatte genügend Geld für die Reise und für den Anwalt, den ich vermutlich benötigen würde, um ein offensichtliches bürokratisches Durcheinander zu entwirren. Als ich mein neuestes Mietmaultier den Weg Richtung Süden einschlagen ließ, wieder unterwegs, pfiff ich ein paar Takte eines Liedes, und es war nicht »Auf den Wogen der Liebe«.

Einunddreißigstes Kapitel
Von der Geburt des Don Quijote und dem Tode des Christopher Marlowe

Ein beleibter Reiter auf einem weißen Hengst galoppierte in den Patio des Luxus-*Hostals* in der Bayonne-Straße direkt gegenüber der Kathedrale von Sevilla. Der Marmor-und-Jaspis-Brunnen plätscherte, ein aus Südamerika importierter Vogel, der in den Zweigen des seltenen Carambuco-Baumes saß und ein Madrigal pfiff, brach mitten in einem Triller ab und stimmte ein Kriegslied an, und drei geschmeidige Negerinnen aus Fernando Po, die spärlich mit der bekannten grüngoldenen Livree bekleidet waren, sprangen auf, um den Zügel zu fassen, einen Platinsteigbügel zu halten und flink den Sombrero zu fangen, den der Reiter beim Absitzen lässig von sich warf.

Während das Pferd weggeführt wurde, stand ich von einer Marmorbank auf.

»Was willst *du* denn hier?« begrüßte mich mein alter Freund Tomás Gutiérrez.

»Ein Zimmer. Ich kann bezahlen.«

»Das ist ja etwas ganz Neues.«

Eine geschmeidige Negerin brachte ihm ein großes Gefäß mit einem kühlen Getränk. »Nichts ist erfrischender als Tigernußmilch«, sagte Tomás und trank. Dann grinste er, ein selbstzufriedenes Grinsen, das ihn um Jahre jünger wirken ließ. Er faßte sich an die breite violette Schärpe, die er schräg über der Brust trug. »Die Bruderschaft des Allerheiligsten Sakraments von Sagrario«, sagte er. »Ich bin zum vorläufigen Mitglied gewählt worden.«

»Wie hast du das geschafft?« fragte ich, da ich mich erinnerte, daß er vor unserer letzten Begegnung ausgeschlossen worden war.

»Versammlungsräume. Sie haben einen Ort gebraucht, wo sie sich treffen können, und hier im Wirtshaus, ich meine, im *Hostal*, habe

ich diesen Bankettsaal, in den locker zweihundert Leute passen. Der Goldküstensaal. Mit achtzehnkarätigem Blattgold verziert, unauffällig natürlich. Erinnerst du dich an das Sprüchlein, das du über das Hotel geschrieben hast? Es hat wirklich eingeschlagen, nachdem ich es habe vertonen lassen.«
Ich sagte ziemlich barsch, ich hätte kein Interesse an Versen von mir, die vertont worden seien.
Aber Tomás trällerte trotzdem:

»Wer für angebracht es hält,
Sich erst in dies *Hostal* zu wagen
Und dann noch nach dem Preis zu fragen
Schlecht ist's um den als Gast bestellt.«

Als ich sah, daß Tomás' Tigernußmilchglas leer war, ging ich zum Brunnen und trank.
»Was wäre, wenn einer meiner Sagrariobrüder hereinkommen und dich sehen würde, wie du Wasser aus einem Zierbrunnen schlürfst?« schalt Tomás mich. »Einem Brunnen aus Marmor und Jaspis! Was wäre, wenn er erfahren würde, daß du ein Freund von mir bist? Seltsam, wie Menschen sich verändern! Wir stammen aus derselben Gesellschaftsschicht, aber wir sind verschiedene Wege gegangen. Einer als der Besitzer des besten erstklassigen Luxus-*Hostals* in ganz Spanien, der andere ein Herumtreiber –«
So war ich nun zum zweitenmal genannt worden. Warum es mich hätte überraschen sollen, weiß ich nicht.
»– der sogar Judenarbeit angenommen hat, um auf Achse sein zu können. Sehe *ich* eigentlich wie ein Neuchrist aus?« fragte er, plötzlich unsicher geworden.
Ich versuchte, mir diesen übergewichtigen Wirt zwischen den zerlumpten und ausgehungerten Flüchtlingen von dem Dogger vorzustellen. »Nein«, sagte ich.
Tomás strahlte. Dann setzte er eine finstere Miene auf: »Im Wirtshaus, ich meine, im *Hostal*, ist kein Zimmer frei. Es sei denn, du würdest dich mit dem Raum unten bescheiden, den ich dir das letztemal gegeben habe, beim Kommen und Gehen den Hinterein-

gang benutzen und versuchen, mehr zu gehen als zu kommen ... Hey, erinnerst du dich an meinen alten Kumpel Juan Rufo?«
»Klar.«
»Kommt vorwärts in der Welt, genau wie ich. Hat eine königliche Ernennung zum Oberrichter hier in der Gegend. Wieso stellt seine Behörde denn Nachforschungen über dich an?« fragte Tomás.
Da Tomás Tomás war, wußte ich nicht, was ich sagen sollte. Ich entschied mich für: »Mal wieder Zeit für die übliche Anhörung. Du kennst doch die Bürokratie.«
»Ich habe ihnen gesagt, daß es mindestens vier, fünf Jahre her ist, seit du zum letztenmal hiergewesen bist, weil, wenn du hiergewesen wärst, hätte ich es gewußt, weil du *hier* gewesen wärst. Zum Schmarotzen«, fügte Tomás hinzu.
»Ich habe gesagt, ich kann zahlen«, schnaubte ich und kapierte dann erst, was er noch gesagt hatte. »Willst du sagen, die Prüfer meinen, ich sei vor kurzem hiergewesen?«
»Es waren tatsächlich zwei Ermittler des Oberrichters da, des mächtigsten Mannes in Sevilla, meines alten Freundes Juan Rufo.«
»Ich suche ihn besser auf«, sagte ich.

Juan Rufo ließ mich drei Stunden warten. Nach der kleinstmöglichen Umarmung, die die Etikette erlaubte, sagte er: »Ich habe gehört, Andreas Ehe mit diesem unsteten Medici-Kaufmann scheint zu klappen.«
»Er ist ein guter Ehemann und ein anständiger Mensch.«
»Sind sie das nicht alle, wenn sie reich sind?« meinte Juan Rufo. Sein Zwillingsspitzbart war vollständig silbern geworden. Der Adlerblick in seinen Augen, den er so eifrig pflegte, war zum Blick eines Riesenkondors aus den Anden, des größten aller Raubvögel, geworden.
»Ich habe einen Haftbefehl für dich«, erklärte er mir.
»Überflüssig«, sagte ich. »Ich bin freiwillig hier.«
»Ich werde dich trotzdem in Haft nehmen müssen. Jeder Oberrichter, der das Gesetz zugunsten eines alten ... Bekannten beugt, überschreitet bereits die Grenze zur Korruption. Und nach dem ersten Schritt fällt es einem immer leichter.«

»Die Anschuldigungen sind Unsinn. Ich bin seit Jahren nirgendwo in Andalusien gewesen.«
Juan Rufo öffnete eine überquellende Akte. »Veruntreuung... von königlichen Geldern zum Kauf von Getreide und Futter für die Unbesiegbare Armada... 1590 in Écija... 1593 in Vélez Málaga, La Rambla und Castro del Río, 1591 in Almuñécar und La Herradura und von 1594 bis heute wieder in...«
»Jetzt aber mal halblang!« rief ich. »Das ist alles ganz offensichtlich ein blöder Irrtum. Du hast gesagt, Gelder für die Unbesiegbare Armada. Die ist aber 1588 untergegangen. Wie kann ich oder sonst einer dann in den Jahren darauf Gelder für sie veruntreut haben?«
»Die typisch falsche Vorstellung eines Laien«, sagte Juan Rufo. »Das Militär hat nicht aufgehört, Gelder für die Unbesiegbare Armada einzutreiben, nur weil sie untergegangen ist. Die Beschaffung von Geldern für militärische Belange ist ein Selbstzweck. Wenn überhaupt, dann sind die Raten sogar höher denn je.«
Ich versuchte es noch einmal: »Ich war in all diesen Jahren an *keinem* dieser Orte. Einen Teil der Zeit war ich gar nicht im Lande.«
Die Kondoraugen meines alten Freundes Juan Rufo wurden schmäler. Er riß ein Blatt aus der Akte und drehte es um, so daß ich es mit der richtigen Seite nach oben sehen konnte. Die letzte Zeile trug meine Unterschrift.
»Was ist das?« rief ich.
»Deine Unterschrift«, sagte Juan Rufo. »Leugnest du es?«
»Nein, aber... das heißt, es *sieht aus* wie meine Unterschrift, aber wie kann es meine Unterschrift sein, wenn ich nie ein« – ich überflog das Blatt – »offizielles Dokument unterzeichnet habe, das den Erhalt eines unleserlichen Betrags von Maravedís quittiert, vom Obereintreiber zur Auszahlung an das Dorf La Herradura bestimmt, um –«
»Aber du hast diesen unleserlichen Betrag erhalten, wenn das deine Unterschrift ist.«
Je länger ich es betrachtete, desto mehr sah es genau wie meine Unterschrift aus.
Juan Rufo zog noch mehr Blätter aus der Akte. »Um fortzufahren: Von 1588 bis heute, wenn wir deine Arbeit als Steuerpächter ebenso

berücksichtigen wie die als Eintreiber, das heißt Gelder, die dir *von* verschiedenen Gemeinden gezahlt wurden, ebenso wie solche, die dir *für* die verschiedenen Gemeinden anvertraut wurden –«
»Ich war nie Steuerpächter, keine fünf Minuten lang! Das ist Judenarbeit!« sagte ich und fügte gleich hinzu: »Das letzte nehme ich zurück.«
»Dann gibst du also die Unterschlagungen als Steuerpächter zu? Ich verfahre so milde mit dir, wie das Gesetz es zuläßt, Miguel.«
»Ich bin in keiner Weise schuldig.«
»Ein Richter lernt bald, daß jeder in irgendeiner Weise schuldig ist. Du bist, in diesem Falle, der Unterschlagung von zwei Millionen fünfhundertsiebenundfünfzigtausendneunundzwanzig Maravedís schuldig. Letztes Jahr wurden drei Steuerpächter wegen Veruntreuung gehängt.«
»Die ganze Sache ist lächerlich«, sagte ich. »Diese Akte könnte als ein Mandat von Señor Zum durchgehen.«
»Willst du ihn? Er ist gut.«
»Ich will Juan D.«
»Wen?«
»Meinen Bruder Juan den Düsteren.«
Als Juan Rufo nur die Achseln zuckte, platzte ich heraus: »Pierre Papins Spielhölle! Das ist die Lösung!«
»Willst du damit sagen, du hast zwei Millionen fünfhundertsiebenundfünfzigtausendneunundzwanzig Maravedís einfach *verspielt?*«
»Ich will damit sagen, daß ich Juan D. durch Papin eine Nachricht zukommen lassen könnte.«
»Als Oberrichter habe ich alle Spielhöllen in der Stadt schließen lassen, bis gewisse ... Vereinbarungen zwischen ihnen und dieser Behörde getroffen sind«, verkündete Juan Rufo.
»Aber ich muß Juan D. eine Nachricht zukommen lassen. Auch bei Tomás Gutiérrez könnte ich vielleicht eine hinterlassen.«
Juan Rufo war einverstanden, die Nachricht zustellen zu lassen, und ich schrieb sie und wurde in das königliche Gefängnis in der Sierpes-Straße verfrachtet, wo Juan D. selbst eine Zeitlang eingekerkert gewesen war, nachdem er Pedro (den Killer) Pacheco Portocarrero umgebracht hatte, und wo meine Schwester Andrea, als sie sah, wie

sich die Tore hinter einem Zug Gefangener schlossen, das Zweite Gesicht gehabt hatte und in Trance gemurmelt hatte: »Lieber Gott... Miguel... so viele Gefängniszellen.«

In meiner Arrestzelle in der *audiencia* saßen vierzig oder fünfzig Möchtegernanwälte, wie man sie in Gefängnissen oft findet, und alle waren sie sich einig, daß das einzig Richtige sei, wenn möglich Señor Zum zu gewinnen – denn es sei ein Jammer, daß er derart mit namenlosen Geschäften beschäftigt war (für sie bedeutete namenlos nur namenlos). Aber schließlich führte mich eines Tages ein ehrfürchtig blickender Wächter hinaus in den Gefängnisgang, wo zwischen den üblichen Ehefrauen, Huren, Wächtern und Anwälten Señor Zum meiner harrte.

Seine lange Nase, die Gott oder der Teufel zu einer Spitze zusammengezwickt hatte, war mangels Benutzung stumpfer denn je. Während unseres Gesprächs rührte er sie nicht ein einziges Mal an, nicht einmal, als sie zum zweitenmal blutete.

»Meine herzlichen Glückwünsche, Don Miguel«, sagte er. »Es wird zu keinem Verfahren kommen.«

Das überraschte mich kaum. Es war alles nur einer jener bürokratischen Schlamassel zum Verrücktwerden gewesen, wie sie in dem ersten Reich, in dem die Sonne niemals unterging, so verbreitet waren.

»Irgendwelche Formalitäten, oder kann ich jetzt gehen?«

»Sie werden heute«, sagte Señor Zum, »von der *audiencia* in das eigentliche Gefängnis übergeführt.«

»Aber ich bin unschuldig. Ich habe nichts unterschlagen.«

»Nur zwei Menschen auf der Welt – oder, Sie eingeschlossen, drei – wissen das, und es besteht überhaupt keine Möglichkeit, daß ich dafür den Beweis führen könnte, nicht wenn ich versuche, das Versprechen, das ich meiner lieben Schwester auf ihrem Sterbebett gegeben habe, in Ehren zu halten. Ich habe daher einer nichtöffentlichen Sitzung zugestimmt, anstelle einer Gerichtsverhandlung, bei der Sie zum Tod durch den Strang hätten verurteilt werden können.«

»Aber ich bin unschuldig.«

»Ich habe ein nur für die Akten bestimmtes Geständnis hinsichtlich der verminderten Anklage auf Unterschlagung von Geldern von und für die Städte und Dörfer Écija, La Rambla, Castro del Río, Vélez Málaga und Almuñécar eingereicht.«
»Verminderte Anklage!«
»Beim Aushandeln des Geständnisses wurden die Anklagen wegen Veruntreuung von Geldern von und für La Herradura fallengelassen und der veruntreute Betrag dadurch von zwei Millionen fünfhundertsiebenundfünfzigtausendneunundzwanzig Maravedís auf zwei Millionen dreihundertfünfundvierzigtausendvierhundertzweiundzwanzig Maravedís und damit Ihr Strafmaß von zehn auf neun Jahre gemindert.«
Ich schlug ihn. Sie können sich denken, mit welcher Hand. Er stürzte zu Boden. Wächter packten mich und hielten mir die Arme fest.
»Ich verlange nach Juan D.«
Señor Zum stand wieder auf. Seine Nase blutete, aber, ich sagte es bereits, er berührte sie nicht einmal. Trotz allem fand ich seine Willenskraft bewundernswert. Er sagte: »Er ist nicht hier.«
»Wer hat Sie dann geschickt?«
»Er. Deswegen hat es so lange gedauert. Er ist... im Quillpusher-Land.« Señor Zum richtete seine Nasenspitze auf das, was einmal meine linke Hand gewesen war. »Können Sie das Ding unter Kontrolle halten?«
Als ich versprach, es zu versuchen, winkte er die Wächter hinaus.
»Ich verlange nach Goldzahn«, sagte ich.
»Das würde ich nicht. Wenn ich Sie wäre. Es passieren seltsame Dinge, tausend Meilen von überall.«
»Was für seltsame Dinge?«
»Ich brauche das leider nicht zu wissen. Aber man kann wissen, daß Dinge seltsam *sind*, ohne zu wissen, *auf welche Weise* sie seltsam sind. Nehmen Sie zum Beispiel nur Ihre Unterschrift.«
»Das war nicht meine Unterschrift.«
»Natürlich nicht. Mein Neffe Dusel kann gut mit der Feder umgehen.« Señor Zum verströmte Familienstolz.
»Dann geben Sie es zu.«

»Da ist nichts zuzugeben. In der Welt der Schriftstücke, von denen die juristische Zunft weiß, daß sie wirklicher als die wirkliche Welt ist, ist eine authentische Unterschrift eine authentische Unterschrift.«

»Nicht, wenn jemand anderer sie geleistet hat.«

»Aber das haben Sie während der nichtöffentlichen Anhörung nicht zu Protokoll gegeben, als Sie verurteilt wurden.«

»Ich war ja nicht einmal dabei!«

»Sie wurden anwaltlich vertreten. Das ist dasselbe. Wahrhaftig, Don Miguel, Sie sind ein sehr schwieriger Mandant.«

Ich suchte verzweifelt nach einem Ausweg. »Obereintreiber Isunza!« rief ich. »Er kann bezeugen, daß ich, noch bevor die Unbesiegbare Armada in See stach, nicht mehr für ihn gearbeitet habe.«

»Das hätte er vielleicht können, wenn er nicht 1593 gestorben wäre.«

Señor Zum versuchte nicht, mich zu täuschen, um seinen Neffen zu schützen. Die Geschichte verzeichnet tatsächlich im Jahr 1593 den natürlichen Tod des erbarmungslos besessenen Pedro de Isunza. *Ojalá*, daß dem nur so wäre!

»Doch wenn man vier Jahre für gute Führung abrechnet, dann sitzen Sie vielleicht gerade fünf Jahre; und in dieser Zeit wird der neue, einflußreiche Obereintreiber für Andalusien, der zufällig mein Neffe Dusel ist, zusehen, daß Sie die beste Unterbringung und Behandlung erfahren.«

Ich schlug ihn wieder. Sie können sich denken, mit welcher Hand. Und wieder stürzte er zu Boden. Aber seine Willenskraft war ungebrochen. Durch das Blut, das ihm aus der Nase rann, hindurch sagte er: »Sie sind überanstrengt. Die Mandanten sind das oft, wenn sie trotz meiner größten Anstrengungen für schuldig befunden werden. Mein Versprechen gilt. Dusel wird Ihnen eine Vorzugsbehandlung verschaffen.«

Das tat Dusel, obschon es etwa einen Monat dauerte, bis er die Räder geschmiert hatte, einen Monat, währenddessen ich in einem Schlafsaal für Herumtreiber wie mich, die nicht auf die Hilfe der Gefängnisgemeinde der *hampa* rechnen konnten, auf dem Boden zu liegen hatte (alle Kojen waren besetzt). Hand- und Fußfesseln scheuerten mir die Glieder wund. Doch während sie in Algier Ehrenzeichen gewesen waren, waren sie hier Zeichen der Demütigung. Ich war der Niederste der Niederen und wäre noch tiefer im Morast des Selbstmitleids versunken (womit man oft lebenslänglich gestraft ist), hätte es nicht Señor Zums Neffen Dusel gegeben – der dafür verantwortlich war, daß ich statt seiner einsaß. Eine der ironischen Wendungen des Lebens, aber ich konnte mir keine ironischen Gedanken machen (noch irgendwelche anderen; ich vegetierte einfach dahin; sein heißt *migas* essen), bis mir Wachen die Ketten abnahmen und mich nach oben in eine Einzelzelle geleiteten, die über einen schmalen Fensterschlitz und zwei Borde voller Bücher verfügte. Dort fand ich den *Orlando* in seinen vielen Gemütszuständen und *Amadís von Gallien* und eine Anthologie, die ich nie zuvor gesehen hatte und seitdem nie wieder sah; sie enthielt die Abenteuer von solch fahrenden Rittern wie Sir Gawain und Sir Lanval, Guy von Warwick, Holger dem Dänen, Roland und Oliver, Pierre de Provence, McLaughlin dem Schotten, dem Roten Ritter, dem Grünen Ritter und anderen farbigen Helden. Ich las diese Bücher und las sie wieder und las sie wieder wieder, bis sie auseinanderfielen. Und je länger ich las, desto vernünftiger schien mir ihre Welt und desto widersinniger meine (und Ihre). Wundert Sie das? In Amsterdam war ich eingesperrt worden (und wäre es immer noch, wäre jene Schiffsladung Brasilholz nicht aufgebracht worden), weil ich einen Bruder mit einer Brust voller Orden hatte, und hier in Sevilla hatte man mich wegen Verbrechen eingesperrt, die der Neffe meines eigenen Rechtsanwalts in meinem Namen begangen hatte. Angesichts solchen Widersinns mußte ich etwas tun oder, wie nicht wenige Gefangene, verrückt werden. Also bat ich den Wärter um Papier, Tintenfaß und Federn. Dann starrte ich diese Dinge tagelang an und dachte nach.

Ich dachte an die Verbindung meiner Familie zu Kolumbus und ihre *converso*-Herkunft. Ich dachte an meinen Vater im Schuldturm und an den Tod des Patriarchen und an das erste Weh einer verbotenen Zuneigung zu meiner Schwester Andrea, die gar nicht meine Schwester war. Ich dachte an Picapleitos alias Señor Zum und an

Luis den schwarzen Sklaven, später Luis Schwarzsklave, jetzt Goldzahn geheißen. Ich erinnerte mich daran, wie ich Juan D., als er noch nicht Juan D. war, vor den Zigeunern von Triana gerettet hatte. Ich erinnerte mich an die Geburt der spätgeborenen kleinen Constanza und an mein Duell mit Nicolás Ovandos grobschlächtigem Ersatzkämpfer Sigura, an meine Flucht nach Italien, an Vetter Gaspar und an den armen, verrückten, großartigen Tasso und seine Schwester Cornelia (*è bella, bella!*). Ich erinnerte mich an meinen Bruder Rodrigo, der den Ruhm suchte, als sei er der Heilige Gral, und ich erlebte die Seeschlacht von Lepanto und unsere Gefangennahme durch Barbarenpiraten wieder. Ich begegnete noch einmal Cide Hamete Benengeli auf seiner Sterbematte und Zoraida der Trancetänzerin und ihrem Onkel Suleiman Sa'adah, dem manchmal (wie irrtümlich?) der Weise Genannten, und Michele/Micaela mit der klassischen kallipygischen Kurve (spielst du noch immer deine gefährlichen Spiele, Micaela?). Und ich erinnerte mich an Schakaschik-der-sein-eigenes-Lied-singt, und das, was er über mich sang, und wie konnte ich meinen Tod auf dem Platz der Greuel vergessen? Ich erinnerte mich, wie für meinen armen, geschrumpften Vater auf immer das Unterwegssein vorbei war, wie er sich mit einem alten verrosteten Schwert auf der Wenn-nur-Bank verteidigte. Ich erinnerte mich an Catalina als Braut und an Andrea. Ich erinnerte mich an Gabriel Múñoz und Pierre Papin und an den Strand der Endgültigen Hoffnungslosigkeit und den Fugger Hasko von Nacht zu Nebel und Kit Marlowe alias Quillpusher und den Banditen Aurelio Ollero, den ich nie kennengelernt habe, und an all die Menschen und Orte, die an mir vorüber-, aber auch in mich *ein*gegangen sind, und ich schaute auf den Stoß Papier und das volle Tintenfaß, und ich schrieb über nichts von alldem.

Es bedarf eines größeren Selbstbewußtseins als des meinen, um nur über das, was man kennt, zu schreiben, wie einige (nicht Lope, wette ich) immer verlangen. »Schreibe über das, was du kennst« ist ein dummer Ratschlag, wenn Sie mich fragen. Die Maler malen nicht nur das, was sie an der Straßenecke sehen (es sei denn, die Straßen des Hieronymus Bosch waren von den meinen sehr verschieden) – warum sollten sich dann die Schriftsteller durch unmit-

telbare Kenntnis einengen lassen? Schriftsteller werden, sobald sie bei der Arbeit sind, einzelgängerisch und regelrecht dumm. Wenn jeder Schriftsteller über das schreiben würde, was er kennt, wären die Bücher voller Schriftsteller, die Zeilen durchstreichen, voll Überdruß Blätter zusammenknüllen, trüb auf leeres Papier starren, verzweifelt mit Tintenfässern schmeißen – aber nur gegen die Wand und nicht, wie Martin Luther, nach dem Teufel.
Über das schreiben, was man kennt? Das ist nicht nur ein schlechter Ratschlag, das ist ein Schritt zurück. Ein Schriftsteller muß über das, was er kennt, *hinausgehen*. Und tut er dies, und tut er es richtig, so verleihen die Dinge, die er unmittelbar kennt, durch eine unerklärliche Alchimie dennoch ihre Wahrheit dem, worüber er schreibt.
Also starrte ich auf das leere Papier, das mir der von Dusel bestochene Wärter gebracht hatte, und plötzlich tauchte ich eine der Federn in das Tintenfaß und schrieb das Wort *ingenioso* und wußte erst nicht, warum. Tatsächlich strich ich es aus und ersetzte es durch *ingenuo*, strich dann dies aus und schrieb wieder *ingenioso* hin. Kann jemand auf die Idee kommen, sinnreich zu sein, wenn er wirklich sinnreich ist? Klar; das kommt dauernd vor.
Ich fing auf einer neuen Seite an.

El ingenioso hidalgo
Don Quijote de la Mancha

Nach dem Titel schrieb ich den traditionellen *ráwi*-Anfang »Es war einmal«, aber irgendwie schien dies nicht ganz richtig zu sein; also strich ich es durch und begann in Abwandlung einer verbreiteten spanischen Weise, eine Geschichte anzufangen, bei der der Leser dadurch verführt werden soll, daß man den Handlungsort festlegt, ohne zu sagen, wo. Ich schrieb:
En un lugar de la Mancha, de cuyo nombre no quiero acordarme,
und lächelte, weil dem *»no quiero acordarme«* etwas Geheimnisvolles innewohnte, das dem gewöhnlichen *»no recuerdo«* oder *»no me viene a la memoria«* gefehlt hätte. Erfreut schrieb ich weiter:
no ha mucho tiempo que vivía un hidalgo,
und lächelte wieder, diesmal aber traurig, weil ich mich daran

erinnerte, wieviel es meinem Vater bedeutet hatte, ein *hidalgo* zu werden. Und ich tauchte die Feder ein, und ziemlich bald schrieb ich, daß dieser sinnreiche Ritter (der für mich auch immer treuherzigen Sinnes sein würde, auch wenn ich dieses Wort – *ingenuo* – ausgestrichen hatte, denn ein Wort auszustreichen ist nicht dasselbe wie es nie geschrieben haben) von all den Rittergeschichten, die er gelesen hatte, so verwirrt wurde, daß sie für ihn wirklicher wurden als die wirkliche Welt, die im übrigen einige Verbesserungen vertragen konnte, so daß er beschloß, selbst zum fahrenden Ritter zu werden und Ungerechtigkeiten zu richten, wo immer er ihnen begegnete (der wohltätige Machismo in Person, könnte man sagen). Es wurde dunkel, als ich schrieb, daß das erste, was er auf seinen Entschluß hin tat, war, auf den Dachboden zu steigen, wo er eine verrostete Rüstung fand, die seinen Vorfahren gehört hatte und seit undenklichen Zeiten als Staubfänger in einer Ecke stand.

Als ich mein Schreibzeug beiseite legte, mußte ich über die verbeulte alte Rüstung nachdenken, die ich so klar vor mir sehen konnte wie das verrostete Schwert, das mein Vater zur Verteidigung seiner Träume auf der Wenn-nur-Bank geschwungen hatte. Sollte sie für etwas stehen? Selbst wenn ich dabei nichts im Sinn hatte, dann hatten es die Leser vielleicht – ein verbreitetes Problem für einen Schriftsteller, der nicht mit Symbolen, sondern nur mit Andeutungen arbeitet. Sollte diese Ahnenrüstung den Schutz eines dünnhäutigen Menschen – wie mein Ritter von der traurigen Gestalt gewiß einer war – vor Angriffen auf die Reinheit seines Blutes bedeuten? Wenn dem so war, dann funktionierte es nicht. Würde mein Ritter nicht bald vom Pferd geworfen und flachgelegt werden, von seiner Rüstung so behindert, daß ein zorniger Maultiertreiber ihn mit seiner eigenen Lanze würde bewußtlos prügeln können? Oder war die Rüstung etwas völlig anderes – vielleicht ein unangemessener Schutz gegen seine eigenen, dunkleren Triebe? Ja, würde er denn *wirklich* wieder unterwegs sein?

Ich gebe darauf keine Antwort; es genügt, zu fragen. Eine Frage stellen ist wie ein Wort ausstreichen, das Wort *ingenuo* zum Beispiel: Gerade so, wie von dem Wort etwas bleibt, ist die Antwort auf die Frage in der Frage selbst enthalten.

Ich schrieb, und die Seiten begannen sich zu stapeln, und die Jahreszeiten wechselten, und in meiner Zelle wurde es erstickend heiß, und zwischen den Federstrichen kratzte ich mich wie verrückt, weil die Fliegen (wie auch die Ratten) in diesem Sommer schlimm waren, so schlimm, daß mein erster Wärter sagte, sie müßten aus Madrid heruntergekommen sein wie alles Übel, wie die Pest selbst, die Pest, die bald Leichenkarren durch die Straßen schickte, so mein nächster Wärter (der alte war »dahingegangen«, sagte der neue, sich bekreuzigend), ein sehr nervöser junger Mann, der schreiend davonlief, als der Leichenkarren zum erstenmal hereinfuhr und vollbeladen mit Insassen weiterrumpelte, die von Fieber, Erbrechen, Delirium, schwarzvioletten Schwellungen wie vergiftete Früchte unter den Achselhöhlen dahingerafft worden waren, und bald rumpelte jener Karren täglich vorbei, und ich schrieb weiter, und der nächste Wärter sah wie ein Zigeuner aus, und der nächste war Ausländer, ein Fahnenflüchtiger von einem Schiff in dem nun fast leeren Hafen (von dem aus der Freund meines Urgroßvaters, Christoph Kolumbus, in See gestochen war), der mit halbverrückter Stimme immer wieder sang: »Ich bin krank, ich muß sterben, der Herr sei uns gnädig!« und der dieses Trauerlied auf die Zellentüren, hinter denen Gefangene verendet waren, kritzelte, bis er mich eines Tages zu meinem täglichen Freigang hinausließ und ich es auf fast jeder Tür, an der ich vorüberging, sah, also ging ich zurück an meine Arbeit und verlor mich im Kampf mit Riesen, die sich als standhafte Windmühlen der Mancha herausstellten, und als diese Episode fertig war, merkte ich, daß niemand dagewesen war, um mir meinen täglichen Napf *migas* zu bringen, noch war der Leichenkarren vorbeigerumpelt, noch hatte mir ein nächster neuer Wärter die Zelle aufgeschlossen, um mich zu meinem Freigang herauszulassen, also rief ich: »He, da draußen, *¿que pasa?*«, worauf ich keine Antwort außer einer gespenstischen Stille bekam, so daß ich gegen meine Zellentür trommelte, die freundlicherweise aufging, und ich stand lange da und lauschte auf gar nichts, bis vom Hafen eine Kanone zu donnern anfing und alle Kirchenglocken der Stadt zu dröhnen begannen, und ich schloß die Zellentür hinter mir und setzte mich wieder hin, um den Kampf des Ritters von der

traurigen Gestalt mit dem sogenannten tapferen Biskayer fertig zu schreiben, der mich sehr an Nicolás de Ovandos grobschlächtigen Ersatzkämpfer Sigura erinnerte, ehe ich das Manuskript einsammelte und an allen Türen, auf die der letzte Wärter »Ich bin krank, ich muß sterben, der Herr sei uns gnädig!« gekritzelt hatte, und das waren alle Türen in dem Gang außer meiner, vorbei und hinunter in einen leichenübersäten Hof und durch ein Tor auf die Sierpes-Straße trat, wo ich ein paar schwarzgekleidete Zigeuner vorbeiwanken sah, und einen Zug schwarzverhüllter Esel und zwei Reiter, sie und ihre Pferde ebenfalls in Schwarz, und alle Geschäftsauslagen waren schwarz verhängt, die Stadt trauerte sichtlich um sich selbst, und ich ging zur Kathedrale, deren Glocken immer lauter dröhnten, und schlug gegen die Tür des *Hostals* in der Bayonne-Straße, die sofort von einer von Tomás Gutiérrez' geschmeidigen Negerinnen aus Fernando Po geöffnet wurde, die anstelle des üblichen Lendenschurzes im Grüngold des *Hostals* ein Höschen aus schwarzer Seide trug, während Tomás in einem dreißiglagigen schwarzen Samtanzug, die breite violette Schärpe der Sagrario-Bruderschaft ebenfalls schwarz umstickt, angeschnauft kam, mit beiden fetten, manikürten Grübchenhänden Wedelbewegungen machte und rief:
»Raus! Raus hier, du Rumtreiber! Willst du mich ruinieren?«
Aus Südamerika importierte Vögel sangen kummervoll in den Ästen des seltenen Carambuco-Baumes, und Wasser, so dunkel, daß es schwarz wirkte, floß aus dem Marmor-und-Jaspis-Brunnen.
»Tomás, ich möchte mich nur herrichten und eine Nacht anständig schlafen, ehe ich –«
»Raus, habe ich gesagt! Die Pest ist schon schlimm genug, ich brauche keinen Ex-Sträfling oder geflohenen Flüchtling oder was du auch bist hier, wenn die Bruderschaft in ein paar Minuten zur Gedenkmesse hierherkommt. Wenn sie dich und mich zusammen sehen, könnte ich immer noch ausgeschlossen werden, ich bin nur ein vorläufiges Mitglied, mein ganzes Leben habe ich davon geträumt, was habe ich dir bloß getan, raus, raus, raus, von heute an habe ich nie etwas von dir gehört, von keinem Scheißkerl, der Streifen trägt, *Streifen!*, während auf dem Schlackenhaufen König Philipp II. der Todliebende daliegt, an einem schrecklichen Tod

gestorben, giftige Schwären an seinem ganzen Körper, heißt es, und seine Knochen von der –«
»Der König ist tot?« fragte ich.
»Lang lebe der König«, entgegnete Tomás fast, als ob es eine Gegenlosung sei. »Lang lebe Philipp III. der Unrühmliche!« Anstatt mit beiden fetten, manikürten Grübchenhänden in der Luft herumzuwedeln, schubste er mich. »Raus! Raus aus meinem Leben, für immer, du Schnorrer, du Schmarotzer, du schwarzer Unglücksrabe!«
Ich ging ein paar Schritte und war mir meiner Gefängniskleidung aufs schärfste bewußt. Wie weit konnte ich selbst in einer Stadt, die von der Pest gelähmt war, kommen, ohne geschnappt zu werden?
»Psst! Don Miguel!«
Ich wirbelte herum. Seiteneingang. Geschmeidige Negerin aus Fernando Po in schwarzem Seidenhöschen.
»Ich habe Sie immer für einen Weißen gehalten«, sagte sie.
»Nun, äh – das bin ich.«
»Ich habe gedacht, er hat Sie einen Schwarzen genannt«, sagte sie. Ihr offenes hübsches Gesicht begann sich zu verschließen. Wie auch der Seiteneingang.
»Schwarzer Unglücksrabe. Er hat mich schwarzer Unglücksrabe genannt.«
Die Tür ging wieder auf. »Klingt ziemlich ähnlich, wenn Sie mich fragen. So, wie Sie angezogen sind, kommen Sie keine fünfzig Schritt weit. Hier.« Sie reichte mir einen schwarzen Seidenumhang heraus.
Ich nahm den Umhang, und da ich nicht wußte, was ich mit meinem Manuskript tun sollte, gab ich es ihr zur Aufbewahrung.
»Ziehen Sie diesen Umhang über, Mann!« sagte sie. »Sie sehen aus wie der Dom von Siena.«
»Sie waren in Siena?«
»Sie wären überrascht darüber, wo ich schon überall gewesen bin, über die Dinge, die ich schon gesehen habe, bevor ich angefangen habe, für diesen schwarzen Unglücksraben und Geizkragen von einem *Wirt* zu arbeiten.«
»Also haben Sie ihn gar nicht mißverstanden?«

»Wie er Sie immer behandelt hat, diese kleine Kammer als Zimmer, und komme und gehe durch den Hintereingang und gehe mehr, als du kommst – Sie konnten einfach kein Weißer sein. Obwohl Sie eine ziemlich blasse Haut haben, für einen – da kommen sie!«
Eine Schar *caballeros* in den dreißiglagigen schwarzen Anzügen mit den schwarz umrandeten violetten Schärpen kam auf Pferden mit schwarzen Schabracken langsam die Bayonne-Straße entlanggeritten. Die Männer skandierten: »Der König ist tot, lang lebe König Philipp III. der Unrühmliche!«
»Gehen Sie«, sagte die geschmeidige Negerin aus Fernando Po, und als sie einen letzten zweifelnden Blick auf meine Haut warf und den Seiteneingang schloß, ging ich.

Etwa um diese Zeit an einem Spätseptembertag etwa eine Stunde nach Mittag hatte auch der Bandit Aurelio Ollero seine Zweifel hinsichtlich Schwarz und Weiß. Der Kerl mit dem Mund voller Goldzähne, der sich Schwarzsklave zu nennen pflegte, beunruhigte Aurelio Ollero. Nicht, daß der Bandit das Geld des Mannes nicht nehmen wollte. Er würde jedermanns Geld nehmen, mit Gewalt oder auf andere Weise. Aber, so fragte er sich, worauf wollte Schwarzsklave hinaus? Warum sollte er viel Geld bezahlen, um sein eigenes geheimes Hauptquartier zu zerstören, das in den zerklüfteten Bergen östlich von Arcos de la Frontera unmittelbar in das Gestein gehauen war? Und warum hatte er keine Anweisungen gegeben, wie mit der Mannschaft des Stützpunkts Iberia zu verfahren sei, die, als man den Leuten die Wahl zwischen dem Tod oder dem Eintritt in Aurelio Olleros Bande ließ, das zweite gewählt hatten und jetzt auch noch ihre Auswahl aus der *remuda* trafen, während Aurelio Olleros Leutnant Lombrizcacha sie so taxierte, wie man Pferdefleisch taxiert?
Bei alledem war aus Schwarzsklave/Goldzahn auch nicht schwerer schlau zu werden als aus dem, der der Stummelmann genannt wurde und der auf keine für Aurelio Ollero erkennbare Weise verstümmelt war. Der war jetzt verschwunden, ebenso wie Goldzahn. Jener befand sich laut der Mannschaft des Stützpunkts Iberia

im Quillpusher-Land (wo auch immer das war), während Goldzahn auf dem Rückweg irgendwohin tausend Meilen von überall war.
Aurelio Ollero schritt forsch durch den Lagebesprechungsraum und zerschlitzte wahllos, aber gründlich eine ungenaue Karte nach der anderen mit einem alten Kavalleriedegen, einem Geschenk seiner Zigeunerfrau Pilar, nach der das Dorf Hurenhütte benannt worden war, aber Aurelio Ollero war nicht der Mann, anderen solche Namen vorzuhalten, die Menschen ändern sich ja schließlich, oder?
Da kam ein Augenblick, in dem Aurelio Ollero, der blindwütig an einer Karte riß, die die Nordküste Südamerikas darstellte, alle ungenauen Details wegschnitt, so daß die Karte eine vollkommene, zweidimensionale Darstellung (Maßstab 1:100 000) wiedergab, die bis in die kleinste Einzelheit jedes Winkels im Küstenverlauf stimmte, aber dieser Augenblick erwies sich als genauso vergänglich wie jeder andere Gegenwartsaugenblick, und als Aurelio Ollero noch einmal daran riß, war die Karte kein bißchen exakter mehr als die anderen.
Der Chiffrierraum, der als nächstes an die Reihe kam, sagte Aurelio Ollero nichts, und er ließ Untergebene da, um alles zu zerstören: die überladenen Tische, das seltsam altertümlich aussehende Gerät mit den konzentrischen Kreisen (das ihn an den Propheten Ezechiel erinnerte), die Manuskriptstöße, in denen Aurelio Ollero, hätte er lesen können, den Schlüssel zu vielen Dingen hätte finden können, von denen er nicht wußte, daß er sie nicht wußte. Seinem erprobten *incendario* überließ Ollero die Archive – *Abakus*, *Abbadon*, *Abt*... *Zohar*, *zutano*, *Zwingli*, Geheimwissen über Heiliges und Weltliches durch die Jahrhunderte (den Baum der Geschichte schütteln und schauen, welche Früchte von seinen Zweigen fallen) –, doch der erprobte *incendario* schüttelte nicht nur, sondern legte Feuer an die Tausende von Büchern und Manuskripten, die hinausgeschleppt und in die Nähe der *barranca*, wo ich meine Vereidigung erlebt hatte, aufgehäuft worden waren.
Aurelio Ollero ging wieder nach draußen, um das Freudenfeuer blaß im Gebirgssonnenschein brennen zu sehen, dann ging er zur *remuda* und sammelte seine Männer für den steil sich windenden Abstieg vom Stützpunkt Iberia. Sie waren am Fuß des Abhangs

angekommen, als Lombrizcacha nach Süden blickte, die Augen vor der Sonne schützte und sein Pferd zügelte.

»Ein einsamer Reiter. Da, auf dem Felsgrat«, sagte er.

Lombrizcachas Augen waren phänomenal, fast so gut wie die meines Bruders Juan D., aber nicht im Dunkeln.

Der einsame Reiter war in der Tat mein Bruder Juan D.

»Eine bewegliche Zielscheibe«, säuselte Lombrizcacha und griff nach der Muskete neben seiner Rechten.

Juan D. hätte die Banditen weit unter ihm sehen können, trotz des tiefen Schattens, in dem sie lauerten, wenn er in ihre Richtung geblickt hätte. Aber da er nichts von Goldzahns Verrat wußte, trabte er vertrauensselig voran; er fühlte sich sicher auf dem Gelände der Namenlosen.

Während andere nur ein Pferd und einen Reiter ausmachten, konnte der Schütze Lombrizcacha das Gesicht meines Bruders erkennen.

»*Jefe*, es ist der Stummelmann, der nicht verstümmelt ist. Ich schieße ihm seinen Scheißkopf ab.« Und Lombrizcacha legte mit der Muskete an.

Nachdenklich zitierte Aurelio Ollero: »›Ein Mann klettert nach oben, oder er ist nichts.‹ Der Stummelmann, der gar nicht verstümmelt ist, soll wegen dieser Worte leben. Es sind gute Worte.« Und er schob Lombrizcachas Muskete beiseite.

Die Banditen warteten regungslos im Schatten des Abhangs, bis Juan D. in der Helligkeit über ihnen vorbeigeritten war. Dann setzten sie ihren Weg fort.

Juan D. sah in der Ferne Rauch. Er spornte sein Pferd zum Galopp an.

Vierundzwanzig Stunden später traf ich auf einem – zugegebenermaßen gestohlenen – Maultier im Gebirge ein. Juan D. hatte bei der mit Asche gefüllten *barranca* sein Lager aufgeschlagen.

Keine brüderliche Umarmung. Juan D. blickte mich trübsinnig an und fragte dann: »Warum? Kannst du mir sagen, warum?«

Im Unterschied zu unserem Bruder Rodrigo war Juan D. nämlich nicht jemand, der der Frage nach dem Warum aus dem Weg ging.

»Wissen über das Heilige und Weltliche, für Anfänger«, grübelte er. »Mit welchem Risiko für wie viele Agenten der Namenlosen wie viele Jahrhunderte lang gesammelt, nur um ein paar Stunden, bevor ich zurückkomme, in Rauch aufzugehen? Die genauesten Karten, die die Kartographie hervorbringen kann, in Stücke gerissen. Der Chiffrierraum ein Trümmerhaufen.« Er warf mir ein teilweise verbranntes Manuskript zu. »Der einzige Überlebende.«
Es war, so sah ich, ein Werk des umstrittenen Abts von Sponheim, und als ich es auffing, öffnete es sich über einer stark verkohlten Seite, auf der ich folgende Wortfetzen entziffern konnte:

einige haben damit angefangen, ihn mit Johann
Geisterbeschwörer von geringerem Nachruhm
größerer Aufrichtigkeit), zu verwechseln. Ob Georg
erreichen wird und ob er
tatsächlich seine unsterbliche
Mephistopheles/Mephistophilis/Mefi-
muß natürlich reine Spekula-
daß ›alles Wissen‹ hier nicht im
vielmehr im Zusammen-
aus dem Garten Eden zu sehen ist, als
werde ›einer von uns‹ werden – und

Mir begannen die Hände zu zittern. Ich ließ das verkohlte Manuskript fallen.
Warum war es ausgerechnet auf dieser Seite aufgegangen? Und warum für mich so leicht, die darauffolgenden Zeilen zu zitieren, die bis zur Unleserlichkeit verbrannt waren? Und warum versetzte mir dieser Abschnitt, als ich ihn jetzt las, einen unerklärlichen Wiedererkenntnisschock?
»Was ist los?« fragte Juan D.
Ich wollte sagen:
Faust muß bei seinem Suchen, seinem Streben, bei dem kosmischen Kampf der Mächte, in dem er zum Faustpfand wird, sowohl als Handelnder als auch als Opfer in seiner eigenen Tragödie gesehen werden.

Doch Juan D. hatte seine eigenen Probleme, daher sagte ich: »Nichts. Ich habe gehört, du bist in England gewesen.«
»Quillpusher-Land«, sagte Juan D. noch trübsinniger. »Zynisch, daß wir es immer noch so nennen. Quillpusher ist tot.«
»Quillpusher tot!« Ich konnte es nicht glauben.
»Ein dummer Tod bei einer dummen Spelunkenschlägerei in Deptford Strand. Schon im Jahr '93.«
In trübsinnigem, erinnerungsschwerem Schweigen starrten wir in die Asche, die die *barranca* ausfüllte. Dann fragte ich: »Hast du gefunden, was immer du in England gesucht hast?«
»Als ich gehört habe, daß du im Gefängnis bist, habe ich alles stehen- und liegengelassen und bin zurückgekommen. Die übliche weitschweifige Route der Namenlosen.«
»Wie hast du's erfahren?«
»Auf die übliche weitschweifige Weise. Aber ich nehme an, du hast diesmal selbst für deine Freilassung gesorgt?«
»Alle Wärter sind abgehauen. Wegen der Pest«, antwortete ich. »Was meinst du mit diesmal?«
»Damit meine ich«, sagte mein Bruder, »daß ich nicht wüßte, wie man eine Pestepidemie aufzieht, aber daß ich ziemlich gut im Aufbringen einer Schiffsladung Brasilholz bin.«
»Das warst du?«
»Das schien der einfachste Weg.«
»Und du bist aus England abgereist, weil ich hier wieder im Gefängnis war?«
Juan D. wirkte verlegen. »Vergiß es. Ich bin überhaupt nicht weitergekommen. Ich war schon dabei aufzugeben.« Er starrte wieder in die mit Asche gefüllte Schlucht; ich war mir sicher, er hatte den Geschmack dieser Asche im Mund. »Doch das hier«, sagte er, »ändert alles. Jemand namens Thomas ist dafür verantwortlich. Er versteckt sich in irgendeiner dunklen Ecke von Quillpusher-Land. Ich gehe zurück.«
Alles in mir verlangte danach, nach Sevilla zurückzukehren, mein Manuskript von der geschmeidigen Negerin aus Fernando Po zurückzuerbitten und endlich meinen *Don Quijote* fertig zu schreiben.

Aber das letzte Mal, als mein Bruder mich gebraucht hatte, in jenem Haus, in dem der Legende nach Amadís von Gallien geschlafen hatte, hatte ich ihn im Stich gelassen.
Diesmal mußte ich ihm helfen, gleichgültig wobei.
»Ist Mnemosyne dort?« fragte ich.
Juan D.s Gesicht nahm einen niedergeschlagenen Ausdruck an, statt des benebelten Lächelns, das ich erwartet hatte. Er sagte: »Sie hätte eine von den ganz Großen sein können. Sie war schon gut, als sie bei uns war, und nach ihrer Ausbildung in Scadbury, vor allem« – er lachte, ein Klang, so trostlos wie die Ruinen des Stützpunkts Iberia –, »vor allem mit den Spezialfertigkeiten, die sie ihr beigebracht haben, war sie eine Klasse für sich. Ja, sie war eine echte Klasse für sich.«
Mir gefiel es nicht, daß Juan D. in der Vergangenheit von ihr sprach. »Juan D., w-was ist mit ihr passiert?«
»Komisch«, sagte er, meiner Frage ausweichend, »wie sie nichts war als eine klassische kallipygische Kurve und ein Paar bernsteinfarbener Augen, doch plötzlich dieser Wandel. Alles ist zusammengekommen, die gefährlichen Spiele, das Mißtrauen, die wilde Energie ...«
»*Was ist mit ihr passiert?*«
»Ein paar Jahre lang«, berichtete Juan D. weiter, als ob ich nichts gesagt hätte, »war sie die Diva Londons, Blaustrumpf und *femme fatale* in einem. Nun ja, das ist vorbei.«
»Du meinst – dasselbe wie Quillpusher?«
»Schlimmer.«
Ich wollte es nicht wissen.
Aber natürlich *mußte* ich es wissen:
»Wie?«
»Auf die übliche Weise«, sagte Juan D.
»Es gibt keine übliche Weise«, entgegnete ich.
»Wie kannst du bei so einer Sache Wortklauberei betreiben?« fragte er.
»Das ist keine Wortklauberei«, erwiderte ich.
Wir starrten uns an.
»Wenn du unbedingt Haare spalten willst, bitte«, meinte Juan D.

»Natürlich ist der Ritus der Kirche von England nicht genau der gleiche, aber er ist der richtigen katholischen Zeremonie ähnlicher, als du denkst. Nicht, daß ich eingeladen gewesen wäre, aber man hat mir erzählt« – und da war es einen Augenblick lang, jenes benebelte Lächeln –, »daß es *das* Ereignis der Londoner Saison war, als Mnemosyne geheiratet hat.«

Zweiunddreißigstes Kapitel
Von den außerordentlichen Ereignissen in Loose Chippings

Kurz nach Ostern, als die grausame Unbeständigkeit des frühen Aprils einem zaghaften Frühling gewichen war, gaben Sir Gawayne und Lady Waynescote ihren alljährlichen Empfang für mehrere hundert ihrer besten Freunde und nicht weniger Fremde.

Die geringe Auswahl an exotischen Lustbarkeiten in diesem Jahr beunruhigte Lady Waynescote, die ihre Gäste gern überraschte – ja sogar schockierte. Dennoch würde die Vielfalt der vorgesehenen Vergnüglichkeiten ausreichen, um die Aufmerksamkeit von der Konferenz hinter verschlossenen Türen abzulenken, die – so stand dem Gerücht nach fest – der wirkliche Grund für diesen Empfang war. Zum Glück würde der alte Doktor Dee kommen; und Solon Weise brachte einen echten libanesischen Magier mit, den Lady Waynescote allerdings noch nicht kennengelernt hatte.

Das Fest war ein noch junger Brauch, der erst mit der Wiederverheiratung Sir Gawaynes vor drei Jahren begonnen hatte; er war Nachfahre holländischer Einwanderer (mit ursprünglichem Namen Wagenschot), die ihr Vermögen mit Holzverschalungen gemacht hatten. Jahrzehntelang Witwer, hatte Sir Gawayne einen Teil seiner Zeit im Geschäft und den Rest mit dem Beobachten von Vögeln zugebracht. Sein Landhaus (der Ausdruck Schloß wäre vielleicht angebrachter gewesen) zwischen Kew und Richmond am Südufer der Themse war für ihn nur ein Schlafplatz gewesen.

Die zweite Lady Waynescote hatte all dies schon bald geändert; sie ließ ausführliche Renovierungsarbeiten durchführen und das alte Familienwappen aufpolieren, einschließlich eines Wahlspruchs, von dem Sir Gawayne gar nicht gewußt hatte, daß er ihm gehörte: *Vita iocus periculosus est.*

Auf die Idee zur diesjährigen geheimen Konferenz hatte Lady

Waynescote ein Saphir gebracht, der angeblich ihrem Gast, dem Amsterdamer Tulpenkönig Solon Weise (was war das denn für ein holländischer Name, wunderten die Leute sich), gehörte und auf dem jahrhundertealte kosmische Geheimnisse eingraviert waren, die vom Wesen von Gut und Böse handelten. Das Gute per se war ein bißchen langweilig, daher sollte das Thema lauten: »Die Existenz des Bösen in der Welt einer wohlmeinenden Gottheit«.

Die junge Lady Waynescote, von ihren Freunden M. genannt, war selbst für diese ein Rätsel. Obschon es dem Gerücht nach feststand, daß ihrer Hochzeit ein gewisses Maß an Tändeleien vorausgegangen war, konnte man sie weder eine *demi-mondaine* noch eine *déclassé* nennen, da sie keine (bekannte) gesellschaftliche Position hatte, von der aus sie einen Abstieg hätte machen können. Einige glaubten in ihrem bezaubernden Akzent mit seinen sinnlichen Vokalen und kastagnettenhaften Konsonanten eine Spur Spanisch zu entdecken. Andere, zum Beispiel Quincy Purslayne, entdeckten darin ein noch seltsameres Element: Arabisch.

Lady Waynescote war eine vollendete Gastgeberin mit einem Gespür für den *dernier cri*, wenn es um Neuerungen im Hause ging. Ihre erste, die kieselgestreute, kreisförmige Auffahrt, hatte dem großen Haus seinen neuen Namen gegeben, Loose Chippings. Bei ihrer neuesten Errungenschaft, die es diesmal zu bewundern gab, rissen die Gäste vor Staunen Augen und Ohren auf: Lady Waynescote hatte den ersten John Harington außerhalb Londons einbauen lassen.

Sie drängten sich in dem Gang, der zu dem kerzenerleuchteten Kabinett führte, sie traten – aus Gründen des Anstands immer nur einer – ein und benutzten den Apparat oder auch nicht, zogen aber auf jeden Fall an der Kette, die den Spülkasten mit wildem Rauschen leerte, die Schüssel darunter reinigte und sich in einer eindrucksvoll kurzen Zeitspanne wieder auffüllte. Dem Gerücht nach stand es schon fest, daß die Königin John Harington für seine Erfindung zum Ritter schlagen wolle. Nur Lady Walsingham, das Miststück, kam unbeeindruckt aus dem Kabinett wieder heraus.

Lady Waynescote wiederum befürchtete fast schon, dieser verdammte John Harington würde ihren Empfang sozusagen den Abfluß hinuntergehen lassen. Die Unterhaltungskünstler – Puppenspieler, Schauspieler, Spaßmacher, Jongleure, Akrobaten und ein angeblich talentierter Hokuspokusmann – zogen nur wenige Zuschauer an. Und kaum jemand befand sich im Musikzimmer, um den Lautenvirtuosen John Dowland seine *Songs und Ayres* spielen zu hören, als Lady Waynescote dort von Quincy Purslayne gesucht wurde.

»Wer zum Teufel steckt hinter diesem Dasim Zalambur?« fragte Quincy. Er sah blaß und verängstigt aus, aber vielleicht nicht mehr als üblich.

»Ein libanesischer Magier. Ist mit Solon Weise gekommen.«

»Er erinnert mich an jemanden, mir fällt nicht ein, an wen. Aber wenn es mir einfällt, wird es mir nicht gefallen, das weiß ich.«

Quincy Purslayne war ein kleiner Mann etwa um die fünfunddreißig (Lady Waynescotes Alter, obschon sie viel jünger wirkte), der gut ausgesehen hätte, wären nicht seine krumme Nase und die verschobenen Wangenknochen gewesen, das Werk von Ingram Frizers geschickten Fäusten, für das, Lady Waynescote wußte es, Quincy selbst bezahlt hatte. Sein Haar war mausbraun, keine Farbe, die sich jemand aussuchen würde, und dennoch stammte sie aus einer Flasche. Seine blauen Augen, die, bevor er Quincy Purslayne hieß, vor gütiger Bosheit geglänzt hatten, starrten jetzt mit einem ständig gehetzten Blick in die feindliche Welt.

»Lieber Quincy«, sagte Lady Waynescote, »du machst dir immer solche Sorgen.«

»Das muß ich. Wenn ich am Leben bleiben will.«

Unmittelbar über ihnen erscholl ein Donnerhall, und wie auf Kommando begannen sich zwei Dutzend ausgewählter Gäste auf getrennten Wegen zum oberen Salon aufzumachen. Quincy Purslayne bot Lady Waynescote seinen Arm an.

Nachdem der Hokuspokusmann etwa zwanzig Minuten lang Taschenspielertricks gezeigt hatte (ein Trick, bei dem ein ausgewachsener Schwan in seinem Ärmel verschwand, war recht beeindrukkend), saß er im Erdgeschoß ein ziemlich langweiliges Melodram von Chettle, Day, Dekker, Munday und, möglicherweise, anderen durch. Dann suchte er den Direktor der Truppe auf, einen gewissen Philip Hinchlo.

»Ist er hier?«
Hinchlo war ein halbgebildeter Mann, dem das Rose Theatre in Bankside, Southward, und ein schäbiges Bordell gehörten. Er war auch der Geldverleiher von neunzig von hundert der Dramatiker Londons.
»Er ist hier«, gab Hinchlo zu und schwieg.
»Und?« half ihm der Hokuspokusmann hinter seiner Clownsmaske auf die Sprünge.
»Vielleicht habe ich's mir anders überlegt, oder auch nicht«, sagte Hinchlo.
Der Hokuspokusmann packte Hinchlos Ellbogen mit einem geschickten Griff, und Hinchlo wurde kreidebleich, schrie aber nicht auf.
»Einer von deiner Truppe?« fragte der Hokuspokusmann.
»Nein.«
»Ein anderer Unterhaltungskünstler? Einer vom Personal?«
»Nein.« Beide Male.
Und wieder der Ellbogen.
Überall um sie herum befanden sich Mitglieder seiner Truppe. Trotzdem wagte Hinchlo es nicht, aufzuschreien.
»Wenn es weder einer der Künstler noch einer vom Personal ist, dann bleiben nur die Gäste, richtig?« folgerte der Hokuspokusmann.
»Er ist mir eine ganze Menge wert, wenn er unversehrt bleibt«, winselte Hinchlo. »Kerle wie Chettle, Day, Dekker, Munday könnten nicht *ein* Stück schreiben, um sich über Wasser zu halten, wenn er nicht wäre. Er ist der beste Manuskriptdoktor in London.«
»Also ist er doch einer von deiner fröhlichen kleinen Truppe?« fragte der Hokuspokusmann und drückte wieder zu. »Du hast mich angelogen.«
Hinchlo wäre dieses Mal zusammengebrochen, doch die starke Hand um seinen Ellbogen stützte ihn.
»Beim heiligen Sakrament, das hab ich nicht! Er ist nicht bei mir angestellt; arbeitet freiberuflich! Anonym, wie Sie!«
»Aber er verarztet unspielbare Stücke für dich? Was ist er dir, sagen wir über fünf Jahre hinweg und in Pfund Sterling gesprochen, wert?«

Hinchlo nannte einen grotesken Betrag und wartete auf den Schmerz.

Aber der Hokuspokusmann sagte bloß: »Ich verdopple die Summe, wenn du mir den Mann zeigst.«

Also war es schließlich nicht mehr die Angst vor mehr Schmerzen oder dem Tod. Hinchlo begann sich besser zu fühlen. Es war ein Geschäft, das er begreifen konnte. Einfach eine Geldfrage.

Als Lady Waynescote dastand, um die Konferenz zu eröffnen, begegneten ihre Augen zufällig denen des libanesischen Zauberers Dasim Zalambur; sie wußte sofort, wer er war. Aber wie konnte Quincy ihn erkannt haben?

Zalambur war ein großgewachsener Mann unbestimmten Alters, dessen breite Schultern ein Gewand mit engen Ärmeln aus einem geschmeidigen, ledrigen Material, möglicherweise Komodowaranleder, prall ausfüllten. Sein Gesicht sah ziemlich wölfisch aus, die immer leicht geblähten Nüstern strahlten Selbstvertrauen und Stärke aus, und er hatte einen so durchdringenden Blick, daß man vielleicht gar nicht bemerkte, daß eines seiner Augen blau und das andere braun war.

Ich könnte hier Lady Waynescotes einführende Bemerkungen und die daran anschließende Diskussion wörtlich niederschreiben. Doch von den beiden Brüdern Torreblanca (portugiesischen Weinhändlern, die vor den spanischen Besatzern ihrer Heimat geflüchtet waren) war an diesem Abend in Loose Chippings nur Juan anwesend, und der war, anstatt aufzupassen, hin und her gerissen zwischen seinem benebelten Micaela-Lächeln und der düsteren Erinnerung daran, daß seine Angebetete jetzt mit einem der reichsten Männer Englands verheiratet war. Daher kann ich nur die allgemeine Entwicklung der Konferenz andeuten, die sowieso verfrüht zu Ende ging, als die Hippe geflogen kam und der Körper auf dem Boden aufschlug.

Lady Waynescote sprach die Frage »Was *ist* eigentlich das Übernatürliche?« an und bemerkte dazu, daß am Anfang der Mythos gewesen sei, und wenn genug Leute an ihn glaubten, er Religion heiße, und wenn genug Leute darüber debattierten, er Philosophie heiße, doch wie sie von dort auf das Thema der Konferenz, das Böse in Gottes Welt, kam, kann ich nicht genau sagen, denn mein Bruder befand sich in diesem Augenblick in einer Phase benebelten Lächelns.

Die ersten Redner waren Engländer. An das, was sie zu sagen hatten, erinnert Juan D. sich nicht mehr, aber nachher schienen alle einhellig der Meinung, daß die Engländer hinsichtlich des Bösen zwar Witz zeigten, aber keine Tiefe. Der am besten aufgenommene Beitrag war der des alten Doktor Dee, der, so konnte Juan D. mir berichten, mit der unvermeidlichen, ausgedehnten Darlegung seiner heißgeliebten Wortprägung, *the British Empire* begann (»Hört! Hört!«-Rufe, doch Juan D. vernahm nichts, was hörenswert gewesen wäre), ehe er zweimal das Alte Testament bemühte (Genesis 6, 7, und einen Vers, der Juan D. nicht mehr einfällt), um zu beweisen, daß das Böse existiere, weil Gott, obschon er es gut meine, unfähig sei.

Solon Weise, der Tulpenkönig, ging mit Gott etwas freundlicher um, indem er sagte, daß eine generelle Unfähigkeit noch unbewiesen sei und das Vorhandensein des Bösen das Ergebnis eines unseligen Fehlers sein könne, wie er jedem einmal unterlaufe. Anscheinend sei ursprünglich der ganze Raum von Gott selbst und seinen verschiedenen Eigenschaften – Güte, Schönheit, Wahrheit und so weiter – erfüllt gewesen. Aber dann habe Gott, ohne den Plan richtig zu durchdenken, beschlossen, sich an der Schöpfung zu versuchen, und so habe er das Universum und alles in ihm in sechs Tagen Gotteszeit (und einem freien für gute Führung) geschaffen – und sei voll gegen das Unvorhergesehene gelaufen. Der ganze Raum, der zuvor von Gott erfüllt gewesen sei, sei nun mit allem vollgestopft, was er geschaffen habe, so daß ironischerweise kein Platz mehr für den Schöpfer bleibe. Er habe sich und seine Eigenschaften ins Exil getrieben. Denn was ist das Böse, wenn nicht der Mangel an Gottes Gegenwart?

Der nächste Redner, ein gewisser Dasim Zalambur (den Juan D. nicht mit Bādindjan dem Perser in Verbindung brachte), sah auf den ersten Blick so aus, als würde er allen die Schau stehlen, aber mein Bruder konnte darüber nichts weiter sagen, weil a) die Rede

des libanesischen Magiers durch seine – Juans – Gedanken an Micaela gefiltert wurde und b) ehe er noch weit gekommen war, die Hippe geflogen kam, der Körper zu Boden stürzte (eigentlich war es umgekehrt) und Juan D. zum Fenster hinaussprang.
Dasim Zalambur fragte, warum wir, wenn die heilige Dreifaltigkeit ein so schwerer Teil unseres Glaubensgepäcks sei, uns beharrlich weigerten, ihren notwendigen Gegenpol, die unheilige Dreifaltigkeit, zur Kenntnis zu nehmen, die zusammenfassend »der Teufel« genannt werde und bestehe aus
Satan, dem Gegenspieler,
Luzifer, dem Lichtträger, und
Mephistopheles (aus dem hebräischen *mefiz*, Zerstörer, und *tofel*, Lügner), ihrem Werkzeug.
Dasim Zalambur sagte anschließend etwas über das Böse, das, wie die Schönheit, im Auge des Betrachters liege, doch mein Bruder hatte Schwierigkeiten, ihm zu folgen, weil der Mann neben ihm mit der krummen Nase und den verschobenen Wangenknochen sich zu winden begonnen hatte, während er den libanesischen Magier anstarrte. Dieser legte gerade nahe, daß wir, da uns die frühesten Befürworter der besser bekannten Dreieinigkeit eingeredet hätten, das Gute sei in Wirklichkeit das Böse und umgekehrt – kurz gesagt, daß wir die falsche Dreifaltigkeit verehrt hätten. »Würden wir die Materie (oder Antimaterie), um die es gerade geht«, so der Magier, »mit der strengen Objektivität unseres Kollegen Francis Bacon betrachten, der, so stelle ich fest, heute abend nicht unter uns weilt, würden wir erkennen, daß das Verhältnis zwischen dem absolut Guten und dem absolut Bösen überraschend ähnlich dem zwischen Materie und Antimaterie ist, die friedlich nebeneinander existieren, wenn man sie auseinander hält, die jedoch, wenn sie sich berühren, sich und ihre Umwelt zerstören können. Daher bräuchten wir uns also nicht darum zu bekümmern, was was ist, denn weder Gut noch Böse sind an sich schädlich, sondern nur das Aufeinandertreffen beider, das plötzliche unannehmbare Gegenüberstehen, das immer mit der Vernichtung endet.«
Hier, sagt Juan D., sei es geschehen.
Der Mann mit der gebrochenen Nase und den verschobenen Wan-

genknochen sprang auf, zeigte mit einem zitternden Finger auf Dasim Zalambur und schrie: »Ich weiß, wer Sie sind, Sie sind...«, kam aber nicht weiter, weil er wie tot umfiel. Nur einen Augenblick später hörte Juan D. ein *Plong*, als die Stahlspitze einer Hippe sich bis zum Heft in die holzgetäfelte Wand unmittelbar über dem Gestürzten bohrte. Darauf folgten das Klirren zerbrechenden Glases und die üblichen Schreie. Von den anwesenden zwei Dutzend Männern und Frauen sollten später die meisten sagen, daß sie keine Ahnung hatten, wer der erste Mann gewesen ist, der aus dem Fenster gesprungen war, während die übrigen geteilter Meinung waren; einige behaupteten, daß es der Hokuspokusmann gewesen sei, andere meinten, der Schauspieler und Schriftsteller William Shakespeare, der jedoch am selben Nachmittag (während er mit ungutem Gefühl auf mich wartete) vom Parkett aus einer Wiederaufnahme seines *Titus Andronicus* mit größeren Korrekturen Quincy Purslaynes zuschaute und Loose Chippings kaum rechtzeitig hätte erreichen können, um Purslayne beinahe umzubringen.
Der zweite Mann, der aus dem zerbrochenen Fenster sprang, war mein Bruder Juan D. Er landete in einer Buchsbaumhecke, kam wieder auf die Füße und hörte das Knirschen der Schritte des Möchtegernmörders auf den losen Kieselsteinen. Juan D. machte sich an seine Verfolgung und hätte den Hokuspokusmann, der kein anderer war als Maliverny Catlyn, der berüchtigte Metzger von Clynnogfawr Llanllyfni, vielleicht eingeholt, wäre die Hecke nicht unglücklicherweise Teil des berühmten Labyrinths von Loose Chippings gewesen. In der Zeit, die Juan D. brauchte, um herauszufinden, entkam Maliverny Catlyn.
Oben im Salon holte eine bemerkenswert gefaßte Lady Waynescote Quincy Purslayne aus seiner Ohnmacht. Nach ein paar Lidschlägen und, wie einige sagen, dem traditionellen »Wo bin ich?« rief er aus: »Mephistophilis! *Mein* Mephistophilis in Fleisch und Blut!«
Aber inzwischen war der libanesische Magier Dasim Zalambur natürlich längst verschwunden.

Dreiunddreißigstes Kapitel
»Die Zeit halt' ein, nie werd' es Mitternacht«

Etwas früher am selben Tag. Im Rose Theatre, Bankside, Southwark, ein paar hundert Schritt von der London Bridge entfernt.

Die Zuschauer bahnten sich ihren Weg aus dem Parkett und taten dabei lautstark ihre Meinung über die Aufführung kund. Es waren ein paar Eier und Äpfel geworfen worden – aber es hatte auch ziemlich viel Applaus gegeben, als Lucius mit den Versen schloß, daß ähnliche, den Staat zugrunderichtende Ereignisse hoffentlich nie wieder eintreten würden.

In einem Umhang und einem schwarzen Wams mit einem gestärkten weißen Kragen à la Señor Zum anstelle einer Halskrause kam ein Mann auf mich zu: strähniges Haar, breite, unzerfurchte Stirn, gedankenverlorener Blick. Er schaute auf das Buch, das ich mit dem Titel nach außen unter dem Arm trug, Spensers *Feenkönigin*.

»›Mich dünkt, die Welt ist aus den Fugen,/Vom Ursprung ihres Ursprungsquells,/Und einmal fehl, wird Tag um Tag sie schlimmer‹«, zitierte der Mann mit dem gedankenverlorenen Blick.

»›Denn aus dem gold'nen Zeitalter, wie anfangs es genannt,/Ist nun erstanden ein's aus Stein‹«, zitierte ich wieder.

»Gefällt Ihnen dieses Zeug?« fragte er.

»Na ja, ich bin Ausländer«, entgegnete ich.

»Ein bißchen lehrhaft«, meinte er, etwas abfällig, und schaute auf die leere Bühne. In das Parkett, in dem jetzt keine Stänkerer mehr saßen, begann ein leichter Regen zu fallen. »Und das Stück?« fragte er mich.

»Eine Menge Rauch und Theaterdonner«, sagte ich freimütig.

»Die Zuschauer wollen das.« Das klang nach Rechtfertigung.

»Zehn Morde, oder waren es gar elf? Und dazu noch die drei Söhne der gefangenen Königin, die zerstückelt, zu einer Pastete gebacken

und ihr zum Abendessen vorgesetzt werden. Ihr Engländer habt nicht viele Hemmungen, was?«
»Die Szene haben sie dazu gemacht. Munday und ein paar andere. Purslayne, soviel ich weiß. Geben Sie die Schuld nicht mir.«
»Sie sind Shakespeare?« fragte ich überrascht.
»Nun ja«, sagte er.
»Nennen Sie mich Amadís.«
»Ich werde Dromio geheißen«, unterrichtete er mich. »Nach einer Figur – eigentlich nach zweien – aus der *Komödie der Irrungen.* Haben Sie je eine Aktuation davon gesehen?«
»Eine was?«
»Eine Aufführung. Haben Sie eine Aufführung gesehen?«
»Ach. Tut mir leid, nein. Wie gesagt, ich bin Ausländer.«
»Amadís, wie? Kenne Sie vom Hörensagen. Ein bißchen ein Krawallski.«
Ich wußte nicht, was das bedeutete. Ich wußte bei vielem von dem, was er sagte, nicht, was es bedeutete.
»Aber Ihren Bruder habe ich immer vergöttert. Schade, daß er nicht das Große Los gezogen hat. Und, was beliebt Ihnen?«
»Ich suche«, sagte ich, »Heenage.«
Heenage, Sie erinnern sich, war einer der drei Thomasse. Er hatte sich aufs Versteckspielen verlegt, so hieß es, aus Furcht um sein Leben.
»Versuchen Sie etwa, mich in mein Leichentuch zu hüllen?« fragte Shakespeare eindeutig erregt.
»Hhh?«
»Ich weiß, was unser entschwundener Schäfer immer zu sagen pflegte: Kratz an einem Schriftsteller, und du findest einen Spion. Aber ich habe dazu nicht länger die Nerven. Es hat mich schwer erwischt. Kurz gesagt, ich will raus. Sie wissen nicht, wie schlimm es gewesen ist.« Shakespeare rang die Hände, eine große theatralische Geste – nun gut, er war Schauspieler. »Essex hat Gott weiß was vor, und mein Gönner Southampton ist gut Freund mit ihm. Was kann ich nur tun?«
»Sie können mich zu Thomas Heenage bringen.«
»Ich habe noch viel zu schreiben. Ich möchte leben, um es noch schreiben zu können.«

Schweigen meinerseits.
»Die werden mich plattwalzen.«
Fortgesetztes Schweigen meinerseits. Manchmal, so hatte ich gelernt, funktioniert ein Dialog mit nur einer Person am besten.
»Sie halten sich an keine Spielregeln. Ein Dolch im Rücken, das ist der Dank, den ich bekommen würde.«
Es begann wie aus Eimern zu schütten, und wir liefen unter die Galerie.
»Versuchen Sie meine Lage zu begreifen«, flehte Shakespeare. »Doch wie können Sie das? Das könnte nur ein anderer Schriftsteller.«
Ich hätte vielleicht eine Augenbraue hochziehen können.
»Ich möchte bei Ihnen nicht den Eindruck hinterlassen, ich sei übervorsichtig.«
»Hm-hm«, machte ich.
»Das Beste, was ich tun kann, ist, jemanden weiter oben in der Hierarchie in Kenntnis zu setzen. Morgen. Da gibt es eine Wiederaufnahme von Marlowes *Die tragische Geschichte vom schrecklichen Leben und Tod des Doktor Faustus*. Schlimmer, als seine Knochen zu verschieben, was Hinchlo mit dem Stück gemacht hat. Nehmen Sie Ihren Spenser mit, öffnen Sie ihn im Ersten Buch, Vierter Gesang. Ihr V-Mann wird sagen: ›Mißbraucht wird hier Gott's Geduld und des Königs Englisch‹, worauf Sie antworten müssen: ›Wohlan, so ist die Welt denn meine Auster, die ich mir öffnen will mit meinem Schwert.‹«
Ich wiederholte Losung und Gegenlosung.
»Nicht schlecht, diese Verse, was?«
»Sie erfüllen ihren Zweck.«
»Ich meine, ob sie Ihnen gefallen würden, wenn Sie sie auf der Bühne dort hören würden?«
»›So ist die Welt denn meine Auster‹, das klingt hübsch.«
»Aus *Die lustigen Weiber von Windsor*. Habe ich im vorletzten Jahr geschrieben, nicht vor einem Jahrzehnt wie den *Titus Andronicus*, so daß Hinchlos Manuskriptdoktoren nicht viel Zeit gehabt haben, es mit ihrem Mischmasch zu verunzieren. Nun schön, ich habe vor, lange genug zu leben, um noch ein paar Stücke zu schreiben. Also

denken Sie dran, ihm zu sagen, daß dies meine letzte Aufklärungsarbeit ist.«
Der Regen ließ jetzt nach. Shakespeare sagte: »Ich mache mich besser von hinnen« und ging platschend weg.

Des Spions Quillpusher entsann ich mich mit gemischten Gefühlen (sympathisch war er, *obwohl* er Micaela entführt und mich fast erstochen hatte), doch das Werk des Dramatikers Marlowe (in welcher Schreibweise auch immer) kannte ich nicht. Also ging ich am nächsten Tag wieder ins Rose Theatre und war an dem Stück genauso interessiert wie an dem V-Mann, den Shakespeare bestellt hatte.
Als zwei Trompetenstöße den Beginn des Stückes ankündigten, wurde mir klar, daß der Doktor Faustus des seligen Marlowe, wie ich gemutmaßt hatte, kein anderer war als der Georg oder Johann Faust des umstrittenen Abts von Sponheim, der im Tausch gegen übermenschliche Macht und Erkenntnis seine Seele dem Teufel verkaufte. Und von dem Augenblick an, als der Schauspieler, der den Faustus verkörperte, mit den Versen

> »Laß deine Studien, Faust, beginne denn
> Auszuloten die Tiefe deines künft'gen Glaubens«

begann, verwandelte sich mein Interesse schnell in Erregung. Wen würde Fausts Versuchung nicht aufwühlen?
Es hätte der Stoff für eine großartige Tragödie sein können. Faust, der nicht bekommt, wofür er sich verkauft hat: Sein übernatürliches Wissen ist zu nichts mehr nutze, als dem Papst Zauberkunststücke vorzugaukeln, und seine gottgleiche Macht verleiht ihm nicht einmal die Herrschaft über eine einzige *barataria* einer unbedeutenden Insel. O ja, er durfte (mit ein bißchen Phantasie konnte man sich das vorstellen) die sagenhafte Schönheit, die größte aller Zeiten, die trojanische Helena, in Armen halten. Oder war das auch nur eine weitere luziferische Taschenspielerei und das sogenannte »Gesicht, für das tausend Schiffe stachen in See« in Wirklichkeit nur ein verkleideter Unterteufel? Raffiniert hieß es inmitten all dieser

Helena-Verehrung einmal: »Ihre Lippen saugen mir die Seele aus: Seht, seht, wie sie von mir fliegt!« War dies nicht ein Hinweis für den aufmerksamen Zuschauer? Der arme alte Faust überlistet und zu abscheulichsten aller sexuellen Verfehlungen verleitet: dem Verkehr mit Geistern.

Doch abgesehen von diesem Kunstgriff, mühte sich das Stück ohne viele Abschweifungen und mit noch weniger Ironie voran, trieb das Publikum weiter und weiter, hypnotisierte es – wie afrikanische Kriegstrommeln – im steten Takt von Marlowes Blankvers.

Bald bemerkte ich, daß ich meine Aufmerksamkeit weniger der Handlung als den Spezialeffekten widmete: dem weißgewandeten Guten Engel, der mittels eines Flaschenzugs auf die Bühne herabgelassen wurde, einem Schlechten Engel in Schwarz, der durch eine Falltür heraufkletterte, Donnergrollen durch Trommeln und Feuerwerksbeleuchtung, um das Publikum daran zu gemahnen, daß es in den Fängen des Schreckens hing.

Ziemlich am Anfang der zweiten Szene des zweiten Akts setzte sich ein abgerissener Kerl, der nach Pferd stank, auf den Platz neben mir. Seine Kleidung war staubig, sein Gesicht sah grausig aus: Er hatte die zertrümmerte Nase eines Faustkämpfers, und seine Wangenknochen waren verschoben. Seine dauernden Bemerkungen über das Stück waren lästig und störend.

»Was ist denn mit Wagner passiert?« murmelte er. »Wer sind diese Gnome und Kobolde?«

(Wagner war Fausts Diener, der im ersten Akt vorschlug, Mephistophilis solle sich als Franziskaner verkleiden, was dieser zur Genugtuung der katholikenfeindlichen Behörden auch tat.)

»Was ist das?« preßte der Kerl zwischen den Zähnen hervor. »Der Wille zur Macht zum Wunsch verkümmert, im Januar Trauben zu ernten?«

Zwischen seinen unterdrückten Protesten brachte er die lautstärksten Stänkerer durch Bravo- und Buhrufe zum Schweigen. Er musterte peinlich genau den Schauspieler, der, ein wenig pummelig, als Mephistophilis eine Fehlbesetzung war, ehe er einen Seufzer der Erleichterung ausstieß. Als eine Schar Dämonen über die Bühne tollte, zählte er sie sorgfältig und gab einen noch lauteren Seufzer von sich. Und als der dem Untergang geweihte Doktor Faustus, der wußte, daß Mephistophilis ihn bald holen würde, rief:

»Steht still, ihr in Ewigkeit bewegten Sphären,
Die Zeit halt' ein, nie werd' es Mitternacht«,

da liefen über das Gesicht meines Nachbarn Tränen, von denen einige durch einen verschobenen Wangenknochen zum Ohr hin abgeleitet wurden. Und er war nicht der einzige. Hier *war* Faust, wie im Manuskript des umstrittenen Abts von Sponheim, zugleich Handelnder und Opfer in seiner eigenen Tragödie; hier schien Faust beinahe den Tod auf seine Schultern zu nehmen, dem wir uns alle stellen müssen, so daß jeder Mann und jede Frau im Publikum für einen Augenblick unsterblich war (so ähnlich jedenfalls muß mein Nachbar, dem Entzücken in seinen tränenüberströmten Augen nach zu urteilen, es empfunden haben).
Außer mir. Ich emfpand nicht die erhebende Gegenwart des Sündenbocks, sondern eine unerklärliche Bedrohung, als ob diese großartigen Verse meine eigene, nicht allzu ferne Zukunft vorausdeuteten.
Auf der Bühne hielt die Zeit nicht ein, und es wurde Mitternacht. Mephistophilis führte den armen Faust unter noch mehr Donner und Blitz und sogar einer Schwefelwolke in die Hölle. Als die Stänkerer das Parkett verließen, schaute der Mann mit den verschobenen Wangenknochen auf den Spenser in meiner Hand und sagte: »›Mißbraucht wird hier Gott's Geduld und des Königs Englisch‹«, worauf ich natürlich antwortete: »›Wohlan, so ist die Welt denn meine Auster, die ich mir öffnen will mit meinem Schwert‹«. In diesem Moment packte er das, was einmal meine linke Hand gewesen war, und rief: »Stummelmann! Sie sind es!«
»Quillpusher!« erwiderte ich, denn ich hatte seine Stimme erkannt, ganz zu schweigen von seinem alten Irrtum. »Aber Sie sind bei einer Spelunkenschlägerei im Jahr '93 ums Leben gekommen!«
»Kaum. Das war ein holländischer Matrose, der in Deptford Strand erstochen wurde. Eine grobe Ähnlichkeit. Wir haben keine Zeit verloren, glauben Sie mir, Stummelmann. Haben sein totes Gesicht

bis zur Unkenntlichkeit zerschlagen, Zeugen für die Anhörung vor dem Untersuchungsrichter bestochen. Ich hatte bereits diesen Baines gewonnen, um meinen Ruf kaputtzumachen, so daß die gute Gesellschaft glaubte, auf diese Weise den schlimmsten Abschaum los zu sein. Womit nur noch die leidige Angelegenheit, mein Aussehen zu verändern, blieb, die vielleicht mit mehr Begeisterung als notwendig erledigt wurde, weil Ingram Frizer ein bißchen Angst hatte, ehe er begnadigt wurde, weil er mich aus Notwehr getötet hatte ... Aber was führt Sie hierher, Stummelmann?«

»Ich bin nicht –«

»Nein, natürlich nicht«, sagte Quillpusher mit einem verschwörerischen Zwinkern. Wir schlenderten langsam hinaus und blieben vor dem Theater stehen. »Wissen Sie, wäre nicht dieses verdammte Buchsbaumlabyrinth in Loose Chippings gewesen, hätte Ihr Bruder tatsächlich Maliverny Catlyn, den Metzger von Clynnogfawr Llanllyfni, mattgesetzt.«

Er war einfacher zu verstehen als Shakespeare, aber nicht viel. Dann fragte er: »Wer *ist* dieser Dasim Zalambur?«

»Dasim wer?«

Er machte ein langes Gesicht; seine Stimme wurde lauter. »Ich muß es herausbekommen, oder ich werde verrückt. Sie sind Dramatiker, Sie verstehen das. Ich war dabei, eine Figur zu schaffen, die die Verkörperung des Bösen sein sollte, und dabei wußte ich doch, daß sie auf ihre Weise anziehend sein mußte. Denn wer würde sich, wäre das Böse häßlich, von ihm verführen lassen? Können Sie mir folgen?«

Ich konnte es.

»Und ehe ich eine Rolle zu schreiben vermochte, in die sich ein Schauspieler verbeißen konnte, mußte ich alles über meinen Mephistophilis wissen, mußte mir jede kleine verräterische Einzelheit vorstellen, bis zu den leicht geblähten Nüstern, die Selbstvertrauen und Stärke ausstrahlten. Können Sie mir folgen?«

Ich konnte es.

»Und dann ... bei Lady Waynescotes Konferenz – über das Böse, welch unglaubliche Ironie! – erblickte ich den sogenannten libanesischen Magier Dasim Zalambur und erkannte in ihm *meine eigene*

Figur, den Mephistophilis, den ich geschaffen hatte, aus Fleisch und Blut – o Gott! –, bis hin zu seinem einen blauen und einen braunen Auge!

Ich glaube, ich holte tief Luft und atmete dann langsam aus. Ich glaube, Quillpusher setzte an, um noch etwas zu sagen, verstummte dann aber. Ich glaube, ich schloß die Augen.

Warum war ich so erregt?

Es war keine Neuigkeit, daß Cide Hamete Benengeli sein Aussehen willkürlich verändern konnte. Noch war es eine Neuigkeit, daß er, seitdem er die Astrologie aufgegeben hatte, immer wirksamer die Magie ausübte. Ein anderes Aussehen mochte jedoch auf etwas so wenig Geheimnisvolles wie einen Schminkkasten zurückzuführen sein. Und wieviel wußte ich denn wirklich über seine Magie? Daß meine Nichte Constanza von ihm träumte, konnte ich als einen (zugegebenermaßen haarsträubenden) Zufall abtun. Das Durch-die-Wände-Gehen konnte er mit Hilfe von Spiegeln oder ähnlichem bewerkstelligt haben.

Aber das –

Es war bestürzend, daß der Mephistophilis, den Marlowe sich ausgedacht hatte, die Verkörperung des Bösen, wie er sie zu Papier gebracht hatte, und die ihm erst danach aus Fleisch und Blut in der Person des libanesischen Magiers erschien, zufällig – und nur zufällig! – auch *mein* einstiger Beistand, *mein* Retter (zweimal, um genau zu sein) war, der Cide Hamete Benengeli, dem ich zum erstenmal auf seiner Sterbematte in Algier begegnet war, als Marlowe hier in England noch ein Kind war.

Quillpusher nahm an, daß die Pein, die sich auf meinem Gesicht abzeichnete, Anteilnahme an seiner eigenen sei.

»Sie werden ihm begegnen, Stummelmann«, sagte er. »Sagen Sie ihm, daß ich die Nerven verloren habe, daß ich raus muß. Dieser Dasim Zalambur, zusätzlich zu dem Metzger von Clynnogfawr Llanllyfni, ist mehr, als ich verkraften kann. Spione, Aufklärung – ich sage alldem adieu.«

»Sie und Shakespeare«, sagte ich.

»Nun ja, Shakespeare.«

Ich fragte: »Was wollen Sie tun?«

»Um mein Leben laufen. Sagen Sie's ihm. Purslayne ist auf der Flucht.«
»So nennen Sie sich derzeit also. Vorname Quentin oder so etwas?«
»Quincy, um genau zu sein, aber woher –«
»Q.P. Quillpusher. Komisch, wie oft das gemacht wird.«
Über dem Rose Theatre hingen dunkle Wolken. Sein Gesicht kam im Dämmerlicht auf mich zu. »Ihnen fehlt doch nichts, oder?« sagte er. »Sie sind unheimlich, Stummelmann.«
Er griff nach dem, was einmal meine linke Hand gewesen war. Dann schien er gegen mich zu fallen, griff nach meinen Armen, um sein Gleichgewicht wiederzuerlangen, zog mich an sich heran; Brust an Brust (er stand auf Zehenspitzen), kam sein Atem in erregten kleinen Stößen, und ohne Vorwarnung küßte er mich auf den Hals und versuchte dann, an meine Lippen zu kommen. Betreten, verdutzt trat ich zurück. Quillpusher zuckte wie von einem Schlag getroffen zusammen, aber ich hatte nur das, was einmal meine linke Hand gewesen war, in einer wortlosen Gebärde der Abwehr erhoben.
Wir standen schweigend da, dachten an fast gar nichts. Ein unendlich trauriges Lächeln überzog milde Quillpushers zerschlagenes Gesicht. »Ich könnte behaupten«, sagte er, »daß dies nur meine übertrieben theatralische Art, Abschied zu nehmen, gewesen sei. Aber die Wahrheit, Stummelmann, ist, daß nicht alles, was dieser Baines sagte, um meinen Ruf kaputtzumachen, völliger Bockmist war. Ich fühlte … mich von Ihnen von dem Augenblick an angezogen, als wir uns am Strand der Endgültigen Hoffnungslosigkeit kennenlernten.« Ein hartes Lachen. »Endgültige Hoffnungslosigkeit – das scheint meine gegenwärtige Situation genau zu kennzeichnen.«
»Damals habe ich beinahe geglaubt, daß Sie und Mnemosyne …«
»Freunde. Wir waren bloß Freunde. Sie ist eine Lady, wissen Sie.«
»Das war sie schon immer.«
»Sie würden sie nicht wiedererkennen«, meinte Quillpusher.
Ich hörte mich sagen: »Ich werde sie immer wiedererkennen.«
Unsere Augen begegneten sich; er nickte. »Ja«, sagte er, »das glaube ich. – Also«, fuhr er fröhlich fort, »was kann ich für Sie tun,

Stummelmann? Immerhin, wenn Sie so wollen, mein Schwanengesang.«
»Ich suche Thomas Heenage.«
»Wenn Sie ihn sehen wollen, solange er noch lebt, dann beeilen Sie sich lieber. Das Cross Keys in der Gracechurch Street. Dieselbe Losung und Gegenlosung. Schaffen Sie es vor dem letzten Hahnenschrei?«
»Vielleicht. Wenn ich wüßte, wann das ist.«
»Bei Dämmerung. Nehmen Sie den Spenser mit.« Noch ein trauriges Lächeln. »Verdammt, Stummelmann«, fluchte er, »verdammt«, und die Stimme versagte ihm. Schließlich sagte er, wie Shakespeare, aber mit etwas mehr Gefühl: »Ich mache mich besser von hinnen.«
Und von hinnen ging er, ein mutiger kleiner Mann mit großen Problemen und nicht unbegabt. Ich sah ihn nie wieder.

Beim letzten Hahnenschrei war der Wirtshof des Cross Keys in der Nähe der London Bridge viel voller als das Parkett des Rose Theatre vor ein paar Stunden. Die Aufmerksamkeit der Zuschauer, die vier oder fünf Reihen stark an den halb holzverkleideten Wänden herumstanden, wurde von einem – nach dem mythischen fliegenden Roß, das vom *ráwi*-Kanon direkt in die europäische Folklore galoppiert war – Clavileño genannten Tanzpferd gefesselt, das nach der Musik eines Leierkastens tänzelte.
Zu meiner Überraschung sah ich in der südöstlichen Ecke des Wirtshofes in der vorderen Reihe ein vertrautes Gesicht: Shakespeare/Dromio.
Ich grüßte ihn und fragte: »Wo ist er?«
»Kenne ich Sie, Mann?« erwiderte Shakespeare.
Also sprach ich: »›Mißbraucht wird hier Gott's Geduld und des Königs Englisch‹«, und er deklamierte: »›Wohlan, so ist die Welt denn meine Auster, die ich mir öffnen will mit meinem Schwert.‹ Die Treppe rauf, zweiter Stock hinten. Denken Sie bestimmt dran, ihm zu sagen, daß ich von der Agententätigkeit die Nase voll habe? Für zwei Jahre habe ich mich verpflichtet. Das waren zwei Jahre zuviel. Zwei Jahre seit dem Tag, an dem ich mich in einem schwachen Augenblick von ihm für Spionage und Aufklärung, im Ausland und

Inland, anwerben ließ. Das war am 23. April '98. Hätte ihn genausogut mir die Eingeweide herausreißen und Pferde an meine vier Teile binden lassen können.«
»Was?« sagte ich. »Was haben Sie gesagt?«
»Eingeweide. Ich sprach von Entleibung.«
»Nein, ich meine das Datum.«
Indem ich versuchte, aus dem Drei-Thomasse-Dossier schlau zu werden, war ich so damit beschäftigt gewesen, falschen Spuren zu folgen (weitere Thomasse komplizierten den Fall: Kyd, verstorben; Nash, noch am Leben; aber sie gehören zu Marlowes Geschichte und nicht zu meiner), daß ich gar nicht mehr auf den Kalender gesehen hatte. Jedenfalls war mein 23. April vorübergegangen, als Juan D. und ich auf dem Weg nach England waren.
»Am 23. April«, sagte er. »Und?« Also sagte es ihm nichts. Was für ein Glück es sein mußte, dachte ich, in Unkenntnis dieses schicksalhaften Datums zu leben!
Shakespeare erinnerte mich daran, daß ich ihnen sagen sollte, daß er von der Agententätigkeit die Nase voll habe, und machte sich an Clavileño vorbei von hinnen, der im verblassenden Licht nach einer munteren Weise von William Byrd oder Birde umherhüpfte.

Als auf mein Klopfen niemand antwortete, sagte ich den Vers über des Königs Englisch auf, und eine mißmutige Stimme entgegnete mir von drinnen nicht sehr überzeugend, daß die Welt ihre Auster sei. Und daß die Tür nicht verschlossen sei.
Drinnen schlug mir der Geruch nach ungewaschenem Mann entgegen, wie so oft begleitet von dem nach schalem Bier. Die Läden waren geöffnet. Ein Mann lag, nur in Unterwäsche, auf einem schmalen Bett ausgestreckt und starrte an die niedrige Decke hoch, die von zahllosen Kerzen, wie der, die auf dem Waschständer brannte, verrußt war.
»Haben sie Sie geschickt, um mich umzulegen?« erkundigte er sich. »Bin ich nicht einmal den Metzger von Clynnogfawr Llanllyfni wert?«
Warum denn, fragte ich, die Tür nicht abgeschlossen sei und die Fensterläden offenstünden, wenn er jemanden erwarte, der ihn umbringen solle.

»Wozu sich die Mühe machen?« fragte er. »Bisher hat noch kein Schloß den Tod abhalten können.«
»Sie sind Heenage, Thomas Heenage?«
»Bald der verblichene Thomas Heenage.«
»Wer will Sie umbringen?« fragte ich, und er erwiderte: »Als ob Sie das nicht wüßten« und starrte weiter an die Decke, als ob er dort seinen Tod sehen würde. Vielleicht tat er das auch.
»Wer hat den Stützpunkt Iberia zerstört?« fragte ich ihn.
»Den Stützpunkt Iberia? Sie haben *jeden* Stützpunkt der Namenlosen zerstört, mit Ausnahme von dem einen, tausend Meilen von überall.«
»Aber warum? Wer sind sie?«
Er erwiderte: »Als ob Sie das nicht wüßten.«
In diesem trostlosen Zustand war er für mich nicht zu gebrauchen. Also schlug ich ihm, durch Marlowe auf den Gedanken gebracht, vor: »Warum laufen Sie nicht davon? Von hinnen in die Neue Welt oder anderswohin?«
»Er würde mich finden.«
»Wer?«
»Maliverny Catlyn, der Metzger von Clynnogfawr Llanllyfni mit seiner verdammten Hippe.«
Wo hatte ich diesen Namen gehört? Von Quillpusher, ja – etwas über Juan D. und ein Buchsbaumlabyrinth. Standen mein Bruder und ich kurz davor, das Drei-Thomasse-Dossier zu ergründen?
»Was für eine Hippe?«
»Eine Art Streitaxt. Die Lieblingswaffe des Metzgers von Clynnogfawr Llanllyfni. Wenn er keinen Steinbogen bekommen kann. Das ist eine auf Feuerzündung umgestellte Armbrust, um anstelle von Pfeilen Steine oder Kugeln abzuschießen. Als ob Sie das nicht wüßten. Jetzt lassen Sie mich einfach in Ruhe. Ich bin ein toter Mann. R. I. P.«
Er sah mich verächtlich an und erblickte das, was einmal meine linke Hand gewesen war. »Der Stummelmann. Der sind Sie also.«
Besser ihn in seinem Glauben lassen. Aber wie ihn zum Weiterreden bringen? Ich versuchte es mit: »Ich soll ihnen sagen, daß Dromio von der Agententätigkeit die Nase voll hat. Im Ausland und Inland.«

»Sie sind ihm schon vorgestellt worden, oder?«
»Eigentlich nein. Ich habe gedacht, Sie würden das tun.«
Er setzte sich auf. In seiner Hand tauchte eine ungeheuerliche, siebeneinhalb Zoll lange Klinge auf. Also war er doch bewaffnet.
»Halten Sie sich von ihm fern«, fauchte er. Die Messerklinge zeichnete im Kerzenlicht glitzernde, moriskentanzhafte Muster.
»Ich halt mich von ihnen fern, wenn Sie mir sagen, wer die Stützpunkte der Namenlosen zerstört hat«, erwiderte ich und fragte mich, warum *er* ihm am Herzen lag, da ihm sonst nichts am Herzen zu liegen schien, nicht einmal er selbst.
Und seine Augen wanderten wieder zur Decke. »Es gibt drei von uns Thomassen – Walsingham, Phelippes und mich. Ich, ich hatte diesen frommen Wunsch, der neue W. zu werden, obgleich Walsingham der Blutsverwandte war und Phelippes die Geheimschriften kontrollierte. Aber einer von uns mußte es werden, verstehen Sie? Walsingham – der war schon immer ein Witz. Vielleicht bekommt er nicht so schnell Angst wie ich, aber können Sie abstreiten, daß er ein räudiger Kläffer ist?«
Ich sagte, das könne ich nicht.
Er fuhr fort: »Er sitzt zwar gut drinnen, aber wo ist seine Macht? Bei der Frau, die er hat, dieser Audrey, mannstoll und aufgetakelt, und er hat dabei tausend Hörner auf? Sie weiß, daß Ihre Majestät nicht ewig leben wird, und Essex ist für einen Mann, der gerne König wäre, nicht nur aufgeblasen, sondern auch ein Geck, und *außerdem* hat Audrey sich nie Illusionen hingegeben, was Jakob von Schottland angeht, oder hat sie das etwa? Womit schon für Thomas Walsingham gesorgt ist, jawohl.«
Ich fragte: »Jawohl?«
Aber er fuhr einfach fort: »Womit Thomas Phelippes übrigbleibt. Wenn er nicht ein genialer Idiot beim Kodieren wäre und nicht diesen Maliverny Catlyn hätte, der die Dreckarbeit für ihn erledigt, wäre er eine direkt aus seinen Kodes entsprungene Null. Aber das hindert ihn nicht daran, mit dieser Firma Spionage & Esoterik-Wissen, die er leitet, freiberuflich zu arbeiten. Wäre nicht aus den Startlöchern gekommen, wenn sein ausländischer Partner nicht wäre, der mit seiner üblichen Kaltblütigkeit. Wenn sie also –«

Ein durchdringendes Klopfen unterbrach ihn. Er streckte sein Messer weg und ließ sich schicksalsergeben wieder auf das Bett sinken, während ich zur Tür ging, die sich schon einen Spalt geöffnet hatte und in der ein verwirrendes bernsteinfarbenes Auge auftauchte.
»›Mißbraucht wird hier Gott's Geduld und des Königs Englisch‹«, schoß sie ungeduldig los und stieß mich mit einer Reitgerte beiseite. Vom Bett hörte ich einen frohen Aufschrei, der wie »Mistress M.!« klang, während ich versuchte, mich auf ihre Anwesenheit einzustellen und trotzdem die Gegenlosung richtig herauszubekommen.
»›Wohlan, so ist die Welt denn m-meine –‹«
»›... Auster, die ich öffnen will mit meinem Schwert‹«, ratterte sie noch ungeduldiger herunter und berichtete dann Thomas Heenage: »Er ist hier, er ist schon in der Gracechurch Str–«, dann wirbelte sie herum und rief entgeistert: »Miguel!«
Wäre sie, kalt und gemessen und aristokratisch, in ihrem Lady-Waynescote-Staat und ihrer Lady-Waynescote-Maske erschienen, hätte ich es nie gewagt, sie in die Arme zu nehmen. Aber so, wie sie angezogen war, nämlich als Stallbursche oder Knecht, hätte sie der Knabe sein können, als den ich sie mit einer Blutorange auf den dunklen Locken das erste Mal in Algier gesehen hatte – und ich nahm sie in die Arme. Ihre Reaktion war irgendwie ausweichend und endete in ein paar Klapsen mit ihrer Reitgerte auf meine Schulter und den Worten: »Was erwartest du von mir, wenn du alle paar Jahre einmal in meinem Leben auftauchst, für gewöhnlich im *ungünstigsten* Augenblick – daß ich stammle, daß ich dich liebe, seitdem ich vierzehn war, und daß ich mich auf allen vieren herumwälze, weil du mir großzügigerweise etwas von deiner kostbaren Zeit gewährst, wenn Maliverny Catlyn, der Metzger von Clynnogfawr Llanllyfni, schon in der Gracechurch Street gesehen worden ist? Kommen Sie von dem Bett runter!« befahl sie Thomas Heenage.
»Wozu?« fragte er schicksalsergeben.
Um ihn aufzuziehen, sagte sie: »Sie hatten ganz recht mit den drei Thomassen einschließlich Ihrer selbst, bloß daß es kein Thomas war, mit dem Audrey Walsingham ihrem Mann Hörner aufgesetzt hat.«

»Ich kann Ihnen bloß sagen, wirklich schade, daß es nicht der Thomas war, der vor Ihnen steht«, sagte Thomas Heenage wehmütig.
»Sie fühlen sich von dieser Schlampe *angezogen*?«
»Sie ist sexy. Sie ist eine sexy Schlampe«, erwiderte Heenage.
»Offensichtlich denkt das der Metzger von Clynnogfawr Llanllyfni auch«, sagte Micaela eisig, »denn er ist derjenige, mit dem Audrey Walsingham zum Hahnrei macht. Ziehen Sie sich an.«
Bald kam Heenages Stimme gedämpft unter dem Bett hervor: »Wo sind meine Schuhe, ich kann meine Schuhe nicht finden.«
Sie fand sie für ihn. Jene kallipygische Kurve war so klassisch wie je.
Plötzlich rief ich: »M.! Er hat dich Mylady M. genannt! Sie haben mir nicht gesagt, es *ihm* zu sagen, sie haben mir gesagt, es *M.* zu sagen.«
»Wer hat dir gesagt, mir was zu sagen?«
»Shakespeare/Dromio und Marlowe/Quillpusher/Purslayne. Sie sind beide aus dem Spionagegeschäft ausgestiegen.«
»Dem armen Quincy bleibt keine Wahl. Er weiß fast soviel wie ich über diese Schlampe Audrey, und sie weiß, daß er es weiß. Aber keine Sorgen wegen Will. Der ist bloß ein Kurier, der sich wichtig macht. Er war nie *im* Spionagegeschäft.«
»Wenn du diejenige bist, der ich das sagen sollte, heißt das, daß du der neue W. bist?«
»Das ist keiner, bis jetzt. Die Königin gibt mir den Vorzug, aber sie ist siebenundsechzig, und ihr Interesse am Spionagedienst ist nicht mehr das, was es einmal war. Und der in Frage kommende Nachfolger hört auf diese Schlampe Audrey. Na ja, entweder schafft Audrey es, oder ich. Wer auch immer, England wird nicht groß genug für uns beide sein. All das war, das kannst du dir vorstellen, für den lieben alten Gawayne ganz schön hart.«
»Oh«, machte ich. »Gewiß. Gawayne. Juan D. hat mir gesagt, daß du v-verheiratet bist.«
»Ein Ehemann in einer gewissen Stellung ist die ideale Deckung.«
»Ich verstehe vollkommen«, nickte ich.
»Er ist sehr süß und praktisch alt genug, um mein Großvater sein zu können«, schwärmte sie.

»Natürlich«, erwiderte ich.
»Wir haben unsere Vereinbarung«, sagte sie. »Er kann frei seine Vögel beobachten, und ich kann frei ... Aber mein Privatleben kann für dich überhaupt nicht von Interesse sein, selbst wenn es sich mit meinem Berufsleben eine gewisse Zeitlang überschnitten hat, seitdem mich meine Spezialausbildung in Chistlehurst von einer traumatischen Kindheitserfahrung geh ... – aber warum erzähle ich dir das alles? – Zum Donnerwetter, machen Sie voran!« schrie sie Thomas Heenage an, der am Bett herumstolperte und versuchte, in ein paar Kniehosen zu steigen. »Torreblanca wartet unten mit den Pferden. Vielleicht probieren Sie es damit, daß Sie Ihre Schuhe wieder ausziehen.« Und ich fragte: »Juan D. ist hier?«, und Micaela sagte: »Ich bin nicht wild darauf, zu erfahren, wie Maliverny Catlyn aussieht, aber das sind nur wenige«, und Heenage jammerte: »Mein Hut, ich kann meinen Hut nicht finden«, während Micaela ihn mit ihrer Reitgerte zur Tür hinausschubste.

Während Micaela Thomas Heenage die Treppe hinuntertrieb, überlegte sie, ob sie und ich einander immer das Falsche sagten, weil es einfach nie etwas Richtiges zu sagen gab, doch dann erinnerte sie sich daran, daß sie dringendere Sorgen hatte.
Sie hörte Musik (es war die Melodie von »Cherry Ripe«) und sah im Fackelschein den Leierkastenmann die Kurbel seines lautenförmigen Instruments drehen, während das Tanzpferd Clavileño sich vor der Menge verbeugte. Sie pfiff die ersten vier kristallklaren Noten einer gen Himmel strebenden Lerche, in der Hoffnung, daß Juan D. sie trotz »Cherry Ripe« hören würde. Das war offenbar der Fall, denn er kam kurz darauf mit drei Pferden am Zügel in den Wirtshof. Nur drei, aber wir waren jetzt zu viert. Einen Augenblick lang, als sie sich vorstellte, wie sie sich hinter mir in den Sattel schwingen und an meiner Taille festhalten würde, wenn wir davongaloppierten, kostete Micaela die Rolle der hilflosen Frau aus.
Draußen wurde Thomas Heenages Gleichgültigkeit gegenüber seinem eigenen Ableben von einer übertriebenen Vorsicht abgelöst, die sein Ableben noch wahrscheinlicher machte. Er fand irgendwo auf dem Hof einen Platz, wo er sich instinktiv sicher fühlte, und

wollte sich wie ein Kampfstier in seiner *querencia* nicht von der Stelle rühren, bis Micaelas Reitgerte ihn erneut in Bewegung setzte. In der Zwischenzeit war Juan D. beinahe bei uns angekommen, und Micaela wappnete sich für den Augenblick der höchsten Gefahr, wenn vier Leute drei lebhafte Hengste besteigen würden, genau die Art Augenblick, die Maliverny Catlyn in seinen sofortigen und bleibenden Vorteil zu verwandeln verstand.

War er hier?

Die Menge strömte aus dem Wirtshof in den erleuchteten Gastraum und sang dabei voller Inbrunst »Cherry Ripe« weiter, obwohl der Leierkasten verstummt war. Der Leierkastenmann hievte (wie Zeugen später aussagen sollten) das lautenförmige Instrument auf seine Schulter (eine etwas seltsame Position dafür), ehe er die Kurbel wieder drehte. Im Schlagschatten der Fackeln schien der Leierkasten nun seltsamerweise einem Steinbogen zu ähneln.

Micaela sah dies alles – einen wie großen Bruchteil einer Sekunde zu spät, um das Unglück abzuwenden? Dachte sie, daß ich, der den Wirtshof an ihrer Seite überquerte, in Gefahr sei? Oder begann sie bereits zu ahnen, daß die wirkliche Gefahr ihr galt? Kam es ihr in den Sinn, daß sie genau darauf zulief, ebenso wie Doktor Faustus von jenem fehlbesetzten Mephistophilis hereingelegt – denn was konnte der Tod eines Groschenhelden wie Thomas Heenage Audrey Walsingham schon bedeuten? Was war er anderes als ein Köder, um Micaela in die Reichweite von Maliverny Catlyns Steinbogen zu locken? Bewunderte sie vielleicht sogar – als ihr die Erkenntnis dämmerte, daß der Leierkasten-Steinbogen nicht auf Heenage, sondern auf sie gerichtet war – die Verschlagenheit ihrer Gegnerin?

Von einer Sache konnte sie nichts wissen: von der Bedeutung dieses Datums für mich und meinem zwanghaften Bedürfnis, etwas Bedeutsames zu tun, gleichgültig, wie gefährlich es auch sei, weil dies vielleicht der letzte Tag meines Lebens sein konnte – wodurch ich es möglicherweise (mit endgültiger Ironie) tatsächlich zum letzten Tag meines Lebens machte.

Sie sah mich genau in dem Moment auf den Leierkastenmann zuspringen, als dieser seinen Steinbogen abfeuerte und eine Kugel sich in meine linke Brusthälfte bohrte und mich in einen Zustand der Vergessens versetzte, den vom Tod nur noch ein hauchfeiner Pulsschlag trennte, der, so konnte man vermuten (und so wurde es auch von einem gewissen Dr. Duguid, der eilends vom Wirt des Cross Keys herbeigerufen worden war, vermutet), jeden Augenblick aussetzen würde.

Schrie sie auf, als ich zu Boden ging? Versuchte sie mich aufzufangen?

Nein, Micaela war Micaela, und sie sprang rittlings auf den Rotbraunen, während Juan D. auf dem Rotschimmel aufsaß, um Maliverny Catlyn hinterherzujagen, der in einem wilden, sattellosen Galopp auf dem sattellosen Clavileño davongeritten war, die Gracechurch Street Richtung Norden nach Bishopsgate und dann nach Norton Folgate und schließlich nach Hog Lane, wo elf Jahre zuvor Marlowe ein Duell mit einem gewissen William Bradley ausgefochten hatte, womit sein Abstieg begann, der als Quincy Purslayne endete, und wo nun der Rotbraune an einer vom Mondschein nicht beleuchteten Stelle stolperte und durchging, so daß, als Micaela wieder die Kontrolle über ihr Pferd hatte, der Metzger von Clynnogfawr Llanllyfni und mein Bruder Juan D. in der Nacht verschwunden waren, Richtung Lamb Street oder sogar Worship Street oder Curtain Road, wer hätte das zu sagen vermocht?

Als Micaela in den Schankraum des Cross Keys zurückkam, sah sie mich auf dem Tresen ausgestreckt liegen, während der Arzt mit dem ermutigenden Namen Duguid eine Kompresse auf die Wunde unmittelbar unter meiner linken Brustwarze drückte, dabei aber zu dem Wirt sagte: »Es spielt keine Rolle.« Er hörte sich ganz so an wie Thomas Heenage.

»Vielleicht nicht für Sie, aber ich will nicht, daß er mir meinen Tresen vollmacht, und dabei ist er noch nicht einmal ein zahlender Gast«, schimpfte der Wirt, und da kam sie herübergeeilt, küßte mich und vergoß (laut mehrerer Zeugen) Tränen über meinem Gesicht.

Dr. Duguid klopfte ihr mitleidig auf die Schulter. »Ihr Vater?«

(Jeder, der einmal am Rand des Todes stand, weiß, daß man dann nicht besonders jugendlich wirkt.)

»Mein ... Freund«, sagte sie. »Er ist so kalt – können Sie nicht etwas tun?«
»Die Blutung stillen, aber das habe ich bereits.« Dann ein Kopfschütteln und eine Prognose, die nicht besonders ermutigend klang: »Sollte er bis Mitternacht nicht tot sein, so wäre das ein Wunder.«
»Ich will, daß diese Leiche sofort von meinem Tresen verschwindet«, forderte der Wirt.
»Ich«, verkündete Micaela hochmütig, »bin Lady Waynescote von Loose Chippings. Wir wünschen ein Zimmer.«
Der Wirt blickte zweifelnd auf ihr Stallburschenkostüm, bis eine Goldmünze neben meinem reglosen Körper auf dem Tresen klimperte.
Da ich sowieso im Sterben lag, hatte Dr. Duguid nichts dagegen, daß ich bewegt wurde, und für ein Bier trugen mich Freiwillige über den Wirtshof und die Treppe hinauf in das Zimmer, wo Thomas Heenage den Tod erwartet hatte, der wegen eines anderen gekommen war.
Heenage lag, wieder in Unterwäsche, auf dem Bett, und starrte an die rußgeschwärzte Decke.
Micaela schrie etwas, und nach der üblichen Fummelei und ein paar schicksalsergebenen Worten stolperte er hinaus.
Zu ihrer Überraschung ging Dr. Duguid nicht mit Heenage hinaus.
»Ich habe nie jemanden gesehen, der so durchgehalten hat«, staunte er.
Sie wusch mir das Gesicht, das jetzt rot und fiebrig war, mit Wasser aus dem Wasserkrug.
»Mitternacht«, sagte Dr. Duguid bestimmt. »Noch vor Mitternacht ist er tot.«
Mit einem Vers aus dem *Doktor Faustus* auf den Lippen begann Micaela bei mir zu wachen.

Vierunddreißigstes Kapitel
Vom schicksalhaften Abenteuer des fliegenden Pferdes Clavileño und anderen unmöglichen Dingen

Oft heißt es, daß im Augenblick des Todes das ganze Leben eines Menschen vor dessen innerem Auge vorüberzieht.

Ich habe mich immer gefragt, warum nie jemand diese Vorstellung – die nach allem, was ich weiß, zutrifft – bis zu ihrem offenkundigen Schluß weitergedacht hat. Und der lautet, daß es keinen Schluß gibt.

Hier liegt also ein Mensch im Sterben, sagen wir, mit einer Kugel in der linken Brusthälfte, ein Haarbreit von seinem Herzen entfernt. Und er entdeckt, daß *wahrhaftig* sein ganzes Leben vor seinen Augen vorüberzieht, und schließlich kommt der Punkt in seinem Leben, an dem (oder ab dem, je nachdem, ob man den Raum oder die Zeit für wichtiger hält) er im Sterben liegt und sein ganzes Leben vor seinen Augen vorüberzieht, sein ganzes Leben bis zu dem Punkt, an (oder ab) dem er im Sterben liegt und sein ganzes Leben vor seinen Augen vorüberzieht und wieder den Punkt erreicht, an dem …

Ist die Raum-Zeit, mit ihren riesigen Entfernungen, die sich zu Bögen runden, elastisch genug, um mit diesem *ad infinitum* zurechtzukommen? Wenn ja, ist dies dann alles, was an der Unsterblichkeit dran ist? Und würde dann nicht die Beschaffenheit des Lebens eines Menschen bestimmen, ob diese ewige Wiederkehr der Himmel oder die Hölle ist?

Verzwickte Fragen – doch wie hätte ich sie beantworten können? Nichts dergleichen war mir passiert. Zumindest noch nicht.

Ich steige die Böschung eines Flusses hoch, in dem ein gesunkenes Fährschiff liegt, und gehe eine gepflasterte Straße entlang, an bläßlichen Steingebäuden im Stil gotischer Kathedralen vorbei, bis zu einer staubigen Landstraße am Rande einer Stadt, wo ich über einem Mietstall das Schild

T. HOBSON MIETPFERDE

erblicke und ein Mann, vermutlich Hobson, eine kümmerliche, ausgemusterte Schindmähre mit langen Eselsohren an einem schwarzen Araberhengst vorbeiführt, der vor den Stalltüren angepflockt steht.

»Nicht wieder Dapple«, stöhnt ein dicklicher Kerl, der ängstlich neben dem Pferd wartet und sich an seinem Hut festhält.

»Sie kennen die Regeln. Das erste Pferd hinter der Tür ist das, das man bekommt, oder man bekommt gar keines.«

»Jawohl – und ein Mann ist das wert, was er bekommt, und bekommt, was er wert ist«, erwidert der dickliche Kerl.

»Sie können es genausogut sein lassen«, sagt Hobson.

»›Ein goldgeschmückter Esel macht mehr her als ein Reitpferd mit einem Ledersattel.‹ Aber ein Klepper ist ein Klepper ist ein Klepper.«

Als er das losgeworden ist, zahlt er mit ein paar Münzen, sitzt auf und reitet auf Dapple in einem lustlosen Tempo an mir vorbei.

»Was stehen *Sie* denn da herum?« fragt Hobson.

Nach einigem Nachdenken sage ich: »Ich glaube, ich brauche ein Pferd.«

»Geht die Reise weit?«

»Nein, ich will nur ... wieder unterwegs sein.«

Ein argwöhnischer Blick von Hobson. »Sie haben doch nicht etwa die Absicht, denselben Weg zurückzugehen?«

T. Hobson. Ich wette, das »T« steht für Thomas. Ein lästiger Name. T. Hobson wendet sich ab, um den schwarzen Araberhengst zu striegeln.

Ich stapfe ein paar Schritte fort von ihm, dann ruft er: »He, Sie! Wohin wollten Sie noch mal?«

»Ich wollte einfach wieder unterwegs sein.«

T. Hobson verschwindet im Dunkel des Stalles. Ich höre ein gesundes Wiehern – das erste Pferd hinter der Stalltür, hoffe ich. Aber

T. Hobson führt eine pferdliche Tragödie heraus, zerzauste Mähne, zitterndes Maul über zu langen Zähnen, knorrige Knie, ein schwaches Kreuz, Rumpf und Kniegelenke alles andere als sehnig, zersplitterte Hufe.
»Was ist denn mit dem schwarzen Araber dort?« frage ich.
»Sie kennen die Regeln. Das erste hinter der Stalltür. Im übrigen werden Sie schon merken, daß der alte Knabe hier noch genug Leben hat, um Sie dahin zu bringen ... wohin Sie gehen.«
Es gefällt mir nicht, wie sich das anhört; als ob er etwas wüßte, was ich nicht weiß.
Und es gefällt mir nicht, wie T. Hobson oder der Klepper, der der erste hinter der Tür war, aussieht.
Doch ehe ich noch »Danke, ich versuche es anderswo« sagen kann, heult ein kalter Wind von irgendwo nördlich der Unendlichkeit her, verdüstert den Mietstall mit wirbelndem Staub, verdüstert T. Hobson und seinen Klepper, verdüstert das Schild, das ich in seinen rostigen Scharnieren schaukeln hören kann.
So schnell, wie er aufgekommen ist, flaut der Wind auch wieder ab. Der Staub legt sich, das Schild hängt nur noch an einem Scharnier, T. Hobson, der Klepper und der schwarze Araber sind nirgendwo zu sehen. Die Pferdefurt ist trocken, die staubige Landschaft von Unkraut überwuchert.
Ich rufe vorsichtig »Hallo?« und schrecke damit auf dem Stalldach eine Krähe auf. Die Stalltüren stehen sperrangelweit offen.
»Ist jemand zu Hause?« rufe ich. Von drinnen kein Laut. Kein Geruch nach Pferden, Futter, Dung. Ich gehe hinein.
Das einzige, was ich direkt hinter der Tür des ansonsten leeren Stalles stehen sehe, ist ein Holzpferd.
So, wie man die Dinge in Träumen eben weiß, weiß ich sofort, daß dies Clavileño ist. Nicht das Tanzpferd im Cross Keys, sondern der wirkliche Clavileño mit dem Glanz des Mythos auf dem Fell – bzw. dem Holz. In den Grundfarben leuchtend bemalt – blaue Mähne und Schwanz, rotes Fell, gelber Sattel –, ist Clavileño ein flügelloses fliegendes Pferd, das sich mittels eines kurzen Bolzens in der Stirn, das wie das Horn eines minderbemittelten Einhorns aussieht, lenken läßt. Im Spanischen bedeutet *clavo* soviel wie Nagel. Und

Clavileño? Mehr oder weniger soviel wie Stachel. Ich werde ihn Stachel nennen.
Ich sitze auf und spiele an dem kurzen Einhornhorn auf seiner Stirn herum. Clavileño oder Stachel läuft zur Stalltür hinaus, zeigt aber keine fliegerischen Fähigkeiten.
Das verwirrt mich. Das große, flügellose fliegende Pferd Clavileño ist unmittelbar aus dem *ráwi*-Kanon zu mir gekommen, ein Märchen, das kaum weniger beliebt ist als das von Ali Baba oder Aladin, und Clavileños Glanz rührt daher, daß er fliegen kann. Aber Stachel kann das anscheinend nicht. Vielleicht sieht er nur wie Clavileño aus.
Draußen spüre ich in meinem Nacken ein Prickeln. Der Mietstall, die staubige Landstraße, die Gebäude der Stadt im Stil gotischer Kathedralen – alles ist verschwunden. Hat man es verschwinden lassen wie Cornelia Tasso?
Ich erblicke einen eingetopften Baum und einen nicht sehr wirklichkeitsgetreuen Felsbrocken, wie die Requisiten, die im Prinzentheater in Madrid oder im Rose Theatre hier in London zur Darstellung einer Landschaft eingesetzt werden. Nur, daß das hier nicht London zu sein scheint. Oder irgendwo.
Hintergrund, Vordergrund, Mittelbühne, alles ist durch etwas verdüstert, das ich Nebel nennen muß, aber es ist nicht genau Nebel, eher die Farbe Grau. Und auch nicht genau Grau. Eine Art farblose Farbe.
Nichts könnte der märchenhaften Geographie der *troubadours* und *trouvères*, der Ritter der Tafelrunde und der Paladine Karls des Großen des *ráwi*-Kanons und Ariosts, bei der die Lombardei unmittelbar neben Dänemark und Köln an einem Mittelmeerfjord liegt, wengier ähneln, und doch habe ich das Gefühl, daß mir ein Abenteuer bevorsteht, das nicht weniger außergewöhnlich sein wird wie das des Walisers Peredur (oder war er Bretone?), Sindbads des Seefahrers, ja sogar Amadís' von Gallien.
Ich versuche wieder mein Glück mit Stachels zu klein geratenem Einhornhorn, aber er schreitet bloß an weiteren Requisiten vorbei – eine auf einen Prospekt gemalte Hütte, ein Turm und ein Altar, die zusammen eine Kirche vorstellen sollen – und hält dann vor einem

einsamen Grabstein an, der für einen Friedhof einsteht. Der Requisitengrabstein ist aus Pappmaché, die Buchstaben sind so geschickt gemalt, daß sie wirken wie in Stein gehauen.

MIGUEL DE TORREBLANCA
(?–23. April 1600)
R. I. P.

Ich schreie erschrocken auf und schlage auf Clavileños oder Stachels leuchtendrote Schulter ein. Er galoppiert an einem Einmaster vorbei, der das Meer andeuten soll, dann an einem Minarett, das für eine ferne Stadt steht, und an einem weiteren eingetopften Baum, einer Palme, die, nehme ich an, die Wüste versinnbildlicht.
Inzwischen habe ich mich beruhigt. Also ist Miguel de Torreblanca tot? Na und? Ist er nicht ein Teil meines Ichs, vor dem ich stets geflohen bin, seitdem mein Großvater so plötzlich in jenem eiskalten Zimmer jenseits der eine Kathedrale gebärenden Moschee gestorben war? Heißt dieser Tod nicht, daß ich auf eine gewisse Weise, bei der ich mir nicht sicher bin, daß ich sie verstehe, endlich heimgehen kann?
Doch ich muß mir ins Gedächtnis rufen, daß ich kein Daheim habe. Sollte ich es? Ist irgendwie ein Fehler gemacht worden? Wird der Tod des Miguel de Torreblanca ihn aufheben, selbst wenn Miguel de Torreblanca nie existiert hat?
Es fängt zu regnen an. Ich versuche noch einmal mein Glück mit dem kurzen Horn auf Clavileños oder Stachels Stirn.
Und er schwingt sich himmelwärts, mit einem jener riesenhaften Sprünge, welche die *ráwis* so lieben, steigt geschwind durch Regen und Regenwolken hinauf in den strahlenden Sonnenschein, und ich klammere mich an seiner Mähne fest (es gibt in dem leuchtendblauen Holz Griffe, die ich zuvor nicht bemerkt habe). Ich überwinde meine Furcht, probiere das Steuerhorn, den Steuerstachel aus und beherrsche bald die einfache Mechanik: nach oben bedeutet ziehen, nach unten drücken (ich werde ein zweites Mal durchnäßt), will ich nach links, muß ich nach links schieben, für rechts nach rechts ...
Während Stachel und ich die Wolkengipfel bei hoher Geschwindig-

keit überfliegen, sollte ich sagen, daß ich nie ein besonderes Interesse am Übernatürlichen gehabt habe. Ich könnte es genausogut sein lassen, um mit T. Hobson zu sprechen. Aber diesmal habe ich nicht einmal die Wahl. Denn für den Rest des Jahres und die ersten drei Jahre des 17. Jahrhunderts scheine ich wie vom Erdboden verschluckt zu sein.

Ich spreche nicht von der Verbannung in die Un-Geschichte; das ist mir schon vorher passiert. Aber diesmal bin ich auch aus der Geschichte meines Todes und Lebens verschwunden. Und die Verbannung in das Nichterzähltwerden ist schwerer zu verkraften. Ich ging mir sogar selbst ab.

Die Historiker, die durch mein Verschwinden verwirrt waren, sollten nach mir suchen, fast wie Astronomen, die nach einem überfälligen Kometen Ausschau halten.

Was sie schließlich fanden, ist nicht erhellend:

- Am 2. Mai 1600 suchte ein gewisser Agustín de Cetina darum nach, Bürger von Sevilla werden zu dürfen, und ich unterstützte sein Gesuch mit meiner Unterschrift. (Es ist bekannt, daß Señor Zums Neffe Dusel damals in Sevilla war.)
- Am 19. August 1600 trat Catalinas kleiner Scheißerbruder, der unerklärlicherweise zu Gott gefunden hatte, in das Franziskanerkloster zu Toledo ein. Da er ein gültiges Testament ausfertigen mußte, benannte er ebenso unerklärlicherweise Catalina und mich zu dessen Vollstreckern. (Die Historiker, die eifrig nach ihrem Kometen Ausschau halten, sollten dies als Beweis dafür werten, daß ich mich zu diesem Zeitpunkt in Sevilla aufgehalten habe.)
- Das ganze Jahr 1601 hindurch tauchte ich nicht auf.
- Am 14. September 1602 hatten die Behörden in Sevilla die Akten über meine Unterschlagung (sic !) noch nicht geschlossen, wenn auch keine neue Vorladung mehr ausgefertigt wurde. (Ein paar Historiker beharren darauf, daß dies beweise, daß ich noch immer in dieser Stadt eingekerkert gewesen sei!)
- Am 14. Januar 1603 wurde eine neuerliche Untersuchung meiner Unterschlagung in Angriff genommen, doch wurde ich nicht vernommen, weil mein Aufenthaltsort unbekannt war. (Keine

Schlußfolgerung irgendeines Historikers, doch bin ich froh, sagen zu können, daß dies die letzte derartige Untersuchung war.)

Und damit haben wir es.

Wie Cide Hamete sagen würde, gibt es mehr als nur ein paar nicht verzeichnete Tage in der Geschichte, und daher stören mich auch ihre nicht erfolgten Einblicke nicht. Aber daß *ich* nicht weiß, wo ich während fast vier Jahren war, *ist* beunruhigend, und ich möchte eine Erklärung dafür, gleichgültig, wo ich danach suchen muß.

Also – sobald ich einmal das Prinzip von Clavileños Steuerhorn verstanden habe, lassen wir das schlechte Wetter hinter uns und streifen durch klare Himmel und gelegentliche flauschige Wolken, die hoch über Hügeln, Tälern, Flüssen, Strömen, Plateaus, Massiven, Savannen, Heiden, Buchten (und einem oder zwei Haffs), Förden, einem Kratersee, Tieflanden, Hochlanden, Ödlanden, drei oder vier Moränen und einem Mangrovensumpf, Steilhängen und Küstenebenen, zahlreichen Schluchten, einem langen Mäanderband und einem Regenwald, wo es nicht regnet, schweben. Je schneller Clavileño fliegt, desto höher steigt meine Zuversicht, bis ich mir sicher bin, daß ich in Kürze mein Ziel erreiche, was immer mein Ziel ist, so frisch wie zum Zeitpunkt meines Aufbruchs und bereit zu den Heldentaten, die Clavileños Reiter immer vollbringt. Aber wie zu große Zuversicht im allgemeinen zum Fall führt, biegt Clavileño ohne Vorwarnung scharf nach links ab und fällt so schnell erdwärts, daß es mir gerade eben noch gelingt, mich an den Griffen in seiner leuchtendblauen Mähne festzuklammern.

Nichts im *ráwi*-Kanon oder irgendeinem Ritterroman hat mich auf die Landschaft vorbereitet, die uns entgegenrast. Von Horizont zu Horizont erstreckt sich eine blendendweiße Ebene, die ausgesprochen flach ist und von parallelen Reihen junger Bäume – wie ich zunächst meine – durchzogen wird. Aber als Clavileño wieder in der Waagrechten fliegt, erkenne ich, daß wir über einer riesigen Druckseite dahinrasen; sie ist weniger Topographie als Typographie, und die Wörter flitzen, zum Lesen zu schnell, unter uns vorbei.

Clavileño drosselt die Geschwindigkeit zum Landeanflug, und vor uns ragt, wie ein zum Leben erweckter Monolith, eine mächtige männliche Gestalt auf, die nichts außer einer Druckerschürze anhat und mit einem riesigen Krummsäbel wie ein Forstarbeiter, der das Unterholz rodet, Wörter weghaut.

»Einen guten Tod gehabt?« fragt er, als ich absitze. »Nicht unschön, hoffe ich?«

Er mustert mich, als suche er nach Anzeichen für einen unschönen Tod. »Aber natürlich, man läßt derlei Verunzierungen zurück. Es war ein Steinbogen, nicht wahr?«

»Wovon reden Sie?«

»Von der Mordwaffe«, sagt der Mann in der Druckerschürze geduldig. Sein Gesicht ist grob geformt wie aus Schluchtgestein oder unterirdischem Fels – harte Kanten aus Quarz und Feldspat und breitflächige Wangenknochen und eine herrische Nase, die Brauen Granitgrate (darüber obsidianschwarzes Haar, das von einem pfeilspitzen Haaransatz aus zurückgekämmt ist), der Kiefer ein gespaltener Felsblock – ein Gesicht, unerschütterlich gegenüber Gefühlsstürmen, mit Ausnahme der Augen. Das rechte blau, das linke braun.

»Vielleicht fangen wir besser von vorne an«, schlage ich vor. »Ist es üblich zu fragen: ›Wo bin ich?‹?«

Er läßt seinen Krummsäbel warnend durch die Luft wirbeln. »Vorsicht. Ich habe gerade Klischees gestutzt.«

»Aber wenn ich tot bin«, sage ich, »dann wäre ich doch nicht –«

»Du wirst doch nicht eine von jenen lästigen Kreaturen sein, die ihr Ableben in Frage stellen? Das tun so viele. Obwohl ich es seltsam finden würde, wenn du das tätest, *ráwi*, da wir den 23. April haben.«

»Nicht meinen 23. April. Der war vor zehn Tagen. Außerdem ist das letzte, was ich mitbekommen habe, daß Shakespeare am Leben war.«

»Das letzte, was er mitbekommen hat, ist, daß *du* am Leben warst. Was du nicht mehr bist. Tot ist tot. Aus. Keine Fortsetzungen. Was Shakespeare betrifft, so habe ich mich vielleicht im Jahr getäuscht, da ich mit ihm kein Abkommen habe.«

»Kein was? Abkommen?«

Er nimmt aus seiner Druckerschürze ein vergilbtes Stück Papier. »*Ist* das deine Unterschrift?«

Der Namenszug auf dem Schriftstück ist unzweifelhaft meiner.

Aber das war auch bei den Schriftstücken so, die Señor Zums Neffe Dusel unterzeichnete.
»Es sieht wie meine Unterschrift aus«, gestehe ich zu.
»Dann ist es Zeit, daß du nun auch deinem Handel gemäß lebst, oder nicht?« sagt Cide Hamete.
Ich versuche das Schriftstück zu lesen, aber es ist in einer unbekannten Sprache mit seltsamen diakritischen Zeichen verfaßt. »Ich hätte nie etwas unterschrieben, was ich nicht lesen kann«, sage ich.
»Du erinnerst dich nicht, daß ich es für dich übersetzt habe? Wort für Wort?«
»Überhaupt nicht.«
»In einem Becken in einer Höhle im Landesinnern hinter Algier? In einem grünen Teich. Du warst damals überanstrengt, aber ich finde deine Erinnerungslücke trotzdem furchtbar unangenehm.«
»Was steht denn drin?«
»Das Übliche natürlich. Daß du, gegen gewisse Vorteile, deine Seele in alle Ewigkeit dem Teufel verschreibst. Auch noch mit deinem eigenen Blut unterzeichnet – ein geschmackloses, aber bindendes Detail. Eines Tages bringe ich sie noch dazu, es zusammen mit anderen Unarten abzuschaffen ... also, komm mit.«
Zwischen zwei Reihen Wörtern gehen wir los. Vom Boden aus gesehen, ist die riesige Seite dreidimensional; die Kleinbuchstaben sind schulterhoch, die Großbuchstaben einen Fuß höher. Von der Seite aus gesehen, kann man sie nicht lesen. Ab und zu schneidet Cide Hamete mit einem kurzen Schlag seines Krummsäbels eine überflüssige Serife weg.
»Wo sind wir hier?«
Ein nachdenkliches Schielen mit dem blauen rechten Auge. »Wenn ich sagen würde, die Ägypter der Pharaonenzeit hatten eine viel kleinere und enttäuschend langweilige Fassung, die sie einfallslos *Totenbuch* nannten und die als Führer für die Reise durch die Unterwelt gedacht war, würdest du das verstehen?«
»Und du bist der ... Verfasser?«
Er wirft sich in die Brust, sagt jedoch: »Zieh keine voreiligen Schlußfolgerungen.«
»Willst du damit andeuten, daß du der Teufel bist?«

»Bitte! Als ein gelehrter – oder zumindest gebildeter – Mann mußt du den Teufel doch als das nehmen, was er ist: die Erfindung kluger Kleriker des Mittelalters, deren Absicht es war, die Leute durch Schrecken zur Einkehr bei Gott zu bewegen.«
»Wenn er also nicht wirklich existiert, dann habe ich meine Seele auch niemandem verkauft!«
»*Ráwi*! Bitte! Das ist sogar für mich zu spitzfindig.«
»*Wofür* habe ich sie denn angeblich verkauft?«
»Ach, für die übliche Narretei mit gottgleichem Wissen und Macht. Du hättest schlauer sein sollen. Bis zur Renaissance, die, Gott sei Dank, ihrem Ende entgegenzugehen scheint, konnte ein kühner Mann tatsächlich Allwissenheit anstreben. Aber jetzt ist das unmöglich. Es gibt einfach zu vieles zu wissen. Also, du hast unterschrieben und du hast einen Bonus bekommen, der nicht nur sofort und über längere Zeit galt, sondern meines Wissens auch einzigartig war.«
»Habe ich das?«
»Niemals«, sagt Cide Hamete, »hat sich der Verkäufer aus einer Position solch abgrundtiefer Schwäche auf den Handel eingelassen – wie sie, das mußt du zugeben, der Tod durch Erhängen ist. Der Bonus war dein Leben. Ich habe es gerettet, als du unterschrieben hast, und dir zwanzig zusätzliche Jahre geschenkt. Die Tatsache, daß du sie mit namenlosen Abenteuern, von denen viele im verborgenen geschahen, vergeudet hast, anstatt den *Don Quijote* und andere exemplarische Werke zu schreiben, ist bedauerlich, aber nicht die Sorge des Käufers. Du hast dein Leben bekommen, und das übliche gottgleiche Wissen und Macht, und jetzt ist es Zeit, daß du deinem Handel gemäß lebst. Tritt hier ein.«
»Hier« scheint ein Stich von der Größe eines Dorfplatzes zu sein, schwarzweiß wie der Rest der Buchstabenlandschaft. Mittendrin steht ein Heuwagen. Ein Junge, der im Heu sitzt, begleitet ein Mädchen auf der Flöte, das einem sich umarmenden Liebespaar ein Ständchen bringt. Ich habe das Gefühl, daß irgendwo ein Engel und auch ein Christus als Kupferstiche sein müßten, aber ich kann keinen von beiden sehen. Was ich sehen kann, ist ein unmittelbar neben dem Wagen Ablaßbriefe verkaufender Scharlatan und eine

Kupplerin, die ein Mädchen vom Land zur Prostitution verleitet. Alles ziemlich stilisiert und unwirklich, einschließlich der Nonnen, die einen fetten Priester bezahlen, der betrunkenen Zecher, die unter die Wagenräder stürzen, des Mörders, der das Messer auf die Brust seines Opfers richtet, und, etwas weiter weg, einer Horde furchterregend aussehender Dämonen, die angebliche Sünder zu den grellen Flammen ewiger Verdammnis, hier nur schwarzweiß angedeutet, schleppen.

»Ein wenig abschreckend, nicht wahr?« sagt Cide Hamete. »Aber es ist wirklich ziemlich schmerzlos. Wenigstens habe ich mir das sagen lassen. Also, rein mit dir.«

Ich verschränke meine Arme. »Du wirst mich nicht dazu bringen, daß ich da reingehe.«

»Das mußt du aber. Hast du nicht gelesen, was der umstrittene Abt von Sponheim zu dem Thema geschrieben hat?«

»Vielleicht *hast* du mir das Leben gerettet –«

»Das weißt du.«

»– aber davor habe ich dir das deine gerettet.«

»Und deine Belohnung gefordert, als der Dey dich aufhängen ließ. Zwanzig Jahre extra sind kein Pappenstiel, ganz zu schweigen von dem üblichen gottgleichen Wissen und Macht.«

»Du hast doch gesagt, daß das nicht mehr geht.«

»Ist das vielleicht meine Schuld? Sie werden den Grundvertrag neu schreiben müssen. Irgendwann demnächst.«

»Wenn ich arglistig getäuscht worden bin, ist der Vertrag außer Kraft.«

»Du wurdest nicht mehr getäuscht als sonst jemand. Wir sind quitt, und ich habe viel zu tun. Ich muß ein Feld hartnäckiger Ismen jäten. Das ist eine schwere Arbeit, nicht so wie Klischees. Ismen haben tiefe Wurzeln. Jetzt aber rein mit dir.«

Er schubst mich, und ich stolpere über den schwarzen Rand des Stichs. Die Kupplerin hat ihren Arm jetzt um den Arm des Mädchens gelegt, der Priester steckt die Geldstücke der Nonnen ein, die Räder des Heuwagens haben die betrunkenen Zecher zermalmt, der Mörder zieht sein Messer aus der Brust seines Opfers, die Dämonen schleppen jemanden, der gut ich sein könnte, zu jenen schwarzweißen Flammen der Verdammnis.

Ich gewinne mein Gleichgewicht wieder und fliehe, auf einer Seite eine Reihe Wörter, auf der anderen den Stich. Schwarzweiße Flammen lecken an meinen Fersen.

»Faszinierend«, bemerkte Dr. Duguid, der mit der Kerze in der Hand neben meinem Bett im Cross Keys stand.
Micaela, die auf dem Rand meines Bettes saß und das, was einmal meine linke Hand gewesen war, hielt, dachte:
Vertraue niemandem in diesem Leben.
Vertraue jemandem, und er oder sie stirbt.
Dr. Duguid fand einen Punkt, von dem aus er um sie herum schauen konnte. »Beobachten Sie die Augen«, sagte er.
Seine Gelassenheit brachte Micaela auf. »Ich kann ›die‹ Augen nicht beobachten, weil ›die‹ Augen geschlossen sind. ›Die‹ Augen sind geschlossen, weil ›es‹ bewußtlos ist.«
Taub vor beruflicher Neugier, überhörte Dr. Duguid diese Spitze. »Es ist eine Bewegung der Augen zu beobachten, Mylady«, belehrte er sie, »eine rasche Bewegung der Augen. Ich habe nie von jemandem gehört, der im Todeskoma geträumt hat, aber dieser Mann träumt offensichtlich.«
»Könnte das nicht heißen, daß es kein Todeskoma ist?«
»Mylady, ein Mann kann seinen eigenen Tod träumen – und nie wieder aus dem Traum erwachen.«
»Aber wenn es nur ein Traum ist ...« sagte Micaela hoffnungsfroh.
»Oh, für ihn ist es die Wirklichkeit. Dieser Mann kämpft verzweifelt um sein Leben. Aber es gibt keine Hoffnung. Er kann nicht siegen.«
Micaela drückte das, was einmal meine linke Hand gewesen war, und spürte einen Gegendruck.

Die Spitze seines Krummsäbels auf meinem Brustbein, treibt Cide Hamete mich auf einen Buchstaben zu, der ein von der Seite gesehenes großes »M« sein könnte; es könnte auch ein »W« sein.
»Es bestünde die Möglichkeit, daß ich dich selbst erledige«, sagt er, »aber um ganz ehrlich zu sein, darüber würde man die Stirn runzeln. Warum willst du nicht vernünftig sein, *ráwi*? Du hast keine Wahl, als deinem Handel gemäß zu leben.«

»Hörst du endlich auf, ›deinem Handel gemäß zu leben‹ zu sagen?«
»Das ist köstlich unangemessen, nicht wahr?« Er lächelt, ehrlich belustigt, ein zauberhaftes Lächeln. Niemand hat jemals behauptet, der Teufel könne nicht zauberhaft sein. Nicht, daß er der Teufel *ist*. Aber er hat nicht abgestritten, Luzifer, der Sohn der Finsternis, zu sein, der als Gottes kommandierender Erzengel von meinem Namenspatron, dem heiligen Michael, nach einem himmlischen Machtkampf abgelöst wurde.
Er hat auch nicht abgestritten, Mephistophilis zu sein, der den armen Marlowe so verschreckte, daß er flüchtete, Gott oder der Teufel weiß wohin. Wenn er Mephistophilis *wäre*, könnte ich mit ihm fertig werden. Was ist Mephistophilis anderes als ein ausgefallener Vertreter, der mit Menschenseelen handelt? Was springt dabei überhaupt für ihn heraus? Man kann bei einer Seele keine Prozente als Provision nehmen.
»Was springt dabei für dich heraus?« frage ich.
Sie müssen sich wundern, wie ich, während die Spitze von Cide Hamete Benengelis Krummsäbel mich gegen jenes große »M« drückte, die Nerven hatte zu fragen. Aber bedenken Sie, ich kenne ihn, seitdem er ein geschlechtsloser Haufen Wabbelspeck war, dessen Name mich an Auberginen erinnerte. Benengeli! Wie kann jemand, der Herr von Eierpflanze heißt, mich unwiderruflich in den Höllenkreis werfen, den ich mir mit meinen Untaten verdient haben mag.
Der Krummsäbel sticht zu; ein Blutrinnsal läuft meinen Bauch hinab.
»Narr, der ich war, habe ich meinen eigenen Handel unterzeichnet. Denkst du denn, es gefällt mir, für Satan – um dem Teufel seinen Lieblingsnamen zu geben – die Arbeit zu erledigen, wenn ich mir nicht einmal sicher bin, daß er ein Satan *ist*?«
»Ich gestehe nicht zu, daß *ich* einen Handel unterzeichnet habe. Und selbst wenn ich es getan haben sollte, so wurde mir nicht mitgeteilt, daß du die Mächte des Bösen vertrittst.«
»Vertrittst ...!« Die Spitze seines Krummsäbels ritzt meine Kehle. »Bei den fünf Büchern Mose, den Zehn Geboten, den vier Evangelien und den einhundertvierzehn Suren, deine Seele steckt in deinen Zähnen!«

»Wo auch immer, du sollst sie nicht bekommen.«
Er senkt seinen Krummsäbel und räumt mit verstellter Stimme ein: »Es *gibt* Regelungen für den außergewöhnlichen Fall, daß jemand sich weigert. Zumindest glaube ich, daß es sie gibt.« Er holt ein schmales Bändchen aus der Tasche seiner Druckerschürze; die Staubwolke bringt mich zum Husten.
»Das Regelbuch«, sagt er und blättert es schnell durch, das blaue rechte Auge geschlossen, mit dem braunen linken suchend.
»Ich habe mich immer über diese Tür gewundert«, brummelt er, und ich atme erleichtert aus. Verheißt eine Tür nicht einen Ausweg? Er schlägt das Regelbuch wieder zu. »Hör mir zu, *ráwi*. Ich habe dich gemocht. Aufrichtig und ehrlich. Und ein gefühlsduseliger alter Narr, wie ich bin, bitte ich dich dringend, deinen Platz in diesem Stich einzunehmen.«
»Hör du mir zu«, bitte ich ihn. »Ich habe das Original von Bosch gesehen. Der Mann, der es mir gezeigt hat, hat darauf ein paar alte Freunde wiedererkannt. Sie sind alle tot.«
»Jeder meint, darauf Leute wiederzuerkennen. Und wenn sie nicht tot wären, wären sie nicht auf dem Bild. Lasse dich nicht von dieser Tür täuschen. Noch von irgend etwas anderem im Regelbuch. Es gibt keinen Ausweg, es gibt nur Wege, die weiter hineinführen. Bevor du damit durch bist, wirst du dir wünschen, in deinem Traum gestorben zu sein.«
Er schüttelt mich; ich wache auf. Es hat sich nichts geändert.
»Ich will es dir doch nur leicht machen. Warum mußt du dich gegen mich sträuben, *ráwi* – du, der du nie durch Wände gegangen oder seitlich durch die Zeit geschlüpft bist, um einen Blick auf die verschiedenen Möglichkeiten der Zukunft zu werfen, die sich aus jeder alltäglichen Entscheidung in der Gegenwart ergeben – was die einzige Rechtfertigung ist für die angebliche Existenz jedes Gegenwartsaugenblicks außer einem selbst.«
Beschäftigt mit meinem Dilemma im Hier und Jetzt (selbst wenn es kein Hier und Jetzt geben sollte), schenke ich diesen seltsamen Worten kaum Beachtung.
»Aber wie sollst du das auch verstehen können? Wie jeder andere, der je gelebt hat, bist du in eine einzige Version der Wirklichkeit

eingesperrt, unfähig, dich an jene anderen Möglichkeiten der Zukunft zu erinnern, abgesehen von einer vagen Sehnsucht nach dem, was nie sein kann. Es sei denn ... Hast du nicht einmal geschrieben, das Leben ähnele sehr dem Geschichtenerzählen – das Leben und die Erzählkunst zwei verschiedenen Versionen einer umfassenderen Wirklichkeit?«

Wir haben wieder angefangen, zwischen den Wörterreihen zu spazieren. Während ich besorgt vorausspähe und hoffe, eine Tür zu sehen, bestätige ich mit einem zerstreuten Nicken, daß ich das irgendwo geschrieben habe.

»Dann weißt du, daß in jeder Idee zu einer Geschichte gleichsam eine Unzahl von Möglichkeiten steckt. Nimm zum Beispiel den Fall Junge-trifft-Mädchen.

Der Junge verliebt sich in das Mädchen, doch das Mädchen erwidert seine Liebe nicht.

Oder umgekehrt.

Oder es hat sie beide erwischt, aber ihre Liebe steht unter einem Unstern, weil:

1. zwischen ihren Familien eine unüberbrückbare Feindschaft besteht (frag Shakespeare nach diesem Fall);
2. er verheiratet ist, und der irrigen Meinung, er müsse zu seiner Frau stehen;
3. sie verheiratet ist, und der irrigen Meinung usw.;
4. ein Dritter des einen oder anderen Geschlechts im Spiel ist;
5. es ein schuldbeladenes Geheimnis gibt;
6. es eine geheime Schuld gibt (was nicht ganz dasselbe ist wie 5);
7. ein Krieg ausbricht;
8. eine Seuche wütet;
9. ein Standesunterschied vorliegt;
10. finanzielle Schwierigkeiten im Wege stehen; oder
11. eine x-beliebige Kombination der obigen Möglichkeiten eintritt.

Du begreifst, was ich sagen will. Eine Unzahl von Möglichkeiten – die jedoch begrenzt ist, wenn nicht von der Phantasie des Erzählers, dann zumindest von der ihm zur Verfügung stehenden Zeit. Deswegen muß er dauernd Entscheidungen treffen. Ist das Leben nicht auf ähnliche Weise beschränkt?

Und doch«, fuhr er fort, »genießt die umfassendere Realität, von der die Erzählkunst und das Leben zwei verschiedene Versionen sind, die Freiheit, sich durch grenzenlose Phantasie die grenzenlose Zeit hindurch zu entfalten, um alle möglichen Versionen dessen, was ist und sein wird, zu umschließen.
Deswegen kann es – und muß es *notwendigerweise* – eine Welt geben, in der jede Version der Wirklichkeit die einzige Wirklichkeit ist. Verstehst du?«
Ich sage: »Zeig mir bloß die Tür.«
»Wir sind fast da. Aber es wird dir nichts nützen. Wie sollte es auch, wenn deine einzige Wirklichkeit diejenige ist, in der du am – heutigen – 23. April stirbst? Jetzt. Eine Wirklichkeit pro Kunde. Das ist ein Naturgesetz, wie die Schwerkraft. Das ist es, was mit Kismet gemeint ist. Stelle dir das Chaos vor, wenn wir uns alle für verschiedene Wirklichkeiten entscheiden könnten, wann immer uns diejenige, in der wir stecken, nicht gefällt. Du kannst von Glück reden, *ráwi*. Es gibt zahlreiche Wirklichkeiten, in denen du nicht einmal geboren worden wärest. Da sind wir.«
Ich erblicke eine Tür. Eine einfache Holztür mit einem verrosteten Riegel.
»Also, worauf wartest du? Da ist das, was du gewollt hast, oder? Wovor hast du Angst – vor Überschwemmungen, einem Taifun oder einem Wirbelsturm oder einem *zalzalah*, sogenannten Strafen Gottes? Es ist alles ganz anders. Eigentlich wird dir das Gelände nicht ... unbekannt vorkommen.«
Er tritt mit einem eleganten Schlenker zurück und verschwindet. Die Welt besteht nur noch aus dieser völlig unauffälligen Tür und mir. Ich schiebe den verrosteten Riegel zurück und gehe hinein.

Cide Hamete kehrt zu dem Hieronymus-Bosch-Stich zurück.
Nicht umsonst, so denkt er, wird sein Boß oft der Meister der Illusion genannt. Der Stich wirkt immer. Wer ginge, sobald er ihn sehen würde, nicht statt dessen lieber friedlich, ja sogar gespannt durch die Tür?
Cide Hamete öffnet eine Klappe in der Holzverkleidung an der Seite des Stichs und dreht an der Kurbel, die das Bild wieder in seinen ursprünglichen Zustand versetzt, aber es geschieht nichts.

Er überlegt, ob er es wagen dürfe, den Mechanismus zu reparieren. Aber seine Macht ist hier, das weiß er, bedauerlich beschränkt. Er würde die Figuren besser von Hand versetzen, wie er es das letzte Mal tat, als es einen Ausfall gab.
Die Renaissance! Eine weitverzweigte Angelegenheit, und jeder Zweig mit einem Ismus beschriftet. Ich muß sie später noch jäten, erinnert er sich, als er den Heuwagen zurückrollt, die Zecher in ihre Position vor dem Überfahrenwerden zurückversetzt, den Arm der Kupplerin von den Schultern des Mädchens vom Land nimmt, die Geldmünzen den Nonnen zurückgibt und den Mörder wieder so hinstellt, daß, wenn Cide Hametes nächster Kunde kommt, das Opfer erneut erstochen werden kann.
Cide Hamete überquert den kleinen Platz und wendet seine Aufmerksamkeit schließlich den Dämonen zu, die den Verdammten zu den schwarzweißen Flammen ewiger Verdammnis schleppen. Diese Figuren sind aus Gründen der Perspektive kleiner als die übrigen, nur achtzehn bis zwanzig Zoll groß. Er bückt sich und stellt jede an ihren ursprünglichen Platz zurück, bis nur noch ein Dämon und ein Sünder, mit dem Rücken zu ihm, übrigbleiben. Er versucht, die Klauen des Dämons von den Schultern des Sünders zu lösen, aber der kleine Dämon klammert sich daran. Cide Hamete zieht fester. Er fängt zu schwitzen an. Sein Gesicht aus Schluchtgestein wird tiefrot, wie eine Klippe bei Sonnenuntergang. Hat der Dämon den Kopf gedreht – gerade weit genug, um ihn mit seinen Augen anstarren zu können? Ist er beiseite getreten, gerade weit genug, daß Cide Hamete in dem Opfer sich selbst erkennen kann?
Er packt seinen Krummsäbel und rennt weg.
Immer wenn die Dinge so schieflaufen, geht es ihm beim Ismenjäten besser.

Ich befinde mich ein einem Raum, der aussieht wie die Künstlergarderobe eines Theaters. Es gibt da die üblichen Bänke ringsum an den Wänden, Kostüme an Haken und ein paar Eichentruhen.
Ich scheine ein Gewand aus weichem Chamoisleder zu tragen, wie es die alten Ritter unter ihrer Rüstung trugen. Auf meinem Gesicht liegt ein besorgter Ausdruck. In der hinteren Ecke des Raumes sehe

ich die Teile verschiedener Rüstungen. Draußen wiehert ein Pferd; aus der Ferne dringt das Geschrei einer blutrünstigen Menge herein.
Mein Knappe tritt ein. Er trägt ein lose fallendes, weißes Hemd und weiße Pantalons mit ausgebeulten Knien, die aber an der Hüfte eng genug sind, daß sich eine klassische kallipygische Kurve abzeichnet.
»Er hat wieder gesiegt.«
»À outrance?«
»Der Spiegelritter kämpft nur *à outrance*«, entgegnete mein Knappe.
»Wer ist er?«
Dies trägt mir einen schiefen Blick meines Knappen ein. »Niemand weiß, wer der Spiegelritter ist, Herr.«
Mein Knappe wählt Helm, Halsberge, Brustharnisch, Kettenkleid und so weiter aus, alles blendend weiß – wie die Rüstung meines Schutzpatrons, des heiligen Michael, sage ich mir mit so viel Zuversicht, wie ich nur aufbringen kann. Michael führt die himmlischen Heere im Kampf an, und verlieren himmlische Heere etwa?
Aber das soll ein Einzelkampf werden.
Der Vergleich mit dem Erzengel ist tröstlich, aber der Spiegelritter ist die Wirklichkeit. Und da er nur bis zum Tod kämpft, zwingt mich die Logik, zu schließen, daß er noch nie besiegt worden ist.
Die Tür wird aufgestoßen, und mein Bruder Rodrigo eilt herein. »Ich wette, du hast mich verloren gegeben«, sagt er, als er flink seine Papageienuniform auszieht und darunter ein Gewand aus weichem Chamoisleder zum Vorschein kommt. »Ich wurde in den Niederlanden gegen meinen Willen aufgehalten – an einem Ort namens Nieuport.«
Er ist nicht der Rodrigo, wie ich ihn in Spa gesehen habe, besiegt von dem Ruhmesgral, den er suchte; er ist der sommersprossige Rodrigo von Lepanto oder von noch weiter zurück. Ich bemerke, daß ich auch wieder jung bin, wie vor Lepanto, abgesehen von dem, was einmal meine linke Hand gewesen ist.
Rodrigo nimmt mir die Schnur mit dem verkrüppelten Spielzeugsoldaten vom Hals und hängt sie sich selbst um.
Als ich protestiere, sagt er: »Du bist für mich in Algier eingesprun-

gen, oder etwas nicht? Außerdem ist es bei mir nur Eigennutz. Denk an den Ruhm, den ich erringen werde, wenn ich den Spiegelritter besiege.«

»Niemand hat ihn bisher besiegt.«

»Ich weiß. Bring mir eine Rüstung«, befiehlt er meinem Knappen.

Bald lächelt mir Rodrigo aus seinem offenen Visier zu, während mein Knappe hinauseilt, um mein Streitroß Stachel zu satteln, dessen Panzerung und Schabracke genau dem Rot, Blau und Gelb des sagenhaften, flügellosen fliegenden Holzpferdes entsprechen.

Draußen umarmt mich Rodrigo, dreht sich um, schwingt sich mit dem Schrei »Oh, der Ruhm!« in den Sattel und streckt eine gepanzerte Faust hoch. Stachel schnaubt und galoppiert los.

Schon bald geht ein mißbilligendes Raunen durch die unsichtbare Menge, und ich kann Stachels unverkennbare Hufschläge hören. Ich renne hinaus und sehe Rodrigo langsam aus dem Sattel steigen. Er schiebt unwirsch meine Hand beiseite, als ich ihm helfen will, schlurft klirrend in die Garderobe und nimmt den Helm ab. Sein Haar ist weiß, sein Gesicht fahl, alle seine Sommersprossen sind zu Leberflecken geworden, unter seinem Auge zuckt es nervös, sein Gesicht ist faltig wie das eines Affen.

Er sitzt in sich zusammengesunken und benommen da, während ihm mein Knappe die Rüstung löst, die übrigens schwarz ist. (Lesen Sie da keine Symbolik hinein.)

»Was ist geschehen?« frage ich.

Rodrigo schöpft tief und bebend Atem. »Ich habe aufgegeben.«

Mein Knappe bückt sich, um Rodrigo die Beinschienen abzunehmen, und sagt: »Vertraue niemandem in diesem Leben.«

»Ich konnte einfach nicht gegen ihn antreten!« ruft Rodrigo aus.

Seit wann geht Rodrigo einem Kampf aus dem Weg?

Ich überprüfe meine Rüstung und sage dann zu Rodrigo: »Gib mir besser das Amulett zurück.«

Jetzt zuckt es meinem Bruder im ganzen Gesicht. »Der Spiegelritter hat es sich als Trophäe genommen. Es hieß, entweder das oder kämpfen, und wie hätte ich gegen ihn antreten sollen?«

Rodrigo klingt so niedergeschlagen, daß ich ihm trotz allem auf den Arm klopfe – zum Glück trage ich meine Panzerhandschuhe noch nicht – und sage, daß ich es verstehen könne.

Das einzige, was ich wirklich verstehe, ist allerdings, daß ich ohne das Amulett, das mich durch so viele Abenteuer begleitet hat, den kleinen Spielzeugsoldaten mit der fehlenden Hand, verloren sein werde.
Rodrigo geht mit mir hinaus.
Mein Streitroß Stachel ist ein Brauner (wie der legendäre Bayard), mit einer weißen Blesse auf der Stirn, einer dicken Mähne, die sich über einen geschwungenen Nacken ergießt, einer vor Muskeln geschwellten Brust: ein hünenhafter Hengst, siebzehneinhalb Handbreit hoch. Er wendet seinen großen Kopf, um durch die Rüstung meine Witterung aufzunehmen, zerrt dabei meinen Knappen mit, der sich an den Zügel klammert. Er beschnuppert meinen Panzerhandschuh.
Kampfeslust wallt in mir auf und verleiht mir die Kraft von zweien; sie läßt mich beinahe vergessen, daß der Spiegelritter mein Amulett trägt. Oder daß meine Rüstung mehr wiegt als ich selbst. Ich gehe klirrend ein paar Schritt hinter Stachel her, drehe mich noch einmal schwerfällig um, tapse dann vorwärts und schwinge mich so behende wie Rodrigo in den Sattel.
Mein Knappe legt das hintere Ende meiner Lanze in die Ruhestellung; ich nehme den Schaft in meine eisenbewehrte Rechte. Die Streitaxt ist am Sattelknauf eingehängt, das Schwert baumelt an meiner Seite. Ich ergreife die Zügel.
»Bitte, Herr – wartet!« Mein Knappe hört sich mutlos an. »Ihr habt Euer Amulett verloren, und Ihr tragt keine Farben. Wollt Ihr dies dafür?«
Der Seidenschal, den mir mein Knappe hinhält, ist von einer verwirrenden, bernsteinähnlichen Farbe. Ich befestige ihn zwischen Schulterstück und Brustharnisch. Mein Knappe reicht mir meinen Schild hoch.
Dann gebe ich Stachel die Sporen, und er prescht los.

In einem eleganten Kantergalopp – das ist Stachels Einfall – reite ich an Zelten vorbei, die an der Nordseite des Turnierplatzes aufgestellt sind, dann hinüber zur Westseite und schließlich die Haupttribüne an der Südseite entlang. Tribünen, Ränge, Türmchen mit

Balkonen, so schlank wie Minarette, huschen vorbei, alle mit bunten Girlanden und flatternden Wimpeln geschmückt und alle leer. Doch als ich über den verlassenen Kampfplatz blicke, johlt die unsichtbare Menge wieder auf, ein inbrünstiges Schreien, das aufbraust, als der Spiegelritter und ich uns vor der leeren Königsloge mit ihren schwarzen Fähnchen – erkennen Sie darin welche Symbolik auch immer Sie wollen – verneigen, um den unsichtbaren Herrscher zu grüßen.

Ich stelle mich meinem Gegner. Hunderte winziger Spiegel, die sich wie Fischschuppen überlappen, bedecken seine Rüstung vom Helm bis zu den Beinschienen; in ihnen spiegeln sich das Sonnenlicht, der strahlend blaue Himmel, die verlassenen Ränge, die leere Königsloge und ich selbst. Vor allem ich selbst – Hunderte kleiner weißer Ritter auf einem kleinen Stachel.

Ich versuche, meinem Gegner durch das offene Visier in die Augen zu schauen, doch er zieht rasch die Zügel an, und sein rauchgraues Streitroß bäumt sich auf; durch die Bewegung senden jene winzigen Spiegel Blitze aus. Ich bekomme das unheimliche Gefühl, in jedem von ihnen ein anderes Bild meiner selbst zu sehen, von meinem Kindheits-Ich zu meinem Ich in mittleren Jahren, so daß ich, wenn ich all diese sich überlappenden Spiegel zusammennähme, in ihnen die Geschichte meines Todes und Lebens sehen könnte, bis ich mich in einem letzten Spiegel unweigerlich vor der Königsloge mit ihren schwarzen Fähnchen auf Stachel sitzen sähe, die Lanze gesenkt, um den unsichtbaren Herrscher zu grüßen, während ich in der Rüstung des Spiegelritters die Geschichte meines Todes und Lebens sehen könnte, bis ich mich in einem letzten Spiegel ...

Ich ziehe die Zügel an (dem ärgerlichen Kopfschütteln Stachels nach zu fest) und wende mich von meinem Gegner ab.

Wir nehmen unsere Stellungen an einander gegenüberliegenden Enden des Platzes ein. Stachel ist kaum noch zu bremsen. Ich beruhige ihn und beuge mich vor, um seinen Hals zu streicheln (sanft – trotz meiner Stahlhandschuhe), als unsichtbare Trompeten ihren gebieterischen Klang erschallen lassen.

Ich senke mein Visier und durchtrenne damit die letzte Verbindung zu meinem milden, menschlichen Selbst. Jeder, der einmal in voller Rüstung gekämpft hat, wird das verstehen.

Schon hat die unbarmherzige Sonne den Stahl aufgeheizt, so daß ich mich fühle, als schmorte ich in meinem eigenen Saft. Während Stachel den Kampfplatz entlangstürmt, sehe ich Wimpel im Wind flattern, aber ich spüre keinen Hauch; meine Rüstung schottet mich ab. Bei gesenktem Visier spielt es keine Rolle mehr, daß Haupttribüne, Ränge, Türmchen, Königsloge alle leer sind. Ich kann nur durch ein paar Sehschlitze geradeaus schauen, und das nicht besonders gut; kurzum, ich habe die Orientierung verloren. Ich bin in etwas Geringeres und etwas Größeres als ein Mensch verwandelt worden. Ich bin ein Teil eines Kentauren, und mein Ziel ist es, die beiden Teile des anderen Kentauren, der schnell auf das Wesen zukommt, von dem ich ein Teil bin, zu trennen. Wenn mir das gelingen sollte, werde ich absitzen, und wenn nicht, wird es mich aus dem Sattel werfen (so oder so wird mein Kentauren-Ich zerbrechen), und zu Fuß, in den Panzer eingeschlossen, der mein Menschsein ausgelöscht hat, werde ich den Spiegelritter zu töten versuchen, ehe er mich tötet.
Stachel greift weit aus. Ich senke meine Lanze, nehme ihr Gewicht in meine eisenbewehrte Hand und hebe meinen Schild. Der bernsteinfarbene Schal weht über meiner Schulter. Das rauchgraue Streitroß trägt den Spiegelritter geradewegs auf mich zu, und ich sehe einen grellen Sonnenstrahl im Spiegel eingefangen, ein facettenreiches Leuchten, jene winzigen Spiegelungen prasseln auf mich hernieder, bis alles durch den Zusammenprall erschüttert wird und ich spüre, wie ich taumele, wie meine Steigbügel hochfliegen, meine Knie Stachel aber noch fest umklammern, und ich sehe den Spiegelritter seinerseits wanken. Beide Lanzen sind in zwei klaffende Hälften gespalten.
Ich galoppiere zu meiner Seite des Platzes, wo ich, nachdem mein Knappe mir eine neue Lanze gereicht hat, wende und Stachel wieder die Zügel schießen lasse; hinter meinen Schild geduckt, sehe ich durch die Schlitze meines Visiers jene winzigen Spiegelungen meiner selbst auf mich zugaloppieren, bis sie mit einem erneuten Lanzensplittern zerbersten und ein so plötzlicher Ruck durch meinen von der Rüstung beschwerten Körper geht, daß ich beinahe aus dem Sattel stürze. Unter dem aufbrandenden Gebrüll der Menge wende ich ein weiteres Mal.

Auf meiner Seite des Platzes kann mein besorgter Knappe mir kaum eine dritte Lanze geben, denn Stachel bäumt sich nervös auf, bevor er wieder losbricht und der Spiegelschein des Sonnenlichts von neuem näher rückt; und dann spüre ich das Gewicht, das Gewicht meines lederbezogenen Holzschildes, der von der Lanzenspitze meines Gegners glatt durchbohrt worden ist, und ich rutsche nach rechts, zu weit, beginne aus dem Sattel zu kippen. Auch meine dritte Lanze ist zersplittert. Während ich noch um mein Gleichgewicht ringe, entgleitet mir mein Schwert, und ich habe gerade noch genug Zeit und Selbsterhaltungstrieb, meine Streitaxt zu packen und mein von der Beinschiene beschwertes linkes Bein über Stachels breite Kruppe zu schwingen, um mit etwas Glück auf beiden Füßen zu landen.

Nehmen wir an, daß es mir gelingt; dann muß ich ein paar Augenblicke lang durch die Sehschlitze verzweifelt den Platz nach einem aufgesessenen oder abgesessenen Ritter absuchen und sehe ihn womöglich sowieso nicht, bevor er mich zu Tode bringt. Der Brauch schreibt vor, daß ich das Visier nicht öffnen darf. Ein geöffnetes Visier heißt, sich ergeben. Und wenn einmal ein Kampf *à outrance* begonnen hat, gibt es keine ehrenhafte Kapitulation.

Ich lande schwerfällig auf einem eisenbeschuhten Fuß und einem Kniebuckel, die Streitaxt fällt mir aus der Hand. In blinder, rasender Panik taste ich den Boden danach ab, während ein blutrünstiges Brüllen über mich hinwegtost wie der Strom meines verebbenden Lebens. Ich höre gedämpfte, leiser werdende Huftritte, ein Pferd wird vom Platz geführt – oder zwei? Langsam tappe ich im Kreis umher, sehe den Spiegelritter nicht, kann meine Streitaxt nicht finden. Endlich stößt mein eisenbeschuhter Fuß klirrend gegen etwas Hartes. Ich bücke mich linkisch und hebe meine Streitaxt vom Boden auf, den stampfende Hufe zerklüftet haben. War es hier, wo wir zum drittenmal aufeinandertrafen? Wo ist er nun? Das Schreien der Menge wird schriller. Ist das ein Anfeuerungsruf? Der bedeutet, daß mein Gegner im Galopp über mich hinwegdonnert und mir den Tod bringt? Oder daß er, den Bräuchen des Rittertums und nicht dem zwingenderen Diktat der Selbsterhaltung folgend, abgesessen ist und mir im Zweikampf begegnet?

Beim Umherschauen bemerke ich links von mir ein Schimmern. Ich drehe mich um und sehe den Spiegelritter stampfend auf mich zulaufen, die Streitaxt schon zum Schlag gehoben. Ich pariere, von den beiden breiten Klingen sprühen Funken. Die Wucht des Aufpralls betäubt meine Hände, meine Arme. Noch einmal holt er mit seiner Axt aus, jetzt seitlich. Ein Stoß von mir, unsere Äxte verkeilen sich, und ich dränge ihn mit dem Schaft meiner Streitaxt zurück. Er taumelt drei Schritte nach hinten und stürzt. Wenn ich will, hat der Kampf hiermit sein Ende, denn noch bevor er wieder aufstehen kann, wäre es ein leichtes für mich, ihm den Kopf zu spalten. Aber er ist zuvor für mich abgesessen, und daher warte ich nun, bis er wieder auf seinen eisenbeschuhten Füßen steht. Hätte er mir auch ein zweites Mal solche Schonung gewährt?
Wieder sehe ich in den Spiegeln jene kleine Bildchen meiner selbst, und wir rücken erneut aufeinander zu. Die Axtklingen klirren und sprühen Funken; wir umkreisen uns langsam, in unseren Panzern ganz unbeholfen. Die Klinge seiner Axt streift mit der breiten Seite meinen Wangenschutz, und ich weiche torkelnd zurück. Fieberhaft suche ich nach ihm, sehe nur Himmel, Rasen, Zelte, flatternde Wimpel – aber ich kann ihn hören, oder meine, ihn hören zu können, und in diese Richtung wende ich mich, um den erwarteten Todesstoß nicht auf meinem Helm, sondern auf meinem Brustpanzer zu empfangen. Er ist zu ungeduldig und trifft mich wieder mit der breiten Seite seiner Axtklinge; dennoch strauchele ich und lande scheppernd auf einem Knie, und er steht drohend, riesig da, die Axt über dem Kopf erhoben, um mir den Todesschlag zu versetzen, der im Niedersausen krachend auf meine Axt donnert. Wir stürzen beide unter seinem Gewicht, unter dem Gewicht der Rüstungen, und rollen schwerfällig auseinander, um uns von neuem zu suchen; auf den Knien jetzt, schwinge ich wild meine Axt und höre das Klirren, als Scherben von zerbrochenen Spiegeln an meinem Visier vorbeifliegen, wieder und wieder, bis ich durch meine Sehschlitze geborstenes Glas sehe, überall Splitter, und der Spiegelritter liegt spiegellos auf seinem Rücken, hält den linken Eisenhandschuh zum Schutz vor der Sonne vor das Visier und versucht, mich auszumachen; sein rechter Eisenhandschuh ist weggerissen

und tastet auf dem Gras nach der Axt, zuckend wie ein eigenständig lebendiges Ding; und ich sehe seine bloße rechte Hand, *das, was einmal seine rechte Hand gewesen ist* ...

Ich fasse nach seinem Visier und öffne es. Dann öffne ich meines. Versuchen seine Augen – ziellos, wie sie in Erwartung des Todes sind – noch zu lächeln? Ein rätselhaftes, geteiltes Lächeln, in dem sich ein Wissen widerspiegelt, das erst der Tod verleiht, nämlich daß nur die leichten Fragen jemals beantwortet beziehungsweise überhaupt gestellt werden? Und sagt er, oder denke ich nur, daß er sagt: »Aber als ich gerade neu als Gefangener in Algier war, *habe ich sie dich hängen sehen, ich habe dich sterben sehen*«, und stirbt er, während er dies sagt?

Auf diese Frage habe ich keine Antwort, denn als ich den Spielzeugsoldaten mit der fehlenden Hand aus seiner Halsberge ziehe, fällt das Gewicht der Rüstung von mir ab, der Tote verschwindet und auch der Turnierplatz und jene verlassene Tribüne und die schwarz ausgeschlagene Königsloge, und ich sehe, wie sich von Horizont zu Horizont jene blendend weiße, ausgesprochen flache Ebene voll Wörterreihen erstreckt, jene riesige topographische Seite, wo die mächtige Gestalt Cide Hametes steht und, mit einem Ausdruck wilder Freude im blauen rechten und braunen linken Auge, den Krummsäbel führt, um Wörter zu jäten.

Er ist so darin vertieft, daß er mich nicht sieht. Jedes Wort, das er aus der blendend weißen Erde reißt, hat unten als Pfahlwurzel einen »Ismus«, und jedes schleudert er mit ekstatischem Schwung weg.

»Relativismus und Absolutismus, Globalismus, Regionalismus – und erst der Solözismus!!« ruft er. »Intellektualismus *und* Anti-Intellektualismus!«, und weg sind sie. »Optimismus, Pessimismus, Impressionismus, Expressionismus, Diabolismus und Deismus und Theismus, und warum nicht Sophismus? Militarismus und Pazifismus. Verismus (lauert da irgendwo ein Falsch-ismus?) Obskurantismus, Negativismus und Positivismus, Atavismus, Anachronismus, weg mit euch allen! Don-Quichotismus ... ach, ich werde dich vermissen, *ráwi*.«

An dieser Stelle stößt er seinen Krummsäbel in den Boden und

stützt sich auf das Heft. Nachdenklich starrt er auf das flügellose fliegende Holzpferd Clavileño, das geduldig wartend dasteht.
Er besinnt sich und faßt zusammen: »Alarmismus, Defätismus, und zum Teufel – wenn es einen Teufel gibt – mit dem historischen Revisionismus!« Und es wird noch mehr weggeworfen. »Kreationismus und Kretinismus (die nicht zufällig ähnlich klingen) – weg, weg! Sexismus, aber auch Feminismus – weg mit euch!«
Verzückt rottet er weiter aus, und ein Wind kommt auf, und Hunderte von entwurzelten Ismen wehen wie Steppengras davon.
Er steht vor dem »Aphorismus«, als ich zu ihm trete und sage: »Du hast mir einmal gesagt, ich solle alle Ismen meiden, außer dem einen guten. Aber du hast mir nicht gesagt, welcher das ist.«
Er schlägt mit seinem Krummsäbel zu und stößt den entrüsteten Schrei eines Pfaus aus.
Ist es wirklich Entrüstung? Bei Schreien ist das immer schwer zu sagen; ein Pfau klingt ausgesprochen cholerisch, und dennoch tut er kaum etwas anderes, als die Pracht seines Schwanzes zur Schau zu stellen.
Ich sehe, daß Cide Hamete vor Überraschung nicht richtig auf den »Aphorismus« eingeschlagen und dem Wort keinen Schaden zugefügt hat. Anscheinend hat er sich dafür selbst weh getan.
Er läßt den Krummsäbel fallen und bricht im Schatten eines übriggebliebenen Ismus zusammen, und ich kann zusehen, wie sein grob geformtes Gesicht aus Schluchtgestein oder unterirdischem Fels ausgewaschen wird, ähnlich einer von der Witterung abgetragenen Landschaft; harte Kanten und Flächen aus Quarz und Feldspat weichen dem sanften Verlauf einer hügeligen Wange, dem lieblich abfallenden Hang einer Braue, einer entwaldeten rosigen Glatze.
Als er zu mir spricht, höre ich eine erstaunte Stimme, die immer höher wird, vom Baß zum Bariton zum Tenor. »Habe ich mir wirklich diese äußerste Schande angetan, ganz unwissentlich? Ich, der ich die Zukunft erinnern kann, wie Geringere die Vergangenheit erinnern? Selbstentmannung, ist das nicht die höchste Ironie? Muß ich den Rest meiner Tage damit zubringen, mich zu fragen, warum ich? Es sei denn ...« Und aus seinem blauen rechten Auge

kullert eine Träne. »... Kann das alles nur ein Traum gewesen sein? Alles, seitdem ich dich kennengelernt habe, *ráwi*, nur ein Traum?« Seine neue alte Stimme, jetzt Kontratenorlage, klingt flehentlich, aber ich habe keine Antwort für ihn. Wer bin ich, zu entscheiden, ob er geträumt hat oder welchen Traum er geträumt hat?
»Nur ein Traum, daß ich die Astrologie aufgegeben habe, diese Königin der Wissenschaften, und aus Algier weggegangen bin, um Gott weiß wo teuflische Macht zu erwerben? Ein Traum, daß ich zunächst Bādindjan wurde, dann Dasim Zalambur – was für lächerliche Namen, frag nur einen x-beliebigen Perser, einen x-beliebigen Moslem! Ein Traum, daß ich fast ... was glaubst du mit deiner hoffnungslosen Beschränktheit, daß ich war? Nein, *ráwi*« – und eine Träne kullert aus seinem braunen linken Auge –, »nein, die prosaische Wahrheit lautet, daß ich unter einer so katastrophalen Konjunktion der Gestirne geboren wurde, daß ich zum Ausgleich selbst Astrologe werden mußte. Alles übrige ... alles übrige habe ich geträumt, und jetzt, jetzt bin ich aufgewacht ...«
Und dieses Gesicht, das vorher aus Schluchtgestein oder unterirdischem Fels gehauen war, wird vor meinen Augen leicht plump, dann dick, dann fett, sein sich blähender Wanst ist jetzt in ein Gewand aus mitternachtsblauer Seide gehüllt, das aufs Geratewohl mit Sternen, Kometen, Tierkreiszeichen und verschiedenen Mondphasen bestickt ist, alle in Gold. Er spitzt ein Ohr und lächelt, der Welt überdrüssig, aber verschlagen. In der Ferne höre ich Musik, und von noch weiter her sehe ich Gestalten sich gemessenen Schritts nähern; wie sich herausstellt, ein halbes Dutzend Eunuchen in köstlichen Goldgewändern. Als sie bei uns ankommen, ohne mich zu bemerken (einer tritt mir sogar auf den Fuß und spürt es nicht), heben sie Cide Hamete auf ihre Schultern, um ihn wegzutragen, und singen:

»Deys, die kommen, und Deys, die gehen,
Sind manchmal sogar klug,
Doch, ach, der königliche Astrolog,
Ja, der, der bleibt bestehen.«

Ich werfe einen Blick zurück auf das, was vielleicht doch nur Pflanzensprößlinge sind, er scheint etwas sagen zu wollen, schüttelt dann aber entschlossen den Kopf und sagt nichts.
Ich sitze auf Clavileño auf und ziehe fest an dem Stachel.

Dr. Duguid saß zusammengesunken in der Tür des kleinen Zimmers unter dem Dach des Cross Keys in der Gracechurch Street, sein Gesicht von Müdigkeit gezeichnet.
Micaela erhob sich vom Bettrand; sie war bleich, doch sie strahlte.
»Hören Sie, ich kann es Ihnen nicht versprechen«, sagte der Arzt. »Ich bin für Wunder zu alt, Mylady.«
Draußen vor dem Fenster machte sich am östlichen Himmel ein schwacher Lichtfleck bemerkbar.
»Alles, was ich über die Medizin weiß, sagt mir, daß er schon vor Stunden hätte sterben müssen. Aber sein Herzschlag ist jetzt kräftiger, und das Fieber ist vorüber. Na, *ich* brauche meinen Schlaf. Schicken Sie den Jungen nach mir, wenn sich etwas tut.«
Micaela warf ihm spontan die Arme um den Hals.
»Bitte, Mylady. Ich habe nichts dafür getan.«
Er machte sich gerade auf den Weg nach unten, als sie aufschrie. Er eilte zu ihr zurück.
Das Bett war leer.

Fünfunddreißigstes Kapitel
Fünfzig Pfund Trauben und drei Scheffel Weizen

Über der Stadt stand, weiß und winterlich, der Vollmond und warf tiefe Schatten. Meine Stiefel knirschten auf dem glitzernden Rauhreif. Ich war bis über die Ohren in ein Schaffell gewickelt. In keinem Fenster hieß mich ein Licht willkommen, noch war, abgesehen von dem Wind, der durch die verlassenen Straßen fegte, ein Laut zu hören – keine Stimme, keine Schritte außer meinen eigenen, keine Pferdehufe. Dann hörte ich einen Wolf heulen. Was tat denn ein Wolf mitten in der Stadt? Ich eilte durch das Mondlicht zu dem großen Steinhaus am Sonnentor.

Als ich an die Tür klopfte, schlug drinnen ein Hund an. Ich stellte mir vor, daß Catalina, die nur noch dem Namen nach meine Frau war, die Treppe herunterkommen würde – nicht mit einem Brüllaffen auf der Schulter, sondern den am lautesten bellenden Hund von ganz Madrid im Gefolge, der wahrscheinlich hinkte oder nur ein Auge hatte. Oder würde meine Schwester Andrea diejenige sein, die mir die Tür öffnete, oder meine Nichte Constanza mit ihrem einen blauen und einen braunen Auge, oder meine Schwester Magdalena, die sich darüber beklagte, wie lange die Männer sich aufhielten?

Während ich in der Kälte wartete, spürte ich einen Augenblick lang die süße Vorfreude auf das Heimkommen. Selbst wenn ich im Zu-Hause-Bleiben nie sehr gut gewesen war.

Das scharfe Bellen endete mit einem schmatzenden Gurgeln, und es schlugen Pfoten so fest gegen die Tür, daß sie in ihrem Rahmen wackelte. Das war ein richtiger Wachhund. Er paßte entschieden nicht in das Bild, das ich mir von meiner Familie machte.

Ein vergittertes Fensterchen in der Tür ging auf; ich konnte mich nicht erinnern, daß es früher schon dort gewesen war. »Wer sind Sie? Was wollen Sie?« Eine unvertraute, unvertrauliche Männerstimme.

»Ich wohne hier.«
»Einen Scheißdreck tun Sie.« Und das vergitterte Fensterchen wurde zugeknallt.
Ich wollte noch einmal klopfen, als ich hinter mir ein gleichmäßiges Klappern und Poltern hörte. Als ich mich umwandte, sah ich den freundlichen alten *sereno* mit seinem schweren Schlüsselring und seinem Eichenstock auf mich zuwackeln. Sein Gesicht war alt. Aber sein Gesicht war schon immer alt gewesen. Er hätte vermutlich der Alten aus dem Osten Konkurrenz machen können.
Ich erwartete, daß er wie üblich sagen würde, ich dürfe hier nicht stehenbleiben. Aber er sagte: »Hausbesetzer – sie machen allmähliche Fortschritte, von Höhlen zu Hütten zu Häusern zu Palästen; nicht daß ich dieses große Steinhaus in diese Kategorien einordnen würde, auch wenn Santi Ambrosio einige Verbesserungen vorgenommen hat, ehe die Familie nach Valladolid umzog. Sie hätten sich einen Haushüter anstellen sollen. *Ich* habe es ihnen gesagt.«
»Sie sind nach Valladolid?«
Wir gingen ein Stück; seine Schlüssel und sein Stock klapperten und polterten im Einklang.
»Was denn sonst? Es sind praktisch alle gegangen, nachdem die Stadtväter von Valladolid König Philipp III. den Unrühmlichen bestochen hatten, die Hauptstadt dorthin zurückzuverlegen. Sie haben dreihundert Ochsenkarren dafür gebraucht. In der Nacht vom 9. auf den 10. Januar 1600. Haben sich aus Madrid weggeschlichen wie eine Diebesbande.«
Ich versuchte mir vorzustellen, wie dreihundert Ochsenkarren aus Madrid wegschleichen, als wir in die Deutsche Straße einbogen.
Das Anwerbungsbüro für Neuspanien, das in die ehemalige Taverna Múñoz eingezogen war, war zugenagelt. Ebenso die übrigen Gebäude, soweit ich sehen konnte; die Deutsche Straße war in einen Winterschlaf gefallen.
»Was ist mit Pierre Papins Spielhölle? Ist er auch nach Valladolid umgezogen?«
»Das wirklich nicht. Als die Hauptstadt von Madrid wegverlegt worden ist, ist er nach Frankreich verduftet, wo er seine letzten Jahre die Feder auf der Seite seines Hutes tragen kann, die ihm paßt.«

Auch die Taverna Isabel war zugenagelt.
»Ist Gabriel Múñoz nach Valladolid?«
»Er wollte. Hier ist keine Kundschaft mehr gekommen, und dann ist die Wirtin gestorben. Es tut mir leid, Ihnen mitteilen zu müssen, daß er von einem betrunkenen Schäfer aus Segovia erstochen worden ist. Das war kurz vor Weihnachten, soweit ich mich erinnere.«
Der Wind heulte. Ebenso der Wolf.
Nach einer Weile sagte ich: »Und Anica ist auch tot, sagen Sie? Was ist mit dem Kind?«
»Die großartige kleine Isabel? Ich weiß nicht, wo sie hin ist, nachdem ihre Mutter gestorben war. Also, wir sind daheim.«
Es war eine Gebäude, das genauso zugenagelt aussah wie die anderen. Er stellte ein paar Bretter zur Seite, und es öffnete sich ein Durchschlupf. »Sie wollen einen Fluch aufhalten? Madrid liegt im Sterben. Es braucht echte Menschen. Bleiben Sie den Rest der Nacht über hier, dann suchen wir morgen früh ein Haus, das Sie bewachen können – eines, das bescheiden genug ist, daß die Verbrecherwelt es in Ruhe läßt. Ich habe fast drei Jahre gebraucht, um herauszubekommen, wo man sicher ist.«
Ich packte ihn am Arm; der schwere Schlüsselring klapperte an seinem Gürtel. Er blickte erschrocken auf.
»*Wie* lange haben Sie gebraucht? Welches Jahr haben wir?« fragte ich.
»Sechzehnhundertdrei. Den dritten Dezember.«
Da haben Sie es. Ich hatte am 23. April 1600 gegen Mitternacht (Ortszeit) in der Londoner Gracechurch Street im Sterben gelegen. Das nächste, wovon ich wußte, war, daß ich in der Nacht des 2. auf den 3. Dezember 1603 durch die verlassenen Straßen Madrids ging. Ich wünschte, ich könnte dies einer Gedächtnislücke zuschreiben, die durch meine beinahe tödliche Verwundung verursacht worden war. Oder ich könnte an späterer Stelle sagen, daß ich entdecken durfte, jene Jahre seien in nichts Heimlicherem verschwunden als einer streng geheimen Mission für die Namenlosen. Aber gab es noch Namenlose? Alle Stützpunkte mit Ausnahme dessen, der tausend Meilen von überall entfernt lag, waren zerstört. Ich wußte nicht einmal, ob Juan D., der zuletzt gesehen worden war, wie er

ungestüm Maliverny Catlyn, den Metzger von Clynnogfawr Llanllyfni verfolgte, noch lebte. Nein, ich war auf keinen Missionen der Namenlosen unterwegs gewesen.

Aber irgendwo war ich gewesen. Ein Mensch muß doch in jedem Augenblick seines Lebens irgendwo sein, oder nicht?

Wir gingen ins Haus. Der freundliche alte *sereno* zündete den Ofen und Kerzen an. Er schnitt Wurst und Käse auf, goß Wein ein. Ich legte meinen schweren Schaffellmantel ab.

»Ich hab im Leben vorher nur einmal so 'nen Mantel gesehen«, sagte er beeindruckt. »Wo haben Sie ihn überhaupt her?«

»Den alten Schaffellmantel?« Ich versuchte mich zu erinnern, konnte es aber nicht.

»Das ist nicht bloß Schaffell, das ist ein echter Persianer. Ich habe einmal einen Landstreicher kennengelernt, der einen Persianer angehabt hat. Der hat gesagt, daß er ihn beim Spielen einem Gewürzhändler abgenommen hätte. Und der hat gesagt, er hätte ihn aus einem von den Ländern jenseits Persiens, wo keiner, der ein bißchen Hirn im Kopf hat, hingehen will. Wegen der Kälte.«

»In Madrid hat es auch ganz schön kalte Winter«, meinte ich, nur um etwas zu sagen. Dann dachte ich, nur um etwas zu denken, daß, wenn mein Persianermantel aus einem Land jenseits Persiens gekommen war, ich vielleicht auch von dort gekommen war. Hatte ich dort meine fehlenden Jahre verbracht? Ich sollte es nie erfahren; ich sollte viele Dinge nie erfahren, und das sollte mir nachgehen, auch wenn ich nicht sagen konnte, was für Dinge es waren.

»Komisch, oder«, meinte der alte *sereno*, während er ein Stück Käse aufspießte – Schafs-, nicht Karakulkäse –, »wie oft Leute die Ehre für etwas einheimsen – und da schließe ich Könige nicht aus –, wenn die Ehre eigentlich niemand gebührt? Wie der Friede, der gerade zwischen Philipp III. dem Unrühmlichen und diesem König Jakob in Britannien geschlossen wird. Ach, was soll's – Philipp hat einen geschröpften Staatsschatz geerbt, den er mit seiner Liebe zu Pomp und Aufwand noch mehr geschröpft hat, so daß Spanien zu kaputt ist, um weiterzukämpfen. Und dieser Stuart ist so damit beschäftigt, sein Königreich zu einen, daß ihm einfach keine Zeit mehr zum Kriegführen bleibt. Aber sie werden die Ehre dafür einstecken.«

»Was ist mit Königin Elisabeth?«
»Ist vergangenen März gestorben, schlicht und einfach verbraucht nach fünfundvierzig Jahren. Wo sind Sie denn gewesen?«
»Ich weiß es nicht«, sagte ich, und ohne übermäßige Besorgnis meinte er: »Das habe ich mir gedacht.« Es war ja nicht sein Leben, das ein Loch hatte.
Micaela, erinnerte ich mich, war der Meinung gewesen, ihr Glück hänge an dem Elisabeths. War sie jetzt in Gefahr? Hatten ihre gefährlichen Spiele sie schließlich eingeholt? Vielleicht war sie tot, und vielleicht würde ich es nie erfahren.
Ich rückte näher an den Ofen, aber trotzdem durchfuhr mich ein Schauer. Ich spürte, wie mein – überhaupt sehr schwacher – Halt in welcher Wirklichkeit auch immer zu schwinden begann, fast wie bei dem armen Torquato Tasso, der sein ganzes Leben lang gegen das Verrücktwerden ankämpfte, wie ein Wahnsinniger schrieb und dabei Teufelsstimmen hörte und in der Nacht Gespensterwesen kommen sah, die seine Manuskripte stehlen wollten, Tasso, der seine letzten Jahre wieder unterwegs verbrachte (ohne seine Schwester Cornelia, die man hatte verschwinden lassen, *mea culpa, mea maxima culpa*!), Tasso, der in ganz Europa berühmt war, aber keinen Heller in der Tasche hatte und mit einundfünfzig starb. Und ich? Wenn es stimmte, daß wir das Jahr 1603 schrieben, mußte ich sechsundfünfzig sein, und ich hatte keine Manuskripte, die irgend jemand hätte stehlen können, weder Gespenster noch sonstwer – noch hatte ich einen Glauben, bei dem ich hätte Zuflucht suchen können. Den hatte Tasso zumindest immer gehabt, einen Zwang, andauernd zu beichten, der sich, möglicherweise, vom Zwang zu schreiben nicht unterscheiden läßt.
Ich fragte den alten *sereno*: »Wer ist noch gestorben?«
Er sagte: »Ihrer ganzen Familie droben in Valladolid geht es gut. Ihre Schwester Andrea und ihre Tochter haben einen eigenen kleinen *modista*-Laden. Damit haben sie eine Beschäftigung, wo doch Santi Ambrosio immer soviel unterwegs ist. Ihrer Frau geht es auch gut, obwohl das nicht gerade der beste Ort für eine Tierfreundin ist, so gegenüber vom städtischen Schlachthof. Und Ihrer Schwester Magdalena geht es auch gut, abgesehen von ihrer Einstellung.«

Der alte *sereno* sagte eine Weile lang nichts mehr; er starrte bloß auf den Tisch.
Welcher? Welcher war es?
»Leider muß ich Ihnen mitteilen«, sagte er, »daß Ihr Bruder Rodrigo im Jahr 1600 in einer Schlacht an einem Ort namens Nieuport gefallen ist.«
Ich stand vor dem zugenagelten Fenster. Durch die Ritzen drang jetzt Licht, in der sterbenden Stadt begann ein neuer Tag, und ich sah Rodrigos sommersprossiges Grinsen. Doch die Stimme, die ich vernahm, gehörte zu der blonden Siebzehnundvier-Geberin mit dem kleinen Goldbrokatkäppi. *Aber verstehen Sie denn nicht, selbst wenn dieser Ruhm von ihm nur ein Traum ist, so hat er wenigstens diesen Traum, um damit dem Tod gegenüberzutreten.*
Der alte *sereno* stocherte in den Kohlen im Ofen herum. »Sie kennen nicht zufällig eine geschmeidige Negerin, die aus Fernando Po in der Nähe von Afrika stammt?« Er wurde rot. »Die, wenn das Wetter es zuläßt, nicht besonders viel anzieht?«
»In Tomás Gutiérrez' *Hostal* in Sevilla«, sagte ich, »arbeiten ein paar Frauen aus Fernando Po.«
»Die eine, die ich meine, bei der wären Sie überrascht, wo sie schon überall gewesen ist, über die Dinge, die sie schon gesehen hat, bevor sie angefangen hat, für diesen schwarzen Unglücksraben und Geizkragen von einem Wirt zu arbeiten«, sagte der *sereno*, und ich erinnerte mich an die Negerin in dem schwarzen Trauerhöschen, die mir einen schwarzen Umhang gegeben hatte, um damit meine Gefängnisstreifen zu verdecken.
»Als sie letztes Jahr auf ihrem Weg zu ein paar Orten, die sie noch nicht gesehen hatte, durch Madrid gekommen ist, hat sie mir etwas dagelassen, das Ihnen gehört. Sie hat es Ihrer Familie geben wollen, aber natürlich war *die* weg, also ... ach, ja, noch etwas. Sie hat gesagt, wenn ich Sie sehe, soll ich Ihnen sagen, es wäre gar nicht so schlecht, und Sie sollten es fertig schreiben.«
Das Manuskript war in ein Stück grüngoldene Seide eingeschlagen. Ich wickelte es aus und erkannte auf der Titelseite meine Handschrift.

El Ingenioso Hidalgo Don Quijote de la Mancha

Ich breitete die Seiten auf dem Tisch aus. Neun Kapitel bis zu dem langwierigen Kampf mit dem hünenhaften Basken, der mich an Ovandos Ersatzkämpfer Sigura auf der Lügnerpromenade erinnerte, obwohl ich so sehr darauf geachtet hatte, nicht über etwas zu schreiben, was ich kannte.

Der Ritter von der traurigen Gestalt!

Wie deutlich ich ihn sehen konnte, groß, hager und alles andere als jung, eine Bartschüssel als Helm, eine alte Schindmähre als Streitroß, voll solcher Sehnsucht nach einem Goldenen Zeitalter, das es nie gab, daß er wie einst ein Ritter aufbrach, heiter entschlossen, Unrecht zu richten, Jungfrauen zu erretten und Witwen zu Hilfe zu eilen, alles mit jener Art wohlwollenden Machismos, den mir die Leute einstmals angehängt hatten.

Der Ritter von der traurigen Gestalt!

Der mit der Geduld eines Heiligen (oder zumindest der Gemütsruhe eines fahrenden Ritters) darauf wartete, aus meinem Manuskript aufzubrechen ...

Meinem? Nein, nicht ganz. Ich lächelte.

Der freundliche alte *sereno* nickte mir aufmunternd zu, aber ich sagte nichts.

Was mich lächeln machte, war die Tatsache, daß ich, ein einfacher Geschichtenerzähler, Leser davon überzeugen konnte, an Abenteuer, die so grotesk wie die Don Quijotes waren, zu glauben. Was ich brauchte, war eine Autorität, die mir ihr Imprimatur gab, ein wohlmeinender Historiker mit einem jener vertrauenerweckenden ausländischen Namen wie – ja, wie Cide Hamete Benengeli (auf arabisch etwa: *Cide* – Herr; *Hámed* – der, der rühmt oder lobpreist; und *Benengeli* – was, wie Sie gesehen haben, einer Prüfung nicht standhält, aber das tut nichts).

Und dennoch, so dachte ich weiter, wie konnte ich, der aus der Geschichte verschwundene Geschichtenerzähler, an das Manuskript gekommen sein, wenn der *Don Quijote* angeblich das Werk eines ausländischen Historikers war? Eine geschmeidige Negerin

aus Fernando Po war einfach zu unwahrscheinlich. Konnte ich es zufällig gefunden haben, sagen wir in Toledo, jener alten Stadt, wo Arabisch nicht die einzige ehrwürdige Sprache war, die hinter verschlossenen Türen gesprochen wurde? Ich würde die Alcaná entlangspazieren, vielleicht gleich hier auf dieser Seite des neunten Kapitels (es würde keiner großen Veränderungen bedürfen) und einem Jungen begegnen, der alte Pergamente und Papiere verkauft; und da ich, wie Sie wissen, einer von den Leuten bin, die, wenn sie alte Pergamente (oder vielleicht auch neue Papiere) sehen, diese lesen müssen – so würde ich auf die Geschichte dieses sinnreichen oder treuherzigen fahrenden Ritters Don Quijote de la Mancha stoßen, die von jener Blüte der Geschichtsschreiber namens Cide Hamete Benengeli verfaßt worden war.
Ich lachte (der alte *sereno* warf mir einen befremdeten Blick zu: Worüber hatte ich zu lachen?), als ich daran dachte, wie Cide Hamete, der die Geschichte und die Geschichtsschreiber so verachtete, toben würde, wenn er erführe, wie ich seinen Namen gebrauchen wollte. Aber er würde nicht ungeschoren davonkommen.
Ich würde auch jemanden brauchen, wahrscheinlich einen *morisco*, der für mich übersetzte, denn das Arabisch, das ich in Algier gelernt hatte, würde kaum ausreichen, um jene Blüte der Geschichtsschreiber, Cide Hamete Benengeli, zu lesen. Der *morisco* würde, wie praktisch alle *moriscos*, eine Schwäche für Trauben haben. Daher würde ich ihm dafür, daß er das ganze Werk in hartes kastilisches Spanien übersetzte, fünfzig Pfund goldener Trauben schenken und – weil er nicht nur ein Leckermaul war, sondern auch eine Familie zu ernähren hatte – dazu noch drei Scheffel Weizen.
Das Beste an der ganzen Sache ist: Falls ein Leser gegen irgend etwas im *Don Quijote* den Vorwurf der Ungenauigkeit oder gar der glatten Lüge ins Feld führen wollte, dann bräuchte ich nur darauf zu verweisen, daß der Historiker Araber sei – denn jeder Spanier weiß, daß ein Araber, sogar ein arabischer Historiker (vielleicht vor allem ein arabischer Historiker) ebenso gut lügt, wie er die Wahrheit sagt.
Nein, Cide Hamete würde nicht ungeschoren davonkommen.
Wie Dr. Duguid sagte, ein Mann konnte seinen eigenen Tod träu-

men und nie mehr daraus erwachen. Und wenn ich es nicht wäre, wer außer Cide Hamete wäre dann schuld gewesen? Man denke daran, wie er sich direkt in diesen Traum einmischte, in dem ich um mein Leben kämpfte, und ihn mit seinem Hieronymus-Bosch-Stich und seiner unauffälligen Tür (der Tür zum Tod: das war kaum besonders einfallsreich) und seinem Spiegelritter erschwerte. Er hätte mich umbringen können! Und als ihm das nicht gelang? Als ihm das nicht gelang, zog er sich in seinen eigenen Traum innerhalb des meinen zurück. Selbstentmannung! Ohne einen Tropfen Blut! Heilige Muttergottes! Unmittelbar vor meinen Augen wird er wieder zu jenem fetten Betrüger mit der Falsettstimme, der sich als königlicher Astrologe ausgibt, einschließlich jener herumscharwenzelnden Hilfseunuchen und jenes aufgeblasenen Liedes, ein Mann, der genausowenig dazu in der Lage ist wie ich, durch Wände zu gehen oder die Zukunft zu erinnern.

Oder habe ich da etwas mißverstanden? Nicht gemerkt, worum es eigentlich geht?

Was, wenn er in niemandes Version der Wirklichkeit existierte, nicht einmal in seiner eigenen, und dies auch niemals tun würde, es sei denn, jemand stellte ihm eine zur Verfügung?

Hatte er mir deshalb in Algier das Leben gerettet und sich dann nach dem Tod des Spiegelritters unter Verbeugungen daraus verabschiedet, und war er in jenen Traum im Traum verschwunden, weil er wußte, daß ich ihn in den *Don Quijote* schreiben würde?

Vielleicht wollte er die ganze Zeit nur als die Blüte der Geschichtsschreiber bekannt werden.

Ich lachte wieder oder fing wenigstens damit an; doch draußen heulte der Wolf, und ich hatte plötzlich Angst, weil ich nicht wußte, in – oder aus – wessen Traum *ich* flüchten konnte, um wie Cide Hamete am Leben zu bleiben.

Es war eine aus einem Raum bestehende Hütte an der Nordseite eines kleinen Platzes in der Nähe des Maurentors, wo sich ein paar Gassen kreuzten. Keiner hatte sich die Mühe gemacht, sie zu vernageln; also zog ich einfach ein. Es fiel ein kalter Regen, das Dach leckte, durch das Loch in der Decke, das als Abzug diente, strömte

das Wasser. Tisch und Bett waren eines, ein einziger klappriger Stuhl vervollständigte die Einrichtung. All das war armselig, würde es aber tun.
Ich eilte zu dem Geschäft, das ich brauchte, zertrümmerte das Schloß und ging hinein. Da waren Papier, Tinte und Federn – genug, um ein Dutzend *Don Quijotes* zu schreiben. In einer sterbenden Stadt hatten diese Güter keinen Wert. Als ich zu dem kleinen Platz am Maurentor zurückkehrte, rückten die sich kreuzenden Gassen in meinem Gedächtnis wieder an ihren Platz, und ich war sicher, wenn ich um jene Ecke biegen würde, würde ich die Wenn-nur-Bank sehen, an der mein Vater seine verlorenen Träume mit einem verrosteten alten Schwert verteidigt hatte. Ich ging um die Ecke, aber ich sah nur eine große rußgeschwärzte Eiche, die vom Blitz getroffen worden war und bei der ein riesiger Ast schief herunterhing.
Als ich näher kam, sah ich die Überreste einer Steinbank unter dem abgestorbenen Baum. Es war niemand da. Ich sagte mir, daß der Regen die Leute fernhielt, aber der nächste Tag war kalt und klar, doch noch immer kam niemand, nicht einmal zur Abenddämmerung, wenn die Träume am schwersten sterben. Niemand mehr benutzte die Wenn-nur-Bank, da bin ich ganz sicher, denn ich ging jeden Tag auf meinem Weg zu dem kleinen Markt, auf dem meine Mutter sich mit anderen alten Frauen getroffen hatte, um darüber zu reden, was aus ihrem Leben hätte werden können, wenn sie nur nicht ihre Männer geheiratet hätten, daran vorbei. Der Markt war noch in Betrieb – drei alte Weiber, die von Gott weiß woher Nahrungsmittel bekamen und an Gott weiß wen weiterverkauften. Ihre Kunden, ebenfalls alte Frauen, kamen und gingen, huschten in einer Wolke schwarzer Überwürfe dunkle Gassen entlang und schmale Treppenstraßen hinunter, schauten dabei zurück, ob ihnen nicht etwa jemand zu ihren geheimen Wohnorten folgte.
Ein paar Tage lang ging ich zum Markt, einfach um mir das Essen anzuschauen – welke Winteräpfel und Wurzelgemüse, rauhe Brotlaiber, ein paar Eier, Salzfisch, Dörrfleisch, das wie schwarzes Leder aussah. An einem Montag dann gelang es mir, einen Apfel und einen Laib Brot zu stehlen. Entweder das oder sterben. Am Dienstag machte ich mich mit ein paar Eiern davon, beziehungsweise

fast, denn eines der alten Weiber sah mich. Als ich wegrannte, verlor ich den Halt, und die Eier flogen mir aus der hohlen rechten Hand und zerbrachen am Boden. Ich ging erst am Freitag wieder hin, als mein Hunger unerträglich geworden war. Ich wartete im Schatten, bis alle drei alten Weiber mit etwas beschäftigt waren, dann machte ich mich mit Äpfeln, Brot, Eiern und ein paar hauchdünnen Scheiben jenes verdächtig aussehenden schwarzen Fleisches davon, das sich als köstlich herausstellte.
Das ging eine Zeitlang so, aber am Anfang der dritten Woche blickte eines der alten Weiber wieder auf, als ich beim Stehlen war, und ich rannte weg, und die Eier flogen mir wie zuvor aus der hohlen Hand. Wieder ging ich nicht zurück, bis mein Hunger unerträglich geworden war. Diesmal warf mir zu meiner Überraschung eines der alten Weiber ein Bündel zu.
»Was für einen Zweck hat es, wegzurennen?« sagte sie. »Eier wachsen nicht auf Bäumen.«
»Ich kann Sie nicht b-bezahlen«, sagte ich.
»Die meisten Leute in Madrid können im Augenblick nicht bezahlen«, sagte das zweite alte Weib. »Tauschhandel ist jetzt angesagt, und er ist auch schon im Gange.«
»Kannst du uns etwas Feuerholz beschaffen?« fragte das dritte alte Weib. »Feuerholz wächst auch nicht auf Bäumen, nicht wenn alle Bäume, auf denen es sonst gewachsen ist, gefällt worden sind.«
»Wir sind alt, wir brauchen Wärme. Bring uns Feuerholz, und du kannst soviel Essen haben, wie du brauchst«, sagte das erste alte Weib.
Sie gaben mir eine kleine verrostete Axt.
Ich ging gleich zu der vom Blitz gespaltenen Eiche, wo einst die Wenn-nur-Bank gestanden hatte, und schlug so viel Holz von dem großen, abgebrochenen Baum, wie ich in meinem Schaffell- oder Persianermantel tragen konnte.
Bald versorgte ich nicht nur die drei alten Weiber; ich wurde zum Holzhändler der Hausbesetzer des Viertels, die aus ihren Verstekken kamen, als sie erfuhren, was ich zu tauschen hatte.
Ich bekam nie heraus, warum ich der einzige war, der an der einstigen Wenn-nur-Bank Feuerholz schlug. Der Baum stand in

der Nähe des Maurentores und war gut zu sehen – wenn man wußte, wohin man schauen mußte. Aber ich *war* der einzige. Nicht einmal das Klirren meiner Axt zog Zuschauer an. Aber bald wurde meine aus einem Raum bestehende Hütte dank des Feuerholzes zu einem gut möblierten, gemütlichen Heim mit einem trockenen Dach und einem Kamin anstelle eines Lochs in der Decke. Manchmal hatte ich Sorge, daß mir das Holz ausgehen könnte und ich nichts mehr haben würde, um dagegen Essen einzutauschen, aber soviel ich auch von jener vom Blitz gespaltenen Eiche weghackte, es schien nie weniger zu werden.

Aber genug vom Alltäglichen. Ich habe die Dinge vor mir hergeschoben. Alles getan, um das eine Wahre zu umgehen – Schreiben. Das eine Wahre – als ob Schreiben eine Religion wäre. Ich sollte diesen Unsinn dereinst in jeder Taverne an der Plaza Mayor von Valladolid, Spaniens neuer alter Hauptstadt, hören. (Das war, nachdem der *Don Quijote* veröffentlicht worden war und mich sofort zu einer Berühmtheit gemacht hatte.) Der Schöpfungsakt! So nannten sie es, der junge Quevedo und Góngora und Lope und die anderen. Schöpfung im umfassenden Sinne. Der Schriftsteller als Gott. Aber ich habe solche Übertreibungen immer gescheut, vielleicht weil ich mich als einfacher Prosaschriftsteller, anders als ein Dichter oder Dramatiker, weniger zu einer Meinung, geschweige denn zu einer Vergöttlichung, berechtigt fühlte.

Ich habe mich auch nicht meiner Produktivität gerühmt. (Erwartet Lope einen Orden – *aventajado* oder so etwas – dafür, daß er jeden Tag ein Stück geschrieben hat und einmal sogar eines vor dem Frühstück?) Oh, ich schrieb. Ich war kein Dilettant. Eineinhalb Millionen Wörter alles in allem (dieses Buch ausgenommen) – ungefähr dreitausend Seiten, die meisten davon entstanden, nachdem ich von meinen verlorenen Jahren zurückgekehrt war. Warum? Ich weiß nicht, warum. Aber – wie ich lernte, als ich im Gefängnis zu Sevilla den *Don Quijote* zu schreiben begann – es reicht schon aus, zu fragen. Eine Frage stellen ist wie ein Wort oder eine ganze Szene ausstreichen: Etwas von dem Wort oder der Szene bleibt doch, gerade so, wie die Antwort auf eine Frage in dem Fragen selbst enthalten ist.

Hier ein Beispiel:
Vor nicht allzu vielen Seiten schrieb ich einen langen Absatz, in dem ich mir den Kopf darüber zerbrach, was mir in jenen letzten Jahren zugestoßen sein mochte. Ich fing mit der Vermutung an, daß ich vielleicht, als ich den Spiegelritter tötete, der wiederum mich töten sollte, auf unerklärliche Weise mit irgendwelchen Naturgesetzen aneinandergeraten war, die die verschiedenen Versionen der Wirklichkeit auseinanderhalten, und daß ich jene Jahre in Gott (oder der Teufel oder Cide Hamete) weiß wie vielen parallelen Welten im Exil von dieser hier verbracht hatte. Cide Hamete lieferte mir sogar einigen nützlichen Wortschatz, indem er mir von Partikeln berichtete, die kleiner als Atome sind und von einem Energiezustand in den anderen springen, ohne Raum *oder* Zeit überwinden zu müssen. (Hier erwähne ich nebenbei einen Traum, in welchem ein arg erschrockener Cide Hamete sagte: »Das Wissen nur um die Atome hat genügt, daß der Lachende Philosoph sich die Augen ausgestochen und Lukrez sich umgebracht hat. Was wird mir wohl geschehen, mit meinen Quarks, meinen Bosonen, meinen Quantensprüngen? Luzifer wurde in die Scheol geworfen.«) Da war ich also, überlegte ich, in einem Labyrinth paralleler Wirklichkeiten verloren wie Theseus in der Höhle des Minotaurus, aber ohne den Ariadnefaden, der mich wieder heraus in diese Wirklichkeit geführt hätte, und ich erlebte vermutlich einige Abenteuer, die in unserer alltäglichen Wirklichkeit grotesk wirken würden. Worauf sonst sollte man es zurückführen, daß ich über einen Mann aus Glas, sprechende Hunde, eine Höhle, in der (laut Don Quijote) die Zeit schneller verging, und ein flügelloses fliegendes Holzpferd, das (laut Sancho Pansa) wirklich fliegen konnte, schrieb, ganz zu schweigen von Verwünschungen, Zeichen, Omen, Wundern ohne Zahl – und sogar vom Wahnsinn als Rettung vor den untrennbar miteinander verknüpften Widersinnigkeiten Tod und Leben?
Doch dann entschied ich, daß all dies für Sie zu viel zum Verdauen sein würde, zerknüllte die Seite und warf sie in den Ofen (den ich im Tausch für etwas Wenn-nur-Feuerholz bekommen hatte); dabei stellte ich mir vor, daß, selbst wenn ich sie aus diesem Buch herauslassen würde, der Gedanke dahinter, nachdem ich sie einmal geschrieben hatte, für Sie zum Nachdenken vorhanden bliebe.

Und das war auch so, nicht wahr?
Nun gut, ich schrieb, und wie im Gefängnis zu Sevilla stapelten sich die Seiten, und neun Monate Winter verwandelten sich in drei Monate Hölle und wieder zurück, und eines Morgens in jenem zweiten Winter ging ich zum Maurentor hinaus und wurde von einem Rudel hungriger Wölfe gejagt, aber darüber lasse ich mich nicht aus, denn es hat nichts mit dem Schreiben über das Schreiben zu tun, was ich im Augenblick tun soll, obwohl ich viel lieber mit der Geschichte meines Todes und Lebens fortfahren würde, um das bedauernswerte Schicksal des unfähigen Herrenstierkämpfers Gaspar de Ezpeleta zu erzählen und auch, wie Pedro de Isunza, der zwanghaft über alles Buch führte, endlich seine zweihundertneunundzwanzigste Jungfrau fand.
Was ich über das Schreiben lernte, war im großen und ganzen Folgendes: Das erste, was Romanciers tun müssen, ist es, bereitwillig – und nicht nur bereitwillig, sondern freudig – ihre *eigene* Ungläubigkeit abzulegen. Dann folgt alles andere. Das ist natürlich schwieriger, wenn man ein Schriftsteller ist, der sich um alles Sorgen macht, der sich sagt, daß er, selbst wenn alles, was in der Phantasie passiert, so eindringlich ist wie in der wirklichen Welt, trotzdem alles falsch machen könnte; daß es ein Fehler ist, sinnlos, hoffnungslos, über einen Helden zu schreiben, der versucht, der Welt eine unmögliche Wirklichkeit aufzuzwingen, einen Helden, der stets zum Scheitern verurteilt ist. Was, wenn man sich, ziemlich bald, mehr Sorgen macht als schreibt? Dafür gibt es eine Lösung. Ich stieß zufällig auf sie, während ich den *Don Quijote* schrieb, und ich gebe sie weiter. Wenn man sich keine Sorgen mehr machen will, muß man einfach im Leben des unglücklichen Helden so viel schiefgehen lassen, daß einem keine Zeit bleibt, sich wegen des eigenen unglücklichen Selbst zu quälen.
Und von da ist es ein langer Weg zum Schriftsteller als Gott – das Bild, das sich Lopes Kreis von sich selbst machte –, ein Gott im kleineren Rahmen vielleicht, ein bescheidener Gott, aber dennoch ein Gott, der aus Lehm Menschen formt, ihnen Leben einhaucht, sie leitet.
Heilige Muttergottes! Wie konnten sie sich so täuschen? Niemand

ist weniger gottgleich als ein Geschichtenerzähler, denn wenn ein Geschichtenerzähler das Glück hat, die Geschichte zu schreiben, die er schreiben will, geschieht etwas Wunderbares, etwas, das der Geschichtenerzähler niemals bewußt geschehen lassen könnte – wenn alles gutgeht, geschieht es einfach, es besteht dafür eine Chance gegenüber ich weiß nicht wie vielen anderen Möglichkeiten (und überhaupt keine, wenn man nach einer Rezeptur schreibt). Was geschieht, ist, daß die Geschichte mit all den Menschen, die in ihr leben und sterben, lieben und hassen, kämpfen und kopulieren, hoffen, verzweifeln, träumen – daß die Geschichte Teil der Welt, die *ist*, wird, wirklicher wird als der Schriftsteller, so wirklich wird, daß alles, was auf ihren Seiten geschieht, auf genau dieselbe Weise geschehen wäre, wenn der Schriftsteller niemals gelebt hätte.

Ende 1604 ging ich zu der einstigen Wenn-nur-Bank, um genug Feuerholz für meine letzte Nacht in Madrid zu schlagen, aber zu meiner Überraschung war alles, was von der vom Blitz gespaltenen Eiche übrig war, ein Stumpf, der rings von steinharter Galle überwuchert war. Ich versetzte ihm einen Schlag mit meiner Axt, der Griff zersplitterte, die Klinge flog weg. In der Hoffnung, daß die drei alten Weiber ein, zwei Scheite würden erübrigen können, ging ich zum Marktplatz, aber er lag ganz verlassen da. Ich kehrte zu dem Platz in der Nähe des Maurentors zurück, an dem sich Gassen kreuzten, und verbrachte eine kalte Nacht in der Hütte, während Schnee durch das Loch in der Decke fiel und meinen Schlaf störte. Am Morgen ging ich, in ein Schaffell oder einen Persianer gehüllt, durch die verschneite, sterbende Stadt, verließ sie an ihrem nördlichen Ende und machte mich mit meinem Manuskript auf den Weg nach Valladolid.

Sechsunddreißigstes Kapitel
Von der endlich gefundenen zweihundertneunundzwanzigsten Jungfrau

Meiner Frau Catalina, die dies nur noch dem Namen nach war, gefielen die Stellen mit Tieren nicht.
»Nur weil der versponnene Don Quijote denkt, daß Windmühlen böse Riesen sind, die von einem Ritter bekämpft werden müssen, muß sein armes altes Pferd Rosinante sich die armen alten Schultern schier ausrenken lassen?« fragte sie und streichelte dabei die silberschwarze Haut einer jungen Anaconda, die um ihren Hals geschlungen war und mich mit ihren kalten, anklagenden Reptilienaugen anstarrte.
»Oder muß er denn diese Herden unschuldiger Schafe, die er für Armeen hält, so blindwütig mit seiner Lanze angreifen, daß er ›mehr als sieben‹ von ihnen umbringt?« fuhr sie fort. »Was heißt überhaupt ›mehr als sieben‹ – zwölf, hundert?«
Meiner Schwester Magdalena gefielen die Stellen über die Frauen nicht. »Nicht nur Aldonza. Aus dieser Maritornes hast du eine Hure und nichts weiter gemacht, die sich auf den Heuboden schleicht, um ... du weißt schon ... mit diesem Maultiertreiber.«
»Das Wort dafür ist vögeln«, sagte Catalina. »Aber«, fügte sie lächelnd hinzu, »die Dinge sind bestimmt verzwickt geworden, als sie mit Sancho Pansa in den Sack gesteckt worden ist.«
»Die Dinge«, meinte Catalinas Freundin Juana, die Witwe Laínez (seit kurzem auch die Witwe Hondaro), »werden immer verzwickt, wenn es um die Fallstricke und Enttäuschungen der Liebe geht.« Eine neue Abschrift des letzten Manuskripts ihres ersten Ehemannes schwenkend, drängte die Witwe: »*Bitte* seid alle nett, wenn Robles kommt.« Sie hoffte nach zwanzig Jahren immer noch, einen Verleger für die *Fallstricke und Enttäuschungen der Liebe* zu finden.
Juana die Witwe Laínez-Hondaro bewohnte ein Zimmer im ober-

sten Stock des Hauses, in dem wir wohnten, direkt am Ufer eines giftigen Baches aus dem städtischen Schlachthof. Im Erdgeschoß war eine Taverne untergebracht, in der Tag und Nacht Fleischergesellen verkehrten, die auf einem wackeligen Steg herüberkamen, so daß Sie sich vorstellen müssen, daß alle unsere Gespräche in unserem Wohnzimmer im ersten Stock in voller Lautstärke geführt wurden.
Meiner Nichte Constanza gefielen die Stellen über Don Quijotes Nichte nicht. »Wo hat er nur diese Sorte Nichte her?« fragte sie. »Ich bin die einzige Nichte, die du hast, und ich würde nie dem Pfarrer sagen, er solle deine Bücher verbrennen.«
»Sie hat gedacht, daß es zu seinem eigenen Besten ist«, sagte ich und schaute Constanza an; ich war noch immer wegen ihrer Augen verstört, die auf einmal beide so blau waren wie die ihrer Mutter. Niemand machte darüber je eine Bemerkung, und daher tat ich es auch nicht.
»Aber ein Freudenfeuer aus Büchern!« rief Constanza.
»Was ist so wichtig an Büchern?« fragt Isabel vom Fenster her, wo sie das Kommen und Gehen auf dem wackeligen Steg beobachtete. Meiner Schwester Andrea gefiel es nicht, daß ich bei dem Hin und Her zwischen Don Quijote und Sancho Pansa nicht Stellung bezog. »Figuren in einem Buch«, tat ich sie achselzuckend ab, obschon ich wußte, was sie meinte. »Warum soll ich Stellung beziehen?«
»Ich meine im wirklichen Leben. Der alte Miguel wollte die Welt verändern, genauso wie dein Ritter. Aber jetzt scheinst du manchmal beinahe willens, wie Sancho das Leben einfach vorbeiziehen zu lassen.« Trotz Worten wie »manchmal«, »beinahe« und »scheinst« hörte sich das wie ein Tadel an, aber bevor ich mich noch entschließen konnte, mich nicht zu verteidigen (und damit zuzugeben, daß meine Schwester Andrea recht hatte), tätschelte sie mir die Hand und sagte: »Wie gut ich dieses Gefühl kenne, mein Lieber. Es kommt mit dem Älterwerden.«
Das ließ sich kaum leugnen, das mit dem Älterwerden. Selbst meine Frau Catalina, die dies nur noch dem Namen nach war, und meine Nichte Constanza mit den beiden blaßblauen Augen wie die ihrer Mutter waren beide vierzig. Trotzdem sagte ich galant: »Wer ist hier alt? Du bestimmt nicht.«

Isabel kicherte vom Fenster her. Ein flegelhaftes, ungehobeltes Kichern. Es gefiel mir nicht, und Isabel wußte das.
»Na ja«, erwiderte Andrea fröhlich, »bei meinem nächsten Geburtstag werde ich zweiundsechzig.« Sie schob sich das feine, silbrige Haar zurecht, das in ihrem Nacken zu einem Knoten zusammengesteckt war. »Was heißt, daß du achtundfünfzig wirst. Das ist nicht gerade *jung*.«
Sie sah nicht wie zweiundsechzig aus. Nicht im geringsten. Nicht, daß sie wie zweiund*zwanzig* ausgesehen hätte – darüber war ich längst hinweg. Für mich war es nun Micaela, die ewig wie zweiundzwanzig aussah. Manchmal sprach ich mit Andrea über sie. Gefährliche Spiele – es schien ein anderes Leben zu sein. Aber über Micaela zu reden war wie eine Art Glücksbringer: Es hieß, daß sie noch am Leben war.
»Achtundfünfzig«, sagte ich. »Das ist lustig. So alt ist Don Quijote.«
Andrea lächelte. »Tatsächlich?«
»Und am Ende der Fortsetzung wird er noch älter sein«, fügte ich hinzu.
»Natürlich«, meinte Andrea und lächelte weiter. »So alt wie *du*, wenn du diese Fortset- – welche Fortsetzung überhaupt? Das Buch ist doch gerade erst herausgekommen.«
»Es fehlt eine Fortsetzung. Schau, der Ritter glaubte, daß die Wahrheit nicht im wirklichen Leben, sondern in all den Rittergeschichten, die er gelesen hatte, zu finden sei. Aber jetzt weiß er es besser.«
Andrea sah mich amüsiert (und auch zärtlich) an. »Wirklich? Sprichst du von Don Quijote?«
»Er weiß jetzt, daß er nach der Wahrheit in seiner eigenen Geschichte suchen muß, die gerade veröffentlicht worden ist.«
»Aber wenn ein Mann erst die Wirklichkeit wegen ein paar Illusionen verwirft und dann, äh, diese Illusionen wegen einer *Geschichte über sie* – das meinst du doch? –, dann ist er weiter denn je von der Wirklichkeit entfernt, oder?«
Richtig. Aber na und? Es war nur ein Buch. Das wichtige war, daß es in meinem Leben keinen Platz für Illusionen gab. Keinen! Gar keinen! Damit war Schluß; ich war erwachsen geworden, hatte alle

Kindereien vergessen usw. usw. Was hatten mir die Illusionen je genützt? Sollte Don Quijote seine Illusionen haben! Und nicht nur die treuherzigen Illusionen in dem jüngst veröffentlichten Roman (sechshundertvierundsechzig Seiten, broschiert, zum Preis von zweihundertneunzig Maravedís erhältlich, Druckfehler auf jeder Seite und ein ins Gesicht springender Fehler auf der ersten Seite, was soll's), sondern, in der Fortsetzung, die ich schreiben wollte, auch sinnreiche Illusionen, die auf der Geschichte seiner früheren Abenteuer beruhten, bei denen er unter dem Einfluß seiner Trugbilder stand – eine eingebildete Schlange, die ihre eingebildeten Märchen auffraß. (Autsch!) Ein Ausgleich für meinen Illusionsverlust? Vielleicht. Ich hatte meine unheimliche Vorstellung von den verschiedenen Versionen der Wirklichkeit nie aufgegeben. Leute, die so etwas glauben, werden weggesperrt. (Ich dachte an Tasso.) In der Nacht, in der ich im Wirtshof des Cross Keys verwundet wurde und beinahe starb, hatte ich die Art wilden, verrückten Alptraum, den man auf seinem Quasi-Totenbett erwarten kann. (Ich dachte an Cide Hamete.) Es gab für alles eine vernünftige Erklärung. (Ich dachte an Dr. Duguid.) Eigentlich habe ich sie doch gerade geliefert, oder?

Also zu dir, Don Quijote!

Als ich eine Fortsetzung erwähnte, klatschte meine Nichte Constanza vor fast kindlicher Freude in die Hände. »Oh, gut.«

Isabel rief vom Fenster her. »Was soll das ganze Getue? Es ist doch bloß ein *Buch*.«

Abgesehen von meinem Schwager Santi Ambrosio konnte Isabel mit niemandem in der Familie etwas anfangen, und ich fürchte, das beruhte auf Gegenseitigkeit. Ich kann nicht sagen, wessen Schuld das war. Isabel war ins Haus gekommen, bevor die Familie nach Valladolid umzog. Sobald Gabriel Múñoz Andrea gesagt hatte, daß die Mutter des Kindes gestorben und ich der Vater sei, war meine Schwester nach Cienpozos geeilt. Isabel hatte nur die Achseln gezuckt, gesagt: »Wenn eine Tür sich schließt, tut eine andere sich auf«, und war mit Andrea nach Hause gegangen.

Als ich Isabel kennenlernte, war sie neunzehn; sie hatte glänzendes schwarzes Haar und ein herzförmiges Gesicht, das mich an das ihrer Mutter erinnerte. Hätte nicht immer dieser höhnische Ausdruck ihre Lippen umspielt, wäre sie hübsch gewesen. Aber Isabel konnte nicht lesen und schreiben – und das in einer Familie von Leseratten. Meine eigene Tochter. Als ich den Schock überwunden hatte, versuchte ich, es sie zu lehren, wie Andrea es schon vor mir versucht hatte, aber es hatte keinen Zweck.

»Wer braucht denn Bücher«, pflegte sie höhnisch zu bemerken. »Meine alte Dame ist ohne sie ausgekommen, und das werde ich auch.«

Ich hatte entgegnet: »Ich verspreche dir, das Lesen wird dein Leben verändern.«

»Versprechungen, Versprechungen. ›Ein kleines Geschenk ist besser als eine große Versprechung‹, hat Mamá immer gesagt. Wenn du wirklich mein alter Herr bist, dann kümmere dich nicht darum, mir das Lesen beizubringen. Gib mir ein richtiges Geschenk, ja? So wie Onkel Santi jedesmal, wenn er kommt.«

Santi Ambrosio brachte aus Italien immer Geschenke mit, als ob er sich für die viele Zeit, die er unterwegs verbrachte, entschuldigen wollte.

Gleich nachdem der Buchhändler Francisco Robles, Blas de Robles' Sohn, den *Don Quijote* gekauft hatte (für hundertachtundvierzigeinhalb Dukaten, kein großes Vermögen, und Catalina war diejenige gewesen, die ihn von hundertfünfundzwanzig hinaufhandelte), besorgte auch ich für alle Geschenke, für alle Frauen in der Familie und Juana die Witwe Laínez-Hondaro.

Als Isabel die silbernen, tropfenförmigen Ohrringe auspackte, hatte sie gegrinst. »Hast du eine Geschichte mit der Laínez-Schachtel laufen oder was?«

Ich verneinte das aufs heftigste. (Es stimmte auch gar nicht. Wenn Juana sich den Fallstricken und Enttäuschungen der Liebe hingab, dann nicht mit mir.)

Doch Isabel meinte: »Wenn du für sie kein Geld vergeudet hättest, dann könnten diese Ohrringe aus Gold sein«, woraufhin das, was einmal meine linke Hand gewesen war, zuckte.

Jetzt fragte Constanza: »Wird Sancho Pansa in der Fortsetzung schließlich Statthalter einer Insel?« Und Catalina sagte: »Wenn ja,

paß auf, daß er nicht das Vieh mißhandelt.« Und Isabel rollte die Augen und rief: »Eine *Fortsetzung*! Ist das zu fassen? Ich bin unten« – damit meinte sie das Wirtshaus der Fleischergesellen –, »falls zufällig einer nach mir fragen sollte« und witschte hinaus.
Kurz darauf kam mein Verleger. »Da ist er«, verkündete Juana die Witwe Laínez-Hondaro vom Fenster her. »Seid alle nett. Bitte, ja?«
Francisco Robles hatte verblaßte Augen und einen verblaßten Schnurrbart wie sein Vater und trug immer abgetragenen grauen Serge. (Verleger neigten zu der Meinung, daß sie so aussehen müßten, als würden sie an Geldmangel leiden.)
Auf dem Umschlag stand tatsächlich *Don Quijote*. Ich erwähne dies, weil auf den Exemplaren, die wir bereits besaßen, nur stand

El Ingenioso Hidalgo
de la Mancha

und Francisco Robles schwor, daß an dem Fehler der Drucker Juan de la Cuesta schuld sei.
»Die dritte Auflage«, strahlte Robles. »Die vierte wird gerade vorbereitet.«
Alle Frauen kreischten, außer Catalina. »Wenn Sie so viele Exemplare verkaufen«, fragte sie, »warum geben Sie Miguel dann nicht etwas mehr Geld?«
»Bitte, Señora! Ihr Gatte mußte das Buch nur einmal schreiben, aber bedenken Sie, welches Risiko ich mit jedem Exemplar, das ich drucken lasse, eingehe, welche Kosten ich habe. Ich mußte fünfhundert Exemplare verkaufen, nur um meine Unkosten hereinzubekommen.«
»Wie viele haben Sie insgesamt verkauft?« fragte Catalina.
»Neuntausend«, sagte Francisco Robles.
»Und was für Unkosten überhaupt?« fuhr Catalina fort und hielt dem Verleger ein Exemplar vor die Nase. »Dieses billige Papier nennen Sie Unkosten? Die Jesuiten haben es praktisch verschenkt. Richtiges Leinpapier, das sind Unkosten.«
Ich war überrascht, wie gut Catalina sich auskannte. Catalina überraschte mich immer wieder. Sie streichelte ihre junge Anaconda. Die starrte Francisco mit ihrem Reptilienblick an und züngelte. Robles trat eilig einen Schritt zurück.

Juana die Witwe Laínez-Hondaro biß sich auf die Lippe.
»Oder die Umschläge«, sagte Catalina. »Papier! Warum kein Pergament?«
»Das Risiko der zusätzlichen Kosten für das Pergament –«
»Neuntausend verkaufte Exemplare, und Sie reden von Risiko? Mein Miguel macht Sie zu einem reichen Mann, Señor. Und was wollen Sie für ihn tun?«
»Deswegen bin ich gekommen. Don Miguel, ich habe entschieden, daß Sie genau der Richtige sind, um einen Dokumentarbericht zu schreiben – mit Lokalkolorit, den Menschenmengen, den Gesichtern, Geräuschen und Gerüchen« – hier schaute Francisco Robles zum Fenster hinüber; es war ein heißer Tag, und der Bach, der träge am Schlachthof vorbeifloß, stank besonders widerlich – »über die Geschichte, wie sie hier in Valladolid gemacht wird, der einstigen und künftigen Hauptstadt Spaniens.«
»Das bezweifle ich«, sagte Catalina. »Bevor Sie sich versehen, bieten die Stadtväter von Madrid ein höheres Bestechungsgeld, und der Hof geht nach Madrid.«
»Wie auch immer. In der Zwischenzeit *wird* der Friedensvertrag mit England unterzeichnet, es *sind* über sechshundert lutherische Ketzer in der Stadt, einschließlich des offiziell Unterzeichnenden, diesem lutherischen Erzteufel Lord Howard von Effingham, derselbe, der als kommandierender Admiral vor siebzehn Jahren die Unbesiegbare Armada versenkt hat, und – *und*, mein lieber Don Miguel, ich möchte, daß ein berühmter Schriftsteller wie Sie dies alles für mein Nachrichtenblatt festhält, das, um ehrlich zu sein, ein wesentlich weniger riskantes Unternehmen ist als das Verlegen von Romanen.«
»Wieviel«, fragte Catalina, »wollen Sie zahlen?«
»Zehn Dukaten«, sagte Francisco Robles.
»Fünfzig«, forderte Catalina.
Das Gesicht von Juana der Witwe Laínez-Hondaro war puterrot.
»Ich habe Lope nicht einmal gefragt«, wandte Francisco Robles ein.
»Na, wenn Sie zugeben, daß Miguel ein besserer Schriftsteller als der große Lope de Vega ist«, sagte Catalina, »dann ist fünfzig billig.«
Sie einigten sich auf fünfundzwanzig zuzüglich des Vorrechts, daß Robles mein nächstes Buch als erster würde ablehnen dürfen.

Juana sagte, nachdem sie sich eindrucksvoll geräuspert hatte: »Es erstaunt mich immer wieder, wie es nicht veraltet.«
»Wie was nicht veraltet?« ging Catalina auf sie ein. Die junge Anaconda hatte sich dreimal um ihren Nacken geschlungen, schien sich aber nicht zusammenzuziehen.
»Die Fallstricke und Enttäuschungen der Liebe meines verstorbenen Mannes. So zeitlos, als ob er es gestern geschrieben hätte. Oder morgen.«
Robles blickte bedeutsam von mir zur Tür.
»Der Krieg zwischen den Geschlechtern«, meinte Juana, »ist kein vorübergehendes Geplänkel. Meinen Sie nicht auch, Don Francisco?«
»Ja, äh, hmm, ich...«, erwiderte Robles, schon an der Tür.
»Haben Sie es gelesen, Don Francisco?«
»Nicht persönlich, aber mein Vater, unmittelbar bevor er sich so früh zurückgezogen hat«, erwiderte Robles und wischte sich über die Stirn.
»Ganz zufällig«, sagte die Witwe Laínez-Hondaro, »habe ich kürzlich eine Abschrift des Originals der überarbeiteten Fassung des letzten Entwurfs anfertigen lassen.«
»Der Markt verlangt derzeit eher nach pikaresken Romanen«, meinte Francisco Robles vom Treppenabsatz aus. »Oder nach Gedichten. Wie die bissigen Verse des Baltasar de Alcázar.«
»Es kann doch unmöglich einer Baltasar de Alcázar heißen«, hörte ich jemand – ich glaube Constanza – sagen. Inzwischen ging ich mit Francisco Robles die Treppe hinab.
»Wie schlecht *ist* es eigentlich?« fragte er mich.
»Sie ist eine sehr entschlossene Dame.«
»Das hat mein Vater auch gesagt, an seinem letzten Arbeitstag. Er war zu weich. Ein Verleger«, belehrte mich Robles, »braucht ›nicht mehr Seele als ein Krug, ein Herz aus Kork und Eingeweide aus Feuer- und Kieselstein‹. Habe ich das richtig zusammengebracht?«
Er zitierte die Silbernymphe aus dem *Don Quijote*, die Sancho Pansa schalt, weil er sich nicht dreitausenddreihundertmal geißeln wollte, um Dulcinea del Toboso von dem Zauber zu befreien, durch den sie in eine ungeschliffene Bäuerin verwandelt worden war.

Ich nickte, und wir lachten beide, als wir den wackeligen Holzsteg betraten, der über den widerlichen Bach zum städtischen Schlachthof und zur Straße in die Stadt führte.
»Gehen Sie einfach ein wenig herum«, meinte Robles, »und sperren Sie die Ohren auf. Ihr Journalisten kennt ja alle Tricks.«
»Ich bin kein Journalist, und ich kenne keine Tricks.«
Blutbefleckte Fleischergesellen gingen auf ihrem Weg zu der Taverne an uns vorbei.
»Es ist auf jeden Fall ratsam, daß Sie eine Zeitlang Abstand von Lope de Vega halten«, sagte mir Robles. »Er ist fuchsteufelswild.«
»Sie haben Lope hoffentlich kein Freiexemplar geschenkt?«
»Nein, aber vermutlich hat ihm einer Ihrer gemeinsamen Freunde eines geborgt. Wie dem auch sei, er hat anscheinend die Vorrede gelesen.«
»Na, damit fängt man ja auch an«, sagte ich.
»Don Miguel, die Stelle, an der Ihr ungenannter Freund Ihnen sagt, Sie sollten sich nicht darum kümmern, Schriftsteller zu finden, die Ihren Roman loben, weil Sie solche Lobgedichte jederzeit selbst verfassen und dann dem Priester Johannes aus Indien oder dem Kaier von Trapezunt zuschreiben können – erinnern Sie sich an diese Stelle?«
»Na klar. Haben Sie sie nicht lustig gefunden?«
»Oh, ich schon. Ich schon. Aber Lope schreibt die Jubelzitate für seine Stücke immer selbst, müssen Sie wissen.«
»Was Sie nicht sagen!« rief ich.
Robles blickte mich an. Er lächelte beinahe. »Sie gehen Ihren eigenen Weg, nicht wahr?«
»Er ist der einzige, den ich weiß«, entgegnete ich. Eine weibliche Stimme rief: »Señor!« Auf dem wackeligen Steg, den wir gerade überquert hatten, klapperte es, und ich sah Isabel auf uns zurennen. Sie redete mich nie mit Papá an, wir hätten uns dabei beide nicht wohl gefühlt; auch mit Don Miguel oder ganz einfach Miguel, was mir gefallen hätte, redete sie mich nie an, sondern vermied es überhaupt, soweit es ging. (Versuchen Sie das bei jemandem, den Sie täglich sehen: Es ist eine Belastung.) *Wenn* sie mich irgendwie anreden mußte, dann immer mit Señor – als ob sie den Abstand zwischen uns so groß wie möglich halten wollte.

Hier stand sie also vor dem städtischen Schlachthof, rutschte in ihren Schuhen auf der Erde hin und her und schaute auf sie hinunter, als ob sie hoffte, dort die Worte zu finden, die sie sonst nirgendwo gefunden hatte. (Wie oft finden wir auch genau die richtigen Worte?) Sie murmelte: »... wirklich dumm von mir... ich weiß, daß er mir gefallen würde, Ihr Ritter... wenn ich lesen könnte...« Und Sie rutschte noch mehr in ihren Schuhen hin und her (italienischen Schuhen, ein Geschenk von Santi), als ich unbeholfen die Hand ausstreckte, um ihr glänzendes schwarzes Haar zu streicheln; dann drehte sie sich um und rannte über den Steg zurück.
Warum erwähne ich Lopes Wutausbruch über die Spitze gegen ihn in meiner Vorrede und beinahe im selben Atemzug Isabellas charakterwidrige Entschuldigung?
Weil das typisch für diesen Tag war.
Weil, selbst wenn etwas längst hätte schiefgehen müssen, es nicht heute geschehen würde. Der heutige Tag gehörte mir. Was war diese Fiesta in der ganzen Stadt anderes – selbst wenn es außer mir keiner wußte (wodurch der Gedanke noch lieblicher wurde) – als eine Feier für mich und mein Buch?
Ich ging mit Francisco Robles zu seiner Buchhandlung (der *Don Quijote* war jetzt, mit dem Namen auf dem Umschlag, auffällig ausgestellt) und folgte dann seinem Rat und streifte umher. Zwar setzte ich keine journalistischen Tricks ein, weil ich keine kannte, machte mir aber Notizen für den Bericht, den ich für sein Nachrichtenblatt schreiben sollte, der pünktlich erschien und pünktlich von der Zeit aufgezehrt wurde. Wenn es einen interessiert, so kann man eine verstümmelte deutsche Übersetzung davon (leider ohne meinen Namenszug) in der entsprechenden Nummer der *Wöchentlichen Zeitungen des Hauses Fugger* nachlesen; es sind dort der genaue Ort und das genaue Datum der Unterzeichnung des Friedensvertrages angegeben, eine kurze Beschreibung des Stierkampfes auf der Plaza Mayor (siehe unten) und eine noch kürzere des neuen Königspalastes (Stuck, der bemalt war, daß er wie Ziegelstein aussah), wo an jenem Nachmittag im Garten unter einem gestreiften Baldachin eine Vorstellung der *Drei Edelleute von Illescas* gegeben wurde, ein Stück in drei Akten (was sonst?) von Lope de Vega (wem sonst?), aber das machte nichts.

Viele meiner Aufzeichnungen gelangten nicht in die *Zeitungen der Fugger*, weil Valladolid nicht der Mittelpunkt der Augsburger Welt war, genauso wie vieles, was an diesem Tag passierte, nicht in meinen Aufzeichnungen zu finden ist, weil ich nicht überall zugleich sein konnte.
Hier einiges von dem, was ich mit eigenen Augen sah oder auch nicht:

- Überfüllte Straßen. Nicht weniger als neunzehn große, hagere Männer, die in Hörweite von mir als Don Quijote begrüßt wurden, und mindestens zwölf kurze dicke als Sancho Pansa.
- Wache in rotgoldenem Wachhäuschen vor dem Königspalast wegen Lesens im Dienst von selbigem suspendiert. Buch: *Don Quijote*.
- Ein Don Quijote in Karton-Rüstung auf vierzehn Fuß hohen Stelzen unterhält die Menge auf der Plaza Mayor vor dem Stierkampf; er zitiert Stellen aus raten-Sie-mal-welchem Buch. Besonders folgende Stelle fällt auf: »Können wir je zuviel von etwas Gutem haben?«
- Keinerlei Beachtung für *Die Edelleute von Illescas*, an diesem Tag in Valladolid kein Wort über Lope.
- Stierkampf. Erster Stier – Name: El Invincible; ein Hauch von Ironie? – *manso* und schwach auf den Vorderbeinen. Stierkämpfer, ein gewisser Gaspar de Ezpeleta, Edelmann aus Navarra, fällt vom Pferd, als er versucht, Lanze in *morillo* (Nackenmuskel) des Stiers zu stoßen.

(Aufgrund von Umständen außerhalb seiner Einflußmöglichkeiten Korrespondent nicht in der Lage, vom weiteren Verlauf des Stierkampfs zu berichten.)

- Derselbe Gaspar de Ezpeleta stattet nach Behandlung seiner Verletzungen dem Haus jenseits des widerlichen Baches aus dem Schlachthaus einen Besuch ab.
- Ein ehrgeiziger junger Schreiberling, der nicht Alonso Fernández de Avellaneda heißt, speist diesen Nachmittag mit Lope de Vega im Hinterzimmer eines Wirtshauses mit dem Namen »Lügnerzirkel«. »Sie begreifen, was ich will?« höre ich Lope nicht fragen. – »Das ist ein Klacks«, sagt der junge Schreiberling, der

nicht Fernández de Avellaneda heißt. »Bloß, sehen Sie, ich habe ein paar Verpflichtungen, und ich schreibe nicht so schnell wie manch einer.« – Es hat Zeit«, sagt Lope, »ich treffe ihn damit bestimmt sogar, wenn er noch älter ist. Sind Sie sich sicher, daß Sie es begriffen haben?« – »Wie ich gesagt habe, ein Klacks. Der Ritter endet in einer Klapsmühle, und der Knappe wird ein hoffnungsloser Trunkenbold. Soll ich aus einem von ihnen einen Kinderschänder machen?« – »Lassen wir uns nicht allzusehr hinreißen«, höre ich Lope nicht sagen, als er ihm die erste von vielen Zahlungen aushändigt. Bis der Mann, der nicht Fernández de Avellaneda heißt, fertig ist, wird er Lope dreimal die hundertachtundvierzigeinhalb Dukaten abgepreßt haben, die mir Francisco Robles für meinen *Don Quijote* gezahlt hat. Aber Lope wird bekommen, wofür er bezahlt hat.

– Ein wohlhabend, aber nicht bedrohlich wirkender älterer Neger – ein Herr – reitet auf einem erschöpften Hengst im vollen Galopp in Valladolid ein. Er fragt dringend nach dem Weg zu dem Haus jenseits des widerlichen Baches aus dem städtischen Schlachthof.

– Ein verhungerndes Gerippe von einem Mann von etwa sechzig Wintern wird beobachtet (aber nicht vor mir), wie es das Wirtshaus der Fleischergesellen im Erdgeschoß jenes Hauses jenseits des widerlichen Bachs aus dem städtischen Schlachthof betritt. Ganz in Schwarz gekleidet, einschließlich des Rapiers mit schwarzem Heft (ein Abschlußgeschenk des katalanischen Fechtmeisters Agulla de Espadón), hat er die Angewohnheit (den Drang), seine Arme anzuheben, um seinen schwarzen Umhang auszubreiten, was ihm das Aussehen einer Fledermaus (eines Vampirs?) verleiht und Beobachter von seinen Augen ablenkt: den Augen eines Mannes, der einer unerbittlichen, möglicherweise sexuellen Wahnvorstellung ausgeliefert ist. Er zieht Finger für Finger seine schwarzen Handschuhe aus, und es kommen kleine, gepflegte, rosige Hände zum Vorschein. Trinkt keinen Wein, kein Bier. Schlürft Wasser (verschmutzt, aus dem Bach, wer trinkt Wasser?). Er sieht sich mit einem raschen Blick im Wirtshaus um und überlegt, daß eine Fiesta in der ganzen Stadt, nicht weniger als ein Krieg, die ideale Umgebung für einen unaufklärbaren Mord ist – nicht, daß das Auspusten des Lebens der zweihundertneunundzwanzigsten Jungfrau von irgendeinem anständig gesinnten Menschen als Mord betrachtet werden würde, denn wenn je ein Mensch seit Abel es verdient hatte (hatte Abel es verdient? – egal), dann sie. Sieht an einer Ecke des Tresens (die Beine überkreuzt, das Kleid auf anstößige Weise hochgerutscht) junge Frau sitzen, die wie eine Schlampe aussieht (sehen sie nicht alle so aus?) und mit einem blutbespritzten Fleischergesellen flirtet, den sie Rafa nennt.

»Wohnen Sie hier in der Gegend, kleine Frau?« fragt der Mann im Fledermausumhang, seine Augen von den entblößten Knien wendend.

Isabel lacht vermutlich höhnisch. Kleine Frau? Sie?

»Kleine Frau? Sie?« lacht der Fleischergeselle Rafa, der Isabel nicht allzu viele Jahre später, wenn sie mit einem anderen verheiratet ist, schwängern wird.

»Ich wohne oben«, sagt Isabel gelangweilt.

»Ich suche«, teilt Pedro de Isunza ihr mit, »eine gewisse Andrea de Cervantes de – Ambrosio, nicht wahr? Was für ein Name ist das überhaupt?« Man kann nicht vorsichtig genug sein. Bei allem.

»Ein italienischer. Er ist nett. Er bringt mir Geschenke mit.«

»Sie kennen ihn?«

»Er ist mein Onkel, mehr oder weniger. Was wollen Sie denn von seiner alten Dame?«

»Amtshandlung«, sagt Pedro de Isunza. »Eine Routineangelegenheit.«

»Was für ein Zufall«, lacht Isabel höhnisch. »Es sind gerade welche bei ihr. Die haben auch Amtshandlung gesagt. Eine Routineangelegenheit.«

Ein paar Stunden zuvor grub Gaspar de Ezpeleta seine Spatzenschnabelsporen in die Flanken seines bändergeschmückten, gescheckten Wallachs und lenkte ihn, so hoffte er, schräg zur Angriffslinie von El Invincible. Aber der Stier, der eher *manso* als unbesiegbar war, machte einen Schlenker und zwang Ezpeleta damit, sich weit aus dem Sattel zu beugen, als er versuchte, seine – ebenfalls bändergeschmückte – Lanze in den angstgeschwellten *morillo* von El Invincible zu stoßen; die Lanze ritzte kaum das Fell des Stiers, ehe Lanze und Reiter auf den sandbestreuten Boden der Plaza Mayor stürzten, wobei letzterer hart aufprallte. Andere, geschicktere Reiter preschten auf den Platz, um El Invincible so lange abzulenken, bis Ezpeleta seinen unrühmlichen Abgang hinter sich bringen konnte, bei dem die privilegierten Zuschauer auf der Haupttribüne sich mit einem gemeinsamen tierischen Laut erhoben, der entweder Besorgnis für Ezpeleta ausdrücken mochte oder die Enttäuschung darüber, daß er sich in Sicherheit gebracht hatte. Wir stehenden Zuschauer wogten inzwischen lautstark vorwärts, so daß die provisorische Einfriedung unter unserem Gewicht zusammenkrachte und das Schauspiel unterbrochen werden mußte.

Alle diese Ereignisse sind der Grund dafür, daß ich die Dame in Trauerkleidung zuerst nicht sah (schwarze Seide, die von einer Goldbrosche am Hals aufgelockert wurde, dunkle Locken, die unter einer schwarzen Haube hervorlugten), wie sie kreuz und quer und trotzdem damenhaft von dem Abschnitt mit Plätzen, die für die Engländer reserviert waren, herunterkletterte (keine Verbrüderung beim Stierkampf).

Von der schiebenden Menge gestoßen und weitergedrängt, achtete ich nicht besonders auf die Hand auf meinem Arm, bis mir klar wurde, daß sie nicht die Absicht hatte, loszulassen. Gereizt drehte ich mich um.

Ich glaube, ich rief ihren Namen.

Ich glaube, sie rief meinen. Altstimme. Sie sagte: »Aber vor fünf Jahren in der Gracechurch Street habe ich dich praktisch vor meinen Augen verschwinden sehen! Ich hätte gedacht, ich werde verrückt oder so, wenn Dr. Duguid dich nicht praktisch vor *seinen* hätte verschwinden sehen. Wie kannst du dann hier in Valladolid oder sonstwo sein? Du bist nicht einmal wirklich, du bist nur eine Illusion. Das ist eine falsche Vorstellung oder Idee, wie du vielleicht weißt, und ich habe darüber hinwegkommen müssen, hat Dr. Duguid gesagt, wenn ich irgendwie ein normales Leben führen wollte – das sowieso ein Witz war, stimmt's?«

Sie flog auf mich zu.

Ich fing sie in meinen Armen auf und küßte sie auf den Mund.

Und ich hörte mich etwas sagen, von dem ich, als die Dinge sich beruhigt hatten und ich auf mein Leben zurückblicken konnte, wußte, daß ich es zuvor niemals zu jemandem gesagt hatte. Ich hörte mich sagen:

»Ich liebe dich.«

Dann küßte ich sie wieder auf den Mund. Obschon sie wie immer nach frisch gemähtem Heu plus einem Hauch eines halb vergessenen algerischen Parfüms, Moschusrosentau vielleicht, duftete, schmeckte sie salzig.

Ich fragte: »Was tust du hier?«

Sie antwortete: »Ich laufe um mein Leben. Die Schlampe Audrey hat gewonnen, ich verloren, sie ist der neue W. Der Namenlose Dienst hat in England ausgespielt.«

Ich sagte: »Du hast für die Namenlosen gearbeitet?«

Sie erwiderte: »Bloß weil ich entführt worden bin, heißt das nicht, daß ich ungetreu gewesen bin. Und manchmal habe ich so meine Zweifel, was die Entführung angeht. Je länger ich deinen Bruder Juan D. kenne, um so mehr glaube ich, daß seine Düsterkeit nur ein Deckmantel für sein spielerisches Denken ist. Aber keiner von uns konnte sich vorstellen, daß Luis Schwarzsklave uns den Boden unter den Füßen wegziehen und alles an Thomas Phelippes verraten würde, daher –«

»Wo ist Juan D.? Geht es ihm gut? Ich habe nicht einmal gewußt, ob er noch lebt. Oder du.«

»Ich lebe«, sagte oder vielmehr schnurrte sie und küßte mich. »Und Juan D. auch. Es freut mich jedoch, dir mitzuteilen, daß Maliverny Catlyn, der Metzger von Clynnogfawr Llanllyfni, tot ist. Sein Pferd ist in einem Schlagloch in der Hog Lane in Norton Folgate gestolpert, und er ist kopfüber gegen eine Steinmauer geschleudert worden. Also konnte Juan D., sobald Luis Schwarzsklave seine bemerkenswerte Wiederbekehrung durchgemacht hatte, genau die Mittel, mit denen Schwarzsklave bestochen worden war, verwenden, um die Stützpunkte der Namenlosen wiederaufzubauen.«

Ich sagte: »Was für eine bemerkenswerte Wiederbekehrung von Schwarzsklave?«

Sie sagte: »Du kennst doch Luis und sein Bedürfnis, der Macht eine

Nase zu machen, jeder Macht, überall. Er mußte, nachdem er der Ungenannte der Namenlosen geworden war, unweigerlich der größten Machtfigur von allen eine Nase drehen: sich selbst. Aber schließlich machte er sich klar – ich verabscheue diesen Ausdruck, aber wie soll man es sonst nennen? –, daß er, indem er aus Profitgier zusammen mit Thomas Phelippes Spionage und Aufklärung betrieb, die Ideale des Namenlosen Dienstes verraten hatte, der, wie du weißt, autonom und um keinen Preis zu kaufen ist. Er schüttelt nur den Baum der Geschichte, um zu sehen, welche Früchte von den Zweigen fallen.«
Ich sagte: »Klar. Geheimwissen. Über das Heilige und Weltliche. Für Anfänger.«
Sie sagte: »Luis Schwarzsklave brauchte drei Jahre, um sich klarzumachen – verabscheust du diesen Ausdruck nicht? –, daß man Wissen verliert, wenn man es verkauft. Jedenfalls hat Juan D. angefangen, die Stützpunkte der Namenlosen mit Luis' unrechtmäßigen Gewinnen wiederaufzubauen, und ich helfe ihm dabei, auch wenn ich auf der Flucht bin. Soweit ich sehen kann, werde ich den Rest meines Lebens auf der Flucht sein. Daß ich bis hierher gelangt bin, habe ich dem Umstand zu verdanken, daß Lord Howard von Effingham meinem verstorbenen Gatten, Sir Gawayne, einen Gefallen schuldete; daher hat er mich in sein Gefolge aufgenommen, damit ich lebend aus England herauskomme. Du solltest wissen, daß ich die einzige Frau der ganzen Gruppe bin und ihm ausreden mußte, mich als Mann zu verkleiden. Küß mich noch mal.«
Das tat ich. Und sagte: »Wir müssen irgendwohin und uns unterhalten.«
Sie sagte: »Was, glaubst du, tun wir die ganze Zeit?« Dann wurde ihr Gesicht nachdenklich. Sie sagte: »Habe ich dich vor einer Weile irgendwo hier etwas sagen hören, das vielleicht ein wenig wie ›Ich liebe dich‹ geklungen hat?«
Ich sagte: »Ja.« Dann sagte ich es noch einmal: »Ich liebe dich.«
Sie entgegnete: »Warum gehen wir zum Reden nicht zu mir?«

Im ersten Stock des Hauses jenseits des widerlichen Bachs aus dem städtischen Schlachthof drückte sich etwas später Luis Schwarzsklave neben dem Fenster flach gegen die Wand – keine geringe Leistung, denn er war dick geworden –, lüpfte den Vorhang und lugte argwöhnisch hinaus. Dieses routinemäßige Vorgehen erinnerte an das Vorgehen Micaelas während der Operation Weltschmerz vor so vielen Jahren in Zahara, und kein Wunder. Es war einer der ersten Griffe des Spionagegewerbes, die die Rekruten auf dem Stützpunkt Iberia lernten.

Schwarzsklave schüttelte den Kopf, um anzudeuten, daß auf dem wackeligen Steg kein ungewöhnliches Treiben herrschte, nur die üblichen blutbespritzten Fleischergesellen.

»Das ist alles«, sagte er. »Isunza hat in Sevilla die Rufo-Kinder entführt und sie erst wieder herausgegeben, als Juan Rufo die Identität jenes Mädchens preisgegeben hat, das sich damals weigerte, sich vom Kronprinzen des ersten Reiches, in dem die Sonne niemals untergeht, entweder in der Nacht des 19. April 1562 oder in einer Nacht im Oktober 1564 verführen zu lassen.«

»Es war im Oktober '64«, sagte Andrea. »Am zwölften, um genau zu sein.«

»Ich hab's gewußt!« sagte Luis Schwarzsklave. »Oktober '64. Aber versucht denen mal was zu sagen, selbst wenn sie einen foltern!« Seine Augen wanderten im Wohnzimmer umher. »Ja, wie viele Exemplare von einem Buch«, sagte er. »Zum Kodieren oder was?«

Andrea, Constanza, Catalina, Magdalena und Juana die Witwe Laínez-Hondaro begannen alle gleichzeitig, es zu erklären. Schwarzsklave, der nicht an ein Haus voller Frauen gewöhnt war, wartete, bis sie verstummten, ehe er sagte: »Er kann nicht weit hinter mir sein. Er könnte mir sogar voraus sein. Ich will Sie zwar nicht beunruhigen, Doña Andrea, aber er ist die schlimmste Sorte Totschläger. Wir haben ihn jetzt sogar im Verdacht, Don Juan d'Austria und den Herzog von Parma ermordet zu haben.« Er erwähnte nicht, wer »wir« waren, noch warum sie ihn in Verdacht hatten, und niemand fragte danach. »Daher müssen wir Sie verstekken, bis dieser Sturm vorüber ist.«

»Aber wie kannst du erwarten, daß der Sturm vorübergeht, wenn er ein mordlustiger Verrückter ist, der mich seit dreiundvierzig – nein, einundvierzig – Jahren aufzuspüren versucht?«

»Ich erwarte, daß er vorübergeht«, sagte Luis Schwarzsklave mit seiner üblichen Kaltblütigkeit, »wenn ich ihn finde, ehe er Sie findet.«
»Wo kannst du mich verstecken?« fragte Andrea.
»Ach, es gibt da einen jetzt etwas heruntergekommenen Ort in den zerklüfteten Bergen östlich von Arcos de la Frontera, dem es nicht schaden würde, wenn mal eine Frau hinkommen würde«, sagte Luis Schwarzsklave und bleckte einen Mundvoll Zähne.
Aber es stand nicht geschrieben, daß Andrea dorthin gehen sollte, denn genau in diesem Augenblick flog die Tür auf; das Schloß zeigte sich dem schweren Stiefel von Gaspar de Ezpeletas Pagen nicht gewachsen, der neunzehn Jahre alt, sechs Fuß sechs Zoll groß und fast so breit war: ein gewisser Paco Camporredondo.
»Kein Grund zur Beunruhigung, Leute, das ist eine Amtshandlung, eine Routineangelegenheit«, verkündete Camporredondo mit einer dröhnenden Stimme, die alle außer Luis Schwarzsklave beunruhigte, und wies eine Karte vor, die nicht mit den üblichen drei Schlüsseln des Königlichen Schatzamtes abgestempelt war (er wurde damals wie der Rest von Philipps III. des Unrühmlichen Regierung vom Herzog von Lerma geleitet), sondern mit vieren, wobei der vierte in einer Ecke versteckt war, so daß man ihn leicht mit dem Daumen verdecken konnte. Doch diesmal nicht.
»Das Vierschlüsselamt«, sagte Luis Schwarzsklave, dessen übliche Kaltblütigkeit trotz der zertrümmerten Tür unerschüttert war.
Gaspar de Ezpeleta humpelte herein, das Knie entlastend, das er sich verrenkt hatte, als er El Invincible verfehlte, und blickte seinen Pagen Camporredondo scharf an (vielleicht weil er die Tür eingetreten hatte), während Schwarzsklave den Frauen erklärte, daß der vierte Schlüssel im Namen des Amtes eine Anspielung auf den volkstümlichen Namen für das Königliche Schatzamt sei, die Truhe mit drei Schlüsseln (welchselbige, unter welchem Namen auch immer, mit einem kolossalen Defizit zu kämpfen hatte). Wie Camporredondo dröhnend verkündet hatte, gab es für niemanden Grund zur Aufregung, da das Vierschlüsselamt sich um finanzielle Mißwirtschaft, Unterschlagung und ähnliche Methoden der spanischen Bürokratie kümmerte.

Als Gaspar de Ezpeleta die vielen Exemplare des *Don Quijote* sah, die in dem Zimmer verstreut lagen, fragte er: »Ist das nicht übertrieben? Dreißig Exemplare desselben Buches – selbst wenn es *Der sinnreiche Junker von der Mancha* ist?«
»Das kann ich erklären«, erboten sich alle Frauen des Haushalts gleichzeitig, während Ezpeletas Page Camporredondo dröhnte: »Wenn wir beschließen, diese Bücher mit allem übrigen, was hier wirklich etwas wert ist, zu beschlagnahmen – nicht, daß ich dergleichen sehen würde –, dann werdet ihr es alle als erste erfahren.«
»Camporredondo, wie oft muß ich dir noch sagen, daß es eine gewisse Reihenfolge gibt, in der man die Dinge am besten erledigt?« erwiderte Gaspar de Ezpeleta unwirsch, und sein Page trat schmollend auf den Treppenabsatz hinaus, wo eine Frau namens Carmen Ceballos wartete.
»Wie Sie wissen« – mit Ausnahme von Schwarzsklave taten sie dies nicht –, »ist es die Aufgabe des Vierschlüsselamts, im Namen des Königlichen Schatzamts Regierungsgelder zurückzufordern, die unrechtmäßig verbraucht worden sind. Während Fälle von Veruntreuung von Zeit zu Zeit auftreten, beruht unser eigentliches Einkommen auf Formsachen, wie bei allen Bürokraten seit der Tschou-Dynastie in China. Also dann. Wer von euch guten Frauen ist Doña Andrea de Cervantes Saavedra de Ambrosio?«
»Ich«, sagte Andrea schlicht.
»Sie wurden im Jahre 1544 im Dorfe Barajas getauft?«
»Ja.«
»Als das angenommene Kind des Rodrigo Cervantes Saavedra, Bader und Wundarzt, ohne festen Aufenthalt, und seiner Frau Leonor Cortinas?«
»Ja.«
»Und es wurde besagten Adoptiveltern eine bestimmte Summe gezahlt, damit sie Ihnen ihre Pflege angedeihen ließen, wobei vereinbart war, daß Sie, sobald sie alt genug sein würden, den Schleier nehmen sollten?«
»Ja.«
»Und dennoch«, sagte Gaspar de Ezpeleta, »haben wir kein Zeugnis davon, daß Sie den Schleier genommen haben, was Sie tatsächlich auch *nicht* haben.«

»Oder etwa doch?« dröhnte Camporredondo vom Treppenabsatz her.

»Sei still, Camporredondo, das mache ich. Daher sind Ihre Eltern –«

»Meine Eltern hatten durchaus die Absicht, der Vereinbarung Genüge zu tun, Señor«, sagte Andrea. »Sie zahlten den Karmeliterinnen sogar meine Mitgift. Aber ich bin davongelaufen.«

»Aha«, machte Gaspar de Ezpeleta und humpelte zum Fenster und wieder zurück. »Dann ist es meine Pflicht, die Rückgabe der für Ihre Erziehung gezahlten Summe zu verlangen – mit jährlichen Zinsen zweitausendzweihundert Golddukaten.«

(Das war, so wird der sorgsame Leser bemerken, genau die Summe, für die meine Schwester einst Nicolás de Ovando belangt hatte. Wenn er es bemerkt hat, sollte der Leser es als einen jener Zufälle abtun, an denen das Leben so überreich ist.)

Alle Frauen meiner Familie außer Andrea begannen auf einmal zu reden, und die Witwe Laínez-Hondaro stimmte mit ein. Als sie schließlich verstummten, sagte Andrea mit einem Hochmut, den Luis Schwarzsklave fälschlich für Kaltblütigkeit hielt: »Wenn eine solche Schuldigkeit besteht, Señor, dann wird mein Gatte Santi Ambrosio, der Florentiner mit den guten Verbindungen, sie bei seiner Rückkehr begleichen.«

Trotz der blauen Flecken und Prellungen in seinem Gesicht sah Gaspar de Ezpeleta plötzlich sehr glücklich aus. Die Fälle verliefen normalerweise nicht so glatt. Er sagte: »Dann bleibt nur noch Ihre Identität zu bestätigen, Señora.« Und er rief die Frau Carmen Ceballos vom Treppenabsatz herein. Klein und gedrungen, war sie in etwa gebaut wie der Bandit Lombrizcacha; ihr bäurisches Äußeres wurde durch die rosagefärbte Straußenfeder, die auf ihrem grünen Barett wippte, etwas gemildert.

»Das in Frage stehende Kind«, sprudelte sie los, »das Kind eines einzigartig hervorragenden, des am einzigartigsten hervorragenden Mannes seiner Zeit – mehr werde ich nicht sagen –, hatte bekanntermaßen... Aber kommen Sie mit mir nach drinnen, meine Liebe.«

Neugierig zog sich Andrea mit Carmen Ceballos in eines der Schlafzimmer zurück.

Sie kamen im Nu wieder heraus. Carmen Ceballos stand die Überraschung ins Gesicht geschrieben. Andrea auch.
»Sie hat es nicht«, sagte Carmen Ceballos, wobei ihre rosafarbene Straußenfeder heftig schaukelte.
»Sie hat das Muttermal an der rechten Hüfte in Form eines Habsburger Adlers nicht?« fragte Gaspar de Ezpeleta.
»Keine Spur davon«, entgegnete Carmen Ceballos.
»Wer ist diese Frau dann?« fragte Ezpeleta.
Doch weder Carmen Ceballos noch sonst jemand wußte es.
Ein besorgtes Stirnrunzeln teilte den Schorf über Gaspar de Ezpeletas rechter Augenbraue, und er tupfte das hervorsickernde Blut zerstreut mit einem Taschentuch ab, in dessen eine Ecke unauffällig ein vierter Schlüssel gestickt war.
»Ich fürchte sehr«, sagte er, »daß wir Sie zum weiteren Verhör werden mitnehmen müssen, Señora.«
»Eine reine Routineangelegenheit«, dröhnte Camporredondo vom Treppenabsatz her.
Andrea schaute Luis Schwarzsklave an, der nickte. Er dachte, daß eine vorübergehende Haft im gut bewachten Hauptquartier des Vierschlüsselamtes im Ostflügel des Palastes, alles in allem, vielleicht keine schlechte Idee sei.

Eine Weile vorher lagen irgendwo an einer der verwinkelten Gassen zwischen der Hohen Schule des heiligen Gregor und dem Fluß Micaela und ich im Obergeschoß eines Hauses, dessen Steinfassade ebenso gestaltet war wie die Hohe Schule selbst (eine Fülle nackter Wilder aus der Neuen Welt, die zwischen verschlungenem Dornengestrüpp versteckt waren – ein Werk des produktiven Gil de Siloé oder eines seiner vielen Schüler), auf einem gewaltigen Baldachinbett, nackt wie die steinernen Wilden, unsere Glieder verschlungen wie das Dornengestrüpp, ein lebendes Abbild all der isabellinischen Architektur draußen.
Ich fuhr sanft ihre klassische kallipygische Kurve entlang. Ihre dunklen Locken waren zerzaust. Ihre verwirrenden bernsteinfarbenen Augen sahen mich mit gelassener Geilheit an, eine ungewöhnliche Kombination. Sie sagte: »Kennst du noch mehr Stellungen?«

»Nicht gleich. Ich bin nicht mehr so jung, wie ich einmal war.«
»Als du jünger warst, haben wir das nicht gemacht. Nicht miteinander. Und das war nicht meine Schuld. Also haben wir viel nachzuholen.«
Hörte ich aus ihrer Stimme Groll heraus? Macht nichts. Unsere Münder begegneten sich, und wir fanden eine neue Stellung, diesmal ihre Idee.
Daher – kann man so blöd sein? – fragte ich nachher: »Wo hast du das gelernt?«
Sie setzte sich auf und wandte mir den Rücken zu. Einen wohlgeformten Rücken. »In Scadbury House, Chistlehurst, Kent. Bei Geländeübungen vervollkommnet.« Ganz kühl sagte sie das. »Viele Geländeübungen. Sobald ich einmal über ein gewisses... Kindheitstrauma hinweggekommen war, wurde ich sehr gut in dem, was ich zu tun hatte.«
Ich berührte ihren Arm. Sie machte sich los.
»Micaela, hör mich an, ich –«
»Keine Bange, ich verschwinde morgen früh«, sagte sie. »Gleich. Das war nur einer jener verstohlenen Augenblicke, von denen sie uns auf dem Stützpunkt Iberia erzählt haben.«
»Du verschwindest? Aber wir –«
»Ich habe dir gesagt, ich bin auf der Flucht. Und baue dabei Stützpunkte der Namenlosen wieder auf. Venedig, Ragusa, einen Ort namens Vaduz. Konstantinopel, Trapezunt. Da und dort. Ich werde da und dort sein. Falls du mich je suchen solltest. Zu einem weiteren verstohlenen Augenblick.«
»Micaela, hör auf!«
»Warum sollte ich aufhören? Es gefällt mir.« Denn wir hatten eine neue Stellung gefunden.
»Ich will sagen, Micaela, ich weiß, daß ich für dich zu alt bin, aber –«
»Und nach Trapezunt – einem unbestätigten Gerücht nach kann man den Priester Johannes selbst irgendwo dort antreffen, vielleicht in Nordindien. Hast du gewußt, daß er ein direkter Nachfahre des Paladins Holgers des Dänen ist?«
»Mein Verleger und ich haben heute über den Kaiser von Trapezunt und den Priester Johannes gesprochen. Ein Zufall? Oder –«

»In diesem Leben gibt es keine Zufälle«, sagte Micaela, als wir unsere Stellung beendeten.
»Aber der Priester Johannes hat im 12. Jahrhundert gelebt«, sagte ich und half ihr, ihr rechtes Bein von meiner rechten Schulter zu bekommen.
»Laut Doktor Dee liegen die Jahrhunderte näher beieinander, als die Leute meinen. Hast du gesagt, du bist zu alt für mich? Du bist der jüngste Fünfzigjährige, den ich je kennengelernt habe. Oder mit dem ich je Stellungen ausprobiert habe.«
Ich ließ sie über mein wahres Alter im ungewissen.
»... mit siebzig Königen als Vasallen in einem Land namens Teneduc, das ich zu finden hoffe«, hörte ich sie als nächstes sagen.
Geplauder, wenn auch mythisches. Um die Erörterung dessen, was, wie wir beide wußten, nie sein konnte, zu vermeiden.
Doch schließlich sagte Micaela, die sich ein letztes Mal um sich selbst drehte, während sie von mir stieg: »Es ist spät. Ich nehme an, du mußt bald gehen. Du bist immer noch verheiratet, oder?«
»Eigentlich nicht. Ich will sagen, ja und nein. Sie hat ihre Tiere.« Eilends setzte ich hinzu: »Das ist nicht so gemeint, wie es klingt. Hat Juan D. es dir nie erzählt?«
»Was erzählt?«
»Catalina hat Gelübde abgelegt. Keuschheit. Der Dritte Orden des heiligen Franziskus. Wenn ich sie fragen würde, würde sie mich ziehen lassen.«
»Was sagst du da?«
»Eine Frau, die allein auf der Flucht ist«, antwortete ich, »hat keine große Chance.«
»Ich brauche dein Mitgefühl nicht.«
Sie stand auf. Ging zum Fenster. Wandte nicht den Trick mit dem Vorhang an. Stand bloß da, nachdenklich und nackt, starrte über die spitzen Dächer von Valladolid.
»Sie ist wahrscheinlich eine nette Person.«
»Wer?«
»Deine Frau, auch wenn sie eigentlich nicht mehr deine Frau ist.«
»Catalina und ich haben in den zwanzig Jahren unserer Ehe alles in allem vielleicht vier Jahre unter demselben Dach gewohnt. Wenn ich mit dir ginge, würde das ihr Leben kaum verändern.«

Micaela stand schweigend da und beobachtete, wie Schwalben- oder Mauerseglerstaffeln vor einem blutroten Sonnenuntergang aufstiegen. Ich stellte mich hinter sie. Blies ihr in den Nacken. Fuhr mit einem Finger die winzigen Knochenknubbel ihrer Wirbelsäule hinab. Keine Reaktion.

In ihrer Phantasie, dachte ich, war sie bereits auf dem Weg, wohin auch immer. Trapezunt, Teneduc. Hatte ich sie verloren? Aus Teneduc gab es vermutlich keine Rückkehr, wo auch immer Teneduc lag.

Sie sagte: »Ein paar verstohlene Augenblicke, und man glaubt, alles ist anders. Ich weiß, daß nichts anders ist. Was erwartest du von mir, das ich tun soll, wenn du alle fünf oder zehn Jahre wieder in meinem Leben auftauchst, stets im ungünstigsten Augenblick? Soll ich dir sagen, daß ich dich immer geliebt habe, seit ich vierzehn war, und daß ich nie damit aufgehört habe, nur weil es zufällig ... zufällig ... die Wahrheit ist?«

Ich hielt den Atem an.

Nachdenklich und nackt beobachtete sie jene aufsteigenden Schwalben oder Mauersegler und sagte: »Vertraue niemandem in diesem Leben.«

»Vertraue mir. Du kannst mir vertrauen.«

Ein wildes Flüstern: »Glaubst du, das will ich nicht?«

»Micaela, ich werde nicht jünger. Ich will wieder unterwegs sein, und die Orte, die du genannt hast, liegen am Wegrand. Außerdem liebe ich dich.«

Weniger wild, mehr flüsternd: »Es sind Vorkehrungen getroffen, daß ich morgen beim ersten Tageslicht abreise. Du wirst deine Sachen holen, Adieu sagen müssen.«

Mein Herz klopfte mir bis zum Hals.

»Beim ersten Tageslicht«, sagte ich. »Ich werde dasein. Nichts kann mich abhalten.«

»Natürlich«, sagte sie. »Natürlich wirst du dasein. Was für ein schöner Traum.« Ohne sich vom Fenster abzuwenden.

Das letzte Mal, daß ich sie sah, zeichnete sich ihre Silhouette vor dem blutroten Sonnenuntergang ab. Die Schwalben oder Mauersegler flogen geschwind noch einmal vorbei. Wir sagten nicht auf Wiedersehen.

Isabel stieg von ihrem Sitz an der Theke herunter und zeigte dabei ein paar Zoll Oberschenkel. Blutbespritzte Fleischergesellen schauten sie hungrig an. Der Mann in dem schwarzen Fledermausflügelumhang zog sich wieder die Handschule an; er strich das Leder über jedem kleinen, gepflegten, rosigen Finger einzeln glatt.
»Wer ist diese... andere offizielle Person?« fragte er.
»Es sind drei«, sagte Isabel. »Ich weiß nicht, wer sie sind.«
»Und sie sind bei dieser Cervantes?«
»Sie ist meine Tante«, meinte Isabel. »Sozusagen.«
»Und wo kann ich sie finden?«
Isabel hielt geschäftsmäßig die Hand auf, und Pedro de Isunza drehte eine Schnürbörse um, so daß Kupfermünzen herausregneten, von denen Isabel die meisten auffing. Das zweite Mal heute; dieser Camporredondo war nett gewesen. Sie wünschte sich, die liebe alte Tante Andrea hätte öfter solchen Besuch.
»Kommen Sie«, sagte sie, und sie gingen hinaus in den blutroten Sonnenuntergang.
Wie Isabel später vor dem Richter Cristóbal Villaroël – einer Kreatur des Herzogs von Lerma, doch welcher Richter in Valladolid war das nicht? – aussagen sollte, hatte sie den Mann mit dem Fledermausflügelumhang gerade nach draußen geführt, als sie ihre Tante Andrea mit einem älteren, vornehmen Neger an ihrer Seite die Treppe herunterkommen sah, hinter ihnen dieser nette Camporredondo, sein hinkender Boß und die bäurische Frau mit der Straußenfeder.
»Das sind sie«, sagte sie, und ohne die geringste Pause...
Doch hier ist eine Pause erforderlich.
Schreibe über das, was du kennst. Tut das je einer? Kann man das eigentlich?
Sagen etwa Zeugen über das aus, was sie wissen? Zeugen sind notorisch unzuverlässig. Sie trug ihr silbernes Haar zu einem Kranz im Nacken zusammengesteckt; ihr mausbraunes Haar war zu einem Knoten am Hinterkopf geformt. Sie sah bäurisch aus; sie war mit einem modischen grünen Barett samt Straußenfeder bekleidet; samt Adlerfeder. Was machen Richter aus alledem? Sollten wir etwa so unbedarft sein zu erwarten, der Richter Villaroël würde einen

Bericht für den Herzog von Lerma auf Grundlage der unzuverlässigen Zeugenaussagen schreiben, die alles waren, was Villaroël wußte? Oder würde Villaroëls Bericht nicht vielmehr das enthalten, was seiner Meinung nach der Herzog von Lerma gerne hören wollte? Und welche Randnotizen würde Lerma machen, bevor er den Bericht an Schreiber weitergeben würde, die das Dokument aufsetzen sollten, welches seither in den Archiven der Königlichen Akademie für Geschichte ruht? Sicher nicht, was er wußte, sondern was er die Welt über den Hergang glauben machen wollte. Und was würden die Schreiber, wenn sie diese Notizen lasen, schreiben? Sicher nicht, was *sie* wußten, was sowieso bestenfalls aus dritter Hand stammte. Nein, je mehr man jemandem gegenüber verantwortlich ist, einschließlich seiner selbst, ganz zu schweigen von der höheren Verantwortung gegenüber der Idee der Wahrheit, um so weniger kann man über das schreiben, was man weiß. Wie Lerma kann man nur über das schreiben, von dem die Welt, sobald man es geschrieben hat, glaubt, daß man es weiß, was Ähnlichkeit mit dem, was man weiß, haben kann oder nicht, falls man überhaupt etwas weiß.
Also wird der neugierige Leser in den Archiven der Königlichen Akademie für Geschichte eine Version dessen finden, was in den folgenden erschütternden Augenblicken geschah.
Ich biete ihm eine andere an, die den Tatsachen etwas näher kommt.

Ich überquerte den wackeligen Steg vom Schlachthof, als würde ich schweben. Zumindest hörte ich nicht das übliche Geklapper loser Bohlen unter mir, so leichtfüßig war mein Schritt.
Aber ich hörte das Waffengeklirr; und eine Stimme dröhnte: »Wache! Hol einer eine Wache!« Der Besitzer der Stimme, ein sechs Fuß sechs Zoll großer und fast ebenso breiter Mann, sprang auf den Steg und hätte vermutlich selbst eine Wache aufgetrieben, wäre der Steg nicht unter seinem Gewicht zusammengebrochen, gerade in dem Augenblick, als ich ihn verließ und (die untergehende Sonne im Rücken) ausgerechnet den ehemaligen Obereintreiber von Andalusien, Pedro de Isunza, mitsamt Fledermausflügelumhang

usw., am Fuße unseres Treppenhauses das Rapier mit einem viel jüngeren Mann kreuzen sah, der wie der verletzte adlige Stierkämpfer Gaspar de Ezpeleta aussah. Ich sah außerdem aus dem Fleischergesellenwirtshaus eine Menschenmenge strömen, von der jedoch, den Archiven nach zu urteilen, nie auch nur einer als Zeuge vor den Richter Cristóbal Villaroël geladen werden sollte.
Obschon Ezpeleta den Vorteil der Jugend für sich verbuchen konnte, ging er mit dem Rapier nicht geschickter um als mit der Stierkampflanze, und außerdem mußte er auf sein lädiertes Knie Rücksicht nehmen. So trieb Pedro de Isunza ihn mit Leichtigkeit zurück, bis der unglückliche Ezpeleta über einen Körper stolperte, der an einer Seite der Treppe lag und dem sich ein Stöhnen entrang, und durchbohrte Ezpeleta mit derselben Leichtigkeit zweimal – Stöße, die, wie der Wundarzt Sebastián Macías aussagte, tief in Ezpeletas linken Oberschenkel und seinen Unterleib eindrangen. Gaspar de Ezpeleta brach neben dem am Boden liegenden Körper von Luis Schwarzsklave zusammen, der ein paar Augenblicke zuvor in seiner Brust den Rapierstoß empfangen hatte, der für meine Schwester Andrea gedacht war, welche jetzt bei ihm kniete.
So sah es aus, als ich die Szene betrat, gerade noch rechtzeitig, um das Ezpeleta entglittene Rapier aufzuheben, herumzuwirbeln und dem ehemaligen Obereintreiber von Andalusien entgegenzutreten, der, laut Señor Zum, schon seit 1593 tot war.
Als ich Isunzas ersten Stoß parierte, wäre mir die ungewohnte Waffe beinahe aus der Hand geflogen. Das beunruhigte mich keineswegs. Wäre sie mir aus der Hand geflogen, hätte ich sie in der Luft wieder aufgefangen. Natürlich. Denn ich hatte in diesem Moment ein seltsames Gefühl der Unverwundbarkeit, wie einer, der Mambrins Helm trägt. Obwohl ich nicht mehr vom Rapierfechten wußte als vor all den vielen Jahren auf der Lügnerpromenade, spürte ich, daß jede meiner Bewegungen notwendigerweise richtig sein mußte. Wie hätte es anders sein können? Der Sonnenuntergang war tiefer rot, als ich ihn je erlebt hatte, die Luft klarer, ich konnte jede Bewegung von Isunzas geübter Hand unfehlbar vorhersagen. War dies vielleicht die Selbsttäuschung der vom Schicksal bestimmten Kreatur, die dem Tod ohne Schrecken gegenüber-

stand? Vielleicht, doch als Isunza auf einen Schlag mit der Rückhand auch noch einen Aufschwung folgen ließ, die mich beide hätten den Kopf kosten können, schien ich alle Zeit in der Welt zu haben, um mich zu ducken. Ich war sogar in der Lage, zu bemerken, daß das Zischen der Klinge des Verrückten über meinem Kopf dem Laut von Hassan Pascha Deys Rhinozerospeitsche nicht unähnlich war, als er sich selbst immer wieder um die Folterkammer jagte, nachdem Cide Hametes astrologischer Hokuspokus (war es das eigentlich?) mich vor meinem ersten schrecklichen Tod bewahrt hatte.

Isunza drängte nach vorne, ich wich zurück, es spielte alles keine Rolle mehr, ich war auf das, was er tat, vorbereitet, und bald würde ihn die Nutzlosigkeit seiner überlegenen Fertigkeiten außer Fassung bringen.

Jemand – ich glaube, Andrea – schrie auf.

Und der Zauber war gebrochen, der Sonnenuntergang war bloß ein Sonnenuntergang, die Luft war die Luft, Mabrins Helm, hätte ich ihn getragen, bloß eine Bartschüssel. Isunzas geschickt geführtes Rapier zwang mich zum Zurückweichen, bis ich, buchstäblich mit dem Rücken zur Wand, Camporredondo, vor Schlachthofabfällen triefend, aus dem Bach steigen sah und er mit seiner dröhnenden Stimme nach einer Wache rief. So, wie wir standen, konnte Isunza ihn nicht gesehen haben, aber er konnte ihn hören. Lenkte die dröhnende Stimme ihn ab? Mir fehlte sicher die Kunstfertigkeit für das, was folgte, obwohl ich, hätte Andrea nicht gekreischt, vielleicht in der Meinung, zu obsiegen, in den Tod gegangen wäre – nicht die schlechteste Art, zu sterben, wenn nur der Tod nicht länger als das Wunschdenken andauern würde. Wie die Dinge lagen, stieß ich mich mit dem, was einmal meine linke Hand gewesen war, von der Mauer ab, und Isunza wich einen Schritt zurück, die becherförmigen Handschutze unserer Rapiere klirrten, als sie bei nach oben gerichteten Spitzen aufeinanderkrachten, jene Augen, die so lange von meiner Schwester Andrea besessen gewesen waren, traten, nur ein paar Zoll von meinen entfernt, aus den Höhlen, bis er einen zweiten Schritt zurückwich. Im selben Moment rief Camporredondos dröhnende Stimme ein zweites Mal nach einer Wache. (Sie sind

nie da, wenn man sie braucht, stimmt's? Camporredondo war jung. Er würde es noch lernen.)
Als endlich zwei Wachen kamen – laut Archiv die Wachen García und Vicente –, lag Pedro de Isunza tot auf dem Rücken, niedergestreckt von einem Stoß, den ihm versetzt zu haben ich mich nicht erinnern konnte (mein Rapier war jedoch bis zum Heft blutig), und ich kniete neben dem sterbenden Luis Schwarzsklave, der mit seinem Mund voller Goldzähne zu mir hoch lächelte.
»Als die Zeit für meinen Papá gekommen war«, sagte er, »hat die ganze Neue Welt von der Baffin-Insel bis Ushuaia ein Jahr lang getrauert, aber ich möchte ein einfaches Begräbnis, kein Brimborium, ja?«
(Schwarzsklaves und Isunzas Leichen wurden schließlich später in jener mondlosen Nacht zu einem unbekannten Ort weggekarrt, so daß sein Wunsch in Erfüllung ging. Gaspar de Ezpeleta konnte man nicht so sauber unter den Teppich der Geschichte kehren. Es dauerte dreißig Stunden, bis er starb – auf der dünnen Matratze, auf der unter normalen Umständen Magdalena den gerechten Schlaf der Laienschwester Magdalena de Jesús schlief. Der Wundarzt Sebastián Macías besuchte ihn dreimal, ein Priester spendete ihm das letzte Sakrament, der junge Camporredondo wich nicht von der Stelle, genausowenig die bäurisch-modische Carmen Ceballos, und wir verfügen sogar über das Testament des unglücklichen Ezpeleta, das er dem Wundarzt Macías diktierte, welcher es dann als Zeuge unterzeichnete. In Anbetracht dessen mußten die Archive Ezpeletas Tod durch Gewalteinwirkung verzeichnen. Nur sein Beruf und die Identität seines Mörders wurden in dem Bericht verschwiegen.)
Schwarzsklaves goldenes Gebiß war jetzt rotgesprenkelt.
»Sieht so aus ...« sagte er.
Weniger Gold, mehr Rot.
»... als würd ich ...«
Nur Rot.
»... euch, Cervantes ... mehr schulden, als ich gedacht habe.«
Gerade als er seinen letzten Atemzug tat, erschien der Richter Villaroël. Entschlossener als die beiden Wachen García und Vicente, die dastanden und die grausige Szenerie betrachteten – zwei

Tote, ein dritter tödlich Verwundeter –, sah Villaroël mich, der ich noch immer das blutige Rapier umklammert hielt, und sagte: »Verhaftet diesen Mann.«

Hier folgt, was der neugierige Leser in den Archiven finden wird:

– Daß am Montag, dem 27. Juni 1605, kurz vor elf Uhr abends ein adliger Stierkämpfer und Lebemann, der als Gaspar de Ezpeleta identifiziert wurde, von einem oder mehreren unbekannten Angreifern vor der Tür der Schlachthofstraße 1a – der späteren Flohmarktstraße – tödlich verletzt wurde.

(Kurz vor elf Uhr abends. Wie schlau. Die Sonne ging an jenem Abend um neun Uhr sieben unter. Warum die Uhrzeit verschieben? Es war eine mondlose Nacht. Gegen elf Uhr mußte es stockdunkel gewesen sein. Die Aussage von Zeugen, soweit vorhanden, die einen wohlhabend aussehenden, älteren Neger kaltblütig sterben sahen, sowie einen schwarzgekleideten Mann in einem Fledermausflügelumhang, der mit dem Ausdruck einer unerbittlichen Wahnvorstellung, möglicherweise sexueller Natur, in den Augen verschied, konnte unter den Tisch fallen. Ebenso machten es die späte Stunde und die Dunkelheit leicht möglich, zu leugnen, daß *eine bestimmte Person* sich in jener Nacht auch nur in der Nähe der Schlachthofstraße befand.)

– Daß von dem Opfer das Gerücht ging, es habe eine Geliebte gehabt, eine verheiratete Frau, die in der Nähe – aber nicht in allzu großer Nähe – des Hauses Schlachthofstraße 1a gewohnt habe und daß diese entweder einen Namen wie Hernández oder Fernández oder Galván oder irgendeinen anderen, nicht ganz leserlichen Namen führte.
– Daß gewissenhaft alle Bewohner des Hauses Schlachthofstraße 1a angehört worden waren, das heißt Don Miguel de Cervantes, Doña Catalina de Palacios de Cervantes, Doña Magdalena Pimentel de Sotomayor alias Cervantes und ihre Zofe Isabel Saavedra *(sic!)*, Doña Constanza de Figueroa und Doña Juana, Witwe Laínez-Hondaro.

(Nicht gehört wurde Doña Andrea de Cervantes Saavedra de Ambrosio, noch wird sie in den Archiven als unter dieser Adresse wohnhaft geführt.)

- Daß Gaspar de Ezpeleta kurz vor seinem Tod der Frau, die ihn in den letzten Stunden seines Lebens pflegte, Doña Magdalena Pimentel de Sotomayor, einer Laienschwester zwischen fünfzig und sechzig, ein Seidenkleid vermachte. Da sie keine Verwendung für ein solches Kleid hatte, wurde angenommen, daß es vermutlich für die zwanzigjährige Zofe der Pimentel de Sotomayor, Isabel Saavedra *(sic!)*, bestimmt war.
- Daß die Untersuchung fortgeführt werden würde. (Das wurde sie nicht.)

Villaroël vernahm mich bis weit nach Mitternacht. Er könne, so sagte er, nichts von meiner Geschichte glauben.
»Aber ich habe doch zugegeben, daß ich Isunza umgebracht habe«, sagte ich.
»Aber in den Archiven steht, daß Isunza im Februar 1593 eines natürlichen Todes starb, also konnten Sie ihn heute nacht gar nicht umbringen.«
(Man beachte, wie eilends die Geschichte rückwirkend umgeschrieben werden kann; Señor Zum hatte mir schon Ende der neunziger Jahre mitgeteilt, daß Pedro de Isunza 1593 gestorben war, obwohl dieses Datum, ein ziemlich willkürliches, erst in den Stunden vor dem Morgengrauen des 28. Juni 1605 ausgedacht wurde.)
»Isunza hat Luis Schwarzsklave umgebracht, der meine Schwester Andrea beschützt hat«, versuchte ich es.
»Ihre Schwester kann unmöglich hier in Valladolid des Schutzes bedurft haben, weil sie in diesem Augenblick mit ihrem Gatten Signor Santi Ambrosio, dem Florentiner mit den guten Beziehungen, in Livorno lebt.«
»Aber ich habe sie gerade eben noch gesehen.«
»Ihre Einbildungen, mein lieber Don Miguel, brauchen wir nicht in den Bericht aufzunehmen.«
»Ich sage Ihnen doch, ich habe Isunza umgebracht!«
Da tauchte Señor Zum auf, und Villaroël ließ uns allein.
»Isunza starb im Februar 1593«, sagte Zum.

»Sagen Sie mir doch gleich, daß auch Luis Schwarzsklave im Februar 1593 starb!« schrie ich.
»Im Interesse der Anonymität des Namenlosen Dienstes hat jede Erwähnung Luis Schwarzsklaves im Zusammenhang mit den unglückseligen Ereignissen dieser Nacht zu unterbleiben.«
»Was ist hier wirklich los?«
»Was hier wirklich los ist, ist, daß, wenn Sie nicht mittun, der Richter Cristóbal Villaroël verspricht, alles in seiner Macht Stehende zu tun, um den Ruf Ihrer Tochter Isabel zu beschmutzen, der, darauf brauche ich wohl kaum hinzuweisen, bereits so beschmutzbar ist, wie es, sagen wir, meine Nase einmal war.«
»Aber warum?«
»Um Sie darin zu bestärken, daß Sie... einige Einzelheiten der Geschehnisse vergessen.«
»Ich will wissen, *warum*.«
»Sie haben anscheinend gedacht, daß Ihre Schwester irgendwie von... hohem Stand sei, aber jetzt wissen sie nicht, was sie denken sollen. Das werden sie wahrscheinlich nie. Hören Sie auf mich, Don Miguel. Villaroël ist ein ehrgeiziger Mensch, und er hat seine Befehle. Wenn Sie nicht zustimmen, daß Sie Isunza nicht umgebracht haben, damit Andrea aus der Sache herausgehalten werden kann, werden Sie den Rest Ihres Lebens im Gefängnis darben.«
Spielte es wirklich eine Rolle, eine Rolle für mich, ob die Geschichte mich als den Mann verzeichnen würde, der Pedro de Isunza tötete – welcher zwölf Jahre bevor ich ihn tötete, aus natürlichen Ursachen starb?
Erst über eine Stunde nach Zums Weggang kam Villaroël zurück.
Es sind Vorkehrungen getroffen, daß ich morgen beim ersten Tageslicht abreise.
Ich werde dasein. Nichts kann mich abhalten.
Natürlich. Natürlich wirst du dasein. Was für ein schöner Traum.
Villaroël trat ein. »Wenn Sie Zum haben, werden Sie, nehme ich an, nicht lange bei uns sein.«
»Ich habe ihn nicht umgebracht.«
»Aha«, sagte Villaroël.
»Ich schwöre, daß ich ihn nicht umgebracht habe. Jetzt sofort.«

»Sie sind vernünftig. Man wird eine Aussage zur Unterzeichnung vorbereiten.«
»Ich kann sie schreiben. Ich bin Schriftsteller.«
»Wir müssen uns an die Vorschriften halten. Man wird eine Aussage vorbereiten.«
»Wann?«
»Morgen. Wenn die Aussagenvorbereiter wieder im Dienst sind.«
»Ich kann nicht bis morgen warten.«
»Früher geht es nicht.«
»Dann muß ich eine Nachricht zu einem Haus in dem Viertel zwischen der Hohen Schule des heiligen Gregor und dem Fluß schicken.«
»Das ist kein Problem, da Sie ja niemanden umgebracht haben. Wie lautet die Adresse?«
»Ich weiß es nicht.«
»Können Sie den Ort beschreiben?« Das muß ich Villaroël zugestehen: Er schien mir wirklich helfen zu wollen.
»Steinfassade. Kompliziertes Relief. Nackte Wilde, die sich zwischen Dornengestrüpp verstecken.«
»Die Beschreibung paßt praktisch auf alle Gebäude des Viertels. Wissen Sie keine näheren Merkmale?«
Die wußte ich nicht. »Wenn Sie mich dorthin bringen, kann ich es finden.«
»Dem, was man für jemanden, der wegen Mordverdachts festgehalten wird, tun kann, sind Grenzen gesetzt.«
»Aber ich kann ihn nicht umgebracht haben, wenn er vor zwölf Jahren gestorben ist. Ich habe mein Geständnis widerrufen.«
»Sie *werden* Ihr Geständnis widerrufen haben, wenn Ihre Aussage vorbereitet ist.«
»Aber es geht um Leben und Tod.«
Er sagte, er tue ihm leid, aber Vorschriften seien Vorschriften.

Schreibe über das, was du weißt...
Und was wußte ich?
Ich wußte, daß dies die längste Nacht meines Lebens war, und dennoch zog im Nu, in der Dauer eines Pulsschlags, die Morgen-

dämmerung am östlichen Himmel vor meinem Zellenfenster auf. Ich wußte, daß sie nicht warten würde. Beim ersten Tageslicht, hatte sie gesagt. Beim ersten Tageslicht, meinte sie auch.
Heißt über das schreiben, was kann kennt, auch über das schreiben, was man nicht haben kann? Das wäre trefflich, der Stoff für gute Romane, gute Schauspiele. Die Dichtkunst an dem ihr zustehenden Platz, hoch über der Geschichte. Cide Hamete sagte mir einmal, daß mehr als nur ein Kritiker den *Don Quijote* als den ersten existentialistischen Roman bezeichnen würde, was immer existentialistisch heißt, weil der Ritter von der traurigen Gestalt sich aus seinen eigenen Trugbildern geschaffen habe (wie Gott ihn hätte schaffen können, wäre die Welt absurd). Und nachdem er sich einmal selbst geschaffen habe, versuche Don Quijote seine Trugbilder der wirklichen (oder absurden) Welt aufzuzwingen, ein Versuch, der zum Scheitern verurteilt sei. Doch wird die Welt, wenn er diesen Versuch aufgibt, auf irgendeine Weise wirklicher (oder weniger absurd)? In einer absurden wirklichen Welt bohrte ich, entweder ein paar Augenblicke nach neun oder ein paar Augenblicke vor elf Uhr am Abend des 27. Juni, Ezpeletas Rapier bis zum Heft in Pedro de Isunzas Körper, auch wenn die Geschichte sagt, daß er ein Dutzend Jahre früher starb. Was davon weiß ich? Und was davon ist wahr? Gibt es einen Punkt, an dem sich, was ich weiß und was wahr ist, überschneidet, oder glaube ich bloß, daß es einen geben sollte? Schreibe über das, was du nicht haben kannst.
Ich wäre mit ihr auf die Suche nach Teneduc gegangen, wenn es ein Teneduc gäbe, wenn nur.
Wenn ich nur das Leben meiner Schwester Andrea nicht gerettet hätte.
Die gar nicht meine Schwester war. Wenn sie es nicht doch war.
Die Nacht war lang. Die Morgendämmerung kam im Nu.
Sie steht am Fenster, nachdenklich und nackt, beobachtet die Schwalben- oder Mauerseglerstaffeln, die ebenfalls mit der Sonne aufgestanden sind und vor ihr aufsteigen. Sie fliegen eine Art Kreis zu einem entfernt stehenden Glockenturm und wieder zurück, kreischen schrill, glücklich. Sind Vögel, überlegt sie, fähig, Glück zu empfinden? Sie ist glücklich. Ein paar Augenblicke lang weiß sie,

daß ich kommen werde. Aber ich komme nicht. Die Sonne steht am Himmel, der rotgestreifte Himmel verblaßt ins Gelbliche, wird blau. Die Schwalben oder Mauersegler fliegen nicht mehr. Sie wendet sich vom Fenster ab; ihre verwirrenden bernsteinfarbenen Augen sind einen Moment lang nicht in der Lage, im gedämpften Licht des Zimmers zu sehen. Lächelt sie? Warum lächelt sie? Sieht sie ein Bild vor sich, wie es hätte sein können? Oder ist es etwa ein zynisches Lächeln – als sie durch mich diesen Morgen bestätigt bekommt, daß sie immer recht hatte? Vertraue niemandem in diesem Leben.

Ich werde dasein. Nichts kann mich aufhalten.

Es klopft zaghaft. Sie läuft los, doch als sie an der Tür ankommt, ruft eine Stimme, die sie als die von Effinghams Sekretär erkennt: »Sind sie wach, Mylady? Die Sonne steht am Himmel.«

Die Sonne steht am Himmel.

Sie öffnet die Tür gerade so weit, daß der Sekretär ihr ein Bündel hereinreichen kann. Sie kennt ihn, ein Junge mit einem freundlichen Lächeln und blondem Haar und einem bartlosen Gesicht, das rot wird, wenn sie mit ihm spricht. Er findet sie offensichtlich anziehend – dafür, daß sie eine ältere Frau ist. Was würde passieren, überlegt sie, wenn sie die Tür weiter aufmachen würde und ihn bei der Hand nehmen und ins Zimmer führen würde? Es gibt Dinge, die sie gelernt hat, die der Junge nie vergessen würde. Wäre das eine Art Unsterblichkeit, daß er die Dinge, die sie gelernt hat, nicht vergißt und an eine Frau weitergibt, die jünger als er selbst ist, die sie wiederum einem Mann beibringt, der jünger... Sie findet den Gedanken verführerisch. Und es würde mir recht geschehen, nicht wahr, wenn sie den Jungen mit in das Bett nehmen würde, in dem wir gestern ein paar verstohlene Augenblicke verbracht haben, sie und ich. Was sie, wie sie weiß, für mich waren und mehr nicht. Vertraue niemandem in diesem Leben. Aber würde es mir recht geschehen, wenn sie diesen Jungen nehmen und die Dinge mit ihm tun würde, die sie so gut (warum bescheiden sein? so sensationell) kann, und ich würde kommen, spät zwar, aber kommen, während sie sie taten? Außerdem, sie muß es zugeben: Wäre der Junge nicht bloß ein Zeichen für das, was sie von nun an zu leicht tun könnte,

mit jedem Mann, der ihr gerade gefiel (und nach einer Weile würden das zu viele sein, vertraue niemandem in diesem Leben, nicht einmal dir selbst)?
Sie dankt dem Jungen und schließt die Tür und packt das Bündel auf und legt das Wams und die Kniehosen an, die Venezianer genannt werden (sie wird zuerst nach Venedig gehen, um dem Stützpunkt der Namenlosen dort auf die Beine zu helfen), und Schuhe mit abgerundeten Spitzen und einen breitkrempigen Hut und einen löwenfarbenen Seidenumhang, und als sie mit dem Anziehen fertig ist, sieht sie wie ein Junge aus, kein bißchen älter als der Sekretär, der jetzt zu dem großen Haus am Fluß zurückgeht, wo Effingham untergebracht ist, und sich vielleicht fragt, wie es wohl gewesen wäre, wenn die schöne Dame, die ihn zum Erröten brachte, wenn sie nur mit ihm sprach, ihre Tür aufgemacht und ihn bei der Hand hineingeführt hätte und, im Falle daß noch Zweifel bestanden hätten, nicht einmal etwas angehabt hätte...
Eine halbe Stunde später reist sie ab. In ein paar Tagen wird sie in Barcelona sein, dann auf See. Und dann? Dann wird sie Teneduc allein finden, wenn es ein Teneduc gibt.

Ich unterzeichnete meine Aussage, ohne sie auch nur durchzulesen, und ging, sobald ich frei war, zu dem *barrio* zwischen der Hohen Schule des heiligen Gregor und dem Fluß. Ich dachte – aber wie konnte ich dessen gewiß sein? –, ich hätte das Haus gefunden, aber es war leer und sah so aus, als ob seit längerem niemand mehr darin gewesen sei. Schwalben oder Mauersegler nisteten unter den Gauben.
Im Januar darauf sagten die Stadtväter des sterbenden Madrid, sie würden König Philipp III. dem Unrühmlichen zweieinhalb Millionen Golddukaten zahlen, wenn er die Hauptstadt zurückverlegte. Für den Umzug wurden mehr als die dreihundert Karren gebraucht, die man gebraucht hatte, um den Hof in die umgekehrte Richtung zu verlegen. Ich weiß nicht, wo die Stadtväter von Madrid das Geld hernahmen, aber es wird nichts davon berichtet, daß König Philipp oder der Herzog von Lerma sich beklagten, also müssen sie es bekommen haben.

Catalina meinte, das habe sie gleich gesagt.
Als im Februar die meisten von Andreas und Constanzas wohlhabenden Kunden dem Hof folgten, kehrte auch die Familie nach Madrid zurück. Constanza überließ die Schneiderei ihrer Mutter und erfand eine erfolgreiche Serie kleiner, juwelenbesetzter Parfümbehälter, die als Duftkugeln bekannt sind und die modebewußte Damen an ihren Gürteln hängen hatten. Duftkugeln rochen nicht nur gut – halb vergessene orientalische Düfte wie Moschusrosentau waren nicht selten –, sondern man glaubte auch, daß sie vor Ansteckungen schützten. Manche sagten sogar, sie hielten das Unglück fern.

Siebenunddreißigstes Kapitel
Tausend Meilen von überall

Einige Zeit nachdem die Familie sich in der Löwenstraße in der Nähe des Prinzentheaters in Madrid niedergelassen hatte, beauftragte meine Nichte Constanza zu meinem Geburtstag einen Maler damit, ein Porträt von mir anzufertigen.

»Was soll denn irgendeiner mit einem Porträt von mir anfangen?« wandte ich ein.

Aber es war ein Geschenk, ich konnte mich nicht zieren, und so richtete sich der Maler Juan Jáuregui in meinem Arbeitszimmer ein, um Skizzen und Studien zu machen – zu einer Zeit, da es mich nach Einsamkeit verlangte: Der zweite Teil des *Don Quijote* begann langsam Gestalt anzunehmen.

Jáuregui war halb Baske, halb Sevillaner und besaß die natürliche Dickschädeligkeit des einen und die ununterdrückbare Geschwätzigkeit des anderen. Außerdem eine schreierische Stimme.

Er hatte zu allem eine Meinung, und ich versuchte keiner davon zuzuhören. Aber eines Tages hörte ich ihn »Tasso« sagen.

Ich hielt in dem, womit ich mich gerade beschäftigte, inne. (Dabei handelte es sich um das fünfundzwanzigste Kapitel, in welchem die Gemeinderäte wie Esel schreien. Schreibe über das, was du kennst.) Ich legte meine Feder nieder. »Sind Sie *der* Jáuregui? *Hombre*, warum haben Sie das nicht gesagt?«

Er *war* der Jáuregui, und von diesem Augenblick an störte mich seine schreierische Stimme überhaupt nicht mehr. Jáuregui, Dichter und Maler, war kürzlich aus Italien zurückgekehrt und bereits durch seine spanische Übersetzung von Tassos *Amyntas* zu Ruhm gelangt.

Ein paar Tage lang unternahm ich nicht einmal den Versuch, zu schreiben. Die wie Esel schreienden Gemeinderäte im fünfundzwanzigsten Kapitel konnten warten. Jáuregui war jung, noch keine

dreißig, und es gefiel mir, ihn von Italien erzählen zu hören. Er hatte Tasso natürlich nie kennengelernt. Tasso war gestorben, als Jáuregui zwölf war. Aber er kannte die literarische Szene Italiens. Als Jáuregui sich eines Tages darüber beklagte, wie schlecht Übersetzer bezahlt seien, konterte ich, indem ich ihm erzählte, was Robles mir für den ersten Teil des *Don Quijote* gegeben hatte.
»Ein Skandal!« rief er. »Außerhalb Spaniens sind Sie berühmter als Lope de Vega. Sie werden überall übersetzt.«
»Vielleicht bekomme ich zwei- oder dreihundert für den zweiten Teil«, sagte ich. (Das würde ich nicht.)
»Wissen Sie, was der höchste Betrag war, den ich je für ein Gemälde bekommen habe? Ich gebe nicht an, ich will Ihnen nur zeigen, wie unterbezahlt Schriftsteller sind.«
»Ich habe keine Ahnung«, gab ich zu.
»Sechshundert Dukaten. Ich will nicht leugnen, daß das Modell reich war. Ein Ratgeber der Medicis. Hat Livorno zum Freihafen gemacht.«
»Santi Ambrosio? Sie haben Santis Bildnis gemalt?«
»In Florenz. Kannten Sie ihn?« fragte Jáuregui.
»Er ist mein Schwager.«
Jáuregui schaute überrascht. »Sie meinen damit, daß Ihre Frau, die mit all den Tieren, seine Schwester ist?«
»Nein, ich meine damit, daß *seine* Frau meine Schwester Andrea ist.«
Jáuregui hörte zu malen auf. »Vielleicht gibt es zwei Santi Ambrosios.«
Aber wir wußten beide, daß dies nicht der Fall war.
»Ihr Schwager hatte eine Familie in Florenz. Eine italienische Ehefrau. Ein Dutzend Kinder, zwei Enkelkinder, soviel ich weiß«, sagte Jáuregui und fuhr dann fort: »Ambrosio starb letzten Dezember, ein paar Tage nachdem ich sein Porträt fertig hatte.«
Ich suchte Señor Zum auf. Sein Haar war jetzt weiß, wie sein Halstuch. Er stand an seinem Fenster mit dem herablassenden Ausblick auf den Königspalast. Die Kanzlei und der Palast waren frisch herausgeputzt worden. Madrid war wieder eine blühende Stadt.

Ich berichtete Zum, was Jáuregui mir erzählt hatte. Zum sagte, er habe einen Kollegen in Florenz, keine Sorge, wir würden der Sache auf den Grund gehen.

Zu Hause sagte ich nichts zu Andrea. Aber ich mußte es jemandem erzählen.

Als ich auf den Dachboden kam, sprang mir Catalinas gefleckte Katze Magnificat mit einem spielerischen Fauchen von den Dachbalken auf die Schultern. Magnificat war ein schlankes, gesundes Tier, anderthalb Katzen groß.

»Ich habe sie auf der Straße gefunden«, hatte Catalina gesagt. »Keine Katze, ein Zwergpuma. Aus Neuspanien. Ist wahrscheinlich als Junges von irgendeinem Matrosen ausgesetzt worden.«

Auf meine Neuigkeiten reagierte sie weniger wortreich. Sie sagte: »Was?!«

Ich wiederholte die wichtigsten Einzelheiten.

Catalina kam schnell über ihren Schock hinweg. »Du verstehst das vielleicht nicht, weil du selber nicht so ein Familientyp bist. Aber Santi war der vollkommenste Familienmensch, den ich je kennengelernt habe. Er konnte sich leicht um zwei Familien kümmern. Und wo er soviel unterwegs war, seine Zeit zwischen Spanien und Italien aufteilte... Ich kann ihm verzeihen, daß er Bigamist war, oder zumindest sein Bedürfnis danach verstehen.« Catalina schaute mich an. Magnificat sprang von meiner Schulter zwischen die Dachbalken.

»Das heißt, daß du jetzt die Verantwortung trägst. Schaffst du das? Ein Haus voller Frauen, und so, wie Isabels Ehe läuft, wird sie wahrscheinlich bald wieder dasein.«

»Ich schaffe es«, sagte ich.

»Was willst du wegen des Geldes unternehmen?«

»Zum hat einen Kollegen in Florenz, der sich über Santis Nachlaß erkundigen wird.«

Eine paar Wochen später schickte Zum nach mir.

»Nach dem, was mein Kollege in Erfahrung bringen konnte, starb Ambrosio, ohne ein Testament verfaßt zu haben«, teilte Zum mir mit. Er schob sich eine Brille mit Goldrand auf die Spitze seiner vielseitigen Nase und las aus einem Brief vor. »Hat ein Vermögen im Wert von, äh, 97 300 Dukaten, *escudos* oder florentinischen Pfund hinterlassen. Suchen Sie sich eine Währung aus, sie stehen gleich.«

»Warum sollte er kein Testament gemacht haben? Er war nicht mehr jung, und seine Familie bedeutete ihm etwas.«

»Famili*en*. Ich sagte nicht, daß das nicht so war. Ich sagte, nach dem, was mein Kollege in Erfahrung bringen konnte, starb er ohne Testament. Wahrscheinlich vernichtete die italienische Familie seinen Letzten Willen, weil darin Vorsorge für Ihre Schwester getroffen war.«

»Hätte er nicht eine Abschrift bei einem Anwalt oder Bankier oder sonst jemandem hinterlegt?«

»Mein Kollege kann nach einem Anwalt oder Bankier suchen. Aber...«

»Aber?«

»Nach florentinischem Recht hat die Witwe Costanza Ambrosio –«

»Costanza?«

»Ohne ›n‹, ganz recht. Costanza. Nach dortigem Recht kann sie den Antrag stellen – und das hat sie getan –, daß ihr das Vermögen ihres ohne Testament verstorbenen Gatten nach Abzug von Steuern überschrieben wird.«

Siebenundneunzigtausend Dukaten. Welchen Anteil hatte Santi für Andrea vorgesehen? Auch nur mit einem Bruchteil würde sie ihr Leben lang ausgesorgt haben.

»Was geschieht mit so einem Antrag?«

»Ihm wird routinemäßig stattgegeben, es sei denn, er wird angefochten. Mein Kollege in Florenz schlägt vor, eine solche Anfechtungsklage vorzunehmen – gegen eine im voraus zahlbare Gebühr von vierzig Prozent von dem, was er erstreitet.«

»Aber wie kann er im voraus wissen, was er erstreitet oder ob er überhaupt etwas erstreitet?«

»Meinem Kollegen ist dieses Problem bewußt. Deshalb würde er, ehe er in Aktion tritt, einen Vorschuß in Höhe von dreitausend Dukaten oder Pfund verlangen.«

Wir schauten uns an.

»Es tut mir leid«, sagte Señor Zum. Es klang beinahe, als ob er es aufrichtig meinte.

So vorsichtig, wie ich konnte, eröffnete ich meiner Schwester Andrea die Neuigkeiten – oder so viel von den Neuigkeiten, wie ich ihr eröffnen wollte.

Sie weinte leise vor sich hin, als ich zu dem Teil kam, in dem es hieß: »Aber schau, es gab für ihn Rückschläge drüben in Italien, den Medicis ging es in letzter Zeit nicht so gut...«

Ich reichte Andrea ein Taschentuch, und sie schneuzte sich. Warum haben Frauen so selten eines, wenn sie eines brauchen?

»Der arme Santi«, seufzte sie. »Die Familie hat ihm alles bedeutet. Ich hoffe nur bei Gott, er hat nicht gewußt, daß er ohne einen Heller gestorben ist.«

»N-nicht ohne einen Heller«, sagte ich schnell. »Das Testament ist in der Amtsmaschinerie drüben in Florenz verlorengegangen. Das kann vorkommen. Aber laut Señor Zums Kollegen hat Santi alles seiner g-geliebten Frau Andrea hinterlassen.«

Und ich gab ihr die achtzig Dukaten, die Robles mir kürzlich für die aragonesische Ausgabe des *Don Quijote* bezahlt hatte.

Andrea schneuzte sich fester. »Ein Mann, der in Diensten der Medicis mit Millionen umgegangen ist – und das ist alles, was ihm am Ende seines Lebens geblieben ist.«

»Ach, nein«, hörte ich mich sagen. »Das ist nur die erste Rate vor der Besteuerung. Es kommt noch mehr.«

»Er war fürsorglich, mein Santi, ich habe immer auf ihn zählen können. Das ist jetzt gut, weil meine Finger nicht mehr so geschickt mit der Nadel sind, wie sie es einmal waren, und Duftkugeln waren nur eine vorübergehende Modeerscheinung.«

Ich legte den zweiten Teil des *Don Quijote* beiseite und schrieb Tag und Nacht, um eine Sammlung von Kurzgeschichten und Novellen fertig zu schreiben, für die Robles mir einhundertfünfundzwanzig Dukaten zu zahlen bereit war. Meine persönliche Lieblingsgeschichte war »Das Zigeunermädchen«; aber Sie kennen mich und die Zigeuner.

Ich gab Andrea einhundertzwanzig von den einhundertfünfundzwanzig Dukaten.

»Der Rest von Santis Vermögen«, sagte ich zu ihr, »wenn später nicht noch etwas kommt.« Und sie weinte und schneuzte sich wieder in mein Taschentuch.

Eines Morgens etwa eine Woche danach trat Robles in mein Arbeitszimmer und sagte: »Sehen Sie sich das an.«
Es war ein Buch. Ich warf einen Blick darauf und setzte mich sofort hin.

Segunda Parte
El Ingenioso Don Quijote de la Mancha
von
Alonso Fernández de Avellaneda

Robles hatte die Seiten schon aufgeschnitten. Ich blätterte sie durch.
»Wer ist das?« fragte ich.
»Ich weiß es nicht. Ich werde versuchen, es herauszufinden.« (Er versuchte es, aber vergeblich. Keiner fand es je heraus.)
Ich blätterte genug in dem Buch herum, um zu sehen, daß dieser Avellaneda meinen Don Quijote in einen groben Verrückten und Sancho Pansa in einen hinterhältigen Alkoholiker verwandelt hatte. Der Humor war derb, die Handlung schlecht. Das Buch hätte höchstens den einen oder anderen Außenseiter unter den Lesern anziehen können.
(Was es auch tat, einschließlich einiger Kritiker, die es laut Cide Hamete dem Original vorziehen. Cide Hamete – überrascht es Sie, daß ich ihn noch erwähne, nach alldem, was geschehen ist? Aber wie könnte ich nicht an ihn denken? Einmal fragte er mich: »Bist du dir sicher, *ráwi*, daß ich mehr bin als diese in Unordnung geratene, vernunftwidrige Seite deines Gehirns, eine Art Dschinn, der dort, wo der schöpferische Impuls herkommt, gefangen ist?« Aber wenn er nicht mehr war, wie konnte er mir dann von Shakespeares und meinem Tod erzählen, und davon, was die Kritiker schreiben würden, und von jenen Quarks und Bosonen und davon – das hätte ich beinahe vergessen –, daß, während ich den zweiten Teil des *Don Quijote* verfaßte, Lope de Vega in einer nahegelegenen Straße wohnte, die schließlich Cervantes-Straße heißen würde? So in die Zukunft zu schauen und durch Wände zu spazieren, bloß um dann wieder zu diesem fetten, aufgeblasenen Astrologen eines Deys zu werden? Erwarten Sie von mir keine Erklärung dafür. Aber es gab ihn wirklich.)

»Es ist mir gleichgültig, wer Avellaneda ist«, sagte ich zu Robles. »Lope hat ihn darauf gebracht.«
»Wer auch immer, er verstößt nicht gegen das Gesetz.«
»Aber *ich* habe Don Quijote erschaffen.«
»Und sobald er erschaffen war, gehörte er Ihnen nicht länger. Jeder kann eine Fortsetzung zu allem schreiben.«
Ich warf den Avellaneda auf den Tisch und las auf einer x-beliebigen Seite ein paar Absätze.
»Es heißt hier, daß Don Quijote Dulcinea der Untreue bezichtigt. Der unbefleckte Schrein einer makellosen Liebe untreu? Das würde er nie. Niemals!«
»Also«, forderte Robles mich auf, »dann schreiben Sie, was wirklich geschieht.«
Aber ich hatte noch einen weiten Weg vor mir, und wir wußten es beide.
An diesem Nachmittag konnte ich mich nicht konzentrieren. Dieser unverschämte Avellaneda! Ich nahm die fünf Dukaten, die von dem Rest des vorgeblichen Vermögens Santi Ambrosios übrig waren, und ging zu den sich kreuzenden Gassen in der Nähe des Maurentores, die einst zu der vom Blitz getroffenen Eiche und der Wenn-nur-Bank zu führen pflegten. Sie waren natürlich nicht da. Ich wußte das. Ich ging oft durch diesen Teil der Stadt. Ich betrat die Spielhölle, die an der Stelle der Wenn-nur-Bank stand, und ging zum *primera*-Tisch hinüber. Der Besitzer war ein Mann, der auffällig lässig in ein verblichenes Lederwams gekleidet war, das er am Hals offen trug. Darunter kam eine Aurelio-Ollero-Kordel zum Vorschein, die wohl eine Härte vorzutäuschen suchte, die er nicht besaß. Er fragte mich, was ich trinken wolle.
Seine genauen Worte lauteten: »Was darf's sein, Opa?« Das, was einmal meine linke Hand gewesen war, bebte, aber es gelang mir abzulehnen. Statt dessen spielte ich ein paar Runden *primera*. Ich verlor sie alle, weil ich überwiegend Bildkarten bekam, die, wie Sie wissen, wertlos sind.
Als ich schließlich hinaus in das schwindende Licht trat, sah ich Micaela.
Sie trug die Kleidung einer englischen Lady und stieg in eine

vierspännige Kutsche ein. Ein Bedienter machte die Tür hinter ihr zu und nahm die Einstiegstreppe weg. Ich rief nach ihr, doch im selben Augenblick fuhr die Kutsche ruckelnd und polternd los. Ich rannte hinter ihr her, begann sogar aufzuholen, doch dann gaben ohne Vorwarnung einfach meine Beine unter mir nach. Ich überschlug mich ein paarmal, und als ich liegen blieb, konnte ich mich plötzlich kaum bewegen. Mein Körper schien nicht mehr zu funktionieren. Leute rannten zu mir her. Ein Mann beugte sich über mich und sprach auf mich ein. Ein anderer legte mir einen zusammengefalteten Umhang unter den Kopf. Ich sagte, bringt mich in die Löwenstraße. Sie fragten nach meinem Namen, und ich versuchte, ihn ihnen zu sagen. Ich bekam keine Luft mehr. Und hatte Durst. Ich hatte nie solchen Durst gehabt. *(Was darf's sein, Opa?)* Jemand brachte Wasser. Ich trank und trank. Ich trank einen ganzen Eimer. Sie fragten mich wieder nach meinem Namen. Jemand half mir auf. Ich sagte, Miguel de Cervantes, und der Mann, der mir aufgeholfen hatte, schaute auf das, was einmal meine linke Hand gewesen war, und sagte: »Sie sind es wirklich, na so was!« Dann brachten sie mich nach Hause.

Es ging mir nicht aus dem Kopf, wie der Mann festgestellt hatte, wer ich war. Obwohl ich kaum stehen konnte, fühlte ich dadurch etwas, was ich nie zuvor gefühlt hatte, eine besondere Art Kraft.

Ein Arzt kam und diagnostizierte Durstsucht. Der Wundarzt Rodrigo de Cervantes hätte es genauso gut gemacht, ohne am Urin zu schnüffeln.

Der Arzt meinte, ich sei nur Haut und Knochen, und bat Catalina, mich aufzupäppeln.

Sie bereitete danach zweimal täglich eine große Schüssel *migas* zu und stellte sie mir zusammen mit einem großen Krug Rotwein an mein Bett.

Als ich nach langer Pause wieder in mein Arbeitszimmer zurückkehrte, schwach wie ein Katzenjunges oder ein neugeborener Zwergpuma, redete ich mir ein, es sei gut, daß Micaela mich nicht rufen gehört hatte – denn wenn man es sich genau überlegte, wie hätte ich mit ihr fahren können? Die Familie brauchte mich. Ich

spitzte die Federn und schrieb. Da Santi tot war, trug ich die Verantwortung. Immer wenn ich beim zweiten Teil des *Don Quijote* an eine schwierige Stelle gelangte, erinnerte ich mich daran, wie der Mann, der mir aufgeholfen hatte, das, was einmal meine linke Hand gewesen war, anblickte und feststellte, wer ich sei, und dann kam ich stets leichter über die schwierige Stelle hinweg.
Ich schrieb jeden Tag, den ganzen Tag lang, und ich hatte immer Durst. Eines Tages brachte Constanza eine große verhüllte Leinwand ins Zimmer, und alle Frauen der Familie kamen nach ihr herein und taten sehr geheimnisvoll. Erst als sie das seltsame Etwas an die Wand gehängt hatten, auf die ich beim Arbeiten schaute, durfte ich sehen, was unter der Leinwand war: Jáureguis Bildnis von mir. Heilige Muttergottes! War das ich – diese alte, glatz- und eierköpfige Erscheinung mit dem dürren Mandarinbart über einer Halskrause, die größer war, als Señor Zum sie je getragen hatte, als er noch Picapleitos hieß?
(Vermutlich. Das Bildnis sollte lange in der spanischen Königlichen Akademie hängen, nicht weit entfernt von den Archiven, in denen die Akte über den Tod des Herrenstierkämpfers Gaspar de Ezpeleta aufbewahrt wurde.)
An den Abenden, an denen ich mich stark genug fühlte, ging ich aus. Ich trug immer eine große Flasche bei mir, für den Notfall. Manchmal ging ich zu der Spielhölle, wo früher die Wenn-nur-Bank gestanden hatte. *Da ist er ja, der Opa.* Wie konnte ich nach diesem Porträt etwas dagegen sagen, daß sie mich so nannten? *Erinnert ihr euch an den schönen alten Schlager, »Auf den Wellen der Liebe«? – »Auf den Wogen der Liebe«. Stimmt. Hat er geschrieben.* Das waren nämlich wirklich junge Leute, die dort verkehrten, und oft fragte ich mich, ob sie etwa das gesetzliche Alter für Glücksspiele gesenkt hatten. Manchmal saßen diese jungen Spunde um mich herum und lauschten dem, was ich über große Themen zu sagen hatte. Liebe. Krieg. Leben. Tod. Verzauberung. Das Unterwegssein. Manchmal ertappte ich mich dabei, wie ich an *sie* dachte. Ich versuchte, damit aufzuhören, aber wie hätte ich das gekonnt?
Eines Mittags brachte mir Andrea anstelle Catalinas meine Schüssel *migas* ins Arbeitszimmer. Auch etwas *cuajada.* Das ist Labpudding, falls es jemand noch immer nicht erraten hat.

»Geht's gut?«
»Sie sind nicht besonders erfolgreich beim Entzaubern Dulcineas«, sagte ich. »Aber so hatte ich es mir vorgestellt.«
Andrea blickte angestrengt zu Boden. »Erinnerst du dich noch daran, wie du Papá von der Wenn-nur-Bank hast nach Hause tragen müssen?«
Ich sagte, ich erinnerte mich.
»Mußt du soviel dahin gehen? Wer soll *dich* nach Hause tragen?«
»Wovon redest du?« Ich kann mich nicht erinnern, Andrea je zuvor böse gewesen zu sein. Wer glaubte sie, daß sie war – Avellaneda?
Als ich mich wieder beruhigt hatte, sah ich, daß sie dasselbe rauhe, selbstgemachte Gewand wie Catalina trug.
»Was ist das denn?« sagte ich.
»Ich bin eine Schwester des Dritten Ordens des heiligen Franziskus, genauso wie Catalina.«
»Wie lange treibst du das schon?«
»Mein Noviziat habe ich letzte Woche abgeschlossen. Weißt du«, meinte sie, »nur wenige Männer, die in einen Laienbruderorden eintreten, enden an der Wenn-nur-Bank. Das ist statistisch belegt.«
Ich spitzte eifrig meine Federn, bis sie schließlich ging.
Ein paar Tage später erzählte mir meine Nichte Constanza von der Kongregation der Unwürdigen Sklaven des Allerheiligsten Sakramentes. »Sie tragen keine kratzigen Hemden oder so etwas«, sagte sie. »Es ist eine intellektuelle Bruderschaft. Das einfache Leben und ...«
»Enthaltsamkeit vom Vögeln, aber das dürfte in deinem Alter kein Problem sein.« Das war Catalina. »Und sie ...«
»... besuchen Hospitäler«, erzählte mir Magdalena, »und schreiben Gesänge für religiöse Feste ...«
»... sind sicher vor den Fallstricken und Enttäuschungen der Liebe«, sagte Juana die Witwe Laínez-Hondaro.
Andrea fing wieder an: »Es ist ein Trinitarierorden. Die Trinitarier, weißt du? Die dich in Algier freigekauft haben?«
Was soll ich sagen: Bald trug ich das Skapular der Kongregation der Unwürdigen Sklaven des Allerheiligsten Sakramentes. Nach einem Jahr gewann ich einen Preis für ein Lied, das ich über die Bruder-

schaft für Fronleichnam eingereicht hatte. In meinen besten Anzug gekleidet, stieg ich den Hügel zum Palast hinauf, um vom Herzog von Lerma meine Prämie in Empfang zu nehmen. Es war eine kleine Silberschale mit einer Inschrift. Angesichts der Familienverhältnisse wäre mir Geld lieber gewesen, doch das sagt man dem Herzog von Lerma nicht.

An dem Tag, an dem ich den Preis gewann, trat Lope de Vega in die Kongregation der Unwürdigen Sklaven des Allerheiligsten Sakramentes ein. Er gewann nie einen Preis, ging aber zu allen Versammlungen und wurde schließlich Oberbruder.

Was dann kommt, kann ich auf keine andere Weise beschreiben als auf die allereinfachste.

Meine Schwester Andrea wurde eines Nachts von einem Fieber darniedergeworfen und starb noch vor dem nächsten Morgen.

Sie mußten mir beim Anziehen helfen, als wir zur Beerdigung in die Kirche des heiligen Sebastian gingen. Wir folgten dem Sarg auf den Friedhof, wo er in eine Mauer eingelassen wurde. Von da an war die Welt eine andere. Es war die falsche Welt. Aber ich hatte keine Ahnung, wo die richtige Welt war. Lange Zeit schrieb ich nichts. Magnificat kam nicht länger, um sich zu meinen Füßen zusammenzurollen. Ich ging auf den Dachboden, um sie zu suchen, aber sie wollte nicht von den Dachbalken herunterkommen; ich konnte bloß ihre Augen dort glühen sehen, leuchtend blaßblaue Augen.

In jener Nacht ging ich durch den strömenden Regen zu den sich kreuzenden Gassen am Maurentor, wo ich, wenn ich um die Ecke bog, ja dort, die Spielhölle finden würde. Ich trug eine alte Arkebuse. Das Zündholz wollte sich im Regen nicht entfachen lassen, aber das war mir gleichgültig. Die Spielhölle war nicht da. Es begann zu donnern. Ein Blitz schlug vor mir in den Boden, und ich erblickte die Wenn-nur-Bank. Eine Steinbank um eine alte Eiche, und ich setzte mich mit meiner alten Arkebuse darauf. Ich saß da, saß die ganze Nacht da. Ich erwartete beinahe, daß ich und Andrea kommen würden, um mich nach Hause zu holen, aber es kam niemand. Der Sturm ging vorüber, der Mond kam heraus, der Mond verblaßte, es war Morgen. Ich stand auf und ging nach Hause. Ich war fiebrig. Ich glaube, alle erwarteten, daß ich sterben

würde. Lope war sich so sicher, daß ich sterben würde, daß er einen Unwürdigen Sklaven vorbeischickte, der dasein sollte, wenn es passierte. Aber wie konnte ich sterben, wenn ich noch nicht einmal zu der Stelle im zweiten Teil gekommen war, wo Don Quijote von dem Mondritter aus dem Sattel gehoben wird, der sich selber noch Spiegelritter genannt hatte, als Don Quijote in einem vorhergehenden Kapitel *ihn* aus dem Sattel warf?
So kam ich wieder so weit zu Kräften, daß ich alle Federn, derer ich habhaft werden konnte, spitzte und mich wieder an die Arbeit machte. Ich vertiefte mich so in die Geschichte, daß ich dachte, das Buch, das ich schrieb, sei die wirkliche Welt. Aber es stellte sich heraus, daß sie es nicht war, denn Don Quijote ging nach Hause, um, nach all den Abenteuern, die er bestanden hatte, im Bett zu sterben.
Franciso Robles holte sich das Manuskript ab, und ich wartete darauf, daß das Buch erschien. Die Durstsucht wurde schlimmer. Ich verließ das Bett selten. An den meisten Tagen rollte sich Magnificat schnurrend zu meinen Füßen zusammen, und ihre leuchtend blaßblauen Augen beobachteten mich dabei, wie ich auf den 23. April wartete.

Als ich nach langer Pause wieder in mein Arbeitszimmer zurückkehrte, schwach wie ein Katzenjunges oder ein neugeborener Zwergpuma, redete ich mir ein, es sei gut, daß Micaela mich nicht rufen gehört hatte – denn wenn man es sich genau überlegte, wie hätte ich mit ihr fahren können? Die Familie brauchte mich. Ich spitzte die Federn und schrieb. Da Santi tot war, trug ich die Verantwortung. Immer wenn ich beim zweiten Teil des *Don Quijote* an eine schwierige Stelle gelangte, erinnerte ich mich daran, wie der Mann, der mir aufgeholfen hatte, das, was einmal meine linke Hand gewesen war, anblickte und feststellte, wer ich sei, und dann kam ich stets leichter über die schwierige Stelle hinweg. Ich schrieb jeden Tag, den ganzen Tag lang, und ich hatte immer Durst. Eines Tages brachte Constanza eine große verhüllte Leinwand ins Zimmer, und alle Frauen kamen nach ihr herein und taten sehr geheimnisvoll. Erst als sie das seltsame Etwas an die Wand gehängt hatten, auf die ich beim Arbeiten schaute, durfte ich sehen, was unter der Leinwand war. Es war Jáureguis Bildnis von mir. Heilige Muttergottes! Bei seinem Anblick fühlte ich mich besser. Mein Bart war golden, nicht silbern, ich war hoch gewachsen wie ein römischer Kaiser und fünfzehn oder zwanzig Jahre jünger, als ich es mir vorgestellt hatte. Aber weiß überhaupt irgendeiner, wie er selbst aussieht?

(Derselbe Cervantes-Spezialist, der sagte, ich hätte die ersten neun Kapitel des *Don Quijote* im Gefängnis geschrieben – was ich, wie Sie gesehen haben, tat – glaubt, daß das Porträt gut getroffen ist. Warum soll ich mich mit ihm streiten?)

Immer häufiger verbrachte ich die Nächte in der Spielhölle, wo früher die Wenn-nur-Bank gestanden hatte. – *Das ist Miguel de Cervantes. Hat den Don Quijote geschrieben.* Der Besitzer mit der Aurelio-Ollero-Kordel murrte, wenn die Spieler ihre Tische verließen, um mich von dem Lizentiaten Vidriera oder der Erlauchten Scheuermagd oder dem Eifersüchtigen von Extremadura oder dem Edelfräulein erzählen zu hören, oder dem, was wirklich in jener Nacht geschah, als Gaspar de Ezpeleta starb (ich änderte die Namen, um die Unschuldigen zu schützen). Aber das Geschichtenerzählen änderte auch nichts daran, daß ich an sie dachte.

Eines Abends fragte mich Andrea, wie es mir an diesem Tag mit meiner Arbeit ergangen sei.

»Ich habe Sancho endlich von seiner Insel weggebracht. Er war als Statthalter nicht wirklich glücklich.«

Andrea blickte angestrengt zu Boden. »Wenn du aufhören würdest, darüber nachzudenken, wüßtest du, daß es im Blut liegt.«

»Du meinst, daß wir *conversos* sind? Na und?«

»Ich meine die Liebe zum Spiel. Unser Großvater Juan der Patriarch verlor den größten Teil seines Geldes an Spieltischen.«

»Und?«

»Und – wir haben diese Art Geld nicht.«

»Wer glaubst du, daß du bist – Avellaneda?« fragte ich, aber ich lächelte. Ich konnte meiner Schwester Andrea nie böse sein.

»Du wirst dort viel gesehen.«

»Andrea, ich erzähle ihnen dort bloß Geschichten. Ein Geschichtenerzähler sein ist Spiel genug.«

Catalina erzählte mir, daß die Trinitarier ein neues Kapitel einer Laienbruderschaft gründeten, genannt – sind Sie bereit? – die Kongregation der Unwürdigen Sklaven des Allerheiligsten Sakramentes.

»Sie tragen keine kratzigen Hemden oder so etwas«, sagte sie. »Sie sind mehr wie eine intellektuelle Bruderschaft. Sie schreiben Gesänge für religiöse Feste. Das einfache Leben, natürlich kein Vögeln, aber das dürfte in deinem Alter kein Problem sein.«

»Was geht mich das alles an?«

»Na ja, weißt du, in deinem Alter –«

»Hörst du bitte auf, ›in deinem Alter‹ zu sagen? Ich habe mich in meinem Leben nie jünger gefühlt.«

»Schön, wenn du dein Gewissen jede Nacht erforschen würdest, wie es ein Unwürdiger Sklave tun soll, dann würde dir keine Zeit mehr für die Spielhölle bleiben.«

»Ich erzähle ihnen doch nur Geschichten.«

»Vergiß nicht, daß es die Trinitarier waren, die dich in Algier freigekauft haben«, beharrte sie.

»Catalina, vielleicht verstehst du das nicht, aber es war das Lied eines alten *ráwi* namens Schakaschik, das mich in Algier freigekauft hat.«

Catalina verstand es nicht, aber sie kam nicht mehr auf das Thema zurück.

Eine Weile später schloß Lope de Vega sich den Unwürdigen Sklaven an. Er wünschte, Buße für sein leichtfertiges Leben zu tun, und erzählte es jedem, der es hören wollte. Als Lope Mitglied wurde, wußte ich, daß ich recht gehabt hatte, nicht einzutreten.

In jenem Oktober starb Andrea ohne Vorwarnung. Wurde eines Nachts einfach von einem Fieber darniedergeworfen und war vor dem Morgen tot.

Diejenige, die es, zumindest nach außen hin, am schwersten nahm, war Constanza. Catalina mußte ihr helfen, sich anzuziehen. Sie stützte sich schwer auf meinen Arm, als wir dem Sarg von der Kirche des heiligen Sebastian zum Friedhof folgten.

Schreibe über das, was du weißt.

Lange Zeit konnte ich nicht schreiben. Ich fühlte mich, als lebte ich in der falschen Welt, aber ich hatte keine Ahnung, wo die richtige Welt war. Ich ging auf den Dachboden, um Magnificat zu suchen, aber sie wollte nicht von den Dachbalken herunterkommen. Ich konnte ihre Augen dort glühen sehen. Leuchtend blaßblaue Augen. Eines Tages spitzte ich dann alle Federn, derer ich habhaft werden konnte. Trotzdem hielt Magnificat sich fern. Ich vertiefte mich so in die Geschichte, daß ich dachte, das Buch, das ich schrieb, sei die richtige Welt, diejenige, die ich finden mußte. Doch das konnte nicht sein, denn Don Quijote ging nach Hause, um im Bett zu sterben.

Ich lieferte das Manuskript bei Francisco Robles ab und wartete, daß das Buch erschien. Magnificat kam zurück und rollte sich schnurrend zu meinen Füßen vor dem Feuer zusammen. Manchmal blickten jene Augen zu mir auf. Leuchtend blaßblaue Augen. Ich dachte viel an sie.

Ich erinnerte mich am liebsten an jene Nacht, wie sie vor dem Kronprinzen floh, jung, ohne Sinn und Verstand, jene strahlende Mähne weizenblonden Haares zerzaust.

Wer war sie? War sie meine Schwester? War sie *seine*?

Wenn ich an sie denken konnte, ohne daß mir die Augen brannten, ging ich zu der Spielhölle, wo die Wenn-nur-Bank gestanden hatte. Es war eine sentimentale Geste, einfach um jener Nacht in Alcalá so nah zu kommen wie möglich, und dem Abschiednehmen von Andrea auch. Ich ging gleich auf den Backgammontisch zu. Für das Haus spielte eine Blonde mit einem kleinen Goldbrokatkäppi.

Der Mann mit der Aurelio-Ollero-Kordel fragte mich: »Was darf's sein, Don Miguel?«

Ich sah ihm ins Gesicht, sah ihm zum erstenmal wirklich ins Gesicht. Es war das Gesicht eines Menschen, der sich auf das, was er kann, versteht, in einer Welt, wo unter gewissen Umständen das Verlieren der Weg zum Gewinnen war.

»Sie müssen mit jemand verwandt sein, den ich gekannt habe«, sagte ich.

»Schon möglich. Das kommt darauf an, wen sie gekannt haben.«

Wir lächelten uns zu.

»Hilft Ihnen eine Feder weiter?« fragte er.

»Auf der falschen Seite des Hutes?« entgegnete ich.
»Ich bin der Sohn«, sagte er, und dann sah er mich an, sah mich zum erstenmal wirklich an, und seine Augen blieben schließlich an dem, was einmal meine linke Hand gewesen war, hängen.
»Sie sind der Bruder, oder?«
»Schon möglich. Kommt darauf an, wessen Bruder ich sein soll.«
Wir lächelten uns wieder zu.
»Juan«, sagte er.
»Wer?«
»Na, aber! Juan der Düstere. Juan D.«
»Sie hören noch von ihm?«
»Nicht oft. Aber er ist dort. Im Hauptstützpunkt. Richtet alles wieder her. Na, das Getränk geht auf das Haus. Was darf es ein?«
»Schnaps.«
Er brachte den *aguardiente*, und ich kippte ihn hinunter und setzte mich mit meinen fünf Dukaten an den Backgammontisch, und anstatt zu verlieren, wie Andrea damals in jener Nacht in Alcalá und wie ich es erwartet hatte, gewann ich hundert Dukaten. Ich nahm sie mit zum *primera*-Tisch, und ehe ich mich versah, waren daraus – keine Bildkarten – fünfhundert geworden. Ich nahm diese zum *quínolas*-Tisch mit, und im Nu wurden daraus dreitausend.
Ich schob sie alle zum *el-parar*-Tisch hinüber und sah, wie sie sich zu fast zehntausend Golddukaten verdreifachten.
Ich bat Pierre Papins Sohn, das Geld bei meiner Familie in der Löwenstraße abzuliefern.
Als ich hinausging, sah ich im Mondlicht Micaela, ähnlich dem letzten Mal wie eine englische Lady gekleidet, in eine Kutsche steigen. Der Bediente stand bereit, um die Tür zu schließen und die Einstiegstreppe wegzunehmen. Ich wollte ihren Namen rufen, aber ehe ich das konnte, verschwand alles. Da war keine Micaela, keine Spielhölle. Nicht einmal eine Wenn-nur-Bank. Was tat ich überhaupt im Bett? Was ich im Bett tat, war, mich armselig zu fühlen; ich lag mit dem Gesicht zur Wand und war von der Durstsucht so geschwächt, daß ich keinen Finger rühren konnte. Plötzlich fühlte ich ein Gewicht auf meiner Schulter. Es war Magnificat. Sie zwängte sich zwischen mich und die Wand und sah mich mit jenen verwirrenden bernsteinfarbenen Augen an.

Eine Stimme sprach. Eine Altstimme.
Sie sagte: Demogorgon.
Sie sagte: Demogorgon wohnt.
Sie sagte: Demogorgon wohnt im Abgrund.
Demogorgon wohnt im Abgrund bei den drei Schicksalsschwestern oder auf den Gipfeln des Himalaja bei Elfen und Feen.
Ich wollte etwas sagen.
Wohnt, wohnt, wohnt.
Doch das war es nicht.
Sag einen Satz, ohne zu stottern, und du kommst frei.
Aber mir fiel kein Satz ein. Nur ihr Name.
Micaela, sagte ich.
Und sobald ich ihn gesagt hatte, war alles wieder in Ordnung, die richtige Art Ziel, und ich stieg in die Kutsche.
Und sobald ich in die Kutsche stieg, begann sie sich in Bewegung zu setzen, und der Weg war weit, und sie bat mich, ihr eine Geschichte zu erzählen.
Und ich begann damit, wie mein Urgroßvater Kolumbus kennengelernt hatte, und hörte nicht auf bis zu der Stelle, an der Micaela und ich in der Kutsche saßen und wir wieder unterwegs waren.
Und sie sagte: »Erzähl mir doch, Miguel – was kommt dann?«